Winter

Crónicas Lunares

- Título original: *Winter*
- Dirección editorial: Marcela Luza
- Edición: Leonel Teti con Inés Gugliotella
- Coordinación de diseño: Marianela Acuña
- Armado: Leda Rensin
- Diseño de tapa: Rich Deas
- Ilustración de tapa: © 2015 Michael O.

Publicado originalmente por Feiwel and Friends, un sello de Macmillan Children's Publishing Group. El acuerdo de traducción fue gestionado por Jill Grinberg Literary Management LLC y Sandra Bruna Agencia Literaria, SL.
Todos los derechos reservados.

ARGENTINA:
San Martín 969 piso 10 (C1004AAS)
Buenos Aires
Tel./Fax: (54-11) 5352-9444
y rotativas
e-mail: editorial@vreditoras.com

MÉXICO:
Dakota 274, Colonia Nápoles CP 03810,
Del. Benito Juárez, Ciudad de México
Tel./Fax: (5255) 5220-6620/6621
01800-543-4995
e-mail: editoras@vergarariba.com.mx

ISBN 978-987-747-191-5

Impreso en México, junio de 2017

Litográfica Ingramex, S.A. de C.V.

Meyer, Marissa
    Crónicas lunares, Winter / Marissa Meyer. - 1a ed . 1a reimp . - Ciudad Autónoma de Buenos Aires : V&R, 2017.
    856 p. ; 21 x 15 cm.

    Traducción de: Roxanna Erdman.
    ISBN 978-987-747-191-5

    1. Literatura Juvenil Estadounidense. 2. Literatura Fantástica. I. Erdman, Roxanna, trad. II. Título.
    CDD 813.9283

Crónicas Lunares
LIBRO CUATRO

Winter

MARISSA MEYER

Traducción: Roxanna Erdman

Libro
Uno

La joven princesa era tan hermosa
como la luz del día. Era aún más
hermosa que la propia reina...

Uno

LOS DEDOS DE LOS PIES DE WINTER SE HABÍAN CONVERTIDO EN TÉMPANOS de hielo. Estaban tan fríos como el espacio. Tan fríos como el lado oscuro de Luna. Tan fríos como…

—… grabaciones de seguridad lo captaron entrando al nivel inferior del centro médico a las 23:00 HUC…

El taumaturgo Aimery Park sonreía al hablar; la cadencia de su voz sonaba serena y mesurada, como una balada. Era fácil perder la noción de lo que estaba diciendo, fácil dejar que todas las palabras se confundieran y se volvieran borrosas. Winter encogió los dedos de los pies dentro de sus zapatos de suelas delgadas, temerosa de que se desprendieran si se enfriaban todavía más antes de que el juicio llegara a su fin.

—… estaba intentando interferir con uno de los vacíos actualmente almacenados…

Desprenderse. Uno a uno.

—… los registros indican que el niño vacío era hijo del acusado, capturado el 29 de julio del año pasado. Actualmente tiene catorce meses de edad.

Winter escondió las manos en los pliegues de su falda. Estaban temblando de nuevo. En los últimos días siempre parecía estar temblando. Apretó los dedos para mantenerlos quietos. Presionó las plantas de sus pies contra el duro suelo. Luchó por mantener nítida la imagen de la habitación del trono antes de que se disolviera por completo.

La vista era impactante desde el salón del trono, en la torre central del palacio. Desde su asiento, Winter podía ver el lago Artemisa, que reflejaba el palacio blanco, y la ciudad que se extendía hasta los confines del enorme domo transparente que los protegía de los elementos externos... o de la falta de ellos.

El salón del trono propiamente dicho había sido construido para que se extendiera allende los muros de la torre, de modo que al caminar más allá del borde del piso de mosaicos se llegaba a una cornisa de cristal transparente. Era como estar suspendido en el aire, a punto de precipitarse a las profundidades del lago en el cráter.

A la izquierda, Winter pudo distinguir las huellas de las uñas de su madrastra al clavarse en el apoyabrazos del trono, un imponente asiento labrado en mármol blanco. Normalmente su madrastra estaba tranquila durante esos procesos, y escuchaba pacientemente los juicios sin asomo de emoción. Winter estaba acostumbrada a ver las puntas de los dedos de Levana acariciar despacio el apoyabrazos pulido de su trono, sin prisa. Pero la tensión se había intensificado en el palacio desde que Levana y su séquito habían vuelto de la Tierra, y en meses recientes su madrastra había tenido más arranques de ira. Desde que esa fugitiva lunar —esa cyborg— había escapado de la prisión en la Tierra.

Desde que había comenzado la guerra entre la Tierra y Luna.

Desde que el prometido de la reina había sido secuestrado y a Levana le habían robado la oportunidad de ser coronada emperatriz.

El planeta azul estaba suspendido sobre el horizonte. Se veía como si alguien lo hubiese cortado perfectamente por la mitad. Había transcurrido poco más de la mitad de la larga noche en Luna, y la ciudad de Artemisa resplandecía por las luminarias azul pálido y el brillo de los vidrios de las ventanas. Sus reflejos danzaban sobre la superficie del lago.

Winter extrañaba el sol y su calidez. Los días artificiales de Luna nunca eran lo mismo.

—¿Cómo supo él de los vacíos? —preguntó la reina Levana—. ¿Por qué no creyó que su hijo fue asesinado al nacer?

Sentadas en el resto de la sala, en cuatro hileras escalonadas, estaban las familias. La corte de la reina. Los nobles de Luna que se habían ganado el favor de Su Majestad por su lealtad durante generaciones, su extraordinario talento con el don lunar o nada más por la suerte de haber nacido ciudadanos de la gran ciudad de Artemisa.

Luego, estaba aquel hombre, de rodillas junto al taumaturgo Park. Él no había nacido con tanta suerte.

Sus manos estaban juntas, suplicantes. Winter deseaba poder decirle que era inútil, que todos sus ruegos no servirían de nada. Sentía que podía ser reconfortante saber que no hay nada que se pueda hacer para evitar la muerte.

Aquellos que habían comparecido ante la reina habiendo aceptado su destino no parecían haberlo pasado tan mal.

Winter observó sus propias manos, aún aferradas a su vaporosa falda blanca. Vio que sus dedos también habían sido mordidos por la escarcha. En cierto modo era bonito. Relucientes, brillantes y *fríos, tan fríos…*

—Tu reina te ha hecho una pregunta —dijo Aimery.

Winter se sobresaltó, como si le gritaran a ella.

Concentrarse. Debía tratar de concentrarse.

Alzó la cabeza e inhaló.

Aimery vestía de blanco, por haber reemplazado a Sybil Mira como taumaturgo mayor de la reina. Los bordados de oro en su túnica resplandecían mientras caminaba alrededor del prisionero.

—Lo siento, Su Majestad —dijo el hombre—. Mi familia y yo le hemos servido lealmente durante generaciones. Soy conserje en la clínica y, verá, he escuchado rumores. No era asunto mío, así que nunca me importó, nunca presté atención. Pero… cuando mi hijo nació vacío… —gimió—. Él es mi *hijo*.

—¿No pensaste —dijo Levana con voz fuerte y nítida— que puede haber una razón por la cual tu reina decidió mantener a tu hijo y a todos los demás lunares sin don separados de nuestros ciudadanos? ¿Que contenerlos como lo hemos hecho puede tener un propósito, por el bien de *toda* nuestra gente?

El hombre tragó saliva con tanta fuerza que Winter pudo ver su manzana de Adán subir y bajar.

—Lo sé, reina mía. Sé que usted usa su sangre en algunos… experimentos. En sus laboratorios. Pero… pero usted tiene *muchos*, y él es solo un bebé, y…

—Su sangre no solo es valiosa para el éxito de nuestras alianzas políticas, algo que no espero que entienda un conserje de los sectores externos, sino que él también es vacío, y los de su especie han demostrado ser peligrosos e indignos de confianza, como recordarás por los asesinatos del rey Marrok y la reina Jannali, hace dieciocho años. ¿Aun así expondrías a nuestra sociedad a esta amenaza?

El hombre miraba enloquecido de miedo

—¿Amenaza, reina mía? Es un *bebé* —se detuvo. No parecía abiertamente rebelde, pero su falta de remordimiento no tardaría en hacer que Levana enfureciera—. Y los otros que vi en esos tanques… muchos de ellos eran niños. *Niños* inocentes.

La habitación se congeló.

Era claro que sabía demasiado. El infanticidio de vacíos se practicaba desde el mandato de la hermana de Levana, la reina Channary, después de que un vacío se había infiltrado en el palacio y había matado a sus padres. Nadie estaría complacido al saber que los bebés no habían sido asesinados, sino que en realidad estaban encerrados y eran usados como pequeñas fábricas de plaquetas.

Winter parpadeó, imaginando su propio cuerpo como una fábrica de plaquetas.

Bajó de nuevo la vista a sus dedos y miró que el hielo ya se había extendido a sus muñecas.

Eso no sería bueno para las correas transportadoras de plaquetas.

—¿El acusado tiene familia? —preguntó la reina.

Aimery movió la cabeza de arriba abajo.

—Los registros indican una hija, de nueve años de edad. Tiene además dos hermanas y un sobrino. Todos viven en el sector GM-12.

—¿Esposa?

—Muerta hace cinco meses, por envenenamiento por regolito.

El prisionero miró a la reina; la desesperación se acumulaba en sus ojos.

La corte comenzó a agitarse, sus vibrantes ropajes se movían y ondeaban. Este juicio ya había demorado demasiado. Estaban aburriéndose.

Levana se reclinó en el respaldo de su trono.

—Declaro culpable al acusado de intrusión e intento de robo contra la Corona. Estos crímenes son castigados con la ejecución inmediata.

El hombre se estremeció, pero su rostro se mantuvo suplicante, esperanzado. Siempre parecía que les llevaba algunos segundos entender semejante sentencia.

—Cada uno de los miembros de tu familia recibirá doce azotes en público, para recordar a todos en tu sector que no toleraré que mis decisiones vuelvan a ser cuestionadas.

La quijada del hombre se aflojó.

—Tu hija, cuando la encuentren, será entregada como obsequio a una de las familias de la corte. Allí le enseñarán la obediencia y la humildad que, claramente, no ha aprendido bajo tu cuidado.

—No, por favor. ¡Déjela vivir con sus tías! ¡Ella no ha hecho nada!

—Aimery, puedes proceder.

—*¡Por favor!*

—Tu reina ha hablado —dijo el taumaturgo Aimery—. Su palabra es definitiva.

Aimery sacó un cuchillo de obsidiana de una de sus mangas acampanadas y extendió la empuñadura al prisionero, cuyos ojos se habían agrandado histéricamente.

La habitación se enfrió aún más. Winter notó que sus exhalaciones se estaban convirtiendo en nubes de cristales de hielo. Se abrazó con fuerza.

El prisionero tomó la empuñadura del cuchillo. Su mano estaba firme. El resto de él temblaba.

—Por favor. Mi niñita… yo soy todo lo que tiene. *Por favor*, reina mía. ¡Majestad!

Levantó la hoja hasta su garganta.

Fue en ese momento cuando Winter desvió la mirada. Cuando siempre desviaba la mirada. Vio sus propios dedos esconderse en su vestido, sus uñas arañando la tela hasta que pudo sentir la punzada en sus muslos. Miró el hielo ascender sobre sus muñecas, hacia sus codos. Ahí donde el hielo la tocaba, su piel se adormecía.

Se imaginó dando una golpiza a la reina con esos puños de hielo macizo. Imaginó sus manos estrellándose en mil pedazos de estalactita.

Ahora el hielo estaba en sus hombros. En su cuello.

Aun sobre los chasquidos y el crepitar del hielo, escuchó la hoja cortar la carne. El borboteo de la sangre. Un atragantamiento apagado. El duro desplome del cuerpo.

El frío se había escabullido hacia el pecho de Winter. Apretó los ojos, recordando que debía mantener la calma, respirar. Pudo escuchar la voz firme de Jacin en su cabeza, sus manos sujetándola por los hombros.

No es real, princesa. Es solo una ilusión.

Normalmente le bastaba recordarlo para superar el pánico. Pero esta vez parecía estimular el hielo, que ya rodeaba sus costillas. Roía su estómago. Se endurecía sobre su corazón.

Se estaba congelando de adentro hacia afuera.

Escucha mi voz.

Jacin no estaba allí.

Quédate conmigo.

Jacin se había ido.

Todo está en tu mente.

Oyó las fuertes pisadas de las botas de los guardias al acercarse al cadáver. Cómo lo arrastraban hacia la cornisa. Cómo lo empujaban, y el distante sonido del cuerpo al chocar contra el agua.

La corte aplaudió con silenciosa cortesía.

Winter sintió que los dedos de sus pies se desprendían. Uno… a… uno.

—Muy bien —dijo la reina Levana—. Taumaturgo Tavaler, encárguese de que el resto de la sentencia se cumpla como es debido.

El hielo ya había avanzado hasta la garganta de Winter y estaba ascendiendo por su mentón. Había lágrimas congelándose dentro de sus conductos. Había saliva cristalizándose en su lengua.

Levantó la cabeza cuando una criada comenzó a limpiar la sangre de los mosaicos. Aimery frotaba su cuchillo con un trapo. Su mirada se encontró con la de Winter y sonrió con mordacidad.

—Me temo que la princesa no tiene estómago para estos procesos.

Los nobles de la audiencia rieron con disimulo: la repulsión de Winter por los juicios era causa de hilaridad para la mayor parte de la corte de Levana.

La reina giró para mirarla pero Winter no pudo alzar la vista. Era una chica hecha de hielo y cristal. Sus dientes eran frágiles, sus pulmones estallarían con demasiada facilidad.

—Sí —dijo Levana—. Con frecuencia olvido que está aquí. Eres casi tan inútil como una muñeca de trapo, ¿cierto, Winter?

La concurrencia rio de nuevo, más alto esta vez, como si la reina hubiera dado permiso para mofarse de la joven princesa.

Pero Winter no podía responder a la reina ni a las risas. Mantenía la vista clavada en el taumaturgo, tratando de ocultar su pánico.

—Oh, no. No es tan inútil —dijo Aimery. Mientras Winter miraba, una delgada línea carmesí apareció a través de su cuello y la sangre borboteó por la herida—. ¿La chica más bonita de toda Luna? Algún día será la feliz novia de un miembro de esta corte, supongo.

—¿La chica más bonita, Aimery? —el tono ligero de Levana casi ocultó el gruñido subyacente.

Aimery hizo una rápida reverencia.

—Solo la más bonita, reina mía. Ninguna mortal puede compararse con su perfección.

La corte se apresuró a coincidir, ofreciendo un centenar de cumplidos al mismo tiempo, aunque Winter aún podía sentir sobre ella las miradas lascivas de más de un noble.

Aimery dio un paso hacia el trono. Su cabeza cercenada se inclinó, cayó con un golpe seco sobre el mármol y rodó, rodó, rodó hasta detenerse justo a los pies helados de Winter.

Aún sonreía.

Ella gimió, pero el sonido quedó sepultado bajo la nieve en su garganta.

Todo está en tu mente.

—Silencio —dijo Levana, una vez que terminó de recibir su cuota de alabanzas—. ¿Ya terminamos?

El hielo finalmente llegó a sus ojos y Winter no tuvo más alternativa que cerrarlos frente a la imagen de Aimery decapitado, encerrándose en el frío y la oscuridad.

Ella podía morir allí sin quejarse. Quedaría sepultada bajo esa avalancha inerte. Jamás tendría que presenciar otro asesinato.

—Hay otro prisionero que debe ser juzgado, reina mía.

La voz de Aimery hizo eco en la fría cavidad de la cabeza de Winter.

—Sir Jacin Clay, guardia real, piloto y protector designado de la taumaturga Sybil Mira.

Winter jadeó y el hielo estalló; un millón de afilados trozos volaron por el salón del trono y se deslizaron por el piso. Nadie más los escuchó. Nadie más se dio cuenta.

Aimery, con la cabeza bien puesta, estaba mirándola de nuevo, como si hubiera estado esperando ver su reacción. Esbozaba una sutil sonrisa de burla cuando devolvió su atención a la reina.

—Ah, sí —dijo Levana—. Tráiganlo.

Dos

LAS PUERTAS DEL SALÓN DEL TRONO SE ABRIERON, Y AHÍ ESTABA ÉL, atrapado entre dos guardias, con las muñecas atadas a la espalda. Tenía el cabello rubio enmarañado, y algunos mechones colgaban hasta su mandíbula. Parecía como si hubiera pasado mucho tiempo desde que había tomado una ducha, pero Winter no pudo detectar señales claras de abuso.

Su estómago dio un vuelco. Todo el calor que el hielo había extraído de ella se precipitó de vuelta a la superficie de su piel.

Quédate conmigo, princesa. Escucha mi voz, princesa.

Lo llevaron al centro del salón, con expresión vacía.

Winter clavó las uñas en sus palmas.

Jacin no la miró. Ni una vez.

—Jacin Clay —dijo Aimery—: se te acusa de traición a la Corona por haber fracasado en proteger a la taumaturga y también por no haber logrado aprehender a una conocida fugitiva lunar, a pesar de haber pasado casi dos semanas en compañía de ella. Eres un traidor a Luna y a nuestra reina. Estos crímenes ameritan la pena de muerte. ¿Qué tienes que decir en tu defensa?

El corazón de la princesa retumbó como un tambor contra sus costillas. Miró suplicante a su madrastra, pero Levana no le estaba prestando atención alguna.

—Me declaro culpable de todos los crímenes señalados —admitió Jacin, captando nuevamente la atención de Winter—, excepto de la acusación de que soy un traidor.

Las uñas de Levana se movían trémulamente sobre el apoyabrazos del trono.

—Explícate.

Jacin se irguió, tan alto y fornido como si vistiera uniforme, como si estuviera en servicio y no en un juicio.

—Como dije antes, no aprehendí a la fugitiva cuando estuve en su compañía porque estaba tratando de convencerla de que yo era confiable, a fin de reunir información que pudiera enviar posteriormente a mi reina.

—Ah, sí. Estabas espiándolos a ella y a sus compañeros —dijo Levana—. Recuerdo que esa fue tu excusa cuando fuiste capturado. También recuerdo que no tenías información relevante que darme, solo mentiras.

—No eran mentiras, reina mía, aunque debo admitir que subestimé a la cyborg y sus habilidades. Era claro que me las estaba ocultando.

—Todo por ganar su confianza —había una intención de burla en el tono de la reina.

—No solo estaba buscando información sobre las habilidades de la cyborg, reina mía.

—Sugiero que dejes los juegos de palabras, sir Clay. Estás agotando mi paciencia.

El corazón de Winter se encogió. Jacin no. Ella no podía quedarse allí y verlos matar a Jacin.

Decidió que rogaría por él, aunque la decisión enfrentaba un problema obvio. ¿Qué podía ofrecer? Nada más que su propia vida, y ella sabía que Levana no aceptaría eso.

Tal vez podría hacer un berrinche. Ponerse histérica. En ese punto no estaría muy lejos de la realidad, y podría distraerlos por un tiempo, pero sabía que solo retrasaría lo inevitable.

Se había sentido impotente muchas veces en su vida, pero nunca así.

Entonces, solo quedaba una alternativa. Pondría su propio cuerpo frente al filo del acero.

Oh, Jacin *detestaría* eso.

Ignorante de la decisión de Winter, Jacin inclinó respetuosamente la cabeza.

—Durante el tiempo que estuve con Linh Cinder descubrí información acerca de un dispositivo que puede anular los efectos del don lunar si se conecta al sistema nervioso de una persona.

Esto provocó una oleada de curiosidad entre la concurrencia. Rigidez de espaldas, inclinación de hombros hacia adelante.

—Imposible —dijo Levana.

—Linh Cinder tenía evidencias de su potencial. Según su descripción, el aparato puede evitar que la bioelectricidad de un terrícola sea alterada. Pero en un lunar impedirá que utilice su don. La propia Linh Cinder tenía el artefacto instalado cuando llegó al baile de la Comunidad. Solo cuando fue destruido ella logró usar su don… como usted pudo comprobar con sus propios ojos, reina mía.

Sus palabras denotaban un aire de impertinencia. Los nudillos de Levana se pusieron blancos.

—¿Cuántos de esos hipotéticos dispositivos existen?

—Hasta donde sé, únicamente el aparato averiado instalado en la propia cyborg. Pero sospecho que solo se requerirían las especificaciones y los planos para hacer otro. El inventor era el padre adoptivo de Linh Cinder.

La reina comenzó a relajar las manos.

—Esta información es fascinante, sir Clay. Pero parece más un intento desesperado por salvarte que una verdadera prueba de inocencia.

Jacin se encogió de hombros, tranquilo.

—Si mi lealtad a la Corona no puede ser apreciada por la forma en que me comporté con el enemigo, obtuve información y alerté a la taumaturga Mira sobre la conspiración para secuestrar al emperador Kaito, no sé qué otra evidencia puedo proporcionarle, Su Majestad.

—Sí, sí, el mensaje anónimo que Sybil recibió para alertarla sobre los planes de Linh Cinder —Levana suspiró—. Me parece demasiado conveniente que el mensaje que *dices* haber enviado no lo haya visto nadie más que Sybil, quien ya está muerta.

Por primera vez, Jacin parecía desconcertado bajo la mirada fulminante de la reina. Aún no había visto a Winter.

La reina se dirigió a Jerrico Solis, el capitán de su guardia. Al igual que la mayoría de los guardias de la reina, Jerrico hacía sentir incómoda a Winter, quien a menudo imaginaba que el cabello rojizo del muchacho despedía llamas y su cuerpo se prendía fuego como un carbón ardiente.

—Jerrico, tú estabas con Sybil cuando emboscó la nave enemiga aquel día, y aun así dijiste que Sybil no había mencionado ese mensaje. ¿Tienes algo que agregar?

Jerrico dio un paso al frente. Había regresado de su expedición a la Tierra con una gran cantidad de heridas en el rostro, las cuales empezaban a desvanecerse. Fijó los ojos en Jacin.

—Reina mía: la taumaturga Mira confiaba en que encontraríamos a Linh Cinder en esa azotea, pero en ese momento no mencionó haber recibido ninguna información proveniente de afuera, anónima o de ningún otro tipo. Cuando la nave descendió, fue la taumaturga Mira quien ordenó que Jacin Clay fuera arrestado –Jacin alzó una ceja.

–Tal vez aún estaba molesta porque le disparé –hizo una pausa y agregó–: mientras estaba bajo el control de Linh Cinder, en defensa propia.

–Parece que tienes mucho que decir en defensa propia –observó Levana.

Jacin no respondió. Era el prisionero más tranquilo que Winter había visto en ese salón: él, quien sabía mejor que nadie las cosas terribles que habían ocurrido sobre aquel suelo, en el mismo sitio donde estaba parado. Levana debía de estar furiosa por su audacia, pero su aspecto era simplemente pensativo.

–¿Me permite hablar, reina mía?

La multitud murmuró, y a Winter le llevó un momento distinguir quién había hablado. Era un *guardia*. Uno de los silenciosos ornamentos del palacio. Aunque lo reconoció, no sabía su nombre.

Levana lo fulminó con la mirada, y Winter pudo imaginar que estaba decidiendo entre conceder el permiso o castigar al hombre por hablar cuando no le correspondía. Finalmente, habló.

–¿Cuál es tu nombre y cómo te atreves a interrumpir este proceso?

El guardia dio un paso adelante mirando a la pared, siempre a la pared.

–Mi nombre es Liam Kinney, reina mía, y fui parte del equipo que rescató el cuerpo de la taumaturga Mira.

Alzó una ceja buscando la anuencia de Jerrico; finalmente, este hizo un gesto de asentimiento.

–Continúa –ordenó Levana.

—Cuando encontramos el cuerpo de la taumaturga, descubrimos que tenía una pantalla portátil. Aunque había quedado casi destruida por la caída, se presentó como posible evidencia en el caso de su asesinato. Solo me pregunto si alguien ha intentado recuperar el supuesto mensaje.

Levana devolvió su atención a Aimery, cuyo rostro era una máscara que Winter reconoció. Cuanto más apacible era su expresión, más irritado estaba.

—De hecho, nuestro equipo logró tener acceso a sus últimas comunicaciones —dijo—. Estaba a punto de presentar la evidencia.

Era una mentira, y eso le dio a Winter algo de esperanza. Aimery era un gran mentiroso, en especial cuando le convenía. Y *odiaba* a Jacin, lo que significaba que no entregaría nada que pudiera salvarlo.

Esperanza. Frágil, endeble y patética *esperanza*.

Aimery hizo un gesto hacia la puerta y un sirviente avanzó deprisa, trayendo en una bandeja una pantalla destrozada y un nodo holográfico.

—Esta es la pantalla portátil que mencionó sir Kinney. Nuestra investigación ha confirmado que efectivamente había un mensaje anónimo enviado a Sybil ese día.

El criado encendió el nodo y un holograma brilló en el centro del salón. Detrás de él, Jacin se desvaneció como un fantasma

El holograma mostraba un mensaje de texto.

> **Linh Cinder secuestrará al emperador de la CO. Planea escape desde la azotea de la torre norte al atardecer.**

Algo demasiado importante en tan pocas palabras. Justo como era Jacin.

Levana leyó las palabras con los ojos entrecerrados.

—Gracias por su aporte, sir Kinney —fue revelador que no agradeciera a Aimery.

El guardia, Kinney, hizo una reverencia y volvió a su puesto. Antes de fijar la vista en la pared, le dirigió una mirada indescifrable a Winter.

—Supongo que me dirás, sir Clay, que este fue el mensaje que enviaste —prosiguió Levana.

—Así fue.

—¿Tienes algo más que agregar antes de mi veredicto?

—Nada, reina mía.

Levana se reclinó en su trono y el salón quedó en silencio; todos contuvieron el aliento en espera de la decisión de la reina.

—Sé que a mi hijastra le gustaría que te perdonara la vida —dijo Levana.

Winter se estremeció ante la aspereza del tono de su madrastra. Jacin no reaccionó en absoluto.

—Por favor, madrastra —susurró, apenas capaz de formar las palabras alrededor de la lengua seca—. Es Jacin. Él no es nuestro enemigo.

—Quizá *tuyo* no —dijo Levana—. Pero tú eres una chiquilla ingenua y estúpida.

—No es así, reina mía. Soy una fábrica de sangre y plaquetas, y toda mi maquinaria se está congelando…

La corte estalló en una carcajada y Winter retrocedió. Hasta Levana torció los labios, aunque había irritación debajo del aparente júbilo.

—He tomado una decisión —anunció ella con una voz estentórea que demandó silencio—. He decidido… dejar que el prisionero viva.

Winter sollozó de alivio. Se llevó una mano a la boca, pero demasiado tarde como para apagar el sonido.

Hubo más risas nerviosas entre la audiencia.

–¿Tienes otras ideas que aportar, princesa? –siseó Levana entre dientes.

Winter contuvo sus emociones lo más que pudo.

–No, reina mía. Sus sentencias son siempre sabias y definitivas, reina mía.

–Esta sentencia no ha terminado –la voz de la reina se endureció al volver a dirigirse a Jacin–. Tu incapacidad para matar o capturar a Linh Cinder no quedará impune, sobre todo porque tu incompetencia ocasionó que ella tuviera éxito en el secuestro de mi prometido. Por este crimen, te sentencio a infligirte treinta azotes en el estrado central, seguidos de cuarenta horas de castigo. Tu sentencia deberá comenzar a cumplirse mañana al amanecer.

Winter se sobresaltó, pero aun ese castigo no pudo destruir el trémulo alivio en su estómago. Él no moriría. Ella no era en absoluto una chica de hielo y cristal, sino de luz solar y polvo de estrellas porque Jacin no iba a morir.

–Y, Winter… –volvió rápidamente la vista a su madrastra, quien la miraba con desdén– si intentas llevarle comida, haré que le corten la lengua en pago por tu amabilidad.

Ella se encogió de nuevo en su silla, un pequeño rayo de sol extinto.

–Sí, reina mía.

Tres

WINTER ESTUVO DESPIERTA HORAS ANTES DE QUE LA LUZ ACLARARA EL cielo artificial del domo. Apenas había dormido. No fue a ver a Jacin flagelarse, pues sabía que si ella lo miraba, él habría evitado gritar de dolor. No podía hacerle eso. Que gritara: aun así, era más fuerte que cualquiera de ellos.

Mordisqueó con obediencia los embutidos y los quesos que le llevaron para el desayuno. Permitió que las doncellas la bañaran y la vistieran de seda rosa pálido. Permaneció sentada durante una sesión entera con el maestro Gertman, un taumaturgo de tercer nivel y su tutor durante años, fingiendo que intentaba usar su don y disculpándose porque era demasiado difícil, porque ella era muy débil. A él no pareció importarle. Pasaba la mayoría de las sesiones sin hacer más que mirarla estupefacto y Winter no sabía si él realmente podía decirle si alguna vez lo había encantado.

El día artificial había comenzado y terminado. Una de las doncellas le llevó una taza de leche tibia con canela, le preparó la cama y finalmente Winter se quedó a solas.

Su corazón empezó a latir con ansias.

Se puso unos pantalones delgados de lino y una camiseta holgada; luego se echó encima su bata de noche para que pareciera que llevaba ropa para dormir debajo. Había pensado esto durante todo el día; el plan se había formado lentamente en su mente, como pequeñas piezas de un rompecabezas que encajaban. Su determinación había mantenido las alucinaciones a raya.

Se despeinó el cabello para dar la impresión de que acababa de despertar de un profundo letargo, apagó las luces y se paró en su cama. El candelabro colgante rozó su frente y ella se sobresaltó, dio un paso atrás y recuperó el equilibrio sobre el grueso colchón.

Winter se preparó y, con total decisión, tomó aliento.

Contó hasta tres.

Y gritó.

Gritó como si un asesino le clavara un cuchillo en el estómago.

Gritó como si mil pájaros le arrancaran la carne.

Gritó como si el palacio se incendiara a su alrededor.

El guardia que estaba apostado afuera entró de pronto con el arma desenfundada. Winter siguió gritando. Tropezando con las almohadas, apretó la espalda contra la cabecera y se llevó las manos al cabello.

—¡Princesa! ¿Qué pasa? ¿Cuál es el problema? —sus ojos recorrieron la habitación oscura a toda velocidad, en busca de algún intruso, alguna amenaza.

Winter sacudió un brazo, arañó el tapiz y arrancó un pedazo. Comenzaba a ser creíble que estaba realmente horrorizada. Que había fantasmas y asesinos que la acorralaban.

—¡Princesa! —un segundo guardia irrumpió en la habitación. Encendió la luz y Winter se ocultó—. ¿Qué está pasando?

—No sé —el primer guardia había cruzado al otro lado de la habitación y revisaba detrás de las cortinas de las ventanas.

—*¡Monstruo!* —gritó Winter, acentuando la palabra con un sollozo—. ¡Desperté y estaba parado sobre mi cama… uno de… uno de los soldados de la reina!

Los guardias intercambiaron miradas; el mensaje fue claro, aun para Winter.

No pasa nada. Está loca.

—Su Alteza… —comenzó el segundo guardia, al tiempo que un tercero aparecía en la entrada.

Bien. Usualmente solo había tres guardias apostados en ese corredor, entre su recámara y las escaleras principales.

—¡Se fue por allá! —cubriéndose con un brazo, Winter apuntó hacia su vestidor—. Por favor, no dejen que escape. ¡Encuéntrenlo, por favor!

—¿Qué pasó? —preguntó el recién llegado.

—Ella cree haber visto a uno de los soldados mutantes —refunfuñó el segundo guardia.

—*¡Estaba aquí!* —gritó ella, tan fuerte que sintió que las palabras desgarraban su garganta, pero continuó—. ¿Por qué no me protegen? ¿Por qué se quedan parados? *¡Vayan a buscarlo!*

El primer guardia se veía sumamente irritado, como si aquella farsa hubiera interrumpido algo más que estar de pie en el corredor mirando la pared.

—Por supuesto, princesa —respondió con autoridad, después de enfundar su pistola—. Encontraremos a ese delincuente y garantizaremos su seguridad.

Llamó al segundo guardia y ambos se dirigieron acechantes hacia el vestidor.

Winter miró al tercer guardia y se acuclilló en la cama.

—Usted debería ir con ellos —pidió encarecidamente, con voz conmocionada y débil—. Es un monstruo… enorme… con dientes y garras feroces que los harán *pedazos*. ¡Ellos no pueden vencerlo solos, y si fallan…! —sus palabras se convirtieron en un plañido de terror—. ¡Vendrá por mí y no habrá nadie que lo detenga! ¡Nadie me salvará!

Se tiró del cabello, con el cuerpo entero tembloroso.

—Está bien, está bien. Claro, Alteza. Solo espere aquí y… trate de calmarse —agradecido de dejar atrás a la princesa enloquecida, siguió a sus camaradas.

En el instante en que desapareció por la puerta, Winter bajó de la cama, se quitó la bata y la dejó sobre una silla.

—¡El vestidor está vacío! —gritó uno de los guardias.

—¡Siga buscando! —respondió ella—. ¡Sé que está allí!

Cogió el sombrero y los zapatos que había dejado a un lado de la puerta y escapó.

A diferencia de sus guardias personales, que la habrían interrogado interminablemente y habrían insistido en escoltarla a la ciudad, los guardias que custodiaban las torres fuera del palacio apenas reaccionaron cuando les pidió que abrieran la puerta. Sin guardias ni vestimenta elegante, y con el cabello recogido y la cara agachada, pudo hacerse pasar por una criada, en medio de las sombras.

En cuanto cruzó las puertas, echó a correr de nuevo.

Los aristócratas pululaban en las calles adoquinadas de la ciudad, riendo y coqueteando con su ropa fina y sus encantos.

La luz se derramaba por entre las puertas abiertas, la música danzaba a lo largo de las cornisas de las ventanas, y por todas partes había olor a comida, tintineo de copas y sombras que se besaban y suspiraban en callejones oscuros.

Siempre era así en la ciudad. La frivolidad, el placer. La blanca ciudad de Artemisa: su propio pequeño paraíso bajo el cristal de protección.

En el centro de todo aquello estaba el escenario, una plataforma circular donde se representaban dramas y se realizaban subastas, donde espectáculos de ilusión y humor obsceno atraían a las familias desde sus mansiones para una noche de juerga.

Con frecuencia se anunciaban humillaciones y castigos públicos.

Winter jadeaba, al mismo tiempo agotada y sintiendo vértigo por haber tenido éxito, cuando descubrió el estrado. Entonces lo vio y el anhelo casi le dobló las rodillas. Tuvo que aminorar el paso para recobrar el aliento.

Estaba sentado de espaldas al enorme reloj de sol que se encontraba en el centro del estrado, un instrumento tan impresionante como inútil durante esas largas noches. Las cuerdas sujetaban sus brazos desnudos, y tenía el mentón caído sobre la clavícula, con su pálido cabello ocultando el rostro. Al acercarse, Winter pudo ver las llagas de los azotes que cruzaban su pecho y abdomen, cubiertas de sangre seca. Seguramente había más en su espalda. Sus manos tenían ampollas por sujetar el látigo. Castigo *autoinfligido*, ordenó Levana, pero todos sabían que Jacin estaría bajo el control de un taumaturgo. No había nada de *autoinfligido* en ello.

Ella se había enterado de que Aimery se había ofrecido como voluntario. Sin duda, el taumaturgo mayor se había regodeado con cada herida.

Jacin alzó la cabeza cuando ella llegó al centro del estrado. Sus ojos se encontraron y ella se quedó mirando a un hombre que había sido golpeado, atado, ridiculizado y torturado todo el día. Por un momento, pensó que debía de estar destrozado. Solo era otro de los juguetes destrozados de la reina.

Pero entonces un lado de su boca se movió, y la sonrisa se extendió a sus sorprendidos ojos azules, tan brillante y acogedora como el sol al amanecer.

—Hola, señorita Problema —dijo él, apoyando la cabeza contra el reloj.

Con eso, el terror de las semanas anteriores se diluyó como si nunca hubiera existido. Estaba vivo. Estaba en casa. Seguía siendo Jacin.

—¿Tienes idea de lo preocupada que estuve? —preguntó Winter después de subir al escenario—. No sabía si estabas muerto o te habían hecho prisionero, o si te había devorado alguno de los soldados de la reina. Me estaba volviendo loca por no saber.

Él alzó una ceja.

—No digas nada —pidió ella con el ceño fruncido.

—No me atrevería —encogió los hombros tanto como se lo permitieron las ataduras. Con ese movimiento sus heridas se abrieron y se fruncieron, y su rostro se contrajo de dolor, pero fue breve.

Winter fingió que no se había dado cuenta y se sentó frente a él con las piernas cruzadas, para examinar sus heridas. Quería tocarlo, pero tocarlo la llenaba de terror. Por lo menos, eso no había cambiado.

—¿Te duele mucho?

—Es mejor que estar en el fondo del lago —su sonrisa se torció en un gesto irónico. Tenía los labios agrietados—. Me pondrán en un tanque de suspensión mañana por la noche. En medio día quedaré como nuevo —entrecerró los ojos—. Eso, suponiendo que no hayas venido a traerme comida. Quisiera conservar la lengua donde la tengo.

—Nada de comida, solo una presencia amistosa.

—Amistosa —la recorrió con la mirada sin perder su sonrisa relajada—. Es un eufemismo.

Winter bajó la cabeza y la giró apenas lo necesario para ocultar las tres cicatrices de su mejilla derecha. Durante años, ella había supuesto que cuando la gente la miraba fijamente, era porque le repugnaban las cicatrices. Una insólita desfiguración en su mundo perfecto. Pero entonces, una criada le dijo que no era repudio, sino asombro. Le dijo que las cicatrices le daban un aspecto interesante y que, por extraño que pareciera, la hacían ver más hermosa. *Hermosa.* La palabra que Winter no había dejado de oír toda su vida. Una bebé hermosa, una niña hermosa, una jovencita hermosa, muy hermosa, *demasiado* hermosa… y las miradas que acompañaban a la palabra hacían que siempre quisiera ponerse un velo, como su madrastra, para ocultarse de las murmuraciones.

Jacin era la única persona que la hacía sentir hermosa sin que pareciera algo malo. No se acordaba de haberlo oído decir jamás la palabra, o de haberle hecho algún cumplido. Sus halagos quedaban siempre ocultos detrás de las bromas despreocupadas que tanto le aceleraban el corazón.

—No te burles —le dijo ella, aturdida por cómo la miraba, por la forma en que siempre la miraba.

—No me burlaba —le respondió con absoluta indiferencia.

En respuesta, Winter se estiró y le pellizcó ligeramente el hombro.

Él se retrajo de dolor y ella soltó un gritito, al acordarse de sus heridas, pero Jacin no dejó de mirarla con calidez.

—No es una pelea justa, princesa.

—Ya era hora de que tuviera una ventaja —señaló Winter, olvidándose de la disculpa.

—¿Dónde está tu guardaespaldas? —preguntó él, mirando a lo lejos, hacia las calles.

—Lo dejé. Se quedó buscando un monstruo en mi vestidor.

La sonrisa luminosa desapareció, petrificada por la exasperación.

—Princesa, no puedes salir sola. Si algo te pasara…

—¿Quién iba a querer hacerme algo aquí, en la ciudad? Todos saben quién soy.

—Basta con un idiota, alguno muy acostumbrado a conseguir lo que quiere y demasiado borracho como para controlarse.

Ruborizada, apretó la mandíbula. Al instante, Jacin pareció arrepentido.

—Princesa…

—Volveré corriendo al palacio. Estaré bien.

Él suspiró. Ella inclinó la cabeza y pensó en que debió haber llevado algún ungüento medicinal para sus heridas. Levana no le había dicho nada de medicinas, y al verlo atado y vulnerable (y con el torso desnudo, aunque ensangrentado), sentía que sus dedos se retorcían de un modo extraño.

—Quería estar a solas contigo —le dijo y se concentró en su rostro—. Ya nunca volveremos a estar solos.

—No es propio de princesas de diecisiete años estar a solas con jóvenes de dudosas intenciones.

Ella se rio.

—¿Y qué me dices de los jóvenes que son sus mejores amigos desde que aprendieron a caminar?

—Esos son los peores —respondió él, sacudiendo la cabeza.

Winter resopló; fue una risa contenida que sirvió para que volviera a brillar la sonrisa de Jacin.

Pero el humor era agridulce. En verdad, Jacin solo la tocaba para ayudarla a superar alguna alucinación. Aparte de eso, no la había tocado deliberadamente en años, desde que ella tenía catorce y el dieciséis y trató de enseñarle el vals Eclipse, con resultados más bien lastimosos.

En aquellos días ella habría subastado la Vía Láctea a cambio de que las intenciones de Jacin hubieran sido un poco menos honestas.

La sonrisa de Winter comenzó a apagarse.

—Te extrañé —le dijo ella.

Jacin apartó la vista y se movió para tratar de ponerse más cómodo contra la esfera del reloj. Apretaba la mandíbula para que Winter no se percatara de cuánto le dolía hasta el menor movimiento.

—¿Cómo está tu cabeza? —le preguntó.

—Las visiones van y vienen —le contestó—, pero no parece que empeoren.

—¿Has tenido una hoy?

Winter tomó una pequeña pelusa del lino de sus pantalones mientras pensaba.

—No. La última fue ayer en los juicios. Me convertí en una chica de hielo y Aimery perdió la cabeza, literalmente.

—No me importaría mucho si eso último se hiciera realidad.

—¡Silencio!

—Lo digo en serio. No me gusta cómo te mira.

Winter echó un vistazo hacia atrás, pero los patios que rodeaban el estrado estaban desiertos. Solo el bullicio distante de la música y las risas les recordaba que se encontraban en una metrópoli.

—Estás en Luna ahora —señaló ella—. Debes tener cuidado con lo que dices.

—¿Me estás dando consejos sobre cómo disimular?

—Jacin...

—En esta plaza hay tres cámaras. Dos en los faroles que están atrás de ti y una metida en el roble del reloj solar. Ninguna tiene audio, a menos que hayan contratado lectores de labios.

—¿Cómo sabes eso? —preguntó Winter, frunciendo el ceño.

—La vigilancia era una de las especialidades de Sybil.

—Aun así, la reina pudo haberte matado ayer. Debes tener cuidado.

—Ya sé, princesa. No estoy interesado en volver a la sala del trono salvo como guardia leal.

Un rugido por encima de su cabeza atrajo la atención de Winter. A través del domo, las luces de una docena de naves comenzaban a desaparecer a medida que los vehículos cruzaban el cielo tachonado de estrellas. Iban a la Tierra.

—Soldados —dijo Jacin, que había seguido la dirección de su mirada. Winter no entendió si era una afirmación o una pregunta—. ¿Cómo va la campaña militar?

—Nadie me cuenta nada, pero hasta ahora Su Majestad parece satisfecha con nuestras victorias… aunque de todos modos está furiosa por la desaparición del emperador y la boda cancelada.

—No se canceló, solo se pospuso.

—Trata de explicárselo.

Jacin lanzó un gruñido.

Winter dobló los codos y puso la barbilla entre las manos.

—¿Es verdad que la cyborg tiene ese aparato que mencionaste en el juicio? ¿El aparato que impide que se manipule a la gente?

Un destello pasó por sus ojos, como si las palabras le hubieran recordado algo importante, pero cuando trató de inclinarse hacia ella, sus ataduras lo contuvieron. Hizo un gesto y maldijo entre dientes.

Winter se movió para estar más cerca y compensar la distancia.

—Eso no es todo —contestó—. Se dice que el aparato impide que los lunares usen su don.

—Sí, lo comentaste en la sala del trono.

Se aferró a ella con su mirada.

—Además, protegerá sus mentes. Ella dijo que les impide…

Volverse locos.

No tuvo que decirlo en voz alta, no cuando su rostro reflejaba tanta esperanza, como si, por fin, hubiera resuelto el problema más grave del mundo. El significado de lo que quiso decir se quedó flotando entre los dos.

Ese aparato podría sanarla.

Winter dobló los dedos bajo su barbilla.

—Dijiste que no había otros aparatos.

—No, pero si pudiéramos encontrar las patentes del invento... siquiera para saber si es posible.

—La reina hará cuanto pueda para que no lo fabriquen más.

La expresión de Jacin se oscureció.

—Ya sé, pero tenía que ofrecer algo. Si Sybil no me hubiera arrestado... esa bruja malagradecida.

Winter sonrió con dulzura y cuando Jacin la miró, desapareció su enojo.

—No importa. Pero ahora sé que es posible y encontraré la manera de hacerlo.

—Las visiones nunca son tan malas si te tengo cerca. Ahora que volviste, van a mejorar.

La quijada de Jacin se tensó.

—Siento haberme ido —le dijo—. Me arrepentí en cuanto me di cuenta de lo que había hecho. Pasó tan deprisa... y luego, no pude volver por ti. Yo... te abandoné aquí, con ella. Con *ellos*.

—No me abandonaste. Te tomaron como rehén. No tuviste opciones.

Jacin desvió la mirada.

—¿No fuiste manipulado? —preguntó Winter, enderezándose.

—No todo el tiempo —le dijo en un susurro, como una confesión—. Escogí ponerme de su lado en cuanto Sybil y yo abordamos su nave.

El sentimiento de culpabilidad afloró en su rostro; era una expresión tan rara en él que Winter no supo si la interpretaba correctamente.

—Y luego, los traicioné —golpeó su cabeza con demasiada fuerza contra el reloj de sol—. Soy un idiota. Tendrías que odiarme.

—Es posible que seas un idiota, pero te aseguro que eres un idiota adorable.

Jacin negó con la cabeza.

—Eres la única persona de la galaxia que se atrevería a llamarme "adorable".

—Soy la única de la galaxia que está lo bastante loca para creerlo. Vamos, cuéntame lo que pasó. ¿Qué error cometiste para que tenga que odiarte?

Jacin tragó con fuerza.

—¿Sabes quién es esa cyborg que Su Majestad quiere localizar a toda costa? —le preguntó.

—Linh Cinder.

—Sí. Bueno, yo creía que era una loca metida en una misión suicida. Pensaba que nos iba a matar a todos con sus fantasías de raptar al emperador y destronar a la reina… cualquiera que la oyera habría pensado igual. Entonces se me ocurrió que podría aprovechar la oportunidad y tratar de volver contigo. Dejar que sacrificara su vida.

—Pero de hecho Linh Cinder secuestró al emperador y se salió con la suya.

—Ya sé —le contestó y se concentró de nuevo en ella—. Sybil capturó a una de su grupo, una chica llamada Scarlet. Quizá sabes quién…

—Ah, sí —dijo Winter con una sonrisa—. La reina me la dio de mascota. La tengo en la casa de los animales y me gusta mucho —arrugó el entrecejo y continuó—: Pero no sé si ya se decidió a quererme.

Jacin se contrajo con un dolor repentino y desconocido y se detuvo un momento para recomponerse.

—¿Le darías un mensaje de mi parte?

—Claro que sí.

—Debes tener cuidado. No te lo diré si no puedes ser discreta; es por tu propia seguridad.

–Seré discreta.

Jacin la miró con escepticismo.

—*Puedo serlo*. Seré tan sigilosa como un espía. Tan sigilosa como *tú* –afirmó Winter, y se acercó un poco más.

Jacin bajó la voz como si ya no se sintiera tan seguro de que las cámaras no tuvieran sistema de audio.

–Dile que vienen por ella.

–¿Vienen por…? ¿Vienen aquí? –preguntó Winter, mirándolo fijo.

Jacin asintió con un sutil movimiento de cabeza.

–Creo que realmente tienen una oportunidad de lograrlo.

Con el ceño fruncido, Winter se estiró y acomodó los mechones del pelo sucio y sudoroso de Jacin detrás de las orejas. Él se puso tenso, pero no retrocedió.

–Jacin Clay –le dijo dulcemente–. Hablas con acertijos.

–Linh Cinder –su voz era poco más que un susurro y Winter se inclinó todavía más para escucharlo. Un bucle de su cabello cayó contra el hombro de él. Jacin se humedeció los labios antes de continuar–. Ella es Selene.

Winter sintió que se endurecían todos los músculos de su cuerpo. Retrocedió.

–Jacin. Si Su Majestad te oyera mencionar…

–No se lo diré a nadie más, pero tenía que contártelo a ti –se le formaron arrugas en el rabillo de los ojos, que expresaban compasión–. Sé que la amabas.

–¿*Mi Selene?* –preguntó Winter, con el corazón retumbando.

–Sí. Pero… lo siento mucho, princesa; creo que no te recuerda.

Winter parpadeó y dejó que la ensoñación la inundara por un momento borroso. Selene estaba viva. Su prima, su amiga. *Estaba viva.* Pero luego sacudió la cabeza para desechar la esperanza y encogió los hombros.

–No. Ella murió. Yo estuve *ahí*, Jacin. Vi las secuelas del incendio.

–Pero *a ella* no la viste.

–Encontraron…

–Carne carbonizada, lo sé.

–Un montón de cenizas con forma de niña.

–Eran puras cenizas. Mira: yo tampoco lo creía, pero ahora lo sé –una de las comisuras de su boca se levantó con algo parecido al orgullo–. Es nuestra princesa perdida y viene de vuelta a casa.

Alguien se aclaró la garganta detrás de Winter. Ella sintió que su esqueleto casi saltaba a través de la piel. Giró el torso y resbaló sobre uno de sus codos.

Su guardaespaldas estaba frente al estrado, con el rostro adusto.

–¡Ah! –con el corazón agitado como una bandada de pájaros, Winter mostró una sonrisa de alivio–. ¿Atrapaste al monstruo?

Él no le devolvió la sonrisa; ni siquiera se ruborizaron sus mejillas, que era la reacción habitual cuando ella exhibía aquella sonrisa tan peculiar. Más bien parecía como si el ojo derecho le estuviera temblando.

–Su Alteza. Vengo por usted para escoltarla al palacio.

Winter se recompuso y cerró las manos graciosamente contra su pecho.

–Por supuesto. Es muy amable de tu parte que te preocuparas por mí.

Volteó hacia Jacin, que miraba con desconfianza al guardia. Nada raro, pues a todos los veía desconfiadamente.

–Me temo que mañana será todavía más difícil para ti, sir Clay. Trata de pensar en mí cuando puedas.

–¿*Tratar*, princesa? –le dijo con una mueca y mirándola a los ojos–. No se me ocurre en qué más podría pensar.

Cuatro

CINDER ESTABA TENDIDA DE ESPALDAS SOBRE EL SUELO, MIRANDO EL enorme motor de la Rampion, sus tuberías y el módulo giratorio de soporte vital. Había extendido sobre su campo de visión los planos del sistema, que había descargado unas semanas atrás. Era un truco de cyborg que le había resultado muy oportuno incontables veces cuando trabajaba como mecánica en Nueva Beijing. Amplió una sección para acercar la imagen de un cilindro del tamaño de su brazo. Estaba insertado cerca de la pared de la sala de máquinas. De los dos lados salían tubos en espiral.

—Esto debe de ser el problema —murmuró y dobló el plano. Se arrastró por debajo del módulo giratorio, mientras la pelusa se adhería a sus hombros, y se enderezó para quedar sentada. No había casi espacio para ubicarse entre el laberinto de cables y mangueras, tubos y conductos.

Contuvo la respiración y apoyó una oreja contra el cilindro. Sentía el metal frío como el hielo contra su piel.

Se quedó inmóvil y escuchó. Ajustó el volumen de sus sensores de audio.

Lo que oyó fue que se abría la puerta de la sala de máquinas.

Echó una mirada y percibió los pantalones grises de un uniforme militar en la luz amarillenta del corredor. Podían pertenecer a cualquiera a bordo, pero esos lustrosos zapatos de vestir...

—¿Estás por aquí? —preguntó Kai.

Cinder sintió que su corazón galopaba; cada vez que él aparecía su corazón galopaba.

—Aquí, atrás.

Kai cerró la puerta y se acuclilló al otro lado de la sala; su figura quedó enmarcada por el revoltijo de pistones batientes y ventiladores que giraban.

—¿Qué haces?

—Reviso los filtros de oxígeno. Dame un minuto.

Volvió a poner la oreja contra el cilindro. Ahí estaba: un vago repiqueteo, como si una canica rebotara dentro. "Ajá".

Sacó una llave de tuercas de la bolsa y aflojó los pernos de ambos lados del cilindro. En cuanto lo soltó, la nave se sumió en un silencio escalofriante, como un zumbido que solo se advierte cuando se detiene. Kai alzó las cejas.

Cinder miró detenidamente hasta lo más profundo del cilindro. Luego metió los dedos y sacó un intrincado filtro. Estaba formado por diminutos canales y grietas, todo recubierto por una delgada película gris.

—Por eso los despegues han sido tan inestables.

—Me imagino que no necesitas ayuda.

—No, a menos que quieras buscar una escoba.

—¿Una escoba?

La muchacha alzó el filtro y golpeó uno de sus extremos contra las tuberías que corrían sobre su cabeza. Se desprendió una nube de polvo que le cubrió el pelo y los brazos. Sin dejar de toser, escondió la nariz en el pliegue del codo y siguió golpeando hasta que cayeron los trozos más grandes.

—¡Ah, una escoba! Muy bien. ¿Habrá una en la cocina? Es decir, ¿en la cocinita?

Cinder parpadeó para sacudirse el polvo de las pestañas y le sonrió. Solía ser tan seguro de sí mismo que en los momentos excepcionales en que se ponía nervioso ella sentía que se le daba vuelta el estómago. Y Kai, últimamente, se aturdía mucho. Desde el instante en que despertó en la Rampion, quedó claro que estaba a doce mil kilómetros de distancia de su mundo; sin embargo, se había adaptado bien en estas semanas. Aprendió la terminología, comía sin quejas alimentos enlatados y deshidratados, cambió su lujosa vestimenta nupcial por el uniforme militar común que usaban todos. Insistía en ayudar en lo que pudiera, incluso cocinar una de esas comidas insípidas, pese a que Iko insistía en que, puesto que era su huésped real, *ellos* deberían atenderlo. En cambio, Thorne se reía. La sugerencia había hecho que Kai se sintiera todavía más incómodo.

Aunque Cinder no concebía que abdicara de su trono y emprendiera una vida de viajes espaciales y aventura, le encantaba ver cómo intentaba adaptarse.

—Era una broma —le dijo—. Las salas de máquinas suelen estar llenas de polvo.

Volvió a examinar el filtro y, cuando consideró que estaba en condiciones aceptables, lo introdujo de nuevo en el cilindro y lo atornilló. El zumbido regresó, pero ya sin el golpeteo de la canica.

Cinder se arrastró para salir con los pies primero de la parte baja del módulo y las tuberías. Todavía acuclillado, Kai la miró y sonrió con aire de satisfacción.

—Iko tiene razón en que no puedes estar limpia más de cinco minutos.

—Es parte de la descripción de mi puesto.

Cuando se sentó, una cascada de pelusas cayó desde sus hombros. Kai le sacudió las más grandes del cabello.

—¿Dónde aprendiste a hacer eso?

—¿Qué? Cualquiera puede limpiar un filtro de oxígeno.

—No, no es cierto —replicó Kai con los codos sobre las rodillas, mientras dejaba vagar su atención por la sala—. ¿Sabes para qué sirve cada pieza?

Ella siguió su mirada: los cables, las válvulas, los resortes, y se encogió de hombros.

—Casi todo, menos esa cosa grande giratoria de la esquina. No me imagino qué es. ¿Qué tan importante puede ser?

Kai puso los ojos en blanco.

Cinder se aferró a un tubo, se levantó y se metió la llave de tuercas en el bolsillo.

—No aprendí en ningún lado. Solo observo las cosas y me imagino cómo funcionan. Si sabes cómo funciona algo, entiendes cómo repararlo.

Trató de sacudirse las últimas pelusas del cabello, pero parecían infinitas.

—¿Así que solo *observas* una cosa y sabes cómo funciona? —le preguntó Kai acercándose a ella con una expresión pícara—. ¿Así de simple?

Cinder se arregló la cola de caballo y se encogió de hombros, repentinamente cohibida.

—Es solo mecánica.

Kai pasó un brazo por su cintura y la atrajo hacia él.

—No. Eres impresionante —le dijo y con la yema del pulgar sacudió otra pelusa de la mejilla de Cinder—. Además de extrañamente atractiva.

Kai tomó los labios de Cinder entre los suyos. Cinder se tensó un instante y enseguida se fundió en el beso. La avalancha era siempre la misma, junto con la sorpresa y la oleada de vértigo. Era su beso decimoséptimo (su interfaz cerebral llevaba la cuenta, un tanto en contra de su voluntad) y la hacía preguntarse si alguna vez se acostumbraría a la sensación, a ser *deseada*, cuando había pasado toda su vida convencida de que nadie la vería nunca como algo más que un estrafalario experimento científico.

En particular, no un muchacho.

En particular, no Kai, que era listo y honesto y amable, y que habría podido tener a cualquier chica que quisiera. *Cualquier* chica.

Suspiró apoyada contra él, refugiada en su abrazo. Kai se aferró de un conducto elevado y presionó a Cinder contra la consola de la computadora central. Ella no ofreció resistencia y, aunque su cuerpo no le permitía ruborizarse, cuando él estaba cerca un calor desconocido la inundaba hasta el último centímetro. Todas sus terminaciones nerviosas soltaban chispas y latían, y sabía que él podría besarla otras diecisiete mil veces y que ella nunca se cansaría.

Cinder le rodeó el cuello con los brazos para que sus cuerpos se amoldaran entre sí. La tibieza del pecho de Kai le traspasó la ropa. Se sentía simplemente bien, simplemente perfecto. Pero había una sensación que no la abandonaba, sino que merodeaba, siempre lista para enturbiar su alegría: la certeza de que no podía durar.

No mientras Kai estuviera comprometido con Levana.

Se enojó por permitir que ese pensamiento la invadiera. Besó a Kai con más intensidad, pero sus pensamientos se rebelaban. Aun si lo lograban y Cinder podía recuperar el trono, era lógico que se estableciera en Luna como la nueva reina. Aunque no era ninguna experta, le parecía problemático sostener una relación en dos planetas diferentes… es decir, en un planeta y una luna.

O como fuera.

El punto era que habría trescientos ochenta y cuatro mil kilómetros de espacio entre ella y Kai, lo cual era *mucho* espacio y... Kai sonrió y dejó de besarla.

—¿Qué sucede? —murmuró casi sin despegar sus labios de los de Cinder.

Ella retrocedió para mirarlo. El pelo le había crecido y estaba bastante desordenado. Como príncipe, su aspecto siempre había sido perfecto. Pero luego se convirtió en emperador. Había pasado las semanas transcurridas desde su coronación tratando de detener una guerra, atrapar a una fugitiva, evitar su matrimonio y resistir su propio secuestro. El peluquero se había convertido en un lujo innecesario.

—¿Piensas en el futuro? —preguntó Cinder luego de titubear.

—Claro que pienso en el futuro —respondió con una expresión recelosa.

—Y... ¿me incluye a mí?

La mirada de Kai se suavizó. Soltó el tubo del que se había sujetado y acomodó un mechón de cabello detrás de la oreja de Cinder.

—Eso depende de si pienso en el futuro bueno o en el malo.

Cinder hundió la cabeza bajo el mentón de Kai.

—Ojalá que yo esté en uno de los dos al menos.

—Todo va a salir bien —dijo Kai, con los labios sobre su pelo—. Vamos a ganar.

Cinder asintió con la cabeza, contenta de que él no pudiera verle el rostro.

Derrocar a Levana y entronizarse como reina de Luna era apenas el comienzo de una galaxia de preocupaciones. Quería con todas sus fuerzas quedarse como estaba, amparada en esta nave, juntos, seguros y solos... pero era lo contrario de lo que iba a suceder. Si lograban que depusieran a Levana, Kai volvería a ser el emperador de la Comunidad Oriental y, algún día, necesitaría una emperatriz.

Cinder tenía un derecho hereditario a la corona de Luna y abrigaba la esperanza de que el pueblo aceptaría *a quien fuera* antes que a Levana, incluso a una adolescente sin experiencia en política que estaba hecha con más del treinta y seis por ciento de materiales cibernéticos y artificiales. Pero había visto los prejuicios de los habitantes de la Comunidad. Algo en su interior le decía que no la aceptarían tan fácilmente como su gobernante.

Ni siquiera estaba segura de querer ser emperatriz. Todavía no se acostumbraba a la idea de ser princesa.

—Un paso cada vez —murmuró, tratando de aquietar el remolino de sus pensamientos.

Kai le dio un beso en la sien (su cerebro no lo contó como el dieciocho) y se apartó.

—¿Cómo va tu entrenamiento?

—Bien —se liberó de su abrazo y escudriñó el motor—. ¡Ah! Ya que estás aquí, ¿podrías ayudarme con esto?

Le dio rápidamente la espalda y abrió un tablero de la pared, por donde asomó un conjunto de cables unidos.

—*Eso* fue un cambio brusco de tema.

—No cambio de tema —le dijo, aunque su intento por aclararse la garganta traicionó su negativa—. Estoy organizando los cables del equipo orbital automático, para que los sistemas de la nave funcionen mejor mientras flotamos. Estas naves de carga están hechas para aterrizajes y despegues frecuentes, no para navegar constantem…

—Cinder.

Ella apretó los labios y soltó algunos conectores.

—El entrenamiento va *bien* —repitió—. Pásame los alicates que están en el piso —Kai examinó el suelo, tomó dos herramientas y las levantó–. En la mano izquierda –dijo Cinder y Kai le entregó la herramienta–. Entrenar con Wolf se ha vuelto mucho más fácil, pero no sé si es porque me he fortalecido o porque él… ya sabes.

No encontró una palabra para decirlo. Desde que habían atrapado a Scarlet, Wolf era una sombra de lo que había sido. Lo único que lo retenía era su determinación de llegar a Luna y rescatarla cuanto antes fuera posible.

–Comoquiera que sea –continuó Cinder–, creo que ya me enseñó todo lo que podía para usar mi don lunar. En adelante, tendré que improvisar –inspeccionó la maraña de cables y los fue alineando con un diagrama proyectado en la pantalla de su retina–. Claro que esa ha sido mi táctica principal todo el tiempo –frunció el ceño y realizó algunos cortes pequeños–. Ven. Toma estos alambres y no dejes que se toquen.

Kai se inclinó sobre ella y tomó los cables que le indicaba.

–¿Qué pasa si se tocan?

–Pues, lo más seguro es que nada, pero hay una pequeña probabilidad de que la nave se autodestruya.

Cinder jaló de dos de los alambres recién cortados y se puso a trenzarlos en una nueva secuencia.

Kai casi no respiró hasta que Cinder no tomó de sus manos los cables amenazantes.

–¿Por qué no practicas conmigo?

–¿Practicar qué?

–Ya sabes, eso de tu manipulación mental.

Cinder se detuvo, con los alicates suspendidos sobre un cable azul.

–Absolutamente no.

–¿Por qué?

–Dije que nunca te manipularía y lo voy a cumplir.

—No es manipulación si lo sé de antemano —dijo Kai dubitativo—. Por lo menos, eso creo. Podríamos usar una palabra clave; así, sabría cuando me controles. ¿Cómo se llaman esas pinzas?

—¿Los alicates?

—Por ejemplo, "alicates".

—No.

—O cualquier otra cosa.

—No voy a practicar contigo —deslizó los alicates en su bolsillo, terminó de ajustar el resto de los cables y relevó a Kai de sus tareas—. Listo, ya veremos qué tal funciona.

—Cinder, no tengo nada mejor que hacer. Literalmente, *nada* mejor que hacer. En el tiempo que he pasado en la nave he visto que no tengo ninguna habilidad práctica. No cocino, no sé arreglar nada, no puedo ayudar a Cress con la vigilancia. No sé nada de armas ni de combate ni… Básicamente, soy un buen persuasor, y eso solo es útil en la política.

—No subestimemos tu capacidad de embobar a las chicas con solo una sonrisa.

En su frustración, Kai tardó un instante en oírla, pero su expresión se aflojó y le sonrió.

—Sí —continuó ella mientras cerraba el tablero—. Es esa misma.

—Lo digo en serio, Cinder. Quiero ser útil. Quiero ayudar.

Ella giró para quedar frente a él. Con el ceño fruncido, lo pensó.

—*Alicates* —dijo.

Kai se tensó. Un asomo de duda cruzó por su rostro, pero luego levantó la barbilla. Confiaba en ella.

Con el mínimo impulso de su voluntad sobre la de Kai, lo instó a que estirara el brazo y tomara la llave de tuercas de su bolsillo trasero. Fue tan fácil como controlar sus miembros cibernéticos. Un mero pensamiento y podía obligarlo a hacer lo que fuera.

—No estuvo tan mal —dijo Kai mientras miraba con perplejidad la herramienta.

—¡Oh, Kai!

Giró para mirarla y luego observó de nuevo la llave, al tiempo que la elevaba al nivel de los ojos, y sus manos, que ya no estaban bajo su propio control, comenzaron a hacer malabares con la herramienta, que se deslizaba sobre un dedo y por debajo de otro. Al principio, con lentitud; luego más rápido, hasta que el brillo del metal parecía un truco de magia.

Kai abrió la boca, pasmado, y algo incómodo.

—Siempre me pregunté cómo lo hacías.

—Kai.

La miró de nuevo. La llave todavía danzaba sobre sus nudillos.

Cinder se encogió de hombros.

—Es muy fácil. Podría hacerlo mientras escalo una montaña o… mientras resuelvo ecuaciones matemáticas complicadas.

—Pero tienes una *calculadora* en la cabeza —dijo Kai entrecerrando los ojos.

Cinder rio y suspendió su control sobre la mano de Kai. Él saltó hacia atrás cuando la llave retumbó en el suelo. Como se dio cuenta de que volvía a tener el control de su mano, se inclinó para recogerla.

—Ese no es el punto —dijo Cinder—. Con Wolf hay alguna dificultad, se requiere concentración; pero con los terrícolas…

—De acuerdo, ya entendí. Pero *¿qué* puedo hacer? Me siento inútil. Me paseo por la nave mientras la guerra continúa. Ustedes hacen planes y yo solo espero.

Cinder hizo una mueca ante el tono de frustración de Kai. Él era responsable de miles de millones de personas y ella sabía que el emperador tenía la sensación de haberlas abandonado, aunque no había tenido opción, puesto que *ella* no se la había dado.

Era amable con Cinder. Después de la primera discusión cuando despertó a bordo de la Rampion, había tenido cuidado de no culparla de sus frustraciones. De todos modos, Cinder era culpable. Él lo sabía y ella también. A veces, era como si hubieran quedado atrapados en un baile, y Cinder no conociera los pasos. Los dos evitaban esa verdad evidente, para no perturbar ese espacio común que habían descubierto. Esa felicidad demasiado incierta que habían descubierto.

–La única oportunidad que tenemos de triunfar –le dijo Cinder– es que convenzas a Levana de que la boda se celebre en Luna. Ahora mismo puedes ponerte a pensar cómo lograrlo –se inclinó hacia él y le dio un tierno beso en la boca ("Dieciocho")–. Lo bueno es que eres un gran persuasor.

Cinco

SCARLET COMPRIMIÓ EL CUERPO CONTRA LOS BARROTES DE ACERO, esforzándose por alcanzar la rama de un árbol que colgaba justo frente a su jaula. Cerca. *Tan cerca*. El barrote se le incrustó en la mejilla. Agitó los dedos y rozó una hoja, sintió la corteza. *¡Sí!*

Sus dedos se cerraron alrededor de la rama. Retrocedió hacia el interior de la jaula, mientras acercaba la rama. Estiró el otro brazo entre los barrotes, agarró tres ramitas cubiertas de hojas, quebró la punta y la soltó. La rama se balanceó hacia arriba y una lluvia de pequeñas nueces desconocidas le cayó en la cabeza.

Scarlet se sobresaltó y esperó hasta que el árbol dejara de sacudirse antes de dar vuelta la capucha de su abrigo y dejar caer las nueces que la habían atacado. Se parecían a las avellanas. Si pudiera descubrir una manera de abrirlas, no sería un mal bocadillo para más tarde.

Un suave rasguño hizo que su atención volviera a concentrarse en lo que la rodeaba. Echó un vistazo a través del camino a la casa de los animales, en dirección al lobo blanco, que estaba parado sobre sus patas traseras y golpeaba los barrotes de su propio encierro.

Scarlet había pasado mucho tiempo deseando que Ryu pudiera saltar por encima de aquellos barrotes. El enrejado de su encierro no llegaría más allá de su cintura y él debería haber sido capaz de saltarlo con facilidad. Qué lujo habría sido tener un poco de contacto. Siempre había sentido cariño por los animales de la granja, al menos hasta que era hora de sacrificarlos y preparar un rico estofado, pero nunca había caído en la cuenta de cuánto apreciaba el afecto simple que brindaban hasta que la habían reducido a la condición de animal.

Por desgracia, Ryu no escaparía de su confinamiento antes de que ella lo hiciera. Por orden de la princesa Winter, tenía un chip inserto entre los omóplatos, que le habría producido una dolorosa descarga si intentaba saltar por encima del barandal. La pobre criatura había aprendido hacía mucho tiempo a aceptar su hábitat.

Scarlet dudó que alguna vez llegara a aceptar el suyo.

—Se acabó —dijo, recogiendo su preciado tesoro: tres ramitas y una rama astillada. Las sostuvo de modo que el lobo las viera. El animal aulló y efectuó una danza entusiasta a lo largo de la reja del encierro—; ya no puedo estirarme más. Tienes que entretenerte con estas.

Ryu movió las orejas.

Poniéndose de rodillas —lo más cerca de pararse que podía hacer en su jaula—, Scarlet se sostuvo de la barra por encima de su cabeza, apuntó con una de las ramitas más pequeñas y la lanzó.

Ryu la persiguió y la atrapó en el aire. En segundos se dirigió a su montón de palitos y la depositó arriba. Satisfecho, se sentó sobre los cuartos traseros, con la lengua colgando.

—Buen trabajo, Ryu. Buena exhibición de control —suspirando, Scarlet tomó otra ramita.

Ryu acababa de tomar impulso cuando escuchó pasos en el sendero. Scarlet se sentó sobre sus talones, tensa al instante, pero aliviada cuando divisó un vaporoso vestido color crema entre los tallos de las flores exóticas y las enredaderas colgantes. La princesa apareció en la esquina del sendero un momento después, llevando una canasta.

—Hola, amigos —saludó la princesa Winter.

Ryu dejó caer su rama más nueva en el montón y se sentó, con el pecho bien alto, como si con ello le mostrara el debido respeto.

—Adulador —dijo Scarlet con una mueca.

Winter inclinó la cabeza en dirección a Scarlet. Una espiral de cabello negro cayó sobre su mejilla, cubriendo las cicatrices.

—¿Qué me trajiste hoy? ¿Murmullos delirantes con una guarnición de locura? ¿O es uno de tus días buenos? —preguntó Scarlet.

La princesa sonrió y se sentó frente a la jaula de Scarlet, sin importarle que el sendero de gravilla y piedras negras ensuciara su vestido.

—Este es uno de mis mejores días —respondió, colocando la canasta en su regazo—, porque te he traído una sorpresa acompañada de novedades.

—Uh, uh, no me digas. ¿Me cambiarán a una jaula más grande? Ay, por favor dime que cuenta con un baño de verdad. ¿Y quizás uno de esos lujosos comederos que les ponen a los pájaros?

Aunque las palabras de Scarlet estaban teñidas de sarcasmo, la realidad era que una jaula más grande, con baño de verdad, habría sido un gran avance. Sin la posibilidad de ponerse de pie, sus músculos se debilitaban día a día, y sería como estar en el cielo si no tuviera que depender de los guardias para que la condujeran a la prisión de al lado, dos veces al día, donde la escoltaban hasta una acequia para que hiciera sus necesidades.

Una *acequia*.

Winter, inmune como de costumbre a la acritud presente en el tono de Scarlet, se inclinó hacia delante con una sonrisa cómplice.

–Jacin regresó –dijo.

La expresión de Scarlet se crispó mientras las emociones que semejante declaración desataron se disparaban en todas direcciones. Sabía que Winter tenía una debilidad de colegiala por ese chico, pero la única interacción de Scarlet con Jacin había ocurrido cuando él trabajaba para una taumaturga que los había atacado a ella y a sus amigos.

Se había convencido a sí misma de que había muerto, porque la alternativa era que hubiera matado a Wolf y a Cinder, y eso era inaceptable.

–¿Y? –la incitó.

Los ojos de Winter centellearon. Había ocasiones en que Scarlet sentía como si hubiera endurecido su corazón ante la impecable belleza de la chica: su grueso cabello y su cálida piel morena, sus ojos con destellos dorados y sus labios rosados. Pero entonces la princesa le echaba una mirada como aquella y el corazón de Scarlet se sobresaltaba y una vez más se preguntaba cómo era posible que aquello no fuera obra del encanto.

La voz de Winter fue bajando hasta convertirse en un susurro conspirador.

–Tus amigos están vivos –dijo.

Esa simple declaración hizo que el mundo empezara a girar. Por un instante Scarlet quedó como en un limbo, desconfiando, negándose a abrigar alguna esperanza.

–¿Estás segura?

–Segura. Dijo que incluso el capitán y la chica del satélite están bien.

Como una marioneta que alguien hubiera soltado, se dejó caer sobre las rodillas.

–Gracias a las estrellas.

Estaban *vivos*. Luego de un mes de subsistir por pura obstinación, finalmente tenía una razón para abrigar una esperanza. Fue tan repentino, tan inesperado, que se sintió mareada por la euforia.

—También me dijo que te avisara que Wolf te extraña muchísimo. Bueno, las palabras exactas de Jacin fueron que estaba volviendo locos a todos con sus patéticos lamentos por ti. Eso es tierno, ¿no crees?

Algo se quebró en el interior de Scarlet. No había llorado una sola vez desde que había llegado a Luna, con excepción de lágrimas de dolor y delirio cuando la torturaron física y mentalmente. Pero ahora todo el miedo y todo el pánico y todo el horror se acumularon en su interior y ya no podía contenerlo; ni siquiera podía pensar más allá de la violenta acometida de sollozos y lágrimas.

Estaban vivos. Estaban vivos.

Sabía que Cinder seguía allí, en alguna parte, pues el rumor de que se había infiltrado en el palacio de Nueva Beijing y secuestrado al emperador se había extendido incluso hasta la casa de los animales. Scarlet se había sentido muy orgullosa por varios días cuando le llegó el rumor, a pesar de que no había tenido nada que ver con el asalto.

Pero nadie habló de cómplices. Nadie mencionó nada sobre Wolf o Thorne o la chica del satélite que había tratado de rescatar.

Se limpió la nariz con el brazo y se apartó el cabello grasiento de la cara. Winter observaba la manifestación de las emociones de Scarlet quizá como alguien podría observar a una mariposa saliendo de su capullo.

—Gracias —dijo Scarlet con un nuevo sollozo—. Gracias por contarme.

—Desde luego. Eres mi amiga.

Scarlet se secó los ojos con la palma de la mano y, por primera vez, no discutió.

—Y ahora tu sorpresa.

—No tengo hambre —era mentira, pero despreciaba lo mucho que había llegado a depender de la caridad de Winter.

—Pero es un pastelillo de manzana agria. Una exquisitez lunar que es…

—… una de tus favoritas, ajá, lo sé. Pero no tengo…

—Me parece que debes comértelo —la expresión de la princesa era inocente y significativa a la vez, de esa manera suya tan peculiar—. Creo que te hará sentir mejor —continuó, empujando la caja entre los barrotes. Esperó hasta que Scarlet lo recibió, luego se puso de pie y se encaminó por el sendero hacia Ryu. Se agachó para darle al lobo una afectuosa rascadita detrás de las orejas. Después se inclinó sobre el barandal y comenzó a reunir el montón de palitos.

Scarlet alzó la tapa de la caja y dejó al descubierto la golosina, semejante a una canica roja sobre una cama de azúcar hilado. Winter le había traído muchas golosinas durante su cautiverio, la mayoría adornadas con analgésicos. Aunque el dolor del dedo que le habían cortado durante el interrogatorio con la reina se había desvanecido hasta ser un recuerdo remoto, los dulces aún la ayudaban con los achaques y dolores que implicaba la vida en un habitáculo tan estrecho.

Pero mientras sacaba la golosina de la caja, vio algo inesperado acomodado debajo. Un mensaje escrito a mano.

Paciencia, amiga. Ya vienen por ti.

Cerró la caja rápidamente, antes de que la cámara de seguridad pudiera verlo por encima de su hombro, y se metió el dulce en la boca, con el corazón acelerado. Cerró los ojos, percibiendo apenas el crujido de la cubierta del dulce, sintiendo apenas derramarse el relleno agridulce.

—Lo que declaraste en el juicio —comenzó a decir Winter, de regreso con un montón de palitos entre los brazos y depositándolos donde Scarlet pudiera alcanzarlos— no lo comprendí entonces, pero ahora sí.

Scarlet tragó demasiado aprisa. El dulce pasó de golpe y varios trozos de la cubierta le arañaron la garganta. Tosió, deseando que la princesa hubiera traído también un poco de agua.

—¿Qué parte? Me encontraba bajo una gran coerción, como recordarás.

—La parte referida a Linh Cinder.

Ah. La parte acerca de que Cinder era la desaparecida princesa Selene. La auténtica reina de Luna.

—¿Y qué con eso? —dijo, tensándose por la desconfianza. ¿Acaso Jacin habría dicho algo sobre los planes de Cinder de reclamar su trono? ¿Y de qué lado estaba si había pasado semanas con sus amigos, pero ahora había regresado con Levana?

Winter se quedó un buen rato reflexionando sobre la pregunta.

—¿Cómo es ella?

Scarlet hundió la lengua en sus molares, pensando. ¿Cómo era Cinder? No hacía mucho que la conocía. Era una mecánica brillante. Parecía ser honesta y valiente, y estar decidida a hacer lo que fuera necesario… pero Scarlet sospechaba que no siempre se sentía tan segura como procuraba aparentar frente a los demás.

Por otra parte, estaba enamorada del emperador Kai tanto como Winter lo estaba de Jacin, aunque Cinder se esforzaba mucho más por fingir que no era así.

Pero Scarlet no creía que eso pudiera responder la pregunta de Winter.

—No se parece a Levana, si eso es lo que te estás preguntando.

Winter exhaló, como si se hubiera liberado de un miedo.

Ryu aulló y rodó sobre su lomo, reclamando su atención. Winter tomó un palito del montón y se lo arrojó. El lobo se incorporó de un salto y corrió tras él.

—Tu amigo lobo, ¿es uno de los de la reina?

—Ya no —dijo Scarlet bruscamente; Wolf jamás volvería a pertenecerle a la reina. No si ella podía evitarlo.

—Pero lo *era*, y ahora la ha traicionado —el tono de la princesa se había vuelto soñador, sus ojos fijos en el espacio incluso después de que Ryu regresó y dejó caer el palito junto a los barrotes, para armar un nuevo montón—. Por lo que sé acerca de sus soldados, eso no debería ser posible. Al menos no mientras estén bajo el control de su taumaturgo.

Repentinamente acalorada, Scarlet bajó el cierre del abrigo. Estaba inmundo, lleno de tierra, sudor y sangre, pero ponérselo la hacía sentir conectada con la Tierra y la granja de su abuela. Le recordaba que era humana, a pesar de que la mantenían enjaulada.

—El taumaturgo de Wolf está muerto —dijo—, pero Wolf luchó contra él incluso cuando estaba vivo.

—Quizá cometieron un error con él al alterar su sistema nervioso.

—No fue un error —dijo Scarlet con una sonrisita—. Lo sé, se creen muy listos dándoles a los soldados instintos de lobos salvajes. Los instintos de cazar y matar. Pero mira a Ryu —el lobo se había echado y estaba masticando un palito—. Sus instintos tienden igualmente a jugar y amar. Si tuviera pareja y cachorros, entonces, sus instintos se orientarían a protegerlos a cualquier precio —enrolló el cordón de su capucha alrededor de un dedo—. Eso fue lo que hizo Wolf. Me protegió —tomó otro palito del montón frente a su jaula. La atención de Ryu se concentró en ella, pero Scarlet solo pasó los dedos por la corteza que se desprendía—. Me temo que no volveré a verlo.

Winter deslizó una mano entre los barrotes y acarició el cabello de Scarlet con sus nudillos. La joven se puso tensa, pero no la evadió. El contacto, cualquier clase de contacto, era un obsequio.

—No te preocupes —dijo Winter—. La reina no te matará mientras sigas siendo mi mascota. Tendrás la oportunidad de decirle a tu Wolf que lo amas.

Scarlet la fulminó con la mirada.

—No soy tu mascota, de la misma manera que Wolf ya no le pertenece a Levana —esta vez se retiró, y Winter dejó caer la mano en su regazo—. Y no se trata de que yo lo *ame*. Es solo…

Vaciló y de nuevo Winter inclinó la cabeza y observó a Scarlet con penetrante curiosidad. La ponía nerviosa pensar que la estaba psicoanalizando alguien que con frecuencia se quejaba de que las paredes del castillo habían comenzado a sangrar de nuevo.

—Wolf es lo único que me queda —aclaró Scarlet. Arrojó al otro lado del sendero el palito sin muchas ganas. Este aterrizó al alcance de las patas de Ryu y él simplemente se lo quedó mirando, como si no valiera la pena hacer el esfuerzo. Los hombros de Scarlet se desplomaron—. Lo necesito tanto como él me necesita a mí. Pero eso no significa que sea amor.

—De hecho, querida amiga, sospecho que eso es *precisamente* lo que hace que sea amor —dijo Winter bajando la vista.

Seis

—ESTAS DOS NOTAS DE PRENSA TRAEN DECLARACIONES DE LA MESERA
Emilie Monfort —dijo Cress pasando los dedos por la pantalla del
compartimiento de carga para desplegar una foto de la chica rubia
que hablaba con el equipo de noticias—. Dice que cuida Granjas y
Jardines Benoit en ausencia de Scarlet. Aquí hace un comentario
sobre el trabajo, que la está superando y bromea acerca de que, si las
Benoit no vuelven pronto, va a tener que vender las gallinas al mejor
postor —Cress dudó—. Bueno, quizá no era broma, no estoy segura.
Ah, y aquí dice que cuando Thorne y Cinder fueron a la granja, se
asustó mucho.

Cress miró por encima de su hombro para saber si Wolf la seguía escuchando. Tenía la vista pegada a la pantalla, con el ceño
fruncido, y estaba tan silencioso y cabizbajo como siempre. Como
no dijo nada, Cress se aclaró la garganta, hizo clic en otra pestaña
y continuó.

—En lo que se refiere a las finanzas, Michelle Benoit es la única
propietaria de las tierras, y en estos estados bancarios se ve que el impuesto predial y el de la renta se siguen pagando automáticamente.

Voy a arreglar que también se transfieran los pagos al servicio de alquiler de androides trabajadores. Emilie no recibió su pago el mes pasado, pero voy a reponerlo. Parece que ha sido una empleada leal desde hace tiempo, que no suspendió su trabajo por la falta del pago —amplió una foto granulosa—. Esta imagen de satélite es de hace treinta y seis horas. Se ve a todo el equipo de androides y dos capataces humanos labrando los campos —hizo una mueca y miró a Wolf—. Pagan las cuentas, atienden a los animales y se ocupan de las siembras. Todos los que recibían entregas periódicas estarán molestos por la ausencia de Scarlet, pero por ahora eso es lo peor. Calculo que la granja puede sostenerse sola otros dos o tres meses.

—Ella ama esa granja —dijo Wolf sin apartar la mirada desolada de la imagen de satélite.

—La estará esperando cuando regrese.

Cress lo dijo con el tono más optimista que pudo. Quería agregar que Scarlet estaría bien, que cada día estaban más cerca de rescatarla, pero se calló. Últimamente, había pronunciado tanto esas palabras que comenzaban a perder sentido, incluso para ella.

La verdad era que nadie tenía idea de si Scarlet vivía o en qué situación se encontraba. Wolf lo sabía mejor que nadie.

—¿Quieres que busque algo más?

Wolf comenzó a negar con la cabeza, pero se detuvo. Miró a Cress con los ojos brillantes y aguzados por la curiosidad.

Cress sintió que se sofocaba. Aunque se había encariñado con Wolf en el tiempo que llevaba en la nave, todavía la aterrorizaba.

—¿Puedes localizar información sobre gente de Luna? —le preguntó.

Cress hizo un gesto de disculpa.

—Si hubiera podido averiguar algo acerca de ella, me…

—No me refiero a Scarlet —dijo con voz áspera cuando pronunció su nombre—. He estado pensando en mis padres.

La muchacha dio un respingo. *¿Padres?* Nunca se habría imaginado a Wolf con padres. La idea de que este hombre descomunal hubiera sido un niño dependiente no le cuadraba. De hecho, no se imaginaba que ninguno de los soldados de la reina hubiera tenido padres, que hubiera sido niño, que hubiese sido amado. Pero, desde luego, así había sido alguna vez.

—¡Ah, de acuerdo! —tartamudeó y se alisó la falda del desgastado vestido de algodón que rescató del satélite en un tiempo que le parecía muy remoto. Durante un día usó uno de los uniformes militares que estaban en los dormitorios de la tripulación, pero debido a que había pasado toda la vida descalza y con vestidos simples, esa ropa le parecía pesada y molesta. Además, todos los pantalones eran demasiado grandes para ella—. ¿Crees que podrías verlos? Es decir, ¿cuando estemos en Luna?

—No es la prioridad —le contestó como un general, aunque su expresión manifestaba más emociones que su voz—; pero me gustaría que aún vivieran. Quizás algún día pueda volver a verlos —tensó la mandíbula—. Tenía doce años cuando me llevaron. Deben creer que morí o que soy un monstruo.

Esta declaración resonó a través del cuerpo de la muchacha y vibró en su pecho. Durante dieciséis años, *su* propio padre pensó que ella había muerto, mientras que a ella le habían dicho que sus padres la habían entregado voluntariamente al infanticidio de vacíos lunares. Se reunió con su padre solo apenas antes de que muriera de letumosis, en los laboratorios del palacio de Nueva Beijing. Trató de llorar su muerte, pero más bien lloró por saber que había tenido un padre y por la pérdida de todo el tiempo que deberían haber tenido para conocerse.

Todavía pensaba en él como en el "doctor Erland", el anciano extravagante y arisco que inició el reclutamiento de cyborgs en la

Comunidad Oriental. El que emprendió el tráfico de vacíos en África. Y el que, también, ayudó a Cinder a escapar de la cárcel.

Tantas cosas había hecho… unas buenas, otras terribles. Y Cinder le había contado que todo fue porque estaba determinado a acabar con el régimen de Levana.

Para vengar a su hija. Para vengarla *a ella*.

—¿Cress?

La muchacha se sobresaltó.

—¡Perdón! No… desde aquí no puedo entrar en las bases de datos de Luna, pero cuando estemos allá…

—No te preocupes. No importa —Wolf se apoyó contra la pared de la cabina y se pasó la mano por el cabello desordenado. Parecía como si estuviera a punto de sufrir un colapso, pero era su aspecto normal por esos días—. Scarlet es la prioridad. La única prioridad.

Cress pensó en comentar que el derrocamiento de Levana y la coronación de Cinder como reina eran también prioridades de gran magnitud, pero no se atrevió.

—¿Le has hablado de tus padres a Cinder?

—¿Para qué? —preguntó Wolf, ladeando la cabeza.

—No sé. Habló de que no tenía aliados en Luna… de que sería útil contar con más conexiones. Quizás ellos podrían ayudarnos.

La mirada de Wolf se oscureció, a la vez pensativo y molesto.

—Eso los pondría en peligro.

—Me parece que Cinder pretende poner a mucha gente en peligro —Cress se mordió el labio inferior; luego, suspiró—. ¿Hay algo más que necesites?

—Que el tiempo pase más deprisa.

Cress se sintió languidecer.

—Me refería a comida o algo así. ¿Cuándo fue la última vez que comiste?

Wolf alzó los hombros casi hasta las orejas. Su expresión de culpa fue toda la respuesta que Cress necesitaba. Había oído rumores de su apetito insaciable y de su metabolismo de alto octanaje que lo mantenía siempre inquieto, siempre en movimiento. Cress no había atestiguado nada de eso desde que abordó la nave, y veía que Cinder, en particular, estaba preocupada por él. Solo se reanimaba cuando planeaban estrategias para la revolución de Cinder. Sus puños se ponían flexibles y tensos, como correspondía al luchador que era.

—Muy bien. Voy a prepararte un sándwich —se puso de pie y reunió el valor para plantar una mano en la cadera y proferir con su voz más exigente—: y te lo vas a comer sin discutir. Tienes que conservar tu fuerza para que puedas ayudarnos a todos y a Scarlet.

Wolf arqueó las cejas al verla por primera vez con tanto aplomo.

—O, por lo menos, come fruta enlatada o algo así —continuó Cress, sonrojada.

—Un sándwich me parece bien. Con… tomate, si es que queda. Por favor —dijo Wolf, con una expresión más suavizada.

—¡Cómo no!

Respiró profundamente, tomó su pantalla portátil y se encaminó a la cocina.

—Cress…

Se detuvo y giró, pero Wolf miraba hacia el suelo con los brazos cruzados. Se veía tan incómodo como la propia Cress se sentía siempre.

—Gracias.

Cress sintió que su corazón rebosaba de compasión por él. Saltaron a la punta de su lengua palabras de consuelo: *Ella va a estar bien. Scarlet estará bien*, pero se las tragó.

—De nada —le dijo y se dirigió hacia el corredor.

Casi había llegado a la cocina cuando oyó que Thorne la llamaba. Se detuvo y retrocedió hasta la última puerta, que estaba entreabierta, y la empujó para ingresar. El dormitorio del capitán era la más grande de las cabinas de la tripulación y la única habitación donde no había literas. Cress había estado dentro muchas veces para colocarle las gotas para los ojos que había preparado el doctor Erland con el fin de reparar el daño del nervio óptico de Thorne, pero nunca se quedaba mucho. Incluso con la puerta abierta de par en par, la habitación se sentía muy íntima, muy personal. En una pared colgaba un mapa enorme de la Tierra, repleto de notas manuscritas de Thorne que indicaban los lugares donde había estado y a los que quería ir, con una docena de modelos a escala de naves espaciales desplegados por el escritorio del capitán, incluyendo uno prominente de una Rampion 214. Nunca había tendido la cama.

La primera vez que entró en la habitación le preguntó a Thorne sobre el mapa y, cautivada, lo escuchó hablar de todo lo que había visto, tanto antiguas ruinas como metrópolis prósperas y bosques tropicales, o playas de arena blanca. Sus descripciones habían despertado en Cress miles de deseos. Estaba contenta en la nave espacial, que era más espaciosa que el satélite, y sentía como amistad los lazos que comenzaba a formar con la tripulación. Pero había visto muy poco de la Tierra, y la idea de ver todo eso al lado de Thorne, tomados de las manos… Cada vez que imaginaba esta fantasía su pulso se aceleraba.

Thorne estaba sentado en el suelo, justo en el medio de la habitación. Sostenía una pantalla portátil con el brazo completamente extendido.

—¿Me llamaste?

Una amplia sonrisa se dibujó en su rostro. Estaba contento y mostraba un gesto pícaro.

–¡Cress! Pensé que había oído el sonido de tus pisadas. Ven aquí –movió el brazo en círculos, como si pudiera atraerla con el vacío que producía.

Cuando llegó junto a él, agitó la mano en el aire hasta encontrar su cintura y hacerla sentar a su lado.

–Por fin funciona –le dijo alzando de nuevo la pantalla portátil con la mano libre.

Cress la observó. Se proyectaba una telenovela, aunque sin sonido.

–¿Se había descompuesto?

–No, es la *solución* la que funciona. Ya veo –soltó la cintura de Cress y sacudió un dedo en dirección a la pantalla–. Una especie de luz azulada. Y la iluminación del techo –inclinó la cabeza hacia atrás, con los ojos abiertos y las pupilas dilatadas, tratando de reunir toda la información posible–. Es más amarilla que la pantalla. Pero eso es todo. Luz y sombra. Unas sombras borrosas.

–¡Es maravilloso!

Aunque el doctor Erland había pensado que la vista de Thorne comenzaría a mejorar en alrededor de siete días, la semana había pasado sin cambios. Ya habían transcurrido casi dos semanas desde que se habían terminado las gotas. Cress sabía que la espera había puesto a prueba el optimismo implacable de Thorne.

–¡Lo sé! –dijo Thorne. Cerró los ojos y volvió a bajar la cabeza–. Salvo que siento que me da dolor de cabeza.

–No te excedas. Podrías agotarte.

Thorne asintió y presionó las manos sobre ambos ojos.

–Quizá debería usar de nuevo la venda, hasta que las cosas comiencen a enfocarse.

–Aquí está.

Cress se había puesto de pie y había encontrado la venda y el gotero vacío entre los modelos para armar. Cuando dio media vuelta,

Thorne la miraba, o miraba a través de ella, con el ceño fruncido. La muchacha se quedó inmóvil.

Había pasado mucho desde el tiempo en que él podía verla, y en aquel entonces estaban luchando por salvar sus vidas. Fue antes de que le cortara el pelo. A veces se preguntaba cuánto recordaba Thorne de su aspecto y qué pensaría cuando recuperara la vista y la viera de nuevo… casi por primera vez.

—Puedo ver tu sombra más o menos —le dijo inclinando la cabeza—. Es una especie de silueta brumosa.

Cress respiró hondo y puso en la mano de Thorne la venda doblada.

—Dale tiempo —le dijo, fingiendo que no la aterrorizaba la idea de que la examinara, de que viera escritas en su rostro todas las confesiones que no había hecho con palabras—. En las notas del doctor dice que el nervio óptico sanará solo a medida que pasen las semanas.

—Esperemos que ahora sane más deprisa. No me gusta ver borrones y sombras —torció la venda entre sus manos—. Lo único que quiero es abrir los ojos uno de estos días y verte.

La muchacha sintió que una oleada de calor le subía a las mejillas, pero no había terminado de captar la profundidad de esas palabras cuando Thorne rio mientras se rascaba una oreja y agregó:

—Quiero decir, y también a todos los demás, desde luego.

Cress contuvo el inicio de una sonrisa embelesada. Se maldijo por dejar que sus esperanzas crecieran por milésima vez cuando Thorne ya le había aclarado que no la veía como nada más que una buena amiga y un miembro leal de su tripulación. No había tratado de besarla de nuevo desde la batalla en la azotea del palacio. A veces pensaba que coqueteaba con ella, pero entonces veía que hacía lo mismo con Cinder o Iko y recordaba que un toque o una sonrisa no eran tan especiales para él como lo eran para ella.

—Desde luego —le contestó avanzando hacia la puerta—. Desde luego que quieres verlos a todos.

Ahogó un suspiro al darse cuenta de que tendría que practicar para dejar de observarlo tan seguido y de que no podría ocultar el hecho de que, pese a todos sus intentos por convencerse de lo contrario, todavía lo amaba irremediablemente.

Siete

JACIN DESPERTÓ SOBRESALTADO. ESTABA HÚMEDO Y PEGAJOSO, Y OLÍA a azufre. Su garganta y sus pulmones estaban en llamas; no le dolían, pero los sentía como si hubieran sido tratados de manera inadecuada y quisieran asegurarse de que lo sabía. Su instinto le decía que no estaba en peligro inmediato, pero la bruma de sus pensamientos lo puso en alerta. Cuando logró abrir los ojos, las luces cegadoras que provenían de arriba estallaron a través de sus retinas. Hizo una mueca y los volvió a cerrar.

Los recuerdos lo inundaron de golpe. El juicio. Los latigazos. Las cuarenta horas abrumadoras que había pasado amarrado a ese reloj de sol. La sonrisa traviesa que Winter compartía solo con él. El traslado a la clínica médica y el doctor preparando su cuerpo para la inmersión.

Aún estaba en la clínica, en el tanque de animación suspendida.

—No se mueva —indicó una voz—. Todavía estamos desconectando los umbilicales.

Umbilicales. La palabra sonó demasiado sangrienta y orgánica para referirse al aparato donde lo habían dejado atrapado.

Sintió un pellizco en su brazo y un tirón en la piel a medida que las series de agujas iban saliendo de sus venas; luego, un chasquido de electrodos y sensores arrancados de su pecho y su cuero cabelludo, los cables enredándose en su pelo. Trató nuevamente de abrir los ojos, y parpadeó ante la luminosidad. La silueta de un doctor se inclinó sobre él.

−¿Puede sentarse?

Jacin probó mover sus dedos, cerrándolos en la densa sustancia gelatinosa en la que descansaba. Se sujetó de los bordes del tanque y se enderezó. Nunca antes había estado en uno de esos −nunca lo habían herido tanto como para necesitarlo− y, a pesar de la confusión inicial al despertar, ya se sentía sorprendentemente lúcido.

Miró hacia abajo para inspeccionar su cuerpo. Había restos de la sustancia azul del tanque, parecida a un gel, adherida aún a su ombligo, al vello de sus piernas y a la toalla que habían colocado sobre su bajo vientre.

Palpó una de las cicatrices irregulares que le cruzaban el abdomen; se veía como si hubiera sanado hacía años. Nada mal.

El doctor le dio una taza para niños llena de un líquido anaranjado con consistencia parecida al jarabe. Jacin miró de reojo la reluciente bata de laboratorio del doctor, la placa de identificación en su pecho, las manos suaves acostumbradas a sostener pantallas personales y jeringas, no armas ni cuchillos. Sintió un aguijonazo de envidia, un recordatorio de que esto estaba más cerca de la vida que él habría elegido si hubiera tenido la oportunidad de escoger. Si Levana no hubiera tomado la decisión por él cuando lo seleccionó para que se integrara a la guardia real. Aunque nunca había formulado la amenaza en voz alta, Jacin había sabido desde el principio que Winter sería castigada si alguna vez él se apartaba del camino.

Hacía mucho tiempo que el sueño de ser doctor había dejado de tener importancia.

Apuró la bebida y, junto con ella, se tragó sus pensamientos. Soñar era para la gente que no tenía algo mejor que hacer.

La medicina tenía un gusto amargo, pero el ardor de su garganta comenzó a desvanecerse.

Cuando le devolvió la taza al doctor, divisó una figura que rondaba cerca del umbral sin que repararan en ella los doctores y las enfermeras que estaban ocupados en las celdas de almacenamiento del resto de los incontables tanques, revisando diagnósticos y haciendo anotaciones en sus pantallas.

Era el taumaturgo Aimery Park. Lucía más petulante que nunca con su elegante túnica blanca. El nuevo esbirro favorito de la reina.

—Sir Jacin Clay. Se ve renovado —Jacin no tenía idea de cómo se escucharía su voz luego de haber estado inmerso en el tanque, y no quería que sus primeras palabras para el taumaturgo sonaran como un graznido patético, así que se aclaró la garganta, y la sintió casi normal—. He venido para llevarlo a una audiencia con Su Majestad. Podrá haber abandonado su honroso puesto al servicio de la corte real, pero aun así pretendemos encontrarle una utilidad. Confío en que está en condiciones de regresar al servicio.

Jacin trató de no parecer aliviado. Lo último que quería era convertirse nuevamente en guardia personal del taumaturgo mayor, en especial ahora que Aimery ocupaba ese puesto. Sentía una especial aversión por aquel hombre, de quien se rumoraba que había abusado de más de una criada del palacio por medio de sus manipulaciones, y cuyas lascivas atenciones recaían con demasiada frecuencia en Winter.

—Confío en que lo estoy —respondió. Su voz sonaba un poco rasposa, pero no horrible. Tragó de nuevo—. ¿Puedo solicitar un uniforme nuevo? Una toalla parece inapropiada para el puesto.

Aimery sonrió con superioridad.

—Una enfermera lo escoltará a las duchas, donde un uniforme lo estará esperando. Lo veré afuera de la armería cuando esté listo.

LAS BÓVEDAS SITUADAS DEBAJO DEL PALACIO LUNAR ESTABAN EXCAVADAS en antiguos tubos de lava vacíos, con paredes de áspera piedra negra e iluminadas por unas cuantas lámparas. Ni la reina ni su corte visitaban jamás estos sitios, así que nadie se preocupaba por que se vieran hermosos y en consonancia con el resto del palacio, con sus brillantes superficies blancas y sus ventanas con cristales antirreflejantes.

A Jacin le gustaba bastante estar ahí abajo, en las bóvedas. Allí era fácil olvidar que se hallaba bajo la capital. La blanca ciudad de Artemisa, con su enorme lago en un cráter y sus altísimos pináculos, había sido construida sobre unos sólidos cimientos a base de lavados de cerebro y manipulación. En comparación, los tubos de lava estaban tan fríos, toscos y naturales como el paisaje afuera de los domos. Carecían de pretensiones. No se alzaban con decoraciones lujosas y brillos en un intento por ocultar las cosas horribles que sucedían entre sus paredes.

Aun así, Jacin se dirigió a paso ligero hacia la armería. No le quedaba ni rastro del dolor; solo el recuerdo de cada latigazo con púas y la traición de su propio brazo blandiendo el látigo. Sin embargo, estaba acostumbrado a la traición. Su cuerpo no le había vuelto a parecer enteramente suyo desde que se había integrado a la guardia de la reina. Al menos estaba en casa, para bien o para mal, una vez más con la posibilidad de proteger a su princesa. Una vez más bajo el yugo de Levana. Un trato justo.

Apartó a Winter de sus pensamientos mientras giraba hacia la armería. Ella era una amenaza para su neutralidad tan arduamente ganada. Pensar en ella tendía a causarle un indeseado espasmo en los pulmones.

No había señales de Aimery, pero dos guardias vigilaban la entrada con barrotes y un tercero se hallaba sentado ante un escritorio en el interior. Todos llevaban el uniforme gris y rojo de la guardia real, idéntico al de Jacin, excepto por las runas metálicas sobre el pecho. Lo había preocupado la posibilidad de perder su puesto en la guardia real luego de su estancia con Linh Cinder, pero evidentemente el hecho de que la traicionara había servido para algo, después de todo.

—Jacin Clay —dijo, aproximándose al escritorio—, reportándose para reincorporación por órdenes de Su Majestad.

El guardia escaneó una cartilla holográfica y asintió levemente. Una segunda puerta de barrotes tapaba el muro a su espalda, ocultando estantes de armas en las sombras. El hombre fue por una bandeja que contenía una pistola y municiones de repuesto y la deslizó sobre el escritorio a través de una abertura entre los barrotes.

—También había un cuchillo.

El tipo frunció el ceño, como si un cuchillo faltante fuera la preocupación más grande de su jornada, y se agachó para mirar en la estantería. Jacin abrió el cargador del arma y lo volvió a cargar mientras el hombre rebuscaba en los estantes. Cuando Jacin estaba metiendo el arma en su funda, el hombre arrojó el cuchillo sobre el escritorio. Este se deslizó por la superficie más allá del borde de la mesa. Jacin lo atrapó en el aire, antes de que la hoja penetrara en su muslo.

—Gracias —murmuró al tiempo que daba media vuelta.

—Traidor —dijo entre dientes uno de los guardias de la puerta, a su paso.

Jacin hizo girar el cuchillo bajo la nariz del guardia y lo metió en la funda de su cinturón sin molestarse en hacer contacto visual. Su rápido ascenso en las filas le había granjeado bastantes enemigos, imbéciles que parecían creer que Jacin había hecho trampa de alguna manera para apropiarse de tan codiciado puesto siendo tan joven, cuando en realidad lo que sucedía es que la reina quería mantenerlo vigilado de cerca y, a través de él, a Winter.

El chasquido de sus botas resonó por el túnel mientras se alejaba. Giró en una esquina y no se sobresaltó ni aminoró el paso cuando vio a Aimery, que estaba esperando el elevador. Cuando estaba a solo seis pasos de distancia, Jacin se detuvo y se llevó el puño al pecho.

Haciéndose a un lado, Aimery hizo un gesto hacia las puertas del elevador para indicarle que entrara. La larga manga blanca de su túnica osciló con el movimiento.

—No hagamos esperar a Su Majestad.

Jacin entró sin discutir y ocupó su sitio habitual junto a la puerta del elevador, con los brazos rectos a sus costados.

—Desde el juicio, Su Majestad y yo hemos estado hablando de su papel aquí —dijo Aimery una vez que las puertas se cerraron.

—Estoy ansioso por volver al servicio —solo gracias a años de práctica logró ocultar lo aborrecibles que aquellas palabras le parecían.

—Tal como nosotros deseamos recobrar la fe en su lealtad.

—Cumpliré cualquier encomienda que Su Majestad considere apropiada.

—Bien —ahí estaba de nuevo la sonrisa, y esta vez vino acompañada de un escalofrío de sospecha—. Porque Su Alteza real, la princesa en persona, lo ha solicitado.

Las entrañas de Jacin se congelaron. No había manera de permanecer indiferente, y sus pensamientos comenzaron a acelerarse.

Por favor, por favor, malditas estrellas: que Winter no haya hecho una estupidez.

—Si su servicio cubre las expectativas de Su Majestad —continuó Aimery—, lo regresaremos a su puesto previo en palacio.

Jacin agachó la cabeza.

—Estoy profundamente agradecido por esta oportunidad de demostrar quién soy.

—No me cabe duda, sir Clay.

Ocho

LAS PUERTAS DEL ELEVADOR SE ABRIERON EN LA TORRE DE LA REINA, un recinto octogonal construido con ventanales por todos lados. Hasta el elevador cilíndrico estaba encapsulado en cristal y se detenía en el centro de la sala, de modo que no se obstruyera nada de la vista. La decoración era simple: dos delgadas columnas blancas y un domo de cristal semejante al domo que cubría la ciudad. Esta torre, precisamente esta sala, era el punto más elevado de Artemisa, de modo que la vista de todos los edificios blancos y resplandecientes que se extendía a sus pies, mientras arriba se abría un joyero de estrellas, eran toda la decoración que se necesitaba.

Jacin había estado docenas de veces con Sybil, pero nunca para una audiencia personal con la reina. Se obligó a mostrarse despreocupado. Si estaba inquieto, la reina podría percatarse y lo último que quería era que alguien pusiera en duda su lealtad a la Corona.

Sobre un estrado se encontraba una silla muy labrada, pero la reina estaba de pie junto a los ventanales. Los vidrios eran absolutamente transparentes y no producían ningún reflejo. Jacin no se imaginaba cómo lograrían hacer esos cristales, pero abundaban en el palacio.

Sir Jerrico Solis, el capitán de la guardia y, técnicamente, superior de Jacin, también estaba presente, pero Jacin no le dedicó ni una mirada.

—Reina mía —dijo Aimery—, nos pidió que trajéramos a sir Jacin Clay.

Jacin puso una rodilla en el suelo cuando la reina se volvió hacia ellos.

—Puedes levantarte, Jacin. Qué bueno que estés aquí.

Jacin se levantó y se atrevió a mirar a los ojos a la reina.

La reina Levana era bellísima, con labios de color rojo coral y piel tan blanca y pura como el mármol. No era más que la magia de su encanto, desde luego; todos lo sabían, pero daba igual. El mortal que la mirara quedaba sin aliento.

De cualquier manera, Jacin mantuvo este pensamiento muy silencioso en su cabeza: la reina podía robarle el aliento y también el corazón.

—Sir Clay —le dijo Levana con un tono de voz que parecía un arrullo en comparación con su aspereza durante el juicio—, Aimery y yo hemos hablado de tu retorno sorprendente pero feliz. Me gustaría reincorporarte pronto en tu puesto anterior. Nuestra guardia está más débil sin ti.

—Estoy a sus órdenes.

—He tenido en consideración el mensaje que enviaste a la taumaturga Mira antes de su muerte, además de los dos años de servicios leales. También encargué a un equipo que investigara tu declaración sobre ese… *aparato* que inventó Linh Garan, y al parecer tienes razón. Hace muchos años Garan presentó en una convención en la Tierra un prototipo que llamó "aparato de seguridad bioeléctrica". Por si fuera poco, este descubrimiento también resuelve un misterio con el que se toparon a principios de año mis manadas de agentes especiales en París. Ahora sabemos que Linh Cinder no es la única persona que lleva instalado este aparato, sino que también su protectora de toda la vida, una mujer llamada Michelle Benoit, tenía uno. Necesitaríamos ser adivinos para saber cuántos más hay.

Jacin no dijo nada, aunque la noticia lo llenó de emoción. Cinder parecía estar segura de que no se habían fabricado más aparatos de esa clase, pero quizá se equivocaba. Y si se había equivocado… si hubiera más aparatos… podría conseguir uno para Winter. Así la salvaría.

—No importa —continuó Levana agitando una mano en el aire—. Ya estamos encontrando los medios para que el invento no se ponga a la venta en la Tierra. El motivo de que te haya llamado tiene que ver con lo que va a pasar contigo. Te tengo designada una misión especial, sir Clay. Me parece que no la considerarás desagradable.

—Mi opinión no tiene importancia.

—Es verdad, aunque las opiniones de mi hijastra sí tienen algún peso. La princesa Winter no nació con mi sangre, pero creo que la gente acepta que es parte de mi familia y predilecta en la corte. Amé tanto a su padre —dijo con un breve suspiro, que Jacin no supo distinguir si había fingido o no. La reina apartó la vista y continuó mirando a la Tierra llena a través de los ventanales—; murió en mis brazos. Su última petición fue que me encargara de Winter, nuestra adorable hija. ¿Cuántos años tenías cuando él murió, Jacin?

—Once, Su Majestad —respondió Jacin obligándose a relajar los hombros.

—¿Lo recuerdas bien?

Jacin apretó con fuerza la mandíbula, sin saber qué debía decir. El padre de Winter y el padre de Jacin habían sido guardias leales y amigos muy cercanos. Jacin creció sintiendo una gran admiración por Evret Hayle, que se había mantenido en su puesto incluso al casarse con Levana, por aquel entonces una princesa. Siguió siendo un guardia incluso cuando murió la reina Channary y Selene desapareció y Levana ascendió al trono. Repetía que no quería sentarse en el trono junto a ella ni mucho menos dedicarse a beber y a engordar entre las pomposas familias de Artemisa.

—Lo recuerdo muy bien —dijo por fin.

—Era un buen hombre.

—Sí, Su Majestad.

La reina dirigió su mirada a los dedos de la mano izquierda. No había ninguna alianza matrimonial; por lo menos, nada que ella le permitiera ver.

—Lo amé mucho —repitió y Jacin lo habría dado por cierto de haber creído que fuera capaz de abrigar ese sentimiento—. Su muerte casi acaba conmigo.

—Así es, reina mía.

Evret Hayle había sido asesinado a medianoche por un taumaturgo ambicioso. Jacin todavía recordaba la devastación que sintió Winter y lo inútiles de todos sus intentos por consolarla o distraerla. Se acordaba de haber escuchado las tristes habladurías: que Evret había muerto protegiendo a Levana, que ella se había vengado clavando un cuchillo en el corazón del taumaturgo.

Decían que Levana había llorado histéricamente durante horas.

—Sí, bueno —Levana volvió a suspirar—. Al morir en mis brazos, le prometí que iba a proteger a Winter. Claro que de todos modos lo habría hecho. A fin de cuentas, es mi hija.

Jacin no dijo nada. Se le estaban acabando las frases vacías de asentimiento.

—¿Qué mejor manera de protegerla que designar como su guardaespaldas a quien comparte conmigo la preocupación por su bienestar? —sonrió, aunque con un matiz de burla—. De hecho, la propia

Winter me pidió que te diera un puesto como miembro de su guardia personal. Por lo general, sus sugerencias son ilógicas, pero esta vez tengo que aceptar que no le faltan méritos a su idea.

Pese a todos sus esfuerzos por mantenerse desapegado, Jacin sintió que el corazón le daba un salto. *¿Él?* ¿En la guardia personal de Winter?

Era un sueño y una pesadilla al mismo tiempo. La reina tenía razón: a nadie mejor que a él podría confiársele la seguridad de Winter. En muchos sentidos, ya se consideraba su guardaespaldas personal, con o sin el nombramiento. Pero ser su guardaespaldas no era lo mismo que ser su amigo, y para él ya era bastante difícil no cruzar la línea entre ambas cosas.

—El cambio de guardia es a las 19.00 —le informó la reina al tiempo que giraba de vuelta hacia los ventanales—. Repórtate a esa hora.

—Sí, reina mía —respondió Jacin, después de aclararse la garganta.

—Por cierto, Jacin —lo volvió a llamar cuando había dado media vuelta para irse. Un sentimiento de terror se deslizó por su espalda. Apretó con fuerza la mandíbula y miró de nuevo a la reina—. Quizá no estés enterado de que hemos tenido… dificultades con la guardia de Winter. A veces es difícil de manejar, por sus juegos infantiles y sus fantasías. Siente poco respeto por su papel como princesa y como integrante de esta corte.

Jacin se tragó su disgusto hasta el fondo del estómago, donde no pudiera sentirlo.

—¿Qué desea que haga?

—Quiero que la mantengas bajo control. Tengo la esperanza de que el afecto que siente por ti la inclinará a contenerse un poco. Seguramente entiendes que está entrando en la edad de casarse. Tengo ciertas expectativas y no voy a tolerar que haga algo que sea una humillación para este palacio.

Edad de casarse. Humillación. Contenerse. Su cólera se convirtió en una piedra dura, pero se inclinó en una reverencia con el rostro impávido.

—Sí, reina mía.

WINTER ESCUCHABA CON LA OREJA PEGADA A LA PUERTA DE SUS HABI-taciones privadas, tratando de calmar su respiración y no marearse. La expectativa recorría su piel como miles de diminutas hormigas.

Silencio en el pasillo. Un silencio doloroso y atormentador. Se sopló un rizo de la cara, echó una ojeada al holograma de Luna en el techo de su recámara, que mostraba el recorrido de la luz solar y las sombras, y al reloj digital estandarizado que estaba debajo: 18:59.

Se secó las palmas húmedas en el vestido y siguió escuchando. Contaba mentalmente los segundos.

¡Ahí está! Pisadas. Los pasos fuertes y rítmicos de las botas.

Se mordió el labio. Levana no le había dado ningún indicio sobre si aceptaría su petición; ni siquiera sabía si su madrastra *consideraría* la petición, pero era posible. Era *posible*.

El guardia que había estado cuatro horas apostado como estatua afuera de sus habitaciones fue relevado y se retiró. Sus pisadas eran un metrónomo perfecto de las que acababan de llegar.

Hubo un momento de reorganización mientras el nuevo guardia se colocaba contra el muro del corredor, en la última línea de defensa por si un espía o un asesino quisiera atacar a la princesa y como el primer responsable de llevarla deprisa a un lugar seguro si el palacio de Artemisa corría algún peligro.

Winter cerró con fuerza los ojos y extendió los dedos contra el muro, como si pudiera percibir los latidos del corazón de Jacin a través de la piedra, pero lo que sintió era algo pegajoso y caliente.

Dio un paso atrás jadeando. Tenía la palma manchada de sangre.

Exasperada, se echó el cabello atrás con la mano ensangrentada, aunque de inmediato le cayó de nuevo sobre el rostro.

—*Ahora* no, le susurró a cualquier demonio que hubiera pensado que era un buen momento para hacer aparecer sus visiones.

Volvió a cerrar los ojos y contó desde diez hacia atrás. Cuando los abrió, ya no había sangre; tenía la mano limpia.

Con un resoplido de alivio, Winter se ajustó la bata y abrió la puerta apenas lo suficiente para sacar la cabeza. Dirigió su mirada a la estatua de un guardia que se había instalado afuera de su puerta y su corazón se llenó de gozo.

—¡Oh, sí! —gritó y abrió la puerta de par en par. Avanzó trotando hasta quedar frente a Jacin.

Si la había oído, no respondió.

Si la había visto, no lo demostró.

Su expresión era pétrea, con los ojos azules enfocados en algún punto sobre la cabeza de Winter.

El entusiasmo de la muchacha se apagó por la decepción, pero también por fastidio.

—¡Vamos, por favor! —le dijo plantándose ante Jacin, frente a frente, a milímetros de distancia, lo que no era fácil. La postura impecable del guardia la hacía sentir inclinada hacia atrás, a punto de caerse—. No es necesario, ¿o sí?

Pasaron cinco atroces segundos que fueron como si Winter hubiera estado mirando fijamente a un maniquí. Entonces, Jacin inhaló lentamente y dejó salir el aire de golpe. Bajó la mirada para verla.

Eso fue todo. Solo la respiración. Solo los ojos.

Pero con eso volvió a ser humano y Winter resplandeció.

—Te he esperado todo el día para mostrarte algo, ven.

Winter bailó alrededor de él y se encaminó a la habitación, donde había tapado su creación con una sábana. Tomó dos esquinas de la tela y miró hacia la puerta. Y esperó.

—¿Jacin?

Esperó algo más.

Con un resoplido, soltó la sábana y regresó sigilosamente al pasillo. Jacin no se había movido. Winter cruzó los brazos y se apoyó contra el marco de la puerta para examinarlo. Ver a Jacin en su uniforme oficial le producía siempre una sensación agridulce. Por un lado, era imposible no advertir qué guapo e imponente se veía. Por el otro, el propio uniforme lo identificaba como propiedad de la reina. En cualquier caso, en ese momento se veía especialmente atractivo, recién curado después del juicio y oliendo a jabón.

Sabía que Jacin se daba cuenta de que estaba ahí, mirándolo fijamente. Era exasperante cómo podía ser tan hábil para ignorarla. Se dio unos golpecitos con un dedo en el pliegue del codo y le dijo con cara de póquer:

—Sir Jacin Clay, hay un asesino debajo de mi cama.

Los hombros de Jacin se contrajeron, su mandíbula se tensó. Transcurrieron otros tres segundos antes de que se apartara donde estaba la pared y se dirigiera a los aposentos sin mirarla. Pasó junto al escritorio de la sorpresa cubierta por la sábana y se dirigió directamente a la recámara. Winter lo siguió y cerró la puerta.

En cuanto llegó a la cama, se arrodilló y alzó el rodapié.

—Al parecer, el asesino se escapó esta vez, Su Alteza —se puso de pie y giró hacia la muchacha—. Avíseme si regresa.

Se encaminó a la puerta, pero ella se interpuso y le sonrió de manera seductora.

—Así lo haré —le dijo saltando sobre la punta de los pies—. Pero mientras estás aquí…

—Princesa.

Su tono era de advertencia, pero ella lo ignoró. Regresó a la habitación, quitó la sábana y dejó ver un modelo del sistema solar del tamaño de la mesa. Los planetas estaban suspendidos por hilos de seda.

—¡Sorpresa!

Jacin no se acercó a ver cómo Winter movía nerviosamente los planetas, pero tampoco se fue.

La muchacha daba empujoncitos a las esferas pintadas para hacerlas girar lentamente en su órbita, cada una separada de las demás.

—Se me ocurrió la idea cuando se anunció el compromiso —le dijo sin apartar la vista de la Tierra, que completó una vuelta alrededor del Sol y se detuvo—. Iba a ser un regalo de bodas para el emperador Kaito, antes de que… en fin. Como sea, me ha servido para distraerme mientras no estabas. Para pensar en los detalles.

La había ayudado a poner sus pensamientos en orden, la había ayudado a mantener la cordura. Comenzó a tener alucinaciones a los trece años, poco más de un año después de que tomó la decisión de no volver a usar su encanto, de no manipular nunca los pensamientos ni las emociones de nadie, de no volver a engañarse pensando que era inofensivo ese uso antinatural de un poder. Cuando todavía no era guardia, Jacin había pasado muchas horas con ella y la distraía con juegos, manualidades y rompecabezas. Durante años, la inactividad había sido su enemiga. Se sentía más segura en los momentos en que tenía la mente más ocupada en una tarea, por trivial que fuera.

Construir el modelo sin él no había sido tan entretenido, pero sí gozó la sensación de tener el control sobre esta galaxia diminuta, cuando controlaba tan poco de su propia vida.

—¿Qué te parece?

Con un suspiro de resignación, Jacin avanzó para examinar el mecanismo por el que cada planeta seguía su propia órbita.

—¿Cómo lo hiciste?

—Le encargué al señor Sanford de AR-5 que diseñara y fabricara el armazón. Pero yo misma lo pinté todo —le dijo complacida de ver el gesto de asombro de Jacin—. Ojalá que puedas ayudarme con Saturno. Es el que falta pintar y pensé… yo me dedico a los anillos, si tú quieres ocuparte del planeta…

Se detuvo. La expresión de Jacin había vuelto a endurecerse. Lo vio llevar los dedos a Luna para impulsarla alrededor de la Tierra. En opinión de Winter, la forma en que el señor Sanford había dispuesto la órbita de Luna alrededor del planeta azul no tenía nada de brillante.

—Lo siento, Su Alteza —dijo Jacin enderezándose—. Estoy en servicio. No debería estar aquí, lo sabes.

—Pero claro que *no* sé eso. Me parece que podrías cuidarme mejor aquí que desde afuera. ¿Qué tal si alguien entra por las ventanas?

Jacin esbozó una sonrisa de burla. Los dos sabían que nadie se metería por las ventanas, pero no discutió el punto, sino que se acercó a ella y le puso las manos sobre los hombros. Fue un gesto extraño, inesperado. No como en el vals del Eclipse, pero de cualquier manera sintió un hormigueo en la piel.

—Estoy feliz de ser tu guardaespaldas —le dijo—. Haría lo que fuera por ti. Si de verdad hubiera un asesino debajo de tu cama, me interpondría sin pensarlo dos veces, sin que nadie tuviera que manipularme —Winter trató de interrumpirlo, pero él siguió hablando—. Pero cuando estoy de servicio, puedo ser solo eso, tu guardaespaldas, y no tu amigo. Levana ya sabe que estoy demasiado cerca de ti, que me preocupo por ti más de lo que debería… —Winter frunció el ceño y quiso intervenir de nuevo, pensando que esa afirmación merecía una explicación, pero él siguió hablando–. No quiero darle otro motivo para que me someta. Ni a ti tampoco. No voy a ser otro peón en su tablero. ¿Me entiendes?

Por fin una pausa. La cabeza le daba vueltas, trataba de aferrarse a lo que había dicho (*¿Qué significa que te preocupas por mí más de lo que deberías?*) sin contrariar sus inquietudes.

–Ya somos peones de su juego –le dijo–. Yo he sido un peón de su juego desde el día que se casó con mi padre. Y tú, desde el día que te reclutaron como guardia.

Jacin apartó los brazos con la mandíbula apretada. El contacto había traspasado por mucho los límites de sus deberes profesionales. Pero Winter tomó sus manos y las sostuvo con fuerza.

–Solo pensé… –dudó, pues se distrajo al notar que las manos de Jacin eran más grandes que la última vez que las había visto. Fue una constatación sorprendente–. Pensé que sería agradable salirnos del tablero de vez en cuando.

Jacin tocó con el pulgar los dedos de Winter. Solo un roce, como un tic que hubiera que dominar.

– Es cierto. Sería agradable –admitió también él–, pero eso no es posible mientras estoy en servicio y no es posible con las puertas cerradas.

Winter desvió la vista hacia la puerta que había cerrado cuando Jacin había ingresado para comprobar la presencia del asesino imaginario.

–¿Quieres decir que voy a verte todos los días, pero tengo que fingir que no te veo?

Jacin retrajo las manos.

–Algo así. Lo siento, princesa –dando un paso atrás, recuperó de inmediato el aspecto del guardia estoico–. Estaré en el corredor si me necesita. *Si de verdad* me necesita.

Cuando Jacin se fue, Winter se quedó mordisqueándose el labio inferior, incapaz de ignorar los momentos de júbilo que se habían colado por las grietas de este encuentro decepcionante.

Me preocupo por ti más de lo que debería.

Muy bien, murmuró para sí misma. *Puedo empezar con eso.*

Recogió el estuche de pinturas, algunos pinceles y el modelo de Saturno, del tamaño de un puño, que esperaba el caleidoscopio de sus anillos.

En esta ocasión, Jacin tuvo un pequeño sobresalto cuando ella apareció en el corredor. La primera vez la había estado esperando, pero la segunda fue una sorpresa. Winter contuvo una sonrisa. Pasó junto a Jacin hasta colocarse del otro lado del guardia y se fue deslizando contra la pared hasta sentarse a su lado en el suelo, con las piernas cruzadas. Canturreando, extendió frente a ella los materiales para pintar.

—¿Qué haces? —murmuró Jacin entre dientes, aunque el pasillo estaba vacío.

Winter fingió que daba un salto.

—Oh, perdón —dijo y alzó la vista para mirarlo—. No vi que estabas ahí.

Jacin frunció el ceño.

Winter parpadeó y volvió a concentrarse en su trabajo. Mojó un pincel en un azul cerúleo intenso.

Jacin no dijo nada más, ni ella. Cuando terminó el primer anillo, apoyó la cabeza en el muslo de él, para estar más cómoda, y escogió un naranja tostado. Jacin suspiró. Winter percibió un levísimo roce de dedos en su cabello. Un atisbo, un dejo de cercanía, antes de que él se convirtiera otra vez en estatua.

Nueve

—LECHE CONDENSADA, ALUBIA, ATÚN... MÁS ATÚN... ¡OH! —CRESS ESTUVO a punto de caerse de cabeza dentro del contenedor cuando llegó hasta el fondo. Agarró un frasco y emergió triunfante—. ¡Espárragos en conserva!

Iko dejó de rebuscar en el contenedor junto al de Cress solo lo suficiente para echarle una mirada.

—Tú y tus papilas gustativas pueden dejar de alardear ahora.

—Oh, lo siento —apretando los labios, Cress puso el frasco en el suelo—. Qué bueno que abrimos este. La despensa de la cocina comenzaba a verse muy vacía.

—Aquí hay más armas —anunció Wolf, con los hombros tensos mientras se inclinaba sobre otro de los contenedores—. Para ser un planeta que ha vivido un siglo de paz mundial, ustedes fabrican demasiadas armas.

—Siempre habrá criminales y violencia —respondió Kai—, así que de todas maneras necesitamos vigilar que se cumpla la ley.

Wolf emitió un sonido ahogado, lo cual hizo que todos concentraran su atención en él mientras alzaba un arma del contenedor.

—Es exactamente como la que tenía Scarlet —hizo girar el arma entre sus manos, deslizando el pulgar a lo largo del cañón—. Una vez me disparó en el brazo.

Pronunció la confesión con tanta ternura como si Scarlet le hubiera entregado un ramo de flores silvestres en vez de haberle infligido una herida de bala.

Cress y los demás intercambiaron miradas afligidas.

Kai, que era quien se encontraba más cerca de Wolf, dejó caer una mano sobre su hombro.

—Si está en Artemisa, la encontraré. Lo prometo —dijo.

Una ligerísima inclinación de cabeza fue la única señal de que Wolf lo había escuchado. Se volvió para entregarle el arma a Cinder, ofreciéndole primero la empuñadura; ella estaba sentada con las piernas cruzadas en el centro del compartimiento de carga, organizando el armamento que habían encontrado. Era un arsenal impresionante. Lástima que, a la hora de combatir lunares, las armas en manos de sus aliados pudieran volverse tan peligrosas como si se hallaran en manos de sus enemigos.

—Este de acá contiene suministros médicos y medicinas de uso común —dijo Iko—. Si podemos hallar otro con vértebras de repuesto y paneles de tejido sintético para androides de compañía, podremos lograrlo.

Cress le dirigió una sonrisa compasiva. Iko llevaba puesta la túnica de seda que había usado para hacerse pasar por una integrante del personal del palacio durante el secuestro del emperador, y el cuello alto casi alcanzaba a cubrir el daño que habían sufrido su cuello biónico y su clavícula durante el enfrentamiento en la azotea, pero no del todo. Había puesto toda su creatividad para ocultar con tiras de diversas telas el resto de su lesión, que era lo único que podía hacer hasta que Cinder consiguiera las piezas para concluir su reparación.

–¿Esto es lo que creo que es? –Kai había vuelto a concentrarse en su contenedor y ahora sostenía una muñeca de madera tallada, adornada con una maraña de plumas y cuatro ojos de más.

Cuando Cinder terminó de descargar el arma, la colocó junto a las otras.

–No me digas que de verdad ya habías visto una de esas cosas horribles.

–¿Muñecas venezolanas de los sueños? En el palacio tenemos algunas en exhibición. Son increíblemente raras –le examinó la espalda–. ¿Qué está haciendo aquí?

–Estoy casi segura de que Thorne se la robó.

La expresión de Kai mostró que entendía.

–Ah, claro –acomodó de nuevo la muñeca en su contenedor–. Más vale que tenga un plan para devolver todo esto.

–Por supuesto que lo devolveré, Su Majestuosidad… A cambio de una recompensa apropiada.

Cress giró para mirar a Thorne, que estaba apoyado contra la pared del compartimiento de carga. Parpadeó. Algo había cambiado en él. La venda para los ojos que había estado usando desde que había comenzado a recuperar la vista, hacía algunas semanas, ahora se encontraba alrededor de su cuello, y se encontraba excepcionalmente pulcro, como si se hubiera afeitado con más esmero que el habitual, y se veía…

Una descarga eléctrica le recorrió la columna vertebral.

La estaba *mirando*.

No. No solo mirando: había una profunda inspección detrás de aquella mirada, junto con una fascinación curiosa. Estaba sorprendido, casi… *cautivado*.

Una oleada de calor ascendió por su cuello. Tragó saliva, segura de que se estaba imaginando cosas.

El sofisticado y seguro capitán Thorne jamás quedaría cautivado por una chica simple y torpe como *ella*. Y ya antes se había sentido desencantada por haberse dejado llevar por la ilusión.

Una de las comisuras de la boca de Thorne se curvó hacia arriba.

—El cabello corto —dijo, asintiendo a medias—. Te va.

Cress se llevó la mano a las puntas escasas que Iko había recortado en algo que podía parecerse un poco a un corte de cabello.

—¡Oh! —dijo Iko, poniéndose de pie de un salto—. ¡Capitán! ¡Ya puede ver!

La atención de Thorne se trasladó a la androide segundos antes de que esta saltara por encima de Cress y se lanzara a sus brazos. Thorne trastabilló hasta la pared y soltó una carcajada.

—¿Iko? —preguntó Thorne, estirando el brazo para alejarla, mientras la recorría con la mirada: la piel oscura e inmaculada, las piernas largas, trenzas teñidas de varias tonalidades de azul. Consintiendo el escrutinio, Iko hizo un giro. Thorne chasqueó la lengua.

—Caramba. Vaya que sé cómo elegirlas, ¿verdad?

—Y sin ver —dijo Iko, echándose las trenzas por detrás del hombro.

Desanimada, Cress comenzó a tomar entre sus brazos los alimentos enlatados. Definitivamente, mera ilusión.

—Excelente —dijo Cinder poniéndose de pie y sacudiéndose las manos—. Estaba empezando a preocuparme de que no tuviéramos piloto cuando fuera hora de llevar a Kai de regreso a la Tierra. Ahora solo tengo que preocuparme por no tener uno competente.

Thorne se apoyó contra el contenedor que Cress estaba organizando. Ella se quedó petrificada, pero cuando se atrevió a atisbar por entre sus pestañas, la atención de Thorne se había dirigido al otro lado del compartimiento de carga.

—Oh, Cinder, extrañé ver tu cara cuando haces comentarios sarcásticos intentando ocultar tus sentimientos reales hacia mí.

–Ay, por favor –Cinder puso los ojos en blanco y comenzó a organizar las armas contra la pared.

–¿Vieron ese movimiento de ojos? Se traduce así: "¿Cómo haré para mantener mis manos alejadas del capitán?".

–Ajá, alejadas *de la garganta* del capitán.

–¿Cómo es que nadie me informó que tenía un competidor tan fuerte? –preguntó Kai, con una sonrisa, cruzando los brazos.

–No lo alientes –dijo Cinder fulminándolo con la mirada.

Con las mejillas sonrosadas, los dientes apretados y la pila de latas entre los brazos, Cress giró para dirigirse hacia el pasillo principal y se le cayó una lata de duraznos que coronaba el montón.

Thorne la atrapó en el aire antes de que Cress pudiera siquiera respirar. Se quedó quieta, y por un instante volvió a suceder: la manera en que la estaba mirando, haciendo que el mundo se desdibujara y su estómago diera un vuelco. Había sido una buena atrapada, desde luego, y no pudo sino preguntarse si le había estado prestando más atención de lo que creía.

Thorne miró la lata, resplandeciente.

–Reflejos rápidos como el rayo. Aún los tengo –tomó una lata de granos de maíz del montón–. ¿Te ayudo?

Ella clavó la mirada en las latas.

–No… gracias… yo… puedo –las palabras se le atropellaron y se puso nerviosa al tiempo que el rubor volvía a hacer arder sus mejillas. De pronto pensó que se había estado ruborizando desde el momento en que él había llegado, con su sonrisa de caballero y esos ojos que la traspasaban.

Quería trepar a uno de aquellos contenedores y bajar la tapa. No habían pasado ni cinco minutos desde que Thorne había recuperado la vista y ella ya había vuelto a ser la chica ansiosa, atolondrada y nerviosa que era cuando se conocieron.

—Muy bien —dijo Thorne lentamente, acomodando las latas de nuevo en la pila que Cress llevaba en los brazos—; si insistes...

La joven lo esquivó y se abrió paso hacia el corredor. Fue un alivio descargar la comida en la mesada de la cocina y tomarse un momento para recuperar la estabilidad.

Así que podía ver de nuevo. Eso no cambiaba nada. Él no la había encontrado irresistible la primera vez que la vio en aquel enlace D-COMM, hacía siglos, y no iba a pensar ahora que era irresistible. En especial si Iko estaba ahí. Androide o no, tenía dientes perlados, ojos color cobre y...

Cress suspiró, controlando la envidia antes de que ese sentimiento pudiera llegar más lejos. Iko no tenía la culpa de que Thorne no estuviera interesado en una chica menuda y asustadiza. De hecho, se alegraba por Iko, quien estaba más fascinada con su nuevo cuerpo que la mayoría de los humanos con los suyos.

Cress deseó tener al menos la mitad de su confianza en sí misma. Si tuviera las agallas de arrojarse en los brazos de Thorne, guiñarle un ojo, hacer comentarios seductores y fingir que nada de eso tenía importancia...

Pero *tenía* importancia, o la tendría si se atreviera a intentarlo.

Solo amigos, se recordó a sí misma. Solo eran amigos, y solo serían amigos de aquí en adelante. Era una amistad que debía valorar, tal como valoraba todas las amistades que había hecho a bordo de esta nave. No la echaría a perder deseando que pudiera ser algo más. Se sentiría agradecida por el afecto que ella *sí* sentía.

Cress exhaló muy despacio y enderezó los hombros. No sería tan difícil fingir que eso era todo lo que deseaba. Imaginar que se sentía satisfecha con la camaradería y el cariño platónico. Ahora que había recuperado la vista, ella estaría mucho más atenta para asegurarse de que cualquier sentimiento más profundo no resultara evidente.

Thorne era su amigo y su capitán, y nada más.

Cuando regresó al compartimiento de carga, el desenfado se había disipado. Al escucharla, Thorne echó un vistazo por encima de su hombro, pero ella fijó la mirada decididamente en Kai.

—Entiendo que es más pronto de lo que esperábamos —decía Kai—, pero ahora que finalmente Thorne puede ver de nuevo, ¿qué esperamos? Podemos irnos mañana. Podemos irnos *ahora*.

—Hay mucho por hacer —objetó Cinder, sacudiendo la cabeza—. Todavía tenemos que editar el video y no hemos confirmado qué ruta tomaremos para ir hacia los sectores externos, y…

—Todas cosas para las cuales no necesitan *mi* ayuda —interrumpió Kai—. Todas cosas en las que pueden ir trabajando mientras yo hago mi parte. Sigue muriendo gente todos los días. Mi pueblo está siendo atacado en este *preciso momento*, y yo no puedo hacer nada por ellos acá arriba.

—Lo sé. Sé que es difícil…

—No: es una tortura —Kai bajó la voz—. Pero una vez que me lleven de regreso, puedo hablar con Levana. Negociar un nuevo cese del fuego y comenzar a poner nuestro plan en marcha…

—Rescatar más pronto a Scarlet —dijo Wolf.

—Miren: yo lo entiendo —comenzó Cinder con tono de queja—. Ha sido un mes realmente largo y todos estamos ansiosos por continuar avanzando; es solo cuestión de… estrategia.

—¿Estrategia? —Kai hizo un amplio ademán con el brazo—. Míranos; estamos empleando el tiempo en desempacar *espárragos en conserva*. ¿De qué manera puede ser esta una buena forma de aprovechar el tiempo?

—Cada día que esperamos, nuestras posibilidades de tener éxito mejoran. Cada día, más elementos de su ejército se dirigen a la Tierra, dejando a Levana y la capital desprotegidos. Mientras más vulnerable se vuelve, mejores son nuestras posibilidades de lograr que esta revolución tenga éxito –señaló hacia la pantalla, aunque estaba apagada–. Además, la Unión ha estado combatiendo. Ya ha perdido un montón de soldados y quizás esté comenzando a preocuparse un poco.

–Ella no está preocupada –dijo Wolf.

Cinder hizo una mueca.

–Bueno, al menos es probable que se haya dado cuenta de que no ganará esta guerra tan fácilmente como esperaba, lo que significa que estará más entusiasmada de saber que Kai ha vuelto y la boda se llevará a cabo. Estará ansiosa de reprogramarla de inmediato –se tomó la muñeca izquierda con la otra mano, justo donde la piel se unía con el metal.

Cress se mordió el labio mientras miraba el temor y el nerviosismo reflejados en el rostro de Cinder. Aunque hacía su mejor esfuerzo por ocultarlo, Cress sabía que Cinder no siempre era tan valiente como aparentaba. De alguna manera la tranquilizaba pensar que quizá tenían eso en común.

Kai dejó caer los hombros y su voz se llenó de desesperación cuando avanzó un paso hacia ella.

–Entiendo que quieras sentir que estás lista, que todos estamos listos. Pero… nunca nos sentiremos así, Cinder. En algún momento tenemos que dejar de hacer planes y comenzar a actuar. Creo que ese momento es ahora.

Se demoró un momento, pero finalmente lo miró a los ojos. Luego fue paseando la mirada de uno en uno. Aunque Thorne era su capitán, todos sabían que Cinder era quien los mantenía unidos.

–Estamos poniendo en riesgo nuestras vidas. Lo único que no quiero es arriesgarlas innecesariamente. Quiero estar segura de que estamos preparados para… –se interrumpió, con los ojos clavados en Cress, quien reconoció la mirada de Cinder cuando estaba viendo algo en la pantalla de su retina. Parpadeando con rapidez, Cinder se volvió hacia Kai, estupefacta–. Nave, enciende la pantalla del compartimiento de carga en las noticias de la Comunidad.

–¿Qué sucede? –preguntó Kai, con el ceño fruncido.

La pantalla titiló al encenderse. Mostró al jefe de los consejeros de Kai, Konn Torin, de pie en un podio, pero antes de que se estableciera la señal de audio, Cinder dijo:

–Lo siento Kai; tu palacio está siendo atacado.

Diez

MIRARON LAS NOTICIAS EN SILENCIO. LAS CÁMARAS TEMBLABAN. LOS deslizadores tripulados por androides sobrevolaban el palacio. Grandes secciones de los jardines humeaban con los incendios causados por los soldados de la reina. Las estatuas habían sido derribadas y el enorme portal había quedado hecho astillas, pero el palacio en sí estaba intacto. Hasta ese punto, el único regimiento militar de la Comunidad destacado en el palacio había mantenido a raya al enemigo mientras esperaba la llegada de refuerzos.

El asedio al palacio de Nueva Beijing iba en contra de las estrategias que habían seguido los soldados lobos durante la guerra. Estos se habían vuelto tristemente célebres por sus asaltos de guerrilla y sus tácticas para infundir miedo. Les interesaba tanto aterrorizar a los terrícolas como ganar las batallas, aunque hasta ese momento no se habían librado *batallas* de verdad, solo escaramuzas y ataques sorpresa que dejaban un reguero de sangre y muchas pesadillas.

Los soldados lobos se movían en manadas, furtivos y veloces. Dejaban caos y destrucción por donde pasaban y luego desaparecían antes de que el ejército de la Tierra los alcanzara. Se especulaba con que se movían por los drenajes o que desaparecían en el campo. A su paso quedaba un rastro de sangre y miembros mutilados. Les gustaba perdonar la vida a por lo menos un testigo, para que hablara de su brutalidad.

Siempre transmitían un mensaje claro: *nadie estaba a salvo*.

Por su parte, los de la Tierra habían matado a un buen número de soldados lunares, además de a varios de los taumaturgos que encabezaban las manadas. No eran invencibles, como repetían las autoridades terrestres. Pero después de ciento veintiséis años de paz, la Unión Terrestre no estaba preparada para sostener una guerra, sobre todo si era tan imprevisible. Durante generaciones, sus militares habían sido más que nada trabajadores sociales condecorados, pues aportaban mano de obra a comunidades empobrecidas o repartían provisiones cuando ocurrían desastres naturales. Ahora, todos los países se esforzaban por reclutar más soldados para sus fuerzas, por entrenarlos, por fabricar armamento.

Mientras tanto, los soldados lunares diezmaban vecindarios enteros, en los que únicamente permanecía el eco de sus aullidos sedientos de sangre.

Hasta ese momento.

El ataque al palacio de Nueva Beijing fue la primera ocasión, hasta donde se sabía, en que varias manadas se reunieron en un ataque coordinado y en pleno día. Cinder se preguntaba si se habían vuelto arrogantes o si trataban de hacer una advertencia. Ella intentaba hallar consuelo en el hecho de que había más cadáveres de lobos mutantes en los terrenos del palacio de los que hubiera visto juntos alguna vez. No había duda de que esta batalla minaría sus efectivos, por lo menos en Nueva Beijing. Pero no era motivo de gran alivio si su sangre estaba mezclada con la de soldados terrestres y una de las torres del palacio se encontraba en llamas.

"El palacio ha sido evacuado –decía una periodista hablando de la catástrofe que se veía en las imágenes– y todos los funcionarios y empleados humanos fueron llevados a lugares seguros. El Secretario de Defensa comentó en un discurso hace veinte minutos que en este momento no especulan sobre cuánto podría durar el asedio ni cuánta destrucción producirá. Hasta ahora, los expertos militares estiman que se han perdido alrededor de trescientos soldados de la Comunidad en este ataque y que han muerto casi cincuenta lunares".

–Me siento tan inútil –dijo Iko con un tono tristísimo que solo un androide entendería. Iko no era una androide común de ninguna manera, pero poseía un rasgo distintivo que se programaba en todos los androides: la necesidad de ser útiles.

Al otro lado de Cinder estaba Kai, atribulado. Seguramente padecía su propio sentimiento de inutilidad. Sin duda se sentía desgarrado.

–El ejército los contendrá –dijo Cinder.

Kai asintió con la cabeza, pero tenía el ceño fruncido.

Con un suspiro, Cinder pasó de Kai a Wolf, de Thorne a Cress y a Iko. Todos miraban la pantalla, decididos, enojados y horrorizados. Dirigió de nuevo su atención a Kai. Ocultaba bien sus emociones, pero Cinder sabía que se sentía morir al ver cómo ardía su casa. Ella nunca había tenido un hogar del cual preocuparse, por lo menos no hasta que abordó la Rampion, así que no podía imaginarse cuánto dolor sentía Kai.

Apretó la mandíbula pensando en sus cálculos, en sus planes.

Kai tenía razón. Nunca se sentiría lista, y no podían quedarse sin hacer nada para siempre.

Thorne había recuperado la vista.

Wolf le había contado sobre sus padres, trabajadores dedicados toda la vida a las labores en las fábricas y en las minas de regolito. Si aún vivían, el muchacho pensaba que estarían dispuestos a ofrecerles refugio en Luna. Podrían ser aliados.

La reina había hecho su movimiento más audaz desde que había comenzado la guerra, lo cual significaba que se sentía muy confiada o muy desesperada. De cualquier forma, Cinder no quería que Luna ganara esta batalla. No quería que ellos asumieran el control del palacio de Nueva Beijing, aunque fuera solo simbólico. Era el hogar de la familia real de la Comunidad. Le pertenecía a Kai, no a Levana. A Levana, *nunca*.

"Hemos sabido –continuó la periodista– que el grupo político radical autodenominado Asociación para la Seguridad de la Comunidad ha hecho público otro comunicado en el que pide la abdicación obligada del emperador Kaito. Insiste en que no puede ser el gobernante que se necesita en estos tiempos difíciles y que, mientras permanezca en manos de terroristas, es imposible que el bienestar del país sea su preocupación más grave. Aunque la ideología de este grupo ha sido ignorada por las principales fuerzas políticas, en una encuesta electrónica reciente se observa que sus posturas han ganado popularidad entre la opinión pública".

–¿Terroristas? –dijo Iko mirando a todos–. ¿Se refería a *nosotros*?

Cinder se pasó la mano por el rostro, en señal de frustración. Kai sería un gran líder, *era* un gran líder, pero no había tenido la ocasión de demostrarlo. Se le revolvía el estómago de pensar que su reinado pudiera terminar tan pronto por culpa suya.

Quería abrazar a Kai y decirle que eran unos idiotas, que no se imaginaban cuánto le preocupaba el bienestar de su país.

Pero no era eso lo que necesitaba oír.

Por la pantalla de su retina pasaban las noticias más vistas. Conteo de cadáveres, número de muertos, imágenes de las salas de cuarentena de la peste; adolescentes formados en los centros de reclutamiento, la mayoría con aspecto casi de entusiasmo por unirse a la lucha y defender a su planeta de esta invasión. Levana con velos blancos.

—Es hora, Cinder —le dijo Kai mirándola, después de que ella apagó la transmisión.

Hora de despedirse. Hora de pasar a lo siguiente. Hora de abandonar la pequeña utopía que los había amparado.

—Ya sé —le contestó con voz triste y pesada—. Thorne, hay que alistarse para llevar a Kai de regreso.

Once

Cinder se asomó por un costado del módulo. Kai se aproximó despacio a la puerta, con las manos en los bolsillos, vestido nuevamente con su traje de boda.

Cinder se apartó algunos cabellos de la frente antes de responder.

—Solo estoy haciendo algo de mantenimiento básico —desconectó el medidor de carga de la batería del módulo y cerró la escotilla—. Quiero estar segura de que esté listo para tu regreso. Supuse que ya es bastante arriesgado permitir que Thorne sea tu piloto; lo menos que puedo hacer es asegurarme de que el transporte esté en buen estado.

—Desearía que vinieras con nosotros.

—Ajá, yo también, pero no podemos arriesgarnos.

—Lo sé. Solo que es lindo tener una mecánica a bordo. Por si acaso… tú sabes… algo se rompe —se rascó la oreja.

—Ah. Para *eso* me quieres ahí; qué halagador.

Cinder enrolló el cable alrededor del medidor y lo volvió a colocar en un gabinete adosado a la pared.

—Para eso, y para no extrañarte —su voz se había suavizado y ella sintió una oleada de tibieza en la base del abdomen.

—Con suerte volveremos a vernos pronto.

—Lo sé.

Cinder se quitó los guantes de trabajo y se los puso en el bolsillo trasero. Seguía habiendo un dejo de pánico en ese gesto; su cerebro le recordaba, por puro hábito, que se suponía que no debía quitarse los guantes enfrente de nadie, especialmente de Kai, pero lo pasó por alto. Kai ni siquiera parpadeó cuando descubrió su mano cyborg, como si ya nunca lo notara.

Cinder sabía que ella misma pensaba en eso cada vez menos. En ocasiones, incluso se sorprendía al captar un destello metálico con el rabillo del ojo cuando se disponía a recoger alguna cosa. Era raro. Antes siempre estaba pendiente y la mortificaba la posibilidad de que alguien pudiera darse cuenta.

—¿Estás asustado? —preguntó, sacando una llave de su cinturón de herramientas.

—Aterrorizado —respondió él, pero con un tono de indiferencia que la hizo sentir mejor con respecto a los pequeños nudos que se le formaban en el estómago—. Aunque estoy listo para regresar. Puedo asegurarte que Torin está a punto de sufrir un infarto. Y... —se encogió de hombros— siento un poco de añoranza.

—Les alegrará tu regreso —Cinder se arrodilló junto a la nave para revisar los pernos del tren de aterrizaje. Colocó la llave en uno, dos, tres pernos; ninguno estaba flojo—. ¿Ya sabes qué le vas a decir a Levana?

Kai se puso en cuclillas junto a ella, con los brazos envolviendo sus rodillas.

—Le voy a decir que me enamoré de una de mis captoras y que la boda se cancela —el brazo de Cinder se paralizó. Kai esbozó una sonrisita—. Al menos eso es lo que me gustaría poder decirle.

Ella sopló para quitarse un mechón de cabello de la cara y terminó de revisar los pernos antes de moverse al otro lado de la nave espacial para repetir el proceso.

—Le voy a decir que no tuve nada que ver con el secuestro —continuó Kai, con un tono que Cinder consideraba su *voz imperial*—. De ninguna manera estoy vinculado contigo o la tripulación, e hice todo lo que pude por negociar una rápida liberación. Fui una víctima; me tomaron de rehén, era imposible escapar. Quizás invente algo sobre trato inhumano.

—Suena bastante bien.

—Luego le *rogaré* que se case conmigo. Otra vez —su boca se arqueó en un gesto de disgusto.

Cinder no podía culparlo. Mientras más lo pensaba, más se le antojaba secuestrar el módulo y dirigirse a Marte.

—Cuando vuelva a verte tendré ropa para todos y un nuevo revestimiento para Iko —dijo Kai—. Por si se te ocurre alguna otra cosa que necesites, Cress cree que puede hacerme llegar un comunicado encriptado —tomó una honda bocanada de aire—. Pase lo que pase, estoy de tu lado.

Ese sentimiento la alentó, pero al mismo tiempo envió una oleada de ansiedad a través de sus nervios.

—Lamento ponerte ante un peligro tan grande.

—No lo estás haciendo. De todas maneras ella me iba a matar.

—¿Podrías tratar de sonar un poco más preocupado cuando dices eso?

Los ojos de Kai centellearon.

—¿Por qué hay que preocuparse? Me rescatarás mucho antes de que suceda.

Cuando terminó con los pernos se puso de pie y deslizó la llave en el cinturón.

—Cinder… —se quedó petrificada, desconcertada ante el tono de seriedad de su voz—. Hay algo que quiero decir antes de irme. En caso de…

—No lo hagas. Ni se te ocurra que esta será la última vez que nos veremos.

Una sonrisa melancólica se dibujó en su boca, pero rápidamente desapareció.

—Quiero disculparme.

—¿Por sugerir que esta podría ser la última vez que nos vemos? Eso es cruel cuando yo estoy aquí, tratando de avanzar con el trabajo pendiente y…

—Cinder, escúchame —ella cerró la boca y apretó la mandíbula. Permitió que Kai la tomara por los hombros, sus delicados pulgares contra sus clavículas—. Lamento lo que sucedió en el baile. Lamento no haber confiado en ti. Lamento haber dicho todas esas… esas cosas.

Cinder apartó la mirada. Aunque la situación entre ellos había cambiado mucho desde aquella noche, aún sentía como un picahielo en el corazón cuando recordaba la manera en que la había mirado, y sus palabras horrorizadas: *Me duele más mirarte a ti que a ella.*

—Ya no tiene importancia. Estabas en *shock.*

—Fui un idiota. Me avergüenzo de la forma en que te traté. Debería haber tenido más fe en ti.

—Por favor. Apenas si me conocías. Y descubrir así, de golpe, que soy cyborg y lunar… Yo tampoco habría confiado en mí. Además, estabas sometido a un gran estrés y…

Kai avanzó un poquito y le dio un beso en la frente. La ternura la dejó paralizada.

—Seguías siendo la chica que reparó a Nainsi. Seguías siendo la chica que me advirtió acerca de los planes de Levana. Seguías siendo la chica que quería salvar a su hermanita.

Se sobresaltó ante la mención de Peony. Su muerte era una herida que aún no había sanado por completo.

Las manos de Kai se deslizaron hacia abajo por sus brazos y entrecruzó sus dedos con los Cinder, carne y metal.

—Estabas tratando de protegerte y yo debería haberme esforzado mucho más en defenderte.

Cinder tragó saliva.

—Cuando dijiste que te dolía más mirarme a mí que a Levana... —Kai respiró hondo, como si el recuerdo de esas palabras lo hiriera tanto como a ella—. ¿Acaso yo me veo... acaso me veía como ella? ¿Mi encanto es como el suyo?

Kai frunció el ceño y se la quedó mirando antes de sacudir la cabeza.

—No exactamente —le respondió—. Tú seguías viéndote como tú, solo que... —se debatía buscando la palabra— *perfecta*. Una versión impecable de ti misma.

Estaba claro que no pretendía ser un cumplido.

—Te refieres a una versión antinatural de mí misma.

—Supongo que sí —admitió luego de dudarlo.

—Supongo que fue por instinto. No me había dado cuenta de que estaba usando un encanto. Solo sabía que no quería que supieras que yo era una cyborg —dejó escapar una risita forzada—. Ahora parece tan tonto...

—Bien —la atrajo hacia él—. Debemos de haber progresado.

Los labios de Kai apenas habían rozado los de ella cuando la puerta se abrió.

—¿Tienes todo lo necesario? —preguntó Thorne, más alegre que nunca. Iko, Cress y Wolf venían detrás de él.

Kai dejó caer la mano de Cinder y ella retrocedió un paso, mientras se ajustaba el cinturón de las herramientas.

—El módulo está listo. Revisado y vuelto a revisar. No debería haber sorpresas —aseguró la muchacha.

—¿Y el invitado de honor? —preguntó Thorne.

—Tengo todo lo que traía cuando llegué —respondió Kai, señalando su arrugado traje de boda.

Iko se aproximó y le entregó a Kai una caja que decía AVENA CON PROTEÍNAS.

—Tenemos un regalo para ti —anunció la androide.

Él dio vuelta la caja y observó el juego infantil impreso en la parte de atrás.

—¿Ah, sí?

—*Ábrela* —dijo Iko, balanceándose sobre los talones.

Luego de forcejear para abrirla, Kai volteó la caja sobre su palma y dejó caer el contenido: una delgada cadena de plata con un medallón. Lo levantó a la altura de sus ojos, inspeccionando la inscripción más bien borrosa.

—86º Regimiento Espacial de la República Americana —leyó—. Ya veo por qué pensaron en mí.

—Lo encontramos en uno de los viejos uniformes militares —explicó Iko—. Es para que recuerdes que ahora eres uno de los nuestros, sin importar lo que suceda.

—Es perfecto —dijo Kai con una amplia sonrisa.

Se pasó la cadena por la cabeza y metió el medallón dentro de su camisa. Le dio un breve abrazo de despedida a Cress y luego atrajo a Iko para abrazarla. Ella soltó un chillido y se quedó tiesa.

Cuando la separó de su cuerpo, Iko se lo quedó mirando, luego miró a Cinder y de nuevo a Kai. De pronto, puso los ojos en blanco y se desplomó en el suelo.

Kai dio un salto hacia atrás.

—¿Qué pasó? ¿Presioné su interruptor de encendido o algo?

—Iko, ¿qué estás haciendo? —preguntó Cinder acercándose, con el ceño fruncido.

—Kai me abrazó, así que me desmayé —respondió Iko, con los ojos todavía cerrados.

Riéndose con torpeza, Kai se volvió hacia Cinder.

—Tú no te vas desmayar también, ¿o sí?

—Lo dudo.

Kai la envolvió en sus brazos y la besó, y aunque ella no estaba acostumbrada a tener público, no dudó en corresponder el beso. Una parte poco práctica e incauta de su cerebro le dijo que no lo dejara ir. Que no le dijera adiós.

Cuando se separaron, el ambiente festivo se había evaporado. Él apoyó su frente en la de Cinder, con las puntas de su cabello rozando las mejillas de la muchacha.

—Estoy contigo —dijo Kai—. Pase lo que pase.

—Lo sé.

Kai se volvió hacia Wolf. Alzó el mentón y se alisó la camisa.

—Bien, estoy listo; cuando tú dispon…

El puñetazo le dio a Kai directo en la mejilla, arrojándolo en dirección hacia Cinder. Todo el mundo ahogó una exclamación. Iko se sobresaltó y soltó un grito de alarma mientras Kai se llevaba una mano al rostro.

—Lo siento —se disculpó Wolf con un gesto de culpabilidad—. Es mejor cuando no lo ves venir.

—No sé por qué, pero lo dudo —respondió Kai, pronunciando con dificultad.

Cinder le apartó la mano para examinar el área golpeada, que se veía muy roja y estaba comenzando a inflamarse.

—No se le abrió la piel —dijo la muchacha—. Estará bien. Tendrá un buen magullón para cuando llegue a la Tierra.

—Lo siento —repitió Wolf.

Kai sacudió la cabeza y no se quejó cuando Cinder depositó un beso en su mejilla.

—No te preocupes —le susurró—. Resulta extrañamente atractivo.

Su risa sonó burlona, pero a la vez agradecida. La besó por última vez antes de apresurarse hacia el módulo, como si fuera a cambiar de opinión si se quedaba ahí por más tiempo.

—¿Me das un beso de despedida a mí también? —preguntó Thorne, colocándose frente a Cinder.

—Wolf no es el único aquí que puede lanzar un buen derechazo —dijo Cinder con una mueca, haciéndolo a un lado.

Thorne soltó una risita y le lanzó una mirada significativa a Iko.

La androide, que continuaba en el suelo, se encogió de hombros a modo de disculpa.

—Me encantaría darle un beso de despedida, capitán, pero es probable que ese prolongado abrazo de Su Majestad me haya fundido algunos cables, y temo que un beso suyo derretiría mi procesador central.

—Oh, créeme, sí lo haría —dijo Thorne, guiñándole un ojo.

Por un instante, mientras la broma aún brillaba en su rostro, la mirada de Thorne se deslizó esperanzada hacia Cress, pero ella estaba cautivada por sus propias uñas.

Luego la mirada se desvaneció y Thorne se dirigió hacia el asiento del piloto en el módulo.

—Buena suerte —dijo Cinder, mientras los veía ajustarse los cinturones.

Thorne le dirigió un saludo fugaz, pero era Kai quien le preocupaba. Trató de sonreírle sin dejar de frotarse el pómulo, en tanto las compuertas se abrían a su alrededor.

—También para ti.

Doce

KAI MIRÓ LAS MANOS DE THORNE, QUE SE MOVÍAN CON DESTREZA accionando interruptores en el tablero de control del módulo espacial. Atravesaron la escotilla de la Rampion y se lanzaron hacia el planeta Tierra. Thorne anotó unas coordenadas en la computadora y Kai, para su sorpresa, tuvo un acceso de nostalgia al ver que aparecían en la pantalla las imágenes satelitales de la Comunidad.

El plan era que Thorne dejara a Kai en una de las casas reales de seguridad, bastante apartada de la civilización, para que el módulo pasara inadvertido, si se daban prisa, pero no tan lejos de la ciudad como para que no pudieran rescatar a Kai en el lapso de una hora después de alertar al equipo de seguridad sobre su regreso.

–Debe parecerte extraño –dijo Thorne mientras pasaba los dedos sobre la pantalla del radar–. Tu novia cyborg es una fugitiva de la justicia y, al mismo tiempo, la sobrina de tu prometida.

Kai hizo una mueca y le volvió a doler la mejilla.

–Francamente, trato de no pensar en esos detalles –por una de las ventanas miró hacia la Rampion, que rápidamente iba quedando atrás–. ¿De verdad dice que es mi novia?

—¡Oh, qué voy a saber! Desde que te secuestramos no hemos tenido una sola velada de chismes y de pintarnos las uñas de los pies.

Kai lo fulminó con la mirada y se apoyó contra el respaldo.

—Ya me siento bastante incómodo de que seas el piloto de esta nave y de que tengas el control de mi vida. Trata de no empeorarlo.

—¿Por qué todos piensan que soy tan mal piloto?

—Eso me dijo Cinder.

—Bueno: dile a Cinder que soy perfectamente capaz de volar un condenado módulo espacial sin matar a nadie. Mi instructor de vuelo en Andrómeda, que debo decirte es una muy famosa academia militar en la República…

—Conozco la Academia de Andrómeda.

—¡Muy bien! Mi instructor de vuelo decía que para mí volar era natural.

—De acuerdo —admitió Kai arrastrando las palabras—. ¿Fue el mismo instructor de vuelo que escribió en tu expediente oficial unas notas sobre tu falta de atención, tu negativa a tomarte en serio las precauciones de seguridad y tu exceso de confianza, que lindaba con la… ¿qué palabra usó? Creo que "insensatez".

—¡Ah, sí! El comandante Reid. Se ve que me quería —el radar parpadeó y captó un crucero en la distancia. Thorne cambió diestramente el rumbo para mantenerse fuera de su curso—. No sabía que la realeza me espiara. Me halaga, Su Majestad.

—Mejor que eso: se designó a todo un equipo oficial para que recabara información sobre ti. Rindieron dos informes diarios durante una semana. Recuerda que huiste con la delincuente más buscada del mundo.

—Y su novia.

Kai reprimió a la vez una sonrisa y una mirada fulminante.

—Y mi novia —concedió.

–¿Así que tardaron una semana, eh? Cress habría desglosado toda mi biografía en cuestión de horas.

–Quizá te haga una oferta de trabajo cuando todo esto se termine –dijo Kai luego de pensarlo.

Thorne se imaginaba lo que iba a pasar, y no se decepcionó: el temblor de irritación debajo de su ojo. Sin embargo, lo ocultó sin problemas y transformó su gesto en indiferencia.

–Quizá debieras hacerlo.

Kai sacudió la cabeza y apartó la mirada. Su planeta llenaba la ventanilla como un caleidoscopio de mar y tierra. Se aferró a su arnés de seguridad. Sabía que se trasladaban por el espacio a velocidades temerarias, pero se sentía suspendido en el tiempo, en un momento apacible y silencioso.

Dejó que sus hombros se relajaran, asombrado por la vista. La próxima vez que viajara por el espacio, si todo marchaba según lo planeado, sería de camino a Luna.

–¿Sabes qué es lo que verdaderamente me parece extraño? –se preguntó Kai tanto para sí mismo como a Thorne–. Si Levana no hubiera tratado de matar a Cinder cuando era niña, tal vez hoy estaría comprometido con *ella*. Sería la reina y estaríamos juntos, planeando una alianza.

–Sí, pero la habrían criado en Luna y, por lo que sé, crecer en Luna echa a perder a la gente. No sería la encantadora cyborg que todos adoramos.

–Ya sé. Podría despreciarla tanto como desprecio a Levana, aunque es difícil de imaginar.

Thorne asintió con la cabeza y Kai se sintió aliviado de que no hiciera ningún comentario odioso.

El módulo penetró en las primeras capas de la atmósfera terrestre. La luz que los rodeaba comenzó a formar una curva sobre el planeta y a difundirse conforme avanzaban. La fricción hacía temblequear el módulo y gotas de agua resbalaban contra la ventanilla, pero se terminó pronto. El Océano Pacífico destellaba debajo de ellos.

—Me imagino que también para ti todo esto es muy extraño —señaló Kai—. Un delincuente perseguido lleva al líder político secuestrado de vuelta al país del que se escapó.

—Lo que me parece raro es que no voy a cobrar ningún rescate —se quejó Thorne—. Aunque, si Su Majestad se siente con ánimo generoso...

—No me siento así —Thorne gruñó—. Bueno, tal vez un poco. Tienes que purgar condenas de cárcel en tres países, ¿verdad? La Comunidad, América y Australia.

—No me lo recuerde. Sería bueno que con las uniones nacionales se hubieran uniformado los sistemas judiciales, pero *no*. Uno comete delitos en tres países y todos quieren colaborar para repartirse el castigo.

Kai se mordió el labio para darse una última oportunidad de pensarlo. Se le había ocurrido la idea apenas unos días atrás, y en cuanto lo dijera, su palabra sería ley. No quería sentar un precedente injusto como líder de su país, pero al mismo tiempo, le parecía que era lo *correcto*. Además, ¿de qué servía ser el emperador si de vez en cuando no podía hacer algo que le pareciera atinado?

—Puede ser que luego me arrepienta de esto —comenzó y tomó una gran bocanada de aire—. Carswell Thorne, le concedo el perdón por todos los delitos cometidos contra la Comunidad Oriental.

Thorne volteó súbitamente hacia Kai. El módulo dio un salto hacia adelante y Kai, con un grito ahogado, se aferró a su arnés.

—¡Ay, perdón! —Thorne niveló la nariz del módulo y retomó el vuelo estable—. Eso fue... eh... una turbulencia. Algo así. ¿Qué decías?

Kai suspiró.

—Decía que puedes considerar tu condena expiada, por lo menos en la Comunidad. Si sobrevivimos, cuando todo esto termine, haré la declaración oficial. No puedo hacer nada con respecto a los otros países, aparte de recomendarte. Para ser franco, lo más probable es que piensen que me volví loco o que sufro del síndrome de Estocolmo.

—¡Bah! Desde luego que padeces el síndrome de Estocolmo, pero no lo usaré en tu contra. Estoy de acuerdo, ¡es sensacional! ¿Me lo puedes poner por escrito?

—No —respondió Kai sin despegar la vista de los controles del módulo, pues Thorne se había vuelto para mirarlo de nuevo—. Y el acuerdo solo es válido si *ambos sobrevivimos*.

—Supervivencia mutua, no hay problema —respondió Thorne con una sonrisa; verificó el curso y ajustó sus instrumentos de vuelo al tiempo que aparecía Japón en el horizonte.

—Además, hay una condición: tienes que devolver todo lo que robaste.

La sonrisa de Thorne comenzó a apagarse, pero examinó sus manos sobre el tablero y volvió a animarse.

—¿Muñecas de los sueños y algunos uniformes de más? Hecho.

—¿Y qué más?

—Y… eso es bastante. ¡Cielos! Me haces ver como si fuera un cleptómano o algo así.

—Y la nave. Tienes que devolver la nave —agregó Kai después de aclararse la garganta.

—Pero… es mi nave —sus nudillos se pusieron blancos.

—No. Le pertenece a la República Americana. Si quieres una nave, tendrás que trabajar y comprarla, como todos los demás.

—Oye, señor hijo de la realeza, ¿tú qué sabes ? —pero la postura defensiva de Thorne se esfumó tan rápidamente como había aparecido, convertida en un gesto gruñón–. Trabajé para conseguirla. El oficio de ladrón no es fácil, ¿sabías?

–No vamos a discutir sobre este punto, ¿o sí?

Thorne cerró los ojos. Kai sintió que todos sus músculos se tensaban, pero el capitán suspiró y los abrió de nuevo.

–No me entiendes. La Rampion y yo hemos pasado por mil cosas juntos. Quizá primero la robé, pero ahora siento que es como si me perteneciera.

–Pero *no* te pertenece. Además, no me digas que quieres que el resto de tu tripulación permanezca en una nave robada.

Thorne soltó una carcajada.

–¿Mi tripulación? Te explicaré lo que pasará con mi tripulación cuando todo termine –empezó a enumerar con los dedos–: Cinder será la reina en funciones de una gran piedra en el cielo. Iko se irá adonde vaya Cinder, así que digamos que se convertirá en su peluquera o algo parecido. Usted, Su Majestad, ¿es ahora mismo parte de la tripulación? De todos modos no importa: ya sabemos a dónde va a ir a dar. Y cuando regrese Scarlet, ella y Wolf se retirarán a una granja en Francia y tendrán una camada de bebés lobeznos. *Eso* es lo que le va a pasar a mi tripulación cuando esto termine.

–Me da la impresión de que lo has estado pensando.

–Tal vez –admitió Thorne encogiendo los hombros–. Son la primera tripulación que he tenido y casi todos me llaman "capitán". Voy a extrañarlos.

–Veo que no contaste a Cress –dijo Kai entrecerrando los ojos–. ¿Qué hay entre ustedes dos?

–¿Qué? –Thorne se rio–. No hay nada. Somos… o sea, ¿qué quieres decir?

–No sé. Ella se ve más a gusto junto a ti que con los demás de la nave. Solo pensaba…

–¡Oh, no! No hay nada… estuvimos mucho tiempo juntos en el desierto, pero eso es todo –con la mente absorta, pasó los dedos sobre los controles pero sin tocar nada–. Yo le gustaba. De hecho –siguió con otra risita, aunque esta vez más tensa–, cuando la encontramos, creía que estaba enamorada de mí. ¡Qué curioso!, ¿no te parece?

–Divertidísimo –dijo Kai, mirándolo con el rabillo del ojo.

Los nudillos de Thorne se pusieron blancos sobre los controles. Luego, miró a Kai y empezó a sacudir la cabeza.

–¿De qué se trata? ¿Es una sesión de terapia? No tiene importancia.

–Es importante en cierto modo. Me simpatiza Cress –Kai se acomodó en el arnés–. También me simpatizas tú, aunque es mala idea.

–No te imaginas cuántas veces he oído eso mismo.

–Algo me dice que Cress todavía te quiere, aunque sea mala idea.

–Sí, a eso se reduce todo –suspiró Thorne.

–¿O sea…? –preguntó Kai, inclinando la cabeza.

–Es complicado.

–Ah, es *complicado*. Quizá por eso no entiendo de qué se trata –admitió Kai con un resoplido.

–Como sea, doctor –dijo Thorne, mirándolo–. Lo que pasa es que cuando Cress pensó que estaba enamorada de mí, en realidad se había enamorado del hombre que se inventó en la cabeza, que era valiente, desinteresado y sólido. Es decir, era un buen partido, ¿quién la culparía? Hasta a mí me gustaba ese tipo. Casi quisiera ser ese tipo –agregó, encogiéndose de hombros.

–¿Estás seguro de que no eres tú?

–Lo dices de broma, ¿verdad? –preguntó Thorne con una sonrisa, pero Kai no se rio.

–Pues no.

–¡Vaya! Soy Carswell Thorne, delincuente buscado en tu país. Encantado de conocerte.

Kai alzó la vista al techo del módulo.

—Lo que quiero decir es que deberías dejar de gastar tanta energía en lamentarte por el hecho de que Cress tenía una opinión equivocada sobre ti y mejor dedicarla a demostrarle que tenía razón.

—Aprecio su confianza, Su Psicológica Majestad, pero estamos muy lejos de eso. Cress ya lo superó y… así es mejor.

—¿Pero tú la quieres?

Como Thorne no contestó, Kai giró la cabeza y lo vio concentrado en la ventana de la cabina.

—Como te dije, no tiene importancia —respondió finalmente.

Kai apartó la mirada. En cierto sentido, la incapacidad de Thorne para hablar de su atracción por Cress decía mucho más de lo que habría admitido con una confesión sincera. Después de todo, no tenía problemas para hacer comentarios sugerentes acerca de Cinder.

—Muy bien —dijo Kai—. Entonces, ¿qué hará Cress cuando todo esto termine?

—No sé —contestó Thorne—. Quizá se vaya a trabajar contigo, al equipo real de fisgones.

Abajo, la mancha indefinida de tierra se convirtió en playas y rascacielos y el monte Fuji. Detrás, un continente entero, exuberante, verde y acogedor.

—Aunque no creo que eso sea lo que quiera —agregó Thorne dubitativo—. Quiere ver el mundo después de haber estado atrapada toda su vida en ese satélite. Desea viajar.

—Entonces, creo que finalmente debe quedarse contigo. ¿Qué mejor manera de viajar que en una nave espacial?

—No, créeme que no —respondió Thorne, sacudiendo la cabeza con obstinación—. Se merece una vida mejor que esta.

Kai se inclinó para ver mejor su país, que se extendía al frente.

—Eso es precisamente lo que estoy diciendo.

Trece

—¿CUÁNDO APRENDISTE A BORDAR? —PREGUNTÓ JACIN, HUSMEANDO EN la canasta que colgaba del brazo de Winter.

—Hace apenas unas semanas —respondió muy ufana.

Jacin levantó una de las servilletas del montón y revisó las puntadas precisas que representaban un conjunto de estrellas y planetas alrededor de la orilla de la servilleta.

—¿Acaso no dormiste nada?

—No, no mucho —rebuscó en la canasta y le entregó una manta para bebé bordada con un banco de peces nadando alrededor de la orilla—. Esta es mi favorita. Me llevó cuatro días enteros.

—Supongo que las visiones fueron malas esa semana —dijo él soltando un gruñido.

—Horribles —admitió a la ligera—. Pero ahora tengo todos estos regalos —recogió la manta de sus manos y la acomodó entre el resto de las telas coloridas—. Tú sabes que mantenerme ocupada ayuda. Es cuando estoy ociosa que los monstruos vienen.

Jacin le echó un vistazo con el rabillo del ojo. Ya hacía varias semanas que era su guardia, pero rara vez se ponían a hablar de manera tan casual o caminaban lado a lado como ahora; se suponía que los guardias debían mantener una distancia respetuosa de sus patrones. Pero hoy Winter lo había arrastrado a AR-2, uno de los domos adyacentes al sector central. Se trataba básicamente de tiendas exclusivas situadas entre barrios residenciales, pero a esa temprana hora del día todas las tiendas permanecían cerradas y las calles estaban vacías y tranquilas. No había nadie que se preocupara por el protocolo.

—¿Y todos esos regalos son para los comerciantes?

—Comerciantes, dependientes, sirvientes… —sus ojos brillaron—. La maquinaria de Artemisa a la que no se le da importancia.

Las clases bajas, por cierto. La gente que se ocupaba de la basura y cocinaba los alimentos y satisfacía todas las necesidades de la aristocracia de Luna. Se la premiaba con vidas mucho más envidiables que las de los trabajadores de los sectores externos. Con estómagos llenos, por lo menos. El único inconveniente es que tenían que vivir en Artemisa, rodeados de la política y las manipulaciones de la ciudad. Un buen sirviente recibía el trato de una mascota muy apreciada; se lo mimaba y adulaba cuando se lo necesitaba, se lo golpeaba y desechaba cuando había expirado su plazo de utilidad.

Jacin siempre había pensado que, si pudiera elegir, preferiría probar suerte en las minas o las fábricas.

—¿Ha estado visitándolos seguido? —preguntó.

—No tanto como me gustaría. Pero una de las aprendices de la sombrerería tuvo un bebé y he querido hacer algo para ella. ¿Crees que le gustará?

—Será lo más bonito que reciba ese niño.

Winter pegó un saltito de alegría mientras caminaba.

—Mi madre fue una magnífica costurera, ¿sabes? Se estaba volviendo muy popular en las tiendas de ropa cuando… Bueno, como sea:

ella bordó mi manta de bebé. Levana intentó desecharla, pero papá pudo ocultarla. Es una de mis posesiones más preciadas.

Ella pestañeó y Jacin sintió que sus labios temblaban en contra de su voluntad.

—Sabía que había sido costurera —dijo—, pero ¿cómo es que nunca he visto su preciosa manta?

—Me daba vergüenza contarte.

Jacin se rio, pero cuando Winter no rio con él, el sonido se desvaneció.

—¿En serio?

Winter se encogió de hombros, con una sonrisa traviesa.

—Qué tonta, ¿verdad? Aferrarme a una manta de bebé —tomó una bocanada de aire—; pero también representa mi nombre. Bordó una escena del invierno en la Tierra, con nieve, árboles sin hojas y un par de mitoncitos rojos. Son como guantes, pero con todos los dedos unidos.

—Avergonzada de mostrármela —dijo Jacin sacudiendo la cabeza—. Es lo más tonto que he escuchado.

—Está bien, te la mostraré si quieres verla.

—Por supuesto que quiero verla —le sorprendía cuánto le había dolido su confesión. Él y Winter habían compartido todo desde que eran niños. Jamás se le había ocurrido que ella pudiera guardarse algo como esto, especialmente algo tan importante como un regalo de su madre, quien había muerto al dar a luz. Pero su ánimo se compuso cuando recordó algo—: ¿Te conté que vi nieve cuando estuve en la Tierra?

—¿Nieve de verdad? —preguntó Winter, deteniendo su marcha, con los ojos abiertos de par en par.

—Tuvimos que ocultar la nave espacial en Siberia, en la vastísima tundra —ella lo miraba como si fuera a derribarlo a menos que ofreciera más detalles. Alardeando, Jacin enganchó los pulgares en su cinturón y se balanceó sobre los talones–. Eso fue todo.

–Eso no es *todo*. ¿Cómo es? –preguntó Winter después de golpearlo en el pecho.

–Blanca. Cegadora. Y muy fría –respondió él, encogiéndose de hombros.

–¿Brillaba como los diamantes?

–A veces. Cuando el sol la iluminaba de cierta manera.

–¿A qué olía?

–No sé, Win… Princesa –respondió, avergonzado–. Un poco como a hielo, creo. No pasé mucho tiempo a la intemperie. Básicamente estuvimos encerrados en la nave.

Algo parecido a la decepción cruzó por la mirada de Winter cuando su nombre estuvo a punto de escapársele, y Jacin sintió un aguijón de culpabilidad, así que le devolvió con suavidad el golpe en un hombro.

–Tus padres eligieron bien. Tu nombre representa algo hermoso. Te queda perfecto.

–*Winter* –susurró, y su expresión se tornó pensativa mientras la iluminación de una tienda resaltaba las motas grises de sus ojos.

Jacin se esforzó por no hacer nada raro cuando apartó la vista. Había ocasiones en que ella estaba tan cerca que él se maravillaba de su capacidad de mantener las manos quietas.

Pasando la canasta al otro brazo, Winter echó a andar de nuevo.

–No todo el mundo piensa que soy hermosa.

–Cualquiera que haya dicho eso miente –se mofó Jacin–. O está celoso. Probablemente ambas cosas.

–*Tú* no crees que yo sea hermosa –él resopló aunque de manera casi involuntaria y rio aún más fuerte cuando ella se lo quedó mirando–. ¿Eso es gracioso?

Cambiando de expresión, Jacin imitó su mirada.

–Sigue diciendo cosas como esa y la gente comenzará a pensar que te volviste loca.

Ella abrió la boca para contradecirlo. Vaciló. Casi se estrelló contra una pared, de no ser porque Jacin la colocó de nuevo en el centro del estrecho callejón.

–Ni una sola vez me has dicho que soy hermosa –agregó cuando Jacin volvió a dejar caer su mano a un costado.

–Por si acaso no lo has notado, hay una nación entera de personas alabándote. ¿Sabías que en los sectores externos se escriben poemas sobre ti? Hace unos meses tuve que escuchar a un borracho cantar una balada entera, dedicada a tu *perfección de diosa*. Estoy casi seguro de que a la galaxia no le hace falta mi opinión sobre el asunto.

Ella bajó la cabeza, ocultando el rostro tras una cascada de cabello, lo cual estaba muy bien, porque las mejillas de Jacin se habían encendido, algo que lo hacía sentirse cohibido y enfadado.

–*Tu opinión* es la única que importa –murmuró Winter.

Él se puso rígido y le dirigió una mirada que ella no correspondió. Se le ocurrió que quizás había llevado la conversación hacia un tema que no tenía intenciones de explorar en el futuro. Fantasías, por supuesto. Deseos, todo el tiempo. Pero ¿la realidad? No; eso era tabú. Esto no acabaría en nada bueno.

Ella era una princesa. Su madrastra era una tirana que la casaría con alguien que resultara políticamente conveniente a sus propios deseos.

Jacin era lo contrario de políticamente conveniente.

Pero aquí estaban, y aquí estaba ella, tan preciosa y rechazada; ¿por qué tenía que abrir su estúpida bocota?

Jacin suspiró, exasperado. Con ella. Consigo mismo. Con la situación.

—Vamos, Princesa. Tú sabes lo que siento por ti. *Todo el mundo* sabe lo que siento por ti —Winter se detuvo de nuevo, pero él continuó caminando y amonestando con un dedo por encima de su hombro—. No estoy diciendo estas cosas y mirándote al mismo tiempo, así que sigue el ritmo.

—¿Qué sientes por mí? —preguntó ella después de apresurarse para alcanzarlo.

—No, ya basta. Eso es lo único que diré. Soy tu *guardia*. Estoy aquí para protegerte y mantenerte alejada de los problemas, y nada más. No intercambiaremos palabras que se traduzcan en una gran cantidad de noches incómodas parado afuera de tu recámara, ¿comprendes?

Estaba sorprendido de cuán enojado sonaba; no: de cuán enojado se sentía. Porque era imposible. Era imposible e injusto, y se había pasado demasiados años en las trincheras de la injusticia como para que ahora no lo sacara de sus casillas.

Winter daba zancadas junto a él mientras sus dedos aprisionaban la manija de la canasta. Al menos ya no trataba de buscarle la mirada, lo cual era un pequeño alivio.

—Yo sé lo que sientes por mí —admitió finalmente, y sonó a confesión—. Sé que eres mi guardia y que eres mi mejor amigo. Sé que morirías por mí. Y sé que si eso llegara a suceder, yo moriría inmediatamente después.

—Ajá. Básicamente eso es —el sonido de un molino de café en las cercanías resonó en el sendero de piedra, y el aroma de pan horneándose invadió sus sentidos. Se cruzó de brazos—. Además, me parece que eres más o menos bonita. Ya sabes… los días buenos.

Ella soltó una risita y le dio un empujón con el hombro. Él le devolvió el empujón y ella tropezó con un macetero, al tiempo que soltaba una carcajada.

—Tú también eres más o menos lindo —respondió.

Él le hizo una mueca, pero era imposible mantenerla cuando ella se reía de aquella manera.

—¡Su Alteza!

Ambos se detuvieron. Jacin se puso alerta y se llevó la mano a la funda de la pistola, pero se trataba únicamente de una muchacha que los observaba desde el umbral de una tienda pequeña. Un balde lleno de jabón permanecía intacto a sus pies. Sus ojos eran tan grandes como toda la Tierra.

—Ah, hola —saludó Winter, al tiempo que acomodaba la canasta—. Astrid, ¿verdad?

La chica asintió; el rubor ascendía por sus mejillas mientras contemplaba a la princesa, boquiabierta.

—Y… yo… —miró hacia el interior de la tienda, y volvió a mirar a Winter—. ¡Espere aquí! —chilló; con un sonido húmedo dejó caer un trapo en el balde y se metió corriendo.

Winter ladeó la cabeza y su cabello cayó sobre su hombro.

—¿Conoces a esa niña? —preguntó Jacin.

—Su padre y su madre administran esta florería.

Deslizó los dedos a lo largo de una enredadera que enmarcaba el escaparate.

—¿Qué quiere? —gruñó Jacin.

—¿Cómo voy a saberlo? Ojalá les hubiera traído algo…

La chica regresó, acompañada de dos niños.

—¿Lo ven? ¡Les dije que había regresado! —los niños se quedaron pasmados y también boquiabiertos al ver a Winter. El más pequeño sujetaba con ambas manos una corona de ramas y flores desecadas.

—Hola —dijo Winter, dirigiendo una inclinación a cada uno—. Me parece que no había tenido el placer de conocerlos. Soy Winter.

Como los niños no parecían animarse a hablar, Astrid respondió.

—Estos son mis hermanos, Su Alteza: Dorsey y Dylan. Les dije que una vez usted compró flores en nuestra tienda y no me creyeron.

—Bueno, pues es cierto. Compré un ramillete de campánulas azules y las tuve una semana en mi mesita de noche.

—Guau… —exclamó Dorsey sin aliento.

Winter sonrió.

—Lamento que esta mañana no podamos quedarnos a echar un vistazo en su tienda, pero vamos camino a visitar a la asistente de la sombrerera. ¿Ustedes ya fueron a ver al bebé?

Los tres negaron con la cabeza. Luego Astrid empujó con el codo al niño más pequeño, Dylan. Este se sobresaltó, pero todavía no lograba atreverse a hablar.

—Hicimos algo para usted —dijo Astrid—. Hemos estado esperando a que regresara. Es solo… está hecho con los sobrantes, pero… —volvió a darle un codazo a su hermano, esta vez más fuerte, y finalmente el niño le ofreció la corona de flores.

—¿Qué es? —preguntó Winter, al tiempo que la recibía.

Jacin frunció el entrecejo, pero de pronto se sobresaltó al comprender de qué se trataba.

—Es una corona, Su Alteza —respondió el niño más grande—. Nos llevó casi una semana reunir todas las piezas —agregó con las mejillas de un rojo vivo.

—Sé que no es mucho —dijo la muchacha—, pero es para usted.

—Eres *muy bonita* —soltó de repente el niño más pequeño, una vez liberado del regalo, antes de volver a ocultarse detrás de su hermano.

—Son todos muy amables. Gracias —dijo Winter riendo.

Una luz difusa llamó la atención de Jacin. Al mirar hacia arriba divisó un artefacto en el alero de la tienda contigua: una pequeña cámara vigilaba las tiendas y a los súbditos. Había miles de cámaras idénticas en sectores distribuidos por toda Luna, y él sabía que la posibilidad de que alguien estuviera atento a la filmación de una mañana gris en AR-2 era remota, pero un escalofrío amenazador se deslizó por su espalda.

—La corona es adorable —observó Winter, admirando los pequeños ramitos de flores blancas. Se la colocó encima de sus gruesos rizos oscuros—. Tan espléndida como las joyas de la reina; la atesoraré por siempre.

Con un gruñido, Jacin le arrebató la corona de la cabeza y la echó en la canasta.

—Puedes atesorarla igual ahí —dijo cortante, en tono de advertencia—. La princesa tiene cosas que hacer. Vuelvan adentro, y no anden por ahí presumiendo de esto con todos sus amigos.

Con agudas exclamaciones de susto y los ojos muy abiertos, los niños no podrían haberse precipitado más rápido al interior de la florería.

Tomando a Winter por el codo, Jacin la alejó de ahí, aunque al poco tiempo ella liberó su brazo.

—¿Por qué hiciste eso? —reclamó.

—No correspondía.

—¿Aceptar un obsequio de unos cuantos niños? Honestamente, Jacin, no hace falta que seas tan odioso.

—Tú podrías soportar ser un poquito menos *linda* —replicó, revisando las paredes y las ventanas, sin divisar más cámaras—. Ponértela en la cabeza; ¿estás demente? —ella le hizo una mueca y él se la devolvió, sin asomo de remordimiento—. Tienes suerte de que nadie te viera —hizo un gesto en dirección a la canasta—; cúbrela antes de que la destroce y la entierre en uno de esos maceteros.

—Estás exagerando —se quejó Winter, aunque colocó unas cuantas toallas de mano alrededor de la maraña de ramas.

—Tú no eres una reina, princesa.

—Yo no deseo ser reina —respondió ella mirándolo a los ojos.

—Entonces deja de aceptar *coronas*.

Bufando, Winter dio media vuelta y echó a andar adelante, como una verdadera princesa caminaría delante de su guardia.

Catorce

KAI ESPERÓ A QUE EL MÓDULO DE THORNE FUERA UN DESTELLO EN LA distancia. Entonces, sacó la pantalla portátil que Cinder le había entregado. Por no tener un chip oficial de identificación que confirmara su identidad, el mensaje al consejero real Konn Torin fue interceptado por la computadora central de comunicaciones del palacio. Apareció el rostro de una joven becaria.

—Palacio de Nueva Beijing. ¿Cómo puedo… canalizar…? —guardó silencio y abrió mucho los ojos.

—Soy el emperador Kaito —dijo Kai con una sonrisa—. Comuníqueme con el consejero real Konn Torin, por favor.

—S-sí, Su Majestad. Desde luego. Enseguida.

Las mejillas de la becaria enrojecieron mientras luchaba por redirigir el enlace. En un instante, su imagen cambió por la de Torin.

—¡Su Majestad! Es… está usted… un momento. Estamos saliendo de una reunión de gabinete. ¿Se encuentra bien?

—Estoy bien, Torin. Listo para regresar —oyó el ruido de una puerta que se cerraba.

—¿Dónde está? ¿Es un lugar seguro? ¿Necesita…?

—Te contaré todo cuando vuelva. Estoy solo en nuestra casa de seguridad en las terrazas de Taihang. Si pudieras alertar a la guardia del palacio…

—Enseguida, Su Majestad. Estaremos ahí enseguida.

Torin pidió que dejaran la comunicación abierta, por miedo de que alguien fuera por Kai antes de que llegara su equipo de seguridad. Aunque Cinder le había asegurado que la pantalla portátil en sí no era rastreable, el enlace no estaba configurado para comunicaciones directas y cabía la posibilidad de que los lunares estuvieran escuchando. Sin embargo, Kai sabía que Luna había perdido su mejor método de vigilancia cuando se quedó sin Cress, así que insistió en que estaría *bien* y cortó la comunicación.

Necesitaba unos minutos para reflexionar antes de que toda la galaxia volviera a salirse de control.

Sujetó la pantalla portátil en el cinturón y trepó a una de las grandes rocas que dominaban el valle. Se sentó con las piernas cruzadas, sorprendido de la calma que sentía contemplando las terrazas, que eran unas mesetas pétreas que se extendían alrededor de las exuberantes montañas, y los reflejos seductores de un río que serpenteaba a sus pies. Podía entrar en la casa de seguridad a esperar, pero el tiempo era cálido y soplaba una brisa que olía a jazmín y hacía mucho tiempo que no admiraba el hermoso país en el que había nacido.

Después de semanas a bordo de la Rampion, con su aire reciclado y su agua reprocesada, estaba contento de haber vuelto a casa.

Y aunque nunca había visto Luna ni sus domos biológicos llenos de bosques y lagos artificiales, comenzaba a entender por qué Levana quería clavar sus garras también en la Tierra.

Al cabo de poco tiempo, Kai oyó el zumbido de motores. Miró hacia el horizonte, esperando las naves. Cuando llegaron, vio que eran una gran fuerza: una docena de naves militares rodearon la casa de seguridad, muchas con las armas desplegadas. Incontables efectivos revisaban el terreno, en busca de indicios de amenazas.

Kai entrecerró los ojos para protegerlos del sol y se apartó el pelo de la frente. La nave mayor aterrizó no lejos de la casa. Saltaron oficiales de uniforme y delimitaron un perímetro que revisaron atentos a formas de vida cercanas, sin dejar de cuchichear en sus audífonos y con ominosas armas listas para disparar.

—Su Majestad imperial —gritó un hombre canoso acercándose al frente de un destacamento de cuatro hombres—, nos alegramos de verlo. Solicito su autorización para efectuar un examen de seguridad.

Kai se apartó de la roca y le entregó la pantalla portátil a uno de los oficiales, que la guardó en una bolsa de evidencias forenses. Extendió los brazos para que otro hombre pasara un escáner por sus miembros.

—Todo en orden. Bienvenido a casa, Su Majestad.

—Gracias. ¿Dónde está Konn…?

Se oyó un estruendo que hizo girar a seis efectivos hacia la casa de seguridad. Gritaron y apuntaron con las armas a una puerta del sótano que se había abierto de golpe.

Apareció Konn Torin. A Kai le pareció que nunca lo había visto tan agobiado.

—Consejero real Konn Torin —gritó con las manos levantadas. Paseó la mirada por las armas y luego vio a Kai junto al borde de la terraza. Aflojó los hombros con alivio, y cuando uno de los funcionarios terminó de escanear su muñeca para confirmar su identidad, hizo algo que jamás había hecho: corrió hacia él y lo abrazó.

Fue un abrazo tan rápido como inesperado. Enseguida Torin se apartó y mantuvo a Kai a un brazo de distancia, para examinarlo. Kai se asombró al darse cuenta de que era un poco más alto que

Torin. No pudo haber crecido en estas dos semanas. Quizás era más alto desde hacía meses y no lo había notado. Lo conocía desde niño, así que era difícil cambiar la imagen que se había formado de él.

Cinder le había dicho que Torin les había informado sobre el segundo chip de seguimiento que llevaba Kai. Quizás el consejero guardaba más sorpresas de las que Kai se imaginaba.

—¡Su cara! —exclamó—. ¿Qué le hicieron? ¡Ella me *prometió*…!

—Estoy bien —lo tranquilizó Kai, oprimiéndole el brazo—. Es solo un magullón. No te preocupes por eso.

—¿Que no me preocupe?

—Su Majestad —interrumpió el hombre canoso—. Evitaríamos la atención de los medios noticiosos si regresa a los niveles inferiores de la casa de seguridad. Enviaremos un destacamento para que lo escolte.

Kai miró a su alrededor. Varios guardias palaciegos se habían unido al grupo de soldados.

—De haber sabido que se podía entrar por esa puerta, me habría ahorrado toda esta farsa —el oficial no reaccionó—. Muy bien. Gracias por su esmero. Vamos.

Torin lo siguió al paso, junto con muchísimos guardias que los condujeron a la puerta del sótano.

—Nainsi le tendrá el té preparado, y se ordenó a los cocineros que prepararan un refrigerio para su regreso —anunció Torin—. El secretario de prensa está redactando una declaración para los medios, aunque quizá Su Majestad quiera oír un resumen de la postura oficial de palacio sobre la violación de la seguridad y el secuestro, antes de que enviemos el boletín.

Kai tuvo que bajar la cabeza para entrar en el sótano de la casa. Estaba limpio, salvo por algunas telarañas en los rincones, y a medida que avanzaban por los pasillos debajo de las montañas, el lugar se fue volviendo más pulcro y más iluminado.

—¿Cuál es el estado del palacio? —preguntó Kai.

—Los soldados enemigos aún no traspasaron los muros del palacio. Nuestros analistas tácticos creen que si lo invaden y ven que no hay nadie a quien matar, dirigirán su atención a otra parte. Hasta ahora, hemos visto que estos soldados no están interesados en destruir o robar en general, sino solo en matar.

—A menos que Levana piense usar el palacio para comunicar algún mensaje. Daría la impresión de que van ganando.

—Es una posibilidad.

Dieron vuelta en una esquina. A la distancia, Kai percibió actividad: voces, pisadas y el rumor de maquinaria. Todo su personal se había apiñado en este laberinto de salones y pasillos. Pensó que casi habría preferido quedarse en la terraza.

—Torin, ¿y las familias de todas estas personas? ¿Están a salvo?

—Sí, Su Majestad. Las familias de todos los funcionarios de gobierno fueron trasladadas del palacio en las cuarenta y ocho horas que siguieron a los primeros ataques. Todas están aquí.

—¿Y qué pasó con los que no son funcionarios? ¿Los cocineros, los trabajadores de mantenimiento?

—Lo siento, pero no hubo lugar para todos. Si hubiéramos podido, habríamos trasladado a toda la ciudad.

Kai sintió una puntada en el estómago. De haber podido, habría traído a todo el *país*.

—Entiendo —respondió y se obligó a no preocuparse por lo que no podía cambiar—. ¿Tengo aquí una oficina? Necesito que Nainsi arregle una cita. De ser posible, esta misma tarde.

—Sí, Su Majestad. También reservamos habitaciones privadas para la familia real. Las están preparando en este momento.

—Bueno, soy solo uno en la familia y no necesito nada más que una habitación. Hay que buscarles un uso más provechoso a las demás.

—Muy bien. ¿A quién tiene que llamar Nainsi para esta cita?

—A mi prometida —respondió Kai después de tomar una gran bocanada de aire.

Torin aminoró la marcha y Kai pensó que iba a detenerse por completo, pero enderezó los hombros y siguió avanzando por los corredores. Uno de los guardias que los antecedían volvió a gritar: "¡Abran paso! ¡Abran paso!", pues asomaban por las puertas empleados y funcionarios curiosos. Los rumores se propagan rápidamente. Kai miraba los rostros con los que se cruzaban y veía en ellos alegría y alivio.

Sintió remordimiento. Le causaba extrañeza pensar en cuántos estaban preocupados por él. No solo las personas con las que trataba a diario, sino los ciudadanos de toda la Comunidad, que querían saber si los secuestradores devolverían sano a su emperador, sin tener idea de que Linh Cinder era la última en el mundo que le infligiría algún daño. En cierta medida, se sentía culpable por haber disfrutado tanto el tiempo que había pasado a bordo de la Rampion.

—Su Majestad —comenzó Torin bajando la voz mientras trataba de alcanzarlo—. Debo aconsejarle que reconsidere su acuerdo con la reina Levana. Por lo menos, tenemos que analizar cuál es la mejor línea de acción antes de tomar decisiones apresuradas.

—Nuestro gobierno opera en un enorme refugio antiaéreo mientras lunares mutantes derriban las puertas de mi palacio —afirmó Kai mirándolo—. No son decisiones apresuradas. Hago lo que tengo que hacer.

—¿Qué pensará el pueblo cuando se entere de que pretende retomar el proyecto de casarse con la mujer que es responsable de cientos de miles de muertes?

–Millones. Es responsable de *millones* de muertes. Pero eso no cambia nada, porque de todos modos necesitamos el antídoto de la letumosis y espero que ella acepte los términos de un nuevo acuerdo de alto el fuego, mientras confirmamos los detalles del enlace.

Uno de los guardias hizo un gesto hacia una puerta abierta.

–Majestad, su oficina.

–Gracias. Voy a necesitar un momento a solas con Konn-dàren, pero si la androide viene con el té, déjela pasar.

–Sí, Su Majestad.

Kai entró en la oficina. Era menos lujosa que su oficina del palacio, pero no incómoda. Como no tenía ventanas, estaba iluminada con luz artificial, pero las esteras de bambú dispuestas sobre las paredes le daban alguna calidez al espacio y amortiguaban el ruido de sus pasos en el piso de concreto. El resto del lugar estaba ocupado por un escritorio grande con una pantalla de red y media docena de sillas.

Quedó petrificado cuando puso los ojos en el escritorio y enseguida comenzó a reír. En una esquina había un pie cibernético, pequeño y sucio.

–Me estás tomando el pelo –le dijo al consejero después de tomar el pie metálico en su mano.

–Pensé que se estaba convirtiendo en un símbolo de buena suerte –contestó Torin–. Aunque, en retrospectiva, no me imagino de dónde saqué esa idea.

Sonriente, devolvió a su lugar el pie abandonado de Cinder.

–Su Majestad, ¿qué quiso decir con que Levana ya es responsable de *millones* de muertes? –preguntó Torin.

Kai se apoyó en el escritorio.

–Creemos que esta guerra empezó cuando sus agentes especiales atacaron las primeras quince ciudades, pero no es así. Esta guerra comenzó cuando sintetizaron la letumosis en un laboratorio lunar y la trajeron a la Tierra. Todos estos años, Levana ha librado una guerra biológica contra nosotros, y no lo sabíamos.

Pese a que Torin era muy capaz de esconder sus emociones, esta vez no pudo ocultar su horror creciente.

—¿Está seguro?

—Sí. Quería debilitarnos, agotar nuestra población y nuestros recursos, antes de atacar. También sospecho que su estratagema de ofrecer un antídoto como moneda de cambio tenía el objetivo de crear una dependencia inmediata de Luna, en cuanto se convirtiera en emperatriz.

—¿No le parece que esto lo cambia todo? A pesar de saber que se trató de una estrategia para obligarlo a formar una alianza, ¿de todos modos piensa seguir adelante? Su Majestad, debe haber otra manera, algo que no hayamos considerado —la expresión de Torin se endureció—. Tengo que informarle que, en su ausencia, formamos un equipo para que diseñara una nueva clase de armamento militar que pueda penetrar incluso los domos biológicos de Luna.

—Estamos fabricando bombas —dijo Kai sin dejar de mirar a Torin.

—Sí. Ha sido lento. Ningún ejército terrestre ha fabricado ni almacenado bombas desde que terminó la Cuarta Guerra Mundial, además de que se necesitan modificaciones especiales para debilitar a Luna. Pero como sus recursos son escasos y dependen de los domos para protegerse, el éxito de algunas bombas podría significar un fin rápido para la guerra.

Kai bajó la vista al escritorio. Toda la población de Luna vivía en domos biológicos especiales que le proporcionaban una atmósfera respirable, gravedad artificial y la capacidad de cultivar árboles y granos. Al destruir una de esas barreras protectoras, morirían todos los que estuvieran dentro.

—¿En cuánto tiempo estarían listas estas armas? —preguntó.

—Terminamos el primer prototipo y esperamos tener completa la primera tanda dentro de cuatro a seis semanas. La flota de naves para transportar las bombas ya está lista.

Kai hizo una mueca. No quería decirlo, pero detestaba la idea de reducir a escombros las ciudades de Luna. Ya había comenzado a pensar que Luna le pertenecía a Cinder, y no quería destruir el reino que un día sería suyo. Pero si podía detener la guerra y proteger al planeta…

—Que me mantengan informado de todos los avances y que la flota esté preparada para zarpar en cualquier momento. Será el último recurso. Antes, trataremos de llegar a una solución pacífica. Desgraciadamente, para eso primero hay que aplacar a Levana.

—Su Majestad, le suplico que lo reconsidere. No estamos *perdiendo* la guerra. Por lo menos, todavía no.

—Aunque tampoco la estamos ganando —Kai apretó los labios—. Hay algo que ha cambiado: hasta este punto, Levana ha tenido la sartén por el mango, pero ahora podría llevarle la delantera.

—No se refiere a una alianza, ¿verdad? —preguntó Torin entrecerrando los ojos, mientras daba un paso al frente.

—Tengo toda la intención de formar una alianza con Luna —respondió Kai y observó de nuevo el pie cibernético—. Solo que primero trataré de poner otra reina en el trono.

Quince

LA COMUNICACIÓN TARDÓ SIGLOS EN ESTABLECERSE; MIENTRAS, KAI permaneció frente a la pantalla con las manos entrelazadas detrás de la espalda y el corazón palpitándole audiblemente, más que el motor de la Rampion. No se había molestado en cambiarse la camisa nupcial de seda blanca que había estado usando desde que lo habían secuestrado, aunque estaba arrugada y tenía un orificio en el lugar donde había penetrado el dardo tranquilizador de Cinder. Aun así, pensó que Levana podría apreciar el hecho de que ponerse en contacto con ella fuera su prioridad, incluso antes de cambiarse de ropa, incluso antes de anunciar su regreso a los medios de comunicación de la Tierra.

Iba a emplear cada táctica que se le pudiera ocurrir para complacerla. Todo con tal de resultar convincente.

Por fin, después de mucho tiempo, el pequeño globo terráqueo de la esquina dejó de girar y la pantalla se iluminó, mostrando a Levana con su velo blanco translúcido.

—¿Acaso será mi querido joven emperador? —canturreó—. Estuve a punto de darte por perdido. ¿Cuánto ha pasado? ¿Más de un mes, me parece? Daba por hecho que a estas alturas tus captores ya te habían asesinado y desmembrado.

Kai sonrió, fingiendo que había escuchado una broma divertida.

—Unos cuantos chichones y rasguños aquí y allá, pero nada tan terrible como eso.

—Ya veo —musitó Levana, ladeando la cabeza—. Ese magullón en tu mejilla parece reciente.

—Más reciente que algunos de los demás, sí —admitió Kai. Fingir que el tiempo que había pasado a bordo de la Rampion había sido una dura prueba que apenas había logrado superar era el primer paso en su estrategia—. Linh Cinder dejó claro desde el principio que yo era un prisionero a bordo de su nave, no un invitado. Aquí entre nosotros, creo que seguía enojada porque ordené que la arrestaran en el baile.

—Qué salvaje.

—Por ahora me considero afortunado. Finalmente pude negociar mi liberación. Acabo de regresar a Nueva Beijing. Informarte de mi retorno era mi prioridad inmediata.

—¿Y a qué debemos esta feliz situación? Sospecho que esas negociaciones deben de haber sido difíciles.

—Mis captores tenían muchas demandas. Una suma en efectivo, por supuesto, y también que cancelara la búsqueda de los fugitivos, tanto de Linh Cinder como de Carswell Thorne.

El velo se agitó cuando Levana acomodó las manos en su regazo

—Deben de haber creído que su captura era inminente —dijo sin sonar impresionada—. Aunque no veo cómo podría haber ocurrido, puesto que no pudiste aprehenderlos mientras se encontraban *en tu propio palacio*.

La sonrisa de Kai permaneció inalterada.

—A pesar de ello, acepté. Sin embargo, no ofrecí garantías en cuanto al resto de la Unión o de Luna. Espero que esos delincuentes sean localizados pronto y llevados ante la justicia por sus crímenes, incluyendo su ataque contra mí y mi secuestro.

—Espero que así sea —coincidió Levana, y Kai supo que se estaba burlando de él, pero por primera vez esa certeza no le produjo escalofríos.

—Tenían una exigencia adicional —Kai apretó las manos entrelazadas detrás de la espalda, desplazando su nerviosismo hacia ellas—. Insistieron en que me negara a seguir adelante con los términos de la alianza contigo, y estuve de acuerdo. Pidieron que la boda no se lleve a cabo.

—Ah —dijo la reina, con una risa maliciosa—. Ya llegamos a la razón por la cual ponerte en contacto conmigo era prioritario. Estoy segura de que aceptar esos términos tan oprobiosos te dejó devastado.

—En realidad, no —respondió indiferente.

Levana se apoyó contra el respaldo, y pudo ver que sus hombros temblaban.

—¿Y por qué debería importarle la política intergaláctica a esos criminales? ¿Acaso no son conscientes de que ya son responsables de desatar una guerra entre nuestras naciones? ¿No creen que hallaré el modo de sentarme en el trono de la Comunidad a pesar de tu egoísta negociación?

Kai tragó saliva con dificultad.

—Quizá su interés tenga que ver con el reclamo de Linh Cinder de que ella es la desaparecida princesa Selene —el silencio crepitaba entre él y la pantalla, como hielo sobre un estanque—. Ella parece creer que si continuáramos con la boda y la coronación, ello debilitaría cualquier reclamo que pudiera hacer con respecto al trono de Luna.

—Ya veo —Levana había recuperado su compostura y su tono frívolo y caprichoso—. Me he preguntado si ella te llenaría la cabeza de falsedades. Imagino que tú eras la audiencia cautiva.

—Es una nave espacial bastante chica —dijo, encogiéndose de hombros.

—¿Tú crees que lo que ella reclama es cierto?

—¿Honestamente? —comenzó, endureciendo el tono—. No me importa si es verdad o no. Más de cinco mil millones de personas viven bajo mi protección, y durante el mes pasado todas y cada una se han ido a la cama preguntándose si esa sería la noche en que su hogar sería atacado, si esa sería la noche en que romperían sus ventanas, sacarían a sus hijos de la cama y encontrarían a sus vecinos mutilados en la calle, todo por tus… por esos *monstruos* que creaste. No puedo… —su rostro se crispó. Al menos ese dolor no tenía que fingirlo—. No puedo permitir que esto continúe, y Linh Cinder, sea o no la princesa perdida, no es la que está a cargo del ejército de Luna en este momento. No me interesan la política lunar, las dinámicas familiares y las teorías de conspiración. Quiero que se acabe. Y tú eres la única que tiene poder para que se acabe.

—Un discurso muy sensible, joven emperador. Pero nuestra alianza se acabó.

—¿Ah, sí? Pareces convencida de que cedería a los caprichos de criminales y secuestradores —Levana no dijo nada—. Tú tenías mi palabra mucho antes de que se la diera a Linh Cinder. Por lo tanto, me parece que mi acuerdo contigo tiene prioridad. ¿No estás de acuerdo?

El velo se movió a la altura de sus manos, como si estuviera jugueteando con algo.

—Veo que el tiempo que estuviste fuera no disminuyó tus impresionantes habilidades diplomáticas.

—Espero que no.

—¿Me estás diciendo que deseas proceder con nuestro acuerdo previo?

—Sí, en los mismos términos: ambos aceptamos el cese el fuego en todo territorio terrestre y espacial, el cual se hará efectivo de inmediato. Luego de tu coronación como emperatriz de la Comunidad Oriental, todos los soldados lunares serán retirados de suelo terrestre, y nos permitirás manufacturar y distribuir tu antídoto contra la letumosis.

—¿Y qué seguridad puedes darme de que nuestra boda no será objeto del mismo espectáculo vergonzoso que la última vez? Seguramente tu cyborg y sus amigos no se sentirán complacidos cuando sepan que ignoraste sus demandas.

—Me temo que no he tenido tiempo para elaborar un plan. Incrementaremos la seguridad, por supuesto. Trae refuerzos militares; sé cuánto los admiras —Levana soltó un bufido—. Pero Linh Cinder ha probado tener muchos recursos. Una opción sería llevar a cabo la ceremonia en secreto, y no divulgar la prueba de la boda hasta después de la coro…

—No. No dejaré ningún interrogante en la mente de la gente de la Tierra con respecto a si soy tu esposa y su emperatriz.

Kai rechinó los dientes para evitar sentir náuseas al escuchar esas palabras: *Tu esposa y su emperatriz.*

—Entiendo. Podemos considerar otros sitios para realizar la ceremonia, algo más remoto y seguro: ¿una nave espacial, quizá? O incluso…

Kai dudó, tratando de aparentar sentirse horrorizado ante su propio pensamiento.

—¿O incluso qué?

—Solo estaba… Dudo que esto pudiera gustarte; requeriría mucho esfuerzo, y no sé siquiera si es plausible, pero… ¿por qué no efectuar la boda en Luna? Así sería imposible que Linh Cinder interfiriera…

Hizo una pausa y procuró no dar la impresión de que estaba conteniendo el aliento.

El silencio se iba ahondando entre los dos. El corazón de Kai comenzó a galopar.

Había ido demasiado lejos. La había hecho sospechar.

Kai comenzó a reírse entre dientes, sacudiendo la cabeza.

—Olvídalo; es una idea estúpida —su mente se esforzaba por encontrar otro ángulo que pudiera abordar—. Estoy seguro de que encontraremos un sitio adecuado en la Tierra. Solo necesito un poco de tiempo para…

—Vaya que *eres* listo, ¿eh?

—¿Perdón? —preguntó, con el corazón en la boca.

—Un sitio alejado, un sitio seguro —dijo, después de soltar una risita nerviosa—. Mi querido emperador, *por supuesto* que deberíamos efectuar la boda en Luna.

Kai hizo una pausa, aguardó y luego exhaló lentamente, manteniendo su expresión neutral. Pasó otro momento, e incluso se acordó de mostrarse escéptico.

—¿Estás segura? Ya tenemos todo organizado en la Tierra, los traslados y el alojamiento, el banquete, las invitaciones…

—No seas ridículo —agitó los dedos detrás del velo—. No sé por qué no lo pensé antes. Realizaremos la ceremonia aquí, en Artemisa. Tenemos suficiente espacio para alojamiento, y no me cabe duda de que quedarás complacido con la hospitalidad que podemos brindar —Kai cerró la boca, preocupado por disuadirla de la idea, pero también por parecer demasiado entusiasta—. ¿Hay algún problema, Su Majestad Imperial?

—No me cabe duda de que Artemisa es… encantadora. Pero ahora que lo pienso, me preocupa que esto pueda incomodar a aquellos invitados que se habrían sentido privilegiados de poder asistir a la boda aquí en la Tierra. En particular, los líderes de la Unión Terrestre.

—Pero por supuesto que la invitación se extenderá a todos los diplomáticos terrestres. Me sentiría decepcionada si no asistieran. Al fin y al cabo, nuestra unión será un símbolo de paz, no solo entre Luna y la Comunidad, sino entre Luna y todas las naciones terrestres. Puedo extender la invitación a cada uno de nuestros invitados terrestres personalmente, si lo consideras apropiado.

Él se rascó detrás de la oreja.

—Con el debido respeto, podría haber cierta… *vacilación* de los líderes de la Unión. Si he de ser franco, ¿cómo puedes garantizar que nosotros… que ellos no se estarán encaminando a una trampa? No has hecho ningún intento para disimular tus amenazas contra la Tierra, y hay sospechas de que podrías llegar a usar tu condición de emperatriz como una plataforma para… bueno…

—¿Dominar al mundo?

—Exactamente.

—¿Y a qué le temes, con exactitud? —preguntó Levana, soltando una risita—. ¿A que pudiera asesinar a los gobernantes de la Unión Terrestre mientras se encuentran aquí, como una manera de allanar el camino para tomar el control de sus tontos paisitos?

—*Exactamente.*

—Mi querido emperador: este es un ofrecimiento de paz —continuó Levana después de soltar otra risita—. Quiero ganarme la confianza de la Unión, no enemistarme con ella. Tienes mi palabra de que *todos* los invitados de la Tierra serán tratados con respeto y cortesía —muy lentamente, Kai permitió que sus hombros se relajaran. No le había creído nada ni por un minuto, pero no importaba: había reaccionado como él esperaba—. De hecho, como muestra de buena voluntad, aceptaré tu solicitud de cese el fuego inmediato en toda la Unión, y ese cese el fuego se extenderá a cada territorio de la Tierra cuyos líderes acepten nuestra invitación a asistir a la boda aquí, en Artemisa.

Kai se sobresaltó. Esa era una manera de incrementar la asistencia. Frotó las palmas de sus manos sobre la arrugada tela de su camisa.

—No puedo rebatir el argumento de que Artemisa es más segura que cualquier otro lugar en la Tierra que pudiéramos elegir. Lo comentaré de inmediato con los líderes de la Unión Terrestre.

—Por favor hágalo, Su Majestad. Como estoy segura de que el cambio de sede no será un problema, comenzaré a hacer preparativos para su visita y las ceremonias nupcial y de coronación.

—Bien, y… al respecto, ¿cuándo te gustaría que…?

—Sugiero el 8 de noviembre para nuestra boda y la fiesta de celebración, seguidas por ambas coronaciones al día siguiente de la Luna nueva. Podemos programarla para que coincida con nuestro amanecer; es un momento precioso aquí en Luna.

—Eso es… —comenzó Kai, parpadeando— me parece que he perdido un poco la noción del tiempo con todo este asunto del secuestro, pero… ¿eso no es dentro de una semana?

—Diez días, Su Majestad. Esta alianza ya se ha diferido demasiado. No creo que nadie desee poner a prueba mi paciencia aún más. Realmente estoy deseando recibirlos a usted y a sus invitados —inclinó la cabeza a modo de gentil despedida—. Mis puertos estarán listos para recibirlos.

Dieciséis

EL ENLACE DE AUDIO SE DESCONECTÓ CON UN DÉBIL CHASQUIDO. EL compartimiento de carga quedó en silencio. Sentada sobre uno de los contenedores ahora vacíos, Cress miró cómo Cinder fijaba la vista en la pantalla con los hombros tensos, Wolf tamborileaba con los dedos sobre un codo e Iko, que seguía concentrada en la pantalla portátil que tenía sobre las piernas, trataba de decidir el siguiente movimiento en el juego en que había estado inmerso desde hacía una hora con Cress.

—Lo hizo —balbuceó Cinder.

—¡Claro que lo hizo! —exclamó Iko sin levantar a mirada—. Sabíamos que lo lograría.

Cinder miró de nuevo hacia la pantalla al tiempo que se rascaba distraídamente la muñeca.

—El 8 de noviembre es mucho antes de lo que esperábamos. Estoy convencida de que los líderes de la Tierra comenzarán a ponerse en marcha dentro las siguientes cuarenta y ocho horas.

—Muy bien —dijo Wolf con decisión—. La espera me está volviendo totalmente loco.

No tan así. Cress sabía que era la separación de Scarlet lo que lo enloquecía, pero nadie dijo nada. Quizá la espera los volvía un poco locos a todos.

—¡Bufón a A1! —anunció al fin Iko. Resplandeciente, extendió la pantalla portátil hacia Cress.

—Rey a C4 y me quedo con todos los rubíes —contestó Cress sin dudarlo.

Iko se detuvo, miró la pantalla y se desanimó.

—¿Por qué eres tan buena en esto?

Cress sintió que una oleada de orgullo la recorría por detrás del esternón, aunque no sabía bien si ese talento era impresionante o vergonzoso.

—Lo jugaba mucho cuando me aburría en el satélite. Y me aburría mucho.

—Pero se supone que mi cerebro es superior.

—Solo había jugado contra computadoras, si eso te hace sentir mejor.

—Para nada —negó Iko arrugando la nariz—. Quiero ese diamante —se puso la pantalla portátil de nuevo sobre las piernas y se tomó una trenza, otra vez concentrada.

Cinder se aclaró la garganta, con lo que llamó la atención de Cress, pero no la de Iko.

—Kai viajará con una flota. Es imperativo que sepamos en qué nave se encuentra.

—Puedo averiguarlo —asintió Cress.

—Este plan va a funcionar —aseguró Wolf con firmeza, como si se lo advirtiera al propio plan. Empezó a caminar entre la cabina y la enfermería. Su ansiedad y la de Cinder ponían más nerviosa a Cress.

Así tenía que ser. Era su única oportunidad. O funcionaba o fracasaban.

—Artífice de coronas a A12.

Cress tardó un momento en concentrarse de nuevo en el juego. Iko había hecho el movimiento que esperaba, el mismo que habría hecho su computadora a bordo del satélite.

Cress sacrificó su Bufón y acto seguido procedió a mover su Ladrón por el tablero, para robarse todas las esmeraldas sueltas, de modo que ni con el codiciado diamante Iko podría ganar el juego.

—¡Ah! ¿Por qué no vi eso? —se preguntó Iko con un gruñido y puso a un lado la pantalla portátil—. De todos modos, nunca me ha gustado este juego.

—Módulo espacial detectado —anunció la voz monótona de la Rampion. Cress dio un salto, con todos los músculos tensos—. El capitán Thorne solicita permiso para unirse a la nave. Contraseña presentada: "El capitán es el rey".

Cress respiró aliviada no solo porque ninguna nave enemiga hubiera descubierto a Thorne, sino porque estaba de regreso. Todas las inquietudes que había acumulado desde que él y Kai se fueron salieron a la superficie de su piel y se evaporaron con un simple suspiro.

—Permiso concedido —dijo Cinder y también en su voz se percibió una buena dosis de alivio. Cruzo los brazos y continuó—: Ya completamos el primer paso. Kai está de vuelta en la Tierra, la boda se reprogramó y se celebrará en Luna y Thorne volvió entero —se balanceó en los talones con el ceño fruncido—. No puedo creer que nada haya salido mal.

—Yo esperaría hasta que ocupes el trono antes de hacer esa declaración —señaló Wolf.

—Buen punto —admitió Cinder con una mueca—. Muy bien, todo el mundo —ordenó con una palmada—: vamos a empezar con los preparativos finales. Cress e Iko, ustedes quedan a cargo de las últimas modificaciones del video. Wolf, necesito que tú…

La puerta de la escotilla del subnivel se abrió de golpe y chocó contra la pared. Thorne se lanzó por las escaleras y acorraló de inmediato a Cinder, que dio un paso atrás por la sorpresa.

—¿Pintaste mi nave? —le gritó—. ¿Por qué…? ¿Qué…? ¡¿Por qué lo hiciste?!

Cinder abrió la boca pero dudó. En realidad, esperaba un saludo diferente.

—¡Ah, eso! —empezó a decir, y miró a Cress, a Wolf y a Iko, como pidiéndoles que la apoyaran—. Creo que debí mencionarlo.

—¿Mencionarlo? ¡No tenías por qué hacerlo…! ¡No puedes ir por ahí pintando las naves de los demás! Para empezar, ¿sabes cuánto tardé en pintar a la chica?

Cinder entrecerró los ojos.

—A juzgar por lo preciso y detallado de la pintura, diría que… ¿diez minutos? ¿Quince? —Thorne frunció el ceño—. Está bien, perdóname. La silueta era demasiado reconocible. Era un lastre.

—¡Un lastre! ¡*Tú* eres un lastre! —exclamó y enseguida apuntó a Wolf—. Él es un lastre. Cress es un lastre. ¡Todos somos lastres!

—¿Yo también soy un lastre? —preguntó Iko—. No quisiera que me dejaran fuera.

Thorne puso los ojos en blanco y manoteó en el aire.

—Como sea, está bien. Qué importa que sea mi nave, ¿verdad? —dijo entre gruñidos mientras se pasaba una mano por el cabello—. Habría preferido que me dijeran algo antes de que me diera un infarto cuando creí que me había comunicado con la nave equivocada.

—Tienes razón. No volverá a ocurrir —se disculpó Cinder con un intento de sonrisa nerviosa—. Y bueno… ¿cómo salió todo?

—Bien, bien —Thorne desechó la pregunta agitando las manos—. Pese a mi desconfianza innata por las figuras de autoridad, me empieza a caer bien ese emperador tuyo.

—No sé si debo sentirme tranquilizada o preocupada —dijo Cinder alzando una ceja.

Cress se mordió el interior de la mejilla para disimular una sonrisa. Había percibido cierta incomodidad en Thorne cuando Kai abordó. Lógicamente, "emperador" tiene un rango más elevado que "capitán" en la opinión de casi todos. Pero también observó que Thorne se paraba más erguido en presencia de Kai, como si quisiera que el emperador se sintiera impresionado por él, su nave y su tripulación... aunque fuera un poco.

Se quitó la chaqueta y la extendió sobre el contenedor más cercano.

—¿Pasó algo interesante mientras no estuve?

Por primera vez, su mirada ignoró a Cinder y a Iko y se clavó en Cress. Fue tan repentina y concentrada que la muchacha se aturdió al instante. Apartó la mirada y se puso a inspeccionar el revestimiento metálico de las paredes.

—La boda sigue en pie —dijo Cinder—. Se celebrará en Artemisa el día 8. La coronación será dos días después, al amanecer lunar.

—No pierde el tiempo. ¿Hay algo más? —dijo Thorne alzando las cejas.

—Levana aceptó el cese el fuego —anunció Wolf—, pero todavía no sabemos si ya es efectivo.

—Además —comenzó Iko—, Cress me hizo pedazos en una partida de Mineros de la Montaña.

Thorne asintió con la cabeza, como si las dos noticias tuvieran la misma importancia.

—Ella es un genio.

El rubor de Cress se intensificó, para su frustración. Había sido más fácil fingir que no estaba enamorada cuando él no se daba cuenta de lo mucho que lo miraba ni de cómo se sonrojaba con sus cumplidos esporádicos.

—Sí, pero yo soy una *androide*.

Thorne se rio. El enojo por la pintura de la nave se había esfumado.

—Entonces, ¿por qué no juegan Ataque Androide? Quizás así llevarías la ventaja.

—O Resistencia Robótica —sugirió Cinder.

—¡Claro! —exclamó Thorne, chasqueando los dedos—. La calidad de los clásicos —sus ojos brillaban, llenos de calma y confianza, de esa forma que hacía que Cress se sintiera también más calmada y confiada, solo por estar a su lado y saber que era valiente y capaz y… Y la estaba mirando. Otra vez.

Cress apartó la vista.

Tonta, tonta, tonta.

Mortificada, empezó a fantasear con arrastrarse hasta el puerto de acoplamiento del módulo lunar y dejarse succionar al espacio.

—Tenemos que empezar a movernos —indicó Cinder—. Empaquen los pertrechos que crean que podamos necesitar y preparen la nave para una órbita neutra indefinida.

—Quieres decir, para abandonar la nave —dijo Thorne, ya sin su tono despreocupado.

—Acabo de ajustar los controles con los parámetros correctos. No le pasará nada.

—Sabes muy bien que no es verdad. Como Cress ya no va a interceptar las señales, en poco tiempo van a poder localizar y a confiscar la nave.

—Tenemos que correr ese riesgo —suspiró Cinder—. ¿Qué te parece si cuando sea reina uso las arcas reales o lo que sea para comprarte una nave nueva?

—No quiero una nave nueva —dijo Thorne echando chispas por los ojos.

Cress sintió una oleada de simpatía. A todos les causaba tristeza dejar la Rampion. Había sido un buen hogar durante el poco tiempo que los acogió.

—Bueno, Thorne —comenzó Cinder con voz suave, como si no quisiera decir lo que iba a decir—, no tienes que venir con nosotros. Puedes llevarnos con Kai, regresar a la Rampion y... tú sabes que nunca te traicionaríamos —respiró hondo antes de continuar—: Lo digo en serio, y lo mismo vale para todos. No tienen que venir conmigo. Sé que los estoy poniendo en peligro y ustedes no sabían a qué se expondrían cuando se unieron a mí. Pueden seguir adelante con su vida. No los detendré. Wolf, Cress, ustedes deben sentir que volver a Luna es como una sentencia de muerte para los dos. Y tú, Iko...

—Te hace falta una depuración del sistema —dijo Iko después de levantar la mano— si es que estás proponiendo que te abandone ahora.

Thorne sonrió, con la típica actitud de seguridad en sí mismo.

—Iko tiene razón. Eres muy gentil por preocuparte, pero de ninguna manera saldrás adelante sin nosotros.

Cinder apretó los labios sin discutir.

Cress guardó silencio, preguntándose si habría sido la única que se había sentido tentada un instante por la oferta de Cinder. Era verdad que volver a Luna representaba una sentencia de muerte para todos, y sobre todo para ella, que debió haber muerto hace años. Una cosa era debilitar a Levana desde la seguridad del espacio y otra avanzar sobre Artemisa. Era casi como pedir que la mataran.

Pero Thorne tenía razón. Cinder los necesitaba a todos.

Cerró los ojos y se repitió que tenía que ser valiente.

—Además —agregó Iko para aliviar la tensión—, nuestro capitán todavía está a la espera de su recompensa.

Los otros se rieron y una sonrisa asomó a los labios de Cress, pero cuando abrió los ojos, vio que Thorne no reía. De hecho, estaba repentinamente incómodo, con los hombros tensos.

–Bueno, ya saben, algunos dicen que hacer lo correcto es ya una recompensa.

El compartimiento de carga quedó en silencio. Cress parpadeó.

La incertidumbre se extendió sobre todos.

–Pero esos mueren pobres y desamparados, ¿a quién le importa lo que digan? –agregó Thorne con una risita nerviosa, desestimando con un gesto sus propias palabras–. Vengan, polizones: tenemos que trabajar.

Diecisiete

KAI MIRABA POR LA VENTANA, OBSERVANDO LAS NUBES ONDULAR SOBRE el continente. Divisó la Gran Muralla serpenteando por el territorio de la Comunidad y sonrió al pensar que sus ancestros habían construido algo que ni siquiera la Cuarta Guerra Mundial había podido destruir.

Deseó que esta no fuera la última vez que veía su hermoso país.

Sabía del peligro que estaba corriendo, junto con incontables representantes del resto de la Unión. Deseó que Levana hubiera sido sincera cuando dijo que no quería hacerles daño. Deseó que esto no estuviera a punto de convertirse en un baño de sangre en el cual los ingenuos terrícolas resultaran presa fácil.

Deseó, pero desear le ayudaba muy poco a sentirse mejor. No confiaba en Levana. Ni por un instante.

Pero esta era la única manera de brindarle a Cinder la oportunidad que necesitaba para enfrentar a Levana y comenzar la rebelión. El éxito de Cinder los libraría a todos de Levana y su tiranía. No más epidemia. No más guerra.

Oh, estrellas: deseó que funcionara.

Ahogando un suspiro, paseó su mirada inquieta por el salón de la nave real. De no ser por la impresionante vista de la Tierra, Kai no tendría ni idea de que se encontraba a bordo de una nave espacial. La decoración reproducía la decadencia del viejo mundo del palacio: lámparas ornamentadas y papel tapiz con detalles dorados y un motivo con murciélagos en vuelo grabado en las molduras de la corona. Hace mucho tiempo los murciélagos habían sido símbolos de buena suerte, pero con el paso de los años habían pasado a significar viajes seguros a través de las tinieblas del espacio.

Desde un asiento tapizado al otro lado del salón, donde se encontraba leyendo su pantalla portátil, Torin captó su mirada. Había insistido en viajar a Luna, afirmando que en su ausencia el encargado de Seguridad Nacional, Deshal Huy, sería capaz de desempeñarse como jefe de la Comunidad. El lugar de Torin estaba junto a Kai, para lo que pudiera servir.

—¿Sucede algo malo, Su Majestad?

—Hasta ahora, no —se frotó las palmas de las manos en los muslos—. ¿Les dijiste a los pilotos que deseaba que me informaran si alguna nave nos salía al encuentro?

—Por supuesto. Desearía poder decirle que les pareció una petición lógica, pero parecían razonablemente suspicaces.

—Mientras lo hagan…

—¿Y está seguro de que es una buena idea?

—En lo más mínimo —la nave viró y la Tierra ya no era visible por la ventana. Kai se alejó—. Pero confío en ella.

—Entonces no tengo más alternativa que confiar en ella también —coincidió Torin, bajando la pantalla.

—Tú le contaste acerca de mi segundo chip de identificación.

—Sí, y desde entonces me he preguntado si habrá sido el peor error que he cometido.

—No lo fue —Kai rotó los hombros, tratando de relajarse—. Cinder puede lograrlo.

—Querrá decir que Selene puede lograrlo.

—Selene, Cinder: es la misma persona, Torin.

—Debo disentir: para todo el mundo, Linh Cinder es una peligrosa delincuente que secuestró a un líder mundial e instigó una guerra, mientras que la princesa Selene puede ser la solución a todos nuestros problemas con Luna. Al ayudar a Linh Cinder, el mundo pensará que usted no es más que un adolescente infatuado. Al ayudar a Selene está adoptando una valiente postura en contra de los enemigos de nuestra nación y haciendo lo que le parece mejor para el futuro de la Comunidad.

Por los labios de Kai cruzó el asomo de una sonrisa.

—Sin importar lo que el mundo piense, *son* la misma persona. Quiero lo mejor para Cinder, y quiero lo mejor para mi país. Convenientemente, creo que para ambos es la misma cosa.

Había sido un alivio contarle todo a Torin, la única persona que sabía que guardaría sus secretos. La identidad de Cinder, la verdadera razón por la que se dirigían a Luna, la revolución que ella planeaba comenzar ahí, y el papel que jugaría Kai. Aunque Torin expresó preocupación por que su emperador se estuviera arriesgando demasiado, no trató de disuadirlo. De hecho, Kai se preguntaba si Torin no estaría empezando a tener también algo de fe en Cinder, incluso aunque procurara esconderlo detrás de un frío cinismo.

Torin volvió a poner atención a su pantalla y Kai se sentó a mirar por la ventana. Su corazón daba un vuelco cada vez que divisaba otra nave contra el telón de fondo del espacio.

Las horas transcurrieron como si fueran días. Kai trató de dormir una siesta, pero fue inútil. Leyó sus votos matrimoniales sin comprender una sola palabra. Caminó de ida y de regreso, se bebió la mitad de una taza de té que alguien le trajo, pero no estaba tan bueno como el que habría preparado Nainsi, lo que lo hizo extrañar a su confiable androide. Había llegado a confiar en su conversación práctica y sensata, pero Levana había sido terminante al advertir que no se permitirían androides en Luna, así que se vio obligado a dejar a Nainsi.

Hizo el té a un lado, mientras su estómago se retorcía de nerviosismo. Ya debería haber tenido noticias de Cinder. Algo había salido mal y aquí estaba él, volando con una flotilla entera de la gente más poderosa de la Tierra directo a las garras de Levana, y todo habría sido inútil y...

—¿Su Majestad?

Enderezó la cabeza como un resorte. El primer oficial de la nave se detuvo en el umbral.

—¿Sí?

—Se ha puesto en contacto con nosotros la secretaria de Defensa de la República Americana. Al parecer están teniendo problemas técnicos con la computadora central de su nave y han solicitado permiso para abordar y completar el viaje a Artemisa con nosotros —Kai soltó el aire que había retenido—. El capitán sugiere que enviemos una de las escoltas militares a auxiliarlos. Me sentiré feliz de ponerlos en contacto...

—No será necesario —dijo Kai—. Tenemos espacio; permítales abordar.

Aunque ya se hallaban a bordo una docena de representantes de las provincias y algunos reporteros de los medios de la Comunidad, la nave no estaba ni siquiera cerca del límite de su capacidad.

—Creo que es un asunto de seguridad, no de espacio —señaló el oficial con el ceño fruncido—. Debido a sus dificultades técnicas, no hemos podido obtener una identificación adecuada de la nave ni de su tripulación. También su sistema de videocomunicación está fallando. Nuestra imagen de la nave confirma que se trata de un aparato militar de la República, clase Rampion, pero más allá de eso nos vemos forzados a confiar en su palabra, y estoy seguro de que no necesito recordarle a Su Majestad que… sus secuestradores también viajaban en una Rampion.

Kai fingió considerar su argumento.

—La Rampion en que me mantuvieron cautivo tenía la silueta de una mujer pintada a un costado de la escotilla. ¿Hay una marca así en la nave de la secretaria?

El oficial transmitió la pregunta a través del chip de comunicación que llevaba en el cuello de la camisa, y un momento después confirmó que no se veía ninguna silueta de mujer. Solo había paneles negros en la rampa de abordaje.

—Ahí lo tiene —dijo Kai fingiendo indiferencia—. Aceptaremos a nuestros aliados americanos a bordo, asumiendo que sus módulos auxiliares funcionen bien. De hecho, ¿por qué no bajo al puerto para recibirlos y mostrar buena voluntad política?

—Yo también voy —dijo Torin haciendo a un lado la pantalla.

Parecía que el primer oficial quería objetar algo, pero luego de un momento de vacilación, entrechocó los talones y asintió:

—Por supuesto, Su Majestad.

INCLUSO LA SALA DE ESPERA AFUERA DEL PUERTO DE ACOPLAMIENTO era lujosa, y Kai se encontró golpeteando con el pie la gruesa alfombra mientras la maquinaria murmuraba en los muros a su alrededor. El capitán de la nave se les había unido y aguardaba para dar la bienvenida a los invitados antes de regresar a la sala de mando. Él y el primer oficial permanecían erguidos, con una postura impecable, enfundados en sus uniformes sin una sola arruga.

La pantalla situada a un lado de las puertas selladas anunció que era seguro ingresar en el puerto.

El capitán entró primero y Kai justo detrás de él. Había seis de sus propios módulos espaciales aguardando y espacios vacíos para tres más. El módulo de la Rampion había ocupado el sitio más distante y permanecía inmóvil mientras sus motores se iban apagando.

Las dos puertas se levantaron simultáneamente y emergieron cinco personas: la secretaria de Defensa americana, una asistente, una interna y dos agentes de seguridad.

El capitán estrechó la mano de la secretaria, dando la bienvenida a los recién llegados con una serie de reverencias diplomáticas.

–Gracias por su hospitalidad. Ofrecemos disculpas por cualquier inconveniente que esto haya podido ocasionar –dijo la secretaria, mientras Kai trataba de imaginar de quién se trataba debajo del encanto. Supuso que Thorne y Wolf eran los agentes de seguridad, pero el encanto de la secretaria de la República era impecable, hasta en el lunar que tenía en el mentón. La asistente y la interna eran igualmente convincentes; era imposible distinguirlas de Cinder, Iko y Cress.

–Por cierto –agregó la asistente mirando rápidamente en dirección a Kai–, todo esto se podría haber evitado si el mecánico de la nave se hubiera acordado de traer un par de *alicates*.

La boca de Kai esbozó una mueca. Entonces esa era Cinder. Trató de imaginarla debajo del encanto, muy ufana de su uso de la nueva "palabra clave", y se contuvo para no poner los ojos en blanco.

–No es ningún inconveniente –dijo Kai, concentrándose en la secretaria–. Nos complace poder asistirlos. ¿Necesitan que enviemos a alguien a traer su nave?

–No, gracias. La República ya envió un equipo de mantenimiento, pero no quisimos retrasarnos más de lo necesario. Tenemos que asistir a una fiesta, ¿sabe?

La secretaria guiñó un ojo de una manera muy poco diplomática. Conque esa era Iko…

Recordando la advertencia de Cinder, que le resultaría cansador no solo usar el encanto para ella misma sino para manipular la percepción de sus cuatro camaradas, y que no sabía cuánto tiempo sería capaz de mantenerlo, Kai hizo un ademán hacia la salida.

—Vengan conmigo. Tenemos un salón donde todos estaremos cómodos. ¿Puedo ofrecerles té?

—Yo tomaré un whisky con hielo –dijo uno de los agentes de seguridad.

En su papel de asistente, Cinder le lanzó una mirada gélida al hombre. *Thorne.*

—Estamos bien –dijo Cinder–. Muchas gracias.

—Por aquí.

Kai y Torin guiaron a sus invitados fuera del puerto de acoplamiento; el capitán y el primer oficial se retiraron. Nadie habló hasta que llegaron a sus habitaciones privadas.

Cuando Kai se volvió de nuevo hacia sus invitados, los disfraces habían desaparecido y la realidad de estar viendo cinco conocidos delincuentes en su salón de descanso le recordó que acababa de poner en gran riesgo a todos los que se encontraban a bordo de la nave.

—¿Esta habitación es segura? –preguntó Thorne.

—Debería serlo –respondió Kai–. La usamos para conferencias internacionales y…

—¿Cress?

—Estoy en eso, capitán –Cress sacó una pantalla portátil de su bolsillo trasero y se dirigió al panel de control insertado en la pared para efectuar alguna verificación del sistema concebido por ella misma.

—Este es Konn Torin, mi consejero real. Torin, seguro recuerdas a Cin…

—Esperen —ordenó Cinder, alzando una mano.

Kai hizo una pausa.

Nueve largos y silenciosos segundos pasaron, antes de que por fin Cress desconectara su pantalla.

—Despejado.

—Gracias, Cress —dijo Thorne.

—Ahora sí podemos hablar —indicó Cinder bajando la mano.

—Bien. Torin, ¿recuerdas a Cinder y a Iko? —preguntó Kai alzando una ceja.

Con los brazos cruzados, el consejero les dirigió una inclinación de cabeza, y Cinder le devolvió el gesto, que reflejaba la misma tensión.

—Le prometí que lo regresaríamos a salvo —dijo.

Un destello de ironía cruzó por el rostro de Torin.

—Usted prometió que no le harían ningún daño. En mi opinión, eso incluye lesiones físicas.

—Fue solo un puñetazo, Torin —Kai se encogió de hombros ante Cinder—. Traté de explicarle que todo era parte del engaño.

—Entiendo perfectamente, pero discúlpeme por estar a la defensiva —Torin escrutó a sus nuevos invitados—. Aunque estoy agradecido de que Kai haya regresado, parece que esta experiencia difícilmente ha llegado a su fin. Espero que sepa lo que está haciendo, Linh Cinder.

Kai esperaba que ella hiciera algún comentario autocrítico para señalar que Torin no era el único, pero en vez de eso, luego de un largo silencio Cinder preguntó:

—¿Qué tanto sabe?

—Todo —respondió Kai.

Ella se volvió hacia Torin.

—En ese caso, gracias por su ayuda. Permítame presentarle al resto del grupo: a Iko ya la conoce, y este es el capitán de nuestra nave,

Carswell Thorne; nuestra ingeniera de software, Cress Darnel, y mi encargado de seguridad… Wolf.

Mientras Torin saludaba a los huéspedes con más respeto que el que se requería, dadas las circunstancias, la atención de Kai se concentró en Cinder. Permanecía de pie a una distancia de diez pasos largos, y por mucho que Kai quisiera cruzar la habitación y besarla, no podía. Quizá se debía a la presencia de Torin. Quizás a que sabía que iban camino a Luna, donde él se casaría. Quizá temía que el tiempo que habían pasado en la Rampion hubiera sido un sueño demasiado frágil como para sobrevivir en la realidad.

Aunque la había visto hacía tres días, se sentía como una eternidad. Durante esa ausencia se había levantado un muro entre ambos, aunque no estaba seguro de qué era lo que había cambiado. Su relación era precaria. Kai sentía que si acaso respiraba de la manera incorrecta, podía destruirlo todo, y podía ver la misma incertidumbre reflejada en el rostro de Cinder.

–Oh, miren –anunció Iko, dirigiéndose hacia la hilera de ventanillas. Luna estaba surgiendo ante su vista, blanca, brillante y horadada por mil cráteres y riscos. Estaban suficientemente cerca como para poder ver los biodomos, cuyas superficies brillaban con el sol.

Nunca en su vida Kai había soñado que pondría un pie en Luna. Al verla ahora, la inevitabilidad de su destino hizo que se le retorciera el estómago.

Cinder se volvió hacia Kai. Ella estaba haciendo un buen trabajo ocultando su ansiedad, pero él estaba aprendiendo a reconocerla incluso debajo de su espalda recta y su mirada de determinación.

–Espero que tengas algo para nosotros –dijo Cinder.

Kai señaló un gabinete junto a la pared.

Iko fue la primera que llegó hasta él; abrió de golpe las puertas con un entusiasmo efervescente, pero este se apagó rápido cuando vio las prendas que Nainsi había reunido. El montón era una mezcla de telas de lino y algodón cafés, grises y blancas, insípidas. Ropa simple y utilitaria.

—Se ve bien —admitió Wolf, quien había sido de mucha ayuda al describir lo que la gente de los sectores externos de Luna usaría.

Mientras echaban un vistazo a la ropa y comenzaban a decidir quién se quedaría con cada prenda, Kai se dirigió a otro gabinete y sacó una placa de revestimiento de fibra de vidrio para androide y un envase de fibras de piel sintética.

—Y esto es para Iko. Más todo lo que Cinder necesitará para instalarlo.

Iko soltó un gritito y se lanzó al otro lado de la habitación. Kai se preparó para otro abrazo, pero Iko se abalanzó sobre el nuevo recubrimiento, fascinada con los insumos. Cinder no estaba mucho más lejos.

—Son perfectas —confirmó Cinder, examinando las fibras. Sus ojos centellearon burlonamente—. ¿Sabes? Si la cosa de ser emperador no resulta, podrías tener futuro en el espionaje.

Él le dirigió una mirada socarrona.

—Vamos a asegurarnos de que la cosa de ser emperador resulte, ¿de acuerdo?

El rostro de Cinder se suavizó, y por primera vez desde que llegaron, sonrió. Puso las fibras de nuevo en su envase y se quedó unos instantes dubitativa antes de dar unos cuantos pasos hacia Kai y rodearlo con sus brazos.

Él cerró los ojos. De pronto, el muro había desaparecido. Sus brazos estaban ansiosos por estrecharla contra su cuerpo.

—Gracias —musitó Cinder, y supo que no se refería a la ropa o las piezas para androide. Las palabras estaban cargadas de una fe, una confianza y unos sacrificios en los que Kai no estaba listo para pensar todavía. La abrazó estrechamente, presionando su sien contra el cabello de la muchacha.

Cinder aún sonreía cuando se desprendió del abrazo, aunque la sonrisa estaba llena de determinación.

—El tiempo se está acabando —anunció—. Sugiero que revisemos el plan una vez más.

Dieciocho

WINTER DEJÓ QUE LA ESTILISTA LA PEINARA. SEPARÓ LA MITAD SUPERIOR del cabello para hacer una trenza gruesa, enhebrada con listones dorados y plateados, y acomodó el resto suelto sobre los hombros. Dejó que escogiera un vestido azul pálido que rozaba su piel como si fuera agua, y un collar de diamantes artificiales para acentuar su cuello. Dejó también que le frotara la piel con esencias aromáticas.

Pero no permitió que la maquillara, ni siquiera que cubriera las cicatrices. La estilista no discutió mucho.

—Supongo que no lo necesita, Alteza —le dijo haciendo una reverencia.

Winter sabía que poseía una belleza excepcional, pero nunca había tenido motivos para hacerla resaltar. Hiciera lo que hiciera, las miradas la seguían por los corredores. Hiciera lo que hiciera, su madrastra mascullaría y trataría de esconder su envidia.

Pero desde que Jacin le había confesado que no era inmune a su aspecto, había esperado esta oportunidad de vestirse de gala. No era que esperara mucho de su apariencia, aparte de una satisfacción excitante. Sabía que era ingenuo pensar que Jacin pudiera cometer la locura de declararle su amor, si es que realmente la amaba. Estaba segura de eso. *Debía* de amarla después de tantos años… sin embargo, la trataba con un aire distante desde que se había unido a la guardia real. El respeto profesional que mostraba hacía que muchas veces quisiera tomarlo por las solapas y *besarlo*, solo para ver cuánto tardaba en derretirse.

No, no esperaba una declaración ni un beso, y sabía perfectamente que era imposible que la cortejara. Todo lo que quería era una sonrisa de admiración, una mirada pasmada que la sostuviera.

En cuanto se fue la estilista, Winter se asomó al corredor, donde Jacin estaba apostado.

—Sir Clay, ¿puedo solicitar tu opinión antes de ir a saludar a los invitados de la Tierra?

—A su servicio, Su Alteza —respondió Jacin, después de tomar aire dos veces, pero no apartó su atención de la pared del corredor.

—Quisiera saber si te parece que hoy me veo bonita —dijo Winter después de alisarse la falda y situarse frente a él.

—No es divertido, princesa —opinó, volviendo a tomar aire, ahora más sonoramente.

—¿Divertido? Es una pregunta franca —hizo una mueca—. No estoy segura de si el azul me sienta bien.

—¿Quieres que me vuelva loco? —preguntó Jacin, mirándola por fin, con un gesto de irritación.

—Siempre hay un roto para un descosido, sir Clay —señaló Winter, riendo—. Veo que no respondiste mi pregunta.

El guardia apretó la mandíbula y volvió a poner la mirada en algún punto sobre la cabeza de Winter.

—Ve a buscar cumplidos en otra parte, princesa. Estoy ocupado defendiéndote de amenazas desconocidas.

La muchacha trató de ocultar su decepción. Giró hacia sus habitaciones y al pasar junto a Jacin le dio una palmada en el pecho.

Pero con esa caricia, él tomó con fuerza su falda y la retuvo a su lado. Winter sintió que el corazón le daba un vuelco, y pese a toda su osadía, la mirada penetrante de Jacin la hizo sentirse diminuta e infantil.

—Por favor —murmuró él, más como súplica que como un reto—, deja de hacer esto. Ya... no lo hagas.

Winter se sintió contrariada y pensó en fingir ignorancia; pero no: la ignorancia la fingía con todos los demás, no con Jacin. Nunca con él.

—Lo aborrezco —le contestó también en susurros—. Aborrezco tener que fingir que ni siquiera te veo.

—Sé que me ves. Eso es lo que importa, ¿o no? —preguntó Jacin, suavizando su expresión.

Winter bajó ligeramente la cabeza para decir que sí, pero no estaba convencida. Qué bueno sería vivir en un mundo donde no tuvieran que guardar las apariencias.

Jacin la soltó y ella se deslizó a sus habitaciones y cerró de golpe la puerta. Con sorpresa, se dio cuenta de que estaba mareada. Debió de haber contenido la respiración cuando Jacin la detuvo y ahora...

Se quedó paralizada casi a la entrada de la habitación. Se le endureció el estómago y la nariz se le llenó del fuerte olor de la sangre.

Estaba por todas partes: cubría en las paredes, escurría del candelabro, empapaba los cojines tapizados del sofá.

Se le escapó un gemido.

Hacía semanas que había tenido la última visión. Ninguna más la había acosado desde el regreso de Jacin. Se había olvidado del miedo apabullante, del espasmo de horror en el estómago.

Cerró los ojos.

—¡J-Jacin! —algo tibio le salpicó el hombro y manchó la seda azul de su hermoso vestido. Dio un paso atrás y sintió que sus pies chapoteaban en la alfombra humedecida—. ¡Jacin!

Entró corriendo. Aunque Winter tenía los ojos muy cerrados, lo imaginaba detrás de ella con el arma desenfundada.

–¿Qué pasa, princesa? –la tomó por el hombro–. ¿Princesa?

–Las paredes –musitó.

Un golpe, seguido por una maldición en voz baja. Winter oyó como metía el arma en la funda y se colocaba frente a ella, con las manos sobre sus hombros. Le llegó su voz, suavizada.

–Dime.

Quiso tragar, pero sentía la saliva espesa y metálica.

–Las paredes sangran y también el candelabro. Me salpicó en el hombro y creo que también en los zapatos. Puedo olerla y sentir su sabor, y por qué... –su voz se aclaró de golpe–. ¿Por qué duele tanto el palacio Jacin? ¿Por qué siempre está muriendo?

La atrajo contra su pecho y la acunó. Sus brazos eran firmes y protectores. No sangraban, Jacin no estaba roto. Winter se sumergió en el abrazo, demasiado confundida para devolverlo, pero ansiosa por aceptar su consuelo. Se refugió en la seguridad de Jacin.

–Respira –le ordenó.

Winter lo hizo, aunque el aire estaba enturbiado por la muerte. Se sintió aliviada al exhalar.

–Todo está en tu mente, princesa. Ya lo sabes. Repítelo.

–Todo está en mi mente –murmuró.

–¿Las paredes sangran?

Winter sacudió la cabeza y sintió contra la sien la insignia de Jacin.

–No, no sangran. Todo está en mi mente.

–Así es. Ya va a pasar. Sigue respirando –la calmó, abrazándola más fuerte.

Respiró una y otra vez. La voz de Jacin la persuadía con cada bocanada de aire, hasta que el olor de la sangre fue desapareciendo.

Se sentía mareada, exhausta y con el estómago revuelto, pero contenta de no haber vomitado el desayuno.

—Estoy mejor. Ya pasó.

Jacin exhaló, como si él mismo se hubiera olvidado de respirar. Luego, en un inusual instante de vulnerabilidad, inclinó la cabeza y la besó en el hombro, donde había caído la mancha inexistente de sangre.

—No fue tan malo —le dijo con una suavidad que no había usado antes—. Por lo menos, no había ventanas.

Winter se avergonzó al recordar la primera vez que vio sangrar las paredes del palacio. Se había sentido tan afligida y tan desesperada por alejarse que trató de arrojarse desde el balcón del segundo piso. Jacin llegó apenas a tiempo para detenerla.

—Ni utensilios filosos —dijo Winter, para continuar como si fuera broma. Se refería a la vez en que acuchilló docenas de veces las cortinas tratando de matar las arañas que veía sobre ellas, y ella misma se cortó la mano. No fue una herida profunda, pero desde entonces Jacin tuvo cuidado de esconder los objetos punzantes.

El guardia se apartó, a un brazo de distancia, para examinarla. Ella se obligó a sonreír, pero enseguida constató que no era una sonrisa forzada.

—Ya pasó. Estoy bien.

La mirada de Jacin se suavizó y por un brevísimo instante Winter pensó: *Es ahora. Ahora es cuando tiene que besarme.*

Alguien tosió en la entrada.

Jacin retrocedió.

Winter giró, sintiendo un estruendo en la cabeza.

Aimery se encontraba en el marco de la puerta abierta, con la expresión oscura.

—Su Alteza.

Winter recuperó el aliento y se acomodó un rizo detrás de la oreja, que debió haberse soltado de la trenza. Se sentía afiebrada, confusa, nerviosa y consciente de que debía estar avergonzada, pero más que nada se sentía molesta por la interrupción.

—Taumaturgo Park —lo saludó con una inclinación cordial de la cabeza—. Sufrí una de mis pesadillas. Sir Clay me ayudó.

—Ya veo —dijo Aimery—. Si la pesadilla desapareció, sugiero que regrese a su puesto.

Jacin chocó los talones y se retiró sin decir palabra. Era imposible saber si lo había hecho por voluntad propia o si Aimery lo controlaba.

Aún tratando de recomponerse, Winter mostró una sonrisa al taumaturgo.

—Supongo que es la hora de ir a los puertos.

—Casi —le contestó, y para su sorpresa, dio la vuelta y cerró la puerta del corredor.

Los dedos de Winter se cerraron en un gesto defensivo, pero no estaba preocupada por ella. Al pobre Jacin no le gustaría quedarse varado del otro lado de la puerta, incapaz de protegerla si algo pasaba.

De cualquier forma, era un pensamiento vano. Aun si Jacin estuviera presente, no podría hacer nada contra un taumaturgo. Muchas veces Winter pensaba que eso era una brecha en su seguridad. Nunca había confiado en los taumaturgos, y tenían mucho poder en el palacio.

Un taumaturgo había matado a su padre y ella nunca lo había superado. Incluso hasta ese día, ver con el rabillo del ojo una manga larga la hacía sobresaltarse.

—¿Necesita algo? —le preguntó, tratando de mostrarse indiferente. No acababa de recuperarse de la visión. Tenía el estómago hecho un nudo y le corría un sudor tibio por la nuca. Habría preferido recostarse un minuto, pero no quería que la viera aún más débil. Más débil de lo que ya era.

–Vengo a hacerle una propuesta interesante, Su Alteza –anunció Aimery–. La he pensado desde hace tiempo y espero que esté de acuerdo en que nos beneficia a ambos. Le planteé la idea a Su Majestad y ella me dio su venia, con la condición de que usted acepte.

Su voz era insegura y amable al mismo tiempo. Siempre que se encontraba en presencia de Aimery, Winter quería encogerse de miedo y hacerse un ovillo, adormecida por su timbre monótono.

–Perdóneme, Aimery. Todavía tengo el cerebro revuelto por la alucinación y se me dificulta entenderlo.

La recorrió con la mirada, deteniéndose en sus cicatrices y en sus curvas. Winter se alegró de no estremecerse involuntariamente.

–Princesa Winter Blackburn –comenzó y se deslizó para estar más cerca. Winter no pudo resistirse a dar un paso atrás, pero enseguida se controló y se detuvo. En la corte, el miedo era una debilidad. Lo mejor era mostrarse imperturbable. En caso de duda, lo más seguro era actuar como demente.

Se arrepintió de haberle dicho que la pesadilla había terminado. Habría querido que las paredes siguieran sangrando.

–Usted es adorada por el pueblo. Amada. *Hermosa* –sus dedos la acariciaron debajo de la barbilla con la delicadeza de una pluma. Esta vez, se estremeció–. Todos saben que usted no reinará nunca, pero eso no quiere decir que no pueda ejercer el tipo de poder que le corresponde. La capacidad de apaciguar al pueblo, de alegrarlo. La admiran mucho. Es importante que le mostremos al pueblo que usted apoya a la familia real y a la corte que la sirve. ¿Está de acuerdo?

–Siempre he mostrado mi apoyo a la reina –le contestó, con la piel de gallina.

–Desde luego que así ha sido, mi princesa –la sonrisa de Aimery era encantadora cuando quería. Winter sintió que ese encanto le revolvía el estómago. El taumaturgo miró de nuevo las cicatrices–. Pero su madrastra y yo coincidimos en que es hora de hacer una gran declaración al pueblo. Un gesto simbólico que muestre que usted ocupa un lugar en la jerarquía. Princesa, es hora de que contraiga matrimonio.

Sus músculos se tensaron. Había imaginado que Aimery podría llegar a esto, pero las palabras en su boca le parecieron repulsivas. Apretó los labios para formar una sonrisa.

–Desde luego –comenzó–. Me gustaría reflexionar sobre mi felicidad futura. Me han dicho que muchos pretendientes muestran su interés. En cuanto terminen las ceremonias de boda y coronación de mi madrastra, me encantaría considerar a los posibles candidatos e iniciar el cortejo.

–No será necesario.

–¿Qué quiere decir? –preguntó Winter, con la sonrisa petrificada.

–He venido a solicitar su mano, Su Alteza –Winter sintió que sus pulmones se sacudían–. Somos el uno para el otro. Usted es hermosa y adorada. Yo soy poderoso y respetado. Usted necesita una pareja que la proteja con su don, para compensar sus discapacidades. Piénselo. La princesa y el jefe de taumaturgos de la reina: seríamos la mayor envidia de la corte.

Sus ojos brillaban. Era evidente que la idea le había estado dando vueltas durante mucho tiempo. Winter pensó muchas veces que Aimery se sentía atraído por ella, y este pensamiento había sido el origen de innumerables pesadillas. *Sabía* cómo trataba a las mujeres que le gustaban. Pero nunca se había imaginado que aspiraría a un matrimonio, por encima de las familias, por encima de un posible arreglo con la Tierra…

No. Ahora que Levana iba a ser emperatriz de la Tierra, ya no importaba si Winter tenía posibilidades de enlazarse con alguien del planeta azul. En cambio, casar a la hijastra débil y patética con un hombre que poseía una impresionante capacidad de controlar a los demás...

Realmente era un enlace inteligente.

Winter sintió que la sonrisa de Aimery se arrastraba por la piel de su rostro.

—Veo que la dejé sin palabras, princesa mía. ¿Puedo tomar su desconcierto como una aceptación?

Winter se obligó a respirar y apartó la vista con recato, no con molestia.

—Estoy… halagada por su oferta, taumaturgo Park. No merezco las atenciones de alguien con tantas dotes como usted.

—No finja modestia —tomó una de sus mejillas y ella se resistió—. Diga que sí, princesa, y anunciemos nuestro compromiso en el banquete de esta noche.

Winter se alejó de su caricia.

—Me siento honrada, pero… es tan repentino. Necesito tiempo para pensarlo. Debo hablar con mi madrastra y… y creo…

—Winter, no hay nada que considerar —su tono tenía ahora cierta aspereza, aunque su rostro se mantenía amable, casi impasible—. Su Majestad aprobó la unión. Solo hace falta que acepte para confirmar nuestro compromiso. Acepte mi oferta, princesa. No recibirá otra mejor.

Miró hacia la puerta, buscando no sabía qué consuelo. Estaba atrapada.

La mirada de Aimery se oscureció.

—Espero que no quiera que ese guardia pida su mano. Espero que no tenga la fantasía infantil de que rechazarme a mí sería aceptarlo *a él*.

Winter apretó con fuerza la mandíbula y sonrió en medio de la tensión.

—No sea tonto, Aimery. Jacin es un amigo querido, pero no tengo intenciones con respecto a él.

—La reina nunca toleraría ese matrimonio —se burló el taumaturgo.

—Acabo de decirle...

—¿Cuál es su respuesta? No juegue con las palabras ni con los sentidos, princesa.

Sentía que su cabeza flotaba. No diría, no podía decir que sí. ¿A Aimery? ¿Al cruel y falso Aimery, que sonreía cuando la sangre corría por el suelo de la sala del trono?

Pero tampoco podía negarse. No le importaba lo que le hicieran, pero si ponía en peligro a Jacin con su rechazo, si Aimery creía que Jacin era la *razón* de su rechazo...

Un golpe en la puerta prolongó su indecisión.

—¿Qué quiere? —gruñó Aimery.

Jacin entró y, aunque como de costumbre no mostraba ninguna expresión, Winter detectó que sus mejillas estaban sonrojadas por los celos.

—Su Majestad solicita que se unan al cortejo real para dar la bienvenida a nuestros invitados terrestres.

—Gracias, sir Clay —le dijo Winter con alivio y evadió a Aimery. Pero el taumaturgo la tomó por la muñeca antes de que quedara fuera de su alcance. Jacin echó mano a su arma, sin desenfundarla.

—Quiero una respuesta —le ordenó en voz baja.

Winter puso la mano sobre la de Aimery, imaginando que se mostraba despreocupada.

—Si quiere que le conteste ahora mismo, me temo que la respuesta es no —le respondió con un tono frívolo que ocultaba sus verdaderos sentimientos—. Pero deme tiempo de considerar su oferta, taumaturgo Park, y quizá la respuesta sea diferente la próxima vez que hablemos.

Le dio un ligero golpe en los nudillos y se sintió agradecida de que la soltara.

La mirada que Aimery le lanzó a Jacin al pasar no revelaba celos, sino el deseo de matarlo.

Diecinueve

KAI TUVO QUE HACER UN ESFUERZO HEROICO PARA FINGIR QUE NO estaba muerto de nervios. La nave aterrizó dando un tumbo que lo hizo pegar un salto. Al menos, la presencia de Torin a su lado era estabilizadora, pero alcanzaba a escuchar los susurros ansiosos de los embajadores de la Comunidad mientras aguardaban en la sala común para desembarcar. Podía sentir cinco polizones ocultos en la nave, aunque no sabía en qué parte, así que no había ninguna posibilidad de que delatara su ubicación con una mirada extraviada.

Si alguien iba a despertar sospechas, sería él. Solo él y Torin sabían de Cinder y sus aliados, y la expresión de Torin permanecía tan imperturbable como siempre. La tripulación de la nave estaba demasiado ocupada con los procedimientos de llegada como para cuestionar la desaparición de la secretaria de Defensa americana, y ninguno de los demás pasajeros se enteró de que habían recogido invitados en el camino.

En cambio, Kai no podía dejar de pensar en esa gente, sus amigos, y en lo que les estaba ayudando a conseguir: invadir Luna. Comenzar una revuelta. Poner fin a la guerra.

Tampoco podía dejar de enumerar todo lo que podía salir mal.

Necesitaba concentrarse. Esto solo funcionaría si Levana creía que Kai estaba decidido a llevar a cabo la alianza matrimonial, de una vez y para siempre. Tenía que hacerle creer que había ganado.

La rampa comenzó a descender. Kai respiró hondo y contuvo el aliento, tratando de aquietar su mente. Tratando de convencerse de que deseaba que este matrimonio y la alianza tuvieran éxito.

El puerto real de Artemisa resplandecía desde el piso de una manera que de inmediato lo desconcertó. Las paredes mismas eran rocosas y negras, pero estaban iluminadas por miles de lucecitas, como un cielo estrellado. El puerto exhibía docenas de naves de varios tamaños, la mayoría lunares, que despedían un brillo blanco uniforme, estaban pintadas con runas desconocidas y ostentaban el sello real. Kai también reconoció emblemas de la Tierra entre las naves; algunos invitados terrestres ya habían comenzado a llegar. Verlos reunidos en el mismo sitio lo llenó de temor.

Un movimiento atrajo su atención y Kai divisó nada menos que a Levana deslizándose por el amplio andén que rodeaba el puerto. Estaba escoltada por su séquito: a su derecha el taumaturgo mayor, Aimery Park, petulante como siempre; una chica con un vestido azul pálido venía detrás de la reina, con la cabeza baja y el rostro semioculto por su abundante y rizada cabellera negra. Había cinco taumaturgos más y por lo menos una docena de guardias. Un dispositivo de seguridad impresionante; exagerado, en opinión de Kai.

¿Acaso Levana estaba esperando que algo saliera mal? ¿O era un despliegue intimidatorio?

Dándose ánimo, Kai descendió la rampa para encontrarse con la reina. Su propio séquito, que incluía a diez de sus guardias, lo siguió.

—Su Majestad —saludó Kai, aceptando la mano que Levana le ofrecía. Se inclinó para besarla.

–Siempre tan formal –comentó Levana con esa voz tan melosa que le ponía la piel de gallina–. No podemos hablarnos para siempre uno al otro en términos tan jocosos. Quizá de aquí en adelante yo debería llamarte "mi amado" y tú deberías decirme "tesoro".

Kai se inclinó aún más sobre su mano, con el odio hirviéndole en la piel ahí donde entraba en contacto con la de Levana. Luego de un momento interminable, él la soltó y se enderezó.

–*Su Majestad* –comenzó de nuevo–: es un honor ser recibido en Luna. Mis ancestros se habrían llenado de orgullo al presenciar semejante acontecimiento.

–El placer es mío –la mirada de Levana se escabulló hacia los embajadores reunidos en la rampa de la nave–. Espero que encuentren agradable nuestra hospitalidad. Si necesitan cualquier cosa, por favor háganselo saber a los criados y ellos se encargarán de que se los atienda bien.

–Gracias –dijo Kai–. Todos sentimos curiosidad por el afamado lujo de la ciudad blanca.

–No me cabe duda. Ordenaré que manden traer algunos criados para que descarguen sus pertenencias y las lleven a sus habitaciones.

–No será necesario. Nuestra tripulación ya está descargando la nave –hizo un ademán por encima de su hombro. Una segunda rampa de carga había descendido hasta el puerto. Se había asegurado de decirle al capitán que quería que la tripulación lo considerara como la prioridad máxima. Quería estar seguro de que la nave se vaciara tanto de gente como de carga lo más pronto posible, de modo que Cinder y los otros no quedaran atrapados en el puerto demasiado tiempo.

–Qué eficiencia. En ese caso, tus embajadores pueden seguir al taumaturgo Lindwurm hacia las suites de nuestros invitados –indicó

Levana, señalando a un hombre que llevaba una túnica negra–. Estoy segura de que les gustaría descansar de tan larga travesía.

Enseguida el séquito de acompañantes nerviosos de Kai fue guiado hacia una serie de enormes puertas en forma de arco que resplandecían con una representación de la Luna creciente sobre la Tierra. Aunque la presencia de sus compañeros terrestres no le había brindado nada de seguridad, Kai de todas maneras se sintió abandonado cuando Torin, sus guardias y él mismo se quedaron atrás.

–Espero que no pienses que fue una descortesía no haber hecho todas las presentaciones a tus invitados. Mi hijastra se agobia con facilidad, y muchas caras nuevas pueden perturbarla –extendió una mano y la dejó flotando hacia un lado, como si estuviera dirigiendo una sinfonía–. Pero permíteme que te presente *a ti*, por lo menos, a mi hijastra, la princesa Winter Hayle-Blackburn de Luna.

–Por supuesto. He escuchado mucho… acerca… de ti.

Su voz se fue desvaneciendo conforme la princesa levantó la cabeza y lo miró a través de una hilera de pestañas densas. Fue una mirada breve, apenas un vistazo, pero bastó para que un golpe de calor ascendiera por el cuello de Kai y llegara a sus orejas. Había oído hablar de la legendaria belleza de la princesa. Una belleza que no se basaba en el encanto lunar, decían, a diferencia de la de Levana. Y los rumores no exageraban.

–Me siento honrado de conocerla, Su Alteza –dijo Kai después de aclararse la garganta y esbozando una sonrisa serena.

Los ojos de la princesa miraban seductores mientras avanzaba para situarse junto a la reina y se inclinaba en una reverencia con la gracia de una bailarina. Cuando se irguió de nuevo, Kai notó sus cicatrices por primera vez: tres marcas uniformes cinceladas en su mejilla derecha. Estas también eran legendarias, junto con la historia de cómo, llevada por la envidia, Levana había forzado a la princesa a estigmatizar su propio rostro.

Lo que vio hizo que su estómago diera un vuelco.

La princesa Winter le ofreció una sonrisa dócil sin despegar los labios.

—El honor es mío, Su Majestad Imperial.

Aproximándose, depositó un beso ligero en la mejilla amoratada de Kai. Él sintió que se derretía por dentro, pero tuvo la lucidez suficiente para sentirse agradecido de que Cinder no estuviera presenciando la escena, porque algo le decía que ella jamás dejaría de recriminárselo.

La princesa retrocedió y él pudo respirar de nuevo.

—Hechas las presentaciones, me parece adecuado que en el futuro abandonemos toda formalidad. Al fin y al cabo, con la inminente boda casi eres mi padre.

Kai se tambaleó, boquiabierto.

Una carcajada silenciosa brilló en la mirada de la princesa mientras volvía a ocupar su sitio detrás de su madrastra. No parecía para nada agobiada ni perturbada.

La reina le echó a su hijastra una mirada desconcertada, antes de señalar con un ademán al hombre que se encontraba a su otro costado.

—Seguramente recordarás a mi taumaturgo mayor, Aimery Park.

Cerrando la boca de golpe, Kai inclinó la cabeza, aunque a cambio el taumaturgo solo ofreció su pedantería característica.

—Bienvenido a Luna —dijo arrastrando las palabras.

Al observar al resto del séquito Kai reconoció también a dos de los guardias. No le sorprendió ver al capitán de la guardia de la reina, pero apretó los dientes cuando vio al guardia rubio que había sido como la sombra de Sybil Mira durante su visita en Nueva Beijing.

La desconfianza le provocó un nudo en el estómago. Cinder había creído que ese guardia en realidad era un aliado, pero ahora sospechaba que los había traicionado ante Sybil cuando trataban de escapar del palacio. Su presencia aquí, vistiendo el uniforme otra vez, confirmaba sus sospechas.

No importa, pensó: Cinder había triunfado pese a su traición.

Levana sonrió, como si hubiera detectado la rebeldía en los pensamientos de Kai, a pesar de todos sus intentos por parecer complaciente.

—Creo que con eso solo queda un asunto de negocios por atender antes de mostrarles sus habitaciones —chasqueó los dedos y dos de sus taumaturgos y seis guardias se pusieron alertas—. Revisen su nave.

A pesar de todos sus intentos de aparentar normalidad, Kai no pudo alejar el pánico que invadió su pecho.

—¿Perdón? —dijo, girando la cabeza mientras el séquito pasaba junto a él—. ¿Qué estás haciendo?

—Mi amado: no pensaste que confiaría ciegamente en tu palabra luego de que has mostrado tanta simpatía por mis enemigos, ¿o sí? —entrelazó los dedos. Podrían haber estado hablando del clima—. Al monitorear tu flota, notamos que subieron a bordo algunos pasajeros de la República Americana, pero al parecer son demasiado tímidos como para mostrarse.

El estómago de Kai se encogió mientras uno de sus guardias los arrastraba a él y a Torin para colocarlos detrás de la reina, desde donde observaba con impotencia cómo los hombres de Levana abordaban su nave. Si sus propios guardias habían pensado en ofrecer alguna protección, ya se encontraban bajo el control lunar.

—Esto es absurdo —manifestó Kai, con los puños apretados—. Los americanos estaban con ese grupo que acabas de despachar. No hay nada en esa nave excepto equipaje y regalos de bodas.

—Por su bien espero que sea cierto, emperador Kaito —comenzó la reina, con una expresión de dureza—, porque si ha venido aquí a traicionarme, me temo que esta será una visita extraordinariamente desagradable.

Veinte

CINDER SE APRETUJABA EN EL RINCÓN DE UN ARMARIO, CON EL CORAZÓN galopando en la oscuridad. Por las rendijas de la puerta se colaban franjas débiles de luz que le permitían distinguir la silueta y los ojos brillantes de sus compañeros. Oía cómo arrastraban y golpeaban cosas debajo de sus pies, conforme vaciaban el compartimiento de carga.

Trató de pensar que era un regreso a casa. Ahí había nacido: en esa Luna, en esa ciudad. Ahí se había celebrado su nacimiento. Ahí habrían debido educarla como a una reina.

Pero por mucho que lo intentaba, no se sentía como en su hogar. Estaba escondida en un armario y había una posibilidad muy real de que la mataran en el momento en que alguien la reconociera.

Miró a sus compañeros. Wolf estaba junto a ella, con la mandíbula tensa y el ceño reconcentrado. En la pared opuesta, Iko estaba acuclillada con las dos manos puestas sobre la boca, como si estar callada fuera una tortura. En el silencio vacío, Cinder alcanzaba a percibir el vago zumbido que producía la androide, una señal de la maquinaria que tenía debajo de la piel sintética. Ya tenía arreglado el cuello: Kai había llevado exactamente lo que Cinder necesitaba.

De pie junto a Iko, Thorne había deslizado un brazo sobre los hombros de Cress y con la mano libre se rascaba la quijada. Acurrucada contra él, Cress se veía más pálida que de costumbre, y su ansiedad era evidente incluso en la oscuridad.

Eran un grupo desparejo ataviado con la ropa desabrida que les había traído Kai, más un gorro negro tejido para cubrir el pelo azul de Iko y guantes gruesos para la mano cibernética de Cinder. Ponérselos había sacado a la luz varios recuerdos. Hubo un tiempo en que usaba guantes en todas partes, cuando se sentía tan avergonzada de ser cibernética que no permitía que se vieran sus prótesis. No lograba precisar cuándo había cambiado, pero ahora sentía los guantes como una mentira.

Un destello azul hizo que dirigiera su atención de nuevo a Cress, que había encendido una pantalla portátil y había bajado un diagrama del aeropuerto real de Artemisa.

—Estamos en un buen lugar —murmuró inclinando la pantalla para mostrarles.

El puerto tenía tres salidas: una llevaba al palacio, que estaba construido arriba, otra conectaba con la dársena de las naves espaciales de servicio público y de la ciudad, y la última conducía a los túneles del tren de levitación magnética, que era su destino. Los túneles del tren formaban un complicado sistema subterráneo de transporte que unía todos los sectores de Luna. Cinder lo había estudiado con tanto detalle que habría podido memorizarlo incluso sin haber descargado el plano en su interfaz cerebro-máquina. A ella le parecía que el sistema de transporte era una telaraña y la ciudad capital, Artemisa, la araña.

Cress tenía razón. Los pilotos habían aterrizado la nave cerca de la salida que los llevaría a los túneles del tren de levitación magnética. Fue lo mejor que les pudo haber ocurrido.

Pero era innegable la enorme tentación de abandonar el plan, de olvidarse de la paciencia y tratar de terminar allí y ahora. Estaba a un paso de Levana. Se encontraba tan cerca. Su cuerpo era pura tensión, listo para asaltar el palacio: un ejército de un soldado.

Miró a Wolf, que cerraba y abría los puños, una y otra vez. Sus ojos mostraban un destello asesino. Sabía que él habría asaltado el palacio con ella, esperanzado de que Scarlet estuviera ahí. Pero ni siquiera sabían si acaso estaba aún con vida.

Con todo, lo que la incitaba no era la confianza, sino la desesperación. Incluso si lograba traspasar las líneas de seguridad de Levana y se las arreglaba para matarla, terminaría muerta también. Aparecería otro lunar y se apoderaría del trono. Luna no sería mejor que antes.

Sepultó la tentación en la boca del estómago. No se trataba de asesinar a Levana: se trataba de dar voz a los ciudadanos de Luna y asegurarse de que fueran escuchados.

Trató de distraerse repasando mentalmente el plan. Estaban en la parte más peligrosa, pero esperaba que Levana y su equipo de seguridad estuvieran tan ocupados con la llegada de los invitados terrestres que no advertirían al grupo de estibadores que se escurría del aeropuerto. Su meta era llegar al Sector MR-9, donde esperaban localizar a los padres de Wolf y obtener un refugio temporal desde donde lanzar la siguiente etapa del plan, la de informar al pueblo de Luna que su verdadera reina había vuelto.

Cinder sabía que si lograban pasar inadvertidos, tendrían una oportunidad.

El estruendo de pisadas la sobresaltó. Eran demasiado fuertes, como si alguien estuviera en su mismo nivel, y no abajo, en el compartimiento de carga. Intercambió miradas de preocupación con sus compañeros. Se azotó una puerta lejana y oyeron a alguien gritar órdenes. Se oyeron más ruidos de golpes.

—¿Es mi imaginación —susurró Thorne— o suena como si estuvieran registrando la nave?

Era exactamente lo que Cinder pensaba. La constatación se convirtió de inmediato en horror.

—Ella sabe que estamos aquí. Nos buscan.

Miró a sus compañeros. Sus expresiones eran tanto de terror como de impaciencia. Con un estremecimiento, vio que todos la miraban a ella, esperando sus instrucciones.

Fuera del armario estrecho, las voces se hacían más fuertes. Algo se rompió al caer al suelo.

Cinder apretó los puños enguantados.

—Wolf, Thorne, en el instante en que un taumaturgo vea a cualquiera de los dos, tratará de controlarlos —les dijo y se mordió el labio—. ¿Tengo su permiso para controlarlos primero? Solo el cuerpo, no la mente.

—Había estado esperando a que dijeras que querías mi cuerpo —contestó Thorne poniendo una mano sobre la pistola que llevaba en la cintura—. Adelante.

Wolf se mostró menos entusiasta, pero aceptó con un movimiento rápido de la cabeza.

Cinder deslizó su voluntad en Thorne con la misma facilidad con que habría rebanado un cubo de tofu. La energía de Wolf era más caótica, pero había dedicado tanto tiempo a entrenar con él a bordo de la Rampion que tampoco ofreció mucha resistencia. Cinder sentía los cuerpos de ambos muchachos como si fueran una extensión del suyo. Aunque sabía que lo hacía para protegerlos, para evitar que se convirtieran en armas manejadas por el enemigo, no podía dejar de sentir que manipularlos era como traicionar su confianza. Era un equilibrio injusto del poder: ahora era responsable de su seguridad.

Pensó en Levana, que obligó a su guardaespaldas a recibir la bala que estaba destinada a ella en el baile real, y se preguntó si alguna vez tomaría la misma decisión con uno de sus amigos.

Rogó no tener que hacerlo nunca.

Una voz retumbó en el corredor contiguo.

–Nadie en la sala de máquinas. Sepárense. Registren esos corredores e informen.

Se aproximaban, y si había un taumaturgo, Cinder sabía que muy pronto estaría lo bastante cerca para detectar la bioelectricidad procedente del armario. Se representó mentalmente la distribución de la nave y trató de formular un plan, pero había pocas esperanzas de escapar sin delatar su presencia.

Tendrían que pelear para salir de la nave. Tendrían que pelear todo el camino hasta los túneles del tren de levitación magnética.

–Cinder –murmuró Thorne. Su cuerpo estaba tieso como una estatua, a la espera de sus órdenes–. Envíame allá.

Cress alzó la cabeza, pero Thorne no le devolvió la mirada.

–¿Qué dices? –preguntó Cinder con el ceño fruncido.

–Envíame como señuelo, por la rampa principal y del lado contrario de las puertas del tren de levitación magnética. Los desviaré cuanto pueda para que ustedes salgan por el compartimiento de carga.

–Thorne…

–¡Hazlo! –sus ojos centellaban, pero seguían sin voltear hacia Cress–. Logramos llegar a Luna. Aquí no necesitan un piloto ni un capitán.

–No tienes que hacerlo… –dijo Cinder sintiendo que su pulso retumbaba.

–¡La sala de prensa está despejada! –exclamó alguien afuera.

–Deja de perder el tiempo –le ordenó Thorne entre dientes–. Los despistaré y daré un rodeo para alcanzarlos.

Cinder sabía que era un exceso de confianza, pero empezó a asentir con la cabeza al tiempo que Cress sacudía la suya para pedirle que no lo hiciera.

—Dentro de la nave te controlaré en forma intermitente, pero me apoderaré de ti en cuanto estemos todos afuera y te localice —*si no se apoderan ellos primero de ti*, pensó, y no quiso decirlo en voz alta. Era fácil controlar a un terrícola como Thorne, pero luchar por quitarle el control a un taumaturgo sería bastante más difícil.

—Entendido —dijo Thorne con la mandíbula apretada.

—Ten cuidado —le pidió Cress. Su voz era más un chirrido que un susurro. Thorne puso en ella su atención durante un brevísimo instante.

Entonces, Cinder abrió la puerta y lanzó a Thorne en huida por el corredor. Thorne chocó contra la pared, pero se apartó y corrió a la izquierda. Agitaba los brazos y las piernas mientras corría hacia la cubierta principal. Rápidamente quedó fuera de alcance. Los separaba demasiado acero. Cinder perdió el control y Thorne quedó abandonado a sus medios.

Segundos después de que se rompió el contacto, se escuchó un estruendo. Thorne había roto algo.

Cinder pensó que ojalá no fuera algún objeto invaluable de la Comunidad.

En la cámara contigua, una estampida de pisadas corrió tras él.

Cinder proyectó sus pensamientos y no percibió más bioelectricidad que la de Wolf. Este lado de la nave estaba despejado.

Asomó la cabeza hacia el corredor. No había señales de que quedara nadie a bordo. Oyó gritos que venían del otro lado de la nave.

Corrió en dirección opuesta a la que había tomado Thorne. Los demás corrieron detrás de ella: bajaron dos niveles por unas estrechas escaleras de caracol, pasaron por una cocina industrial que hacía ver la cocina de la Rampion como un equipo de juguete, y atravesaron un corredor de servicio que dividía las zonas de acoplamiento de los módulos espaciales. Se detuvieron un momento sobre la escotilla que los llevaría al compartimiento de carga. Cinder escuchaba todavía ruidos de movimientos y maniobras en la parte baja, pero no sabía si eran trabajadores terrestres que bajaban la carga o lunares que la inspeccionaban.

Como sea, no tenían tiempo para esperar a que se fueran.

Cinder cargó una bala en su dedo-proyectil. Habían encontrado abundantes municiones en la Rampion, pero a ella le habría gustado que Kai le hubiera conseguido más dardos tranquilizantes en la Tierra.

Demasiado tarde; no había tiempo para pensarlo.

Wolf abrió la escotilla de golpe y pasó primero. Cinder volvió a tomar el control de su cuerpo, por si acaso había lunares, pero no podía hacer nada con los gruñidos ni con el destello de los colmillos.

Cinder se deslizó hacia abajo detrás de Wolf. El piso produjo un ruido metálico cuando bajó Iko, seguida por las pisadas cautelosas de Cress en la escalera.

Tres figuras que revisaban los contenedores giraron para hacerles frente. Cinder detectó la túnica negra de un taumaturgo y los uniformes de dos guardias lunares en el mismo instante en que se produjo un disparo.

Su pierna izquierda se sacudió y la onda vibratoria subió por la cadera y la columna. La bala había golpeado su muslo metálico.

Cress gritó y quedó petrificada en la escalera. Iko la sujetó y la arrancó de los peldaños. Cinder les ordenó a las piernas de Wolf que se movieran. Se ocultaron detrás de una tarima cargada con mercancía de la Comunidad mientras otra bala chocaba con la pared que tenían detrás. Una tercera dio en el contenedor y astilló la madera del otro lado.

Los disparos se detuvieron.

Cinder se pegó al contenedor para reorientarse. Proyectó sus pensamientos y percibió la bioelectricidad de los lunares crepitar por todas partes. Desde luego, los guardias ya estaban bajo el control del taumaturgo.

La rampa por la que iban a escapar de la nave estaba del otro lado del compartimiento de carga.

Se produjo un silencio inquietante. Cinder, nerviosa, se esforzaba por escuchar pisadas que se acercaran. Suponía que los lunares tratarían de rodearlos. No tendrían ociosas las armas mucho tiempo.

Por única vez las piernas de Wolf estaban inmóviles. Cinder se dio cuenta de que era *ella* la que lo mantenía quieto. Solo su expresión estaba viva. Feroz, salvaje. Wolf era la mejor arma de Cinder, pero bajo su control, era torpe y tosco, no tan despiadado como podría ser por su cuenta. Su entrenamiento en la Rampion había consistido en detener a un enemigo, desarmarlo, suprimir la amenaza. Ahora pensaba que debieron haber dedicado más tiempo a convertir a las personas en armas. Era una habilidad en la que Levana y sus secuaces sobresalían.

Wolf la miró a los ojos y a Cinder se le ocurrió una idea. Controlaba su cuerpo, pero no su mente ni sus emociones. ¿Y si cambiaba de táctica? Podría protegerlo de todos modos del taumaturgo, pero dejarlo hacer lo que hacía mejor.

—Ve por el taumaturgo —susurró. Liberó el cuerpo de Wolf y a cambio se apoderó de sus pensamientos. Le instiló una visión de la primera situación horrible que le vino a la mente: el combate a bordo de la Rampion entre ellos y Sybil Mira. El día en que capturaron a Scarlet.

Wolf saltó sobre el contenedor. Atronaron los disparos, las balas rebotaron, las paredes se sacudieron.

Iko gritó y se lanzó detrás de Cinder para derribar a un guardia que apareció en el margen de su campo de visión. El guardia disparó; la bala pegó en el techo. Iko lo golpeó y su cabeza dio contra el piso metálico. El cuerpo del guardia dejó de moverse, inconsciente.

Cinder se puso de pie y levantó la mano cibernética como un arma. Detectó al segundo guardia, que se arrastraba hacia ellos. Su rostro impávido no mostraba ninguna emoción. Luego, mientras ella lo miraba, reaccionó. Sus ojos desconcertados se enfocaron en Cinder.

El taumaturgo había perdido el control sobre él.

Fue apenas un instante. El guardia rugió y apuntó su arma en dirección a Cinder, pero era demasiado tarde, pues ya estaba dominado por su bioelectricidad. Sin pensarlo, lo dejó inconsciente. Cayó sobre sus rodillas y con un crujido se derrumbó de bruces contra el suelo. Le empezó a salir sangre de la nariz. Cinder retrocedió.

Un grito retumbó por el compartimiento.

Cinder no alcanzaba a ver a Wolf y el terror se apoderó de ella. Al tomar el control del guardia se había olvidado de proteger la mente de Wolf del…

El grito dejó de escucharse, seguido por un golpe seco.

En un segundo, Wolf apareció detrás de un estante donde se apilaban maletas, rugiendo y agitando el puño derecho.

Con el pulso acelerado, Cinder giró y vio a Iko, que protegía con un brazo a la palidísima Cress.

Corrieron por la rampa. Cinder se sintió agradecida de que descendiera hacia el lado contrario de la entrada del palacio. Mientras se arrastraban para salir, examinó el entorno con la mirada y con su don lunar. En este espacio abierto, sentía grupos de personas en la distancia y percibía lo mismo a terrícolas que a lunares.

Por lo menos el camino hasta las puertas del tren de levitación magnética estaba despejado. Si tenían cuidado podían quedar ocultos detrás de una fila de naves, siquiera hasta que uno de esos lunares no captara la energía crepitante de Wolf y se preguntara qué hacía ahí un soldado mutante.

Agitó un brazo y todos se asomaron por un lado de la rampa. Pasó un instante en el que Cinder buscó indicios de que los hubieran detectado. Como no sucedió nada, se lanzaron a la siguiente nave y a la otra. Cada pisada que daban le retumbaba en los oídos. Cada respiración sonaba como un vendaval.

Un grito los sorprendió y se agazaparon detrás del tren de aterrizaje de una nave pintada con un diseño elaborado procedente de la Unión Africana. Cinder tenía la mano preparada, con la bala todavía cargada en el dedo.

—¡Por aquí! —gritó alguien.

Oculta tras los soportes extensibles de la nave, Cinder detectó una figura que corría entre los vehículos. Era Thorne, que huía a toda velocidad.

Aún no lo controlaba ningún lunar.

Con el corazón retumbando, Cinder se proyectó para alcanzar la mente de Thorne, deseosa de captarla antes que los lunares del otro lado del aeropuerto.

Lo logró.

Como con Wolf, imprimió una idea en su cabeza: *Vuelve aquí.*

Sorprendido, Thorne tropezó y cayó. Rodó un par de veces y se puso en pie de un salto. Cinder sintió una punzada de culpa, pero se sintió aliviada cuando Thorne cambió de dirección. Rodeó dos naves y esquivó una andanada de balas disparadas de un destacamento de guardias que emergieron desde la rampa principal de la nave de Kai.

—Lo tengo —dijo Cinder—. ¡Ven!

A medias concentrada en Thorne y a medias atenta a sus propios movimientos cuidadosos, Cinder se quedó cerca de Wolf mientras avanzaban agazapados, cubriéndose por momentos tras la seguridad de las naves, en su camino zigzagueante rumbo al amplio andén que se extendía a la altura de sus hombros alrededor del perímetro de la pista. La salida se erguía ante ellos, una enorme puerta doble labrada con misteriosas runas lunares. Un letrero en la parte alta indicaba la dirección de los andenes del tren de levitación magnética.

Llegaron a la última nave. Corrieron fuera de su refugio. En cuanto estuvieran sobre el andén, se encontrarían a descubierto y en una zona elevada.

Cinder miró hacia atrás. Thorne estaba cuerpo a tierra debajo de la cola de un módulo monoplaza. Les hizo señas de que avanzaran, de que se apresuraran.

—Iko, tú y Cress vayan primero —ordenó Cinder. Si las veían, por lo menos no podrían manipularlas—. Las cubriremos.

Iko se situó entre Cress y las puertas del palacio. Corrieron hasta el corto tramo de escalera. Cinder barrió el espacio de lado a lado con su arma incorporada, en busca de amenazas, pero los guardias no las vieron, concentrados en localizar a Thorne.

Un siseo la hizo mirar de nuevo hacia el andén. Iko y Cress estaban ante las puertas, pero estaban cerradas.

Cinder sintió que se le encogía el estómago.

Se suponía que abrían automáticamente, pero no. Levana los esperaba. Desde luego, había tomado precauciones para que no pudieran escapar.

Su rostro se contrajo, presa de la desesperación. Trató de idear otra forma de salir. ¿Tendría Wolf las fuerzas suficientes para abrir las puertas? ¿Podrían abrirse paso a balazos?

Mientras se atormentaba pergeñando una idea, Cress cambió el gesto aterrorizado de su cara por una expresión resuelta. Cinder siguió su mirada hasta una cabina de control situada entre las puertas del tren de levitación magnética y la entrada del palacio. Antes de que Cinder adivinara cuál era el plan, Cress comenzó a avanzar a gatas, pegada a la pared.

Sonó un arma. Cress se encogió, pero sin dejar de avanzar.

Siguió otro disparo y otro más. Cada uno hacía que Cress se agachara más y más. El tercero hizo estallar un vidrio.

Con el corazón en la garganta, Cinder giró buscando a Thorne, que no se había movido, pero sostenía una pistola que apuntaba hacia el lugar del que habían venido. Había roto una ventanilla de la nave de Kai.

Estaba generando otra distracción, tratando de llamar la atención sobre él, para apartarla de Cress.

Con la boca seca como arena de desierto, Cinder volteó de nuevo y vio que Cress había llegado a la cabina. Tenía una pantalla portátil en una mano y movía los dedos de la otra sobre una pantalla invisible. Iko se había quedado junto a las puertas, hecha un ovillo, lista para saltar y correr a la menor provocación.

Detrás de Cinder, Wolf vigilaba a Thorne, aprestándose para entrar en la lucha en cuanto estallara.

Nuevas pisadas retumbaron en la rampa de la nave de Kai y más guardias lunares pulularon por los pasillos. Sin embargo, a Cinder no le preocupaban los guardias. No serían capaces de detectar a Thorne mezclado entre ellos. La preocupaban los taumaturgos, solo que no lograba encontrarlos.

Las puertas silbaron. Wolf tomó a Cinder por el codo antes de que pudiera darse la vuelta y la arrastró hasta el andén.

Cress había abierto las puertas.

Iko ya estaba del otro lado, con la espalda contra la pared del corredor, llamándolos con señas. Había desenfundado su arma por primera vez y buscaba un blanco.

–¡Ahí están!

Wolf y Cinder corrieron por las escaleras. Una bala rebotó contra la pared. Cinder se agazapó y atravesó las puertas tropezando. Se pegaron a la pared junto a Iko.

Cinder miró hacia atrás, jadeando. Sus perseguidores habían renunciado a atraparlos con la guardia baja y corrían hacia ellos a toda velocidad. Pero Thorne les llevaba ventaja y él también había abandonado el sigilo con tal de apresurarse. Cinder impregnó su mente con imágenes en que sus piernas corrían tan deprisa como una gacela, en que sus pies apenas tocaban el suelo. Tenía mucho miedo de que convertirlo en una marioneta lo volviera lento, pero al parecer el aliciente mental funcionaba. Su velocidad aumentó. Trepó las escaleras en dos pasos.

Por encima de su hombro, Cinder por fin vio a una taumaturga de cabello negro corto y túnica roja. Con los dientes apretados, levantó el arma y disparó. No supo dónde la había herido, pero la mujer gritó y cayó.

Thorne cruzó el umbral al tiempo que los guardias llegaban al pie de la escalera del andén. Detrás de Thorne, las puertas se cerraron de golpe.

Thorne se derrumbó contra la pared, con las manos en el pecho. Tenía las mejillas rojas, pero los miró a todos con los ojos brillantes por la adrenalina. Su sonrisa creciente se esfumó.

–¿Dónde está Cress? –preguntó.

Cinder, que aún no recuperaba el aliento, sacudió la cabeza.

Thorne abrió la boca horrorizado. Se separó de la pared y corrió hacia las puertas, pero Wolf saltó frente a él y lo detuvo, manteniéndole los brazos a los costados.

–¡Suéltame! –gritó Thorne.

–No podemos volver –le ordenó Wolf–. Sería un suicidio.

Como para subrayar sus palabras, una ráfaga de disparos golpeó las puertas. El estruendo metálico reverberó por el corredor en el que estaban atrapados.

—No vamos a dejarla.

—Thorne… —empezó a decir Cinder.

—¡No! —gritó Thorne. Liberó un brazo y lo lanzó contra Wolf, que lo esquivó. En una fracción de segundo, Wolf giró en redondo y lanzó a Thorne contra la pared, tomándolo por la garganta con su enorme mano.

—Cress nos regaló esta oportunidad —le dijo Wolf—. No la desperdicies.

Thorne tensó la mandíbula. Su cuerpo era como un cable tirante, listo para pelear, aunque no tendría la menor posibilidad frente a Wolf. El pánico remarcaba todas las líneas de su rostro, pero muy lentamente su respiración irregular comenzó a tranquilizarse.

—Tenemos que irnos —indicó Cinder, casi asustada de sus palabras.

Thorne miró hacia las puertas cerradas.

—¿Puedo quedarme? —preguntó Iko con voz insegura—. ¿Puedo volver por Cress?

—No —contestó Cinder—. No vamos a separarnos.

Thorne se contrajo de dolor. Cinder se dio cuenta demasiado tarde de la crueldad de sus palabras. El grupo ya había quedado dividido. Se adelantó un milímetro para poner una mano en el brazo de Thorne, pero cambió de opinión.

—Todavía estaríamos afuera de no ser por ella. Nos habrían capturado a *todos*, pero gracias a Cress no fue así. Nos salvó. Ahora, tenemos que irnos.

Thorne cerró los ojos con fuerza. Sus hombros se desplomaron.

Temblaba de arriba abajo, pero asintió con la cabeza.

Wolf lo soltó y corrieron.

Libro DOS

El cazador se apiadó de ella y le dijo: "Corre hacia el bosque, niña, y nunca regreses".

Veintiuno

EN ALGÚN MOMENTO DURANTE EL JALEO QUE SIGUIÓ A LA LLEGADA DEL emperador Kaito, Jacin se había situado frente a Winter, siempre protector, y ella se había sujetado a su camisa, aprisionando la tela de la espalda en su puño. Su presencia era en parte reconfortante, en parte molesta. Le tapaba la vista.

Sin embargo, su mirada era clara como el amanecer mientras observaba cuatro figuras emerger por la salida que llevaba hacia los vagones del tren de levitación magnética. Las puertas se cerraron y hubo una descarga de armas de fuego. Aunque estaban demasiado lejos como para ver con claridad, Winter estaba segura de que una de ellas era Linh Cinder.

Su querida prima desaparecida, la princesa Selene.

—¡Síganlos! —gritó Levana. Los guardias que habían sido enviados a revisar la nave del emperador llegaron a la salida en segundos y trataron de forzar las puertas para abrirlas, pero no lograron moverlas.

Levana giró para encarar a sir Jerrico Solis.

—Envíe un equipo desde el palacio hacia las entradas de la orilla del lago, y otro desde la ciudad. Trate de interceptarlos en la estación.

Jerrico apretó su puño con la otra mano y se fue, ordenando a ocho guardias más que lo siguieran.

—Aimery —gritó Levana—, ordena que se suspendan todos los transportes que parten de Artemisa. Que los inspeccionen, junto con todos los túneles y estaciones de conexión. No saldrán de la ciudad. ¡Y averigua cómo fue que lograron pasar por esas puertas!

—Ya convoqué al técnico. Bloquearemos el sistema entero —respondió Aimery con una reverencia.

Con las narinas agitándose, Levana enderezó la espalda y se volvió para encarar al emperador. Estaba de pie cerca de las últimas personas del pequeño grupo, solo, con excepción de un puñado de guardias y su consejero. Pero no parecía tener miedo. Winter pensó que debería verse asustado, pero tenía los labios apretados y hacía un esfuerzo por no sonreír.

Winter ladeó la cabeza, inspeccionándolo. Parecía orgulloso, casi petulante. Comenzó a sentirse culpable por haberlo molestado.

—Polizones —dijo, una vez que tenía la atención de Levana. Sus hombros se alzaron en un gesto de despreocupación—; qué sorpresa tan inesperada.

El rostro de Levana se veía ferozmente hermoso. Impresionante en su crueldad.

—Has traído a una conocida enemiga al corazón de mi nación. En un período de cese el fuego bilateral, has cometido un acto de traición.

—Mi lealtad está con la Comunidad Oriental y con la Tierra, no con Luna, y ciertamente no contigo —afirmó Kai sin inmutarse.

—Pareces seguro de que no te mataré por esto —juzgó Levana entrecerrando los ojos.

—No lo harás —dijo, tal como la madrastra había supuesto, con un exceso de confianza—. Por lo menos no todavía.

—Tienes razón —dijo Levana alzando una de sus perfectas cejas—. Entonces tal vez mate a tu consejero; seguramente estaba al tanto de esta descarada traición a mi confianza.

—Haga conmigo lo que le parezca —señaló el consejero, tan imperturbable como Kaito—. Mi lealtad es solo para con el emperador.

—Si lastimas a cualquiera de los invitados terrestres, ya sea como castigo o para amenazarme, me negaré a continuar con esta boda —retrucó Kai chasqueando la lengua.

—Entonces ya no tendría razones para mantenerte con vida.

—Lo sé —admitió Kai—. Pero entonces tampoco serás emperatriz.

Sus miradas entablaron una batalla mientras Winter, Jacin y los otros guardias observaban. El pulso de Winter era errático mientras aguardaba la orden de la reina de que mataran al emperador Kaito, tanto por su insolencia como por el papel que había jugado en traer a Linh Cinder a Artemisa.

Las puertas del palacio se abrieron y entró un guardia, escoltando a uno de sus técnicos.

—Reina mía, ¿mandó que viniéramos?

Aimery se adelantó.

—Se ha dado orden estricta de que las salidas de este puerto debían asegurarse, pero al parecer ha habido una falla —informó Aimery dando un paso al frente—. Su Majestad exige saber cuál fue el error, y que se le asegure que no volverá a ocurrir.

El técnico hizo una reverencia y se apresuró a rodear la plataforma para dirigirse al tablero de control que monitoreaba las salidas y el inmenso hangar que resguardaba las naves más allá de las puertas del andén.

Winter lo observaba cuando de pronto sus ojos captaron un movimiento subrepticio. Frunció el ceño; estaba segura de haber visto a alguien escurriéndose entre los cargueros de la Tierra.

O tan segura como podía estar de todas las cosas que veía; es decir, que no estaba en absoluto segura.

Su madrastra se volvió de nuevo hacia el emperador e hizo un ademán en su dirección, irritada por su presencia.

—Lleven a los terrícolas a sus habitaciones, y manténganlos ahí.

El emperador y su séquito no opusieron resistencia cuando los guardias los sacaron con más fuerza de la necesaria. Kai no miró en dirección a Winter, pero mientras pasaba junto a ella pudo ver que el emperador ya no ocultaba su sonrisa. Quizá se había convertido en prisionero de la reina, pero estaba claro que él lo veía como una victoria.

Los recios pasos de los guardias se habían desvanecido cuando el técnico gritó: "¡Su Majestad!". Sus dedos danzaban sobre las pantallas y su rostro reflejaba pánico. Levana se volvió hacia él. El resto del séquito la siguió, y aunque Jacin se movió para mantenerse enfrente de Winter, ella lo esquivó y se le adelantó, ignorando su queja casi inaudible. De nuevo echó un vistazo a los contenedores apilados y al equipaje, pero no había señales de la misteriosa figura que al parecer había imaginado ver.

—¿Qué? —tronó Levana.

El técnico no se apartó de los controles. En la pantalla más cercana, Winter pudo ver un mapa del sistema de transportes y, parpadeando en una esquina, un mensaje que indicaba error. Jacin apareció de nuevo a su lado y le lanzó una mirada gélida por abandonar el círculo de su protección. Lo ignoró.

—Es… —comenzó el técnico, mientras giraba hacia otra pantalla.

—Sugiero que encuentre su lengua antes de que se la inutilice para siempre —lo amenazó Levana.

El técnico se estremeció y se volvió para encararlos, aunque sus manos permanecían inútilmente sobre las pantallas.

—El sistema es… –Levana aguardó. Winter comenzó a temer por la vida del hombre– inaccesible, reina mía. No puedo… no puedo entrar a los horarios del transporte ni a los controles manuales de emergencia… incluso las entradas al andén principal han sido bloqueadas. Con… con excepción del corredor que las conecta con estos puertos; fue el único que se dejó sin bloquear.

Con los labios apretados en una línea fina, Levana no dijo nada.

—¿El sistema fue hackeado? –preguntó Aimery.

—S-sí, eso creo. Podría tomar horas reconfigurar los códigos de acceso… Ni siquiera sé qué fue lo que hicieron.

—¿Me está diciendo que ni siquiera puede detener los transportes que salen de la ciudad? –preguntó Levana.

—Seguiré intentando, Su Majestad –respondió el técnico, que se había puesto pálido–. Tendré un acceso mucho mejor al sistema desde la sala de controles del palacio, así que voy a…

—¿Usted tiene un aprendiz? –quiso saber la reina– ¿O un compañero en su actividad?

A Winter se le erizó la piel de la nuca.

—S-somos t-tres… –comenzó a tartamudear el hombre– aquí en el palacio… pero yo soy el más experimentado, con más de veinte años de servicio leal y…

—Mátenlo.

Un guardia extrajo su arma de la funda. Winter volvió la cabeza, y aunque era una idea mezquina, sintió alivio de que no fuera Jacin a quien estaban obligando a ejecutar el asesinato. Si continuara siendo guardia del taumaturgo mayor, seguramente habría sido así.

—Por favor, reina mí…

Winter dio un salto cuando el tiro resonó en su cabeza, seguido de un sonido con el cual ya estaba muy familiarizada. Un quejido. Proveniente de atrás de una pila de contenedores de carga.

Detrás de ella, el crujido de cables y plástico astillado indicó que la bala le había dado también a una de las pantallas. El guardia enfundó su arma.

Aimery se volvió hacia la reina.

—Me pondré en contacto con Jerrico y veré si sus equipos han logrado obtener acceso al andén, y lo alertaré de que la vía podría estar bloqueada.

—Gracias, Aimery. También advierte a los otros dos técnicos del problema con el sistema de transportes.

Aimery sacó su pantalla portátil, se separó del grupo y se dirigió al borde de la plataforma. No estaba prestando atención a la pila de contenedores de carga, y aunque su atención se había concentrado en la pantalla, Winter buscaba otra señal de vida más abajo.

Ahí. Un pie, pensó, doblado contra un contenedor grande.

Winter ahogó una expresión de júbilo y entrelazó las manos debajo de su barbilla. Todos se volvieron hacia ella, sobresaltados por su presencia, lo cual no era inusual.

—¿Crees que los terrícolas nos han traído regalos, madrastra?

Sin esperar respuesta, se recogió la falda y trotó hacia el carguero, trepando por las pilas desiguales de cajas y contenedores hasta que llegó hasta el nivel de abajo.

—Winter —gritó Levana—, ¿qué estás haciendo?

—¡Buscando regalos! —exclamó, soltando una risita. La sombra de Jacin se proyectó sobre ella desde arriba. Podía imaginar su expresión a partir del gesto de desconcierto que fruncía su ceño, y sabía que desde donde estaba parado, con el resto del séquito de la reina, no podía ver lo que ella estaba viendo.

Una chica de cabello rubio bien corto y aterrorizados ojos azules estaba hecha un ovillo. Estaba apoyada contra un contenedor, y su cuerpo entero temblaba.

Winter alzó la cabeza y sonrió de oreja a oreja, primero a Jacin, luego a su madrastra, haciendo un gran esfuerzo por no mirar la salpicadura de sangre en la pared de enfrente.

—¡Este dice que contiene vino de la Argentina! Debe de ser de los americanos. Podemos brindar por una tarde llena de sucesos —se inclinó sobre la muchacha temblorosa y destrabó los seguros del contenedor con un fuerte sonido metálico. Levantó la tapa para asomarse—. Oh, rayos; el cartel mentía. Solo es material de embalaje.

Sosteniendo la tapa con una mano, comenzó a sacar las tiras de papel tan rápido como podía, desparramándolas en el piso a sus pies. La chica la miraba boquiabierta.

La voz de su madrastra se volvió gélida.

—Sir Clay, por favor escolta a tu protegida fuera de las instalaciones —ordenó su madrastra con una voz gélida—. Se está poniendo en ridículo.

Sus palabras estaban cargadas de significado, pero Winter no trató de descifrarlas; estaba ocupada dándole empujoncitos a la chica con la punta del pie, instándola a que se metiera en el contenedor.

Las botas de Jacin resonaban contra los contenedores de carga conforme descendía hacia ella. Winter agarró a la chica por el codo y le dio un tirón, obligándola a ponerse en movimiento. Se puso de rodillas, se sujetó del borde del contenedor y se impulsó para caer dentro mientras Winter disimulaba el ruido revolviendo el papel.

Sin esperar a ver si la muchacha estaba cómoda, Winter dejó caer la tapa justo en el momento en que Jacin llegaba junto a ella. Le dedicó una sonrisa esplendorosa.

—¡Oh, qué bien, aquí estás! Puedes ayudarme a llevar este papel a mi habitación. Qué regalo tan considerado de los americanos, ¿no crees?

—Princesa…

—Estoy de acuerdo contigo, Jacin. Una caja llena de papel es un poco desastroso como regalo de bodas, pero no debemos ser desagradecidos —tomó una brazada de papel y se fue brincando hacia la entrada del palacio, sin atreverse a mirar atrás.

Veintidós

CINDER YA ESTABA ACOSTUMBRADA A PERCIBIR LA ENERGÍA DE WOLF,
incansable y agitada, y que brotaba de él como oleadas de vapor
sobre el andén. En cambio, algo nuevo venía de Thorne, que por lo
general era imperturbable. Mientras descendían a toda prisa por una
escalera interminable, que los ahondaba más y más en el subsuelo
de Luna, la energía de Thorne se había vuelto tan palpable como la de
Wolf. Furioso, aterrorizado, lleno de remordimientos. A Cinder le
habría gustado poder apagar su don lunar para no tener que lidiar
con el alud de emociones de sus compañeros, además de las suyas.

Habían perdido a Cress. Levana había descubierto la traición de
Kai. El grupo se había fragmentado y su plan se caía a pedazos.

Los escalones terminaron en un corredor largo y estrecho, flanqueado con estatuas en togas, cada una con una esfera brillante que
arrojaba ráfagas de luz contra el techo abovedado. El piso estaba
tapizado de miles de pequeñas baldosas negras y doradas que formaban un diseño sinuoso y fluctuante como la Vía Láctea. Habría sido
una maravilla de contemplar si hubieran tenido tiempo para apre-
ciarlo, pero los pensamientos de Cinder eran demasiado turbulentos.

Estaba atenta a sonidos de persecución. Se imaginaba el rostro de Cress, decidida pese al miedo. Trataba de planear el siguiente movimiento y qué deberían hacer si fallaba el tren de levitación magnética, pues seguramente Levana sabía adónde se dirigían.

Al final del corredor se toparon con otra escalera de caracol, labrada en una madera oscura y pulida. Los barandales y los escalones eran ondulados y desiguales. Cinder tardó dos tramos, asida a los barandales para no caer de bruces en su apresuramiento, en darse cuenta de que la escalera estaba trabajada con la forma de un enorme pulpo, que franqueaba el paso a través de sus tentáculos serpenteantes.

Muy hermoso. Muy extraño. Todo estaba hecho con sorprendente destreza y muy detallado. Y esto, en unos túneles a decenas de metros bajo la superficie lunar. No se imaginaba cuán deslumbrante sería el palacio.

Llegaron a otra puerta doble en la que se hallaba incrustado con gran habilidad un plano de todo el sistema del tren de levitación magnética.

—Este es el andén —indicó Iko, la única del grupo que no jadeaba.

—Saldré primero —anunció Cinder—. Si alguien nos descubre, usaré el encanto para que nos vean como parte de la corte de Levana. Vamos a matar a cualquier taumaturgo que encontremos. A los demás, los ignoramos.

—¿Qué hacemos con los guardias? —preguntó Iko.

—Los guardias son fáciles de controlar. Déjame eso a mí.

Se ajustó los guantes gruesos que le había dado Kai. Enseguida, abrió su mente, alerta para detectar la bioelectricidad de quien estuviera en el andén. Puso la palma de la mano contra las puertas. Al contacto, se separaron en cuatro secciones que se replegaron dentro de las paredes. Cinder saltó al andén.

Estaba vacío.

Pensó que no podría permanecer así mucho tiempo.

Sobre los rieles se encontraban tres brillantes vagones blancos. Corrieron al primero. Cinder hizo entrar a los otros, lista para proyectar su encanto al primer signo de que alguien se acercara, pero el andén estaba en silencio. Wolf tomó a Cinder y la arrastró dentro, con ellos.

—¿Cómo hacemos que funcione esta cosa? —exclamó Iko, golpeando la pantalla de control. El tren de levitación magnética seguía abierto e inmóvil—. ¡Cierra la puerta! ¡Muévete! ¡Sácanos de aquí!

—No funcionará contigo —señaló Wolf. Se inclinó sobre Iko y puso las cinco yemas de los dedos contra la pantalla. Se iluminó y las puertas se cerraron.

Cinder dejó escapar un suspiro de alivio, aunque la sensación de estar protegidos no era real.

—Bienvenido, alfa Ze'ev Kesley, agente lunar especial número 962 —saludó una voz apacible que se difundió por el vagón—. ¿Adónde debo llevarlo?

Wolf miró a Cinder y ella miró la pantalla, barajando las posibilidades. Dar la dirección de MR-9 era una forma segura de guiar a Levana directo hasta ellos. Desplegó el mapa de Luna en la pantalla de su retina, tratando de determinar la mejor ruta, la que despistara a Levana.

—CR-1 —indicó Thorne. Se había tirado en el piso, en medio de dos bancas tapizadas, con los brazos abrazando sus rodillas y la cabeza apoyada contra la pared. Entre su expresión descorazonada y la postura abatida, era casi irreconocible. Pero al sonido de su voz, el tren se elevó en el campo magnético de los rieles y comenzó a alejarse de Artemisa.

–¿Al centro de reciclado? –preguntó Iko.

–Pensé que sería bueno tener un plan B por si ocurría algo así –respondió Thorne encogiéndose de hombros.

Hubo un breve silencio en el que solo se percibía el zumbido de la maquinaria de Iko.

–¿Y el plan B consiste en ir al centro de reciclado de la basura? –preguntó la androide.

–Es un recorrido corto desde Artemisa –explicó Thorne con voz neutra, alzando la vista–. Así, no le daremos mucho tiempo a Levana de reagruparse y enviar perseguidores antes de que salgamos del tren. Además, es uno de los sectores más conectados de Luna, puesto que todos generan basura. De ese andén salen quince túneles para el tren de levitación magnética. Podemos recorrer trechos a pie, para despistarlos, y luego empezar a gir…

–No lo digas –le pidió Cinder–. No sabemos si nos graban aquí dentro.

Thorne cerró la boca y asintió con la cabeza.

Cinder entendió que estaba a punto de decir que entonces doblarían para encaminarse a MR-9. En el plano que tenía en la cabeza, se concentró en el sector CR-1. Thorne tenía razón. Era un plan inteligente. No sabía por qué no se le había ocurrido a ella.

–Bien pensado, Thorne.

–Mente criminal, ¿ya lo olvidaste? –señaló él, sin entusiasmo, encogiéndose de hombros otra vez.

Cinder se hundió en la banca junto a Wolf, para darle a su cuerpo un breve respiro de las descargas de adrenalina.

–El sistema te reconoció –le dijo ella.

–Todo ciudadano lunar está en la base de datos. Estuve fuera apenas unos dos meses. Me imaginé que no iban a borrar mi identidad tan rápido.

—¿Crees que les llamará la atención que un agente especial que debería estar en la Tierra se aparezca de repente?

—No sé, pero si vamos en el tren de levitación magnética, usar mi identidad llamará menos la atención. Y sin Cress para que descifre…

Thorne se contrajo de dolor y apoyó la frente sobre la pared del tren. Guardaron silencio mucho tiempo. La ausencia de Cress ocupaba los espacios vacíos entre ellos.

Solo a partir de su alejamiento, Cinder se había dado cuenta de cuánto habían dependido de ella. Pudo haberlos llevado por el sistema del tren de levitación magnética sin tener que aportar la identidad de nadie. Además, creía que al llegar a MR-9 podría inhabilitar el equipo de vigilancia que pudiera delatarlos. Aparte, estaba el tema importantísimo de infiltrarse en la red de difusión de Luna para propagar el mensaje de Cinder entre los ciudadanos lunares.

Pero la constatación de lo que la pérdida de Cress significaba para lograr sus objetivos no era nada comparada con el horror que sentía Cinder. Torturarían a Cress para sacarle información sobre su paradero, y luego era casi seguro que la matarían.

—Es una vacía —comenzó a explicar Cinder—. No pueden detectar su bioelectricidad. Mientras se quede escondida, estará…

—Basta —la interrumpió Thorne.

Cinder miró los nudillos apretados de Thorne y trató de pensar algo sensato que decir. Su gran plan de revolución y cambio acababa de empezar y ya se veía como un fracaso. Y esto le parecía peor que fallarle al pueblo de Luna. Les había fallado a quienes más les importaban en el universo.

—Lo siento, Thorne —susurró.

—Ajá —contestó él—. Yo también.

Ventitrés

JACIN ESTABA MUY TACITURNO MIENTRAS WINTER LO CONDUCÍA POR LOS pasillos hacia el elevador.

—¿Por qué tengo un mal presentimiento acerca de esto? —gruñó, mirando a Winter con suspicacia.

—Tú tienes malos presentimiento acerca de *todo* —respondió, dándole un empujoncito con el hombro. Era un gesto juguetón, uno que siempre le producía vértigo cuando él se lo devolvía. Esta vez no se lo devolvió. Winter frunció el ceño y agregó—: Olvidé algo allá en los puertos. Solo llevará un momento.

Ella le hizo ojitos.

El gruñó y desvió la mirada. Estaba en modo guardia: uniforme, postura, incapacidad para mantener contacto visual por más de medio segundo.

Jacin el guardia no era su Jacin favorito, pero sabía que solo era un disfraz. Uno que lo habían obligado a usar.

Se moría de ganas de contarle la verdad desde el instante en que salieron de los puertos. La agobiaba la ansiedad por el destino de la chica a la que había ayudado a meterse en aquel contenedor.

¿Seguiría oculta? ¿Habría intentado huir y reunirse con sus amigos? ¿Capturada? ¿Muerta?

La muchacha era una aliada de Linh Cinder y quizá también una amiga de su Scarlet. El temor por su vida transformó a Winter en una maraña de nervios durante las dos horas que se obligó a esperar en sus habitaciones para no llamar la atención sobre su regreso a los puertos. Su conocimiento acerca del sistema de vigilancia del palacio la disuadió de contar el secreto, incluso a Jacin. Y había sido un secreto difícil de guardar.

Pero si había estado actuando de manera extraña, ni siquiera Jacin le hizo preguntas. Sin duda las emociones del día eran razón suficiente para que estuviera nerviosa.

–¿Qué es? –preguntó Jacin.

Winter apartó su concentración del indicador luminoso sobre la puerta del elevador.

–¿Perdón?

–¿Qué es lo que olvidaste en los puertos?

–Oh, ya verás.

–Princesa…

Las puertas del elevador se abrieron. Tomó a Jacin del brazo y lo llevó por la espléndida galería donde los habitantes de Artemisa podían esperar su transporte. Este nivel estaba desierto, tal como ella esperaba. Aunque a Winter le había resultado fácil tener acceso a los puertos que vigilaban los guardias de arriba, en el palacio –le había costado poco más que un mohín y desafiar insolentemente los gruñidos de Jacin–, se suponía que los puertos estaban vedados por todo el tiempo que durara la visita de los terrícolas. Para garantizar la seguridad de sus naves y pertenencias, había dicho Levana, pero Winter sabía que en realidad era para evitar que alguien intentara partir.

Los puertos estaban en silencio cuando llegaron al andén principal. El resplandor del piso hacía que las sombras de las naves parecieran monstruos en los techos altos, y los muros cavernosos hacían eco de cada pisada y cada respiración. Winter se imaginó que podía escuchar el estruendo de su propio pulso rebotando hacia ella.

Caminó alrededor del andén con Jacin, que la seguía a paso veloz. No podía evitar mirar de reojo la cabina de control, y aunque ahí seguían la pantalla rota y unas cuantas manchas oscuras en la pared, el cuerpo del técnico había desaparecido. Por lo que ella sabía, sus reemplazantes continuaban en el centro de control principal del palacio tratando de restablecer el acceso al sistema descompuesto.

Su atención se deslizó hacia el nivel inferior, y sintió un alivio infinito cuando vio que la carga estaba intacta. Aunque el equipaje personal de los embajadores había sido trasladado a sus suites, sus regalos y productos comerciales se habían quedado ahí, para ser recogidos más adelante.

Winter localizó el contenedor de vino argentino y aceleró el paso.

—Estrellas en lo alto —masculló Jacin—; si me arrastraste hasta acá por más papel de embalaje…

—El papel —comenzó a decir Winter mientras se movía de manera muy poco femenina sobre los contenedores de carga— es un recurso muy difícil de obtener. Los aserraderos tienen bastante demanda de madera para construcción. Una vez tuve que intercambiar un par de zapatillas de seda por una docena de tarjetas de felicitación, ¿sabes?

En parte era cierto. La mayoría de los productos de papel disponibles en las tiendas de Artemisa estaban hechos de pulpa de bambú, que era uno de los pocos recursos que crecían en abundancia en los sectores agrícolas. Pero el bambú también se empleaba en la manufactura de textiles y muebles, así que incluso la provisión de ese papel era limitado.

Winter adoraba el papel. Le gustaban su tacto y la manera en que crujía entre sus dedos.

Jacin se sentó en un contenedor de plástico, con las piernas colgando sobre el borde. En la tranquila soledad de las dársenas, Jacin el guardia se había retirado.

—¿Quieres convertir papel de embalar en tarjetas de felicitación?

—Oh, no. No me interesa el papel.

—¿Entonces el vino? —preguntó Jacin alzando una ceja.

—No, tampoco el vino —respondió Winter quitando los seguros del contenedor de carga.

Contuvo la respiración y abrió la tapa. Esta repiqueteó al golpear el contenedor que estaba al lado y Winter se encontró mirando un gran contenedor con una hilera de botellas de vino muy bien empacadas y pedacitos de papel sueltos, pero sin rastro de la chica.

Su corazón se detuvo.

—¿Qué? —Jacin se inclinó para echar un vistazo al contenedor. Una sombra de preocupación cubrió su rostro—. ¿Princesa?

Entreabrió los labios y luego volvió a cerrarlos de golpe. Giró lentamente, examinando los contenedores apilados a su alrededor. La muchacha podía haberse ocultado en cualquiera de ellos.

O podía haber corrido.

O podía haber sido descubierta por alguien más.

Jacin saltó desde el contenedor donde había estado sentado y la tomó por el codo.

—¿Qué sucede?

—Ella ya no está —murmuró Winter.

—¿*Ella*?

—Había… —titubeó. Su mirada voló hacia una de las muchas cámaras disimuladas que había a lo largo del perímetro de la dársena. Aunque la reina había ordenado que las deshabilitaran mientras ella estuviera ahí, Winter no tenía idea de si las habían reconectado, y cuándo.

Jacin se molestó; estaba impaciente, pero también preocupado. Verificar las cámaras era la primera señal de que alguien estaba actuando en contra de los deseos de la reina. Luego de echar un vistazo rápido al techo, sacudió la cabeza.

—No hay luces indicadoras. Siguen apagadas —afirmó, aunque con el ceño fruncido—. Dime qué está sucediendo.

—Había una muchacha —respondió Winter, tragando saliva—. Creo que vino con Linh Cinder y sus compañeros. La vi cuando se deslizaba detrás de estos contenedores mientras la reina discutía con el técnico, así que la escondí aquí. Pero ahora… ya no está.

Jacin se balanceó sobre sus talones. Winter no esperaba menos que un reto por hacer algo tan peligroso y justo enfrente de la reina. Pero en vez de eso y luego de dudarlo mucho, le hizo una pregunta:

—¿Qué aspecto tiene?

—Menuda. Cabello rubio corto. Asustada —se estremeció al recordar la expresión aterrorizada de la chica—. Tal vez trató de reunirse con sus compañeros. O… ¿quizá regresó a la nave del emperador?

Jacin se había quedado con la mirada perdida. "Cress", murmuró, mirando a su alrededor. Soltó el codo de Winter y comenzó a ascender saltando de contenedor en contenedor hasta alcanzar el andén.

—¿Qué…? ¿Jacin? —se recogió la falda por encima de las rodillas y se apresuró a seguirlo. Para cuando logró llegar al andén, Jacin estaba en la cabina de control, abriendo de un tirón los gabinetes llenos de alambres, cables y partes de computadora que Winter no entendía.

Encontró a la chica detrás de la tercera puerta que abrió. Su cuerpo estaba enroscado en un ovillo tan compacto que Winter no podía creer que no se hubiera sofocado. Sus grandes ojos se posaron en Jacin y, aunque pareciera imposible, se agrandaron aún más.

Winter trastabilló mientras Jacin se inclinaba hacia el gabinete y sacaba a la muchacha. Ella soltó un gritito, tratando de recobrar el equilibrio mientras Jacin cerraba de golpe la puerta a sus espaldas. Logró liberar el brazo que él mantenía sujeto y retrocedió hasta la pared, temblando como un animal enjaulado.

En vez de sujetarla de nuevo, Jacin dio un paso atrás y se apretó la nariz con dos dedos.

—Princesa, tiene que dejar de coleccionar rebeldes —rezongó.

Sin hacerle caso, Winter se dirigió a la chica con las manos extendidas para tranquilizarla.

—No te haremos daño —murmuró—. Todo está bien.

La muchacha le dirigió una mirada rápida antes de volverse hacia Jacin. Aterrorizada, pero también enojada.

—Me llamo Winter; ¿estás herida?

—No podemos quedarnos aquí —indicó Jacin—. Las cámaras se reactivarán en cualquier momento. Es un milagro que no lo hayan hecho ya.

La chica continuaba mirándolo fijamente con su tímida ferocidad.

—Espera… —Jacin soltó una carcajada— tú las deshabilitaste, ¿no es cierto?

Ella no dijo nada.

Winter trasladó su atención hacia Jacin.

—¿*Ella* las deshabilitó?

—Esta chica solía ser el secreto mejor guardado de la reina. Podía entrar en el sistema de cualquier computadora —cruzó los brazos y su expresión severa se fue suavizando hasta casi esbozar una sonrisa—. Tú eres quien ha estado embrollando los transportes también.

Ella apretó los labios.

—¿Cómo te llamas? —preguntó Winter.

Como la chica no respondió, Jacin habló.

—Se llama Cress. Es vacía y es una de las aliadas de Linh Cinder —se rascó la sien—. Imagino que no tienes un plan sobre qué se supone que haremos con ella…

—¿Podemos llevarla a hurtadillas al ala de los invitados? Estoy segura de que el emperador terrestre la cuidará. Al fin y al cabo, los ayudó a llegar hasta aquí.

—Está rodeado de mucha seguridad —dijo Jacin, sacudiendo la cabeza—. Jamás lograremos acercarnos. Además, mientras menos personas sepan que la ayudaste, menos posibilidades hay de que Levana se entere.

La muchacha —Cress— pareció ir relajándose conforme se fue haciendo evidente que Winter y Jacin no iban a ejecutarla. Winter le sonrió.

—Nunca había conocido a un vacío. Qué don tan maravilloso. No puedo percibirte; es como si ni siquiera estuvieras aquí, aunque estás parada justo ante mí —su sonrisa se ensanchó—. Eso va a volver loca a mi madrastra.

—Fue un *vacío* quien mató al rey y a la reina anteriores. A lo mejor podemos convertirla en asesina —sugirió Jacin.

—¿Acaso se *ve* como una asesina? —preguntó Winter, horrorizada, volviéndose hacia él.

Jacin se encogió de hombros.

—¿Se ve como alguien capaz de deshabilitar nuestro servicio entero del tren de levitación magnética?

—Yo no lo deshabilité —la voz de Cress era dócil, pero Winter estaba tan sorprendida de oírla hablar que le habría dado lo mismo si hubiera gritado—. Cambié los parámetros de acceso para que la reina no pudiera apagarlo.

—Pero podrías deshabilitarlo si quisieras —dijo Jacin mirándola.

Luego de un instante, la chica bajó la mirada al suelo.

—Tenemos que encontrar un lugar donde ocultarla —opinó Winter estirando uno de sus rizos—; algún lugar seguro.

—¿Por qué? —preguntó Cress—. ¿Por qué me están ayudando?

Winter no sabía si se lo preguntaba a ella o a Jacin, pero él contestó primero.

—Buena pregunta —masculló.

Winter le dio un fuerte empujón en el hombro. Él apenas si se movió.

—Porque es lo correcto. Te protegeremos, ¿verdad, Jacin? —como él no dijo nada, Winter volvió a empujarlo—. ¿Verdad, Jacin?

—Creo que podemos meterla a escondidas en el cuartel general de la guardia —sugirió él con un suspiro. No está lejos y no tenemos que ir a la parte principal del palacio.

—¿*Tú* me vas a proteger? —preguntó Cress, con evidente incredulidad.

—Más bien en contra de mi voluntad, pero parece que sí.

—Todo el tiempo que podamos —aseguró Winter—. Y si se presenta la oportunidad, haremos nuestro mejor esfuerzo para reunirte con tus amigos.

Por primera vez, las defensas de Cress comenzaron a ceder.

—¿Escaparon?

—Eso parece. Hasta donde sé, no los han encontrado aún.

—Pero la reina no dejará de buscarlos —agregó Jacin, como si ninguna de las dos fuera consciente de ello.

Cress había dejado de temblar. Su expresión se tornó pensativa mientras miraba fijamente a Jacin.

—¿Tú crees que el cuartel general de la guardia tenga acceso a la red de transmisiones real? —preguntó por fin.

Veinticuatro

SU AVANCE POR LOS SECTORES EXTERNOS DE LUNA ERA LENTO Y TEDIOSO.
Unas veces tomaban los transbordadores de levitación magnética;
otras, caminaban por los túneles, y otras más, usaban la identidad de
Wolf para enviar un vehículo sin ellos a otra estación y se dirigían en
la dirección opuesta. Por momentos se separaban y se reencontraban
uno o dos sectores más adelante, para confundir a los empleados de
seguridad que pudieran estar buscando a dos hombres y dos mujeres
que se movían en grupo.

Mantenían las cabezas bajas. Iko escondía el cabello debajo de su
gorra. Cinder se acomodaba nerviosamente los guantes para cerciorarse de que ninguna de las cámaras viera la mano metálica. Aunque
evitaban las cámaras de vigilancia siempre que podían, sabían que
era imposible escapar a todas. Cinder tenía la esperanza de que las
tomas de seguridad de Luna fueran tantas que no resultara sencillo
revisarlas todas.

Aunque ocasionalmente se aventuraban por la superficie para
cambiar de línea de trenes, lo evitaban siempre que podían. Wolf les
advirtió que casi todos los sectores externos estaban controlados por

guardias armados. Se suponía que rondaban para seguridad de los habitantes, pero dedicaban más tiempo a castigar a quien se atreviera a hablar en contra de la Corona. Las pocas veces que asomaron la nariz a los domos de la superficie, se las arreglaron para que no los hostigaran gracias a sus disfraces y su postura discreta, pero Cinder sabía que era cuestión de tiempo para que se incrementaran las medidas de seguridad en toda Luna.

Casi no hablaban. Cinder pasaba las horas rememorando la batalla en la dársena, repasando en la cabeza una y otra vez sus errores, para tratar de averiguar qué habría podido hacer para tenerlos a todos a salvo, para tratar de rescatar a Cress, para tratar de liberar a Kai de las garras de Levana.

No encontraba ninguna buena solución.

La agitación constante de sus pensamientos amenazaba con volverla loca.

Cuanto más se alejaban de Artemisa, más cambiaba el paisaje. Comenzaban a sentir que habían pasado a un mundo completamente diferente. Por la opulencia que había observado en la dársena real, Cinder se había hecho una imagen mental de la belleza de Luna; pero enseguida se le hizo claro que los sectores periféricos no gozaban de ninguno de los lujos de la capital. Cada andén por el que pasaban daba nuevas muestras de descuido: paredes de piedra derruidas y luces titubeantes. Las leyendas garabateadas en los túneles eran prueba de malestares.

En un mensaje se leía:

ELLA TE OBSERVA..., escrito con pintura blanca sobre las paredes de las negras cavernas. En otro aparecía una pregunta:

¿HAS VISTO A MI HIJO?

—¿Cómo vamos a saber si lo hemos visto, si no hay ninguna descripción? —preguntó Iko.

—Creo que la idea es provocar una reflexión —opinó Cinder.

Iko frunció el ceño, pues no se sentía provocada.

Se detenían cuando escuchaban que se acercaba un tren o cuando tenían que esperar a que se despejara el andén, y disfrutaban del breve respiro antes de continuar. Habían traído dos paquetes de raciones de comida, sin saber cuándo tendrían la oportunidad de reabastecerse; Cinder las repartía en porciones pequeñas, aunque nadie tenía mucha hambre.

Cinder sabía que no era la única a la que le dolían las piernas y la espalda, pero ninguno se quejaba. Solo Iko avanzaba con paso vivo y gracioso, pues se había cargado completamente antes de salir de la nave de Kai.

En tren, este viaje habría durado alrededor de dos horas. Para cuando por fin llegaron a su destino, el reloj interno de Cinder marcaba que habían dejado Artemisa hacía diecinueve horas. Cuando salieron del túnel oscuro al andén del tren de MR-9: MINAS DE REGOLITO, la perfecta belleza de Artemisa les parecía un sueño distante. Ya no había baldosas resplandecientes ni estatuas intrincadas; no había maderas pulidas ni esferas luminosas. Este andén era oscuro y frío y el aire se sentía estancado y estéril. Todas las superficies estaban cubiertas por una capa de polvo sobre la que se habían impreso las pisadas de años. Cinder pasó la mano por una pared y sus dedos quedaron tiznados de gris.

—Polvo de regolito —explicó Wolf—. Lo cubre todo por aquí.

Iko oprimió las palmas contra una pared. Cuando las apartó, las marcas quedaron perfectas, sin las líneas de las palmas humanas.

—No se ve saludable —murmuró Thorne.

—No es sano —coincidió Wolf sacudiéndose la nariz, pues el polvo le daba comezón—. Se mete en los pulmones. La enfermedad del regolito es común.

Cinder apretó la mandíbula y agregó *condiciones de vida y trabajo antihigiénicas* a su larga lista de los problemas que quería abordar cuando fuera la reina.

–Parece abandonado –dijo Iko mientras se frotaba en los pantalones el polvo de las manos.

–Todos están trabajando en las minas o en las fábricas.

Cinder revisó su reloj interno, que había sincronizado con la hora lunar antes de salir de la Rampion.

–Tenemos alrededor de ocho minutos antes de que termine la jornada –indicó girando hacia Wolf–. Podemos esperar aquí o tratar de encontrar la casa de tus padres. ¿Qué quieres que hagamos?

Wolf miró, indeciso, un tramo estrecho de escalones desiguales.

–Debemos esperar aquí. La gente no tiene muchos motivos para estar por la calle en horas hábiles. Llamaríamos demasiado la atención. Además –se atragantó–, puede ser que no estén aquí. Podría ser que mis padres hubieran muerto.

Trató de decirlo con indiferencia, pero no lo consiguió.

–Muy bien –comenzó Cinder, retrocediendo a las sombras del túnel–. ¿Qué tan lejos estamos de las fábricas?

Wolf frunció el ceño. Se veía que hacía un esfuerzo por recordar los detalles de su hogar infantil.

–No quedan lejos. Recuerdo que estaban todas apiñadas cerca del centro del domo. En cuanto termine la jornada, podremos mezclarnos con los trabajadores.

–¿Y las minas?

–Las minas están más lejos. Hay dos entradas del otro lado del domo. El regolito es uno de los pocos recursos naturales que tiene Luna, así que es una gran industria.

–Entonces… –empezó a decir Thorne, rascándose una oreja–, ¿su mejor recurso son… piedras?

—Tenemos muchas piedras —admitió Wolf encogiéndose de hombros.

—Pero no son simples piedras —objetó Cinder conforme su base de datos le suministraba abundante información que no había solicitado—. En el regolito abundan los metales y sus compuestos. Hierro y magnesio en las tierras altas, aluminio y sílice en las bajas —se mordió la parte interna de la mejilla—. Me imagino que antes todo el metal tenía que venir de la Tierra.

—Mucho, sí, hace siglos —explicó Wolf—. Nos volvimos expertos en reciclar materiales traídos de la Tierra durante la colonización, pero también aprendimos a hacerlos. Casi todas las nuevas construcciones usan materiales extraídos del regolito, como piedra, metal, tierra… Casi toda la ciudad de Artemisa está construida con regolito —hizo una pausa—. Bueno, y con madera. Cultivamos árboles en los sectores madereros.

Cinder dejó de escuchar. Ya se había instruido todo lo que había podido sobre los recursos y las industrias de Luna, aunque, en función de sus planes, dedicó más tiempo a investigar los medios de comunicación y de transporte.

Desde luego, todo estaba controlado por el gobierno. Levana no quería facilitar la comunicación entre los sectores externos: cuanto menos trato tuvieran los ciudadanos unos con otros, más difícil sería que se alzaran en una rebelión.

Un sonido de campanas repicó por el túnel y la hizo saltar. Lo siguió una melodía breve.

—Es el himno de Luna —señaló Wolf, con expresión oscura, como si albergara un odio profundo por esa música desde hacía mucho tiempo.

Después del himno se escuchó una agradable voz femenina: "Terminó la jornada de hoy. Marquen su tarjeta y retírense a sus casas. Esperamos que hayan disfrutado la jornada y los aguardamos de vuelta mañana".

—¡Qué considerados! —gruñó Thorne.

Enseguida escucharon el redoble de las pisadas de los trabajadores que, agotados, salían a las calles.

Wolf inclinó la cabeza, para indicar que había llegado la hora, y los condujo escaleras arriba. Salieron a la luz diurna artificial de un lugar en que la curvatura del domo tapaba el resplandor de las estrellas. Este sector no era mucho mejor que los túneles subterráneos. Cinder observaba un diseño de grises y cafés. Callejuelas y edificios ruinosos sin vidrios en las ventanas. Y polvo, polvo; demasiado polvo.

Cinder se retrajo inconscientemente de los primeros grupos dispersos que vio, pues su instinto le dictaba que se ocultara, pero nadie les lanzó siquiera una mirada. Las personas con las que se cruzaban se veían extenuadas, sucias, y apenas hablaban.

Wolf movió los hombros haciendo un círculo. Su vista saltaba entre los edificios, las calles polvorientas, el cielo artificial. Cinder se preguntaba si se sentiría avergonzado de que presenciaran este atisbo de su pasado y trató de imaginarse a Wolf como un niño normal, con padres que lo amaban y un hogar en el que había crecido antes de que lo arrebataran y lo convirtieran en un depredador.

Era imposible creer que todos los soldados de Levana, todos esos mutantes, habían empezado de la misma manera. ¿Cuántos no se habrían sentido agradecidos de tener la oportunidad de escapar de estos sectores llenos de ese polvo que cubría su hogar y llenaba sus pulmones?

¿Cuántos se habían sentido devastados por tener que dejar a su familia?

La pintada del túnel resonó como un eco en su interior: *¿Has visto a mi hijo?*

—Es por aquí —indicó Wolf señalando una de las callejuelas—. Las calles residenciales están en los circuitos periféricos del sector.

Avanzaron, tratando de imitar la marcha de los trabajadores, arrastrando los pies y con las cabezas bajas. Para Cinder era difícil, pues le subía la adrenalina y su corazón empezaba a correr.

La primera parte del plan había salido terriblemente mal. No sabía qué haría si esta también fracasaba. Necesitaba que los padres de Wolf vivieran, que fueran sus aliados. Necesitaba la seguridad que pudieran ofrecer: un lugar a salvo para esconderse mientras pensaban qué iban a hacer sin Cress.

No podía pensar más allá de ese punto.

Encontrar un refugio.

Después empezaría a preocuparse por las revoluciones.

No se habían alejado mucho del túnel del tren de levitación magnética cuando Cinder detectó a los primeros guardias, de uniforme y portando armas ominosas en las manos. A diferencia de los civiles, llevaban cubierta la boca y la nariz para protegerse del polvo.

Cinder se estremeció al verlos y examinó el entorno, en busca del aura característica de un taumaturgo. Nunca había visto a ningún guardia lejos de un taumaturgo, pero no percibió que allí hubiera alguno.

¿Cómo era posible que unos cuantos guardias de mente débil pudieran ejercer tal poder sobre cientos de ciudadanos dotados? Aunque se imaginó que los lunares de los sectores periféricos no serían tan fuertes como Levana o su corte, no le cabía duda de que podían manipular a algunos guardias.

No había terminado de formularse la pregunta cuando se le ocurrió la respuesta.

Estos guardias no iban con un taumaturgo, pero si con la amenaza que implicaba su mera presencia. Los pobladores de este sector podrían amotinarse. Fácilmente podrían matar o esclavizar a estos guardias, pero ese acto de desafío atraería sobre ellos la ira de la reina. Los siguientes guardias no vendrían sin la protección de un taumaturgo y las represalias serían inmisericordes.

Cuando se cruzaban con guardias, Cinder volteaba el rostro hacia el otro lado.

Avanzaron cansinamente por el centro del domo. A la mitad de una plaza cubierta de polvo había una fuente de agua que obligaba a la gente a dar un rodeo. La fuente tenía labrada la figura de una mujer que en la cabeza llevaba un velo y una corona. De sus manos brotaba agua limpia, como si ofreciera la vida misma a quienes pasaran por su camino.

La vista de la estatua heló la sangre en las venas de Cinder. Levana había sido reina apenas algo más de una década y ya había dejado su huella en estos sectores tan apartados.

Era una fuente hermosa y serena, pero se sentía amenazadora.

Siguieron a la multitud que se dispersaba por manzanas de fábricas y almacenes que olían a sustancias químicas hasta que las edificaciones industriales cedieron el lugar a las casas.

Aunque *casas* era un término relativo. Estos hogares eran más bien chozas, improvisadas y tan superpobladas como la Torre Phoenix de departamentos en Nueva Beijing. Cinder entendió a qué se refería Wolf cuando decía que se habían vuelto expertos en reciclar materiales. Daba la impresión de que las paredes y los techos de todas habían sido cortados, picados, vueltos a soldar, atornillados, retorcidos y reconfigurados. Como no había un ambiente que los corroyera, se deterioraban en las manos de la gente. Desmontaban y reconstruían las casas conforme las familias se mudaban, cambiaban y crecían. Todo el vecindario era una colección desvencijada de láminas metálicas, chapas de madera y materiales sueltos, que habían sido tirados en los espacios intermedios para que cualquiera les diese un uso nuevo.

Wolf se detuvo, petrificado.

Con los nervios de punta, Cinder examinó las ventanas cercanas y abrió la tapa de su dedo índice, para alistarse por si hubiera otro ataque.

—¿Qué pasa?

Wolf no habló. No se movía, sino que miraba sin parpadear hacia una casa calle adentro.

—¿Wolf?

—Quizá no es nada, pero creo… creí que había olido a mi madre —respondió con la respiración agitada—. Un jabón que me pareció conocido, aunque la última vez que la vi no tenía estos sentidos. Puede ser que no…

Se veía abrumado y temeroso.

También se veía *esperanzado*.

De las ventanas de varias de las chozas colgaban maceteros con flores, y en algunos incluso las flores eran de verdad. Una de esas viviendas era la que miraba Wolf: un ramo abigarrado de margaritas azules se extendía por la madera sin lijar. Eran un islote de belleza simple y elegante que contrastaba con la puerta desnuda. Había una ventana, pero sin vidrios; en su lugar, habían sujetado en el marco una tela descolorida.

Wolf estaba clavado en el suelo, así que Thorne lo hizo a un lado con el hombro y llamó a la puerta con un golpe rápido.

Como la tela era la única barrera que amortiguaba los sonidos, alcanzaron a oír el crujido del piso a medida que los pasos de alguien se aproximaban a la puerta y esta se abría apenas. Se asomó una mujer pequeña, que se alarmó al ver a Thorne. Era de complexión baja, pero su aspecto demacrado no parecía natural, como si no hubiera ingerido una comida completa en años. Llevaba el pelo castaño corto y, aunque tenía el mismo tono de piel aceitunada de Wolf, sus ojos eran negros como el carbón, nada parecidos a los asombrosos ojos verdes de su hijo.

Thorne le mostró la más encantadora sonrisa, que no tuvo ningún efecto visible.

—¿Es usted la señora Kesley?

—Sí, señor —le respondió con mansedumbre, mientras paseaba la vista por los demás. Miró primero a Wolf, luego a Cinder e Iko, hasta que sus ojos dieron un giro casi gracioso. Contuvo el aliento y miró de nuevo a Wolf, pero enseguida torció los labios con un gesto de desconfianza.

—Señora —comenzó Thorne, con una inclinación respetuosa de la cabeza—, soy el capitán Carswell Thorne. Quizás usted conozca…

La mujer dejó escapar un sonido extraño. Su asombro y su sospecha se acentuaban a cada segundo, luchando contra ambos sentimientos mientras observaba a su hijo. Abrió por completo la puerta y avanzó con paso titubeante.

Wolf se había convertido en una estatua. Cinder percibía las oleadas de ansiedad que proyectaba.

—¿Ze'ev? —dijo la mujer en un susurro.

—Mamá —le contestó, también en voz baja.

La incertidumbre desapareció de sus ojos, que se llenaron de lágrimas. Se llevó las dos manos a la boca y avanzó otro paso. Se detuvo de nuevo. Luego corrió el resto del camino y abrazó a Wolf. Aunque él era mucho más grande que ella en todos los sentidos, de pronto se veía pequeño y frágil, inclinado para recibir mejor el abrazo.

La madre de Wolf retrocedió lo suficiente para sujetar su rostro y admirar lo guapo y maduro que se había puesto o, quizá, para intrigarse con todas las cicatrices.

Cinder descubrió un tatuaje en el antebrazo de la mujer, en el mismo lugar en el que Wolf tenía el que lo convertía en un agente especial. El de su madre decía únicamente MR-9. A Cinder le recordó a quienes marcaban a sus mascotas para que las devolvieran a su casa si se perdían.

—Mamá —repitió Wolf, sofocando sus emociones—, ¿podemos entrar?

La mujer inspeccionó a los demás, deteniéndose un momento en Iko. Cinder pensó que quizá se sentía confundida por la falta de bioelectricidad de Iko, pero no preguntó.

—Desde luego.

Con esas simples palabras se separó de Wolf y los hizo pasar a todos.

Los condujo a una habitación diminuta con una mecedora y un sofá, que tenía una costura desgarrada por la que se asomaba el relleno amarillo. En el centro de una pared colgaba un holograma del tamaño de un puño. Arrimada contra esa pared se encontraba una mesa baja, en la que había una jarra con más margaritas azules.

Por una puerta se salía a un pasillo corto, donde Cinder supuso que estarían las habitaciones y el baño. Por otra puerta se atisbaba una cocina igualmente pequeña, con anaqueles y repisas llenas de platos.

Parecía que no habían limpiado en un año. Y ese mismo aspecto tenía la mujer.

Wolf estaba encorvado, como si ya no entrara ahí, mientras que su madre se sostenía del respaldo de la silla.

—Quiero presentarles a mi madre, Maha Kesley —dijo, y continuó—: Mamá, ellos son Iko, y Thorne y… Cinder —evaluó cada palabra como si quisiera decir más, y Cinder entendió que se debatía entre revelar o no su *verdadera* identidad.

Cinder hizo cuanto pudo por mostrarse amable.

—Gracias por recibirnos. Lamento mucho que al venir aquí la estemos poniendo en un gran peligro.

Maha se enderezó un poco, todavía recelosa.

Thorne se había metido las manos en los bolsillos, como si tuviera miedo de tocar algo.

—¿Vendrá pronto su esposo? —le preguntó.

Maha lo miró fijamente.

—No queremos sorpresas —agregó Cinder.

Maha frunció los labios. Miró a Wolf y de nuevo a Cinder.

Wolf se puso tenso.

—Lo siento, Ze'ev —dijo Maha—. Murió hace cuatro años. Sufrió un accidente en la fábrica.

El rostro de Wolf no mostró ninguna expresión. Lentamente, movió la cabeza en señal de aceptación. Parecía estar más sorprendido de haber encontrado a su madre viva que de enterarse de la muerte de su padre.

—¿Tienes hambre? —preguntó Maha, superando su estado de conmoción—. Siempre tenías hambre… Pero es que entonces eras un niño en crecimiento…

Las palabras flotaron entre ellos, repletas de una infancia perdida hacía muchos años.

Wolf sonrió, pero no tanto como para que asomaran sus afilados colmillos caninos.

—En eso no he cambiado mucho.

Maha pareció aliviada. Se acomodó un mechón de cabello detrás de la oreja y se fue muy contenta a la cocina.

—Pónganse cómodos. Creo que tengo galletas.

Veinticinco

JACIN SENTÍA EL PESO DEL TEMOR CUANDO ENTRÓ EN EL SALÓN DEL trono. Los asientos reservados para los miembros de la corte estaban vacíos. Solo la reina se hallaba ahí, sentada en el trono, con Aimery a su lado. Ni siquiera sus guardias personales los acompañaban, lo que significaba que, fuera cual fuera el asunto de esta reunión, Levana no confiaba como para hacerlos partícipes.

Cress, pensó. Se había enterado de lo de Cress. La había estado ocultando en sus habitaciones privadas, manteniéndola a salvo como le había prometido a Winter, pero él sabía que no podía durar para siempre.

¿Cómo lo había descubierto Levana?

Habían traído una pantalla al salón, una gran pantalla plana como las que se usaban para los medios terrestres bidimensionales, solo que esta era más sofisticada que cualquiera que Jacin hubiera visto en la Tierra. La habían colocado sobre un caballete y tenía un marco de plata pulida. Conjuntos de rosas y espinas rodeaban la pantalla como si se tratara de una obra de arte. La reina no reparaba en gastos, como de costumbre.

Tanto la reina Levana como el taumaturgo tenían expresiones sombrías cuando Jacin se detuvo y entrechocó los talones, procurando no pensar en la última vez que se había parado en ese sitio, cuando estaba seguro de que lo matarían y Winter tendría que mirar.

—¿Mandó que me llamaran, reina mía?

—Así es —Levana habló despacio, mientras sus dedos recorrían el apoyabrazos del trono.

Jacin contuvo el aliento, forzando su cerebro para hallar una manera de explicar la presencia de Cress sin incriminar a Winter.

—He estado pensando acerca de nuestro pequeño dilema —explicó la reina—. Deseo volver a confiar en ti, como cuando estabas a cargo del cuidado de Sybil, aunque no he podido convencerme de que *me* sirvas. A mí, a tu reina. Y no… —agitó los dedos en el aire y un gesto como de ferocidad se dibujó en su rostro— a tu *princesa*.

La quijada de Jacin se puso tensa. Aguardó. Aguardó a que ella lo acusara de albergar a una conocida traidora. Aguardó a que se declarara cuál sería su castigo.

Pero ella también parecía estar esperando.

Finalmente, inclinó la cabeza.

—Con todo respeto, Su Majestad, la decisión de que me convirtiera en guardia de la princesa Winter fue suya. No mía.

Ella le dirigió una mirada seductora.

—Y cuán molesto pareces al respecto —suspirando, Levana se puso de pie y pasó por detrás de la silla habitual de Winter. Deslizó los dedos por la parte superior de la tapicería—. Luego de una larga deliberación, he ideado algo así como una prueba. Una misión para confirmar tu lealtad de una vez y para siempre. Creo que cuando hayas completado esta misión no habrá más escrúpulos para ponerte de nuevo al servicio de mi taumaturgo mayor. Aimery está ansioso de tener tus habilidades bajo sus órdenes.

—Bastante —admitió Aimery con un brillo en los ojos.

Jacin frunció el ceño y poco a poco comenzó a comprender que esto no tenía nada que ver con Cress. Debería haber sentido alivio, solo que, si no se trataba de Cress…

—Ya te he hablado de la promesa que hice a mi esposo, el padre de Winter —continuó Levana—. Le dije que protegería a la niña con mis mejores habilidades. Todos estos años he mantenido la promesa. Incluso me he hecho cargo de ella y la he criado como si fuera mía.

Aunque lo intentó, Jacin no pudo reprimir un acceso de indignación ante tales palabras. ¿Que había criado a Winter como si fuese su propia hija? No: la torturó obligándola a asistir a cada juicio y ejecución, aunque todo el mundo sabía cuánto lo detestaba. Le había entregado el cuchillo que había desfigurado su bello rostro. Se había burlado de ella despiadadamente por lo que ella veía como sus "debilidades" mentales, sin tener idea de la fuerza que Winter debía poner en juego para evitar la tentación de utilizar su encanto, y cuánta fuerza de voluntad había requerido suprimirlo a lo largo de los años.

Una sonrisa burlona se extendió por los labios rojo sangre de Levana.

—No te agrada que hable de tu querida princesa.

—Mi reina puede hablar de quien ella desee —la respuesta fue automática y monótona. Nada cambiaría por tratar de negar que se preocupaba por Winter, no cuando todos en el palacio habían presenciado sus travesuras infantiles, sus juegos y sus fechorías.

Había crecido junto a Winter porque sus padres eran muy cercanos, a pesar de lo impropio que resultaba que una princesa anduviera trepando a los árboles y jugando a luchar con espadas con el hijo de un humilde guardia. Recordaba haber querido protegerla incluso entonces —solo una vez—, cuando él tenía diez años y ella tenía ocho.

Ella se rio y se alejó, reprendiéndolo: *No seas tonto. No podemos hacer eso hasta que estemos casados.*

No: su única defensa era fingir que no le importaba que todo el mundo lo supiera. Que sus burlas no le molestaban. Que cada vez que Levana mencionaba a la princesa, su sangre no se convertía en hielo. Que le aterraba que Levana pudiera usar a Winter en su contra.

Levana bajó del estrado.

—Se le han dado los mejores tutores, las ropas más finas, las mascotas más exóticas. Cuando me pide algo, hago mi mejor esfuerzo por complacerla —aunque hizo una pausa, Jacin no pensó que estuviera esperando una respuesta—. A pesar de todo eso, ella no pertenece aquí. Su mente es demasiado débil como para que alguna vez resulte útil, y su negativa a ocultar esas cicatrices espantosas la ha convertido en el centro de las burlas de la corte. Está poniendo en ridículo a la Corona y la familia real —tensó la mandíbula—. No había notado el alcance de su desgracia hasta hace poco. Aimery ofreció su propia mano en matrimonio; yo no podría haber deseado mejor partido para una niña que no tiene sangre real.

Su tono se volvió burlón y Jacin sintió que nuevamente lo estaba estudiando, pero recobró el autocontrol. No obtendría una insurrección de su parte, ni siquiera sobre ese tema.

—Pero no —dijo la reina finalmente—. La niña rechaza incluso este generoso ofrecimiento. Por ninguna razón, supongo, más que dejar plantado a mi consejero más valioso y traer todavía más humillación a esta corte —al terminar alzó la barbilla—. Y luego está también el incidente en AR-2. Confío en que sepas de qué te hablo.

Se le secó la boca. Si no hubiera estado poniendo el mayor cuidado en ocultar su creciente temor, habría soltado una maldición.

—¿No? —ronroneó Levana dado que él no respondió—. Permíteme refrescar tu memoria.

Sus dedos se deslizaron por la pantalla y esta cobró vida dentro de su elaborado marco, mostrando imágenes de una pintoresca hilera de tienditas. Se vio a sí mismo sonriéndole a Winter. Empujándola con el hombro y dejando que ella lo empujara a su vez, y lanzándose miradas cuando creían que el otro no lo veía.

Sintió un profundo vacío en el pecho. Cualquiera podía ver lo que cada uno sentía por el otro.

Jacin miró, pero no hacía falta. Se acordaba de los niños y de su corona hecha de ramas. Se acordaba de lo hermosa que se había visto Winter cuando se la puso en la cabeza, despreocupada. Se acordaba de habérsela arrebatado y escondido en la canasta.

Había esperado que el incidente pasara inadvertido.

Debería haberlo sabido; la esperanza era el arma de los cobardes.

Su atención regresó a la reina, que miraba las escenas con el ceño fruncido y los ojos llenos de odio. El estómago se le encogió. Ella había mencionado una misión especial que probaría su lealtad, aunque de lo único que había hablado hasta ese momento era de Winter y la vergüenza en que se había convertido.

—Estoy decepcionada de ti, sir Clay —Levana caminó a su alrededor—. Creí que podía confiar en que la mantuvieras bajo control, en que te aseguraras de que no hiciera nada para avergonzarme a mí o a la corte. Pero fallaste. ¿Crees que fue apropiado que anduviera socializando por la ciudad, jugando a ser reina ante sus fieles súbditos?

Jacin se mantuvo firme, resignándose a la muerte. Después de todo, lo había hecho venir para ejecutarlo. Agradecía que hubiera decidido ahorrarle el espectáculo a Winter.

—¿Y bien? ¿No tienes algo que decir en tu defensa?

—No, reina mía. Pero espero que me permita hablar en *su* defensa. Los niños le dieron un regalo en agradecimiento por haberle comprado unas flores a la florista. No comprendían lo que podía implicar; estaban confundidos. La princesa no tuvo nada que ver.

—¿Confundidos? —la mirada de Levana se crispó—. ¿Los niños estaban *confundidos*? —rio a carcajadas—. ¿Y cuánta confusión se supone que debo tolerar? ¿Debo ignorar la manera enfermiza en que la idolatran? ¿Cómo hablan acerca de su *belleza* y sus *cicatrices* como si fueran una medalla al mérito, cuando no tienen idea de lo débil que es? Su enfermedad, sus alucinaciones. La harán pedazos si alguna vez se sienta en el trono, pero ellos no lo ven. No: ellos solo piensan en sí mismos y su linda princesa, sin considerar todo lo que yo he hecho para brindarles seguridad y solidez y… —se alejó, y sus hombros temblaban—. ¿Debo quedarme esperando hasta que pongan una corona de verdad sobre su cabeza?

El horror iba llenando el pecho de Jacin, y no podía disimularlo.

Estaba psicótica.

Él ya lo sabía, por supuesto. Pero nunca había visto su vanidad, su codicia y su envidia enardecerla de ese modo. Se había vuelto irracional, y su ira se dirigía contra Winter.

No: contra Winter y Selene. Ahí era donde se originaba todo esto. Había una chica que aseguraba ser su sobrina perdida y Levana se sentía amenazada. Le preocupaba estar aflojando la garra sobre el trono y lo compensaba exageradamente con su paranoia y un control más estrecho.

—Reina mía, le aseguro que la princesa no es una amenaza para su corona —afirmó Jacin, con el puño sobre su pecho.

—¿No te inclinarías ante ella? —preguntó Levana, girando para encararlo con veneno en los ojos—. ¿Tú, que la amas tan diligentemente? ¿Tú, que eres tan leal a la familia real?

—Ella no tiene sangre real —observó Jacin, tragando con dificultad—. Ella no podría ser reina.

—No. Ella *nunca* será reina —Levana caminaba en círculos a su alrededor y él se sentía como si lo estuviera rodeando una pitón: asfixiado y atragantado— porque tú eres mi leal servidor, como has proclamado con tanta vehemencia, y la vas a matar.

La lengua de Jacin se quedó seca como una piedra lunar.

—No —murmuró. Levana alzó una ceja—. Quiero decir… reina mía… —se aclaró la garganta— usted no puede… —miró a Aimery, que sonreía a medias, complacido con su decisión—. Por favor, pídale de nuevo que se case con usted. Hablaré con ella. Me aseguraré de que acepte. Aún puede ser útil, es un buen partido. Solo está nerviosa…

—¿Te atreves a cuestionarme? —exclamó Levana.

—Por favor —rogó, con el corazón retumbando.

—Le ofrecí mi mano a la princesa como una gentileza —explicó Aimery—, para protegerla de ofrecimientos de pretendientes mucho menos compasivos. Su rechazo ha demostrado cuán desagradecida es. Aunque me rogara, ya no la aceptaría.

Jacin apretó los dientes. Su corazón se había desbocado y no podía controlarlo.

La atención de la reina se suavizó, llena de miel y dulzura. Estaba muy cerca de él. Tan cerca que podría tomar su cuchillo y cortarle la garganta.

¿Sería su brazo más rápido que su capacidad de leer sus pensamientos? ¿Más rápido que la de Aimery?

—Queridísimo sir Clay —comenzó en tono reflexivo, y se preguntó si habría detectado su desesperación—: no creas que no estoy al tanto de lo que te estoy pidiendo que hagas y de cuán difícil te resultará. Pero me estoy mostrando *clemente*. Sé que serás rápido. En tus manos, ella no sufrirá. De ese modo también cumpliré la promesa que le hice a su padre, ¿acaso no lo ves?

Estaba demente. Absolutamente demente.

Jacin pensó que lo peor de todo era que quizás ella de verdad creyera lo que estaba diciendo. Sus dedos se agitaron y una gota de sudor se deslizó por su cuello.

—No puedo… —se negó—. No lo haré. Por favor… por favor perdónele la vida. Quítele el título. Conviértala en criada. O destiérrela a los sectores externos y jamás volverá a saber de ella, se lo prometo…

Cuando su mirada se encontró con la suya, Levana dio media vuelta y suspiró.

—¿Cuántas vidas sacrificarías por ella? —caminó a zancadas hasta la pantalla. El video ya se había detenido, mostrando a los tres niños en el umbral—. ¿Preferirías que mandara matar a estos niños en su lugar? —el corazón de Jacin se agitó salvajemente, tratando de liberarse de su caja torácica—. ¿O qué tal… —se volvió hacia él, dándose golpecitos en la comisura de la boca con un dedo— tus padres? Si recuerdo correctamente, sir Garrison Clay fue transferido a un puesto de guardia en uno de los sectores externos. Dime, ¿cuándo fue la última vez que hablaste con ellos?

Él apretó los labios, temeroso de que cualquier asentimiento pudiera utilizarse en su contra. No había visto a sus padres ni hablado con ellos en años. Al igual que con Winter, estaba seguro de que la mejor manera de proteger a sus seres queridos era fingir que no los amaba en absoluto, para que ese afecto no pudiera utilizarse en su contra. Exactamente como Levana los estaba usando ahora.

¿Por qué había fallado así? Era incapaz de proteger a alguien. No podía salvar a nadie…

Sabía que su rostro estaba contraído por el pánico, pero no podía componerlo. Quería caer de rodillas y rogarle que cambiara de idea. Haría cualquier cosa, *cualquiera*, excepto esa.

—Si vuelves a negarte —advirtió Levana—, quedará claro que tu lealtad es falsa. Serás ejecutado por traición y tus padres te seguirán.

Luego enviaré a Jerrico a que se encargue de la princesa, y no creo que él vaya a ser tan gentil con ella como tú lo habrías sido.

Jacin contuvo su tristeza. Eso no lo beneficiaría.

La idea de Jerrico —el petulante y brutal capitán de la guardia— recibiendo la misma orden hizo que se le helara la sangre.

—¿Llevarás a cabo este encargo por mí, sir Clay?

Inclinó la cabeza para ocultar su desesperación, aunque esa señal de respeto casi acabó con él.

—Lo haré, reina mía.

Veintiséis

POR PRIMERA VEZ DESDE QUE SALIÓ DEL SATÉLITE, CRESS SINTIÓ QUE
lo extrañaba, porque el alojamiento privado de Jacin era todavía más
pequeño. Las paredes eran tan delgadas que ni siquiera se atrevía
a cantar para pasar el tiempo. Cuando quería ir al baño, tenía que
esperar a que Jacin terminara su turno y la llevara a hurtadillas al
sanitario que compartían los guardias y sus familias. Todos vivían
en un ala subterránea del palacio. En cierta ocasión se cruzó con
otra mujer; no era sino la esposa de un guardia, que le sonrió amablemente sin dar indicios de sospechas, pero el encuentro dejó a
Cress temblorosa.

Creía percibir a la reina y su corte alrededor de ella. En todo momento era consciente de que si alguien la reconocía, significaría su
muerte. Quizá, primero, torturas e interrogatorios. La ansiedad por
su propia seguridad la tenía enferma y se sentía aterrorizada por el
destino de sus amigos. Era una frustración que Jacin nunca trajera
noticias de ellos.

Se decía que era buena señal, que Jacin se enteraría si los hubieran encontrado, ¿no es verdad?

Cress se distraía haciendo cuanto podía por impulsar la causa de Cinder con los pocos recursos que tenía en el alojamiento de Jacin. Había conservado su pantalla portátil, y aunque no se atrevía a enviar mensajes, pues sabía lo fácil que era rastrearlos, podía conectarse al sistema de difusión de la reina con el nodo holográfico empotrado en la pared de Jacin. En Luna había nodos por todas partes; eran tan comunes como las pantallas de red en la Tierra, y muy fáciles de hackear. Todavía guardaba en su pantalla portátil el video que había grabado Cinder, pero temía hacer algo sin saber si ella y los demás estaban listos. Entonces dedicaba tiempo a interrumpir los mensajes de propaganda de la reina y a tratar de idear alguna manera de indicar a sus amigos que estaba viva y relativamente segura; pero no se le ocurría nada que no fuera o muy obvio o muy oscuro, y era demasiado precavida para intentar algo que pudiera alertar a la reina sobre su presencia.

Deseaba una y otra vez tener acceso a la misma tecnología que había en el satélite. Se sentía más aislada del mundo que nunca, sin medios de comunicación que ver, aparte de los aprobados por la Corona. No tenía manera de enviar un mensaje directo. No podía penetrar en la red de vigilancia de Luna ni en los sistemas de seguridad, así que no podía cumplir con las tareas que Cinder le había asignado. A medida que las horas se convirtieron en días, se sentía más ansiosa y confundida, con ganas de salir de ese espacio reducido y hacer *algo*.

Estaba alterando la pista de sonido de un mensaje real acerca de sus "valientes victorias sobre los terrícolas de mentes débiles" cuando unas fuertes pisadas en el corredor la hicieron detenerse.

Los pasos llegaron hasta la puerta de Jacin. Cress desconectó su pantalla, saltó del catre y se escondió debajo, lo más pegada que pudo a la pared. Afuera, se oyó que alguien digitaba una clave y pasaba por la revisión de huellas dactilares. La puerta se abrió y se cerró.

Cress contuvo el aliento.

—Soy yo —dijo la voz de Jacin, con tanta desilusión como siempre.

Cress respiró de nuevo y salió arrastrándose de su escondite. Se quedó sentada en el piso, con la espalda apoyada en la orilla del catre. El catre era el único lugar para sentarse en ese cuarto diminuto, y ella se sentía culpable de quitárselo a Jacin, aunque no se acordaba de que él se hubiera sentado nunca en su presencia. Incluso dormía en el suelo desde que llegó, sin que hubieran discutido al respecto.

—¿Hay noticias? —le preguntó.

Jacin se apoyó contra la puerta. Sus ojos sombríos miraron al techo.

—No.

—¿Qué sucede? —preguntó Cress, abrazándose las rodillas contra el pecho.

—Deshabilitaste las cámaras del puerto —murmuró, como en éxtasis, sin dejar de mirar el techo—. ¿Podrías hacerlo otra vez? —Cress parpadeó—. ¿Podrías hacerlo con cualquier cámara del palacio?

Cress se llevó una mano al pelo. Le costaba trabajo dejar el hábito de jugar con su cabello, aunque desde hacía semanas lo usaba corto.

—Si tuviera acceso al sistema. Pero no lo tengo.

Él abrió la boca y volvió a cerrarla.

Cress frunció el ceño. Jacin casi nunca hablaba, pero este comportamiento era raro incluso en él.

—Podría arreglar que tuvieras acceso al sistema —le dijo por fin.

—¿Por qué vamos a desconectar las cámaras?

Jacin respiró hondo. Su mirada bajó por las paredes de piedra desnuda y se posó en Cress.

—Van a irse. Tú, Winter y esa pelirroja se van del palacio esta noche.

—¿Qué? —exclamó Cress poniéndose de pie de un salto.

—Winter no puede quedarse, y no se irá sin esa amiga de ustedes. Ayúdame a sacarla de aquí y será también tu boleto de viaje —comenzó a frotarse las sienes—. Tú sabes a donde se dirigía Cinder, ¿verdad? Puedes buscarla. Ella cuidará a Winter. *Más le vale* que la cuide.

Cress sintió que una oleada de sospecha le recorría la espalda con la mención del nombre de Cinder. ¿Era una trampa? ¿Quería Jacin sacarle información para vendérsela a la reina y obtener ventajas personales? Ya lo había hecho.

—Sería sospechoso si la señal de muchas cámaras se pierde al mismo tiempo —le explicó.

—Ya sé —asintió Jacin—, pero, con suerte, ustedes escaparán antes de que alguien lo note.

Cress se mordió el labio. Pondría un temporizador para tratar de hacer que los apagones parecieran fallas casuales de la corriente o un problema técnico del sistema, pero incluso eso podría ser descubierto.

Jacin se puso a caminar. Cress veía cómo se agitaban sus pensamientos. Trazaba un plan, pero ella no se imaginaba cómo podría sacarlas subrepticiamente del palacio sin que nadie las viera; sobre todo si la princesa Winter era tan fácil de reconocer.

—¿Qué pasó? —preguntó Cress—. ¿Levana descubrió que estoy aquí?

—No, es otra cosa —contestó Jacin pellizcándose el puente de la nariz—. Va a ordenar que maten a Winter. Tengo que sacarla de aquí. Creo que sé cómo, puedo organizarlo, pero… —sus ojos se volvieron suplicantes—. ¿Me ayudarás?

A Cress le dio un vuelco el corazón. En el poco tiempo que tenía de conocer a Jacin, le había parecido frío, implacable; a veces incluso cruel. Pero ahora estaba al borde de un ataque de nervios, a punto de desmoronarse.

—¿A desconectar las cámaras?

Asintió con la cabeza.

Cress miró su pantalla portátil. Aunque la había desconectado del nodo holográfico cuando corrió a meterse debajo del catre, el cable conector seguía colgado a un lado. Era su oportunidad. Podría escapar del palacio, alejarse de esta ciudad y de todos sus peligros. Podría reencontrarse con sus amigos. Podría estar segura *esa misma noche*.

La tentación se apoderó de ella. Tenía que irse.

Pero cuando alzó de nuevo la vista hacia Jacin, sacudió la cabeza.

Un gesto de desconcierto cruzó el rostro del guardia.

—Será más seguro para la princesa y Scarlet si… —quiso aclararse la garganta, pero no pudo tragar la saliva— si me quedo.

—¿Qué dices?

—Nuestra mejor oportunidad para que no se den cuenta de la alteración del sistema es que cause la falla manualmente. Puedo apagar las cámaras por breves instantes, de modo que parezcan cortes de energía casuales. Un apagón llamaría demasiado la atención, y si deshabilitamos solo una parte, le daremos a la reina una pista sobre el camino que siguieron Winter y Scarlet. Pero si apago y reinicio al azar secciones del sistema de vigilancia al mismo tiempo… podría hacer que pareciera una coincidencia —se llevó un dedo al labio inferior—. También podría preparar un distractor. Quizás una alarma en otra parte del palacio, para alejar a la gente de ellas. Y todos los cierres de las principales vías públicas también se pueden alterar a control remoto.

Se sentía cada vez más confiada en su decisión. Vigilaría la retaguardia para que Winter y Scarlet tuvieran mayores oportunidades de escapar.

–¡Estás loca! –exclamó Jacin–. ¿Quieres morir en este palacio?

–Levana no sabe que estoy aquí –dijo Cress, con evidente tensión–. Mientras me mantengas oculta…

–En cuanto la reina se entere de que dejé escapar a Winter, me matará.

Cress cerró los puños con fuerza, fastidiada de que Jacin minara su nuevo valor.

–Capturaron a Scarlet en un intento por rescatarme. Y Winter me protegió, sin tener que hacerlo, y sé que corrió un gran peligro. Así es como puedo pagarles.

Jacin la miró fijamente. Cress se dio cuenta del momento en que aceptó su decisión. Era la mejor oportunidad y él lo sabía. El guardia dio media vuelta, con los hombros abatidos.

–Fui piloto de Sybil más de un año –le contó–. Durante más de un año supe de ti y no hice nada para ayudarte.

Cress sintió la confesión como una puñalada en el pecho. Siempre había pensado que Sybil llegaba sola. Nunca se dio cuenta, hasta que fue demasiado tarde, de que la llevaba un piloto. Quizá Jacin *pudo* haberla ayudado; quizá pudo haberla rescatado.

Nunca lo sabrían.

No se disculpó, sino que apretó la mandíbula, la miró a los ojos y dijo:

–Protegeré a Winter con mi vida. Después de ella, prometo defenderte a ti también.

Veintisiete

SCARLET ESTABA PRACTICANDO ALGO NUEVO QUE LE GUSTABA LLAMAR *no reacción*.

Era una habilidad que de ninguna manera se le daba naturalmente, pero cuando era ella la que estaba encerrada en una jaula y su enemigo era quien estaba afuera, parloteando, soltando risitas y, por lo general, actuando como bufón, *no reacción* parecía un hábito mejor que gritar obscenidades y tratar de golpearlo por entre los barrotes.

Al menos conllevaba más dignidad.

—¿Puedes ordenarle que haga algún truco? —preguntó una mujer lunar que sostenía una sombrilla de plumas de búho sobre su cabeza, aunque Scarlet no lograba imaginar de qué se estaba protegiendo. Según Winter, faltaban todavía otros seis días antes de que pudieran volver a ver el sol de verdad, y en Luna no llovía para nada.

El acompañante de la mujer se inclinó, apoyando las manos en las rodillas, y espió a Scarlet por entre los barrotes. Llevaba gafas de sol anaranjadas. De nuevo, Scarlet no entendió para qué.

Sentada en el suelo con las piernas cruzadas, las manos entrelazadas y la capucha cubriéndole las orejas, le devolvió la mirada.

Soy la imagen de la tranquilidad y la indiferencia.

—Haz algo —ordenó el tipo.

Scarlet parpadeó.

Él le clavó la mirada.

—Todo el mundo dice que se supone que los terrícolas son lindos y fascinantes. ¿Por qué no bailas para nosotros?

Las entrañas se le retorcieron, y más que nada tuvo ganas de mostrarle a ese hombre cuán *linda y fascinante* podía ser. En el exterior, sin embargo, parecía una estatua.

—¿Eres muda, o solo estúpida? ¿En aquella roca no te enseñaron cómo dirigirte a tus superiores?

Soy la esencia de la paz y la calma.

—¿Qué le pasa a su mano? —preguntó la mujer.

—¿Qué le pasa a tu mano? —repitió el hombre mirando hacia abajo.

Sus dedos casi ni se movieron, ni siquiera aquel al que le faltaba la mitad.

—Ya me aburrí y los terrícolas huelen mal —dijo la mujer bostezando—. Vamos a ver a los leones.

El hombre se enderezó, con los brazos en jarra. Scarlet podía ver que calculaba algo en su pequeña cabeza. No creía que intentara usar su don con ella; nadie la había manipulado desde que pertenecía a la colección de animales, y empezaba a sospechar que ser una mascota de la princesa la protegía al menos de *esa* tortura.

El hombre dio un paso hacia adelante; detrás de él, Ryu gruñó.

Sofocar una sonrisa era una prueba de fuerza de voluntad para Scarlet; realmente se estaba encariñando con ese lobo.

Aunque la mujer miró de soslayo el confinamiento del lobo, el hombre mantuvo su atención fija en Scarlet.

—Estás aquí para divertirnos —señaló—. Haz algo. Canta una canción. Cuenta un chiste. Algo.

Mi siguiente truco será ganar un concurso de sostenerle la mirada al imbécil de las gafas de sol anaranjadas.

Con un gruñido, el hombre agarró el parasol de su novia y lo cerró. Sujetándolo por la empuñadura curva, metió el extremo puntiagudo entre los barrotes y le dio un pinchazo a Scarlet en el hombro.

Ryu aulló.

La mano de Scarlet se movió como un látigo y aprisionó en un puño el tejido de plumas; le dio un tirón hacia ella y el tipo trastabilló contra la jaula. Luego dirigió la empuñadura de la sombrilla contra su cara. Él soltó un grito y retrocedió; sus gafas repiquetearon en el suelo; su nariz sangraba.

Scarlet sonrió con superioridad apenas el tiempo que le llevó arrojar la sombrilla en el sendero. No tenía sentido quedársela, porque los guardias se la habría quitado. Borró su expresión petulante y volvió a adoptar una neutral.

Esto de la no reacción estaba funcionando mejor de lo que había esperado.

Luego de maldecir y gritar y llenarse la camisa de sangre, el hombre agarró a su novia y la sombrilla y se alejó a toda prisa de ahí, en dirección a la entrada de la casa de los animales. Quizás iban a acusarla con los guardias. Quizá perdería una comida o dos por mala conducta.

En realidad había valido la pena.

Se topó con la mirada amarilla al otro lado del sendero y le guiñó un ojo. En respuesta, el lobo levantó el hocico y soltó un aullido corto y alegre.

—Hiciste un amigo.

Scarlet se sobresaltó. Un guardia estaba apoyado contra un gran árbol frondoso, con los brazos cruzados y la mirada de acero. No era uno de sus guardias habituales, aunque había un aire de familiaridad en él. Se preguntó cuánto tiempo llevaba parado ahí.

—Los animales tenemos que mantenernos unidos —manifestó, pero luego decidió que eso sería todo lo que obtendría de ella. No estaba aquí para entretener a los malcriados aristócratas lunares, y ciertamente no iba a entretener a uno de los secuaces descerebrados de la reina.

—Supongo que es lógico que te agrade ese. Está emparentado con tu novio.

Su corazón dio un tumbo. Un presentimiento se agitó en su pecho.

Apartándose del árbol, el guardia se paseó frente al confinamiento de Ryu. Una mano descansaba en su cinturón, sobre la empuñadura de un cuchillo grande. El lobo se petrificó, parado en las cuatro patas, como si no hubiera decidido si confiar en el extraño o no.

—El padre de este fue el lobo cuyo ADN se usó primero cuando comenzaron a experimentar con los soldados. El preciado lobo blanco de la reina. Alguna vez fue un macho alfa —se volvió hacia Scarlet—; pero para ser un alfa necesitas una manada, ¿o no?

—No sabría decirle —contestó, inexpresiva.

—Te lo aseguro —ladeó la cabeza, inspeccionándola—. Tú no sabes quién soy.

Lo dijo en el mismo instante en que su memoria hizo clic: cabello rubio, uniforme, inquietante conocimiento de Wolf…

Reconocerlo solo incrementó su recelo.

—Claro que sí. No logro que la princesa deje de hablar de ti.

Lo observó con cuidado; sentía curiosidad por saber si los sentimientos de Winter eran correspondidos siquiera a medias, pero él no dejó entrever nada.

Era guapo, bastante. Espalda ancha y mentón cuadrado. Pero no era lo que ella habría esperado. Su postura indicaba condescendencia; su expresión, desinterés. Era puro hielo y espinas mientras se acercaba a su jaula.

Era casi lo opuesto de la cálida, soñadora y parlanchina Winter.

Jacin no se agachó ni se inclinó, y Scarlet tuvo que forzar el cuello para poder verle la cara. Su desagrado creció.

—Supongo que te contó sobre tus amigos.

Winter le había dicho que estaban vivos. Que vendrían por ella. Que Wolf la extrañaba muchísimo.

Ahora, conociendo al infame Jacin, no podía concebir que fuera él quien estaba haciendo el reporte.

—Me dieron el mensaje —Scarlet se preguntó si esperaba un "gracias", que no iba a recibir dado que él se encontraba aquí, en Luna, vistiendo ese uniforme. ¿De qué lado estaba? Soltó un bufido y se recostó, apoyándose en los codos. Quizá no era muy digno, pero no iba a dejar que ese sujeto la intimidara hasta el punto de adquirir un dolor de cuello permanente—. ¿Se te ofrece algo?

—Winter piensa que tú eres una amiga.

—Eso dices tú —luego del golpe, Jacin dejó entrever una fisura en su armazón. La más diminuta de las sonrisas—. ¿Qué?

Meciéndose sobre los talones, Jacin volvió a apoyar la mano en el cuchillo.

—No estaba seguro de qué clase de chica podía lograr que un soldado especial se volviera loco por ella. Me alegra ver que no es una estúpida.

—Tampoco es de la clase que se deja engatusar con cumplidos huecos —replicó ella con los puños apretados.

Rodeando uno de los barrotes con la mano, Jacin finalmente se agachó para que sus ojos quedaran al mismo nivel.

—¿Sabes por qué aún estás viva?

—Por Winter —respondió a regañadientes.

—Así es, polvorita. Procura no olvidarlo.

—Es difícil olvidarlo cuando estoy encerrada en su jaula, *cielito*.

Algo así como una sonrisa apareció en el rostro de Jacin, pero enseguida la reprimió. Desconcertante. Señaló su mano inclinándose hacia adelante.

—¿Cuándo fue la última vez que alguien te revisó eso para descartar una infección?

—Sé cómo luce una infección —controló el impulso de ocultar su dedo herido, pero de ninguna manera le iba a mostrar su muñón a este tipo—. Está bien.

—Dicen que eres una piloto bastante buena —dijo con un tono evasivo.

—¿Qué es esto? ¿Una entrevista de trabajo? —preguntó ella con un gesto de disgusto.

—¿Alguna vez has volado una nave lunar?

Por primera vez captó toda su atención, pero su curiosidad estaba cargada de sospechas.

—¿Por qué?

—No son tan diferentes de las naves terrestres. Una disposición ligeramente diferente de los controles de vuelo y, en general, un despegue más suave. Creo que podrías arreglártelas.

—¿Y por qué habría de importar si puedo manejar una nave lunar?

Le clavó la mirada y ese gesto fue más elocuente que cualquier palabra. Se levantó.

—Solo debes estar lista.

—¿Lista para *qué*? Y como sea, ¿a ti que te importa?

—No me importa —respondió, de un modo tan casual que Scarlet tuvo que creerle—. Pero sí me importa la princesa, y a ella podría venirle bien una aliada —apartó la vista—. Un aliado mejor que yo.

Veintiocho

EL CORAZÓN DE WINTER IBA AL GALOPE CUANDO ABRIÓ LA ENORME
puerta de vidrio de la casa de los animales. Los sonidos de la fauna
se extendieron por el corredor: los chillidos de las aves en sus grandiosas jaulas, los gritos de los monos en las hiedras colgantes, los
relinchos de sementales blancos en establos distantes.

Cerró la puerta antes de que el calor se escapara y escudriñó las
bifurcaciones de los caminos, pero no había señales de Jacin. La casa
de los animales ocupaba varias hectáreas de esta ala del palacio. Era
un laberinto de jaulas y cercados de vidrio. Siempre estaba húmedo
y lleno del perfume de flores exóticas, un aroma que casi no lograba
ocultar los olores animales.

Era su lugar favorito, incluso antes de que Scarlet hubiera llegado ahí. Siempre se sentía a gusto con los animales, que no sabían
nada de manipulación ni de control mental. No les importaba si era
bonita ni si era la hijastra de la reina o si estaba enloqueciendo. No
recordaba haber tenido ningún episodio de locura dentro de estas
paredes, rodeada de sus amigos. Aquí se sentía más tranquila. Aquí
podía fingir que tenía el control de sus sentidos.

Se acomodó un rizo rebelde detrás de la oreja y se alejó de la puerta. Pasó por el microambiente helado del zorro blanco, que estaba acurrucado sobre un tronco de abedul, con el hocico escondido entre la cola peluda. La jaula contigua estaba ocupada por un leopardo de las nieves hembra y su camada de tres inquietos cachorros. En el lado opuesto del camino cubierto de musgo dormía un búho blanco, que abrió los ojos enormes al sentir las pisadas de Winter.

Vio el recinto de Ryu, pero el lobo debía de estar en su madriguera, pues no aparecía. Luego seguía Scarlet, la única criatura de la casa de los animales que no tenía pelaje ni plumas. Ella expresaba esa distinción como un desafío con su cabellera rojiza, así como con el abrigo con capucha que nunca se quitaba, pese a la humedad. Estaba sentada con las rodillas contra el pecho, mirando fijamente el musgo que crecía afuera de su jaula.

Se sobresaltó al ver a Winter acercarse.

—Hola, amiga —la saludó al arrodillarse frente a su jaula.

—Hola, loca —le contestó Scarlet, en un tono que sonó afectuoso—. ¿Cómo están las paredes del castillo?

Winter lo pensó emitiendo un sonido de duda con la boca cerrada. Había estado tan distraída que casi no les había prestado atención a las paredes.

—No se ven tan sangrientas como otras veces —se decidió a responder.

—¡Ya es algo!

Scarlet se echó los rizos a un lado. Tenía el pelo ennegrecido de grasa y mugre; se había extinguido el rojo intenso que a Winter la había hecho pensar en la cola de un cometa. También había adelgazado mucho en su cautiverio. Winter sintió una punzada de culpa. Debió haber traído un bocadillo.

—Te ves… —comenzó Scarlet—. Olvídalo. ¿Qué se festeja?

—Jacin me pidió que lo viera aquí —respondió Winter entrelazando las manos.

Scarlet hizo un gesto de asentimiento. No la tomaba por sorpresa.

—Ajá, pasó por aquí hace un rato —apuntó con el mentón hacia el sendero—. Se fue por ahí.

Winter se puso de pie con las rodillas temblorosas. ¿Por qué sentía tanto nerviosismo? Era Jacin, que la había visto cubierta de lodo y arañazos cuando eran niños, que había vendado sus heridas cuando se lastimaba, que la sostenía cuando la acechaban sus visiones y le hablaba en susurros para traerla de vuelta a la realidad.

Pero hubo algo diferente cuando le pidió que lo buscara aquí.

Esta vez, se sentía nerviosa.

Pasó la mitad de la noche preguntándose de qué se trataría y su imaginación la llevaba siempre a una posibilidad, una brillante esperanza.

Iba a decirle que la amaba. Ya no quería disimular, pese a los formalismos, pese a su madrastra. Ya no podía pasar otro día sin besarla.

Se estremeció.

—Gracias —le dijo a Scarlet en un susurro. Se ajustó la falda y se marchó por el sendero.

—¡Winter! —gritó Scarlet para que se detuviera. Estaba aferrada al barrote más cercano a su cara—. Ten cuidado.

—¿Qué quieres decir? —preguntó Winter ladeando la cabeza.

—Sé que lo quieres. Sé que confías en él, pero ten cuidado.

Winter sonrió. La pobre Scarlet, tan desconfiada.

—Si insistes —le dijo y dio media vuelta.

Lo vio en cuanto dobló la esquina de la jaula de Ryu. Estaba en un puente tendido sobre el estanque central de la casa de los animales, donde borboteaba una caída de agua. Una familia de seis cisnes se agolpaba debajo para que les lanzara migajas que sacaba de los bolsillos.

Llevaba su uniforme, listo para iniciar su turno como su guardaespaldas. Su pelo se veía tan pálido bajo la luz nebulosa de la casa que por un momento Winter se imaginó, con el corazón encogido, que era uno de los animales de Levana, una de sus mascotas.

Se deshizo del pensamiento con un gesto cuando Jacin alzó la mirada. Tenía una expresión sombría que hizo que el aturdimiento de Winter desapareciera. Entonces, no era un encuentro romántico. Por supuesto que no; nunca había sido la idea.

Pero la decepción no ahuyentó la fantasía de cuánto quería que la retuviera contra estas paredes de barrotes y la besara hasta que no pudiera pensar en nada más.

Winter se aclaró la garganta y se puso junto a él.

—Esta situación es bastante clandestina —le confesó, dándole un empujoncito en el hombro mientras él vaciaba el pan de sus bolsillos.

Jacin titubeó antes de darle también un empujoncito.

—La casa de los animales está abierta al público, Su Alteza.

—Sí, y las puertas cerrarán en cinco minutos. No hay nadie aquí.

—Tienes razón, supongo que es clandestino —admitió Jacin echando do una mirada sobre su hombro.

Winter sintió que se agitaba en su cabeza un nuevo soplo de esperanza. Quizá. *Tal vez…*

—Vamos a caminar —agregó Jacin alejándose del puente.

Ella lo siguió alrededor del estanque. Jacin miraba fijamente al suelo. Con una mano, frotaba el mango de su puñal. Siempre en su papel de guardia.

—¿Pasa algo…?

—Sí —murmuró, como si dejara atrás profundas cavilaciones—. Hay un par de asuntos.

—Dime, Jacin.

El guardia se frotó el entrecejo. Winter no se acordaba de la última vez que lo había visto tan inseguro de sí mismo.

—De hecho, son muchas cosas que quisiera decirte.

Winter sintió que su corazón rebotaba. Luchó con los pensamientos revueltos de su cabeza y solo atinó a expresar su desconcierto:

—¿Ah, sí?

Jacin posó los ojos en ella, pero no se detuvo, sino que volvió a mirar hacia el camino. Cruzaron por otro puente de marfil labrado. Casi todos los cisnes se habían dispersado, salvo por uno que todavía nadaba detrás de él, hundiendo su cabeza en el agua. Del otro lado del sendero, las liebres albinas los vieron pasar con ojos rojos y el hocico fruncido.

—Desde que éramos niños, lo único que he querido es protegerte.

Los labios de Winter temblaron. Quería que dejaran de caminar, para poder ver su rostro, pero Jacin no se detuvo, sino que la condujo detrás de las formaciones rocosas en las que colgaban flores de pétalos anchos.

—Cuando vi que estabas también en el juicio, solo pensé que tenía que sobrevivir. Pensé: *No quiero que esté aquí y me vea morir.*

—Jacin…

—Pero fue una tontería suponer que podría protegerte siempre. Protegerte de ella —su voz se había vuelto áspera.

A Winter, las emociones la despedazaban por los cambios constantes de la conversación.

—Jacin, ¿de qué se trata?

Respiró profundo, entrecortadamente. Habían dado toda la vuelta. Entonces Winter vio a Ryu, que rondaba detrás de sus barrotes.

Jacin dejó de caminar y Winter apartó la mirada del lobo. Estaba petrificada bajo la fría mirada azul de Jacin. Se asustó.

—Quiere matarte, princesa.

Winter se estremeció, primero por la intensidad de sus palabras y luego por su significado. Suponía que esa revelación habría debido conmocionarla, pero desde que Levana le infligió aquellas cicatrices, lo había estado esperando.

La desilusión de que Jacin no la hubiera llamado para confesarle su amor era más fuerte que saber que su madrastra quería matarla.

—¿Qué fue lo que hice?

Jacin sacudió la cabeza y volvió a aflorar su profunda tristeza.

—Nada que hubieras podido evitar. El pueblo te quiere, y Levana acaba de constatar *cuánto* te quiere. Cree que eres una amenaza para la Corona.

—Pero yo nunca podría ser la reina —afirmó—, por la estirpe. El pueblo nunca aceptaría…

—Lo sé —la interrumpió Jacin con expresión compasiva—. Pero no importa.

Winter retrocedió y volvió a oír sus palabras, las que había dicho con tanta certidumbre: *Quiere matarte, princesa.*

—¿Eso te dijo?

Jacin contestó con un rápido movimiento de cabeza.

Su campo de visión se llenó de luces brillantes. Dio un paso atrás y se aferró del barandal de la jaula de Ryu. A sus espaldas, oía el gruñido del lobo, que enseguida frotó la nariz contra sus dedos. No se había dado cuenta de que estaba ahí.

—Y te pidió que lo hicieras tú.

Jacin apretó la mandíbula. Con un sentimiento de culpa, echó una mirada al lobo.

—Lo siento mucho, princesa.

Cuando el mundo dejó de girar, Winter se atrevió a mirar a la cámara que estaba sobre sus hombros. Casi nunca les prestaba mucha atención a las cámaras, pero en ese momento se preguntó si su madrastra los observaba, esperando ser testigo del asesinato de su hijastra para proteger su trono de una amenaza imaginaria.

—¿Por qué te pidió eso?

Jacin se rio, como si alguien lo hubiera apuñalado en el pecho y él no pudiera evitar pensar que era divertido.

—¿A mí? ¿Lo dices en serio?

Winter se obligó a mantenerse erguida. Recordó la emoción con la que había esperado este encuentro y pensó en qué tonta e inocente había sido.

—Sí —respondió con firmeza—. ¿Cómo pudo ser tan cruel para pedírtelo a ti y no a otro?

—Tienes razón. Es una tortura —admitió Jacin, con una expresión menos tensa.

Los ojos de Winter se llenaron de lágrimas.

—Amenazó a alguien, ¿verdad? Va a matar a alguien si no obedeces su orden.

Jacin no contestó.

Winter resopló y parpadeó para borrar las lágrimas. No hacía falta que le dijera quién. En realidad, no importaba.

—Soy egoísta, pero me alegro de que seas tú, Jacin —confesó con voz temblorosa—. Sé que lo harás rápidamente.

Trató de imaginárselo. ¿Usaría su cuchillo? ¿Una pistola? No tenía idea de cuál sería la forma más rápida de morir. No quería saberlo. Jacin se habría hecho las mismas preguntas. Toda la noche anterior. Todo ese día. Debía de haber planeado cómo hacerlo, y debía de haber temido este encuentro tanto como ella lo había anhelado.

Sintió que se le rompía el corazón por él.

Detrás de ella, Ryu comenzó a gruñir.

—Winter...

Hacía tanto tiempo que no la llamaba por su nombre. Siempre era "princesa"; siempre "Su Alteza". Sus labios se estremecieron, pero se negó a llorar. No le haría eso.

Los dedos de Jacin se cerraron sobre el puñal.

Era una tortura. Jacin se veía más asustado que en el juicio. Más dolorido que cuando los latigazos le dejaron la espalda desollada.

Era la última vez que lo veía. Su último instante; su último aliento.

De repente, todas las formalidades y los devaneos dejaron de tener importancia. De repente, se sintió audaz.

–Jacin –comenzó con una sonrisa inestable–, necesito que lo sepas: no recuerdo una época en la que no te haya amado. No creo que haya habido alguna.

La mirada de Jacin reflejó mil emociones. Pero antes de que dijera nada, antes de que pudiera matarla, Winter lo tomó por la camisa con las dos manos y lo besó.

Jacin se ablandó mucho más deprisa de lo que ella esperaba. Casi al instante, como si hubiera estado esperando ese momento, la tomó por las caderas y la atrajo hacia él con un sentido de posesión que la abrumó. Se inclinó hacia ella y la oprimió contra el barandal, con los labios desesperados y sedientos. Winter quiso tomar aire y Jacin intensificó el beso deslizando una mano entre su cabello hasta tomar su nuca.

Winter sentía que su cabeza flotaba, abrumada por la pasión y por toda una vida de deseo.

Jacin quitó la otra mano de su cadera. Winter escuchó el sonido metálico del puñal al salir de la funda. Tembló y lo besó con más fuerza, transmitiéndole todas las fantasías que había tenido.

La mano de Jacin resbaló de su pelo y la abrazó. La sostuvo contra él como si no estuvieran lo bastante cerca uno del otro. Como si quisiera fundir su cuerpo en el suyo.

Winter soltó su camisa y tocó su cuello, su mentón. Sintió en los pulgares la punta de su pelo. Jacin emitió un sonido que ella no supo si era de deseo, dolor o lástima, o una combinación de todo. El brazo del guardia se puso tenso contra la espalda de Winter y luego liberó la presión al tiempo que levantaba el puñal.

Winter cerró los ojos con fuerza. Había visto tantas muertes que tenía una idea vaga de que no era una forma tan terrible de partir.

Jacin dejó caer el brazo con fuerza. Winter dejó de respirar; una ráfaga de aire pasó a través de ellos. Abrió los ojos. A sus espaldas, Ryu aulló, pero el sonido se convirtió en un gemido delator.

Jacin también había abierto los ojos azules, que estaban llenos de remordimiento.

Winter trató de apartarse, pero él la sostuvo con firmeza. No tenía cómo moverse, atrapada entre él y el barandal. Arriba, la luz de una cámara brillaba contra el techo. Su respiración era irregular. La cabeza le daba vueltas. No distinguía el latido de su corazón del de Jacin.

Jacin, que tenía las mejillas enrojecidas y el pelo desordenado. Jacin, a quien por fin se había atrevido a besar. Jacin, el que también la había besado.

Pero si esperaba ver deseo en su rostro, se decepcionó. De nuevo se veía impávido.

—Hazme un favor, princesa —murmuró. Winter sentía su aliento tibio contra su boca—. La próxima vez que te digan que van a matarte, *no lo permitas*.

Lo miró sorprendida. ¿Qué había hecho?

Sus rodillas flaquearon. Jacin la sostuvo y la fue deslizando hasta el suelo, apoyada contra los barrotes de la jaula. Winter puso la mano sobre algo tibio y húmedo que escurría por debajo de la reja.

—Estás bien, princesa. Estás bien.

—¿Fue Ryu? —le preguntó con la voz quebrada.

—Pensarán que la sangre es tuya —quería explicarle algo, pero ella no entendía—. Espera aquí. No te muevas mientras apago las luces. ¿Entendiste, princesa? —susurró—. No te muevas.

Jacin se apartó. Winter escuchó cómo sacaba el cuchillo de la carne del lobo. El cuerpo se había derrumbado contra los barrotes. Jacin la tomó por la mejilla marcada con las cicatrices y la estudió para cerciorarse de que no estuviera en medio de una crisis, para ver si entendía, pero todo lo que ella percibía era la tibieza pegajosa que empapaba su falda. La sangre inundaba el sendero. De pronto, litros y litros de sangre escurrían del techo de vidrio. Salpicaban sus brazos, llenaban el estanque.

—¡Winter!

Miró a Jacin con la boca abierta, incapaz de decir nada. El recuerdo del beso se mezclaba con algo horrible e injusto. Ryu, el querido e inocente Ryu.

—Espera a que las luces se apaguen —repitió Jacin—. Luego, quiero que vayas por tu amiga pelirroja y que escapen de este maldito tablero de juego —Jacin frotó los pulgares contra la piel de Winter para hacerla reaccionar—. Ahora, finge que estás muerta, princesa.

Ella se dejó caer. Sintió cierto alivio con la orden. Estaban jugando, era un juego. Como cuando eran niños. *Es un juego. La sangre no es real y Ryu…*

Contrajo el rostro para no llorar. Contuvo un sollozo en la garganta. Jacin la apoyó contra la jaula y su calidez desapareció. Las botas del guardia retumbaron con cada pisada mientras se alejaba, dejando a su paso un rastro de huellas pegajosas.

Veintinueve

EL CEÑO FRUNCIDO DE SCARLET PARECÍA CINCELADO EN SU ROSTRO mientras observaba fijamente el sendero vacío de la casa de los animales. Le parecía que Winter se había alejado por ese sendero hacía horas, y sabía que se suponía que no debería haber visitantes en las instalaciones tan tarde; sin embargo, quizás esas reglas no se aplicaban a la princesa. A lo mejor Winter estaba teniendo finalmente esa cita romántica que tanto deseaba.

Pero había algo que no parecía estar para nada bien. Scarlet podría haber jurado que había oído a Ryu salir de su guarida, pero aún no había ido a verla, como era normal en su rutina. Y había escuchado un ruido que le había recordado el sonido que hacían las cabras cuando las sacrificaban. Un ruido que había hecho correr escalofríos por sus extremidades a pesar del clima caluroso de la casa de los animales y de que tenía puesto el abrigo, con la cremallera hasta arriba.

Y finalmente, pasos. Scarlet sujetó los barrotes con las manos.

Supo que sus sospechas tenían fundamento en cuanto el guardia apareció en su campo visual, aferrando un cuchillo en una mano. Su corazón comenzó a retumbar. Incluso desde esa distancia podía ver algo oscuro en la hoja. Aun sin conocer a Jacin, podía leer el arrepentimiento en su rostro.

Sus nudillos se pusieron blancos.

—¿Qué hiciste? —le preguntó, ahogando la furia que sentía estallar dentro de ella, pero que no podía liberar—. ¿Dónde está Winter?

Jacin no desvió la mirada cuando se detuvo frente a la jaula, y Scarlet no se apartó de él, a pesar del cuchillo y la sangre.

—Saca la mano —ordenó, poniéndose en cuclillas.

—¿Sabes lo que le pasa por aquí a la gente que "saca la mano"? —preguntó ella con tono de burla.

Él clavó la punta del cuchillo en el musgo suave y, antes de que Scarlet lograra moverse, le sujetó la muñeca y se la retorció tan fuerte que ella no pudo contener un grito cuando el dolor subió hasta su hombro. Scarlet jadeó y su mano la traicionó, abriéndose con la palma hacia arriba. No era manipulación mental, sino un viejo y sucio truco.

Scarlet trató de zafar su brazo y volver a meterlo por entre los barrotes, pero Jacin la tenía sujeta con mano de hierro. Cambiando de táctica, la muchacha presionó su cuerpo contra la jaula y trató de arañarle el rostro, pero él se puso fuera de su alcance.

Después de esquivar un segundo arañazo de Scarlet, el guardia extrajo de su cinturón la funda del cuchillo y la dio vuelta. Un diminuto cilindro cayó en la palma de la muchacha.

Jacin la soltó. Los dedos de Scarlet se cerraron alrededor del cilindro instintivamente y, temblando, se puso fuera del alcance del guardia.

—Inserta eso en el puerto de seguridad de una nave lunar y te brindará acceso real. Tú puedes deducir el resto. También hay un mensaje de una amiga tuya encriptado ahí, pero sugiero que esperes hasta estar lejos antes de preocuparte por eso.

–¿Qué está pasando? ¿Qué has hecho?

Golpeó con violencia el cuchillo contra la funda y, para su sorpresa, se lo arrojó. Ella se encogió, pero el arma cayó en su regazo sin hacerle daño.

–Tienes que encontrar el puerto E de Artemisa, plataforma 22. Repítelo.

Su corazón martillaba. Volvió a mirar hacia el sendero, esperando que la oscura cabellera rizada de Winter, su vestido brillante y la asombrosa gracia de su andar aparecieran en cualquier instante. Cualquier instante…

–*Repítelo*.

–Puerto E, plataforma 22 –envolvió entre sus dedos la empuñadura del cuchillo.

–Sugiero que primero atraviesen los pasillos de los guardabosques. Winter conoce el camino desde aquí. Haremos lo que podamos con respecto a la seguridad, pero traten de no cometer ninguna estupidez. Y si te sientes tentada de dejar Luna, resiste ese impulso: solo lograrás llamar la atención, y, de todas maneras, ese pequeño módulo no está equipado para grandes distancias. Actúa como si fueras a recoger un envío en MR-9. Ahí fue donde tu novio se crio. ¿Entendido?

–No.

–Solo aléjate de Artemisa. Puerto E, plataforma 22. Sector MR-9 –se puso de pie–. Y cuando veas a tu princesa, dile que se dé prisa.

Scarlet volvió a centrar su atención en él, pensando *¿Winter? ¿Será mejor que Winter se dé prisa?* Pero entonces se dio cuenta de que se refería a la otra princesa: a Selene. A Cinder.

Jacin se desplazó hacia el costado de la jaula donde se encontraba la puerta y presionó su pulgar sobre el panel, para identificarse. Tecleó un código. Scarlet oyó cómo se abría el cerrojo y el sonido metálico del pestillo. Sus nervios se tensaron.

—Cuenta hasta diez —sin mirarla de nuevo, Jacin dio media vuelta y se fue.

Scarlet escuchaba una voz interior que le ordenaba que abriera de golpe esa puerta y corriera por el sendero para encontrar a Winter, pero se contuvo. Sus dedos temblaban. Él le había dado un arma y una vía de escape. No sabía qué estaba sucediendo, pero algo le decía que su actitud de *no reacción* por diez segundos no la mataría.

A la cuenta de cuatro echó el pequeño cilindro en el bolsillo de su abrigo. A la de cinco se guardó el cuchillo entre la espalda y sus rotos y sucios pantalones de denim. A la de seis se aproximó de nuevo a los barrotes y presionó el rostro contra ellos. A la de siete gritó.

—¡Winter! ¿Estás…?

A la de ocho, las luces se apagaron, dejándola en tinieblas.

Scarlet se petrificó. Ese *imbécil*. ¿Se suponía que eso les iba a facilitar las cosas? ¿Se suponía que resultaría útil? ¿Se supo…?

Ah. Las cámaras.

Jadeando, Scarlet verificó que el cuchillo estuviera seguro y empujó la puerta de la jaula. Salió gateando y se tomó de los barrotes para ponerse de pie. Las piernas le flaquearon por falta de uso. Recuperó el equilibrio y avanzó sobre el musgo.

Primero, ver si la princesa estaba muerta.

Segundo, averiguar dónde demonios estaba el puerto E.

—¿Winter? —susurró, arrastrando los pies por el sendero. El muro del confinamiento parecía estar más lejos de lo que recordaba; sus sentidos embotados le jugaban una mala pasada. Por fin, su mano encontró el barandal y lo usó para guiarse a lo largo del sendero—. ¿Ryu?

El lobo no respondió. Otra rareza.

Por encima del dosel de la jungla artificial y el domo de vidrio se podía ver una profusión de estrellas cintilando, y los ojos de Scarlet se acostumbraron a la escasa luz que brindaban. Mientras doblaba en la esquina solo alcanzaba a distinguir las sombras de las ramas de los árboles y su propia mano frente a su rostro.

Aguzó la vista. Había algo blanco en el sendero; podía haber sido cualquiera de los muchos animales albinos que merodeaban por el lugar, pero el instinto le decía exactamente qué era. *Quién* era.

¡Winter! Trotó el resto del camino con la mano rozando el barandal. La figura de la princesa tomó forma, desplomada contra los barrotes. Algo oscuro formaba un charco debajo de ella.

—Oh, no… oh, no… *¡Princesa!* —se dejó caer de rodillas, enderezando a Winter y palpando su garganta.

—Las paredes sangran.

Esas palabras débiles y casi delirantes envolvieron a Scarlet en una oleada de alivio. Cuando encontró el pulso de Winter, sintió que era firme.

—¿Dónde estás herida?

—La sangre… por todas partes… tanta sangre.

—Winter, necesito que me digas dónde te hirió —deslizó las manos por los brazos, los hombros y la garganta de la princesa, pero toda la sangre estaba debajo de ella. ¿Acaso en la espalda?

—Mató a Ryu —Scarlet se quedó petrificada. La princesa sollozó y se dejó caer hacia adelante, apoyando la frente en el hueco del cuello de la muchacha—. Estaba tratando de protegerme.

Scarlet no supo si se refería al lobo o al guardia.

—Estás bien —aseguró, más como confirmación para sí misma. Miró a su alrededor. La casa de los animales desaparecía en la oscuridad, pero escuchaba el borboteo de una cascada, pisadas merodeando, las hojas de un árbol sacudiéndose mientras alguna criatura se movía entre ellas. Vio el bulto de pelo blanco detrás de Winter y sintió una punzada en el corazón, pero rápidamente sofocó el sentimiento.

Como con su abuela, ya habría tiempo para lamentarse más tarde. Ahora mismo tenía que lograr escapar de ahí.

Su cerebro comenzó a funcionar a máxima velocidad.

Siempre había guardias apostados en las puertas de la casa de los animales, y debían de haber sospechado cuando la princesa Winter no regresó; a menos que Jacin tuviera un as en la manga reservado para ellos. Pero de cualquier manera, Scarlet no estaba dispuesta a deambular por el palacio de la reina.

Miró por encima de Ryu. En la pared más alejada podía distinguir la vaga silueta de una puerta que conducía a los pasillos de los guardabosques, corredores que se empleaban para alimentar a los animales y limpiar sus jaulas. Jacin había sugerido esa ruta, y, por mucho que no le simpatizara, no tenía razón para cuestionarlo.

—Vamos —logró que Winter se pusiera de pie.

—La sangre… —gimió la princesa mientras miraba sus manos y temblaba.

—Sí, sí, las paredes están sangrando, entiendo. Mira. Allá. Concéntrate —Scarlet la sujetó por el codo y la hizo girar—. ¿Ves aquella puerta? Allá es a donde nos dirigimos. Vamos, yo te ayudo —entrelazó los dedos, pero ella no se movió—. *Winter*, te doy cinco segundos para recomponerte y que te decidas a ayudarme; de lo contrario te voy a dejar aquí con tu lobo muerto y tus paredes sangrantes, ¿entendiste?

Winter tenía los labios entreabiertos y parecía aturdida, pero al cabo de tres segundos asintió. O quizá bajó la cabeza y Scarlet creyó que sus pestañas tal vez se habían agitado un poquito, pero para ella era suficiente.

—Bien. Ahora apoya un pie sobre mis manos y pasa por encima de ese barandal.

La princesa obedeció. Se movió con torpeza, lo cual no concordaba para nada con la manera en que Scarlet siempre la había visto moverse. Mientras Winter caía dentro de la guarida del lobo blanco, la realidad de la situación golpeó a Scarlet.

Ese guardia les había dado la posibilidad de escapar; lo estaban intentando.

La adrenalina corrió por sus venas. Verificó el cuchillo una vez más; luego se sujetó del barandal y se impulsó hacia el otro lado.

Aterrizó con un gemido y de inmediato se puso de pie y corrió hacia la puerta. La abrió de un tirón y sintió alivio porque no sonó ninguna alarma. Miró hacia atrás y vio que la princesa se había detenido junto al cuerpo de Ryu, pero antes de que Scarlet pudiera gritarle, Winter levantó la barbilla, se frotó las palmas ensangrentadas en la falda y la siguió.

Treinta

LOS PASILLOS QUE EMPLEABAN PARA ALIMENTAR A LAS FIERAS ESTABAN completamente a oscuras. Scarlet se detuvo para escuchar si había pisadas o voces, pero no se oía nada, aparte de los trinos de las aves que habían dejado atrás. El olor le recordaba su granja, una mezcla embriagadora de pienso, heno y estiércol. Se orientó. Si iban a la derecha, se adentrarían más en la casa de los animales, pero a la izquierda podrían desembocar en el palacio; con suerte, en algún tipo de alojamiento para los criados. Con una mano en la pared, tomó a Winter por la muñeca y se pusieron en marcha. Sus dedos se deslizaban sobre puertas cerradas y recurría a lo que sabía acerca de la casa de los animales para contarlas. *Esta debe ser la del ciervo. Esta podría ser la del leopardo de las nieves. ¿Es esta la del zorro blanco?*

Giraron en una esquina. Scarlet percibió una luz que parpadeaba, borrosa y distante. Se dirigieron en esa dirección y encontraron un tablero de control empotrado en la pared, desde el cual se manejaban las luces, la temperatura y los alimentadores automáticos.

Detrás del tablero, apenas visible en la luz tenue, había una puerta.

Scarlet oprimió el mecanismo de apertura esperando, contra toda esperanza, que no las condujera hacia el león. No ocurrió nada.

Con una maldición, Scarlet oprimió de nuevo el mecanismo. Nada.

Entonces, el tablero produjo un sonido metálico que la sobresaltó y un mensaje empezó a correr en la parte superior.

TEN CUIDADO, SCARLET

–¿Qué…? –empezó a decir, boquiabierta.

Antes de que terminara la pregunta, oyó que se liberaba el seguro de la puerta. Temblorosa, se estiró hasta la manija. La puerta se abrió.

Scarlet se echó hacia atrás ante la arremetida de la luz y empujó a Winter contra la pared, pero con una mirada se dio cuenta de que ese pasillo iluminado también estaba desierto. Estrecho y desnudo. Si Scarlet tuviera que adivinar cómo era un pasillo de la servidumbre, habría sido así.

Prestó atención, pero no escuchó nada.

Alzó la vista y el corazón le dio un salto.

En el techo, una cámara giraba una y otra vez, examinando el pasillo. Pero apenas Scarlet la detectó, se detuvo. La luz de encendido se amortiguó y se apagó. Sobresaltada, la muchacha se asomó al pasillo y vio otra cámara a unos cincuenta pasos; también estaba apagada.

¿Qué había dicho Jacin? Algo acerca de manejar el sistema de seguridad; pero… ¿cómo?

Buscó a tientas el codo de Winter y la arrastró hacia el pasillo.

–¿Sabes dónde estamos?

–Cerca del ala de huéspedes.

Bueno, era algo. Por lo menos, Scarlet no tenía que preocuparse de *empezar* a escapar completamente perdidas.

—Estamos tratando de llegar al puerto E de Artemisa. Tú sabes dónde es, ¿verdad?

—E... —titubeó Winter—. *E* de *ejecución. Espacio. Evret. Emperador* —lo pensó un momento más—. *E* de *escapar*.

—*E* de *inútil* —gruñó Scarlet.

—No, eso no concuerda.

Scarlet giró en redondo y la princesa se detuvo en seco. La parte trasera de su falda estaba ennegrecida por la sangre, que además embadurnaba sus brazos, piernas y hasta su cara. De hecho...

Scarlet se examinó y vio que ella misma estaba también bastante manchada. Eso no las ayudaría a pasar inadvertidas.

—Las dársenas, Winter —le dijo fulminándola con la mirada—. ¿Sabes o no sabes dónde están?

La princesa hizo una mueca y se oprimió las mejillas con las manos ensangrentadas. Por un momento, Scarlet pensó que iba a llorar.

—No. Sí. No sé —su respiración era superficial y sus hombros empezaron a temblar.

—*Princesa*... —le advirtió Scarlet.

—Creo que sí. Las dársenas... sí, las dársenas, con los hongos.

—¿Hongos?

—Y las sombras que bailan. El puerto E. *E* de *escapar*.

—Sí, *E* de *escapar* —Scarlet sentía que sus esperanzas se le escurrían entre los dedos. Así no iba a funcionar—. ¿Cómo llegamos hasta allí?

—Tomamos el tren. Hasta los límites de la ciudad.

—El tren. Perfecto. ¿Dónde lo tomamos?

—Abajo, abajo. Tenemos que ir abajo.

—¿Y cómo bajamos? —preguntó Scarlet, cuya paciencia se estaba terminando.

Winter sacudió la cabeza, con una expresión de disculpa en sus ojos ambarinos. Scarlet habría querido abrazarla, de no ser porque al mismo tiempo quería ahorcarla.

—Muy bien, ya veremos. Vamos.

Avanzaron por el pasillo, con la idea de llegar a unas escaleras o un elevador. La servidumbre tenía que moverse deprisa, ¿verdad? Sin duda encontrarían…

Doblaron una esquina y se detuvieron bruscamente, porque casi se dieron de frente con una muchacha, una doncella que no podía tener más de catorce años. Winter chocó con Scarlet, y esta la tomó del brazo con la adrenalina retumbando en sus oídos. La doncella miró a Scarlet un instante, luego a la princesa, cubierta de sangre, y se inclinó en una reverencia nerviosa aferrada a la ropa blanca que llevaba en los brazos.

—S-su A-alteza —saludó, tartamudeando.

Scarlet apretó los dientes, sacó el puñal de la funda y se lanzó contra la chica, para retenerla contra la pared, con el filo del arma sobre su garganta.

La muchacha lanzó un grito. La ropa blanca se desparramó a sus pies.

—Tenemos que llegar al tren que nos lleva a las dársenas. ¿Cuál es la manera más rápida? ¡Habla!

La chica comenzó a temblar con los ojos desorbitados de miedo.

—No tengas miedo —la tranquilizó Winter con voz cantarina y delicada—. No va a hacerte nada.

—¡Apuesto a que sí! ¿Cómo llegamos a las dársenas?

—P-por este pasillo, a la derecha —respondió la muchacha, apuntando con un dedo—. Las escaleras bajan al andén del tren.

Scarlet se apartó, tomó un mantel del montón caído y escoltó a Winter por el pasillo sin mirar atrás.

El corredor terminaba en una T. Scarlet dobló a la derecha y encontró un nicho que se abría a unas escaleras iluminadas. En cuanto cerraron la puerta detrás de ellas, Scarlet sacudió el mantel y envolvió con él a Winter, esforzándose por que pareciera una capa y porque ocultara la sangre y su identificable belleza. Cuando le pareció que su obra resultaba aceptable, tomó a Winter de la mano y bajaron por los escalones. Al llegar al segundo descanso, las paredes cambiaron por muros de piedra de color café grisáceo. Estaban en los niveles subterráneos del palacio.

Tres niveles después, salieron a un andén iluminado por faroles brillantes. Ante ellas se extendían los silenciosos rieles magnéticos. Scarlet se acercó al borde y miró a los dos lados del túnel.

Divisó otra entrada, un arco revestido de mosaicos fosforescentes. Era la entrada a los corredores del palacio, diferente de la entrada austera de la servidumbre.

Algo hizo un ruido metálico. El sistema magnético comenzó a zumbar. Scarlet sintió que tenía el corazón en la garganta. Extendió el brazo y empujó a Winter contra la pared. Del túnel surgió un tren con forma de bala que se deslizó hasta detenerse sobre las vías. Scarlet se quedó inmóvil, esperando que quien fuera que bajara no las viera, que ni siquiera volteara hacia donde se encontraban.

La puerta del tren se levantó con un siseo de mecanismo hidráulico. Descendió una dama que reía en voz alta, ataviada con un llamativo vestido verde esmeralda que brillaba con plumas de pavo real engastadas de joyas. La siguió un hombre que llevaba una túnica bordada con runas, similar a las que usaban los taumaturgos. Extendió el brazo y atrajo a la mujer hacia sí tomándola por la cadera. Ella soltó un gritito y se alejó a toda prisa.

Scarlet no respiró hasta que no pasaron trastabillando por la puerta y las risas de la pareja se perdieron en las escaleras.

—Ese no es su marido —susurró Winter.

—La verdad, no me interesa —le contestó Scarlet y se lanzó al tren—. ¡Abre! —el tren no se movió; la puerta no se abrió—. ¡Abre, chatarra estúpida!

Metió los dedos por el borde de la puerta para tratar de abrirla. Su dedo herido empezó a punzar, por primera vez después de muchos días.

—¡Vamos! —insistió—. ¿Qué le pasa a esta cosa? ¿Cómo la…?

La puerta se abrió y casi hizo caer a Scarlet. Se escuchó una voz robótica: "Destino: Artemisa, puerto E".

Scarlet sintió que se le ponía la piel de gallina, pero logró empujar a Winter hacia adentro mientras daba las gracias en silencio al aliado invisible que las estaba ayudando. Subió al tren detrás de la princesa y se dejó caer en un asiento. La puerta se cerró, resguardándolas en el interior. El tren comenzó a elevarse y a deslizarse por las vías.

—De *escapar* —dijo Winter.

Scarlet se enjugó la frente húmeda con la manga sucia. Cuando su pánico se había apaciguado lo suficiente como para poder hablar, preguntó:

—¿Qué pasó en la casa de los animales?

La fortaleza que se había asomado en la mirada de Winter se extinguió tan rápido como había llegado.

—La reina lo envió a matarme, pero mató a Ryu en mi lugar.

Scarlet bajó la cremallera del abrigo con capucha para tratar de refrescar su piel ardiente.

—¿Por qué quiere matarte la reina?

—Cree que soy una amenaza para la Corona.

Scarlet resopló con una expresión tan cansada que no comunicó ni la mitad del sentimiento de burla que quería transmitir.

—¿De verdad? ¿Alguna vez te ha oído hablar?

Winter la miró con un gesto inquisitivo.

—Porque estás *loca* —explicó Scarlet—. No tienes madera de reina, y no te ofendas.

—No puedo ser reina porque no soy de ascendencia real. Su Majestad es mi madrastra, no tengo nada de su sangre.

—Claro, pues eso es lo que importa en un gobernante.

Aunque había dos monarquías en la Unión Terrestre (el Reino Unido y la Comunidad Oriental), Scarlet había crecido en Europa, una democracia con equilibrio de poderes, votaciones y representantes de las provincias. En general pensaba que a cada cual lo suyo, y le parecía evidente que los países de la Unión debían de haber hecho algo bien para haber disfrutado de ciento veintiséis años de paz.

Pero no pasaba lo mismo en Luna. Algo se había corrompido en su sistema.

El tren aminoró la marcha. Scarlet miró por la ventanilla. La lóbrega cueva rocosa se abría hacia un enorme puerto de naves espaciales rebosante de actividad. Las baldosas del piso brillaban y lanzaban contra las paredes oscuras sombras de incontables naves. El lugar era enorme y estaba atestado. Había muchas otras vías por las que llegaban trenes a cada segundo. En otras vías, cuadrillas de trabajadores emitían órdenes abreviadas que sonaban como si fuera otro idioma, y bajaban cargamentos de víveres y otros artículos provenientes de los sectores externos.

—Plataforma 22 —recordó Scarlet cuando se abrió la puerta de su tren—. Trata de no llamar la atención.

Winter la miró durante un momento con absoluta lucidez e incluso cierto humor.

Tenía razón. Estaban sucias y llenas de sangre. Winter era la amadísima princesa, más bonita que un ramo de rosas y más loca que una gallina sin cabeza.

Sería un milagro que no llamaran la atención.

—Podrías usar tu encanto —le propuso Scarlet.

La conexión se interrumpió y Winter apartó la mirada.

—No, no podría —le contestó y salió al andén.

Scarlet la siguió, aliviada de no ver a nadie con vestidos elegantes ni sombreros ridículos. Este lugar de comercio y carga no era para aristócratas, pero eso no significaba que estuvieran a salvo. Podía percibir que los trabajadores se detenían, que les echaban una segunda mirada.

—O sea que no quieres —dijo Scarlet.

—O sea que no quiero —admitió la princesa.

—Entonces, por lo menos baja la cabeza —le pidió y ajustó el mantel sobre el cabello de Winter mientras se alejaban de las vías.

El puerto era enorme y se perdía en la distancia. A cada lado se extendían cientos de bodegas oscuras con números labrados en la parte superior. Scarlet escudriñaba los cargamentos conforme avanzaban y notó muchas alusiones bélicas.

MUNICIONES PARA ARMAS CORTAS
ENTREGA: REGIMIENTO LUNAR 51, MANADA 437
TAUM.: LAIGHT. ALFA: GANUS
BASE: ROMA, ITALIA, FE, TIERRA

Municiones. Se trataba de armamento con destino a la Tierra, para la ofensiva lunar.

No reacciones, se dijo con los puños apretados. Cada fibra de su cuerpo ansiaba hallar un arma y quemar todos los contenedores del puerto.

No reacciones, no reacciones.

Regularizó su respiración y siguió avanzando, con Winter detrás. Vio el número E7 grabado en una pared a su izquierda y el E8 a su derecha. Casi llegaban.

Tuvo que echar mano de toda su voluntad para no correr a la plataforma 22.

—¿Puedo ayudarlas? —se detuvieron. Las había interceptado un trabajador vestido con un uniforme sucio—. ¿Qué están…? —se interrumpió al posar la mirada en Winter, o en lo que alcanzaba a percibir de su rostro inclinado al suelo—. Yo… perdónenme. ¿Su Alteza?

Winter alzó la mirada. El hombre se ruborizó y prosiguió.

—Es usted —susurró—. No sabía… ¿puedo ayudarla, Alteza?

Scarlet se exasperó: nadie más las había descubierto aún. Tomó al hombre por el brazo antes de que se inclinara en una reverencia.

—Su Alteza no desea llamar la atención. Si quieres ayudarnos, acompáñanos a la plataforma 22.

El rostro del hombre reflejaba su ansiedad. Movió la cabeza en sentido afirmativo, como si sintiera miedo de Scarlet. Quizá pensaba que era una taumaturga en entrenamiento.

—S-sí, claro. Por aquí.

Scarlet lo soltó y le lanzó a Winter una mirada helada, gesticulando para que volviera a ocultar el rostro. El hombre las conducía con pasos rígidos por entre plataformas de carga y contenedores puestos en vías intrincadas. Se rascaba el cuello con la mano libre y un par de veces miró por encima de su hombro.

—¿Pasa algo? —le preguntó Scarlet con dureza.

—N-no. Perdón.

—Entonces, deja de mirarla.

El hombre abrió la boca y Scarlet pensó que quería mencionar la sangre o la mugre o la mera existencia de Winter, pero se calló y mantuvo baja la cabeza.

Algunas de las bodegas por las que pasaban estaban cerradas con pesadas puertas metálicas, pero en general se encontraban abiertas y mostraban naves estacionadas.

–¿Lo ves? –murmuró Winter–. Hongos y sombras que bailan.

Scarlet siguió la dirección de su gesto. En efecto, las sombras de las naves sobre las paredes parecían hongos bailarines. O algo así si ponía la cabeza de lado y entornaba los ojos.

–La plataforma 22, Su Alteza.

Scarlet miró el número sobre el arco de la puerta y la nave que estaba adentro. Era un biplaza marcado con la insignia dorada de la corte real.

–Gracias –le dijo Scarlet–. Eso es todo.

–¿Necesitarán… necesitarán que las escolte de regreso? –preguntó el hombre frunciendo el ceño.

Scarlet sacudió la cabeza y nuevamente tomó del brazo a Winter, pero apenas había dado dos pasos cuando se detuvo.

–No le digas a nadie que nos viste –le advirtió al hombre–. Pero si alguien te pregunta, dile que te manipulamos para que nos ayudaras. ¿Entendiste?

El hombre fijó sus ojos temerosos en Winter, que le sonrió amablemente, lo cual acentuó el rubor de sus mejillas.

–No estoy seguro de que no lo hayan hecho –musitó.

Scarlet puso los ojos en blanco y remolcó a la princesa hacia la nave. Verificó que el hombre se hubiera ido, abrió la puerta del lado del piloto y empujó a Winter hacia adentro.

–Acomódate en el asiento del acompañante, a menos que quieras volar esta cosa.

Winter obedeció sin decir nada. Scarlet se quitó el puñal de la cintura y lo depositó entre las dos. Cerró la puerta y el ruido de las dársenas quedó silenciado dentro de la nave sellada al vacío.

Scarlet exhaló y se concentró en que dejaran de temblarle las manos, en que el revoltijo de controles que tenía enfrente se le aclarara. Examinó la cabina para determinar qué se parecía al vehículo de entregas que había volado desde que tenía quince años y qué era diferente.

—Sí, puedo —murmuró al presionar con los dedos la pantalla principal, que brilló de inmediato. Los controles se encendieron.

AUTORIZACIÓN DE SEGURIDAD SIN DETERMINAR

Miró fijamente el mensaje. Tuvo que leerlo cuatro veces para asimilar el significado de las palabras. A medias, había esperado que su ayudante fantasmal anulara el sistema de seguridad de la nave y encendiera los motores en su lugar. Como no pasó nada, se acordó del cilindro que le había dado Jacin. Lo sacó de su bolsillo y le quitó la tapa. Contuvo la respiración al conectarlo en el puerto de seguridad correspondiente.

Un ícono giró sobre el mensaje.

Y giró.

Y giró.

Scarlet sentía la tensión en el estómago. Una gota de sudor le escurrió por la nuca.

AUTORIZACIÓN CONCEDIDA. BIENVENIDO, GUARDIA REAL JACIN CLAY.

Lanzó un grito de alegría, sintiéndose mareada de alivio. Accionó varios interruptores. El motor zumbó y la nave se elevó firme y segura sobre la base, por medio de la fuerza magnética. Fuera de su hangar, varios cargueros flotaban hacia la cámara sellada que separaba el puerto E de Artemisa del vacío espacial. Ellas podían colocarse en la retaguardia. Nadie detendría a una nave real, ni siquiera harían preguntas.

—Espera —sugirió Winter cuando Scarlet impulsó el módulo.

Scarlet sintió que el corazón le daba un vuelco.

—¿Qué pasa? —le preguntó escudriñando el puerto aéreo en busca de un taumaturgo, un guardia, una amenaza.

Winter se estiró detrás de Scarlet y pasó por encima de su cabeza el arnés del piloto.

—La seguridad ante todo, amiga Scarlet. Somos seres frágiles.

Treinta y uno

WINTER MIRABA HIPNOTIZADA LAS CONFIADAS MANOS DE SCARLET QUE
se desplazaban sobre los controles de la nave. Detrás de esta, las
enormes puertas de hierro se cerraron con estrépito y las confinaron
en una cámara sellada al vacío con otra docena de naves que aguardaban ser liberadas del puerto subterráneo de Artemisa. Apartando
su atención de Scarlet y los titilantes instrumentos, miró sobre su
hombro hacia las puertas empalmadas, tan antiguas que parecía que
habían existido en Luna desde antes de la colonización.

Ahora la separaban de los puertos, la ciudad, el palacio.

Y de Jacin.

Scarlet era un manojo de nervios y tamborileaba con los dedos
sobre los instrumentos.

—¿Cuánto tiempo tardará?

—No sé. La única vez que salí de Artemisa fue a lo largo de los
rieles del tren de levitación magnética.

—Tenían que sellar un par de puertas, ¿verdad? —Scarlet alzó
la mano y movió algunos interruptores. Las luces interiores se
apagaron—. Sería un mal momento para que alguien echara un

vistazo y te reconociera. Probablemente pensarían que te estoy secuestrando.

—En cierto modo es así.

—*No*. Te estoy salvando de tu psicótica madrastra. Es diferente.

Winter apartó su atención de las puertas y escudriñó las naves cercanas. La mayoría parecía ser de carga. Se preguntó cuántas transportarían provisiones para los enfrentamientos bélicos en la Tierra o más soldados de la reina. Sin embargo, la mayoría estaría destinada a los sectores externos para entregas o para cargar bienes que se enviarían de regreso a la capital. Era mucho más rápido volar que llevar los trenes de levitación magnética al otro lado de Luna.

—¿Vamos a la Tierra?

—Jacin dijo que esta nave no llegaría hasta allá —respondió Scarlet frunciendo aún más el ceño.

Jacin. El valiente Jacin. Siempre protegiéndola.

Ella lo había abandonado.

Scarlet tiró de uno de los cordones de su capucha; la punta estaba deshilachada y sucia.

—Jacin me contó que este sector al que vamos es donde Wolf creció. Tal vez su familia siga allí.

Winter deslizó los dedos por su arnés, cantando para sí: *La Tierra está llena hoy, hoy, y todos los lobos aúllan, auuuuuu*…

—Necesitamos un aliado. Alguien en quien podamos confiar. Tal vez pueda persuadir a los padres de Wolf de que nos den refugio. Que nos escondan hasta que pensemos en un plan mejor y, por todas las estrellas, *¿qué está tardando tanto?*

—¿*Aa… uuu?* —siguió Winter, parpadeando.

—¿Quieres concentrarte? —se ofuscó Scarlet—. Necesitamos encontrar un lugar donde escondernos de la reina.

–Nos encontrará en cualquier parte. No estaremos seguras.

–No digas eso. La gente te quiere, ¿cierto? Te protegerán. A las dos.

–No quiero poner a nadie en peligro.

–Tienes que superar esa actitud ahora mismo. Aquí se trata de ella contra nosotros, Winter. De aquí en adelante, necesito que pienses como una sobreviviente

Winter lanzó un tembloroso suspiro, celosa de las brasas que ardían dentro de Scarlet. Se sintió hueca y fría en su interior. Fácil de quebrar.

Scarlet se metió en la boca uno de los cordones de su abrigo y mordisqueó el plástico.

–MR-9 –murmuró para sí–. ¿Qué significa MR-9?

–Minas de regolito Sector 9. Es un sector peligroso.

–¿Peligroso en qué sentido?

–Enfermedad por regolito. Muchas muertes.

–Parece un lugar en el que Levana no te buscaría –afirmó Scarlet con una mueca–. Perfecto –agregó, después de hacer clic en la pantalla para abrir un mapa.

El segundo grupo de puertas comenzó a deslizarse y desapareció dentro de las negras paredes de la caverna. Una luz débil se coló al interior del módulo.

–¿Scarlet?

–¿Qué? –Scarlet miró a lo alto y tragó saliva–. *Por fin.*

A medida que el espacio entre las puertas se hacía más ancho, Winter vio que estaban en una cueva construida a un lado de un cráter. Más allá del límite se extendía el páramo rocoso de Luna, sus abruptas rocas y su superficie surcada por profundas marcas, tan hostil como un hoyo negro.

–Jacin nos salvó a las dos –musitó, con un dolor en el pecho.

Scarlet carraspeó incómoda y guio la nave hacia adelante, hasta alinearla con las otras. Más allá, los impulsores de las naves más cercanas a la salida se encendieron y se lanzaron al espacio.

—Pudo haber sido un poco más claro con la información. Recuérdame agradecerle un día.

—Levana lo matará.

Winter miró hacia abajo. Había sangre seca entre sus dedos, manchando su vestido, empapando sus zapatos. Parpadeó, y las manchas de sangre comenzaron a filtrarse por la tela, extendiéndose.

Winter lanzó un débil suspiro. *No es real, princesa.*

—Estoy segura de que se quedó por una razón —afirmó Scarlet—. Debe de tener un plan.

Su nave llegó al frente de la línea y toda la galaxia se abrió ante ellas. Una sonrisa de audacia se dibujó en los labios de Scarlet.

—Aquí vamos.

Mientras los dedos de Scarlet volaban sobre los controles y el módulo espacial zumbaba a su alrededor, Winter miró hacia atrás por última vez. Hubo una sacudida. Su estómago dio un vuelco y luego ya estaban elevándose de la plataforma y Scarlet reía y el domo de cristal que albergaba a Artemisa estaba debajo de ellas, más y más pequeño…

Winter soltó un sollozo y se tapó la mano con la boca.

—Oye, oye: nada de eso —dijo Scarlet, sin molestarse en ocultar su efusiva alegría—. Lo logramos, Winter, y estoy segura de que Jacin estará bien. Parece fuerte.

A Winter comenzó a dolerle el cuello de estar girada en el asiento, pero no quería apartar la mirada de Artemisa, ni siquiera cuando el palacio y los edificios se borraron y las luces titilaron y se apagaron, invisibles bajo la superficie del domo.

—Ella lo matará.

—Sé que estás preocupada, pero *mira*: estamos fuera de esa ciudad abandonada por las estrellas. Estamos vivas y libres, así que deja de lloriquear.

Winter apoyó la mejilla en el respaldo del asiento. Contuvo las lágrimas que amenazaban con escapar y se concentró en su respiración entrecortada.

Después de un largo silencio, sintió que una mano se posaba en la suya.

—Lo siento —se disculpó Scarlet—. Lo que dije fue injusto. Sé que lo quieres.

—Lo amo como amo mi propia fábrica productora de plaquetas —confesó Winter después de tragar fuerte.

—¿Tu *qué*?

—No sé. Mi corazón, supongo. Mi cuerpo. Amo a Jacin, cada parte de él.

—Muy bien, lo amas. Pero, Winter, él parecía saber lo que hacía.

—Protegerme —murmuró Winter—. Siempre me protege.

Se alarmó al sentir el inesperado olor de sangre invadiendo sus pulmones. Miró hacia abajo y jadeó.

—¿Qué pasa?

Winter apartó de su abdomen la tela de su vestido. La sangre había empapado ese material blanco y reluciente, tiñéndolo de rojo. Hasta el mantel que Scarlet le había quitado a la criada estaba empapado. El olor era tan pesado que podía sentirlo en su boca.

—¿Winter?

—No… es nada —tartamudeó, tratando de alejarlo con la imaginación. La sangre le escurría por las piernas.

—Estás alucinando, ¿verdad?

Winter se reclinó en el asiento y sujetó con los dedos las correas de su arnés. *Todo está en tu cabeza, princesa. No es real.*

—Estoy bien. Se irá pronto.

—Sinceramente —gritó Scarlet—, ¿por qué no simplemente usas tu encanto? ¿Por qué dejas que te enloquezca así?

—No enloqueceré —respondió Winter tosiendo y con la respiración agitada.

—Lo sé, pero ¿por qué?

—Es un don cruel. Ojalá no hubiera nacido con él.

—Bueno, naciste con él. Mírate, Winter; estás hecha un desastre—. ¿Por qué no… no sé… me haces creer que tu cabello es anaranjado o algo así? ¿Algo inofensivo?

—Nunca es inofensivo.

—Si yo tuviera el don —continuó Scarlet, ajena a la asfixiante presión del arnés y la sangre que chorreaba a borbotones—, les habría mostrado una o dos cosas a esos arrogantes imbéciles. A ver cuánto les gustaría que les pidiera que hicieran trucos.

Las manos de Winter estaban húmedas y pegajosas.

—Mi abuelo era lunar —le contó Scarlet—. Nunca lo conocí, pero ahora sé que murió en un manicomio. Tuve que hacerme cargo porque él tomó la misma decisión que tú estás tomando ahora. Estaba en la Tierra y trataba de ocultar lo que era, así que tal vez tenía una razón. ¿Pero tú? ¿Por qué te haces esto? ¿En qué mejora las cosas?

—No las empeora.

—Te empeora a ti. ¿Por qué no puedes simplemente… hacer cosas *buenas* con eso?

Winter rio a pesar de la presión de la alucinación.

—Todos creen que hacen bien —dejó caer la cabeza hacia un lado; miró a Scarlet con los ojos enrojecidos—. Mi madrastra no solo es poderosa porque la gente le teme; es poderosa porque puede hacer que la *amen* cuando lo necesita. Creemos que si escogemos hacer solo el bien, entonces somos solo buenos. Podemos hacer feliz a la gente.

Podemos ofrecer tranquilidad o alegría o amor, y eso debe de ser bueno. No vemos que la falsedad se convierte en su propio estilo de crueldad. Una vez –continuó, empujando las palabras desde sus pulmones–, una vez creí con todo el corazón que estaba haciendo el bien. Pero me equivocaba.

La nave tembló y aumentó su velocidad. Luna se desdibujó debajo de ellas.

–¿Qué ocurrió? –preguntó Scarlet dirigiendo su mirada primero hacia ella y de nuevo al paisaje.

–Hubo una doncella que intentó matarse. La detuve. La obligué a cambiar de parecer. La hice feliz. Estaba segura de que la estaba ayudando –respiraba en medio de jadeos ahogados, pero siguió hablando con la esperanza de salir de la alucinación si dejaba de prestarle atención el tiempo suficiente–. Pero todo lo que hice fue darle más tiempo para que Aimery la torturara. Él le tenía bastante aprecio, ¿ves?

Scarlet se quedó callada, pero Winter no se atrevió a mirarla.

–La vez siguiente que intentó quitarse la vida, lo logró. Solo entonces me di cuenta de que no la había ayudado en nada –tragó saliva con dificultad–. Ese día juré no volver a manipular a nadie de nuevo, aun si creía estar haciendo el bien, porque ¿quién soy yo para decidir lo que es bueno para otros?

El arnés volvió a ajustarse, haciendo presión contra el esternón de Winter, apretando sus costillas. Iba a partirla por el medio y a hacerla pedacitos con forma de muchacha. Un alambre de púas le rasgaba la piel.

Cerró los ojos.

Quédate conmigo, princesa.

–Parece que debiera haber una forma de manejarlo, sin… *esto* –murmuró Scarlet después de un silencio sofocante.

El arnés la apretó aún más, obligándola a sacar el aire de sus pulmones. Con un gemido, inclinó la cabeza hacia atrás para evitar que le oprimiera la tráquea.

—¿Qué? ¿Winter?

Danzaban estrellas frente a sus ojos. Sus pulmones ardían. La sangre goteaba por los rizos de su cabello y empapaba las correas del arnés. Sin luchar más, dejó que su cuerpo cayera hacia adelante. Las correas le apretaban el esternón y le partían las costillas.

Scarlet lanzó una maldición, pero el sonido se oyó distante y ahogado.

Winter sintió que unas manos la golpeaban como con dedos enguantados, empujándola de nuevo hacia el respaldo y palpándole el cuello. Oyó su nombre, pero muy lejos, tratando de alcanzarla a través de un mar de estrellas, y todo se desvanecía con rapidez…

Hubo una serie de fuertes chasquidos y el zumbido del arnés cuando salió dando vueltas hacia el techo de la nave.

Winter se desplomó en brazos de Scarlet y ambas cayeron sobre la consola central. Scarlet luchó para levantar la cabeza de Winter y despejar sus vías respiratorias mientras evitaba que la nave chocara con el terreno irregular de Luna.

El aire volvió a entrar en los pulmones de Winter. Ella tomó una bocanada, aspirándolo con ansiedad. Aún le ardía la garganta, pero el dolor del pecho desaparecía en las perdidas profundidades de la alucinación. Tosió y se obligó a abrir los ojos. La sangre había desaparecido; ahora solo quedaban los restos de Ryu, secos y extendidos por toda su ropa.

—¿Estás bien? —gritó Scarlet, medio histérica.

Winter se topó con el rostro desconcertado de Scarlet; aún estaba mareada por la falta de aire.

—El arnés trató de matarme —susurró.

Pasándose una mano por el cabello, Scarlet volvió a reclinarse en el asiento del piloto. A través de la ventana, media docena de domos distantes crecían en tamaño: un crecimiento lento, que daba lugar a la sutil impresión de edificios debajo de ellos.

—El arnés no hizo nada —gruñó Scarlet—. Tu mente es el problema.

Winter soltó una risita, entrecortada por el llanto.

—T-tienes razón —farfulló, escuchando la voz de Jacin en su cabeza. *Quédate conmigo, princesa. Quédate conmigo…*

Pero ella ya estaba muy lejos.

—REINA MÍA, HEMOS SUFRIDO PEQUEÑOS PROBLEMAS EN EL SISTEMA de vigilancia. Fallas de energía al azar que han ocurrido en el palacio.

Levana estaba de pie frente a las grandes ventanas de su torre, escuchando al taumaturgo de la tercera fila presentar su informe diario, aunque carecía de su concentración habitual. Sus pensamientos eran un embrollo de distracciones. Pese a utilizar todos los recursos a su alcance y exigir que su equipo de seguridad revisara horas y horas de grabaciones de los sectores externos, aún no encontraban a Linh Cinder y sus compañeros. Los preparativos de la boda estaban en marcha, pero ella había estado demasiado nerviosa para mirar siquiera a su futuro marido desde que había llegado.

Ahora tenía que preocuparse por Winter. Ese ingrato intento de princesa no había sido más que una vergüenza para Levana desde el día en que se había casado con su padre. Si Jacin tenía éxito, jamás se vería obligada a volver a escuchar sus murmullos sin sentido. Jamás debería defenderla de nuevo de las risas burlonas de la corte. Jamás tendría que ver las miradas de deseo dirigidas a esa tonta chica por los corredores de palacio.

Levana quería que la princesa desapareciera. Deseaba deshacerse del resentimiento que la había envenenado durante tanto tiempo. Su vida comenzaba de nuevo, y merecía este nuevo principio sin la torpe muchacha arrastrándola al fondo, recordándole un pasado demasiado doloroso.

Pero si Jacin fallaba…

Levana no podría soportar otro fracaso.

—¿Reina mía?

—¿Sí? —preguntó dirigiéndose al taumaturgo.

—Los técnicos necesitan saber cómo le gustaría que procedieran. Estiman que llevará una hora o dos ubicar el origen de estas fallas en el sistema y restaurar lo que se averió. Tal vez desactiven partes del sistema mientras trabajan en él.

—¿Esto los distraería de la búsqueda de la cyborg?

—Sí, Su Majestad.

—Entonces puede esperar. La cyborg es nuestra prioridad.

—La mantendremos informada de nuevos acontecimientos —anunció él con una inclinación.

—Eso es todo. Gracias por el informe —dijo Aimery, haciendo un ademán hacia la puerta.

El taumaturgo salió de prisa, pero otra figura apareció en el elevador cuando las puertas se abrieron.

Levana se incorporó al ver a Jacin Clay. Una sombra cruzó el rostro del guardia, un odio que solía poder disfrazar. La mirada de Levana recayó en sus manos, cubiertas de sangre. Había una mancha en la rodilla de sus pantalones también, que al secarse se había ennegrecido.

—¿Sir Clay? —dijo.

—Está hecho.

Su tono estaba cargado de todo el horror que esas simples palabras escondían.

Una sonrisa cosquilleó en la boca de Levana. Giró la cabeza para ocultarla: un acto de generosidad.

—Sé que no debió de ser fácil para ti —admitió, esperando que se percibiera simpatía en su voz—. Sé lo que sentías por ella, pero has hecho lo correcto por la Corona y por tu país.

Jacin no habló.

Cuando pudo dominar su expresión de nuevo, Levana giró. El taumaturgo Aimery y Jerrico permanecían impasibles, mientras Jacin tenía el aspecto de querer arrancar el corazón aún palpitante de Levana si tuviera la oportunidad.

Sintió lástima por él y optó por perdonar esos instintos rebeldes. Después de todo, él había amado a la joven, por mucho trabajo que a ella le costara comprenderlo.

—¿Qué hiciste con el cuerpo?

—Lo quemé en el incinerador de la casa de los animales, donde llevan a los animales muertos.

Nada de su ira se había apagado al informar de su tarea, aunque no hizo movimiento alguno hacia Levana. Aun así, Jerrico mantuvo su vigilancia.

—Maté también al lobo blanco, para cubrir la sangre, y dejé el cuerpo del lobo a la vista. Los guardabosques creerán que fue un ataque al azar.

Levana frunció el ceño; su buen humor se desvanecía.

—No te dije que destruyeras el cuerpo. La gente debe ver una prueba de su muerte para que ya no sea una amenaza contra mi trono.

Jacin apretó la mandíbula.

—Ella *nunca* fue una amenaza para su trono —refunfuñó—, y yo no iba a dejarla allí para que la desgarrara algún animal carroñero albino de los que usted tiene en ese lugar. Puede encontrar otra forma de dar la noticia al pueblo.

—Así lo haré —aseguró Levana, apretando los labios y con un sabor amargo en la boca.

Jacin tragó saliva y recobró cierta compostura.

—Espero que no le moleste que también haya matado a un testigo, reina mía. Creí que sería contrario a sus objetivos que se supiera que un guardia real había asesinado a la princesa. La gente podría preguntarse si no obedeció órdenes *suyas*, después de todo.

—¿Qué testigo? —preguntó, irritada.

—La chica de la Tierra. No creo que nadie vaya a extrañarla.

—Ah, ella —con una expresión de burla, hizo un gesto despectivo en el aire con la mano—. Debió haber muerto hace semanas. Me has hecho un favor librándome de ella.

Inclinó la cabeza, examinando a Jacin. Era divertido ver cuánta emoción revelaba, cuando normalmente era imposible agraviarlo.

—Has superado mis expectativas, sir Clay.

Levana apoyó su mano sobre la mejilla del guardia. Un músculo se crispó bajo su palma; ella trató de ignorar la mirada de fuego que la quemaba. Su rabia era de esperarse, pero pronto él se daría cuenta de que todo había sido para bien.

Si no, ella siempre podría obligarlo.

Se sentía más aliviada; nunca volvería a ver la cara de su hijastra.

Dejó caer la mano y se dirigió de nuevo hacia las ventanas como flotando. Más allá del domo curvado veía el yermo paisaje de Luna, con sus cráteres blancos y sus riscos recortados contra el negro cielo.

—¿Alguna cosa más?

—Sí —dijo Jacin.

Ella alzó una ceja.

—Quiero renunciar a la guardia real. Pido ser reasignado al sector al que mi padre fue enviado hace años. Este palacio guarda demasiados recuerdos para mí.

–Estoy segura de eso, Jacin –admitió Levana, con una expresión más agradable–. Siento haber tenido que pedirte esta tarea. Pero tu petición es denegada.

Las fosas nasales de Jacin se hincharon.

–Has demostrado ser leal y confiable, cualidades que lamentaría perder. Puedes tomarte el resto del día, con mi gratitud, pero mañana te reportarás para tu nueva asignación –sonrió–. Bien hecho, Jacin; puedes retirarte.

Treinta y dos

CINDER ESTABA PERDIENDO EL JUICIO. LLEVABAN DÍAS ESCONDIDOS EN la choza de Maha Kesley. Wolf y su madre, Thorne, Iko y ella, apiñados en las pequeñas habitaciones, tropezando unos con otros cada vez que se movían. Aunque no se movían mucho. No tenían a dónde ir. Como los atemorizaba que los oyeran a través de las ventanas pequeñas y sin vidrios, se comunicaban básicamente con las manos y con mensajes escritos en la pantalla portátil que les quedaba. El silencio era espantoso. La quietud los sofocaba. La espera era una agonía.

Cinder pensaba constantemente en Cress y en Scarlet y se preguntaba si estarían vivas.

Estaba preocupada por Kai y la boda cada vez más próxima.

Por otra parte, se sentía culpable. Había puesto a Maha en peligro al quedarse ahí, y además consumían demasiada comida, pues ya se habían terminado los exiguos paquetes que habían traído. Maha no decía nada, pero Cinder se daba cuenta. La comida estaba racionada estrictamente en los sectores externos, y la madre de Wolf apenas podía mantenerse.

Pasaban los días tratando de reorganizar su plan, aunque después de todo lo que habían tramado a bordo de la Rampion, Cinder se sentía desalentada por haber vuelto al punto de partida. No habían podido usar el video que habían grabado. Habían descargado copias en la pantalla portátil y en las computadoras internas de Cinder e Iko. Pero más allá de cuántas copias tuvieran, sin la habilidad de Cress para introducirse en el sistema de difusión, el video no servía de nada.

Discutieron sobre armar un movimiento popular. Maha Kesley podía comunicarles la noticia del regreso de Selene a los trabajadores de la mina y dejar que se difundiera a partir de ellos. O podían enviar gente por los túneles, para que pintara mensajes en las paredes. Pero estas estrategias eran lentas, se corría el riesgo de causar errores de comunicación y no era probable que las noticias se propagaran con suficiente rapidez.

Había un motivo para que Levana mantuviera aisladas a las personas. Había una explicación de que nadie hubiera intentado hasta ese momento una rebelión organizada, y no era porque no quisieran. De la propaganda gubernamental se deducía que Levana y sus antepasados habían tratado de engañar al pueblo de Luna para que creyera que su régimen era justo y estaba predestinado. También quedaba claro en las pintadas de los túneles y en las miradas abatidas de la gente que ya no lo creían, si es que en alguna época lo habían creído.

Toda incitación a la rebeldía había sido sofocada y erradicada con amenazas, pero cuantos más lunares veía Cinder, más creía que podía reavivarla.

Lo único que necesitaba era un medio para *hablarles*.

Maha había ido al andén del tren de levitación magnética a hacer la fila para recibir sus raciones semanales. Los demás se quedaron mirando el mapa holográfico de Luna. Había pasado más de una hora; sin embargo, pocas ideas se les habían ocurrido.

Cinder empezaba a sentirse desesperanzada, y, entre tanto, el reloj seguía marcando las horas. Las que faltaban para la boda. Para la coronación. Para que finalmente los descubrieran.

Un coro inesperado de campanas hizo saltar a Cinder. El mapa se disolvió. La imagen fue reemplazada por un mensaje obligatorio transmitido desde la capital. Cinder sabía que el mismo mensaje iba a transmitirse en una docena de pantallas empotradas en el domo, para garantizar que todos los ciudadanos lo vieran.

El taumaturgo mayor, Aimery Park, apareció ante ellos, guapo y arrogante. Cinder retrocedió. El holograma daba la impresión de que el taumaturgo estaba en la habitación junto con ellos.

"Buen pueblo de Luna –comenzó–. Suspendan lo que están haciendo y escuchen este anuncio. Lamento tener que comunicar noticias trágicas. Hoy por la mañana, Su Alteza real, la princesa Winter Hayle-Blackburn, hijastra de Su Majestad la reina, fue encontrada muerta en la real casa de animales".

Cinder frunció el ceño e intercambió miradas inquisitivas con sus compañeros. No sabía mucho de la princesa, solo que se decía que era hermosa y que la gente la amaba, lo que debía de haber significado que Levana la odiaba. Había sabido de sus cicatrices en el rostro, un castigo impuesto por la propia reina, o por lo menos eso decían los rumores.

"Estamos revisando las imágenes de las cámaras de seguridad para llevar al asesino ante la justicia, y no descansaremos hasta vengar a nuestra amada princesa –continúo la transmisión–. Aunque nuestra abnegada reina está devastada por la pérdida, quiere continuar con la ceremonia nupcial según lo planeado, para que tengamos una alegría en este momento de tristeza. Se programará una procesión fúnebre para Su Alteza en las próximas semanas. Todos extrañaremos a la princesa Winter Hayle-Blackburn y nunca la olvidaremos".

El rostro de Aimery desapareció.

—¿Crees que la haya matado Levana? —preguntó Iko.

—¡Claro que lo creo! —contestó Cinder—. Me pregunto qué habrá hecho la princesa para ponerla furiosa.

—No creo que haya tenido que hacer nada para despertar la ira de Levana —sugirió Thorne con los brazos cruzados.

Se veía muy afectado. No se había rasurado y parecía agotado, más aún que el día en que Cinder lo había conocido en la cárcel de Nueva Beijing. Aunque nadie se había atrevido a hablar de abandonar a Cress, Cinder sabía que la pérdida había sido más difícil para él que para los demás. Desde el momento en que se habían reencontrado en Farafrah, había percibido que Thorne se sentía responsable de Cress, pero comenzaba a preguntarse si acaso esos sentimientos no serían más profundos.

Wolf alzó repentinamente la cabeza. Tenía la mirada fija en la ventana cubierta con la tela.

Cinder se puso tensa, lista para cargar una bala en el dedo o usar su don lunar para defenderse y defender a sus compañeros, lo que se necesitara ante esa amenaza desconocida. Sentía que la tensión aumentaba a su alrededor. Todos miraban a Wolf en silencio.

El muchacho arrugó la nariz y frunció el ceño, inseguro. Suspicaz.

—¿Wolf? —le dijo Cinder empujándolo con el codo.

Siguió olisqueando y sus ojos se iluminaron.

Luego, corrió. Se abrió paso entre el grupo y abrió de golpe la puerta delantera.

—¡Wolf! ¿Qué estás...? —gritó Cinder, ahora de pie.

Demasiado tarde. La puerta se azotó detrás de él. Cinder soltó una maldición. *No* era el momento para que su aliado el lobo mutante se pusiera a correr por todas partes y llamara la atención.

Se calzó las botas y salió a buscarlo.

SCARLET DETUVO LA NAVE EN UN DIMINUTO PUERTO SUBTERRÁNEO EN el que había solo dos viejas naves de reparto. Cuando la cámara quedó sellada, se encendieron en el techo dos faros cegadores, uno con un falso contacto. Scarlet salió primero, para escudriñar todos los rincones y revisar debajo de las naves. El lugar estaba vacío.

Había dos enormes elevadores para carga y tres escaleras que llevaban a la superficie y estaban marcadas como MR-8, MR-9, MR-11.

Todas las superficies estaban cubiertas de polvo.

—¿Vamos? —llamó a Winter, que acababa de abrir la puerta del módulo. El cabello de la princesa era una maraña y tenía la falda endurecida por la sangre seca. El mantel que habían robado se le había resbalado hasta los hombros. Con la huida, Scarlet se había cargado de adrenalina, mientras que Winter había quedado exhausta. Su cabeza osciló de arriba abajo mientras salía del vehículo.

Scarlet puso los brazos en jarra. Casi se había agotado su paciencia.

—¿Voy a tener que cargarte?

—¿Crees que nos hayan seguido? —preguntó después de negar con la cabeza.

—Espero que nadie se haya dado cuenta todavía de que no estás —Scarlet leyó de nuevo los letreros, pues las letras casi no se percibían debajo del polvo—. De todos modos, por ahora no tenemos muchas opciones, aun si nos siguieron.

Scarlet giró y ajustó el mantel alrededor de la cintura de Winter, para tapar la sangre y que pareciera una falda que le quedaba mal. Enseguida, se desabrochó el abrigo y ayudó a Winter a pasar los brazos por las mangas. Recogió hacia atrás el voluminoso cabello de la princesa y acomodó la capucha lo mejor que pudo para ocultar su rostro.

—No quedó perfecto, pero es mejor que nada.

—¿Crees que ya haya muerto?

Scarlet se detuvo antes de terminar de cerrar el abrigo. Winter la miró. Se veía pequeña y vulnerable. Scarlet suspiró.

—Es fuerte e inteligente. Estará bien —cerró la cremallera hasta el cuello de Winter—. Vámonos.

Cuando salieron a la superficie, protegidas por el enorme domo, Scarlet se detuvo para ubicarse. Había buscado la dirección de la familia Kesley en la base de datos de la nave, aunque la serie de números y letras no tenía sentido para ella.

El puerto servía para naves de carga, y esa entrada se hallaba entre dos almacenes. Sobre un muro se alineaban vagones rebosantes de una piedra negra descascarada. No muy lejos se abría una enorme caverna en lo que parecía una mina o una cantera. En el mapa del sector decía "Mina de regolito".

¿Los padres de Wolf serían mineros? Si Wolf no se hubiera ido con el reclutamiento del ejército, ¿se habría convertido también en minero? Se le hacía imposible imaginar que hubiera pasado la vida ahí, en Luna, debajo de ese domo, sin nunca haber ido a la Tierra. Sin nunca haberla conocido.

—Esto no parece una zona residencial —murmuró.

—Las viviendas suelen estar en los circuitos exteriores de cada sector —explicó Winter.

—El circuito exterior. De acuerdo —dijo Scarlet y escudriñó los almacenes achaparrados—. ¿Para qué lado es?

Winter señaló hacia el domo que los encapsulaba. Incluso rodeado de construcciones, estaba claro cuál era el punto más elevado del domo y dónde se curvaba hacia los bordes.

Scarlet dio la espalda al centro del domo.

Mientras caminaban, trataba de concebir un plan. En primer lugar, encontrar dónde vivía la gente. En segundo lugar, averiguar cómo se identificaban las direcciones y encontrar la casa de los padres de Wolf. En tercer lugar, tartamudear con torpeza para tratar de explicarles quién era y por qué tenían que acogerla a ella y a Winter.

Cuando los edificios industriales dejaron el paso a las casas destartaladas, Scarlet vio con alivio que los números de las direcciones estaban pintados en el suelo de concreto al frente de las construcciones, desgastado por años de tráfico peatonal.

–A-49, A-50 –murmuró entre dientes y apresuró la marcha. El siguiente círculo de casas estaba marcado con la letra *B*–. Es muy fácil. La casa de los Kesley es D-313, ¿verdad? Así que vamos a la fila de la *D* y…

Miró hacia atrás.

Winter había desaparecido.

Con una maldición, Scarlet giró en redondo. No había señales de la princesa.

–¡No me hagas esto! –gruñó y se volvió sobre sus pisadas. Había estado tan concentrada en encontrar la casa que no se acordaba de haber sentido a Winter a su lado desde que habían salido de los almacenes. Probablemente se había apartado engañada por una alucinación…

Scarlet se detuvo al descubrir a la princesa en un callejón. Se había metido entre dos fábricas, hipnotizada por una canaleta metálica que sobresalía de uno de los edificios. Pedazos de roca blanca caían sobre una carretilla.

Todavía tenía la capucha roja sobre el rostro y la rodeaba una gran nube de polvo, pero no parecía que se diera cuenta.

Scarlet resopló, enderezó los hombros y caminó hacia ella, preparándose para arrastrar a la loca por el pelo si era necesario. No había recorrido la mitad de la distancia cuando Winter giró rápidamente la cabeza en la dirección contraria.

Scarlet aminoró el paso. Oyó también las pisadas y sintió una oleada de miedo. Las pisadas martillaban con fuerza, como si alguien corriera a toda velocidad hacia ellas.

Tomó el puñal que le había dado Jacin.

—Winter —susurró, pero o estaba muy lejos, o el ruido de las piedras y la maquinaria era muy fuerte—. ¡Winter!

Un hombre dobló apresuradamente la esquina y se lanzó directo sobre la princesa.

Winter se tensó medio segundo antes de que la alcanzara. El hombre la tomó por el codo y tiró violentamente hacia atrás de la capucha roja.

Scarlet luchó por respirar. Sentía que sus rodillas flaqueaban. El hombre miró a Winter entre confundido y decepcionado, quizá también molesto, con unos ojos de un verde tan vivo que Scarlet los veía brillar desde donde estaba.

Ahora era ella la que alucinaba.

Dio un paso titubeante al frente. Quería correr hacia él, pero se sentía aterrorizada de que fuera un truco. Aferró con fuerza el mango del puñal mientras Wolf, que ignoraba los esfuerzos de Winter por liberarse, la sujetaba por el brazo y olfateaba la manga roja del abrigo de Scarlet, sucia de mugre y sangre.

Wolf gruñó, listo para despedazar a la princesa.

—¿De dónde sacaste esto?

Tan desesperado. Tan determinado. Tan *él*. El puñal se le resbaló de la mano.

La atención de Wolf se desplazó hacia ella.

—Wolf —murmuró Scarlet.

Los ojos de Wolf brillaron, feroces y esperanzados. Soltó a la princesa y se lanzó hacia Scarlet. La mirada tumultuosa del muchacho la recorrió de arriba abajo, *devorándola*.

Cuando la tuvo al alcance de la mano, Scarlet casi se derrumbó sobre él, pero en el último instante tuvo la suficiente claridad mental para retroceder. Le plantó la palma en el pecho.

Wolf se detuvo, con gesto vacilante y herido.

—Perdóname —se disculpó Scarlet con una voz titubeante de cansancio—. Es que… huelo tan mal. Casi ni yo misma me soporto, así que no me imagino cómo será para ti y tu sentido del olfato…

Wolf apartó la mano de Scarlet, metió los dedos en su cabello y aplastó su boca contra la de ella. Las protestas de Scarlet se apagaron en un suspiro ahogado.

Entonces, finalmente, se derrumbó, pues sus piernas ya no podían sostenerla un segundo más. Wolf se desplomó con ella, arrodillándose para evitar que cayera al suelo y para acurrucarla contra su cuerpo.

Wolf estaba allí. Estaba *allí*.

Estaba llorando cuando se separó de él. Una parte de ella no quería llorar; la otra parte sentía que le hacía falta desde mucho tiempo atrás.

—¿Cómo…?

—Te olí —la sonrisa de Wolf era tan enorme que Scarlet distinguía los dientes afilados que normalmente trataba de ocultar. Hacía muchísimo que no lo veía tan contento.

De hecho, no sabía si alguna vez lo había visto tan contento.

Comenzó a reír, producto del desvarío.

—Claro que me oliste —admitió—. Necesito un baño urgente.

Wolf apartó un rizo sucio de la mejilla de Scarlet siguiendo el movimiento con la mirada, todavía brillante. Recorrió con el pulgar su hombro, el brazo y levantó la mano que tenía el dedo vendado. Un sombra de enojo opacó su sonrisa, pero no duró mucho y volvió a examinar su rostro.

—Scarlet —susurró—. *Scarlet*.

Con un sollozo, la muchacha apoyó la cabeza en el hueco del hombro de Wolf.

—Si esto es un truco lunar, me voy a poner *furiosa*.

—Les dijiste cerdos —recordó Wolf frotándole la oreja con el pulgar.

—¿Qué dices? —preguntó Scarlet frunciendo el ceño.

Wolf retrocedió y le tomó el rostro con sus enormes manos, todavía radiante.

—En la taberna de Rieux. Cuando unos tipos se estaban burlando de Cinder en el baile. Les dijiste cerdos y te plantaste para defenderla, aunque fuera lunar. Ese fue el momento en que empecé a enamorarme de ti.

—¿Qué estás…? —preguntó Scarlet, sintiendo que se sonrojaba.

—Ningún lunar sabría eso —esbozó una sonrisa pícara—. No puedo ser un truco lunar.

Abrió la boca al entenderlo y otro resoplido se convirtió en risa.

—Tienes razón —se acordó de la época en la que no sabía nada de soldados mutantes ni princesas lunares perdidas—. Cuando fuiste a la granja y pensé que tendría que haberte matado, me dijiste que apuntara al tronco, porque era un blanco más grande, y te reíste cuando te dije que tu cabeza me parecía bastante grande —enredó los dedos en su camisa—. Ese fue el momento en que empecé…

Wolf la besó de nuevo, pegando su cuerpo al de Scarlet.

Un silbido agudo se impuso sobre el ruido de las piedras y la sobresaltó. Se separó y vio a Cinder y Thorne (el causante del silbido) junto con una chica de piel morena y pelo azul, que tenía las manos apoyadas sobre las mejillas en actitud de ensoñación.

Formaban un cuadro tan emocionante que Scarlet volvió a llorar. Se liberó de los brazos de Wolf y se puso trabajosamente de pie. Wolf la siguió en un instante y le puso un brazo sobre los hombros.

—No puedo creer que estén aquí, en *Luna*.

—Aquí estamos —admitió Thorne—, y si te hubieras tomado la molestia de anunciarte, te habríamos traído un bocadillo —miró su complexión—. ¿Cuándo fue la última vez que comiste?

Scarlet bajó la vista. La ropa le colgaba del cuerpo, sus músculos se habían reducido a casi nada en la diminuta jaula. No habría hecho falta que Thorne lo dijera.

—Te ves preciosa —comentó la chica del cabello azul—. No muy pulida, pero eso te añade personalidad.

—Eh… gracias —contestó Scarlet, enjugándose las lágrimas de las mejillas—. ¿Quién eres?

—¡Soy yo, Iko! El capitán me consiguió un cuerpo de verdad —respondió la androide, balanceándose sobre los talones.

Scarlet arqueó las cejas. ¿Esa era Iko? ¿Su *nave espacial*?

Antes de que pudiera contestar, flotó en el callejón una voz dulce y melodiosa.

—*Los periquitos cantan y las estrellas brillan toda la noche.*

Cuatro miradas giraron hacia la carretilla, que se había acabado de llenar de piedras blancas y brillantes, y la canaleta había dejado de hacer ruido. En algún momento, Winter se había arrastrado a la parte posterior y se había escondido entre la carretilla y la pared. Scarlet alcanzaba a ver la punta de la capucha roja que cubría el pelo de Winter.

—*Y los monos retozan, mientras que pasan los cohetes…*

Cinder se acercó a la carretilla con el ceño fruncido y la corrió a un lado. Winter estaba acurrucada de costado, con el rostro vuelto hacia la pared, y trazaba pequeños dibujos sobre el polvo. El mantel se había abierto y dejaba ver la falda ensangrentada.

—*La Tierra está llena esta noche, esta noche, y los lobos aúllan, auuuu…*

El delicado aullido se desvaneció.

Scarlet sentía cómo las miradas curiosas iban y venían entre ella y la princesa. Se aclaró la garganta.

—Es inofensiva —les dijo—. Estoy segura.

Winter rodó sobre su espalda, de modo que veía a Cinder al revés.

Cinder abrió los ojos asombrada. Los demás se acercaron.

Winter parpadeó lentamente tres veces, rodó para quedar boca arriba y se puso de rodillas. Se quitó la capucha. Su grueso cabello se extendió sobre los hombros.

—Hola.

Scarlet comenzó a reírse de nuevo. Se acordaba de cuando había visto a la princesa por primera vez. Labios gruesos, hombros delicados, ojos grandes salpicados de líneas grises, junto con las cicatrices inesperadas en la mejilla derecha que *habrían* debido hacerla lucir menos despampanante pero no era así.

A Scarlet se le ocurrió que Wolf no parecía haberse dado cuenta y sintió una oleada de orgullo.

—*¡Oh, estrellas!* —murmuró Iko—. Eres preciosa.

Un fuerte chasquido retumbó por el callejón.

—Fuera encanto —le exigió Thorne, apuntando a la princesa con una pistola.

El corazón de Scarlet se detuvo por un instante.

—Espera… —comenzó a decir, pero Cinder ya había puesto una mano sobre la muñeca de Thorne para hacerlo bajar el arma.

—No es un encanto —dijo.

—*¿De verdad?* —preguntó Thorne, e inclinándose hacia Cinder, murmuró—: ¿Estás *segura*?

—Estoy segura.

Esta afirmación produjo un silencio largo y embriagador, durante el cual Winter paseó su dulcísima sonrisa por cada uno de ellos.

Thorne puso el seguro del arma y la regresó a su funda.

—¡Por todos los cielos! ¡Qué buenos genes tienen ustedes los lunares! —siguió una pausa incómoda antes de que agregara—: ¿Quién es?

—Es Winter —anunció Scarlet—. La princesa Winter.

Thorne soltó una carcajada y se pasó la mano por el pelo.

—¿Acaso vamos a crear un internado de integrantes extraviados de la realeza o qué?

—¿La princesa Winter? —preguntó Cinder—. Acaban de anunciar que fuiste asesinada.

—Jacin fingió el asesinato —explicó Scarlet— y nos ayudó a escapar.

Cinder le lanzó una mirada sorprendida.

—¿Jacin?

—El guardia que nos atacó a bordo de la Rampion —respondió Scarlet asintiendo con la cabeza.

El rostro de Cinder se ensombreció y apartó la vista.

—Es tan bonita —exclamó Iko con un suspiro y se tocó el rostro a modo de comparación.

—Puede oírlos —dijo Scarlet fulminándola con la mirada.

Winter inclinó la cabeza y extendió una mano hacia Thorne, quien abrió desmesuradamente los ojos y, con una reacción que pareció automática, la ayudó a levantarse.

Se sonrojó cuando Winter retiró la mano y se acomodó la falda.

—Eres muy gentil —le dijo, pero dirigió su atención hacia Cinder. Estudió con curiosidad a la cyborg.

—Y tú —le dijo— eres la prima que perdí hace mucho, mi querida amiga. No lo habría creído sino hasta este momento, pero es *verdad* —Winter tomó las manos de Cinder entre las suyas—. ¿Me recuerdas?

Cinder movió lentamente la cabeza.

—No te preocupes —la tranquilizó Winter, y su expresión decía que, en efecto, no tenía que preocuparse—. También mis recuerdos son borrosos y soy un año mayor. De todas formas, espero que podamos volver a ser buenas amigas —entrelazó sus dedos con los de Cinder y levantó la mano revestida de titanio—. Esta mano es extraordinaria. ¿Está hecha de cenizas?

—Está hecha de… perdón, ¿qué dijiste?

—No lo hagas —interrumpió Scarlet sacudiendo una mano—. Descubrí que es mejor si no haces preguntas.

—Discúlpame —se excusó la princesa volviendo a sonreír—. Ya no eres únicamente mi amiga y mi prima, y no es esta la manera de saludarte —hizo una reverencia de bailarina y plantó un beso en los nudillos metálicos de Cinder—. Reina mía, qué honor poder servirte.

—Ehh… gracias —contestó Cinder al tiempo que retiraba la mano y la escondía en la espalda—. Qué amable. Pero no tienes que volver a hacer eso. Nunca.

—Tenemos que volver a la casa —anunció Thorne después de aclararse la garganta—. Ya corrimos demasiado riesgo de llamar la atención, y ella… —miró a Winter. Había un matiz en su expresión, como si no confiara en ninguna persona que fuera más atractiva que él—. *Sin duda*, llamará la atención.

Treinta y tres

WOLF AYUDÓ A SCARLET A LIMPIAR Y VENDAR SU DEDO HERIDO SIN preguntarle exactamente qué había ocurrido. Aunque su expresión decía que estaba dispuesto a destrozarle la yugular a la reina Levana, sus manos habían sido rápidas y gentiles. Más tarde Scarlet insistió en que le dieran tiempo de bañarse, y aunque Wolf parecía al borde de la devastación, el tiempo separados valió la pena. El pequeño baño en el hogar donde él había pasado su infancia nada tenía de lujoso, pero estaba lejos del abrevadero que ella usaba en la casa de los animales, y al salir se sentía renovada. Ella y Winter recibieron ropas nuevas de la magra reserva de Maha Kesley mientras lavaban las suyas, aunque Scarlet ya estaba ansiosa de recuperar su abrigo con capucha. Se había vuelto su armadura personal.

—No puedo creer que secuestraste al príncipe Kai —dijo, corriendo la cortina de la ventana delantera para echar un vistazo al exterior. Las margaritas azules en el macetero de la ventana aportaban un solitario toque de color.

—Emperador Kai —corrigió Wolf. Estaba apoyado contra la pared, sosteniendo con los dedos el dobladillo de la blusa de Scarlet. Winter tomaba su turno en el baño mientras los otros se amontonaban en la cocina, tratando de juntar de prisa suficiente comida para todos. Scarlet había oído que alguien mencionaba raciones, y se le ocurrió que esta casa minúscula no estaba hecha para recibir huéspedes, en especial tantos. La mamá de Wolf volvería pronto de recoger la provisión semanal de alimentos, pero esta, desde luego, estaba calculada para una sola mujer.

Scarlet trató de imaginar qué significaría esto para Wolf. Regresar a su casa más de una década después de haber sido arrancado de ella, un hombre adulto, con cicatrices y colmillos y la sangre de incontables víctimas en sus manos.

Y ahora… con una chica.

Scarlet trataba de no pensar en que conocería a su madre; todo parecía demasiado extraño.

—Emperador, cierto —volvió a acomodar la cortina—. Es difícil decirlo, después de ocho años de escuchar chismes de celebridades refiriéndose una y otra vez al "príncipe favorito de la Tierra".

Scarlet se adueñó de uno de los burdos cojines del sofá y se sentó sobre sus piernas dobladas.

—A los quince años tenía una foto de él colgada en la pared. Mi abuela la había recortado de una caja de cereal.

Wolf frunció el ceño.

—Por supuesto, la mitad de las chicas del mundo tendrían esa misma foto de la caja de cereal.

Wolf se encogió de hombros y Scarlet rio, burlona.

—No vas a pelear con él por el dominio de la manada. Ven acá.

Lo llamó con un ademán y en medio segundo él estaba a su lado; su ceño se suavizó cuando la recostó contra su pecho.

Esa audacia era nueva, tan diferente de la timidez a la que ella se había acostumbrado. En la Rampion, Wolf siempre esquivaba hablar de frente sobre sus sentimientos, como si no quisiera arriesgar la vacilante confianza que habían comenzado a reconstruir desde París.

Ahora, cuando la besó y la rodeó con sus brazos, Scarlet sintió que él reclamaba un derecho, lo cual normalmente la habría hecho soltar una diatriba sobre la independencia en las relaciones, excepto que ella se sentía con derechos sobre *él* desde hacía mucho tiempo. En el momento en que esperó que la escogiera sobre su manada, en que lo arrastró a bordo de esa nave y lo sacó de todo lo que había conocido, tomó la decisión por los dos. Ahora él era suyo, así como ella era de él.

Sin embargo se preguntaba si todo había cambiado entre ellos, una vez más. Se había imaginado que él volvería a la granja con ella cuando todo terminara, pero ahora se habían reunido con la madre de Wolf, la única familia que le quedaba. Scarlet ya no podía dar por sentado que ella era lo más importante para él, y sabía que no sería justo pedirle escoger entre ella y la familia de la que había sido arrancado. No ahora, y tal vez nunca.

Una alacena que se cerró con violencia en la cocina la salvó de pensamientos para los que no estaba lista. No ahora que acababa de encontrarlo de nuevo. Escuchó a Thorne decir algo acerca de cartón congelado seco y a Iko acusarlo de ser insensible con quienes carecían de papilas gustativas.

Scarlet apoyó la cabeza en el hombro de Wolf.

—Estaba muy preocupada por ti.

—¿*Tú* estabas preocupada? —Wolf se incorporó para separarse—. Scarlet: te atraparon y no pude hacer nada para evitarlo. No sabía si habías muerto o si ellos… —se estremeció—. Tendría que haberlos matado a todos para llegar a ti. Habría hecho cualquier cosa con tal de recuperarte. Saber que vendríamos aquí era lo único que me mantenía cuerdo —frunció el ceño—. Aunque hubo un par de veces en las que enloquecí un poco de todos modos.

—Eso no debería sonar tan romántico como suena —exclamó ella dándole un empujoncito.

—La cena está servida —anunció Thorne, saliendo de la cocina con un plato en cada mano—. Y por comida quiero decir arroz integral pastoso y carne demasiado salada con galletas rancias. Ustedes los lunares sin duda saben cómo disfrutar de la vida.

—Estábamos tratando de tomar solo cosas de la despensa —aclaró Cinder al entrar junto con Iko en el cuarto del frente, donde apenas había espacio para todos—. No hay mucha comida fresca, y Maha ya nos ha dado bastante.

Scarlet miró a Wolf.

—Supuse que nunca habías comido tomates o zanahorias porque no se pueden cultivar aquí en Luna, pero no es así, ¿verdad? Simplemente no las envían a los sectores externos.

Él se encogió de hombros con un atisbo de lástima por sí mismo.

—No sé qué pueden o no pueden cultivar en los sectores agrícolas. Como sea, estoy seguro de que no pueden competir con las Granjas y Jardines Benoit.

Sus ojos brillaron y Scarlet, sorprendiéndose a sí misma, comenzó a sonrojarse de nuevo.

—Ustedes dos me están dando dolor de estómago —refunfuñó Thorne.

—Estoy segura de que es por la carne —bromeó Cinder, rasgando con los dientes un pedazo de carne seca y rancia.

La comida no era apetitosa, pero no era peor de lo que le habían dado en la casa de los animales, y Scarlet comió con deleite su pequeña ración. Winter salió del baño, con los negros rizos aún chorreando y sin que los pantalones deportivos demasiado cortos y la blusa que no era de su talla lograran disminuir su belleza. Un silencio se apoderó del grupo cuando se les unió, arrodillándose en el suelo en torno a la pequeña mesa y escudriñando la comida con mirada triste y distante.

Scarlet habló primero, empujando dos galletas sobre la mesa.

—Sé que no es a lo que estás acostumbrada, pero debes comer algo.

Una expresión de ofensa se proyectó en el rostro de Winter.

—No soy especial —declaró, pero su expresión se suavizó al mirar una de las galletas—. Sencillamente no me había dado cuenta de lo mucho que he recibido. Sabía que las condiciones eran malas en los sectores externos, pero no tan malas. Otros han pasado hambre mientras mi estómago podía estar lleno cada noche.

Suspirando, se sentó sobre los talones y dobló las manos en su regazo.

—De todos modos no tengo hambre. Alguien más puede comer lo mío.

—Winter...

—No tengo hambre —su voz era más severa de lo que Scarlet había oído nunca—. No podría comer aunque lo intentara.

Scarlet frunció el ceño, pero dejó de insistir. Finalmente Wolf se comió la galleta, con expresión de culpa.

—¿Dijiste que Jacin fue quien te indicó dónde encontrarnos? —preguntó Cinder. Sus hombros estaban tensos. Desde que Scarlet había explicado lo que pudo acerca de su escape, estaba claro que Jacin no era popular entre sus amigos—. ¿Cómo lo supo?

—Me imagino —sugirió Winter— que la amiga miniatura de ustedes se lo dijo.

—¿Nuestra amiga miniatura? —preguntó Cinder.

Winter asintió.

—Cress, ¿cierto?

El silencio se extendió entre ellos, absorbiendo todo el oxígeno de la habitación.

—¿*Cress*? ¿Has visto a Cress? —preguntó Thorne, anticipándose.

—No la he visto en días, pero Jacin la resguardaba.

—¡Oh! Eso me recuerda… —comenzó Scarlet mientras sacaba el pequeño cilindro—. Jacin me dio esto y me dijo que tenía un mensaje de una amiga. ¿Tal vez se refería a ella… a Cress?

Thorne se lo arrebató antes de que terminara de hablar y le dio vueltas al cilindro sobre su palma.

—¿Qué es esto? ¿Cómo funciona?

Cinder se lo quitó y lo insertó en el nodo holográfico en la pared. Una holografía cobró vida en el centro de la habitación.

Scarlet no habría reconocido a la *hacker* de la reina, pues solo la había visto una vez a través de un comunicado. El largo y rebelde cabello de la chica había sido cortado muy corto y su piel, aunque todavía pálida, al menos había recibido un poco de sol en el pasado reciente.

Thorne saltó de su asiento y recorrió la habitación para colocarse frente al holograma cuando la chica empezó a hablar.

"Hola a todos. Si están viendo esto, nuestras buenas amigas del palacio debieron haberlos encontrado. Me habría gustado ir con ellas. Mi guardián actual me dio la opción de irme, pero tenía que quedarme para ayudarlas en su viaje. Sé que entenderán. Quería que supieran que estoy bien. Estoy sana y salva, y sé que ustedes vendrán por mí. Cuando lo hagan, estaré lista. Hasta entonces, les prometo tener cuidado y seguir escondida".

Hizo una pausa. Una leve sonrisa cruzó por sus labios, como prueba de valor, aunque su mirada seguía transmitiendo ansiedad. Después de tomar una profunda bocanada de aire, continuó:

"Mi ausencia probablemente ha cambiado algunas cosas para ustedes, y sé que confiaban en mí para que los ayudara con sus planes. He construido un programa en este archivo. Inserten este cilindro en el puerto universal del receptor de transmisiones del domo y sigan las indicaciones que he incluido para ustedes. En caso de que esto caiga en las manos equivocadas, he cerrado el programa con la misma contraseña que usamos en la nave".

Bajó la mirada, y luego apareció de nuevo la débil sonrisa.

—Espero que este mensaje les llegue a salvo. Los… los extraño.

Abrió la boca para decir algo más, pero titubeó y la volvió a cerrar. Un segundo después, el mensaje terminó.

Todos miraron al aire vacío donde Cress había estado. Scarlet estaba segura ahora de que había sido Cress quien las había protegido durante todo su escape. Las había salvado, y para lograrlo había sacrificado su propia seguridad.

—Chica valiente y tonta —murmuró Thorne. Volvió a hundirse en el suelo, con una expresión dividida entre el alivio y un creciente malestar.

—Entonces, aún está con Jacin —dijo Cinder—. Supongo… me siento agradecida con él por lo que hizo, pero… no me gusta que sepa dónde estamos, o que sea responsable de proteger a Cress. No confío en él.

—Jacin es buena persona —afirmó Winter mientras la miraba horrorizada—. Jamás los traicionaría a ustedes, o a Cress.

—Demasiado tarde —ironizó Thorne—. Ya lo hizo una vez.

—Lamenta haberlos traicionado —dijo Winter, entrelazando los dedos—. Nunca fue su intención. Es solo que… tenía que volver a Luna. Por mí.

Iko hizo un ruido que probablemente pretendía ser un resoplido de burla. Scarlet ladeó la cabeza para inspeccionar a la androide. Lo que habían sido tics adorables cuando Iko era el sistema de control de la Rampion, resultaban un poco desconcertantes ahora en su cuerpo humanoide.

—Es cierto —insistió Winter, entrecerrando los ojos—. Entiendo por qué no confían en Jacin, pero él trata de reparar daños. Quiere verte reinstalada en tu trono tanto como cualquier otra persona.

—A mí me salvó la vida —añadió Scarlet. Luego de una pausa, se encogió de hombros—. Probablemente solo porque necesitaba que yo le salvara la vida a *ella*, pero, aun así, eso significa algo.

—Me habría gustado que se empeñara un poco más en mandar a Cress con ustedes —manifestó Thorne de mala gana, cruzándose de brazos.

—Al menos sabemos que está viva —lo tranquilizó Cinder.

—Todo lo que sabemos es que aún está en Artemisa y bajo la protección de un tipo que nos traicionó una vez —ladró Thorne—. ¿La princesa cree que él está de nuestro lado? Muy bien. Pero eso no cambia el hecho de que nos delató en Nueva Beijing, y no dudo que lo vuelva a hacer si eso significara salvar su pellejo.

—Al contrario, él se preocupa muy poco por su pellejo —la voz de Winter era aguda; sus hombros temblaban—. Solo le preocupa mi seguridad, y nunca volveré a estar segura mientras mi madrastra sea reina. Creo que él hará todo lo que pueda para que su revolución triunfe. Los dos lo haremos —agregó Winter dirigiéndose a Cinder.

Un largo silencio fue seguido por un refunfuño de Thorne.

—Todavía planeo darle un puñetazo si vuelvo a verlo alguna vez.

Scarlet alzó la vista al techo con fastidio.

Cinder tamborileó con los dedos en la mesa.

—No entiendo por qué Levana intentó mandarte matar *ahora*. Tiene a Kai. Está consiguiendo lo que desea.

—Creo que tiene miedo de perder su dominio en Luna —sugirió Winter—, en especial con los rumores de que nuestra verdadera reina aún vive. Se ha vuelto paranoica, temerosa de cualquier amenaza potencial.

Cinder sacudió la cabeza.

—Pero tú no eres su verdadera hija. ¿No hay cierta superstición acerca de los lazos de sangre?

—Sí. Solo una persona de sangre real puede sentarse en el trono de Luna. Se cree que si una persona que no tenga sangre real ascendiera al trono, el don concedido a nuestro pueblo dejaría de existir. Ha habido incontables estudios que lo demuestran.

—Déjame adivinar: los estudios fueron pagados por la familia real —dijo Scarlet riendo.

—¿Importa? —preguntó Winter—. Ya sea que la gente lo crea o no, mi madrastra tiene miedo. Está desesperada por mantener su poder. Por eso trató de matarme.

—Bien —comenzó Cinder—. La gente comete errores cuando está desesperada, y tratar de matarte pudo haber sido un error muy grande —apoyó el mentón en sus manos entrelazadas—. Por lo que puedo saber, la gente te adora. Si saben que Levana trató de hacer que te asesinaran, podría ser exactamente eso lo que los persuada de escogerme a mí y no a ella. Escucha, Alteza: tenemos un video. Si el programa de Cress funciona, podremos mostrarlo en todos los sectores externos. Le comunicará a la gente quién soy y le pedirá que se una a mí para acabar con el reinado de Levana —tomó aire—: me gustaría incluir un mensaje tuyo, para mostrar a la gente que estás viva y decirle que Levana fue quien te mandó matar. Tener tu apoyo significa mucho. Para ellos y para mí.

Winter le sostuvo la mirada largo rato, pensando en sus palabras, y al fin suspiró.

—Lo siento, pero no puedo. Levana lo averiguará, y no puede saber que estoy viva.

—¿Por qué no? —preguntó Scarlet—. La gente se interesa por ti. Merece saber la verdad.

—Jacin recibió la orden de matarme —explicó Winter, con la voz cada vez más débil—, y se metió en muchos problemas para que pareciera que lo logró. No lo voy a poner en peligro anunciando la verdad. Mientras más crea que Jacin le es leal, más seguro estará él. También su Cress estará más segura —agregó, levantando la vista.

Thorne desvió la mirada.

—Siento no poder ayudarlos con esto —se disculpó la princesa—. Tienen mi apoyo, por si sirve de algo, aunque tenga que ser en secreto.

Winter estaba desanimada. Scarlet pudo ver que se retraía en sí misma y sus preocupaciones por la seguridad de Jacin. Le habría gustado ofrecerle algún consuelo, pero había pasado demasiado tiempo bajo el poder de Levana para saber que no había nada que pudiera decir para hacer sentir mejor a Winter.

—Está bien —concedió Cinder—. Entiendo. Tendremos que esperar que el video funcione sin ti.

La entrada principal se abrió y todos se alarmaron. Scarlet se volvió para mirar a una mujer que cerraba la puerta después de entrar. Vestía un overol empolvado con partículas de regolito y llevaba una vieja caja de madera llena de comida. Tenía el cabello negro de Wolf y su tono oliváceo de piel, pero también la estructura ósea de un ave. Wolf podría haberla aplastado con las yemas de sus dedos.

Scarlet se extrañó de haber tenido ese pensamiento.

Todos se relajaron. Todos menos Scarlet y Wolf, cuyo brazo se convirtió en hierro alrededor de ella.

Inclinándose contra la puerta, Maha examinó la habitación con una sonrisa trémula.

—Estaban dando *azúcar* —anunció con orgullo—, en celebración por la próxima boda de la rei…

Se detuvo al descubrir a Scarlet con el brazo de Wolf rodeando sus hombros.

Winter se adelantó, atrayendo hacia ella la sorpresa que mostraba Maha. Scarlet se levantó también, pero ahora la atención de Maha estaba centrada en la princesa. Tenía una expresión de asombro.

Winter hizo una reverencia.

—Usted debe de ser Mamá Kesley. Y yo soy la princesa Winter Hayle-Blackburn, y siento mucho lo de las galletas.

Maha se detuvo, muda.

—Espero que no le moleste nuestra intromisión en su hospitalidad. Su cachorro de lobo nos recibió. Es sorprendentemente tierno, considerando los colmillos. Y los músculos —alzó la mirada hacia el yeso quebrado del techo—. Me recuerda a otro lobo que conocí una vez.

Scarlet hizo una mueca.

—S-su Alteza —tartamudeó Maha, con aspecto de no estar segura de si debía sentirse honrada o temerosa.

—Mamá —dijo Wolf—, esta es Scarlet. Es de quien te hablé… la que fue secuestrada de nuestra nave por el taumaturgo. Estuvo presa en el palacio, pero… ha escapado. Es ella. Es Scarlet.

Maha no había logrado cerrar la boca todavía.

—La terrícola.

Scarlet asintió.

—La mayor parte. Mi abuelo era lunar, pero nunca lo conocí. Y no tengo… eh… el don.

Dicho esto, se le ocurrió que Maha probablemente sí tenía el don. Todos lo tenían hasta cierto grado, ¿verdad? Hasta Wolf lo había tenido, antes de que la alteración científica se lo quitara.

Pero era imposible imaginar que esta diminuta mujer abusara del don como se hacía en la capital. ¿Acaso era ingenuo pensar eso? Qué difícil debería ser manejarse en esta sociedad, sin saber nunca quién controlaba y quién era controlado.

—Hola, Scarlet —dijo Maha, recobrándose lo suficiente para sonreír—. Ze'ev no mencionó que estaba enamorado de ti.

Scarlet sintió que sus mejillas se ponían tan rojas como su cabello.

—¿Cómo pudo no decirlo? —murmuró Thorne.

Cinder le dio un puntapié.

Wolf tomó la mano de Scarlet.

—No sabíamos si estaba viva. No quería hablarte de ella por si acaso… nunca la hubieras conocido…

Scarlet le apretó la mano y él le devolvió el gesto.

En el fondo de su mente escuchó la voz de su abuela, recordándole sus buenos modales.

—Me da mucho gusto conocerla. Eh… gracias por su hospitalidad.

Maha puso la caja de raciones cerca de la puerta y cruzó la minúscula habitación, envolviendo a Scarlet en un abrazo.

—Tenía muchos deseos de conocerte.

Soltándola, se volvió hacia Wolf y puso las manos en los hombros de su hijo.

—Cuando te llevaron, temí que nunca conocieras el amor —lo abrazó y su sonrisa era tan brillante como un ramillete de margaritas azules—. Ha sido demasiado. Demasiado.

—¿Ya terminamos con las efusiones y los gemidos? —preguntó Thorne, frotándose la sien—. ¿Cuándo comenzamos a planear una revolución de nuevo?

Esta vez fue Iko quien le dio un puntapié.

—Sabía que estabas enamorada de él —Winter le dio a Scarlet una palmadita en el hombro—. No puedo entender por qué nadie me escucha.

Scarlet le lanzó una mirada fulminante, pero no había ira en ella.

—Tienes razón, Winter. Es un completo misterio.

Treinta y cuatro

LINH PEARL SALIÓ DEL ELEVADOR AFERRANDO LAS ASAS DE LA BOLSA que llevaba colgada del hombro. Estaba temblando, lívida de rabia. Desde que Cinder había hecho aquella escena en el baile y se había revelado que además de ser una cyborg loca era una lunar loca, el mundo de Pearl se había derrumbado a su alrededor.

Al principio fueron molestias menores, fastidiosas pero tolerables. Sin servidumbre cibernética ni dinero para contratar una asistente, Pearl tenía que ayudar en el apartamento. De repente, tenía "quehaceres". De repente, su madre quería que se ocupara de las compras y que se cocinara su comida, y hasta que lavara los platos al terminar, pese a que había sido suya la tonta decisión de vender a la única androide que les quedaba en funcionamiento.

Pero habría sido tolerable si al mismo tiempo su vida social no se hubiera hecho pedazos junto con su dignidad. De la noche a la mañana se había convertido en una paria.

Sus amigos lo habían sobrellevado bien al principio. Conmocionados y llenos de compasión, se habían arremolinado alrededor de Pearl como si fuera una celebridad. Querían conocer todos los detalles y ofrecer sus condolencias al enterarse de que su hermanastra era una terrorista. Querían escuchar todas las terribles anécdotas de su niñez. Como una niña que había logrado escapar de la muerte, había sido el centro de todas sus conversaciones, de toda su curiosidad.

Pero eso había ido desapareciendo cuando Cinder huyó de la cárcel y estuvo prófuga tanto tiempo. Su nombre se convirtió en sinónimo de traición y arrastró a Pearl con ella.

Entonces, su madre, su tonta e ignorante madre, había ayudado involuntariamente a Cinder a raptar al emperador Kai cuando le dio las invitaciones para la boda.

Las cambió por servilletas. *Servilletas.*

La había engañado. Horas antes de que tuvieran que salir rumbo a la boda real, ya vestida con sus mejores galas, su madre había revuelto el departamento, había buscado frenéticamente en todos los cajones, se había arrastrado a gatas para mirar debajo de los muebles, había revisado todos los bolsillos de su guardarropa. Maldecía y juraba que las tenía, que las había visto *esa misma mañana*, cuando esa inoportuna enviada de palacio las había traído y le había explicado la equivocación y *a dónde habrían ido a parar.*

Lógicamente, se perdieron la boda.

Pearl gritó y lloró y se escondió en su habitación para ver la transmisión: los enlaces en vivo que empezaron con los comentarios sobre las tradiciones nupciales y de la decoración del palacio y terminaron en la crónica devastadora del asalto al palacio y la desaparición del emperador Kai.

Linh Cinder estaba detrás de todo. Otra vez, su monstruosa hermanastra lo había arruinado todo.

El equipo de seguridad del palacio tardó dos días en relacionar las invitaciones de una señora Bristol-dàren (que se había quedado en su hogar, en Canadá, con una botella de buen vino) con las invitaciones verdaderas que habían entregado a Linh Adri y su hija, Linh Pearl. Fue entonces cuando su madre comprendió: Cinder la había engañado.

Fue la gota que colmó el vaso de los amigos de Pearl.

"Traidoras", las había llamado Mei-Xing, culpando a Pearl y a su madre de haber ayudado a la cyborg y haber puesto en peligro a Kai.

Pearl se había ido furiosa, gritando que, en lo que se refería a ella, podían creer lo que quisieran. Ella era la víctima de la situación y no necesitaba supuestos amigos que le hicieran esas acusaciones. Ya tenía bastante de qué preocuparse.

Pearl había esperado que su amiga corriera detrás de ella, deshaciéndose en disculpas, pero no lo hizo.

Caminó hasta su casa con los puños apretados.

Cinder. Toda la culpa era de Cinder. Desde la muerte de Peony… no, desde que *su papá* se había contagiado la peste y se lo llevaron. Todo era culpa de Cinder.

Karim-jiě, su vecina del 1816, no se apartó cuando Pearl pasó junto a ella a toda velocidad. Al golpearla con el hombro la empujó contra la pared. Pearl se detuvo lo suficiente para fulminarla con la mirada; ¿acaso esa arpía, además de ser lenta, ahora se estaba quedando ciega?, y recibió a cambio un bufido arrogante.

También esta reacción se había vuelto común para Pearl desde el baile. ¿Quién era esta mujer para mirarlas con desprecio a ella y a su madre? No era más que una vieja viuda cuyo marido se había muerto por el amor a la bebida y que vivía en ese apartamento apestoso a basura con su triste colección de monos de cerámica.

¿Y *ella* pensaba que era mejor que *Pearl*?

El mundo entero se había vuelto en su contra.

—Perdón —se disculpó Pearl con los dientes apretados y continuó a grandes zancadas hasta su propio apartamento.

La puerta estaba apenas abierta, pero Pearl no le dio importancia sino hasta que la empujó y chocó contra la pared.

Se detuvo como si se hubiera congelado.

La habitación estaba despedazada. Peor aún que cuando su madre había buscado esas tontas invitaciones. Habían derribado las fotos y las placas de la repisa de la chimenea. La pantalla nueva estaba tirada boca abajo en el suelo y la urna con las cenizas de Peony…

Pearl sintió que se le estrujaba el estómago. La puerta comenzó a cerrarse y la golpeó en el hombro.

—¿Mamá? —exclamó mientras cruzaba el pasillo a toda prisa.

Se quedó petrificada. Un grito subió hasta su garganta, pero se convirtió en un chillido ahogado.

Estaba apoyado contra la pared opuesta de la habitación. Aunque con forma de hombre, tenía joroba y manos enormes y con garras. Su rostro estaba deformado por un hocico y dientes sobresaliendo entre los labios, y ojos hundidos, negros y brillantes.

Pearl lanzó un gemido. El instinto la hizo dar un paso atrás, aunque el mismo instinto le dijo también que era inútil.

Tenía en la cabeza cientos de historias horribles tanto de las noticias como de los rumores dichos en voz baja.

La gente decía que los asesinatos ocurrían al azar.

Los monstruos lunares podían estar en cualquier lugar y en cualquier momento. Nadie lograba discernir un esquema ni una lógica en sus ataques. Un día podían irrumpir en manada en un edificio de oficinas y matar a todos los del noveno piso, pero dejar intactos a los demás. Podían matar a un niño dormido en su cama y no a su hermano en la misma habitación. Podían descuartizar a un hombre que bajaba de su deslizador ante la puerta de su casa y luego tocaban el timbre para que uno de sus seres queridos lo encontrara todavía sangrando en la entrada.

El terror radicaba en su carácter aleatorio. En la brutalidad y la falta de lógica con que escogían a sus víctimas y dejaban muchos testigos para que propagaran el miedo.

Nadie estaba a salvo.

Nadie nunca estaba a salvo.

Pero Pearl jamás pensó que pudieran llegar ahí, a su intrascendente apartamento en una ciudad tan poblada…

Además, había un cese de hostilidades. No se habían producido ataques en días. ¿Por qué ahora? ¿Por qué a *ella*?

Un gemido escapó de su garganta. La criatura le sonrió con suficiencia y Pearl se dio cuenta de que había estado masticando cuando ella llegó, como si acabara de servirse un bocadillo.

Mamá.

Con un sollozo, dio media vuelta para huir.

La puerta se cerró de golpe. Otra criatura le cerraba el paso.

Pearl se derrumbó sobre sus rodillas, llorando y temblando.

—Por favor. *Por favor.*

—¿Estás seguro de que no podemos comérnosla? —preguntó el que estaba junto a la puerta con un tono áspero y rasposo por el que apenas se distinguían las palabras. Tomó a Pearl por el brazo y la hizo ponerse de pie. La muchacha gritó y trató de soltarse, pero la criatura la retenía sin compasión. Extendió el brazo de Pearl para separarlo del cuerpo y poder examinarlo bien—. ¿Solo un bocado? Parece tan *dulce*.

—Pero huele muy rancia —señaló el otro.

En medio de su histeria, Pearl también olió y sintió una humedad tibia entre las piernas. Gimió y sus piernas volvieron a flaquear. Quedó colgada de la mano del monstruo.

—El ama dijo que las lleváramos ilesas. Si quieres darle una mordidita, adelante. Se enojará y te arrancará la cabeza.

El que sostenía a Pearl presionó la nariz húmeda contra su codo y aspiró con ansias. Luego, dejó caer el brazo y cargó a Pearl sobre su hombro.

—No vale la pena —admitió con un gruñido.

—Estoy de acuerdo —la segunda bestia se acercó y pellizcó la cara de Pearl con su enorme mano peluda—. Pero quizá podamos probarla cuando hayan acabado con ella.

Treinta y cinco

—ALLÍ ESTÁ LA CASA DEL GUARDIA —DIJO THORNE, AGAZAPADO EN UN callejón entre Iko y Wolf. Por centésima vez desde que habían salido de la casa de Maha, revisó su bolsillo para cerciorarse de que estaba el cilindro con el mensaje de Cress.

—Tenía mayores expectativas —comentó Iko.

Como todo en este sector, la casa del guardia era de color verde oliva y estaba cubierta de polvo. También estaba hecha de piedra y carecía de ventanas, lo que la convertía en uno de los edificios más impenetrables que Thorne había visto. Un guardia uniformado vigilaba en la puerta, con un rifle cruzado sobre el pecho; un casco y una máscara para protegerse del polvo le oscurecía el rostro.

Dentro habría armas, equipo de mantenimiento del domo, una celda para retener a los infractores de la ley antes de enviarlos a juicio en Artemisa, y un pequeño centro de control para acceder a la red de energía y al sistema de seguridad del domo. Más importante: allí era donde se alojaba el receptor-transmisor que conectaba este sector con la red de difusión operada por el gobierno.

—¿Cuánto tiempo tenemos? —preguntó.

–Estimado, dos minutos con catorce segundos hasta que aparezca la próxima patrulla –respondió Iko.

–Wolf, adelante.

Hubo un destello de dientes afilados como navajas antes de que Wolf se enderezara y saliera caminando del callejón. Thorne e Iko se agacharon para no ser vistos.

–Alto. Identifíquese –ordenó una voz ríspida.

–Agente especial Alfa Kesley. Estoy aquí por órdenes del taumaturgo Jael para revisar su inventario de armas.

–¿Agente especial? ¿Qué hace fuera de…?

Un grito ahogado fue seguido por un breve forcejeo y un ruido sordo. Thorne se preparó para el chispazo de un disparo, pero este nunca llegó. Cuando reinó el silencio, él e Iko echaron otro vistazo desde la esquina.

Wolf ya arrastraba la figura inconsciente del guardia hacia la puerta y sostenía la pantalla con los dedos. Thorne e Iko corrieron a su lado justo cuando la puerta se abrió, y arrastraron al guardia hacia adentro.

El interior de la casa no mejoraba mucho respecto del exterior. Apenas menos polvoriento, pero oscuro e incómodo. En la habitación principal, un escritorio grande ocupaba la mayor parte del espacio, separándolos de dos puertas cerradas en la pared del fondo.

Sin perder ni un minuto Thorne se quitó la camisa de lino que se había puesto para parecer un minero, y que le causaba picazón. Se puso de cuclillas junto al guardia y comenzó a desabotonar la camisa del uniforme. Aunque el hombre era un poco más corpulento, le pareció que le quedaría bien.

–No creo que necesites ayuda con eso, ¿verdad? –sugirió Iko, con una voz que denotaba esperanza, al observar a Thorne sacar los brazos exangües del guardia de las mangas.

Thorne se detuvo para lanzarle una mirada fulminante; extrajo el cilindro de su bolsillo y lo apoyó con fuerza en la palma de Iko.

—Ponte a trabajar.

Iko hizo un rápido saludo militar y se colocó detrás del escritorio. Pronto, Thorne pudo oírla tararear alegremente al encontrar el puerto universal e insertar el cilindro. Una pantalla se encendió de pronto e Iko proclamó con orgullo:

—¡Contraseña: El capitán es el rey!

Los labios de Thorne se fruncieron mientras se pasaba la camisa del guardia por la cabeza.

—¡Funcionó! ¡Estoy adentro! —exclamó Iko—. Cargando el programa ahora.

Wolf ayudó a Thorne a colocarse la complicada armadura que cubría solo el hombro.

—Casi termino y… ya está. Seleccionando sectores para recibir la programación alterada, y cargando el video de Cinder en la lista de espera… Vaya, Cress no podía haber hecho esto más fácil.

Thorne gruñó; no quería oír hablar del gran trabajo que Cress había hecho para ayudarlos desde lejos; le habría gustado que se enviara ella misma.

Dejó caer sobre su rostro la máscara contra el polvo para esconder su mueca y metió los pies en las botas del guardia. Alzó las cejas hacia Wolf, con expresión interrogante.

—Pasable —admitió Wolf.

—Dame al menos otros cuatro minutos —pidió Iko.

—Son tuyos. Dos golpes significan problemas, tres significan que no hay moros en la costa.

Thorne tomó el rifle del guardia. Escuchó a Wolf tronarse los dedos al deslizarse por la puerta para asumir el puesto del guardia. La postura de rostro sombrío y hombros levantados le resultó fácil de adoptar, y se alegró de que por esta vez su entrenamiento militar fuera útil.

Contó seis segundos antes de que apareciera el guardia que patrullaba esta sección del domo. Pasó junto a Thorne con su arma levantada sobre el hombro, buscando civiles errantes u obreros que debieran estar trabajando.

Si el guardia lo miró, Thorne no se dio cuenta. Mantuvo su propia mirada fija en el horizonte, estoica y seria.

El guardia siguió de largo.

Detrás de la máscara antipolvo, Thorne sonrió con suficiencia.

CINDER HABRÍA DESEADO TENER MÁS ESPACIO PARA CAMINAR. TENÍA los nervios de punta mientras esperaba saber de Iko.

—¿Estás bien? —preguntó Scarlet, que estaba sentada en la mecedora con las piernas cruzadas. También ella se sentía inquieta y jugueteaba con los cordones de su abrigo con capucha recién lavado.

—Estoy bien —mintió Cinder. La verdad era que estaba tan tensa como una bomba a punto de explotar, pero no quería hablar de ello. Ya habían discutido su estrategia hasta el hartazgo. Todo lo que podía salir bien, y todo lo que podía salir mal.

La gente respondería a su llamado, o no respondería. En cualquier caso, ella iba a mostrarle su juego a Levana.

En la cocina, la princesa Winter tarareaba una canción desconocida. Apenas había dejado de moverse desde su llegada, la noche anterior. Había desempolvado, barrido, sacudido tapetes, reorganizado gabinetes y doblado la ropa limpia, todo con la gracia de una mariposa. Todo ese trabajo hacía que Cinder se sintiera como una mala huésped.

Cinder no estaba segura sobre qué pensar de la princesa. Al mismo tiempo admiraba y cuestionaba la decisión de Winter de no usar su encanto. La vida había sido más sencilla antes de que Cinder usara su don, y muy a menudo la había aterrado pensar que se estaba pareciendo cada vez más a Levana. Pero al mismo tiempo, ahora que tenía su don, no podía imaginar resignarlo, en especial al ver el costo que había tenido para la salud mental de Winter.

Pero tachar sencillamente de loca a la princesa no parecía correcto tampoco. Era estrafalaria, extraña y ridículamente carismática. También parecía interesarse con sinceridad en las personas que la rodeaban y mostraba rasgos de inteligencia que habría sido fácil pasar por alto. Si bien rebosaba humildad, Cinder no creía que fuera tan ignorante de sus encantos como pretendía.

Habría querido recordarla de cuando eran niñas, pero todos sus recuerdos consistían en llamas, carbones ardientes y carne chamuscada. No había nada de una amiga, una prima. Jamás se le ocurrió que pudiera existir un vínculo así durante su breve vida en Luna: había dado por sentado que todos en el palacio eran sus enemigos.

Un comunicado apareció en la pantalla de su retina.

Cinder se quedó helada, lo leyó y soltó un profundo suspiro.

—Están en posición. El video está listo para reproducirse un minuto después de que concluya el anuncio de la jornada de trabajo en todos los sectores externos. Thorne monta guardia. No hay alarmas… por ahora.

Cinder se puso una mano sobre su estómago, que sentía hecho un nudo. Este era el momento para el que había hecho todos sus preparativos.

Mil horrores empañaron su mente. Que no le creerían. Que no la seguirían. Que no *querrían* su revolución.

Hasta donde podía decir, sería la primera vez que los sectores externos de Luna serían expuestos a un mensaje que no era propaganda autorizada por la Corona o para infundir miedo. Todos los medios estaban manejados por la reina, desde ejecuciones públicas que convertían en villano a cualquiera que se atreviera a criticar a la reina hasta documentales sobre la generosidad y compasión de la familia real. Se podían especificar sectores para dirigir emisiones individuales o programarlos a todos para que recibieran un mensaje al mismo tiempo, aunque Cinder sospechaba que la reina rara vez emitía comunicaciones en masa. Más bien, las comunidades ricas de Artemisa podían ver información de las fiestas más elitistas de la temporada, mientras los trabajadores de los sectores externos veían reportes sobre escasez de alimentos y reducción de raciones. Sin forma de comunicarse entre ellos, ¿cómo podrían saber otra cosa?

Cinder estaba a punto de secuestrar el instrumento de lavado de cerebro más valioso de Levana, más poderoso incluso que su encanto. Por primera vez, la población de los sectores externos escucharía un mensaje de verdad y de toma del poder. Por primera vez estaría unida.

Eso esperaba ella.

Una campanada familiar retumbó en el exterior, seguida por el himno de Luna y la voz amable de la mujer enviando a los trabajadores a casa al término de la jornada.

Cinder se rodeó el cuerpo con los brazos, apretándose fuerte en un esfuerzo por no desintegrarse.

—Allí está —anunció, mirando a Scarlet.

Habían discutido largo tiempo sobre si Cinder debería o no arriesgarse a estar afuera en el sector cuando se escuchara su mensaje. Sus compañeros la habían alentado a esperar y dejar que el video cumpliera su función sin ponerse en peligro, pero en ese momento supo que esperar no era opción. Tenía que estar allí para ver la reacción de la gente, al menos en este sector, si no podía ver la de nadie más.

—Vas a salir, ¿verdad? —preguntó Scarlet con una mueca de temor.

—Tengo que hacerlo.

Scarlet alzó la mirada, aunque no pareció sorprendida. Se levantó y miró hacia la cocina, donde el tarareo de Winter se había vuelto dramático y ansioso.

—¿Winter?

La princesa apareció un momento después, con las manos cubiertas de yeso.

—¿Qué haces? –preguntó Scarlet con los brazos en jarra.

—Emparchando la casa –contestó Winter, como si fuera obvio–. Para que no se venga abajo.

—Correcto. Buen trabajo. Cinder y yo vamos a ver el video. Si alguien viene a la casa, escóndete. No salgas ni trates de hacer alguna locura.

—Seré un vestíbulo de cordura sin obstáculos –prometió Winter con un parpadeo.

Sacudiendo la cabeza con exasperación, Scarlet se volvió hacia Cinder.

—Estará bien. Vamos.

El reloj en la cabeza de Cinder contaba cada uno de los minutos, y ella y Scarlet apenas habían salido de la casa cuando el domo se oscureció en lo alto. A la distancia pudo ver a los primeros trabajadores camino a casa desde las fábricas. Todos se detuvieron y miraron a lo alto, esperando escuchar cualquier mala noticia que la reina tuviera que comunicarles.

Una serie de cuadros del tamaño de edificios titilaron en la superficie del domo y se enfocaron para formar una imagen, reproducida una docena de veces en cada dirección: el rostro de Cinder proyectado media docena de veces en el cielo.

Cinder hizo un mohín al verlo. Cuando grabaron el video a bordo de la Rampion, se sentía audaz y resuelta. No se había molestado en vestirse para la ocasión, pues prefería que la gente la viera tal como era. En el video llevaba la misma camiseta de estilo militar y los pantalones cargo que había encontrado en la Rampion hacía tanto tiempo. Llevaba el cabello recogido en la misma cola de caballo de siempre y tenía los brazos cruzados sobre el pecho, con su mano de cyborg a plena vista.

En nada se parecía a su majestuosa, glamorosa y poderosa tía.

—Cinder —susurró Scarlet—, ¿no deberías usar tu encanto?

Ella comenzó a convocar el encanto de adolescente sencilla que había usado durante el viaje desde Artemisa. Al menos evitaría que alguien del sector la reconociera, aunque no la protegería de las imágenes de la cámara.

Esperaba que Levana tuviera muchas imágenes que examinar después de esto.

Su imagen en el cielo empezó a hablar.

"Ciudadanos de Luna, les pido interrumpir lo que están haciendo para escuchar este mensaje. Me llamo Selene Blackburn. Soy la hija de la difunta reina Channary, sobrina de la *princesa* Levana, y heredera legítima al trono de Luna".

Había practicado mil veces el discurso y sintió alivio de no sonar como una completa idiota al decirlo.

"Les dijeron que morí hace trece años en un incendio en la guardería. La verdad es que mi tía Levana intentó matarme, pero fui rescatada y llevada a la Tierra. Allí fui criada y protegida como preparación para el momento de regresar a Luna y reclamar mi derecho de nacimiento.

»En mi ausencia, Levana los ha esclavizado. Ella les quita a sus hijos y los convierte en monstruos. Les quita a sus hijos vacíos y los asesina. Los hace padecer hambre mientras la gente de Artemisa se atiborra de ricos alimentos y golosinas —su expresión se volvió dura–. Pero el imperio de Levana está llegando a su fin. He regresado y estoy aquí para recobrar lo que es mío".

Un escalofrío recorrió los brazos de Cinder al escuchar su propia voz sonar tan decidida, tan confiada, tan *digna*.

"Pronto —continuó el video— Levana se casará con el emperador Kaito de la Tierra y será coronada emperatriz de la Comunidad Oriental, honor que no se podría conferir a alguien menos digno. Me niego a dejar que Levana extienda su tiranía. No me quedaré de brazos cruzados mientras mi tía esclaviza a mi pueblo y abusa de él aquí en Luna, y emprende una guerra en la Tierra. Por eso, antes de que una corona de la Tierra ciña la cabeza de Levana, conduciré un ejército a las puertas de Artemisa".

En lo alto, su sonrisa se volvió astuta y resuelta.

"Pido que ustedes, ciudadanos de Luna, sean ese ejército. Ustedes tienen el poder de luchar contra Levana y contra la gente que los oprime. A partir de ahora, de esta noche, los convoco a unirse a mí en la rebelión contra este régimen. Ya no obedeceremos sus toques de queda ni renunciaremos a nuestro derecho a reunirnos, a hablar y ser escuchados. Ya no entregaremos a nuestros hijos para que sean sus guardias y soldados desechables. Ya no nos esclavizaremos cultivando alimentos y criando animales solo para ver cómo los embarcan hacia Artemisa, mientras nuestros hijos mueren de hambre a nuestro alrededor. Ya no construiremos más armas para la guerra de Levana. En cambio, las tomaremos para nosotros, para *nuestra* guerra.

»Sean mi ejército. Levántense y recuperen sus hogares de los guardias que abusan de ustedes y los aterrorizan. Envíen un mensaje a Levana de que ya no serán controlados por el miedo y la manipulación. Y en cuanto comience la coronación real, pido que todos los ciudadanos en buenas condiciones físicas se unan a mí en una marcha contra Artemisa y el palacio de la reina. Juntos garantizaremos un mejor futuro para Luna. Un futuro sin opresión. Un futuro en el que cualquier lunar, sea cual fuera el sector en el que viva o la familia en que haya nacido, pueda concretar sus aspiraciones y vivir sin temor de persecución injusta o de una vida de esclavitud.

»Entiendo que les estoy pidiendo arriesgar la vida. Los taumaturgos de Levana son poderosos, sus guardias son diestros, sus soldados son brutales. Pero si nos unimos, podemos ser *invencibles*. No pueden controlarnos a todos. Con el pueblo unido en un ejército, rodearemos la capital y derrocaremos a la impostora que se sienta en mi trono. Ayúdenme. Luchen por mí y yo seré la primera gobernante en la historia de Luna que también luchará por ustedes".

La imagen se enfocó un instante en la expresión indomable de Cinder y se apagó.

Treinta y seis

–¡VAYA! –SUSURRÓ SCARLET–. ¡QUÉ BUEN DISCURSO!

El corazón de Cinder retumbaba.

–Gracias. Kai lo escribió casi todo.

Se asomó a la desierta hilera de casas. Las pocas personas que habían visto antes seguían deambulando, sin dejar de mirar al domo. Más mineros y operarios tendrían que haber regresado ya, pero las calles permanecían desoladas. El domo era un vacío de silencio.

Debería de haber asustado a Cinder saber que había dado el primer paso. Había estado huyendo desde hacía mucho. Levana la había mantenido a la defensiva desde que la había visto en el baile de la Comunidad.

Ya no más. Se sentía llena de energía. *Lista*. Antes que verse tonta en el video, había sonado como una reina. Había sonado como una *revolucionaria*. Había sonado como si realmente pudiera poner esto en marcha.

–Vamos –sugirió Scarlet tomando la delantera–. Tenemos que ver qué pasa.

Cinder se apresuró detrás de ella. Habían oído gritos procedentes de la plaza central. A lo lejos, los ciudadanos avanzaban rumbo a las calles de la zona residencial, aunque se detenían todo el tiempo para mirar hacia atrás. Cuando Cinder y Scarlet se acercaron, los gritos se convirtieron en órdenes furiosas.

—¡Caminen! —vociferaba un guardia. Salvo los ojos, tenía el resto de la cara cubierto con casco y máscara—. ¡Cuatro minutos para el toque de queda! Está prohibida la vagancia y ningún video va a cambiarlo.

Cinder y Scarlet se agazaparon detrás de una carretilla de reparto.

Los ciudadanos se reunían en grupos pequeños. Tenían el pelo y el uniforme cubiertos de polvo de regolito. Algunos llevaban las mangas enrolladas y dejaban ver el tatuaje MR-9 en el hombro. La mayoría bajaron la mirada cuando los guardias se acercaron y retrocedieron ante la perspectiva de que usaran los garrotes contra ellos. Pero pocos se iban.

Un guardia sujetó a un hombre por el codo y lo separó de la fuente burbujeante del centro del domo.

—¡Largo de aquí! ¡Todos! No nos obliguen a presentar un informe de mala conducta.

Los cansados trabajadores intercambiaron miradas. La multitud disminuía. Los vecinos se dispersaban con los hombros abatidos. Los grupos se disolvían sin siquiera una palabra de enojo lanzada contra los guardias.

Cinder sintió que el corazón se le oprimía.

No estaban luchando.

No se defendían.

Se dejaban intimidar por sus opresores igual que siempre.

La desilusión se apoderó de ella y se quedó inmóvil, encorvada contra la carretilla. ¿No había sido convincente? ¿No había sabido comunicar la importancia de que todos se alzaran, unidos y resueltos? ¿Había fracasado?

Scarlet le puso una mano sobre el hombro.

—Es solo un sector —la consoló—. No te desalientes. No sabemos qué pasa en otros lados.

Aunque sus palabras eran amables, Cinder veía su frustración reflejada en la de Scarlet. Podría ser verdad: *no* sabían lo que pasaba en los demás sectores ni tenían modo de saberlo. Pero lo que veía ahí no era para sentir confianza.

—¡No me toque! —exclamó un hombre.

Cinder se asomó por un lado de la carretilla. Un guardia miraba a un hombre delgado, que tenía la piel de un tono blanco enfermizo. Pese a lo demacrado de su complexión, el hombre se mantenía erguido frente al guardia, con los puños crispados.

—No me iré a mi casa para obedecer un toque de queda —continuó el hombre—. Hagan todas las amenazas que quieran de denunciarme. Después de ese video, la reina y sus secuaces van a estar ocupados arreando gente con delitos mucho más graves que quedarse afuera unos minutos.

Otros dos guardias dejaron de dispersar a los vecinos y se dirigieron hacia el hombre. Entre las manos enguantadas apretaban los garrotes.

Los demás trabajadores se detuvieron a mirar, curiosos y precavidos, pero también, pensaba Cinder, enojados.

El primer guardia se inclinó sobre el hombre. Su voz sonó amortiguada detrás de la máscara, pero se percibía claramente su arrogancia.

—Nuestras leyes están destinadas a proteger a todas las personas y nadie está exento de cumplirlas. Le recomiendo que se vaya a su casa, si no quiere obligarme a que lo convierta en ejemplo para los demás.

—Soy perfectamente capaz de ponerme de ejemplo a mí mismo —masculló hacia los guardias que se habían acercado y lo rodeaban, y luego se dirigió a la gente que titubeaba en los bordes de la plaza—. ¿No lo entienden? Si los otros sectores también vieron el video…

El guardia tomó al hombre por la nuca con la mano libre y lo obligó a ponerse de rodillas. Sus palabras quedaron sofocadas en un gruñido ahogado.

El guardia alzó su garrote.

Cinder se tapó la boca con la mano. Recurrió a su encanto, pero estaba demasiado lejos para detenerlo, demasiado lejos para controlarlo.

Los otros guardias lo secundaron y dejaron caer el garrote en la cabeza, los hombros y la espalda del hombre. Se derrumbó de lado cubriéndose el rostro. Gritaba por la fuerza de los golpes, pero no cesaban…

Cinder rechinó los dientes y puso un pie en la calle, pero antes de que pudiera hablar se escuchó otra voz sobre los gritos del hombre.

—¡Deténganse! —exclamó una mujer que se abría paso entre la multitud.

Uno de los guardias se detuvo. No: *se congeló*.

Los otros dos dudaron al ver a su compañero con el garrote detenido a medio camino. El rostro de la mujer se había contraído por la intensidad de su concentración.

—Uso ilegítimo de la manipulación —rugió otro guardia. Tomó a la mujer y le puso los brazos atrás de la espalda. Sin embargo, antes de que pudiera esposarla, otro minero intervino, un anciano con la espalda encorvada por años de trabajo. Con todo, su mirada era intensa. Alzó una mano y el cuerpo del guardia se volvió de piedra.

Otro civil avanzó. Luego, otro. Su expresión era de absoluta determinación. Uno por uno, los guardias soltaron sus garrotes. Uno por uno, la multitud controló sus cuerpos.

Un joven corrió hacia el hombre que habían golpeado y que seguía en el suelo, débil y gimiendo de dolor.

La mujer que intervino primero les gritó a los guardias.

—No sé si esa chica era la princesa Selene o no, pero sé que tiene razón. Podría ser nuestra única oportunidad de unirnos, y ya no volver a tenerles miedo —su rostro mostraba tensión y resentimiento.

Mientras Cinder observaba, el guardia al que controlaba la mujer tomó el puñal de su cinturón, lo levantó y lo presionó contra su propia garganta.

Cinder sintió que el horror la recorría como agua helada.

—¡No! —gritó, y corrió, anulando el encanto de adolescente sencilla con el que se había encubierto—. ¡No los maten!

Se metió apresuradamente en el centro de la multitud, con las manos extendidas hacia los civiles reunidos. Su pulso galopaba.

Al principio la recibieron con enojo. Eran los remanentes de años de tiranía y la interrupción convirtió su anhelo de venganza en disgusto. Pero luego, lentamente, empezaron a reconocerla y a sentirse confundidos.

—Entiendo que estos hombres han sido las armas de la reina. Los han maltratado y degradado a ustedes y sus familias, pero *ellos* no son sus enemigos. Muchos guardias fueron arrancados de sus seres queridos y obligados a trabajar para la reina en contra de su voluntad. No sé quiénes sean estos guardias en particular, pero matarlos sin un juicio justo y sin misericordia va a reforzar el ciclo de la desconfianza —miró a los ojos a la mujer que tenía cautivo al guardia con el puñal—. No sean como la reina y su corte. No los maten. Los haremos prisioneros hasta nuevo aviso. Es posible que les encontremos alguna utilidad.

El guardia comenzó a bajar el brazo, alejando la amenaza del puñal. Pero miraba a Cinder, no a la mujer. Quizá se sentía aliviado de que hubiera intervenido. Quizás estaba avergonzado por su impotencia. Quizá planeaba matar a esos ciudadanos rebeldes en cuanto pudiera.

Se le ocurrió a Cinder que la misma escena podría estar sucediendo en incontables sectores, sin que ella estuviera presente para evitarlo. Quería que la gente se defendiera del régimen de Levana, pero no había considerado que también sentenciaba a muerte a miles de guardias.

Trató de sofocar la punzada de culpa, diciéndose que era la guerra, y que las guerras causan bajas. Pero ese pensamiento no la hizo sentir mucho mejor.

Se acercó a la fuente y se paró en el borde. El agua le salpicaba los muslos.

La gente que se había alejado rumbo a su vivienda volvió en masa, atraída por la conmoción y por los rumores de rebelión. Con los guardias sometidos, iban con la cabeza en alto.

Cinder se imaginó a cientos de miles, incluso *millones* de lunares reunidos de la misma manera, atreviéndose a soñar con un nuevo gobierno.

—¡Es un truco! —gritó un hombre—. ¡Levana nos pone a prueba! Nos va a masacrar por esto.

La multitud se agitó. La acusación la había puesto nerviosa. Recorrieron con la mirada el rosto de Cinder, su ropa, la mano metálica que no llevaba escondida. Ella se sintió como si estuviera de nuevo en el baile, como el centro de una atención que no deseaba, pero determinada a proseguir y a sabiendas de que ya no podía retroceder, aun si quisiera.

—No es un truco —replicó en voz tan alta que sus palabras reverberaron en las paredes de la fábrica más cercana—. Ni tampoco es una prueba. Soy la princesa Selene y el video que acaban de ver se transmitió a casi todos los sectores de Luna. Soy la cabeza de una rebelión que se extenderá por toda la superficie de Luna, y empieza aquí. ¿Quieren unirse a mí?

Tenía la esperanza de que respondieran con vítores, pero en su lugar se produjo un silencio incómodo.

El anciano que había visto antes inclinó la cabeza.

—Pero si eres solo una niña.

Cinder lo miró indignada, y antes de que pudiera responder, un rostro conocido se separó de la multitud. Maha pasó al frente y se colocó ante ella. A pesar de su estatura menuda, su actitud tenía hasta la última gota de la temeridad de Wolf.

—¿Acaso no vieron el video? ¡Ha regresado nuestra verdadera reina! ¿Vamos a encogernos de miedo y a dejar pasar esta oportunidad que tenemos de conseguir una vida mejor para nosotros?

El anciano gesticuló hacia el cielo.

—Un discurso atractivo no es suficiente para poner en marcha una rebelión. No tenemos entrenamiento ni armas. No hay tiempo para prepararnos. ¿Qué esperas que hagamos? ¿Que marchemos sobre Artemisa con palas y picos? ¡Van a despedazarnos!

Por los ceños fruncidos y los movimientos de asentimiento de las cabezas, estaba claro que no era el único que pensaba así.

—Lo que nos falta de entrenamiento y tiempo —explicó Maha— lo compensaremos con determinación y con que somos muchos, como dijo Selene.

—¿*Con determinación y con que somos muchos?* En cuanto demos dos pasos en Artemisa los taumaturgos de Levana nos abrirán la garganta y no llegaremos ni a *ver* el palacio.

—No pueden lavarnos el cerebro a todos —gritó alguien entre la multitud.

—Exactamente —confirmó Maha—. Por eso tenemos que hacerlo ahora, cuando todos los habitantes de Luna podemos avanzar juntos.

—¿Cómo sabemos que los otros sectores van a luchar? —preguntó el hombre—. ¿Esperan que arriesguemos la vida por esta fantasía?

—¡Sí! —exclamó Maha—. Sí, quiero arriesgar mi vida por esta fantasía. Levana se llevó a mis dos hijos sin que pudiera hacer nada para protegerlos. No pude resistirme a ella, con todo lo que me dolió verlos partir. ¡No voy a desperdiciar esta oportunidad!

Cinder se dio cuenta de que esas palabras tenían algún sentido para los ciudadanos reunidos. Bajaron la vista al suelo. Unos cuantos niños, cubiertos por el mismo polvo que los demás, estaban junto a sus padres, que los refugiaron entre sus brazos.

El rostro del hombre se endureció.

—Toda mi vida he deseado un cambio, y precisamente por eso sé que no va a ser tan fácil —comenzó a decir—. Quizá Levana no pueda enviar contingentes a todos los sectores si nos alzamos al mismo tiempo, pero ¿qué impedirá que suspenda los trenes de abastecimiento? Puede someternos haciéndonos pasar hambre. De por sí, nuestras raciones ya son muy escasas.

—Tiene razón —admitió Cinder—. Levana puede reducir las raciones y detener los trenes de abastecimiento, pero no lo hará si nosotros controlamos el sistema del tren de levitación magnética. ¿No se dan cuenta? La única manera de que esto funcione es que nos juntemos, que nos neguemos a aceptar las reglas que nos impuso Levana.

Detectó a Scarlet en la multitud, y luego también a Iko, Wolf y Thorne. Thorne llevaba el uniforme del guardia, pero se había quitado el casco y la máscara. Cinder esperaba que la amplia sonrisa del muchacho fuera suficiente para detener el odio mal dirigido de alguno.

La presencia de sus compañeros la hizo sentirse fuerte.

Trató de mirar a los ojos a todos los ciudadanos que fuera posible.

—Sin duda, en los otros sectores se debaten con los mismos miedos que ustedes. Propongo que seleccionemos voluntarios que vayan como mensajeros a los sectores vecinos. Les explicaremos que estoy aquí y que todo lo que dije en el video es verdad. Iré a Artemisa a reclamar mi derecho de nacimiento.

—Y yo estaré contigo —manifestó Maha Kesley—. Estoy convencida de que eres nuestra reina verdadera y de que te debemos nuestra lealtad simplemente por eso. Pero como madre reunida con su hijo, te debo mucho más.

Cinder le sonrió, llena de gratitud.

Maha también le sonrió y, luego, apoyó una rodilla en el suelo e inclinó la cabeza.

Cinder se puso tensa.

—¡Oh, Maha! ¡No tienes que hacer eso! —sus palabras se fueron apagando, pues la multitud que la rodeaba comenzó a imitarla. Al principio, el cambio fue gradual, pero se extendió como las ondas de un estanque. Solo sus amigos se quedaron de pie, y Cinder agradeció su falta de veneración.

Sus miedos comenzaron a disiparse. No sabía si el video había convencido a *todos* los ciudadanos para que se unieran a su causa; ni siquiera si habría convencido a la *mayor parte*, pero lo que veía era una prueba de que su revolución había comenzado.

Treinta y siete

DE PIE Y CRUZADO DE BRAZOS, KAI MIRABA POR LA VENTANA DE SU
lujosa suite de huéspedes, pero no veía nada del hermoso lago o de
la ciudad allá abajo. No había logrado apreciar ninguno de los lujos
de su magnífica prisión, pese a que la suite era más grande que la
mayoría de las casas de la Comunidad. Levana fingía respeto dándole
un alojamiento completo, con una enorme alcoba y vestidor, dos
salas de estar, una oficina y un baño que a primera vista parecía tener
una piscina, hasta que Kai se dio cuenta de que era la tina.

Asombroso, sin duda. Era incluso más lujosa que las suites de
huéspedes del palacio de Nueva Beijing, aunque Kai y sus antepasados se preciaban de la forma en que recibían y trataban a sus
huéspedes diplomáticos.

El efecto, sin embargo, se arruinaba por el hecho de que las puertas dobles que conducían a su balcón permanecían cerradas y que
había guardias lunares apostados fuera de sus habitaciones día y
noche. Había fantaseado con romper una de las ventanas y tratar
de bajar por el muro del palacio –probablemente era lo que Cinder
habría hecho–, pero ¿qué sentido tenía? Aun si evitara romperse el

cuello, no tenía a dónde ir. Aunque le doliera mucho pensarlo, su lugar estaba aquí, junto a Levana, haciendo su mayor esfuerzo por mantenerla ocupada con tonterías de la boda y la coronación.

Su misión no iba bien, dado que no había visto a Levana ni a ninguno de sus secuaces desde que lo habían encerrado después de la emboscada en las dársenas. Los únicos visitantes habían sido criados mudos que le traían platos colmados de comida extravagante, la mayor parte de la cual regresaba intacta.

Con un gruñido de exasperación, comenzó a dar vueltas de nuevo, seguro de que gastaría el piso de piedra antes de que esta dura experiencia terminara.

Había logrado meter a Cinder y a los otros en Luna, lo cual había sido su misión principal en sus planes, pero no había funcionado del todo bien y se estaba volviendo loco sin saber qué había ocurrido. ¿Habían podido escapar? ¿Alguno estaba herido?

Aun sin un enlace D-COMM, se habría visto tentado a enviar un comunicado a Iko o Cinder solo para saber qué había ocurrido, pero Levana le había confiscado su pantalla portátil. Era enloquecedor, aunque dado el riesgo de que rastrearan un comunicado, posiblemente había sido mejor.

Su ansiedad se habría apaciguado si hubiera podido seguir adelante con sus otros objetivos. Además de distraer a Levana, se le había encomendado la tarea de recabar información acerca de Scarlet Benoit, pero no podía enterarse de nada, *de nada*, mientras estuviera atrapado aquí.

Era como estar encerrado en la Rampion de nuevo, pero cien veces peor.

El eco de un timbre resonó en su suite.

Cruzó corriendo el recibidor principal y abrió la puerta de golpe. Un criado de librea estaba del otro lado, un chico unos años más joven que Kai. Estaba flanqueado por cuatro guardias lunares.

—No soy un prisionero —comenzó Kai, poniendo el pie para trabar la puerta en caso de que se cerrara, como lo había hecho incontables veces. El criado se puso tenso—; soy el emperador de la Comunidad Oriental, no un criminal común, y debo ser tratado con respeto diplomático. ¡Tengo derecho a celebrar consejo con mi asesor y funcionarios del gabinete, y exijo escuchar las razones de la reina Levana para detenernos de esta forma!

Por un momento, la boca del criado se abrió sin decir nada, y al fin tartamudeó.

—S-se me ha m-mandado a escoltarlo hasta Su Majestad.

Kai parpadeó, de pronto confundido, pero recobró el aplomo.

—Ya era hora. Lléveme de inmediato con ella.

El criado hizo una reverencia y retrocedió hacia el corredor.

Kai fue conducido por el palacio, sintiéndose como un prisionero con los guardias desplegados a su espalda, aunque ninguno lo tocó. Se esforzó por observar la disposición del palacio, recogiendo puntos de referencia fáciles de recordar cuando le fue posible: una escultura interesante, un tapete intrincado. Pasaron por un puente aéreo y recorrieron un largo y estrecho corredor en el que se alineaban retratos holográficos como si fueran soldados.

Sus pies vacilaron una vez, cuando vio la última holografía. Tuvo que mirar dos veces para asegurarse de que no estaba perdiendo la razón.

La holografía final correspondía a una mujer que a primera vista era idéntica a Cinder.

Su corazón se aceleró, pero cuando el holograma giró hacia él, se dio cuenta de su error. Se trataba de una versión madura de Cinder, con mirada coqueta y sonrisa de arpía. Sus pómulos eran más pronunciados, su nariz un poco más delgada. De hecho, las verdaderas similitudes no eran entre esta mujer y la Cinder que él conocía, sino entre ella y la Cinder que había visto al pie de la escalinata del salón de baile.

Revisó la placa y pudo confirmar sus sospechas: REINA CHANNARY BLACKBURN.

El encanto no intencional de Cinder, dolorosamente hermoso como había sido, la volvía muy semejante a su madre.

—¿Su Majestad?

Sobresaltado, desvió la atención. No dijo nada al criado al dejar atrás la oscilante holografía.

Esperaba que lo llevaran al salón del trono, pero cuando pasaron por una rechinante puerta de hierro hacia un corredor mucho menos lujoso, sus sospechas se acrecentaron. A su izquierda pasaron por la adornada puerta de una bóveda.

—¿Qué hay allí?

Como esperaba que pasaran por alto su pregunta, le sorprendió que el criado contestara.

—Las joyas de la Corona y vestidos de gala.

Las joyas de la Corona. En Nueva Beijing guardaban los artefactos preciosos y las reliquias de familia en una de las criptas subterráneas más seguras. Allí mantenían gemas del tamaño de huevos, espadas milenarias enchapadas en oro, incluso las coronas del emperador y la emperatriz cuando no estaban en uso.

Era claro que esta ala no estaba abierta para los recorridos generales por el palacio. ¿A dónde lo llevaban?

Dieron vuelta a otra esquina y condujeron a Kai por una puerta hacia una especie de centro de control de computadoras, lleno de pantallas invisibles y nodos holográficos. En todos los muros brillaban mapas y videos de vigilancia, y había al menos treinta hombres y mujeres analizando la enorme cantidad de transmisiones y compilando los datos de salida.

Antes de que pudiera encontrarle sentido a lo que hacían, lo empujaron por una puerta hacia un cuarto adyacente. La puerta se cerró, aislándolo detrás de un cristal a prueba de ruido.

Su mirada recorrió el nuevo espacio. Un telón en una pared mostraba la ciudad de Artemisa y la Tierra en el horizonte. De espaldas a esa imagen se ubicaban dos tronos muy adornados.

El resto de la habitación estaba lleno de enormes lámparas de pie y equipos de grabación. Le recordó la sala de medios del palacio de Nueva Beijing, pero sin ninguno de los asientos dispuestos para los periodistas.

Levana estaba de pie detrás de uno de los tronos, con las manos apoyadas en el respaldo. Un broche en su faja tenía una delicada filigrana de oro y diamantes falsos que decía *Princesa Winter. Aunque fallecida, nunca olvidada.*

Los labios de Kai se plegaron con disgusto. Por lo menos ese chisme sí lo había alcanzado en su cautiverio: la princesa Winter había sido asesinada. Algunos decían que había sido un guardia; otros, que un enamorado celoso. Pero después de ver la forma en que Levana le gruñía a su hijastra, Kai no podía evitar tener sus propias teorías.

El taumaturgo Aimery estaba en la puerta, junto con el pelirrojo capitán de la guardia. Un desconocido jugueteaba con una de las lámparas.

Aunque la boca de Levana sonreía, sus ojos destilaban crueldad.

Algo había ocurrido.

Kai plantó los pies y se metió las manos en los bolsillos, esperando dar una impresión tan tranquila como formidable.

—Hola, *dulzura* —la saludó, recordando los aduladores epítetos que ella le había dedicado en las dársenas.

Levana le lanzó una mirada fulminante, que decía mucho. Si no estaba dispuesta a fingirse divertida, algo debería ir terriblemente mal.

Él esperaba que eso significara que algo había ido terriblemente bien.

—Se me prometió que iba a ser tratado como huésped diplomático —dijo—. Espero celebrar consejo con Konn Torin y los demás delegados de la Tierra, y que se me permita el acceso a pasear por el palacio y por la ciudad. No somos tus prisioneros.

—Por desgracia hoy no recibo demandas —las uñas de Levana se enterraron en el respaldo de su falso trono—. En cambio tú me vas a ayudar con un pequeño proyecto. ¿Estamos listos?

El desconocido sostenía pedazos de papel de distintos tonos de blanco.

—Un momento más, reina mía.

Kai levantó la ceja.

—No voy a ayudarte en nada hasta que aceptes mis peticiones y contestes mis preguntas.

—Mi querido prometido: renunciaste a tus derechos a la cortesía diplomática cuando trajiste a esos criminales a mi casa. Siéntate.

Kai experimentó un fugaz instinto de resistencia antes de que sus piernas se movieran por su propia voluntad, y se dejó caer en uno de los tronos. Lanzó una mirada furibunda a la reina.

—Me han dicho —comenzó a decir con un tono intimidatorio— que tomaste una prisionera de la Tierra durante una tregua. Una ciudadana de la Federación Europea llamada Scarlet Benoit. Exijo saber si hay alguna verdad en esos rumores y dónde está la chica ahora.

Levana se echó a reír.

—Te aseguro que no hay aquí ninguna prisionera de la Tierra con ese nombre.

Su risa puso nervioso a Kai y su afirmación no lo convenció en absoluto. ¿Quería dar a entender que Scarlet estaba muerta? ¿O que ya no estaba en el palacio? ¿O tampoco en Artemisa?

Levana tomó un velo de la cabeza de un maniquí y se lo puso. Aimery dio un paso adelante y colocó la corona en la cabeza de la reina. Cuando ella se volvió, su encanto ya no era visible. Después de haberse acostumbrado a su bello rostro, Kai había olvidado cómo ese velo vacío lo había llenado de espanto durante tanto tiempo.

–¿Qué hacemos aquí? –preguntó.

–Filmamos un pequeño video –explicó Levana–. Ha habido cierta confusión últimamente en los sectores externos, y me pareció pertinente recordar a la gente sus verdaderas lealtades, y todas las cosas grandiosas que tú y yo lograremos una vez que seamos marido y mujer.

Kai la estudió, pero poco podía ver debajo del velo.

Levana le estaba dando muy poca información, pero era suficiente. El video de Cinder se había difundido. La reina estaba a la defensiva. Tenía que ser así.

–¿Qué esperas que yo diga?

–Nada en absoluto, querido. Yo hablaré por ti –respondió Levana rechinando los dientes y luego se sentó en el trono junto a él.

Kai sintió una punzada de desaliento en su pecho. Trató de ponerse en pie, pero sus piernas se habían vuelto de piedra. Envolvió con las manos los brazos del sillón, clavando las uñas en la madera pulida.

–No creo… –comenzó, pero se detuvo.

El técnico hizo un conteo regresivo con los dedos y una luz brilló en las cámaras delante de él.

El cuerpo de Kai se relajó. Las manos soltaron los brazos del sillón y se acomodaron en su regazo. Mantenía una postura serena, pero natural; su mirada era suave. Sonreía al observar la lente de la cámara.

Por dentro, en cambio, estaba furioso. Gritaba y amenazaba a Levana con todas las leyes relativas a las políticas intergalácticas que podía recordar. Nada de eso importaba. Su diatriba no era evidente para nadie, excepto para él mismo.

"Mi noble pueblo", saludó Levana, "me he enterado de que han sido acosados por una impostora que afirma ser nuestra amada princesa Selene, a la que perdimos trágicamente hace trece años. Me ha perturbado notablemente que esta muchacha, cuyo verdadero nombre es Linh Cinder y es una criminal buscada tanto en Luna como en la Tierra, se haya atrevido a aprovecharse de ese doloroso episodio de nuestra historia, en particular cuando aún lloramos la muerte de mi hijastra. Me destroza el corazón informarles que las afirmaciones de esta muchacha no son más que mentiras destinadas a confundirlos y manipularnos para que se unan a ella aun cuando el buen juicio de ustedes, cuando no está manipulado, rehusaría participar".

La reina señaló a Kai.

"Quiero presentarles a mi futuro esposo, Su Majestad Imperial, el emperador Kaito, de la Comunidad Oriental. Tiene fama de ser un gobernante extremadamente justo y compasivo, y no tengo ninguna duda de que será un gran monarca para nosotros también. Juntos uniremos nuestros países en un enlace construido sobre la admiración y el respeto mutuos".

En su interior, Kai sintió náuseas. Por fuera, le dirigió una tierna mirada a su prometida.

"Tal vez ustedes no sepan", continuó Levana, "que Su Majestad ha tenido muchos contactos en persona con Linh Cinder, esta criminal que se hace pasar por Su Alteza la princesa Selene. Quería que escucharan su opinión de la chica, para que puedan tomar decisiones basadas en hechos y no en respuestas emocionales. Por favor concédanle toda su atención".

Kai enfrentó a la cámara y las palabras que salieron de su boca harían que más tarde quisiera arrancarse la lengua.

"Ciudadanos de Luna: es un honor dirigirme a ustedes como su futuro rey, y me entristece mucho que mi presentación ante ustedes deba ocurrir en medio de sucesos tan tumultuosos. Como ha dicho su reina, he tenido muchas interacciones con Linh Cinder, y sé con certeza que no es lo que afirma ser. La verdad es que se trata de una violenta criminal, responsable de incontables robos y asesinatos en el planeta Tierra. Después de obsesionarse conmigo, intentó incluso asesinar a mi amada prometida, su reina, durante nuestro festival anual de la paz en Nueva Beijing. Cuando ese intento falló, llegó incluso a raptarme el día en que se celebraría nuestra boda, y procedió a tenerme cautivo contra mi voluntad y en condiciones inhumanas, hasta que prometí renunciar a esta unión entre la Tierra y Luna y accedí a casarme con ella. Solo gracias a los valientes soldados de Luna y al espíritu indomable de Su Majestad pude ser liberado sano y salvo. Por desgracia, Linh Cinder no se ha dado por vencida. Continua viviendo una fantasía en la que ella es la princesa Selene que ha regresado de entre los muertos, con la esperanza de ganar mi afecto. Su inestabilidad y temeridad la han convertido en una criminal peligrosa, y una amenaza no solo para mi seguridad, sino también para el bienestar de los que entran en contacto con ella. Los convoco a todos a que si ven a Linh Cinder, lo reporten de inmediato a los oficiales. No hablen con ella. No se le acerquen. Como su futuro rey, estoy muy preocupado por su seguridad, y tengo la esperanza de que Linh Cinder será encontrada y traída a Artemisa, donde pueda hallar la justicia que sus crímenes merecen".

Para cuando terminó de hablar, Kai sintió que se habría arrancado la lengua si hubiera tenido oportunidad.

Levana comenzó de nuevo.

"Por supuesto, si alguna vez se encontrara alguna verdad en los rumores de que mi querida sobrina Selene ha sobrevivido todos estos años, yo la recibiría con júbilo en mi corazón y en mi hogar y pondría la corona de Luna en su cabeza. Por desgracia, no será así. Selene yace con las estrellas, y solo yo debo garantizar la seguridad y el sustento de nuestro pueblo. Sé que los tiempos son difíciles. Con gran tristeza observo que nuestra producción de alimentos disminuye año a año, y nuestros limitados recursos no satisfacen las necesidades de nuestra creciente población. Por eso la mayor prioridad de mi régimen ha sido procurar esta alianza con la Tierra, de modo que nuestro futuro sea más brillante y nuestro pueblo sea cuidado en las generaciones por venir. Este, pueblo mío, es el futuro que solo yo les puedo ofrecer. No esta cyborg, esta impostora, este fraude".

Notando que su tono viraba hacia el resentimiento, Levana hizo una pausa para recuperar la calma. Su voz sonaba alegre cuando concluyó.

"Soy su reina y ustedes son mi pueblo. Es un gran privilegio para mí guiarnos a todos hacia un nuevo y brillante futuro".

El técnico detuvo la grabación, y Kai sintió una palpitación al recuperar el control de su cuerpo. Se puso de pie de un salto y encaró a Levana.

—No soy un instrumento sin cerebro para ser utilizado en tu propaganda.

Levana se quitó la corona y el velo y se los dio a Aimery.

—Ten calma, mi amado. Hablaste con mucha elocuencia. Sin duda la gente quedó impresionada.

—Cinder sabrá que era falso. Sabrá que me estabas manipulando.

Los ojos de Levana se encendieron.

—¿Qué me importa a mí lo que Cinder *piense*? Su opinión, como la tuya, no significa nada.

Chasqueó los dedos en dirección al guardia.

—He terminado con él. Puede llevárselo de vuelta.

Treinta y ocho

EN CUANTO EL DESTACAMENTO DE GUARDIAS SE LLEVÓ AL EMPERADOR, Levana pasó del estudio a la sala de control.

—Editen el video y transmítanlo en todos los sectores en los que se proyectó el mensaje de la cyborg. Vigilen atentamente las emisiones. Quiero informes cada hora sobre cómo las reciben. ¿Cuál es el estado actual de los sectores externos?

—Se observan agitaciones poco importantes en treinta y un sectores —informó una mujer—. En casi todas son civiles que se niegan a respetar las leyes del toque de queda, y ha habido algunos ataques contra los guardias.

—También hemos visto que aumentaron los robos en dos sectores agrícolas —agregó un hombre—. Los agricultores volvieron a los sembradíos y cosecharon raciones para su uso privado. En los dos sectores incapacitaron a los guardias.

—Envíen ya mismo más personal de seguridad a cada uno de los sectores que muestren señales de insurgencia —bufó Levana—. Tenemos que sofocar esta rebelión de inmediato. ¡Y encontrar a la cyborg!

Se detuvo un momento a mirar las imágenes parpadeantes de los videos de vigilancia, pero sus pensamientos estaban muy lejos. La sangre le hervía. Se acordaba de cuando en Nueva Beijing la muchacha había pasado corriendo junto a ella ataviada con un vestido de baile plateado y de mal gusto. Veía cómo se había tropezado en los escalones de la pista y había rodado hasta los jardines. Su horrible pie metálico se había desenganchado a la altura del tobillo. Toda la fuerza de su encanto había surgido desde su interior, crepitando como electricidad, y había envuelto su cuerpo como oleadas de calor en el desierto.

Como le faltaba práctica, la muchacha solo había logrado crear una versión exageradamente hermosa de ella misma y, con eso, se había convertido en Channary, su madre. El tormento de Levana.

Levana podía verla todavía, impresa como una fotografía en su memoria para siempre. Un odio que no había sentido en varios años recorrió sus venas. Una furia intensa y cegadora enturbió su campo de visión.

Selene. Tenía que haber muerto trece años antes, pero ahí estaba, desastrosamente viva. Y como había temido entonces, quería quitarle todo, todo lo que Levana había conseguido con tanto esfuerzo.

La hacía sentir enferma. ¿Por qué no se había muerto sencilla y misericordiosamente, como ella lo había planeado? Cuando obligó a la joven niñera a prender fuego la casa de muñecas de la princesa, todo debió haber terminado. Ninguna princesa, ninguna sobrina, ninguna reina futura.

Pero la habían engañado. Selene vivía y trataba de arrebatarle el trono.

Volvió a poner atención en las pantallas.

—Es mi pueblo —susurró—. Mi sangre y mi alma. *Soy* su reina.

Aimery apareció a su lado.

—Desde luego que sí, Su Majestad. La cyborg no tiene idea de qué es ser reina, de las decisiones que tiene que asumir, de los sacrificios que debe hacer. Cuando haya desaparecido, el pueblo entenderá que Su Majestad ha sido siempre quien ha tenido el legítimo derecho a ocupar nuestro trono.

—*Cuando haya desaparecido* —repitió Levana aferrándose a cada una de las palabras—. Pero ¿cómo voy a saber que desapareció si no puedo *encontrarla*?

Era exasperante. Desde el mismo instante en que la reconoció en la Tierra, supo que la cyborg era una amenaza. Pero que tratara de poner en su contra a los ciudadanos era un golpe que no lograba entender. La idea de que el amor de su pueblo se convirtiera en un odio basado en prejuicios le quitaba el aire y la dejaba con un sentimiento de vacío interior.

Ese era también el plan de la cyborg. Lograr que el ánimo de la gente se volviera contra Levana como pudiera, sabiendo que las multitudes serían su mayor ventaja. Levana podía controlar a cientos, quizá miles de sus ciudadanos si tuviera que hacerlo. Con el respaldo de sus taumaturgos, podría controlar sectores completos, *ciudades* enteras.

Pero hasta ella tenía sus límites.

Sacudió la cabeza. No importaba. El pueblo no se alzaría en su contra. El pueblo *la amaba*.

—¿Qué voy a hacer? —se preguntó frotándose el ceño.

—Reina mía —anunció el taumaturgo Aimery—, quizá pueda darle una buena noticia.

—Oiría con mucho gusto las buenas noticias —dijo, con un suspiro, girando hacia él.

—En la mañana recibí un informe interesante de los laboratorios, pero no tuve la oportunidad de comunicar sus descubrimientos a raíz de la transmisión de la cyborg. Como sea, está confirmado que podemos duplicar los microbios mutantes de la letumosis que se extrajeron del cadáver del doctor Sage Darnel en la Tierra, y que nuestra resistencia original a la enfermedad quedó anulada con la mutación.

A Levana le llevó un momento cambiar el curso de sus pensamientos.

—¿Y el antídoto?

—Todavía es eficaz, aunque su margen de acción ahora es mucho más estrecho.

Levana tamborileó con los dedos sobre su labio inferior.

—Qué interesante.

Años atrás, Levana había desatado esa peste en la Tierra y pronto iba a aprovechar los resultados. La Tierra era débil y estaba desesperada. Desesperada por curar la epidemia. Desesperada por terminar con la guerra.

Cuando les diera el antídoto, se sentirían infinitamente agradecidos con su nueva emperatriz.

Sin embargo, no había calculado que su enfermedad de laboratorio mutara en una cepa más virulenta. Ya nadie era inmune, ni siquiera su propio pueblo. Qué cosa más extraña y maravillosa.

—Gracias, Aimery. Esta puede ser la respuesta que buscaba. Si la gente no se da cuenta de sus errores y no vuelve de rodillas a congraciarse conmigo, podría emplear este nuevo medio de persuasión. Me rompería el corazón ver sufrir a mi pueblo, pero se trata de una de esas decisiones difíciles que debe tomar una reina de cuando en cuando.

Su corazón se alegró al imaginar al pueblo llenando la plaza que se extendía tras los muros del palacio. Los ciudadanos estarían postrados, con lágrimas en el rostro. La venerarían por haberlos salvado. Los salvaría a todos con su bondad y su caridad.

¡Oh, cómo adorarían a su salvadora, a su reina legítima!

—Su Majestad.

Levana giró hacia la voz. Una mujer se había levantado y ajustaba una pantalla invisible.

—Creo que encontré algo.

Levana hizo un lado a Aimery para ver mejor. En la pantalla se mostraba la plaza central de uno de los sectores externos; quizás era el de las minas de regolito, a juzgar por el polvo que lo cubría todo y que hasta manchaba la lente de la cámara. En la toma podía verse la fuente en la que aparecía representada su figura, un detalle de belleza en ese mundo parduzco.

La plaza estaba repleta, lo que de por sí era una rareza. El toque de queda que había ordenado servía para que la gente se concentrara en su trabajo y su descanso, sin sentir la tentación de alternar con sus vecinos en las horas libres.

—¿Es en vivo? —preguntó.

—No, reina mía. Esto se grabó poco después de que terminara la jornada.

Aceleró el video. Levana lo miró con los ojos entrecerrados para tratar de entenderlo. Guardias, civiles, un castigo justo y entonces…

—Detén el video…

La mujer obedeció. Levana miraba de frente al rostro que la había perseguido durante meses. Si hubiera alguna duda, la monstruosa mano metálica servía para despejarla.

—¿Dónde es?

—Mina de regolito 9.

Levana torció la boca en una mueca.

La cyborg era suya.

—Aimery: envía un equipo de inmediato a ese sector. Linh Cinder debe ser arrestada y traída a mi presencia para someterla a un juicio público y ejecutarla. Dispón de todos los recursos que consideres necesarios para detenerla —el odio se filtró por su campo de visión mientras observaba la pantalla—. No vamos a tolerar que nadie simpatice con ella ni con sus aliados. Este alzamiento debe ser aniquilado.

Libro
TRES

"Tu madrastra averiguará pronto que estás aquí —advirtieron los gentiles enanos—. No dejes entrar a nadie".

Treinta y nueve

EL VIDEO DE REFUTACIÓN DE LEVANA SE REPRODUCÍA POR TERCERA VEZ en esa hora. Cinder se esforzaba por ignorarlo, pero cada vez que Kai empezaba a hablar, el sonido de su voz la sobresaltaba, solo para recordarle de nuevo que él no estaba allí: estaba bajo el control de Levana, como Levana había ilustrado con tanta destreza.

Desde su lugar en torno a una mesa de trabajo en el tercer piso de una fábrica de regolito, Cinder veía la mayor parte de una de las pantallas empotradas en el domo. Mostraba a una Levana satisfecha y a un Kai pacífico. Tan *felices* juntos. Hubo un momento en que Kai se volvió hacia Levana y sonrió de forma tan ensoñadora que a Cinder se le erizó la piel. Por millonésima vez, deseó que Cress estuviera con ella. Ella habría sabido cómo apagarla.

Apartó la mirada del video para concentrarse. No tenía forma de saber cómo estaban recibiendo el mensaje de Levana en Luna, ni de qué manera estaban recibiendo el suyo. Lo mejor que podía hacer era seguir adelante.

Estaba reunida con sus aliados: Iko, Thorne, Wolf y Scarlet. La madre de Wolf también estaba allí, junto con un puñado de residentes del sector que habían sido nombrados para representar a otros. Habían trabajado durante la noche, maquinando y organizando, demasiado cargados de energía para dormir.

Dos corredores habían regresado esa mañana de los sectores mineros vecinos y traían buenas noticias. Los guardias habían sido capturados, sus armas confiscadas, y la gente se uniría a Cinder en su marcha hacia Artemisa. Otros mensajeros habían asumido la peligrosa tarea de recorrer las minas, los tubos de lava y los túneles del tren de levitación magnética para confirmar la verdad del video de Cinder y sumar tantos sectores como fuera posible a la causa.

Era un principio prometedor.

Los demás residentes del sector habían sido enviados a casa después de que Cinder los animó a descansar un poco. En realidad, necesitaba poner espacio entre ella y la curiosidad y los susurros asombrados de la gente. Espacio para pensar.

Cuando volvieran a reunirse, dividiría a la gente en equipos y les asignaría tareas. Aunque algunos voluntarios ya habían sido puestos de centinelas para vigilar las plataformas del tren de levitación magnética, pronto tendría que establecer una rotación para asegurarse de que se mantuvieran alertas. Algunos grupos recibirían el encargo de reunir los alimentos y provisiones médicas que pudieran encontrar, otros vigilarían la garita de los guardias, y otros más serían enviados a registrar las minas en busca de potenciales armas y herramientas. Wolf prometió pasar tiempo entrenando a los ciudadanos aptos en técnicas básicas de combate, a partir de esa tarde.

Cinder miró el mapa holográfico de Luna, con el ceño fruncido, mientras Wolf indicaba las rutas que pensaba que deberían tomar hacia la capital. Todos estaban de acuerdo en que debían llegar a la ciudad desde tantas direcciones como fuera posible, para obligar a Levana a dividir sus defensas en contra de ellos.

–Debemos evitar Investigación y Desarrollo, y también Servicios Técnicos –dijo Wolf, apuntando a los dos sectores en la vecina Artemisa–. La mayoría de las personas allí serán partidarias de Levana.

–ID-1 parece fácil de rodear –Cinder giró la holografía para tener una mejor vista–. Pero ST-1 y 2 están justo en nuestra ruta si queremos apuntar a estos sectores agrícolas en el camino.

–Tal vez no los evitemos –sugirió Thorne–. ¿Hay alguna forma en que podamos bloquear las plataformas bajo esos sectores y atrapar a quien esté dentro? Nos daría paso libre, y también evitaría que cualquiera se colara detrás de nosotros y nos atrapara en esos túneles.

Cinder apoyó un dedo sobre el labio inferior.

–Podría funcionar, pero ¿con qué los bloqueamos?

–¿Ese sector no fabrica materiales de construcción? –preguntó Scarlet, indicando un sector identificado como CG-6: CONSTRUCCIÓN GENERAL–. Tal vez tengan algo que podamos usar.

–¿Puedo pedirte que te encargues de eso? –preguntó Cinder dirigiéndose a uno de los mineros.

Él se llevó la mano al corazón a modo de respetuoso saludo.

–Desde luego, Su Majestad. También podemos tomar algunos carros de la mina para transportar los materiales.

–Perfecto.

Tratando de no sentirse incómoda por el tratamiento de *Su Majestad*, Cinder se volvió hacia el grupo.

Wolf se puso tenso… un pequeño cambio que alarmó a Cinder.

–¿Qué pasa?

Él comenzó a sacudir la cabeza, pero se detuvo, frunciendo el ceño. Sus ojos penetrantes se volvieron hacia la ventana. Las pantallas del domo habían vuelto a quedar en silencio.

–Me pareció… oler algo.

A Cinder se le erizó la piel de la nuca. Si hubiera sido alguien que no fuera Wolf, se habría reído. Pero los sentidos de Wolf eran asombrosos, y hasta el momento sus instintos no los habían llevado por mal camino.

—¿Algo como qué? —preguntó.

—No puedo ubicarlo. Hay muchos cuerpos aquí, muchas esencias. Pero hubo algo… Alguien está cerca —confirmó apretando los puños—. Alguien que también estuvo en el techo en Nueva Beijing.

El corazón de Cinder se aceleró: ¡*Kai!*

Pero no, Wolf habría reconocido a Kai sin duda.

Tenía que ser uno de los guardias reales que los habían atacado.

Iko tomó la pantalla portátil —artilugio que había asombrado a los civiles— y apagó la holografía.

Un grito agudo resonó en las calles del exterior.

Cinder corrió hacia la ventana, apretando su cuerpo contra la pared, preparada para agacharse y quedar oculta. A su lado, Thorne también se pegó a la pared.

—Debes esconderte —susurró él.

—También tú.

Ninguno de los dos se movió.

Cinder observó la escena a través de la ventana, tratando de encontrarle sentido mientras el horror crecía en su interior. Incontables guardias marchaban por las calles, junto con al menos media docena de taumaturgos que alcanzó a ver.

Una túnica blanca le llamó la atención y su estómago se encogió. El taumaturgo Aimery Park estaba parado en el borde de la fuente central, justo en el lugar donde Cinder había estado antes. Se comportaba como si fuera un príncipe, con su bello rostro y su actitud petulante.

Continuaron llegando más refuerzos desde las estrechas calles que arrancaban de la plaza como rayos de una rueda. Demasiados refuerzos para sofocar un simple levantamiento en un sector minero que no era amenaza.

A Cinder se le hizo un nudo en el estómago.

Sabían que estaba allí.

Los guardias sacaban a rastras a la gente de sus casas, y la formaban en hileras uniformes alrededor de la fuente. Reconoció al hombre que los guardias habían golpeado, todavía amoratado y cojeando. Estaba la anciana que había estado apilando lo que había podido de sus magras raciones durante años y que ya había ofrecido darlas a quienes estarían combatiendo en Artemisa. Y estaba el muchacho de doce años que había seguido a Iko toda la mañana con expresión embelesada.

—Están deteniendo a todos en el sector —susurró Maha, echando un vistazo por la ventana de al lado—. Sin duda buscarán en estos edificios también.

Su expresión era intensa cuando dio un paso atrás.

—Todos ustedes deben esconderse. Los demás nos entregaremos. Tal vez no registren los pisos superiores si creen que ya tienen a todos.

—No dejarán de buscar —dijo Cinder tragando saliva.

—Entonces, escóndete bien —sugirió Maha apretándole la mano.

Estrechó a Wolf con fuerza. Él se inclinó para aceptar el abrazo; sus nudillos se pusieron blancos mientras la apretaba contra sí.

Escucharon que la puerta de la fábrica se abría con fuerza en el primer piso. Cinder dio un salto. Quería retener a Maha y obligarla a quedarse, pero ella se soltó del abrazo de su hijo y salió con la cabeza en alto. Los demás ciudadanos la siguieron. Sin que Cinder dijera una palabra, parecía que habían acordado por unanimidad que mantenerla a salvo era la prioridad.

Un escalofrío recorrió su espina dorsal mientras los observaba partir.

No pasó mucho tiempo antes de que escuchara a los guardias gritar órdenes y la voz calmada de Maha diciendo que estaban desarmados y bajaban por voluntad propia. Un momento después vio que los empujaban hacia la multitud en la plaza, apuntándolos a la espalda con sus armas.

—¿Y Winter? —preguntó Scarlet tragando saliva.

Cinder se volvió a mirarla con asombro. Habían dejado a la princesa en la casa de Maha, pensando que sería el lugar más seguro para ella, pero ahora…

—Yo puedo ir —anunció Iko—. No podrán detectarme como a cualquiera de ustedes.

Cinder apretó los labios, debatiéndose. Quería a Iko a su lado, como la única de sus aliados que no podía ser manipulada. Pero eso también hacía de ella la mejor elección para proteger a la princesa.

—Ten cuidado. Sal por el área de carga —accedió por fin.

Iko asintió rápidamente y luego desapareció.

Cinder temblaba cuando miró a Thorne, Wolf y Scarlet. Desde un punto tan alto no podía sentir la bioelectricidad de los taumaturgos entre la multitud, así que confiaba en que ellos tampoco la sentían a ella ni a sus amigos, pero eso no le servía de mucho consuelo.

Habían venido por ella, lo sabía. Y no tenía a dónde ir. Dónde esconderse.

Más aún, no estaba segura de que quisiera esconderse. Esta gente había confiado en ella. ¿Cómo podía abandonarla?

La voz de Aimery llegó a sus oídos. Aunque no gritaba, el sonido llegó hasta lo alto, rebotando en las superficies duras de las paredes de la fábrica. Cinder ajustó su interfaz de audio para asegurarse de captar todas las palabras.

—Residentes del Sector 9 de Minería de Regolito —anunció—: han sido reunidos aquí para enfrentar las consecuencias de su conducta ilegal. Al hospedar y ayudar a criminales conocidos, son todos culpables de alta traición contra la Corona.

Hizo una pausa para permitir que se asimilara el impacto total de sus palabras.

—La sentencia para este crimen es la muerte.

El cuerpo de Cinder se tensó cuando volvió a echar un vistazo por la ventana. La gente que había sido reunida en grupos ordenados había sido obligada a ponerse de rodillas. Eran más de dos mil residentes, menos solo aquellos que habían sido enviados como mensajeros a los sectores vecinos. Los cuerpos arrodillados llenaban las calles hasta donde podía ver.

No podía matarlos a todos. No se atrevería a reducir en forma tan severa la fuerza de trabajo de Luna.

¿O sí?

Aimery estudió a los que estaban reunidos frente a él, mientras la estatua de Levana los observaba desde lo alto como una madre orgullosa. Dos guardias estaban a cada lado de la fuente. Cinder reconoció al guardia pelirrojo y se preguntó si era aquel cuya esencia Wolf había percibido antes. Los demás guardias estaban desplegados con sus cascos y armaduras, encerrando a los civiles con las armas listas. Los otros taumaturgos permanecían intercalados en la multitud, con los brazos metidos en las mangas.

Cinder estiró sus pensamientos hasta donde le fue posible. Trataba de alcanzar la energía de Aimery. Si pudiera tomar el control solo de él, lo obligaría a ser indulgente. Podía ordenar que se soltara a la gente.

Pero no. Estaba demasiado lejos.

Eso la frustraba: saber que Levana habría sido capaz de extender su don hasta esa distancia. Levana podría haber controlado fácilmente a Aimery desde aquí arriba, probablemente los habría controlado a todos desde aquí. A Cinder no le importaba que su tía le llevara de ventaja toda una vida de práctica. Ella debería ser igual de fuerte. Debería haber sido capaz de proteger a la gente que la protegía.

Jadeando, volvió su atención hacia los guardias más cercanos, los que estaban apostados debajo de la ventana. Podía detectarlos, por lo menos, pero ya estaban bajo el control de uno de los taumaturgos.

El pánico fue creciendo dentro de ella. Tenía que *pensar*.

Todavía tenía cinco balas en la mano. Thorne y Scarlet estaban armados también. Confiaba en poder dispararle a uno de los guardias más cercanos y tal vez a un taumaturgo, pero el intento delataría su ubicación.

Además, tan pronto como Aimery se diera cuenta de que los atacaban, comenzaría a usar a los residentes del sector como escudos.

No sabía si podía arriesgarse a eso.

No sabía si tenía elección.

–Sin embargo –dijo Aimery, con su oscura mirada fija en la multitud–, Su Majestad está dispuesta a ofrecerles una amnistía a todos. Todos serán librados de morir.

Sus labios se plegaron en una sonrisa amable.

–Todo lo que tienen que hacer es revelar dónde tienen a la cyborg.

Cuarenta

CINDER SE PUSO UN NUDILLO EN LA BOCA Y LO MORDIÓ CON FUERZA para no gritar. Percibía las miradas de sus compañeros clavadas en ella, pero no se atrevía a mirarlos.

–No puedes ir allá –murmuró Scarlet con aspereza, viendo la indecisión dibujada en su cara.

–No puedo dejar que mueran por mí –le contestó en susurros.

Una mano la sujetó y la alejó de la ventana. Wolf le lanzó una mirada fulminante. El dulce y despiadado Wolf, con su madre aquí, con ellos.

Esperaba a medias que él mismo la entregara, pero más bien la retenía firmemente por los hombros.

–Nadie va a morir *por ti*. Si alguien muere hoy, será porque al fin encontraron algo en qué creer. Ni se te ocurra quitárselos ahora.

–Pero no puedo…

–Cinder, contrólate –le ordenó Thorne–. Estás en el centro de esta revolución. Si te entregas ahora, se terminará. ¿Y sabes? Lo más probable es que Levana los mate a todos igualmente, para asegurarse de que no vuelva a ocurrir.

Un disparo la hizo soltar un alarido. Wolf le puso una mano sobre la boca, pero Cinder se liberó y se lanzó de nuevo a la ventana.

Manchas blancas obstaculizaban su campo de visión. Luego se volvieron rojas de furia y la cegaron.

Abajo, en la plaza, el cuerpo de un hombre yacía a los pies de Aimery, y había salpicaduras de sangre en el suelo. Cinder no sabía quién era, pero eso no importaba. Alguien había muerto. Alguien había muerto por causa de *ella*.

Aimery examinó los rostros afligidos de quienes tenía cerca y sonrió complacido.

—Les vuelvo a preguntar: ¿dónde está Linh Cinder?

Todos mantuvieron los ojos clavados en el suelo. Nadie miraba a Aimery. Nadie miraba el charco de sangre, que se extendía más y más. Nadie hablaba.

Cinder gritaba en el interior de su cabeza. El disparo le había retumbado dentro del cráneo; su interfaz de audio lo repetía una y otra vez. Se tapó los oídos con las manos, temblando de furia.

Iba a matar a Aimery. Tenía que *destruirlo*.

Alguien la abrazó por la espalda. Scarlet la había rodeado con los brazos y apoyó la cabeza sobre el hombro de Cinder. Para contenerla, pensó ella, pero también para reconfortarla.

Cinder no se apartó, pero no se sentía reconfortada.

Abajo, Aimery señaló a una mujer colocada siete filas atrás. Una elección al azar, pensada estratégicamente para que nadie se sintiera a salvo. Otro disparo de uno de los guardias. La mujer se sacudió y se desplomó sobre la persona que estaba a su lado.

Un escalofrío se extendió por la multitud.

Cinder sollozó. Scarlet la abrazó con más firmeza.

¿Cuánto tiempo iba a durar? ¿A cuántos iba a matar? ¿Cuánto tiempo podría Cinder resistir sin hacer nada?

—Basta que una persona me diga su paradero —dijo Aimery— y esto terminará. Les devolveremos su vida pacífica.

Algo húmedo escurrió por el cuello de Cinder. Scarlet lloraba y se sacudía con fuerza, pero sus brazos no se aflojaron.

Cinder quería apartar la mirada, pero se obligó a no hacerlo. El valor de la gente la había dejado sin habla y horrorizada. Pensó que le gustaría que alguien la traicionara para que todo se acabara, así ya no tendría que tomar una decisión.

Thorne sujetó su mano y la apretó. Wolf formó una barrera al otro lado. Los tres eran al mismo tiempo sus carceleros y su bote salvavidas. Sabía que sentían el mismo horror que ella, pero ninguno podía entender la responsabilidad que la desgarraba por dentro. Esos vecinos habían confiado en ella para que lucharan juntos, para que les diera el mejor futuro que les había prometido.

¿Acaso era importante que estuvieran dispuestos a morir por su causa? ¿Acaso era importante que sacrificaran su vida para que Cinder triunfara?

No lo sabía.

No lo sabía.

Todo lo que veía eran chispas cegadoras. Todo lo que oía eran balazos que reverberaban dentro de su cabeza.

Aimery señaló a otra víctima y Cinder sintió que se le doblaban las rodillas. Era el chico que se había enamorado de Iko. Cinder tomó aire, lista para intervenir, para detenerlo, para gritar…

—¡No!

—¿Quién habló? —preguntó Aimery levantando la mano.

Una muchacha situada algunas hileras atrás del chico había comenzado a llorar histéricamente.

—No, por favor. ¡Déjenlo!

Debía de tener la edad de Cinder. Pensó que sería su hermana.

La tensión volvió a extenderse entre la multitud. Algunos de los que estaban junto a la muchacha le dirigieron miradas acusadoras, pero Cinder se daba cuenta de que no era justo. Ella no conocía a Cinder. ¿Por qué debía protegerla en lugar de defender a alguien a quien amaba?

—¿Estás preparada para denunciar el paradero de la cyborg? —preguntó Aimery levantando una ceja.

—Maha Kesley —tartamudeó la chica—. Maha Kesley es quien aloja a la cyborg.

Con un chasquido de los dedos, Aimery ordenó al guardia que apuntaba al chico que bajara el arma.

—¿Dónde está Maha Kesley?

Maha se puso de pie para que nadie se viera obligado a traicionarla. Era un pilar entre la multitud arrodillada.

—Aquí estoy.

Wolf respiró con un estremecimiento.

—Pasa al frente —ordenó Aimery.

Maha llevaba erguidos los delgados hombros al avanzar junto a sus amigos y vecinos. Había ocurrido un cambio en el poco tiempo que Cinder tenía de conocerla. El primer día la vio abatida, encorvada, temerosa. La mujer que se presentaba desafiante ante el taumaturgo mayor de la reina era una persona nueva, lo que acentuó el terror de Cinder.

—¿Cuál es la dirección de tu vivienda? —preguntó Aimery.

Maha la reveló con voz firme.

Aimery hizo un gesto al capitán de la guardia y a una taumaturga. Se alejaron en dirección a la casa de Maha, mientras le indicaban a un guardia que los acompañara.

Aimery volvió a mirar a la mujer.

—¿Has dado refugio a la cyborg Linh Cinder?

—Ese nombre no lo conozco —afirmó Maha—. La única cyborg que conozco es la princesa Selene Blackburn, la reina legítima de Luna.

Se oyeron murmullos entre la gente. Levantaron la mandíbula, enderezaron los hombros. Si alguien había olvidado por qué arriesgaban su vida por una desconocida, la declaración de Maha les sirvió como recordatorio.

Aimery hizo una mueca de superioridad. A Cinder se le heló la sangre.

Mientras la contemplaba, Maha elevó las dos manos sobre la cabeza para que todos las vieran. Entonces, la mujer tomó el pulgar y lo dobló hacia atrás con fuerza.

Incluso desde donde estaba, Cinder escuchó el crujido, al que siguió el llanto de Maha. No sabía si Aimery la había obligado a dislocarse el dedo o a quebrárselo, pero no importaba. Tomó una decisión.

En otro momento, se habría metido en la mente de sus amigos y los habría obligado a apartarse.

Giró en redondo. Scarlet, Thorne y Wolf la miraban enmudecidos y consternados.

—Cinder, no… —reaccionó Wolf.

—Es la revolución del pueblo, no la mía. Wolf, ven conmigo. Tendré el control de tu mente, pero no de tu cuerpo, como hicimos en Artemisa. Thorne, Scarlet, quédense aquí y apunten a Aimery y los otros taumaturgos, pero no disparen si no oyen otros tiros, para no revelar su posición.

—Cinder, *no* —susurró Scarlet, pero la muchacha ya les había dado la espalda a ella y a Thorne. Con un gruñido, Wolf tuvo que seguirla.

—Debo ir. ¡Wolf! —lo llamó y bajó por las escaleras del segundo piso. Afuera, ahogado por las gruesas paredes de la fábrica, oyó otro grito de Maha—. No puedo quedarme sin hacer nada.

—Te matará.

—No, si lo matamos primero.

Corrió por el último tramo de escaleras y se preparó. Verificó que tenía el control de la bioelectricidad de Wolf, para que ningún taumaturgo pudiera apoderarse de él, y salió por las puertas de la fábrica. El tercer grito de Maha la recibió como una cuchillada en el pecho. Con una mirada constató que los tres primeros dedos de Maha estaban deformados. Las lágrimas corrían por su rostro desfigurado por el dolor.

—¡Aquí estoy! —vociferó Cinder—. Ya me encontraste. Ahora, déjala a ella.

En un solo movimiento, todos los guardias giraron y apuntaron sus armas hacia Cinder. Ella respiró hondo, preparándose para que la acribillaran las balas, pero ninguno disparó.

Al otro lado de la multitud de trabajadores postrados, Aimery sonrió.

—Así que la impostora por fin nos concede el honor de su presencia.

Cinder cerró los puños con fuerza y miró al taumaturgo. Las armas la siguieron, lo mismo que Wolf, cuya energía crepitaba.

—Sabes muy bien que lo que digo es verdad —le contestó—. Esa es la única razón por la que Levana está tan decidida a matarme.

Extendió sus pensamientos hacia las personas que la rodeaban, pero ninguna de sus mentes estaba disponible. Así lo había esperado.

Tenía a su lado a un asesino entrenado y a dos tiradores diestros detrás de ella. Tendría que ser suficiente.

Llegó a la hilera delantera del grupo de civiles.

—Viniste por mí y aquí estoy. Deja en paz a estas personas.

Aimery inclinó la cabeza. Recorrió a Cinder con la mirada de arriba abajo y de abajo arriba, haciéndola sentir como una presa fácil.

Sabía cómo se veía con su atuendo parduzco, con la mano metálica y las botas toscas, la cola de caballo enredada y, lo más probable, una buena cantidad de polvo manchándole el rostro. Sabía que no se veía como una reina.

—Me imagino qué diferente habría sido —le dijo el taumaturgo bajándose del borde de la fuente— si hubieras decidido controlar la mente de estas personas antes de que llegáramos. Pero las dejaste a la deriva, en el océano de sus propias debilidades. Los convertiste en blancos y no hiciste nada para protegerlos. No eres apta para gobernar Luna.

—¿Porque prefiero que mi pueblo conozca la libertad y no la manipulación constante?

—Porque no eres capaz de tomar las decisiones que debe tomar una reina por el bien de todo su pueblo.

Cinder rechinó los dientes.

—Los únicos que se han beneficiado del régimen de Levana son los aristócratas codiciosos de Artemisa. Levana no es una reina: es una tirana.

Aimery inclinó la cabeza, casi como si estuviera de acuerdo.

—Y tú —murmuró— no eres nada.

—Soy la legítima soberana de Luna.

Aunque puso en sus palabras toda la convicción que pudo, sonaron monótonas. En minutos, la llegada del taumaturgo mayor de la reina había deshecho todos los avances que había logrado en este sector. Con un chasquido de los dedos, Aimery le había arrebatado su poder y había postrado al pueblo ante él.

—Eres una niña jugando a la guerra —se burló Aimery— y eres tan inocente que no te das cuenta de que ya perdiste.

—Me *rindo* ante ti —le contestó—. Y si eso significa que tengo que perder para que ellos queden libres, que así sea. Eres *tú* el que no se da cuenta de que no se trata de mí. Se trata de la gente que ha vivido tanto tiempo oprimida. El régimen de Levana está por terminar.

La sonrisa de Aimery se ensanchó. Atrás de él, la fuente borboteaba y salpicaba.

Detrás de Cinder, la energía de Wolf le erizaba la piel de la nuca.

Aimery abrió los brazos hacia la multitud.

—Que se sepa que este día la princesa impostora se rindió a Su Majestad la reina. Sus crímenes serán juzgados de forma rápida y justa —tenía los ojos resplandecientes—. Les prometí que respetaría sus vidas si cualquiera de ustedes revelaba el paradero de la cyborg —dijo chasqueando la lengua—. Es una lástima que nadie hablara pronto. No me gusta que me hagan esperar.

Sonó un disparo. Una conmoción recorrió el cuerpo de Cinder. No sabía de dónde había venido. Vio sangre, pero no entendía de quién era.

Entonces, las piernas de Maha se doblaron y cayó de bruces sobre el duro suelo. Sus tres dedos deformes seguían estirados sobre la cabeza.

Aturdida por la conmoción del disparo, Cinder miró el cuerpo de Maha, incapaz de respirar. Incapaz de moverse. Oyó cómo Wolf respiraba hondo. Su energía materializada en algo inmóvil y frágil.

El mundo se aplacó, haciendo equilibrio sobre la punta de un alfiler. Silencioso. Incomprensible.

Dispararon otra arma, esta desde mucho más lejos, y el ruido desplazó al mundo de su eje. Aimery se contrajo y retrocedió. La tela que cubría su muslo se empapó de sangre. Lanzó una mirada hacia la fábrica. Otro tiro dio en la fuente atrás de él.

Wolf rugió y saltó hacia adelante. El guardia más cercano le obstruyó el paso, pero tardó demasiado en disparar. Wolf lo derribó como a un mosquito molesto y corrió hacia Aimery mostrando los dientes.

Estalló una cacofonía de ruidos y cuerpos. Todos los ciudadanos que deberían haberse alzado en apoyo de Cinder, se pusieron de pie y lucharon contra ella y Wolf. Azotaron a Cinder contra el suelo y ella perdió de vista a Wolf. Se oyeron más disparos.

Cinder asestó un puñetazo en la mandíbula de alguien, rodó una vez y se apresuró a ponerse de pie. Percibió una túnica roja, levantó la mano y disparó. Esperó un instante para ver caer de espaldas a una taumaturga. Buscó otro blanco, pero no pudo volver a disparar, porque docenas de manos la sujetaron, la empujaron y la derribaron.

Cinder se revolcó para tratar de liberarse. Se sacudió un mechón de pelo de la cara y distinguió a Wolf, él también sujetado contra el suelo. Se habían necesitado doce hombres para lograrlo. Lo sostenían por todas las extremidades y tenía una mejilla aplastada contra el polvo. Más allá, se veían los cuerpos de dos guardias y una minera.

Aimery se alzaba sobre Wolf, jadeando. Su sonrisa perpetua había desaparecido, y con una mano se oprimía la pierna.

–Los disparos salieron de aquella fábrica. Envíen un destacamento a registrarla y aten a estos dos antes de que intenten algo.

Cinder luchó contra los brazos que la sostenían. Si pudiera levantar la mano y disparar un solo tiro…

Le colocaron los brazos detrás de la espalda y le ataron las muñecas. Gritó cuando le estiraron el hombro hasta casi dislocarlo. La levantaron para ponerla de pie. Tosía por el polvo y todo su cuerpo temblaba.

Miró alrededor, en busca de un aliado, pero solo vio rostros impávidos.

Se burló con desdén cuando la obligaron a ella y a Wolf a arrodillarse ante el rostro lívido de Aimery. El odio que sentía la mareaba, pero cuando se aplacaron sus pensamientos, la sacudió hasta lo más profundo el enorme dolor que sentía Wolf, junto a ella.

Estaba atormentado, desgarrado por el dolor. Cinder recordó que el cuerpo de la minera que estaba junto a él era el de su madre.

La muchacha se estremeció y tuvo que mirar hacia otro lado. Vio a la taumaturga de la túnica roja, que no se movía, y a otro taumaturgo de uniforme negro que yacía a poca distancia.

Eso era todo. Dos taumaturgos y dos guardias muertos, y Aimery herido. Eso era todo lo que había obtenido del sacrificio de Maha y la valiente muerte de otros dos civiles inocentes.

Cinder sentía más ira que miedo, afectada por la devastación de Wolf y el horror de todos los rostros inexpresivos que la rodeaban, todas estas personas usadas como títeres.

Estaba convencida de lo que les había dicho. Levana podía matarla, pero ella tenía que creer que su muerte no sería el final. Esta revolución ya no le pertenecía.

Cuarenta y uno

—AHÍ VIENEN —ANUNCIÓ SCARLET, AL TIEMPO QUE SE APARTABA DE LA ventana, furiosa. Su primer tiro había sido bajo y acertó en el muslo de Aimery, pese a que había apuntado a la cabeza. El segundo tiro, inútil, había dado en la fuente, antes de que la gente se aglomerara y no pudiera seguir disparando. Había escuchado al menos cuatro disparos de Thorne, pero no sabía si había tenido éxito.

Cinder y Wolf estaban abajo, como cerdos en un matadero, y ella y Thorne serían los siguientes si no salían en ese momento.

Thorne tomó el casco que le había robado al guardia y se lo puso en la cabeza, transformándose de amigo en enemigo. Ella esperó que el cambio fuera convincente para los lunares.

—Dame tu arma —ordenó él. Ella dudó un instante y se la entregó. Thorne guardó el arma, la tomó por el codo y la llevó hacia las escaleras.

Estaban en el primer descanso cuando escucharon una estampida de pisadas en la planta baja.

—¡Encontré a una! —gritó Thorne, y ella se sobresaltó. Apuntó la pistola a la cabeza de Scarlet mientras la llevaba al pie de las escaleras. Cuatro guardias los rodearon–. Eran dos tiradores. El otro debió de escapar; revisen los pisos de arriba para estar seguros. Yo atrapé a esta.

Scarlet fingió que trataba de librarse cuando Thorne la llevaba a rastras delante de los guardias, irradiando autoridad. Los guardias subieron por las escaleras en tropel. En cuanto se alejaron, Thorne se dio vuelta y la soltó. Corrieron hacia la salida posterior que daba hacia un callejón detrás de la fábrica.

La pelea había terminado, a juzgar por el terrible silencio que inundaba el domo.

Thorne se apartó de la fábrica, pero Scarlet lo sujetó del brazo.

–Espera.

Él volteó con gesto áspero, pero tal vez era efecto de la máscara.

–Debemos tratar de ayudarlos.

Él frunció el ceño.

–Viste con qué facilidad vencieron a Cinder y Wolf. ¿Crees que podemos hacer algo para ayudarlos?

No. Honestamente no lo creía.

Pero si ella ni siquiera lo intentaba…

–Dame mi pistola –indicó ella, extendiendo la mano.

Thorne la miró fijamente.

–Dame mi pistola.

Con un resoplido furioso, sacó la pistola de su cintura y la puso en su palma. Scarlet le dio la espalda, sin estar segura de que él la seguiría.

Lo hizo.

Cuando doblaron en la primera esquina ella pudo ver la plaza. Los ciudadanos que se habían alzado para atacar a Cinder y Wolf estaban arrodillados de nuevo, plácidos, como si la pelea jamás hubiera ocurrido.

Scarlet se preguntó cuánto tiempo les llevaría a los guardias revisar la fábrica. Se preguntó si estaba loca por no ir en la dirección opuesta y correr.

La pistola se sentía tibia en su mano; la empuñadura le dejaba marcas en la palma. Hubo un tiempo en que sostener un arma le había dado una sensación de protección, pero ese alivio era un peligro, pues sabía con qué facilidad los lunares podían volver esa arma contra ella.

Aun así, si podía acercarse lo suficiente podría hacer un disparo o dos, y esta vez no fallaría.

¿Cuánto podría acercarse antes de que la detectaran? ¿El tamaño de la multitud la mantendría oculta, o quedaría atrapada en el mismo truco de lavado cerebral en cuanto se aproximara demasiado? Ella no sabía cómo funcionaba ni cuán vulnerable podía ser. Deseó haberle preguntado más a Cinder al respecto cuando tuvo la oportunidad.

Avanzó a hurtadillas, con Thorne en silencio detrás de ella.

Se detuvo cuando pudo ver a Wolf y Cinder entre sus enemigos. Ambos tenían las manos atadas a la espalda. Wolf, con los hombros encorvados, miraba al suelo.

No, se dio cuenta ella con un escalofrío. Estaba mirando a Maha.

La furia encendió sus entrañas. Le habían quitado todo a Wolf.

Su libertad, su infancia, su familia entera, y él no había hecho nada, *nada* para merecer eso.

Ella quiso vengarlo. Alejarlo de ese horrible lugar polvoriento. Ofrecerle una vida de cielos azules, tomates y paz.

Scarlet empuñó con más fuerza la pistola, sintiendo la tensión familiar del gatillo.

Pero estaba demasiado lejos. Desde allí habría sido más probable herir a un aliado que a un enemigo.

Con el corazón galopando, Scarlet analizó el estrecho callejón, calculando cuántos pasos podría dar y permanecer oculta.

En el muro de la fábrica había una entrada donde ella podía agazaparse, pero ser vista no era su mayor preocupación, pues los lunares podían *sentirla*.

Exhaló despacio, levantó la pistola y alineó la mira, apuntando hacia el corazón de Aimery. Mantuvo el blanco durante tres respiraciones antes de resoplar y bajar el arma de nuevo. Había tenido razón. Estaba demasiado lejos.

Una vez más, pensó en acercarse. Una vez más, dudó.

Luego notó un cambio en la postura de Wolf. Volteó la cabeza en dirección a ella.

Fue un cambio sutil, casi normal. No la miró. No hizo movimiento alguno que indicara que había captado su aroma entre toda esa gente, pero Scarlet sabía que lo había hecho. Sus hombros mostraban una tensión que no había percibido momentos antes.

Su corazón se sobresaltó. Imaginó que era capturada. Que Wolf miraba cuando ellos le ponían una pistola en la cabeza. Wolf, impotente, mientras a ella le entregaban otra hacha. Wolf, cuya madre había sido asesinada frente a él sin que pudiera hacer algo para evitarlo.

El cuerpo de Scarlet se sacudió cuando el recuerdo de la muerte de su propia abuela la golpeó en el cráneo como un martillo. La desesperación que la abrumó. Toda la furia, el odio y la contundente certeza que le decían una y otra vez que ella debía haberlo impedido.

Pero no podía haberlo impedido.

Así como Wolf no podía haber protegido a Maha. Como no había sido capaz de protegerla a *ella*.

Ella no podía hacerle eso.

Scarlet frunció la cara, ahogando un grito violento.

No reacciones, Scarlet, se dijo. *No reacciones*.

Bajó el arma y retrocedió. Miró a Thorne, y aunque él también tenía el dolor grabado en el rostro, asintió, comprensivo.

La voz tranquila de Aimery se dirigió hacia ellos.

—Linh Cinder será juzgada y sin duda ejecutada por sus crímenes contra la Corona. Es solo por la misericordia de la reina que les perdonaré la vida. Pero sepan que cualquiera que sea sorprendido hablando de la cyborg y de sus conspiraciones de traición o que realice cualquier tipo de actividad rebelde será castigado de inmediato.

Scarlet vio cuando un guardia dio un empellón a Wolf entre los omóplatos y se lo llevaron, junto con Cinder.

—¡PRINCESA! —LLAMÓ IKO, TAN ALTO COMO SE ATREVÍA, QUE NO ERA demasiado alto, considerando las circunstancias—. Princesa, ¿dónde estás? —volvió a recorrer la casa, buscó en cada cuarto por tercera vez. Winter no estaba en ninguno de los gabinetes ni armarios.

No estaba debajo de la cama de Maha. No estaba en la pequeña ducha o…

Bueno, eso era todo. Esos eran los únicos escondites.

Era una casa realmente pequeña y Winter no estaba allí.

Iko volvió a la sala de estar, sintiendo el ruido del ventilador en su pecho, el aire que escapaba a través de las fibras porosas de su espalda.

Aún estaba sobrecalentada por haber corrido a través del sector, sorteando y cruzando entre casas abandonadas, en un intento por ser discreta.

¿Ya habían encontrado a Winter? ¿Había llegado demasiado tarde?

No tenía las respuestas. Se obligó a detenerse y organizar la información con que contaba.

Los secuaces de Levana estaban en el sector MR-9. Habían reunido a todos los ciudadanos y ella estaba bastante segura de que no era para organizar una fiesta.

Cinder y los demás seguían en esa fábrica, hasta donde ella sabía, y no tenía forma de averiguar si estaban a salvo hasta que volviera a verlos.

No sabía dónde se encontraba la princesa Winter.

Analizó sus alternativas. Volver a la fábrica para reunirse con Cinder parecía un paso lógico, pero se pondría en peligro. Esto no la preocupaba tanto como el temor a caer en manos del enemigo. Los lunares no parecían saber mucho acerca de los sistemas informáticos de los androides, pero si lograban decodificar su programa encontrarían mucha información confidencial acerca de Cinder y su estrategia.

Podía esperar a que sus amigos volvieran, sanos y salvos, pero esta opción iba en contra de su programación más básica. *Detestaba* ser inútil.

Aún se estaba debatiendo, cuando escuchó pasos firmes fuera de la puerta principal. Iko se sobresaltó, corrió a la cocina y se ocultó debajo de la barra.

La puerta se abrió de golpe. Alguien entró e Iko detectó ligeras diferencias en el sonido de las pisadas. Había tres intrusos en la casa.

Se detuvieron en la sala.

—La base de datos confirma que esta es la casa de Maha Kesley —dijo una voz masculina.

Un breve silencio, seguido de una voz femenina.

—Percibo a alguien, pero su energía es débil, tal vez atenuada por algún tipo de barrera.

Iko frunció el ceño. ¿Realmente no podían *sentirla*? Cinder siempre había insistido en que Iko no podía ser detectada por el don lunar, dado que no producía bioelectricidad.

—Según mi experiencia con la cyborg —agregó una tercera voz, también de hombre—, ella no siempre reacciona como uno esperaría al control y la manipulación mentales. Quizá también es capaz de ocultar su energía.

—Posiblemente—admitió la mujer, aunque su voz sonó dubitativa—. Kinney, revisa el perímetro y las casas vecinas. Jerrico, inspeccciona las recámaras.

—Sí, ama Pereira.

Los pasos se dispersaron. La puerta volvió a cerrarse.

Era una casa pequeña. Pasaron solo unos minutos antes de que la mujer entrara a la diminuta cocina e Iko vio las mangas acampanadas de una túnica roja de taumaturga. Se quedó parada en el centro de la cocina, del tamaño de un armario, tan cerca que Iko podía tocarla. Pero no miró hacia abajo ni se molestó en abrir alguna de las alacenas.

Desde su posición acuclillada, Iko miró el perfil de la mujer. Tenía el cabello corto y canoso, y aunque era una de las taumaturgas más maduras que Iko había visto, seguía siendo bella, con pómulos afilados y labios carnosos. Tenía las manos metidas en las mangas.

Se quedó inmóvil largo rato, con el gesto tenso. Iko sospechó que estaba buscando más rastros de bioelectricidad, pero era claro que no había notado a Iko a su lado.

La androide se quedó quieta y se alegró de no haber tenido que contener la respiración —gracias a las estrellas—; cuando estuvo atrapada en el armario de la nave espacial con Cinder y los demás, el ruido de sus respiraciones combinadas había sido *ensordecedor*.

Pero entonces su ventilador se encendió de nuevo.

La mujer miró hacia abajo y se sorprendió.

Iko alzó una mano para saludar.

—Hola.

La taumaturga la estudió por un largo, largo rato.

—*¿Una vacía?* —tartamudeó.

—Cerca —Iko tomó de la mesada un trapo de cocina y se abalanzó sobre la mujer, que dejó escapar un aullido antes de que Iko le cubriera la cara con la tela para amortiguar el grito. La taumaturga se sacudió, pero Iko la sujetó con fuerza contra la pared, reprimiendo el impulso de disculparse mientras miraba el rostro de la mujer palidecer, con los ojos llenos de pánico.

—Solo desmáyate —dijo Iko, intentando consolarla— y te dejaré.

—¡Oye!

Volteó y se dio cuenta de que un guardia real la había visto por la ventana de la cocina. Se precipitó a la puerta trasera, la abrió de golpe y…

Benditas estrellas todopoderosas.

Siempre había pensado que Kai era el espécimen humano más atractivo que había visto, pero aquel hombre era devastadoramente guapo, de piel bronceada, cabello ondulado y rebelde, y él estaba…

Él estaba…

Apuntándole con una pistola.

Iko puso a la taumaturga delante de ella en el momento en que él tiró del gatillo. La bala penetró en alguna parte del torso de la mujer y se desplomó, ya debilitada porque Iko la sofocaba.

Dejó caer a la mujer, se lanzó contra él y sujetó la pistola del guardia. Él la hizo girar y estrellarse de espaldas contra la mesada. El impacto reverberó en sus extremidades. El guardia apartó la pistola y con el otro puño le lanzó un golpe al rostro. Su cabeza retrocedió con un chasquido y trastabilló dos, tres pasos antes de chocar contra la estufa. El guardia maldijo y sacudió la mano.

Iko estaba pensando que debió haberse instalado algunos programas de artes marciales, cuando un segundo disparo sacudió sus receptores de audio. Se encogió y se llevó las manos a las orejas para disminuir el volumen, aunque ya era demasiado tarde.

Cuando sus pensamientos se aclararon, vio al guardia que la miraba fijamente con la boca abierta y los ojos como platos, las manos aún sujetando la pistola.

—¿Q-qué eres?

Ella miró hacia abajo. Había un agujero en su pecho que dejaba al descubierto cables chisporroteantes y tejido desgarrado de piel sintética. Refunfuñó.

—¡Acabo de repararlo!

—Tú eres… —el guardia retrocedió un paso—. Había escuchado de máquinas terrestres que podían… que eran… pero tú… —su rostro se contrajo e Iko analizó sus músculos faciales el tiempo suficiente para descubrir que su expresión era de total e irrefrenable repugnancia.

La indignación ardió dentro de ella y probablemente se filtraba por el nuevo agujero en su pecho.

—¡Mirar fijo no es de buena educación!

Una figura apareció en la puerta de la sala. Otro guardia. Iko lo reconoció como parte del séquito personal de Levana. Había sido parte del equipo con el cual se habían enfrentado en aquella azotea en Nueva Beijing.

—¿Qué pasó? —bramó al ver a la taumaturga caída, al guardia guapo con el arma baja y a Iko.

Sus ojos brillaron al reconocerla y sonrió.

—Buen hallazgo, Kinney; parece que este viaje no fue tan inútil como pensaba.

Pasó por encima del cuerpo de la taumaturga.

Iko alzó lo puños, intentando recordar los consejos de pelea que Wolf le había dado a Cinder.

—¿Dónde está la cyborg? —preguntó el guardia.

—Vete al diablo —respondió Iko entre dientes.

—Provócame —dijo él alzando una ceja.

—Sir Solis —comenzó el otro guardia, Kinney—, ella no... no es humana.

—Eso está claro —coincidió arrastrando las palabras mientras miraba el hueco que había dejado la bala en la cavidad de su pecho—. Supongo que tendremos que ser creativos para obtener información de ella. Quiero decir, de *esto*.

Intentó sujetarla, pero Iko giró y se agachó; sin embargo, la atrapó con facilidad. Antes de que su procesador reaccionara, ya le habían sujetado las manos detrás de la espalda. Luchó y trató de pisarle el empeine, pero él esquivó cada intento. Rio mientras le ataba las manos y la hizo girar para verla de frente.

—Toda esa tecnología terrestre —dijo al tiempo que apartaba la tela de su blusa para mirar las fibras de piel destruidas — y aun así eres completamente inservible.

Una furia ardiente tornó roja su visión.

—¡Te enseñaré quién es inservible!

Sin embargo, antes de que pudiera enseñarle algo, un grito desgarrador llenó la cocina y un cuchillo de cocinero cortó el hombro de Jerrico. Él jadeó y se hizo a un lado. La hoja atravesó la manga y dejó un tajo profundo y brillante. Iko trastabilló.

Jerrico giró, golpeó a la atacante y la empujó contra la pared, sosteniéndola por la garganta con una mano mientras con la otra luchaba por sujetar la mano en la que tenía el cuchillo.

Winter no soltó el cuchillo ni dejó de mirarlo con un odio desenfrenado.

Le dio un rodillazo, justo entre sus piernas. Jerrico gruñó y la apartó de la pared solo para volver a golpearla. Esta vez Winter resolló cuando el aire salió de sus pulmones.

—Kinney, vigila a la androide —ordenó Jerrico entre dientes.

Iko desvió su atención de la princesa Winter hacia el guardia demasiado guapo para ser tan imbécil, pero Kinney ya no le prestó atención. Su rostro estaba horrorizado por la forma en que Jerrico sujetaba a la princesa por la garganta.

—¡Es la princesa Winter! ¡Suéltela!

Jerrico soltó una carcajada sin ningún sentido del humor.

—Sé quién es, idiota. Como sé que debería estar muerta.

—Yo también escuché que había muerto, pero evidentemente no es así. Suéltela.

Mirando hacia arriba con fastidio, Jerrico se dio vuelta y apartó a Winter de la pared.

—No, se *supone* que debería estar muerta. La reina ordenó que la mataran, pero parece que alguien no tuvo las agallas para hacerlo.

Winter se dejó caer hacia adelante, pero él volvió a levantarla y la sujetó contra su pecho.

—Qué suerte; he estado esperando por años estar a solas contigo, pero ese fastidioso sir Clay siempre estaba merodeando como un buitre sobre la carroña —Jerrico deslizó un pulgar por la barbilla de Winter—. Parece que ahora no está aquí, ¿cierto, princesa?

Las pestañas de Winter temblaron. Miró con ojos aturdidos a Kinney.

—Tú…

—Oye —Jerrico la sujetó de la barbilla para obligarla a mirarlo—. Tú eres mi premio, princesa. ¿Qué recompensa crees que recibiré por llevarle tu cadáver a la reina? No creo que le importe en qué condiciones esté, y como beneficio adicional, podré demostrar que tu novio efectivamente es un traidor.

Iko tiraba con fuerza de sus manos, tratando de desconectar sus pulgares de sus conexiones y librarse de las cuerdas, pero no podía hacer palanca con los brazos tan fuertemente atados.

Estaba a punto de lanzarse hacia adelante y golpear la espalda de Jerrico con toda la fuerza de su cráneo metálico, cuando Winter se desplomó, tan flácida como una muñeca de trapo.

Jerrico se sobresaltó, apenas capaz de volver a sujetarla. En ese instante, Winter le hundió en un costado el cuchillo olvidado.

Jerrico gritó y la soltó. Winter trastabilló fuera de su alcance, pero él la tomó de la muñeca, la jaló y la golpeó en la cara con el dorso de la mano. Winter cayó. Su cabeza golpeó contra el borde de la mesada.

Iko gritó cuando el cuerpo de la princesa se desplomó sobre el suelo.

Con una andanada de maldiciones, Jerrico aferró la empuñadura del cuchillo, pero no lo sacó de la herida. Su rostro estaba tan rojo como su cabello y gruñó entre dientes a la princesa.

—Qué estúpida, loca…

Levantó el pie para patearla, cuando Kinney alzó su pistola y abrió fuego. El impacto lanzó a Jerrico contra la pared.

Iko quedó impactada. Sin importar en cuántas peleas y combates hubiera estado, siempre se había sorprendido de que la realidad fuera mucho más horrible que los dramas de la red. Aun la muerte de un guardia tan despreciable, con el rostro contorsionado por la incredulidad mientras la vida se le escapaba, le despertó un gesto de horror.

El silencio pareció apoderarse de todo el sector e Iko se preguntó si ese último disparo había dañado para siempre su sistema de audio.

El guardia miraba fijamente la pistola en su mano como si jamás la hubiera visto.

—Es la primera vez que tiro del gatillo por mi voluntad.

Respirando hondo, dejó su pistola sobre la mesada y se acuclilló sobre la princesa Winter. Revisó la parte posterior de su cabeza. Sus dedos quedaron ensangrentados.

—Respira —confirmó él—, pero es probable que haya sufrido una conmoción cerebral.

El procesador de Iko se trabó.

—¿De qué lado estás?

Él alzó la mirada. Su nariz volvió a arrugarse al mirar de nuevo la perforación de la bala, pero no por mucho tiempo.

—Nos dijeron que la princesa estaba muerta. Pensé que otro guardia la había matado.

Iko intentó acomodar los pliegues de su blusa sobre la herida.

—La reina ordenó a un guardia llamado Jacin que la matara, pero en lugar de ello la ayudó a escapar.

—Jacin Clay.

—¿Por qué nos ayudaste? —preguntó Iko entrecerrando los ojos.

Con el rostro tenso, Kinney volvió a recostar a la princesa en el suelo. Había sangre por todas partes. De la taumaturga. De Jerrico. De Winter.

—La ayudé a *ella* —dijo él, como si la distinción fuera importante.

Encontró el trapo de cocina con que Iko había tratado de asfixiar a la taumaturga Pereira y lo ató alrededor de la cabeza de Winter, cubriendo la herida tan bien como pudo. Cuando terminó, se levantó y recogió el cuchillo ensangrentado.

Iko retrocedió.

Él se detuvo.

—¿Quieres que corte esas cuerdas o no?

Iko escudriñó su rostro. Deseaba que no le resultara tan inevitable mirarlo.

—Sí, por favor.

Se dio vuelta y él la liberó rápidamente.

Esperaba encontrar pedazos de piel cortada cuando levantó las manos, pero la hoja ni siquiera la había tocado.

—Esto es lo que haremos —comenzó Kinney haciendo un gesto a la pistola que seguía en la mesada. Iko se dio cuenta de que no le gustaba mirarla. Seguía buscando motivos para desviar la mirada—: presentaré un informe en el que les diré que me arrebataste la pistola y mataste a la ama Pereira y a sir Solis, y luego lograste escapar. No les diré que vi a la princesa. Ni siquiera tienen que saber que está viva —señaló a la nariz de Iko y se atrevió a sostener su mirada por más de medio segundo—. Y tú vas a llevártela lejos de aquí. Mantenla oculta.

Ella puso los brazos en jarra.

—Claro. Aquí la teníamos, recluida en una casita en un sector minero elegido totalmente al azar. ¿Cómo es que ni siquiera se nos ocurrió *tratar de esconderla*?

El rostro de Kinney permaneció indescifrable un largo rato antes de responder.

—¿Entiendes el sarcasmo?

—Por supuesto que entiendo el sarcasmo —escupió ella—. No es física teórica, ¿o sí?

El guardia apretó la mandíbula por un momento antes de sacudir la cabeza y apartarse.

—Solo cuídala —revisó a la princesa una vez más y se marchó.

Cuarenta y dos

CINDER Y WOLF FUERON LLEVADOS A UN PUERTO SUBTERRÁNEO DE CARGA, donde había tres maltrechos vehículos de reparto y tres módulos reales, lo que explicaba por qué la llegada de sus enemigos no había disparado las alarmas; Cinder solo había puesto vigilancia en el andén del tren de levitación magnética.

Se enojó consigo misma y deseó tener un día la oportunidad de aprender de este error.

Esposada, Cinder sentía que los brazos se le dislocarían de la articulación de los hombros. Aunque Wolf iba detrás de ella, alcanzaba a sentir su energía: furiosa y letal. Estremecido por el temor de la suerte de Scarlet. Agotado y devastado por lo que le habían hecho a Maha.

Un guardia real los esperaba. Tenía el cabello revuelto, pero su rostro era inexpresivo.

–Informe –le ordenó Aimery. Caminaba cojeando y Cinder se imaginó que lo pateaba justo donde la bala había penetrado.

–La señora Pereira y sir Solis murieron.

Aimery alzó las cejas. Esta noticia inesperada no hizo más que despertar su curiosidad.

–¿Cómo?

–Una androide terrestre nos emboscó en la casa de Kesley –explicó el guardia. Cinder sintió que el corazón le daba un vuelco–. Estalló una pelea. La androide era inmune a la manipulación mental y las balas no le causaron grandes daños. Ella... *eso* ahorcó a la señora Pereira y luego peleó cuerpo a cuerpo conmigo. Me arrebató el arma y disparó a sir Solis y a nuestra taumaturga. En una distracción, le clavé el puñal en la espalda y seccioné su... médula o lo que sea que haya sido. Con eso quedó inhabilitada –una jaqueca comenzó a pulsar detrás de los ojos de Cinder. Era la señal de unas lágrimas que nunca saldrían. Primero Maha, ahora Iko... El guardia continuó–: Con la amenaza eliminada, realicé un cateo exhaustivo del resto de la casa y sus alrededores. No encontré otros cómplices.

Un mínimo alivio. Por lo menos no habían descubierto a Winter y, hasta donde Cinder podía saber, tampoco a Thorne ni a Scarlet.

Aimery observó al guardia, buscando un error en su reporte.

–¿Qué pasó con la androide?

–Localicé y destruí lo que me parecía que era la fuente de energía –explicó el guardia– y eché los restos en el compactador público de basura.

–¡No! –Cinder se tambaleó, pero el hombre que la custodiaba la sostuvo de pie.

–Dejé los cadáveres. ¿Quiere que regrese por ellos? –agregó el guardia después de echarle un fugaz vistazo a la muchacha.

Aimery agitó una mano en el aire, como para restarle importancia.

–Enviaremos a un equipo.

Se oyeron otras pisadas en las escaleras. Aún temblorosa por la noticia de la pérdida de Iko, Cinder apenas pudo alzar la cabeza. Se dio cuenta de que Wolf la estaba mirando. Su mirada era de compasión, pero tenía la mandíbula tensa de cólera.

Ese día los dos habían perdido a un ser amado.

Cinder sintió que se ahogaba, como si las costillas le presionaran los pulmones, pero la presencia de Wolf le transmitió vigor. Su ira comenzó a crecer. Su dolor se convirtió en madera seca, lista para arder.

Logró recuperarse, y aunque no podía liberarse del guardia que la sujetaba, se paró lo más erguida que pudo.

Las pisadas se convirtieron en un taumaturgo de túnica negra y más guardias.

—No encontramos más cómplices ni descubrimos quién nos disparó desde las ventanas de la fábrica —le informó el taumaturgo recién llegado—. Es posible que se hayan retirado a otro sector. Quizá vuelvan a intentar la insurgencia en otra parte.

Aimery despejó las preocupaciones del taumaturgo con una irónica sonrisa.

—¡Que lo intenten! No le tememos a nuestro propio pueblo —posó sus ojos negros sobre Cinder—. Esta pequeña rebelión se terminó.

Cinder levantó la cabeza, pero un gruñido grave distrajo la atención de Aimery. Se volvió hacia Wolf, que tenía los caninos a la vista. Se veía feroz y sanguinario, listo para despedazar a sus captores.

En respuesta, Aimery se rio. Se acercó y apretó la cara de Wolf con los dedos hasta dejarlos marcados en sus mejillas.

—Además —continuó—, ¿cómo vamos a perder si tenemos estas bestias a nuestra disposición? —soltó la mandíbula de Wolf y le dio una palmada en la mejilla—. Alfa Kesley, ¿verdad? Estuve presente el día del torneo de la reina, el día que te ganaste tu puesto en la manada. Parece que te descarriaron estos terrícolas. ¿Qué haremos contigo?

Wolf miró al taumaturgo con un odio que habría podido quemarle desde la piel hasta los huesos.

De pronto, dobló una rodilla y se postró ante Aimery. Cinder se encogió de dolor. La conmoción rebotaba por todas sus articulaciones. Al momento siguiente, Wolf inclinó la cabeza.

Era una escena repugnante. Toda esa fuerza, toda esa furia reducida a no más que un títere. Peor aún, porque ella sabía cuánta fuerza mental y cuánta concentración se necesitaban para obligar a Wolf a hacer algo. Apenas comenzaba a dominar esa habilidad, mientras que Aimery no parecía tener dificultades.

—Buen perro —dijo Aimery, palmeando la cabeza de Wolf—. Te llevaremos ante Su Majestad para que decida el castigo que merece tu traición. ¿Te parece bien, Alfa Kesley?

—Sí, amo —respondió con una voz gutural y robótica.

—Eso pensé —Aimery giró entonces hacia el resto del grupo—. Si quedaran focos de rebelión, aplástenlos rápidamente. Mañana se celebrará la boda real y no vamos a tolerar más alborotos.

Los demás taumaturgos se despidieron con una reverencia y se dispersaron. Aimery volvió a esconder las manos en las mangas y se dirigió a Cinder.

—Solo nos falta averiguar qué haremos contigo.

Cinder le sostuvo la mirada.

—Podrías inclinarte ante mí, como tu legítima reina.

—Mátenla —ordenó Aimery esbozando una sonrisa.

Pasó muy deprisa. Uno de los guardias desenfundó el arma, la apoyó en la frente de Cinder, soltó el seguro, puso un dedo en el gatillo…

Cinder tomó su última bocanada de aire.

—Alto. Cambié de opinión.

Con la misma velocidad, el guardia enfundó el arma en el cinturón.

Cinder flaqueó. La cabeza le daba vueltas por el miedo que la invadía.

—Mi reina solicitó que se le concediera el placer de decidir tu suerte ella misma. Creo que voy a sugerirle que le presente tu cabeza al emperador Kaito como regalo de bodas.

—Taumaturgo Park.

Se volvió hacia la mujer de túnica roja que había hablado. Tenía la mano apoyada encima del revestimiento exterior de un pequeño vehículo espacial.

—Es un módulo real y parece que llegó hace poco —le explicó mostrando la mano—. No tiene polvo. Es extraño que esté aquí.

Aimery emitió un sonido de indiferencia.

—No me sorprende que haya ladrones sueltos, pero podría ayudarnos a localizar a los rebeldes que faltan. Rastreen su número de seguimiento y vean qué obtienen.

Hizo un gesto hacia varios guardias. Cinder y Wolf fueron escoltados a la nave de Aimery, donde los obligaron a ocupar asientos separados. Nadie dijo nada mientras los motores comenzaban a funcionar.

Momentos después se dirigían a Artemisa.

Aimery no dejaba de dar órdenes, algo acerca de heridas de bala y de recibir atención médica. Designó a un nuevo capitán de guardias e informó a la reina de las bajas y los prisioneros. Los pensamientos de Cinder estaban revueltos. Miraba fijamente el perfil del guardia que había matado a Iko. *Quedó inhabilitada*, había dicho, y que la había arrojado al compactador de basura.

Las imágenes se repetían una y otra vez en su cabeza. El filo que desgarraba la espalda de Iko. Los dedos rotos de Maha. Los vecinos del sector arrodillados a los pies de Aimery.

Su odio se encendió; se cocinaba a fuego lento en el fondo de sus entrañas. Cuando apareció Artemisa en el horizonte, se hallaba en ebullición.

La nave descendió en el puerto aéreo subterráneo de Artemisa. Bajaron la rampa y un guardia arrastró a Cinder con tanta fuerza que tuvo que contenerse para no gritar de dolor. Detrás de ella se oían las pisadas trabajosas de Wolf.

Fue recibida por un cúmulo de peligros nuevos: una docena de guardias, con una bioelectricidad tan maleable como chips de personalidad recién salidos de fábrica, y tres taumaturgos, cuya potencia mental siempre tenía cierta rigidez, como de hierro.

Torció el dedo preguntándose si podría cargar una bala rápidamente y cuánto tardaría en matarlos a todos. Estaba en Artemisa. Si escapaba, se convertiría en una fugitiva, una asesina solitaria a la caza de la reina.

Era solo una fantasía. Aún tenía las manos atadas. Cerró la mano metálica en un puño inservible.

—¿Taumaturgo Park?

Cinder miró al guardia que había matado a Iko.

—Dígame, sir Kinney.

—Solicito permiso para recibir de inmediato atención médica.

El taumaturgo mayor observó la sangre en su uniforme. Era mucha, aunque Cinder no pudo distinguir exactamente dónde había sido herido.

—Muy bien —le respondió—. Repórtese en cuanto lo autoricen a volver al servicio.

El guardia se llevó un puño al pecho y marchó en la dirección opuesta.

Cinder y Wolf fueron sacados a empellones del puerto. Los llevaron por un laberinto de corredores. Sin saber qué otra cosa hacer, Cinder trató de concentrarse en la dirección en que los llevaban. Contó los pasos y se formó en la cabeza un plano rudimentario, que trató de hacer coincidir con lo que sabía del palacio de la reina.

Los llevaron a un área de elevadores, flanqueada por más guardias. Hicieron un alto en el que Aimery habló con otro taumaturgo, y aunque Cinder ajustó su interfaz de audio, solo captó algunas palabras, primero *alfa* y *soldado*; luego, *insurgencia*, *MR-9* y *cyborg*.

Aimery hizo un ademán y se llevaron a Wolf por otro corredor.

—¡Esperen! —gritó Cinder con el pánico corriendo por sus venas—. ¿A dónde lo llevan? —Wolf gruñó y se resistió a sus captores, pero toda oposición estaba atemperada por el control mental—. ¡Wolf! ¡No! —Cinder tropezó tratando de lanzarse hacia adelante, pero unos brazos la contuvieron. Las ataduras le quemaban las muñecas—. *¡Wolf!*

Todo fue en vano. Doblaron la esquina y Wolf desapareció, dejando a Cinder temblorosa y jadeante. Sentía húmeda la muñeca de la mano derecha, donde las correas le habían abierto la piel. No era tan ingenua para creer que ella y Wolf habrían podido vencer a sus enemigos, pero no había previsto que la separaran tan pronto de su amigo. Quizá no lo volvería a ver. Quizá no volvería a ver *a ninguno* de ellos.

Cuando la metieron por la fuerza en el elevador, se le ocurrió que era la primera vez que estaba sola desde que había empezado todo.

—Lamento que no podamos llevarte a una visita privada —le dijo Aimery—, pero estamos ocupados en los preparativos de la boda. Estoy seguro de que lo entiendes.

Las puertas del elevador se cerraron y comenzaron a descender. Y a descender. Cinder empezó a sentir que la llevaban a su tumba.

Cuando las puertas se abrieron, la empujaron con un golpe en la espalda. La llevaron por un corredor en penumbras, con paredes ásperas y que olían a aire encerrado, orina y sudor. Arrugó la nariz, asqueada.

—Espero que las habitaciones te parezcan aceptables para la *distinguida* invitada que eres —continuó Aimery, como si el olor no le molestara—. Entiendo que ya estás acostumbrada a las celdas.

—Yo no diría eso —le contestó Cinder—. En la última solo pudieron retenerme un día.

—Estoy seguro de que esta será más adecuada para ti.

Esa cárcel de rocas y cuevas no se parecía a la construcción moderna de Nueva Beijing. Era sombría y sofocante y, lo peor de todo, Cinder no tenía planos ni mapas ni medios para calcular su ubicación en relación con… en fin, con lo que fuera.

Se detuvieron. Se escuchó el tintineo de llaves y el crujido de bisagras metálicas viejas. Un candado anticuado, qué pintoresco.

Si pudiera alcanzarlo desde dentro de la celda, lo abriría en menos de treinta segundos.

Ese pensamiento le permitió tener, cuando menos, un destello de esperanza.

Al abrir la puerta el olor se acentuó. Cinder trataba de expulsar el aire en cuanto lo aspiraba.

—Aquí te quedarás hasta que Su Majestad, la reina, tenga tiempo de verte para el juicio y la ejecución —le anunció Aimery.

—Estoy impaciente —murmuró Cinder.

—Me imagino que querrás aprovechar el tiempo para recuperar viejas amistades.

—¿Recuperar qué?

Uno de los guardias le soltó las ataduras de las muñecas y empujó a Cinder hacia adentro. Ella se golpeó el hombro con el filo de la puerta de hierro y entró tropezando en la celda, sosteniéndose de una pared irregular.

Alguien gimió y Cinder se detuvo, petrificada. No estaba sola.

—Disfruta tu estancia, *princesa*.

La puerta se cerró de golpe. El estruendo retumbó en los huesos de Cinder. La celda era pequeña. En la puerta de hierro había una ventana alta y con barrotes por la que entraba la suficiente luz del pasillo para distinguir una cubeta sobre el piso. De ahí venían los malos olores.

Dos personas estaban acurrucadas juntas en el rincón más alejado.

Cinder las miró con la boca abierta esperando a que sus ojos se acomodaran a la oscuridad. Encendió la linterna que tenía incorporada en la mano. Las dos figuras temblaron y se encogieron de miedo abrazadas.

Al reconocerlas, sintió como si hubiera recibido un gancho de derecha y se desplomó contra la pared.

Adri.

Pearl.

—No puede ser cierto.

Su madrastra y su hermana se estremecían de miedo y la miraban con los ojos muy abiertos. Cinder no alcanzaba a imaginarse para qué las tenían ahí, qué quería Levana de ellas.

Entonces se dio cuenta: la tendrían encerrada ahí, con ellas, hasta que la ejecutaran.

Se pasó la mano lentamente por la cara. Odiaba mucho a Levana, muchísimo.

Cuarenta y tres

EN SU SUEÑO, WINTER ESTABA DE PIE EN LA COCINA DE LA PEQUEÑA casa de una granja en la Tierra, o lo que su imaginación pensó que debía ser la casa de una granja en la Tierra. Sabía que era el hogar de Scarlet, aunque no la había visto allí. Estaba frente a un fregadero atestado de platos sucios. Era vital que ella los lavara todos antes de que alguien llegara a la casa, pero cada vez que sacaba un plato de la espuma, se estrellaba en sus manos. Sus dedos sangraban a causa de las astillas, tiñendo las burbujas de rojo.

Cuando el séptimo plato se resquebrajó en sus manos, se apartó del fregadero con una abrumadora sensación de fracaso. ¿Por qué nunca podía hacer algo bien? Aun esta simple tarea se había convertido en un desastre en sus manos.

Se derrumbó sobre sus rodillas y comenzó a llorar. La sangre y el jabón formaron un charco en su regazo.

Una sombra la cubrió y Winter levantó la vista. Su madrastra estaba en la entrada. Grandes extensiones de tierra y el cielo azul de la Tierra se veían detrás de ella. Sostenía un peine enjoyado en la mano, y aunque era hermosa, sonreía con crueldad.

—Ellos te aman —dijo Levana, como si hubieran estado en medio de una conversación. Entró en la cocina. El borde de su vestido real pasó por encima del agua jabonosa en el piso—. Te protegen. ¿Y qué has hecho para merecerlo?

Ellos me aman —reconoció Winter, aunque no estaba segura de a quiénes se refería: ¿a la gente de Luna? ¿A Cinder y sus aliados? ¿A Jacin?

—Y pagarán el precio de su adoración —Levana se colocó detrás de ella y empezó a pasar el peine entre los rizos de Winter. El gesto era suave. Maternal, incluso. Winter quiso llorar de añoranza: había anhelado tanto la caricia de una madre… Pero también sentía temor. Levana jamás había sido tan tierna—. Descubrirán todas tus debilidades. Se darán cuenta de lo imperfecta que eres en realidad. Verán que nunca mereciste nada de esto…

Un dolor agudo se extendió en su cráneo cuando los dientes del peine se enterraron en su cuero cabelludo. Se quedó sin aliento. Comenzó a sentir dolorosas palpitaciones en la cabeza.

Un rugido hizo que volviera la atención hacia la puerta. Ryu estaba parado con las patas separadas en actitud defensiva, mostrando los dientes.

Levana dejó de peinarla.

—¿Y a ti qué te importa? Ella también te traicionó; dejó que ese guardia sacrificara tu vida a cambio de la suya. No puedes pasar por alto su egoísmo…

Ryu se acercó. Sus ojos amarillos destellaron.

Levana dejó caer el peine y dio un paso atrás.

—Tú eres un animal. Un asesino. Un *depredador*. ¿Qué sabes de lealtad o de amor?

Ryu se quedó en silencio y agachó la cabeza, como si hubiera sido castigado. Winter le abrió su corazón; se dio cuenta de que el animal la extrañaba. Quería jugar a traer la pelota, no ser reprendido con las crueles palabras de la reina.

Winter se llevó la mano a su cabeza punzante. Su cabello estaba empapado. Miró el peine tirado y vio que el charco de agua jabonosa se había espesado con sangre.

—Estás equivocada —dijo al tiempo que encaraba a la reina—. *Tú* eres la asesina. *Tú* eres la depredadora. No sabes nada acerca de lealtad o de amor —Winter extendió la mano hacia Ryu, que la olisqueó antes de apoyar su cabeza tibia en su rodilla—. Tal vez seamos animales, pero jamás volveremos a vivir en tu jaula.

CUANDO ABRIÓ LOS OJOS, LA CASA DE LA GRANJA HABÍA DESAPARE-cido, reemplazada por muros y muebles deteriorados y cortinas cubiertas de polvo de regolito lunar. Sus párpados temblaban mientras trataba de salir del pesado sopor y la jaqueca palpitante. Aún podía oler el charco de sangre, y el cuero cabelludo le seguía doliendo donde el peine lo había perforado.

No, donde se había golpeado con el borde de la mesada.

Alguien la había recostado en un sofá. Sus pies colgaban sobre el costado.

—Hola, loca.

Winter se quitó el cabello de la cara y descubrió que una toalla le envolvía la cabeza. Miró a Scarlet, que había llevado una silla del comedor a la habitación, y la había girado para sentarse con los brazos apoyados sobre el respaldo. Llevaba de nuevo el abrigo con capucha. La mayoría de las manchas habían desaparecido, pero aún se veía desgastado y andrajoso. También ella, de hecho. Tenía el contorno de los ojos enrojecido, la cara ruborizada y llena de manchas. Su ferocidad usual se había convertido en un agotamiento amargo.

—Iko nos contó lo que sucedió —explicó Scarlet, con la voz seca y quebradiza—. Siento no haber estado aquí, pero me alegra que ella sí estuviera.

Winter se sentó. Iko estaba sentada en el piso con las piernas cruzadas, jugando con una fibra de tejido de piel que se había rasgado en su pecho. Thorne estaba parado de espaldas contra la puerta principal. Llevaba puesto parte del uniforme de guardia lunar y tuvo que mirarlo dos veces para cerciorarse de que era él. Prestó atención, pero la casa estaba en silencio. Sintió un arrebato de pánico.

—¿Dónde están los otros?

—El sector fue atacado —explicó Thorne—. Se llevaron a Wolf y a Cinder y… mataron a Maha.

Scarlet abrazó con fuerza el respaldo de la silla.

—No podemos quedarnos aquí. Llevamos los cuerpos del guardia y la taumaturga a la habitación de atrás, pero apuesto a que alguien vendrá a buscarlos.

—El guardia que nos ayudó me pidió que llevara a Su Alteza a un escondite —dijo Iko—. Sé que se refería a que la sacáramos de este sector, pero ¿a dónde más podemos ir? He estado revisando los mapas de Luna y los únicos lugares que al parecer podrían ofrecer más seguridad están bajo tierra. Al menos estaríamos lejos de la gente, y la vigilancia no es tan estricta en los túneles y las minas, pero tampoco parece la solución ideal.

—No hay una solución ideal —afirmó Winter hundiéndose en los cojines apelmazados del sofá—. La reina me encontrará dondequiera que vaya. Me encuentra hasta en mis sueños.

—No eres la única que tiene pesadillas —murmuró Thorne.

—Pero aún es posible que muchos ciudadanos furiosos se presenten en Artemisa dentro de cuatro días para demandar un nuevo régimen. ¿Existe alguna posibilidad de que Cinder siga viva para entonces?

Intercambiaron miradas, pero no había mucho optimismo.

–Las ejecuciones oficiales se llevan a cabo en el palacio de Artemisa –explicó Winter–. Ahí es a donde la llevarán.

–¿Por qué no la matan aquí? –preguntó Scarlet–. ¿Para qué se toman todas esas molestias?

–Levana quiere ejecutarla de una manera que muestre la inutilidad de su levantamiento –respondió Thorne, sacudiendo la cabeza.

–¿Crees que planee transmitirlo? –preguntó Iko.

–Te lo aseguro –afirmó Winter–. A la reina le gustan las ejecuciones públicas. Son una manera efectiva de quebrantar la voluntad de cualquier ciudadano que pueda albergar rebeldía.

–Entonces la matará pronto –dijo Thorne, frotándose la frente–. Esta noche, tal vez, o mañana. No hay nada como una ejecución el día de tu boda.

Winter se llevó las rodillas al pecho y las apretó con fuerza; el día había empezado con tantas esperanzas para sus compañeros… La transmisión había resultado según lo planeado, la gente había estado respondiendo a su llamado.

Pero ahora todo había terminado. Levana seguía siendo la reina, la querida Selene pronto estaría muerta, y también Jacin, si es que no había muerto ya.

–Basta.

Winter levantó la cabeza, no tanto por la orden de Thorne, sino por su tono endurecido. Scarlet e Iko también levantaron la mirada.

–Dejen el desaliento de lado. No tenemos tiempo para eso.

–¿No estás desalentado? –preguntó Winter.

–Esa palabra no está en mi vocabulario –Thorne se apartó de la puerta–. Iko, ¿acaso no entramos en ese cuartel de guardias y transmitimos el mensaje de Cinder a toda Luna?

–Sí, capitán.

—Scarlet, ¿los rescaté a ti y a Wolf cuando toda la ciudad de París estaba sitiada?

—En realidad, estoy segura de que Cinder... —comenzó a decir, alzando una ceja.

—Sí, lo hice —interrumpió, y señaló a Iko—. ¿Las rescaté a ti y a Cinder de esa celda y las puse a salvo a bordo de la Rampion?

—Bueno, en ese momento no fue exactamente...

—Por todas las estrellas, Iko: solo responde la pregunta.

—¿Qué intentas decir? —preguntó Scarlet, tamborileando con los dedos sobre la silla.

—El caso es que voy a resolver esto, como siempre lo hago. Primero, encontraremos la forma de entrar en Artemisa. Hallaremos a Cress y rescataremos a Cinder y a Wolf. Derrocaremos a Levana y, por las estrellas en lo alto, haremos reina a Cinder para que nos pague un montón de dinero de sus arcas reales y todos podamos retirarnos muy ricos y muy vivos, ¿entienden?

—Buen discurso —exclamó Winter, aplaudiendo—. Con tantas agallas y ambición.

—Y, curiosamente, tan carente de cualquier tipo de estrategia posible —agregó Scarlet.

—Me alegro de que ustedes también lo notaran —dijo Iko—. Me preocupaba que mi procesador estuviera fallando —se tocó la nuca.

—Estoy trabajando en esa parte —refunfuñó Thorne—. Por lo pronto, necesitamos salir de este sector. Podré pensar mejor una vez que no me preocupe que estemos rodeados de taumaturgos. Además, si vamos a usar el túnel del tren de levitación magnética, es un largo camino de vuelta hacia Artemisa.

—Hay una falla en este supuesto plan —observó Scarlet, apuntando con el pulgar hacia Winter—. No vamos a llevarla de regreso allá. Eso es lo contrario de mantenerla oculta.

Winter desató la toalla alrededor de su cabeza. Había una mancha de sangre, pero no muy grande. Se preguntó si la jaqueca disminuiría en algún momento.

–Tienes razón. Me desplazaré bajo tierra, como sugirió Scarlet.

–No eres un topo –la corrigió Scarlet–. No puedes simplemente desplazarte *bajo tierra*. ¿A dónde irás? ¿Qué harás? ¿Hay gente allá abajo? ¿Necesitarás provisiones? ¿Qué tal si…?

–Ryu también estaba en mi sueño –Winter dobló la toalla sobre sus rodillas–. Estaba tratando de protegerme de la reina. Creo que me ha perdonado por lo que sucedió.

Scarlet soltó una carcajada, un sonido áspero y frenético.

–¿Al menos estás escuchando? ¿No comprendes? ¡Cinder y Wolf no están! Levana los tiene. Va a torturarlos, a matarlos y… –sollozando, Scarlet agachó la cabeza entre sus hombros temblorosos–. A nadie le importan tus estúpidos sueños ni tus ilusiones estúpidas. Se *fueron* –se limpió la nariz con el dorso de la mano. No era bonita cuando lloraba, y a Winter le gustaba eso de ella.

Se inclinó hacia adelante y apoyó una mano sobre el hombro de Scarlet.

Scarlet no se apartó.

–Lo entiendo –dijo Winter–. No sería seguro para mí volver a Artemisa, pero eso no quiere decir que no pueda ayudar a Selene y a mi pueblo. Yo también tengo un supuesto plan.

Scarlet la miró con los ojos irritados.

–Temo preguntar.

–Thorne e Iko irán a Artemisa e intentarán salvar a Selene, Wolf, Jacin y Cress, mientras tú y yo desaparecemos bajo tierra, en las sombras de los tubos de lava, y allí reuniremos un ejército propio.

–Oh, ¿entonces vamos a escondernos bajo tierra y a formar *un ejército*? –Scarlet resopló y agitó las manos en el aire–. ¿Por qué me molesto en hablar contigo? No estás ayudando. Eres la *I* mayúscula en *Inútil*.

—Hablo en serio. Hay asesinos, animales y depredadores que ansían ser libres. Tú lo sabes, amiga Scarlet. Tú ya liberaste a uno.

Winter se levantó, apoyó una mano en la pared para equilibrarse y caminó alrededor de la pequeña mesa.

Scarlet puso los ojos en blanco, pero fue Iko quien habló.

—Las barracas —dijo ella—. Las barracas donde Levana tiene a sus soldados se encuentran en los tubos de lava.

Thorne miraba alternadamente a Iko y a Winter.

—¿Sus soldados? ¿Te refieres a sus soldados lobos mutantes? ¿Estás loca?

—Puede que lo esté —respondió, soltando una risita y poniendo una mano sobre la mejilla de Thorne—. Todos me lo dicen.

Cuarenta y cuatro

—LA REINA TIENE LOS NERVIOS DE PUNTA —DIJO JACIN MIENTRAS SE abrochaba sobre el uniforme el cinturón con la funda de la pistola—. Guarda silencio y trata de fingir que no ha pasado nada, para que las familias no entren en pánico; pero se percibe que hay algo diferente.

Sentada con las piernas cruzadas sobre el catre, Cress abrazaba la pantalla portátil contra su pecho. Cada vez era más intensa la tentación de enviar un mensaje a Thorne y los demás. La curiosidad la estaba matando y separarse de ellos la hacía sentirse ansiosa y solitaria. Pero no iba a correr el riesgo de que rastrearan la señal. No los pondría en un peligro mayor que el que ya corrían ni, para el caso, se pondría en riesgo ella misma.

De todos modos, era una tortura estar desconectada.

—¿Sabes si transmitieron el video? —le preguntó.

Jacin se encogió de hombros y continuó la revisión del seguro del arma y de las municiones con movimientos de experto. Metió la pistola en la funda.

—Sé que la reina grabó ella misma una transmisión de manera improvisada. Creo que también arrastró al emperador, pero no se difundió en Artemisa, así que no sé de qué trató. Pudo haber sido algún anuncio inútil sobre la boda.

—Si lograra tener otra vez acceso al centro de seguridad, podría averiguar… —sugirió Cress, humedeciéndose los labios.

—No —Cress le lanzó una mirada asesina y se encontró con un dedo que apuntaba directo a su nariz–. Ya corrimos muchos riesgos. Te quedarás aquí —se volvió para ajustarse la armadura que cubría un solo hombro, con lo que asumió de nuevo el aspecto de un leal servidor de la reina–. Será un turno largo esta noche. Estoy de guardia durante toda la boda y el banquete de festejo. Pero casi todos fuimos llamados a servicio, así que por lo menos aquí estará bastante tranquilo.

Cress suspiró. Hubo un tiempo en que el silencio y la soledad la consolaban; al fin y al cabo, a eso se había acostumbrado a bordo del satélite. Pero ahora la hacían sentir más como una prisionera.

—Adiós —susurró y luego agregó medio en broma–: Tráeme una rebanada de pastel.

Jacin se detuvo con la mano en la puerta. Su rostro se suavizó.

—Haré lo posible.

Abrió la puerta y se quedó petrificado.

Cress sintió que el corazón le saltaba a la garganta.

Había otro guardia en el umbral, con la mano levantada para tocar a la puerta. Su atención saltó de Jacin a Cress.

Jacin se recobró antes que ella. Cruzó los brazos y se apoyó contra el marco de la puerta, para impedir que el guardia la mirara.

—¿Qué quieres?

—¿Quién es? —le preguntó el guardia.

—No es asunto tuyo.

—¡Vamos, por favor! —el guardia hizo a un lado a Jacin y se coló en la pequeña habitación. Cress retrocedió hasta la pared sosteniendo con tanta fuerza la pantalla que oía crujir la carcasa de plástico–. Muchos guardias tienen amantes, pero no tú.

La puerta se cerró a sus espaldas.

Cress miraba al desconocido cuando escuchó el chasquido del seguro del arma al soltarse.

El guardia se paralizó. Jacin estaba detrás de él. Con aspecto sorprendido, alzó las dos manos a la altura de su cabeza.

–¿Quién dijo algo acerca de una amante? –gruñó Jacin.

Cress sintió que se sofocaba. A este guardia no lo conocía; tenía los ojos oscuros y el pelo ondulado recortado sobre las orejas. No recordaba haberlo visto en la emboscada del aeropuerto, pero no estaba segura.

–No es el recibimiento que esperaba –dijo.

Jacin no dejaba de apuntarle a la espalda.

–No me gusta que la gente se meta en mis asuntos –su rostro mostraba calma, tanta calma que aterrorizaba a Cress casi tanto como la presencia del desconocido–. Eres Kinney, ¿verdad?

–Así es.

–Nunca pude darte las gracias por defenderme en el juicio.

–De nada.

–Toma sus armas.

Cress tardó un largo instante en darse cuenta de que Jacin le hablaba a ella. Jadeó y saltó de la cama. El guardia, Kinney, no se movió mientras le quitaba la pistola y el puñal. Cress retrocedió y bajó las armas con un sentimiento de alivio.

–No quisiera matarte –dijo Jacin–, pero vas a tener que darme una muy buena razón para no hacerlo.

Kinney alzó las cejas. Miraba de nuevo a Cress. Parecía curioso y no tan asustado como debería haberlo estado.

–Te salvé la vida.

—Ya hablamos de eso.

—¿Y qué hay del hecho de que el ruido del disparo atraerá de inmediato a todos los guardias?

—Casi todos están en servicio. Correré ese riesgo.

Cress creyó que detectaba una sonrisa, pero entonces Kinney giró para encarar a Jacin.

—¿Y qué tal si fuera porque le salvé la vida a la princesa Winter? —Jacin entrecerró los ojos—. Hay rumores de rebelión en los sectores externos. Acabo de regresar de una incursión en MR-9 y mientras registrábamos la casa de una simpatizante de los rebeldes, me quedé estupefacto al toparme nada menos que con la princesa en persona. Yo creía lo mismo que todos, que estaba muerta —ladeó la cabeza y continuó—: debe de haberte atormentado que todos pensaran que la mataste por una mezquina cuestión de celos. Reconozco que lo creí. Me sentí medio tentado de matarte yo mismo, como represalia, y sé que no soy el único —un músculo se contrajo en la mandíbula de Jacin. Kinney bajó los brazos y se metió los pulgares en el cinturón sin que Jacin hiciera el menor movimiento—. Siento haberte juzgado mal. Sé que la princesa te importa más que a cualquiera de nosotros.

—Entonces, ¿vive aún? —preguntó Cress cuando el delgado silencio entre ellos se volvió doloroso.

Kinney la miró y asintió con la cabeza.

—Le dije que se escondiera. Hasta donde sé, todos los demás siguen pensando que murió.

—¿Se veía bien? —preguntó Jacin, y su voz sonó como si tuviera arena en la garganta.

—Te diría que se veía mucho más que bien, pero entonces sí que me matarías —respondió Kinney con una sonrisa pícara.

Jacin frunció el ceño y bajó el arma, pero sin guardarla.

—Así que la viste. Pero eso no explica cómo le salvaste la vida.

—También Jerrico se encontraba allí. Me imagino que él estaba al tanto de las órdenes de la reina de eliminarla. Quería matarla y arrastrar su cadáver hasta aquí, así que le disparé.

Aunque trató de sonar indiferente, Cress percibió un temblor en su tono.

—¿Lo mataste? —preguntó Jacin.

—Sí.

Continuaron frente a frente mucho tiempo, hasta que Jacin habló:

—Odiaba a ese hombre.

—Yo también.

Jacin comenzó a relajar lentamente los músculos, aunque su expresión todavía era de sospecha.

—Gracias por contármelo. Estoy… estaba preocupado por ella.

—No vine por eso. Vine a advertirte. Vimos en el sector un módulo real que no tenía por qué estar allí, y apuesto a que todas las pistas conducen a ti. Si yo adiviné que era tuyo, también lo hará la reina. Quizá por ahora cree que Winter murió, pero pronto se enterará de la verdad —hizo una pausa—. ¿A quién amenazó que iba a matar si no la obedecías?

—A nadie —respondió Jacin después de respirar hondo.

—Sí, claro —Kinney miró sus armas junto a Cress, pero no se movió para tomarlas—. Una vez Levana ordenó que mataran a mi hermana menor cuando dejé escapar a una doncella que le había robado unos aretes —Cress lo miró con los ojos muy abiertos. En cambio, Jacin no pareció sorprenderse. Kinney prosiguió—: Bueno, quienquiera que sea, va a morir, lo mismo que tú, si no dejas de perder el tiempo y no huyes a toda prisa antes de que la reina descubra que le mentiste —se volvió hacia Cress—. ¿Ya puedo tomar mis armas? Debo presentarme a servicio en cinco minutos.

Después de un momento de duda, Jacin movió la cabeza y se guardó el arma. Todavía tenía el ceño fruncido mientras Kinney recuperaba su pistola y su puñal.

—¿Por qué arriesgas el pellejo por mí... otra vez?

—Es lo que la princesa querría —le contestó Kinney y se dirigió hacia la puerta, teniendo cuidado de no chocar con Jacin al pasar—. Su Alteza convenció a la reina de que le diera a mi hermana el puesto de la doncella, en lugar de matarla, así que estoy en gran deuda con ella —se inclinó hacia Cress para despedirse—. Quienquiera que seas, nunca te he visto.

Jacin no trató de detenerlo y Kinney salió por la puerta.

Cress sentía el corazón galopando.

—Qué bueno que no lo mataste —susurró.

—Estoy indeciso —recorrió la habitación con la mirada en busca de algo que Cress no sabía qué era—. Esperaremos hasta que esta sección esté tranquila, pero es hora de irnos.

Cress abrazó su pantalla portátil, a la vez emocionada y asustada de salir de su cárcel, su santuario.

—Jacin, ¿de verdad Levana amenazó con lastimar a alguien si no matabas a Winter?

—¡Desde luego! Así es como se maneja.

Sintió que el corazón se le rompía, por él, por Winter, por víctimas que no conocía.

—¿Quién es?

Jacin volteó y se puso a rebuscar en una gaveta. Cress no supo si lo hacía solo para tener en qué ocuparse.

—Nadie —contestó—. Nadie importante.

Cuarenta y cinco

—¿NO TIENEN CANALES DE NOTICIAS EN ESTA ROCA OLVIDADA POR LAS estrellas? —refunfuñó Kai, deslizando los dedos por la base del holó-grafo, la versión lunar de las omnipresentes pantallas de red.

—Estamos en una dictadura, Su Majestad —respondió Torin con los brazos cruzados mientras miraba a través de la ventana, hacia el brillante lago que se extendía abajo—. ¿Cree que los canales de noticias serían confiables, aun cuando los tuvieran?

Ignorándolo, Kai volvió a deslizar el dedo.

Había enviado esa mañana un mensaje a la reina para decirle que, desafortunadamente, la boda tendría que posponerse si no le permi-tía reunirse con Torin antes de la ceremonia, pues su consejero era una de las personas más instruidas acerca de los votos y costumbres que debían observarse para que la boda fuese reconocida como una unión política.

Para su sorpresa, ella accedió.

Era un alivio ver a Torin de nuevo y asegurarse de que su conse-jero estaba ileso, pero ese alivio llegó acompañado de frustración y desasosiego crecientes. Las redes de transmisión de la reina eran su más reciente motivo de queja. Parecían mostrar solo estupideces sin sentido y nada de utilidad.

—Quiero saber qué está pasando fuera —afirmó, al mismo tiempo que apagaba el hológrafo—. Sé que ya ha comenzado. Sé que Cinder hizo algo.

Torin se encogió de hombros, con cierto aire de disculpa.

—No tengo más respuestas que usted.

—Lo sé. Y tampoco espero que las tengas. Es tan frustrante estar atrapado aquí mientras ella… ¡mientras todos están allá afuera haciendo… lo que sea que estén haciendo!

Se unió a Torin frente a la ventana y se pasó los dedos por el cabello.

—¿Cómo es que la gente de aquí soporta estar aislada del resto del país? Sin medios, no tienen forma de saber lo que está ocurriendo en los otros sectores. ¿No los vuelve locos?

—Supongo que no —respondió Torin—. Mire el esplendor del que pueden disfrutar gracias al trabajo de los sectores externos. ¿Usted cree que la gente de aquí desea destruir su paraíso ilusorio ocupándose de la miseria del resto del país?

Kai hizo un gesto de desagrado. Ya sabía eso, y se arrepintió de la ingenuidad de su pregunta. Pero no podía comprenderlo. Aún recordaba el día en que Nainsi le había informado las estadísticas de personas pobres y sin techo en la Comunidad, cuando tenía diez años. Nainsi le había explicado cuán positivas eran estas cifras, y pese a que habían aumentado desde la propagación de la letumosis, seguían siendo más bajas de lo que habían sido en las décadas posteriores a la Cuarta Guerra Mundial. Incluso así, Kai había pasado una semana casi sin conciliar el sueño, pensando en toda esa gente que no tenía comida ni dónde dormir, mientras él estaba tan cómodo y atendido en su palacio.

Hasta había escrito una propuesta para ceder partes del palacio a los ciudadanos más necesitados y había ofrecido la mitad de sus aposentos privados si eso ayudaba, pero aunque su padre había prometido leer la sugerencia, Kai dudaba de que siquiera la hubiera tomado en serio.

Ahora se daba cuenta de lo infantil que había sido su petición, pero aun así no podía imaginar no desear hacer algo para ayudar a los ciudadanos de la Comunidad, como tampoco podía comprender la total falta de compasión de los miembros de la corte de Levana hacia la gente que había construido el paraíso del que ellos gozaban.

—Su cara ha sanado bien—observó Torin—. Estoy seguro de que apenas se notará en las fotos de la boda.

—Oh… claro —dijo Kai, que no había comprendido el comentario de inmediato.

Se llevó la mano a la mejilla donde Wolf lo había golpeado. Solo le dolía al tocarse, y sin espejos donde mirarse, lo había olvidado.

—Creo que esa treta no resultó bien —murmuró, y metió las manos en los bolsillos.

—Aun así, fue un esfuerzo valeroso —admitió Torin—. Hablando del tiempo que estuvo lejos, ¿ha visto el reporte del ejército americano que llegó esta mañana?

—Claro que no —respondió, girando hacia el consejero—. Ella se llevó mi pantalla portátil…

—Cierto. Le dejaré la mía —dijo Torin, con un gesto que expresaba su compasión.

—Gracias, Torin. ¿Cuál reporte?

—Parece que han encontrado la nave de sus amigos orbitando en el espacio, abandonada. La remolcarán de vuelta a la República para buscar evidencias que puedan ser usadas contra sus secuestradores. Cuando los localicen, desde luego.

Kai se frotó la nuca.

—Ellos sabían que esto podía ocurrir, pero aun así Thorne no se pondrá feliz cuando se entere.

—*Era* una nave robada. Sin importar de qué lado esté él ahora, ese hombre es un ladrón y un desertor. Me resulta difícil sentir compasión por su pérdida.

Kai no pudo evitar una sonrisa irónica.

—Coincido, pero cuando veamos a Thorne de nuevo tal vez debería ser yo quien le dé la noticia.

Dejó que su vista se perdiera a lo largo de la orilla del lago, donde el agua se encontraba con el domo circundante. Parecía el fin del mundo allí afuera. La civilización dentro de una cápsula perfecta, toda resplandeciente y prístina. Más allá, solo había tierra yerma. En el horizonte pudo distinguir el borde de otro domo y se preguntó cuál era.

Había seleccionado las palabras con cuidado. *Cuando* vieran a Thorne de nuevo, no *si*. Porque así era como debía pensar acerca de sus aliados, sus amigos. Así era como debía pensar acerca de Cinder si es que iba a sobrevivir a esto. Se preguntó dónde estaría en ese momento, qué tan lejos había llegado. ¿Estaría a salvo?

Alguien llamó a la puerta y Kai se sobresaltó, pero la sorpresa se vio superada por el temor.

—Aquí vamos —murmuró—. Adelante.

No era un estilista de bodas sino uno de sus propios guardias el que estaba en la entrada y llevaba un pequeño paquete envuelto en cintas de terciopelo de colores.

—Disculpen la interrupción. Esto fue entregado por un criado como regalo de bodas de Su Majestad la reina. Lo hemos analizado para detectar químicos o explosivos y al parecer es seguro abrirlo —le tendió el paquete a Kai.

–¿Quieres decir que no intenta hacerme volar en pedazos antes de la ceremonia? –preguntó Kai, tomando la caja–. Qué decepción.

El guardia parecía tener ganas de sonreír, pero se reprimió. Hizo otra reverencia y se retiró al corredor.

Kai quitó rápido la envoltura, ansioso por averiguar qué nuevo tormento había diseñado Levana para él. Cuando levantó la tapa de la caja imaginó una pequeña bola de metal con un grillete.

Se quedó helado. Sintió que la sangre se escurría desde su cabeza hasta sus pies.

Un dedo robótico estaba colocado sobre una cubierta de terciopelo blanco. La grasa manchaba las articulaciones de los nudillos y había cables desconectados que sobresalían por un extremo.

Se le encogió el estómago.

–Tiene a Cinder –dijo, al tiempo que le pasaba la caja a Torin. Aturdido, caminó de vuelta hacia la ventana, sus pensamientos confundidos por la negación.

Este obsequio contestaba muchas de sus preguntas, y se dio cuenta de que Torin tenía razón: a veces era mejor no saber.

HACÍA MUCHO TIEMPO QUE LEVANA NO SE SENTÍA TAN COMPLACIDA.

Su insoportable sobrina estaba en cautiverio de nuevo y pronto dejaría de ser una molestia.

Su fastidiosa hijastra estaba muerta y jamás tendría que volver a escuchar sus murmullos o complacer sus deseos absurdos.

En solo unas horas estaría casada con el emperador de la Comunidad Oriental, y en pocos días más recibiría la corona y el título de emperatriz. No pasaría mucho tiempo antes de que toda la Tierra fuera suya. Recursos. Tierras. Un lugar para que su gente disfrutara de la belleza y los lujos que los terrícolas daban por descontados.

Imaginaba que dentro de algunos siglos, en los libros de historia se contaría cómo la reina lunar había conquistado el planeta azul y dado inicio a una nueva era. Una era regida por aquellos que realmente lo merecían.

Apenas sentía el peso de las joyas incrustadas en las mangas de su vestido y a lo largo de su cuello. Apenas notaba a los criados que se movían alrededor de ella, ajustando la falda de su vestido de bodas, acomodando los volados del miriñaque y dando los toques finales al canesú.

Aun sin espejo, Levana supo que era hermosa. Era la reina más hermosa que Luna había conocido, y Kaito era afortunado de que fuera su prometida.

Sonreía para sí cuando finalmente despidió a los criados.

—Deslumbrante, reina mía.

Giró y vio a Aimery en la entrada.

—¿Por qué te tomas la libertad de entrar sin anunciarte? —preguntó Levana, aunque había poco veneno en su tono—. Estoy preparándome para mi ceremonia nupcial. ¿Qué quieres?

—No deseo distraerla. Sé que esta es una ocasión trascendental, para todos nosotros. Pero quería que estuviera tranquila respecto de… la invitada especial de esta noche. La cyborg será llevada al salón del trono durante el banquete, como ordenó. Está arreglado.

—Estoy feliz de escucharlo. Qué sorpresa será su presencia para mi nuevo esposo —se frotó con el pulgar la base del dedo anular mientras hablaba, sintiendo el gastado anillo de compromiso. Era un recordatorio constante de su primer marido, el padre de Winter. Él siempre sería su único amor, y hacía mucho había jurado que jamás se quitaría ese anillo.

Ocultarlo era ahora para ella una reacción instintiva, al igual que el encanto de sus labios rojos y su voz serena.

—Hay otra pequeña noticia de la cual debo informarle —continuó Aimery—, aunque todavía está en investigación y no deseo molestarla cuando falta tan poco para su boda.

—Mientras la cyborg esté bajo nuestra vigilancia —dijo Levana con una sonrisa— nada puede molestarme.

—Me alegra escucharlo, reina mía, pues descubrimos algo sospechoso en nuestra visita al sector minero. Había un módulo espacial de la Corona estacionado allí, y después de inspeccionarlo descubrimos que la nave había sido utilizada nada menos que por sir Jacin Clay.

—Continúa —ordenó Levana girando hacia Aimery y prestándole toda su atención.

—Tenemos documentos que indican que esta nave partió de Artemisa cuarenta y siete minutos después de la muerte de la princesa Winter. Desde luego, en ese momento sir Clay aún estaba aquí, en el palacio, y no sabemos quién era el piloto. También resulta sospechoso que, sin importar quién estuviera a bordo de esa nave, se encontrara en el mismo sector que la cyborg y sus acompañantes.

Aunque la expresión de Aimery era neutra, resultaba fácil percibir sus sospechas.

—Tenemos grabaciones de video de la muerte de Winter, ¿cierto?

—Así es, reina mía. Sin embargo, como usted recordará, ese día tuvimos dificultades técnicas, con cortes de energía esporádicos que afectaron la vigilancia en el palacio. Permítame.

Se acercó a la pantalla de red que hacía mucho tiempo Levana había ordenado que fuera instalada en el espléndido marco que alguna vez había ocupado el espejo de su hermana, antes de que todos los espejos fueran destruidos. Un momento después, Levana estaba observando a Jacin y Winter dentro de la casa de los animales.

Un lobo merodeaba detrás de ellos. Winter besó al guardia con tal pasión que Levana gruñó. Luego Jacin alzó el cuchillo y se lo clavó en la espalda. El cuerpo de Winter se desplomó y él lo depositó en el suelo con toda la delicadeza de un hombre enamorado. La sangre empezó a formar un charco debajo de ella.

El video terminó.

—Está muerta, entonces —dijo ella, alzando una ceja.

—Quizá. Me preocupa que su muerte haya sido un montaje. Verá, el video termina allí. No tenemos grabaciones de Jacin llevándose el cadáver o matando al lobo para ocultar sus huellas, como afirma haber hecho. Parece muy conveniente que esa cámara en particular haya dejado de funcionar en ese momento.

Levana inhaló bruscamente.

—Ya veo. Lleven a sir Clay a una celda de detención. Lo interrogaré después del banquete de esta noche.

—Ya me tomé la libertad de ordenar que buscaran al guardia, Su Majestad, y me temo que ha desaparecido.

Esta noticia, más que cualquier otra cosa, la hizo detenerse por un momento.

—¿Desaparecido?

—Debió haberse presentado al servicio hace dos horas, pero no lo han visto. Ninguno de los guardias con quienes he hablado lo ha visto desde que terminó su turno anoche.

Levana miró sin concentrarse a través de sus ventanales hacia su hermoso lago, su hermosa ciudad.

Jacin había huido.

Solo los culpables huyen.

Eso debía significar que Winter estaba viva.

Apretó los dientes con odio, no solo porque su hijastra seguía existiendo, sino porque un guardia de mente débil había tenido el atrevimiento de pensar que era estúpida. Pero se obligó a respirar y a liberar el odio de sus contraídos hombros.

—No importa —dijo—. La princesa está muerta mientras la gente crea que está muerta. Esto no cambia nada. Tengo asuntos mucho más importantes que atender.

—Desde luego.

—En caso de que Jacin Clay sea localizado, deberá ser ejecutado al instante. Espero que me notifiquen de inmediato cualquier información acerca de la princesa.

—Sí, reina mía —dijo Aimery, haciendo una reverencia—. La dejo continuar ahora con sus preparativos. Hago votos por su felicidad venidera.

La sonrisa de Levana no era forzada. *Su felicidad venidera.* Le gustaba mucho cómo sonaba eso.

Aimery dio media vuelta para marcharse. Levana suspiró.

—Espera, hay algo más.

Aimery se detuvo.

—Los padres de Jacin Clay deberán ser ejecutados por traición, en público, como recordatorio de que tales deslealtades no se tolerarán. Haz que los guardias en su sector se encarguen de eso ahora mismo, para que sus muertes no empañen la transmisión de la boda esta noche —se alisó el frente de su vestido—. Jacin sabrá que él tuvo la culpa de sus muertes.

Cuarenta y seis

KAI NO ENTENDÍA CÓMO HABÍA TERMINADO VESTIDO DE NUEVO PARA LA
boda. No les dijo una palabra a las estilistas que se ocupaban nerviosas de su pelo y su atuendo. Una vez que se fueron, no habría podido reconocer a ninguna.

Cinder había muerto. Eso, o Levana la retenía en alguna parte. No sabía qué era peor.

Cinder.

Repetía sin cesar el nombre en sus pensamientos, y cada vez era como una espina que se le clavaba en la piel.

Cinder, valiente y decidida. Cinder, inteligente, hábil e irónica.

Se negaba a creer que hubiera muerto. En realidad, ¿qué significaba un dedo? Era un dedo falso que Levana había confeccionado para atormentarlo. O Cinder lo había perdido en una batalla pero ella había logrado escapar. O… seguramente tenía que haber otra explicación. No podía estar muerta.

No Cinder.

Estaba confundido, como si hubiera pasado la tarde en un sueño brumoso. Una *pesadilla brumosa.*

No importaba si el dedo significaba lo que temía: pronto estaría casado con Levana. Pese a todo, pese a todos los planes que había hecho con Cinder, pese a todas sus esperanzas. Todo iba a terminar así, como Levana lo había querido desde el principio.

—¿Qué estoy haciendo? —preguntó cuando Torin volvió, ya vestido para la boda.

A menos que fuera un taumaturgo usando su encanto para personificar a Torin…

Cerró con fuerza los ojos.

Odiaba estar ahí.

Torin suspiró y se acercó. La Tierra flotaba sobre ellos, casi llena en medio del cielo estrellado.

—Va a detener una guerra —le contestó— y a conseguir un antídoto.

Kai había esgrimido tantas veces esos mismos argumentos que habían comenzado a perder su significado.

—Pero no iba a ser de esta manera. Creí… de verdad pensé que ella tendría una oportunidad.

Torin puso una mano sobre su hombro, para transmitirle todo el consuelo que fuera posible.

—Todavía no se ha casado, Su Majestad. Todavía puede decir que no.

—¿Con todos atrapados aquí? —preguntó, con una sonrisa irónica—. Nos haría pedazos.

Había sido un error ir a Luna. Al final, sus buenas intenciones no habían servido de nada. Había fallado.

Entró un taumaturgo, y aunque venía escoltado por dos de los guardias de Kai, todos los presentes sabían que no eran más que un adorno.

—Vengo para acompañarlo al gran salón de baile —anunció el taumaturgo—. La ceremonia está por comenzar.

Kai se secó el sudor de las manos en la pechera de su camisa de seda. Pero en lugar de estar húmedas y pegajosas, estaban secas. Completamente secas, y heladas.

—Muy bien —le contestó—. Estoy listo.

Torin se mantuvo a su lado todo el tiempo que pudo, mezclado con el séquito que avanzaba por los amplios corredores del palacio, hasta que fue obligado a reunirse con el resto de los representantes de la Comunidad y los invitados. Todo pasó volando, y aunque Kai sentía como si estuviera calzado con zapatos de hierro, llegaron al salón de baile demasiado pronto.

Tomó una bocanada de aire; su incredulidad fue interrumpida por una sacudida de pánico.

En el ensayo del día anterior, le había parecido que todo era una broma. Como si estuviera jugando a los naipes y, para variar, tuviera la mano ganadora. Pero ahora, mientras el taumaturgo le hacía señas para que ocupara su lugar junto al altar dispuesto en la parte delantera del gran salón de baile y él miraba a los cientos de lunares sentados frente a él con sus atuendos exóticos, todo se desmoronaba. De ninguna manera era un juego.

La primera ministra Kamin se hallaba de pie en el estrado, detrás de un ornamentado altar negro y dorado que estaba coronado por cientos de pequeñas esferas brillantes. Su expresión era de compasión. Kai se preguntó si se daba cuenta de que Levana pretendía conquistar también su país en cuanto hubiera afirmado su poder sobre la Comunidad. Levana pensaba conquistarlos a todos.

Inhalar, exhalar. Giró sin devolver la media sonrisa de Kamin.

La multitud era más numerosa de lo que había imaginado; serían fácilmente mil personas reunidas, vistiendo sus mejores galas. El contraste entre los colores apagados de los terrícolas y los destellos y fluorescencias de los lunares era irrisorio. Un pasillo se extendía a lo largo del salón, enmarcado por candelabros con más esferas pálidas que daban una luz temblorosa, como de pequeñas llamas. La alfombra del pasillo era negra, con piedras incrustadas para imitar el cielo estrellado. O el cielo de siempre, como era ahí en Luna.

El silencio se adueñó de la sala. Kai percibió que no era un silencio normal. Era demasiado controlado, demasiado perfecto.

Tenía el corazón agitado, desbocado en el pecho. Era el momento que había temido, el destino al que tanto se había opuesto. Nadie iba a interferir. Estaba solo y clavado en el suelo.

Del otro lado del salón se abrieron unas enormes puertas, junto con una fanfarria de trompetas. Desde el extremo del pasillo surgieron dos sombras, un hombre y una mujer en uniformes militares, portando las banderas de Luna y la Comunidad Oriental. Finalmente se separaron y colocaron las banderas en soportes a los costados del altar. Un destacamento de guardias lunares entró al salón; iban armados y marchaban sincronizados. Al llegar al altar, se distribuyeron como una pared protectora alrededor del estrado.

Luego desfilaron por el pasillo seis taumaturgos de negro, de a dos, gráciles como cisnes negros. Los seguían dos vestidos de rojo y, al final, el taumaturgo mayor, Aimery Park, todo de blanco.

Se oyó una voz desde parlantes ocultos.

—Todos de pie para recibir a Su Majestad Real, la reina Levana Blackburn de Luna.

La concurrencia se levantó.

Kai cruzó las manos temblorosas detrás de la espalda.

Ella apareció como una silueta recortada contra las luces de las puertas, con una perfecta cintura de avispa de la que salía una falda vaporosa que flotaba detrás de ella. Caminó con la cabeza erguida, deslizándose hacia el altar. El vestido era rojo escarlata, intenso como la sangre, con exquisitas cadenas de oro sobre los hombros. A Kai le evocó una amapola, con los pétalos rojos enormes y caídos. Un velo de oro puro le cubría el rostro y flotaba como la vela de un barco mientras caminaba.

Cuando estuvo cerca, Kai distinguió atisbos de su rostro a través del velo. Tenía los labios pintados para que hicieran juego con el vestido. En sus ojos ardía la victoria. Subió al estrado y se detuvo junto a Kai. La falda se arremolinó a sus pies.

—Pueden sentarse —dijo la voz incorpórea.

La multitud se acomodó en sus asientos. La primera ministra Kamin tomó su pantalla portátil del altar.

—Damas y caballeros, lunares y terrícolas —comenzó a decir a través de un micrófono que transmitía su voz a la concurrencia—. Nos hemos reunido hoy para ser testigos de la histórica unión de la Tierra y Luna, la coalición formada por la confianza y el respeto mutuos. Es un momento importante de nuestra historia que simbolizará para siempre la relación perdurable del pueblo de Luna y el pueblo de la Tierra —hizo una pausa para que la audiencia asimilara sus palabras. Kai quería vomitar. La primera ministra se concentró en la novia y el novio, y agregó—: Estamos aquí para ser testigos del matrimonio del emperador Kaito de la Comunidad Oriental y la reina Levana Blackburn de Luna.

Kai contempló a Levana a través del velo. Su sonrisa burlona acabó por ahuyentar todas sus negativas.

Cinder debía de estar presa o muerta. La boda continuaría según se había planeado. La coronación tendría lugar en el plazo de dos días. Ahora estaba solo. Era la última línea de defensa entre Levana y la Tierra.

Que así sea.

Apretó la mandíbula y se concentró en la oficiante. Asintió brevemente. La boda comenzó.

Cuarenta y siete

—AHORA EL NOVIO TOMARÁ SU LISTÓN Y LO ATARÁ DESPUÉS DE enrollarlo tres veces alrededor de la muñeca izquierda de la novia como símbolo del amor, honor y respeto que unirá su matrimonio para siempre —indicó la primera ministra Kamin mientras desenrollaba de su carrete un largo listón aterciopelado; luego tomó las tijeras de plata pulida de la bandeja y cortó el listón.

Kai trató de no hacer ningún gesto mientras Kamin extendía el listón sobre sus palmas. Era brillante y de color marfil, como la luna llena, a diferencia del sedoso listón azul que tenía atado alrededor de su propia muñeca, el color de la Tierra.

Sentía como si su conciencia se hubiera desdoblado y flotara por encima de él, viendo cómo sus dedos enrollaban el listón alrededor de la esquelética muñeca de Levana —una, dos, tres veces— para al final amarrarlo con un simple nudo. El listón no quedaba demasiado elegante y probablemente había quedado muy suelto, un efecto secundario de sus pocas ganas de tocar la piel de Levana con la punta de los dedos. Cuando ella le ató el suyo, prácticamente le había dado un masaje en la muñeca que lo había hecho retorcerse en su interior.

–Ahora voy a amarrar los dos listones juntos –anunció la primera ministra Kamin con su voz mesurada y serena. No titubeó ni una sola vez durante la ceremonia–. Esto es para simbolizar la unión de la novia y el novio, y también de Luna y la Comunidad Oriental, que representa el planeta Tierra hoy, el octavo día de noviembre del año 126 de la Tercera Era.

Tomó la punta de ambos listones entre sus dedos. Kai vio con distante interés cómo sus dedos oscuros y delgados amarraban los dos listones juntos. Ella tomó ambas puntas haciendo el nudo. Kai se lo quedó mirando, sintiendo la desconexión en su mente.

Él no estaba aquí, esto no estaba pasando.

Su mirada llena de odio hacia el rostro de Levana lo traicionó por un segundo. Fue una mirada brevísima, pero de alguna forma ella logró percibirla; Levana sonrió mientras témpanos de hielo recorrían la espina dorsal de Kai.

Estaba pasando, ella era su novia.

Los labios de Levana hicieron una mueca detrás de su velo. Kai podía escuchar su voz, aunque ella no había abierto la boca, para hacerlo escarmentar atribuyéndole un enamoramiento entrañable y vergonzoso, castigando su juventud y su inocencia en un momento así; Kai no estaba seguro de si la voz era su propia imaginación que se burlaba de él o algo que ella estaba inyectando en sus pensamientos. Y nunca lo sabría.

Se estaba casando con una mujer que siempre tendría poder sobre él.

Qué diferente era de Cinder. Selene, su sobrina, aunque parecía imposible que las dos tuvieran algo en común, especialmente su ascendencia.

Pensar en Cinder le trajo de vuelta el doloroso recuerdo del dedo de cyborg en una cama de seda, y Kai se estremeció. La oficiante hizo una pausa, pero Kai ya estaba reconfigurando su expresión. Dejó escapar una exhalación profunda y asintió sutilmente para que continuara.

Kamin se inclinó para alcanzar su pantalla portátil y Kai aprovechó la pausa momentánea para recobrar la compostura. Pensó en los mutantes asesinando civiles inocentes, pensó en su padre muriendo en la cuarentena del palacio cuando existía un antídoto bajo el control de Levana, pensó en todas las vidas que estaría salvando al detener esta guerra y obtener la cura.

—Ahora comenzaremos con el intercambio de votos, como está establecido por el consejo de líderes de la Unión Terrestre, empezando por el novio. Por favor, repite después de mí —Kamin levantó la vista para asegurarse que Kai estuviera prestando atención—: Yo, el emperador Kaito de la Comunidad Oriental de la Tierra…

Kai repitió, tan complaciente como un androide:

—… tomo por esposa y futura emperatriz de la Comunidad Oriental a Su Majestad la reina Levana Blackburn de Luna… —Kai estaba otra vez fuera de su cuerpo, mirando hacia abajo y, aunque escuchaba las palabras, no las entendía, no tenían significado para él— … para gobernar a mi lado con gracia y justicia, honrar las leyes de la Unión Terrestre según lo establecido por nuestros ancestros y ser defensor de la paz y la equidad entre todos los pueblos.

¿Acaso alguien creía una sola palabra de esta basura?

—De hoy en adelante ella será mi sol al amanecer y mi luna al anochecer, y me comprometo a amarla y cuidarla por el resto de nuestros días.

¿Quién había escrito estos votos, en todo caso?

Nunca había escuchado algo tan ridículo en toda su vida. Pero dijo las palabras, sin emoción o siquiera un mínimo de interés. La primera ministra Kamin asintió hacia él, como diciendo "bien hecho", y se dirigió hacia Levana.

–Ahora, la novia repetirá después de mí…

Kai desconectó la voz de Levana y en vez de escucharla se quedó mirando sus muñecas atadas. ¿El listón de su muñeca se había apretado? Se le comenzaban a dormir los dedos, no le circulaba bien la sangre, pero el listón se rizaba inocentemente contra su piel.

Había estrellas por encima de ellos y el ambiente era cálido.

–… y me comprometo a amarlo y cuidarlo por el resto de nuestros días.

Kai resopló ruidosamente. Había querido disimularlo y dejarlo en su interior, pero simplemente se le escapó. Levana se tensó y la oficiante le lanzó una mirada severa.

Kai tosió en un intento por suavizar las cosas.

–Lo siento, tenía algo en… –tosió nuevamente.

Se formaron unas arrugas tersas alrededor de la boca de Kamin mientras volteaba para mirar a la reina.

–Su Majestad, ¿acepta los términos del matrimonio establecidos ante usted en este día, tanto respecto a las reglas del matrimonio entre dos seres como al vínculo que de hoy en lo sucesivo se forjará entre Luna y la Comunidad Oriental, lo que deriva en una alianza política entre estas dos entidades? Si acepta, diga "acepto".

–Acepto.

La voz de Levana era clara y dulce, y envió un millar de agujas afiladas al pecho de Kai. Le latía la cabeza de agotamiento, de incredulidad, de tristeza.

–Su Majestad Imperial, ¿acepta los términos del matrimonio establecidos ante usted en este día, tanto respecto a las reglas del matrimonio entre dos seres como al vínculo que de hoy en lo sucesivo se forjará entre Luna y la Comunidad Oriental, lo que deriva en una alianza política entre estas dos entidades? Si acepta, diga "acepto".

Kai parpadeó frente a la primera ministra Kamin. Su corazón palpitaba contra sus costillas y sus palabras eran ecos huecos en su cabeza hueca, y solo tenía que abrir la boca y decir *acepto*, y la boda terminaría y Levana sería su esposa.

Pero sus labios no se movían.

No acepto.

La mandíbula de la primera ministra se aflojó. Su mirada se endureció, incitándolo a continuar.

No puedo.

Kai sintió que el silencio de un millar de invitados lo aplastaba.

Se imaginó a Torin y al presidente Vargas, a la reina Camila y a todos los demás mirando, esperando. Se imaginó a los guardias de Levana y taumaturgos, al petulante Aimery Park y a mil aristócratas ignorantes y superficiales atentos a su silencio.

Sabía que Levana podía forzarlo a decir esas palabras, pero no lo hizo. A pesar de que se imaginó que una ráfaga de aire gélido salía de ella con cada segundo que pasaba, también esperó, como los otros.

Kai intentó abrir la boca, pero su lengua era pesada como el hierro.

La oficiante tomó aire con paciencia y le dirigió una mirada preocupada a la reina, antes de volver a clavar los ojos en Kai. Su expresión delataba cada vez más su nerviosismo.

Kai miró las tijeras que había usado para cortar los listones. Se movió rápidamente, antes de poder cuestionárselo; la mano que no tenía atada salió disparada y de un solo impulso tomó las tijeras del altar.

Sentía la sangre en los oídos mientras giraba hacia Levana y, con el brazo en alto, apuntaba las tijeras a su corazón.

Cinder lanzó un grito, protegiéndose con sus brazos. La punta de las tijeras rasgó la tela de sus guantes, que le llegaban a la altura del codo, antes de detenerse abruptamente contra el canesú de plata de su vestido de noche. El brazo de Kai tembló por el esfuerzo de intentar vencer el control de Levana, pero ahora su mano estaba tallada en piedra. Con la respiración entrecortada miró la cara de Cinder. Se veía como en el baile, con su vestido raído y sus guantes manchados, y el pelo húmedo sobre la cara. La única diferencia era el listón azul que unía ambas muñecas y, ahora, un corte en sus guantes de seda.

Poco a poco, como si fuera melaza, empezó a salir sangre a través de ese corte, manchando la tela.

Cinder —no, *Levana*— miró cómo brotaba la sangre y gruñó; dejó de manipular a Kai y se tambaleó hacia atrás. Las tijeras resonaron contra el piso con un tono de que no había vuelta atrás.

—¿Te atreves a amenazarme aquí? —susurró Levana entre dientes, y aunque intentó imitar la voz de Cinder, Kai pudo notar la diferencia—, ¿enfrente de nuestros respectivos reinos?

La atención de Kai seguía puesta en la sangre que escurría de su brazo herido.

Lo había hecho. Por un momento, había podido vencer el encanto, la manipulación. No era mucho, pero la había herido.

—No pretendía ser una amenaza —afirmó.

Ella entrecerró los ojos.

—Los dos sabemos que tu intención es matarme en el momento en que ya no te sea útil. Creo que es justo que sepas que el sentimiento es mutuo.

Levana lo miró con furia; era inquietante ver tanto odio en la cara de Cinder. Agitado por la adrenalina, Kai giró para mirar a la audiencia.

La mayoría de los invitados estaban en el borde del asiento y en sus expresiones se veía una mezcla de *conmoción* y confusión. Entre las primeras filas se encontraba Torin, quien parecía estar listo para precipitarse por encima de las dos hileras de asientos delante de él para acudir al lado de Kai en el instante en que lo necesitara; Kai le sostuvo la mirada el tiempo suficiente para transmitirle que estaba bien. Quería decirle que la había lastimado. Que era posible lastimarla. Lo que significaba que era posible matarla.

Recobrando la compostura, Kai giró para mirar a la primera ministra Kamin.

Ella también estaba temblando, y sostenía con ambas manos la pantalla portátil.

—Acepto —dijo, y escuchó cómo su propia declaración hacía eco en todo el altar.

La mirada de la oficiante osciló entre él y su prometida, como si no estuviera segura de si proceder o no. Pero luego Levana se acomodó el vestido de novia —o el vestido de baile de Cinder, ya que eso era—. Cualquier reacción que esperara de él ante el encanto que ella seguía manteniendo, no la mostraría. No podía.

—Continúa, pues —gruñó Levana después de un silencio que duró mucho tiempo.

Kamin tragó saliva.

—Por el poder que me otorga el pueblo de la Tierra, los declaro… marido y mujer.

Kai ni siquiera se inmutó.

—Pedimos que todas las grabaciones de video se interrumpan para que el novio pueda besar a la novia.

Kai esperaba sentirse amedrentado por la situación, pero incluso ese sentimiento se transformó en una ferviente determinación. Imaginó todos los hológrafos de Luna desvaneciéndose, y las transmisiones de noticias de la Tierra apagándose. Imaginó a toda la gente de su pueblo mirando, y el horror que debían de estar sintiendo mientras esas pantallas se silenciaban.

Volteó para mirar a Levana, la novia, su esposa.

Todavía se veía como Cinder, pero había reemplazado el vestido de baile por el rutilante vestido rojo de boda y el fino velo.

Ella sonrió con malicia.

Él ignoró su gesto; tomó mecánicamente su velo entre los dedos y lo levantó por encima de su cabeza.

—Me pareció que preferirías este aspecto —dijo—. Considéralo un regalo de bodas.

Kai era incapaz de reaccionar, sin importar cuánto quería replicar ese gesto de soberbia.

—De hecho, sí lo prefiero —afirmó, mientras acercaba su rostro al de Levana.

—Selene es más hermosa de lo que tú jamás serás.

La besó. Un beso brusco y carente de pasión que no se sintió en absoluto como besar a Cinder.

Un suspiro colectivo salió de la audiencia.

Kai se alejó, poniendo un metro de distancia entre ellos. El público empezó a aplaudir, educadamente primero, luego con mayor entusiasmo, como si tuvieran miedo de que su aplauso no fuera lo suficientemente educado. Kai le tendió su brazo a Levana para que ella lo tomara, con sus manos aún unidas, y juntos miraron hacia el público. Por el rabillo del ojo vio la imagen de Cinder desvanecerse y su cara reemplazada por la de Levana, y le dio gusto saber que estaba molesta. Era la más pequeña de las victorias, pero le daba gusto.

Se quedaron de pie en medio de los aplausos atronadores que parecían sacar chispas.

Marido y mujer.

Cuarenta y ocho

CRESS HABÍA PERDIDO DESDE HACÍA MUCHO TIEMPO LA NOCIÓN DE dónde estaban o en qué dirección iban. Jacin la había arrastrado por un enredado laberinto de pasillos debajo del palacio, habían bajado escaleras y habían cruzado túneles del tren de levitación magnética. Aunque sentía como si hubieran caminado horas, ni siquiera tenía la certeza de que hubieran salido de los límites de Artemisa Central, por lo enrevesado que había sido su recorrido.

Avanzaban furtivamente por un túnel, muy pegados a los costados para evitar los vehículos, que tenían la tendencia a llegar sin hacer ruido y con demasiada rapidez sobre sus rieles magnéticos, cuando se fue la luz y quedaron a oscuras. Cress se sobresaltó y extendió la mano para aferrarse a Jacin, pero detuvo los dedos unos centímetros antes de donde creía que estaba. Cerró el puño y bajó la mano a su costado.

Valiente. Era *valiente*.

En la distancia oyeron el chillido de un tren que se desplomó sobre los rieles y se deslizó hasta quedar detenido.

Un momento después, se encendieron unas luces naranjas de emergencia que iluminaron las vías en el suelo. Una voz resonó en altavoces invisibles: "Esta ruta de trenes queda suspendida hasta nuevo aviso. Vayan a pie al siguiente andén y prepárense para una revisión de seguridad. La Corona se disculpa por las molestias".

Cress miró a Jacin.

—¿Qué significa eso?

—Me da la impresión de que sea lo que sea que esté haciendo Cinder, está funcionando —contestó el guardia y siguió avanzando, aunque con más cuidado bajo la iluminación reducida—. Deben estar limitando el transporte hacia la ciudad.

Cress sintió que se le ponían los nervios de punta.

—¿Podremos salir de aquí?

—Casi llegamos a la estación en que se detiene el ochenta por ciento de nuestros trenes de abasto. Con tantos huéspedes que alimentar esta semana, debe estar funcionando.

Cress trotó detrás de Jacin, deseando que tuviera razón. No había sido muy comunicativo con respecto a su plan y ella seguía sin tener idea sobre hacia dónde iban. Se preguntaba si sabía lo que hacía. ¿Habrían recibido Winter y Scarlet el mensaje que envió a los demás? ¿Pudieron transmitir el video? No tenía respuestas. Si Levana estaba enterada de un posible alzamiento, se lo guardaba para ella.

El túnel se ensanchó, los rieles se fundieron con otras dos vías. Cress recibió el impacto de un olor acre que le recordó la caravana con la que ella y Thorne se habían topado en el Sahara. Mugre y animales.

Cerca de la siguiente curva del túnel, vio un gran resplandor y oyó el ruido de engranajes y máquinas seleccionadoras de verduras. Jacin aminoró la marcha.

Apareció ante sus ojos un andén enorme. En una pantalla holográfica se reproducía la cobertura de la boda real.

Una docena de vías de levitación magnética se extendían en todas direcciones, ocupadas por trenes de carga. Casi todos los vagones quedaban ocultos en la oscuridad de los túneles y a la espera de que descargaran sus artículos. Grúas y poleas llenaban la dársena. Cress se imaginó que se necesitaban muchísimos operarios para hacer funcionar toda esa maquinaria, pero el único personal a la vista era un contingente de guardias uniformados que revisaban los vagones.

Jacin arrastró a Cress hacia las sombras del tren más próximo. Un segundo después, una silueta pasó encima de ellos, apuntando el haz de una linterna en su dirección. Jacin y Cress se agazaparon entre los vagones cercanos. El haz luminoso brilló contra el suelo y desapareció.

—¡A6, despejado! —gritó alguien.

—¡A7, despejado! —exclamó otro guardia.

Después de un instante, se oyó el zumbido de los rieles magnéticos. El tren avanzó.

Jacin saltó al eje para no quedar atrapado en las vías, y alzó a Cress a su lado. Esta vez, Cress sí se aferró de su brazo. El tren se sacudió y volvió a detenerse. Las puertas se abrieron de golpe.

Jacin saltó del eje, arrastrando a Cress.

—Inspecciones —murmuró—. Tratan de que nadie se cuele en la ciudad.

—¿Y los que quieren escaparse de la ciudad?

Jacin señaló hacia el frente del tren.

—Tenemos que meternos en uno de los vagones que ya registraron. Este tren debe dirigirse de regreso a los sectores agrícolas.

Miraron por encima del eje hacia el otro lado del vagón. Había andenes a los dos lados de las vías, pero en el segundo solo estaba un guardia, que recorría el perímetro con un rifle de asalto preparado.

—Muy bien, pequeña: cuando el guardia nos vuelva a dar la espalda, corremos lo más deprisa que podamos. Cuando empiece a girar, nos arrastramos bajo el tren y esperamos.

—No me llames "pequeña" —dijo Cress, mirando fijo hacia la nuca de Jacin.

Arriba, se oyeron gritos.

—¡A8, despejado!

—¡B1, ¡despejado!

El guardia dio media vuelta.

Jacin y Cress saltaron como flechas. Con el corazón retumbando, la muchacha miraba con un ojo la espalda del guardia y su amenazadora arma, y con el otro los rieles por los que corría. El guardia comenzó a girar. Cress se puso en cuatro patas y se metió bajo el vagón. Sentía el pelo sudoroso pegado a la cabeza.

—¡Por ac…!

El grito se interrumpió, y le siguieron dos golpes sordos y el choque de metal contra metal. El guardia que tenía el rifle giró, corrió hacia las vías y saltó sobre un eje. Un disparo. Un gruñido.

—¡*Alto ahí*!

Otro disparo.

Con el andén inesperadamente libre, Jacin se arrastró hacia afuera desde abajo del tren, haciéndole señas a Cress de que lo siguiera. Al impulsarse para salir, Cress se raspó los codos contra el suelo áspero. Jacin la alzó para ponerla de pie y salieron corriendo hacia la parte delantera del tren. Los sonidos de una pelea continuaban en la plataforma opuesta.

Llegaron al vagón A7 y se aplastaron contra él para recuperar el aliento. Solo tenían que escurrirse al otro lado y treparse a un vagón sin que los vieran… o sin que les dispararan, pensó Cress cuando otro balazo la hizo saltar.

Miró hacia atrás y el corazón le dio un vuelco.

Una muchacha se arrastraba debajo del tren exactamente como lo había hecho Cress unos segundos antes. Aunque alcanzaba a ver muy poco, no podía equivocarse con esa abundancia de sedosas trenzas teñidas de varios tonos de azul.

—¡Iko!

La androide alzó bruscamente la cabeza y abrió mucho los ojos. Fue solo un instante, porque enseguida volteó para mirar algo del otro lado del tren. Comenzó a avanzar arrastrándose con la panza pegada al suelo.

Jacin soltó una maldición, pasó corriendo frente a Cress y se lanzó hacia la pelea, con la pistola lista en la mano.

Cress lo siguió, aunque titubeante, pues no tenía arma. Se acuclilló contra el vagón y se asomó apenas.

Se le secó la garganta.

Thorne.

Llevaba un uniforme de guardia lunar, pero sin lugar a dudas era él.

Se tapó la boca con las dos manos para no gritar su nombre. Thorne forcejeaba con el guardia del andén, ya sin el rifle, que no se veía por ninguna parte. Repartidos por el lugar había otros cuatro guardias y dos linternas, que apuntaban los haces de luz al azar sobre las vías. Cress notó una salpicadura de sangre en uno de los vagones en el mismo momento en que Iko salió de debajo del tren y se abalanzó contra el sexto guardia, que trataba de acomodarse para dispararle a Thorne. La androide lo derribó con torpeza. Algo andaba mal con el brazo derecho de Iko.

El guardia la sujetó y la redujo contra el suelo. Le apretaba el cuello, sin saber que la falta de oxígeno no iba a ser ningún problema.

Cress detectó una pistola a unos pasos y saltó para tomarla, pero en cuanto la levantó y apuntó hacia el grupo que peleaba, comenzaron a temblarle los brazos. Nunca había disparado un arma.

Trataba de sostener firme la mano para poder apuntar, cuando dos disparos sucesivos retumbaron dentro de su cabeza. Con el primero cayó el guardia que retenía a Iko; con el segundo, el que peleaba con Thorne.

El mundo quedó inmóvil, salvo por su respiración agitada. En el inesperado silencio, sus jadeos eran insoportablemente fuertes.

Jacin confirmó que los dos guardias estaban muertos o fuera de combate y enfundó el arma.

Thorne se puso de pie, arreglándose la camisa. Miraba a Jacin con sorpresa. Estaba a punto de decir algo cuando Iko gritó.

—¡Cress!

La androide saltó y la estrechó contra su cuerpo con un solo brazo.

Cress trastabilló y se dejó abrazar, aunque buscaba a Thorne con la mirada. Él también la miraba con la boca abierta. Estaba desaliñado, magullado y sin aire. Se acercó trastabillando y rodeó a Cress y a Iko con un abrazo gigantesco. La muchacha cerró con fuerza los ojos, que empezaban a enturbiarse por las lágrimas tibias. Los brazos de Thorne alrededor de sus hombros. Su barba incipiente sobre su frente. Una de las trenzas de Iko en la boca.

Nunca se había sentido tan feliz.

—Tenemos que irnos —gruñó Jacin.

Iko dio un paso atrás, pero Thorne ocupó el espacio que había dejado y tomó el rostro de Cress entre sus manos. La miraba fijo y sin poder creerlo. Su pulgar atajó la primera lágrima de la muchacha.

De repente, Cress se puso a reír y a llorar al mismo tiempo. Agachó la cabeza y se enjugó las lágrimas.

—No hay que llorar —dijo—, porque te deshidratas.

Thorne la rodeó de nuevo con los brazos. Cress sintió la vibración de su voz cuando habló:

—¡Eres tú! Gracias a las estrellas.

—Cuando digo que debemos irnos —insistió Jacin—, es *ya mismo*.

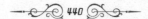

Thorne se tensó. Después de estrecharla con fuerza, soltó a Cress y giró para encarar a Jacin. Un músculo tembló en su mejilla. Fue la única advertencia antes de que su puño se estrellara contra la mandíbula de Jacin. Cress ahogó un gritó.

Jacin trastabilló mientras se llevaba una mano al rostro para palpar la magulladura.

—Eso es por habernos traicionado en la Tierra —explicó Thorne—. Y esto es por haber cuidado a Cress —se acercó a Jacin y le dio un abrazo, enterrando la cara en su hombro.

Jacin alzó los ojos hacia el techo cavernoso.

—No hagas que me arrepienta de mi decisión —le advirtió a Thorne y lo apartó—. Recuperaste la vista, qué bueno. Vamos a registrar a estos hombres para quitarles las armas y largarnos de aquí.

Con un gesto de asentimiento, Thorne se inclinó sobre uno de los cuerpos y tomó el puñal del cinturón del hombre. Para sorpresa de Cress, se lo extendió a Jacin, quien dudó un momento y enseguida se lo ajustó en el cinturón.

—¿Cómo supieron dónde estábamos? —preguntó Thorne.

—No sabíamos. Escapábamos de aquí —contestó Jacin con el ceño fruncido—. ¿Dónde está Winter?

—Ella y Scarlet están escondidas —le contó Iko. Se estudiaba el brazo derecho inútil y se jalaba los dedos inmóviles—. O algo así. Es complicado.

—¿Qué te pasó? —preguntó Thorne mirando a la androide.

—Uno de esos guardias me apuñaló en el hombro —respondió haciendo una mueca—. Creo que seccionó algo importante —giró para mostrar una desgarradura en la parte alta de la espalda y agregó con un suspiro—: Creo que hoy es el día de "Péguele a Iko" o algo así.

Cress apretó los labios en una mueca de simpatía, pero las partes cibernéticas de Iko la hicieron tomar conciencia de algo…

—¿Dónde está Cinder?

El rostro de Thorne se ensombreció, pero antes de que tuviera tiempo de responder, una alarma retumbó en el túnel. Cress se sobresaltó.

La pantalla holográfica de la pared se iluminó con la cara del taumaturgo Aimery.

—Pueblo de Luna: me complace anunciar que ha culminado la ceremonia nupcial. Nuestra distinguida gobernante, la reina Levana, ha sellado la alianza matrimonial con el emperador Kaito, de la Tierra.

Iko masculló de la forma más inapropiada para una dama, haciendo que todos voltearan para mirarla.

—A mí me apuñalan y ella se casa con Kai. No me extraña.

—La ceremonia de coronación —continuó Aimery—, en la que daremos la bienvenida al emperador Kaito como nuestro distinguido rey consorte y se conferirá a Su Majestad la reina Levana el título de emperatriz de la Comunidad Oriental de la Tierra, se celebrará dentro de dos días al atardecer —la mirada de Aimery adoptó un matiz arrogante—. Nuestra ilustre reina solicita al pueblo de Luna que participe en las celebraciones de esta noche. El banquete nupcial será transmitido a todos los sectores, y en su transcurso tenemos planeado un juicio especial por las festividades. La emisión comenzará a los veinte minutos de que concluya este anuncio, y será obligatorio que todos los ciudadanos la sintonicen.

El video se apagó.

—¿Un juicio especial? —preguntó Cress.

—Es Cinder —contestó Thorne con la mirada puesta en el hológrafo—. Levana tiene a Cinder y también a Wolf. Suponemos que los hará ejecutar públicamente para sofocar la insurrección.

Un estremecimiento recorrió la espalda de Cress. *Veinte minutos.* Les llevaría mucho más que eso volver al palacio.

—Vamos a rescatarla —afirmó Iko, como si fuera lo más natural del mundo.

—Lo siento —interrumpió Jacin con aspecto de que realmente lo sentía—, pero si solo tenemos veinte minutos, ya es demasiado tarde.

Cuarenta y nueve

CINDER CLAVÓ EL DESTORNILLADOR DE SU DEDO EN LA PARED JUNTO A la puerta de su celda y pequeños pedazos de piedra, junto con el polvo, cayeron sobre el montón a sus pies. La piedra volcánica era dura, pero sus herramientas de titanio eran más duras y su determinación era aún más dura que nunca.

Estaba enojada, frustrada, tenía miedo.

Estaba angustiada por la muerte de Maha, que seguía reproduciéndose en su memoria a tal punto que quería clavarse el destornillador en la sien para que se detuviera. Había analizado el asalto en MR-9 desde todos los ángulos, torturándose con "hubieras" y escenarios improbables, tratando de encontrar la forma de devolverle la vida a Maha, de liberarse y liberar a Wolf, de proteger a sus amigos, de vencer a Levana.

Cinder se daba cuenta de lo inútil que era todo.

Probablemente el taumaturgo Aimery tenía razón; tal vez debió haber controlado a todos los miembros de ese sector desde el principio. Se habría vuelto una tirana, pero también habría podido mantenerlos con vida.

El olor fétido de la cubeta contra la pared le provocaba náuseas. Le molestaba que los secuaces de Levana le hubieran quitado su mejor herramienta, su dedo índice cibernético con el arma adjunta, y que la hubieran encerrado con su madrastra y su hermanastra, quienes apenas habían hablado desde que llegó.

Racionalmente Cinder sabía que no había manera de que pudiera seguir removiendo partes de la piedra para llegar a las bisagras de la puerta antes de que los guardias vinieran por ella. Sabía que estaba trabajando hasta la extenuación sin sentido. Pero no se iba a permitir desplomarse en el suelo, derrotada, como ellas.

Otro pedazo de piedra se desprendió de la pared. Cinder se apartó de un soplido el mechón de pelo que le caía en la cara, pero enseguida volvió a caer.

De acuerdo con el reloj en su cabeza, llevaba más de veinticuatro horas en esa celda. No había dormido. Sabía que la boda ya había terminado.

Al imaginarlo, se le hizo un nudo en el estómago.

Pensó que si hubiera dejado que Levana fuera a Nueva Beijing y se la llevara de allí, de todas formas habría acabado ahí, y de todas formas habría sido ejecutada. De todas formas iba a morir.

Intentó correr, intentó pelear, y todo lo que logró fue una nave espacial llena de amigos a los que ahora estaba hundiendo con ella.

—¿Por qué te llamó princesa?

Cinder se detuvo un momento y miró las patéticas marcas de arañazos que había hecho en la pared. Era Pearl la que había hablado con una voz frágil, rompiendo el silencio de horas.

Sin molestarse en ocultar su desdén, Cinder volteó para mirar a Pearl y a Adri mientras se quitaba una vez más el mechón rebelde de la cara con la muñeca sudorosa. Ya se había endurecido lo suficiente para no sentir ninguna clase de compasión por ellas. Cada vez que Cinder sentía una punzada que la invitaba a ablandarse, traía a su memoria el recuerdo de Adri exigiéndole que cojeara sin pie por una semana entera como recordatorio de que "no era humana"; o la vez que Pearl había tirado su caja de herramientas en una calle llena de gente, arruinando los guantes de seda que Kai le había dado. Seguía recordándose que cualquier cosa que les pasara se la merecían.

Esto no la hacía sentir mejor. De hecho, pensarlo la estaba haciendo sentir cruel y mezquina, lo cual le provocaba dolor de cabeza.

Se sacudió esos pensamientos para alejarlos.

—Soy la princesa Selene —contestó, regresando a trabajar.

Pearl se rio; fue un sonido corto e histérico, lleno de incredulidad. Adri permaneció en silencio.

El sonido persistente de clavar el destornillador y raspar la pared que hacía Cinder inundaba toda la celda. El montón a sus pies se iba agrandando trabajosamente, piedra tras piedra.

Nunca iba a poder salir de ahí.

—Garan sabía —admitió Adri con la voz quebrada.

Cinder volvió a quedarse petrificada. Garan había sido el esposo de Adri, el hombre que había decidido adoptar a Cinder. Ella apenas lo había conocido.

Le molestó que su propia curiosidad la obligara a darse la vuelta. Cambió el destornillador por su linterna y apuntó con ella a su madrastra.

—¿Disculpa?

Adri se encogió, con ambos brazos envolviendo a su hija. No se habían movido de su esquina.

—Garan sabía —repitió—; nunca me lo confesó, pero cuando se lo llevaron a la cuarentena me pidió que te cuidara; lo dijo como si fuera lo más importante del mundo.

Se quedó en silencio, como si la presencia de su esposo muerto estuviera ahí, flotando por encima de ellas.

–*Guau* –exclamó Cinder–. Realmente te esforzaste por cumplir su última voluntad, ¿verdad?

Adri entrecerró los ojos llena de repulsión, una repulsión con la que Cinder estaba muy familiarizada.

–No voy a tolerar que me hables así, cuando *mi* esposo…

–¿No lo *vas* a tolerar? –gritó Cinder–. ¿Debo decirte todas las cosas que yo ya no voy a tolerar? Porque la lista es *muy* larga.

Adri se volvió a encoger. Cinder se había preguntado si su madrastra le tendría miedo, ahora que ella era lunar y una delincuente buscada. Su reacción lo confirmó.

–¿Por qué papá no dijo nada? –preguntó Pearl–. ¿Por qué no nos contó?

–Tal vez sabía que me entregarían a cambio del rescate en la primera oportunidad que tuvieran.

Pearl la ignoró.

–Y si realmente eres la princesa, ¿por qué estás aquí? –Cinder se quedó mirándola. Esperó. La observó mientras su rostro iba mostrando las señales de que había comprendido–. Quiere matarte para poder seguir siendo la reina.

–Denle un premio a la muchacha –ironizó Cinder.

–¿Pero eso qué tiene que ver con nosotras? –las lágrimas empezaron a inundar los ojos de Pearl–. ¿Por qué nos están castigando? ¡Nosotras no hicimos nada, no *sabíamos*!

Cinder sentía cómo la adrenalina y la rabia se iban esfumando, y el agotamiento se instalaba en esos espacios que dejaban libres.

–Ustedes me dieron sus invitaciones para la boda real, lo que me permitió secuestrar a Kai, lo que volvió loca a Levana. Por cierto, muchas gracias.

—¿Cómo puedes pensar solo en ti misma en momentos como estos? —gritó Adri—. ¿Cómo puedes ser tan egoísta?

—Si no me cuido a mí misma nadie lo hará —respondió Cinder, con los puños apretados—. Eso es algo que aprendí hace mucho tiempo, gracias a ti.

Adri acercó más a su hija y le acarició el cabello. Pearl se desplomó contra ella sin ofrecer resistencia. Cinder se preguntó si estaba en *shock*. Tal vez las dos lo estaban.

La muchacha volvió a concentrarse en la pared y grabó una C en la piedra.

Estos muros tenían grabados cientos de palabras: nombres, súplicas, promesas, amenazas. Se le pasó por la cabeza agregar + K, pero la idea de tal capricho la hizo querer golpear su cabeza contra la puerta de metal.

—Eres un monstruo —susurró Adri.

—Está bien, soy un monstruo —admitió Cinder, sonriendo con suficiencia pero nada divertida.

—Ni siquiera pudiste salvar a Peony.

Ante la mención de su hermanastra pequeña un nuevo brote de ira invadió a Cinder, como un millar de cables chispeantes en su cabeza. Volteó para mirarlas.

—¿Crees que no lo *intenté*?

—¡Tenías un antídoto! —ahora Adri también estaba gritando, mirándola como desquiciada, aunque seguía acuclillada junto a Pearl—. Sé que se lo diste a ese niño pequeño, a quien le salvó la vida. ¡Chang Sunto! —escupió el nombre como si fuera veneno—. Elegiste salvarlo a él en vez de salvar a Peony. ¿Cómo pudiste? ¿Lo usaste para burlarte de ella? ¿Le diste falsas esperanzas antes de verla morir?

Cinder miró boquiabierta a su madrastra y sintió su propia ira eclipsada por una sorprendente oleada de lástima. Esta mujer era tan ignorante que casi parecía que *quisiera* serlo. Veía lo que quería ver y creía cualquier cosa que respaldara su limitada visión del mundo. Cinder todavía podía recordar cómo se había sentido corriendo por las áreas de cuarentena de la peste, cómo había tomado el frasco del antídoto desesperadamente, cuán esperanzada de salvar la vida de Peony había estado, y cuán devastada cuando fracasó.

Había llegado demasiado tarde. Todavía no se había perdonado del todo. Adri nunca lo sabría, nunca lo entendería; para ella Cinder era solo una máquina incapaz de algo más que crueldad.

Había vivido cinco años con esa mujer y no había visto a Cinder como lo que era ni una sola vez. Como Kai la veía, y Thorne e Iko, y todas las personas en las que confiaba, todas las personas que la conocían.

Negó con la cabeza, desestimando las palabras de su madrastra con mayor facilidad de lo que habría esperado.

—Ya no voy a intentar explicarme frente a ti. Ya no voy a buscar tu aprobación, ya tuve suficiente de ti.

Pateó el montón de fragmentos de piedra y clavó el destornillador en el muro al tiempo que escuchó unos pasos.

Apretó la mandíbula. Su tiempo había terminado. Giró y se aproximó a Adri y a Pearl dando tres grandes zancadas. Ambas se encogieron aún más.

Cinder tomó a su madrastra de la pechera de la blusa y la obligó a levantarse.

—Si se te *ocurre* decirles que me pueden quitar el pie con la misma facilidad que mi dedo, te obligaré a arrancarte tus propios ojos con las uñas, así sea lo último que haga, ¿me entendiste?

Adri palideció y asintió, temblando, antes de que una voz de hombre sonara del otro lado de la puerta.

—Ábranla.

Cinder soltó a su madrastra y giró hacia la puerta.

—Su Majestad ha solicitado el placer de su compañía —dijo Aimery.

—No puedo prometer que mi compañía vaya a ser tan placentera como ella espera —respondió Cinder, levantando la barbilla.

Se acercó hacia ellos para mostrarles que no les tenía miedo, pero fue repentinamente lanzada contra el muro. El dolor le sacudió la espina dorsal dejándola sin aliento. Le recordó todas las peleas de box que había tenido con Wolf a bordo de la Rampion, con la salvedad de que esto era cien veces peor, porque Wolf siempre se sentía culpable después.

El guardia que la había empujado la tomó por la garganta. Cinder lo miró con el ceño fruncido, aunque sabía que lo estaban controlando y que su verdadero atacante era uno de los taumaturgos.

El guardia le devolvió la mirada.

—Esta fue tu primera advertencia —anunció Aimery—; si intentas correr, si intentas pelear, si notamos que estás tratando de usar tu don, no nos molestaremos en darte una segunda advertencia.

El guardia la soltó, y Cinder puso las rodillas rígidas para no desplomarse. Se frotó el cuello brevemente antes de que la tomaran de las muñecas y se las ataran detrás de la espalda.

El guardia la empujó hacia la puerta. Había otros cuatro más en el pasillo, con las armas preparadas. Desafortunadamente ya estaban bajo el control de los taumaturgos. Cinder no tenía esperanzas de hacer que ninguno de ellos se pasara de su lado.

Todavía.

Pero si alguno decaía por un momento, ella no iba a molestarse con una primera advertencia.

—Traigan también a las terrícolas —ordenó Aimery.

Adri y Pearl lloriqueaban mientras las arrastraban para que se pusieran de pie, pero Cinder apagó su interfaz de audio para ahogar el sonido. No sabía para qué quería Levana a su madrastra y a su hermanastra, pero si creía que ella sentía afecto por ellas, iba a sufrir una desilusión.

—¿A dónde vamos? —preguntó Cinder mientras salía a empujones de la celda.

Hubo un largo silencio y estaba segura de que la estaban ignorando, pero después de un tiempo Aimery contestó.

—Vas a ser la invitada de honor en el banquete de bodas de Su Majestad.

Cinder apretó la mandíbula. *Banquete de bodas.*

—Pero olvidé mi vestido de baile en la Tierra.

Esta vez fue una de las mujeres quien se rio en voz baja.

—No te preocupes —dijo—. De cualquier modo no querrías que se llenara de sangre.

Cincuenta

CINDER SE ENCONTRÓ FRENTE A DOS OMINOSAS PUERTAS NEGRAS DE ébano. Tenían dos veces su altura, y en un palacio construido casi enteramente de vidrio y piedra blanca, al estar de pie frente a ellas se sentía como al borde de un hoyo negro. Estaban decoradas apenas con dos gruesas manijas de hierro negro que se proyectaban en forma de arco hacia el piso. En las hojas habían labrado detalladamente la insignia de Luna, con la representación de la capital, Artemisa, y, a la distancia, la Tierra.

Dos guardias abrieron las puertas. Cinder quedó ante una doble fila de otros taumaturgos y guardias y, además, soldados lobos mutantes. Verlos le produjo un estremecimiento. No eran agentes especiales como Wolf. Estos hombres habían sido transformados en algo bestial y grotesco. Tenían la mandíbula contrahecha y reforzada para que entraran los enormes caninos. Los brazos les colgaban a los costados, como si la espalda no pudiera con el peso de sus nuevos músculos y de las extremidades alargadas.

Se le ocurrió que no eran tan diferentes de los cyborgs. También estaban hechos para ser mejores que como habían nacido. También eran antinaturales, solo que, en lugar de que los hubieran armado con cables y acero, estas criaturas eran un rompecabezas de músculos y cartílagos.

El guardia tomó a Cinder por el codo y la obligó a avanzar. Los soldados la miraron con ojos ávidos y hambrientos.

Wolf le había contado que estos soldados iban a ser diferentes, erráticos y salvajes, con ganas únicamente de violencia y sangre. Un lunar poderoso, como la reina, podría engañarlos para que percibieran su encanto, pero eso era todo. Ni siquiera los taumaturgos podían controlar su mente ni su cuerpo, así que los entrenaban como a perros. Si se portaban mal, los castigaban haciéndolos sufrir. Si se comportaban, obtenían un premio, solo que los premios de los que le habló Wolf no le parecieron a Cinder nada apetitosos.

Evidentemente, en la Tierra cada muerte sangrienta era su propio premio. Estaban *ansiosos* de ir a la guerra.

Cinder abrió la mente hacia ellos, tratando de percibir los pulsos bioeléctricos. La energía de estos soldados era ardiente y violenta. El hambre y la excitación se retorcían bajo su piel. Cinder se sintió mareada con la mera idea de tratar de controlar tanta energía en bruto.

Pero tenía que intentarlo.

Respiró pausadamente y se extendió para dominar la mente del último soldado. Su energía era hiriente y voraz. Cinder se imaginó que ella la enfriaba y la calmaba. Se imaginó que el soldado la miraba y no veía a una enemiga, sino a una chica que necesitaba que la rescataran. Una chica que se merecía su lealtad.

Miró al soldado a los ojos, pero él esbozó una sonrisa desagradable mostrando apenas los dientes aserrados.

Descorazonada, Cinder apartó su atención.

Hacia el final de la doble fila, trató de enterarse de qué más había en el lugar. Conversaciones animadas y risas y el estruendo caótico de las copas al chocar. El olor de la comida la asaltó como una nube de vapor que saliera de una olla tapada. Se le hizo agua la boca. Ajos y cebollas y carne asada, más algo picante que hizo que le ardieran los ojos…

Su estómago protestó. Una sensación de vértigo se arrastró hasta su cerebro como si fuera una neblina. No había comido en más de un día, y lo último que había ingerido ni siquiera había sido suficiente.

Tragó con fuerza y luchó por concentrarse en examinar la sala. A su derecha, unos grandes ventanales daban sobre un lago, bordeado a cada lado por las secciones curvadas del palacio blanco, como un enorme cisne protector. El lago se extendía hasta donde se perdía la mirada. El piso de la sala se proyectaba al exterior y sobre él como si fuera un balcón. Aunque estaba hecho para que no se interrumpiera la vista, Cinder no podía evitar una sensación de temor que le revoloteaba en el estómago. No había barandales que impidieran que alguien se despeñara por el borde.

El murmullo de las conversaciones comenzó a apagarse. Cuando Cinder traspasó la línea de soldados pudo ver a su izquierda a los convidados.

La luz naranja parpadeaba en su campo de visión y no se apagaba sin importar hacia donde volteara. Ahí había mucho encanto.

Levana estaba en el centro, sentada en un sólido trono blanco. El respaldo estaba adornado con las fases lunares. Llevaba un adornado vestido de novia rojo.

La pantalla de la retina de Cinder comenzó a captar los rasgos ocultos de la reina. Era como estar de nuevo en el baile, la primera vez que observó a la reina y se dio cuenta de que su optobiónica podía penetrar el encanto. Pero no fue una tarea fácil. Sus ojos cibernéticos estaban en conflicto con su cerebro y la manipulación de la reina, así que su mente no podía darle un sentido a lo que estaba viendo. El resultado fue una transmisión de datos confusos, colores borrosos, líneas fragmentarias en la que trataba de recomponer lo que era real y lo que era una ilusión.

Como la distraía y comenzaba a provocarle un dolor de cabeza, Cinder parpadeó para borrar los datos.

Cinco hileras de asientos formaban arcos alrededor del trono, como una luna creciente de testigos que rodeaban a Cinder por todas partes, salvo por el lado que daba al lago. Era la corte lunar. Las mujeres llevaban grandes sombreros con forma de pavorreales y un hombre tenía sobre los hombros una capa de leopardo de las nieves que ronroneaba. Los vestidos estaban hechos de cadenas de oro y rubíes; dentro de los tacones de los zapatos de plataforma nadaban peces beta. Los invitados se habían pintado la piel de color plateado y llevaban las pestañas adornadas con piedras preciosas y escamas de peces.

Cinder tuvo que entrecerrar los ojos para defenderse del resplandor de todo eso. Encanto, encanto, *encanto*.

Alguien empujó una de las sillas del salón. El corazón de Cinder dio un vuelco.

El novio se puso de pie junto al trono de Levana. Llevaba una camisa blanca de seda con fajín rojo. *Kai*.

—¿Qué significa esto? —exclamó con un tono entre horrorizado y aliviado.

—Esto —dijo la reina Levana con los ojos llenos de júbilo— es el espectáculo de la velada. Considéralo mi regalo de bodas —resplandeciente, acarició con los nudillos el rostro de Kai—. *Esposo*.

Kai se apartó de la caricia con las mejillas encendidas. Cinder supo que no era por vergüenza ni timidez, sino por furia. Alcanzaba a percibir cómo crepitaba el aire a su alrededor.

Levana agitó un dedo en el aire y siguió hablando.

–El proceso judicial de esta noche se transmitirá en vivo, para que mi pueblo sea testigo y se una a las celebraciones de este glorioso día. Además, verá el destino de la impostora que se atreve a llamarse *reina*.

Cinder la ignoró y examinó el techo. No se veían cámaras, pero sabía que Levana tenía la capacidad de fabricar sistemas de vigilancia prácticamente invisibles.

Dado que la reina no llevaba velo, podía suponerse que las tomas de video se concentrarían en el "espectáculo". Levana quería que la gente viera la ejecución de Cinder. Quería que perdieran las esperanzas que hubieran puesto en su revolución.

–Que comience el banquete –ordenó Levana, alzando los brazos.

Criados de librea fueron saliendo uno tras otro de detrás una cortina. El primero se arrodilló a los pies de la reina y descubrió una bandeja que sostenía sobre la cabeza. Con una sonrisa de suficiencia, la reina escogió un langostino grande y rosado y desgarró la carne con los dientes.

Otro criado se arrodilló ante Kai. Los demás rodearon el salón y se postraron frente a los comensales, al tiempo que descubrían bandejas de caviar anaranjado y ostras ahumadas, lomo a las brasas y pimientos rellenos. Cinder se dio cuenta de que Kai no era el único terrícola en la sala. Reconoció a su consejero, Konn Torin, sentado en la segunda fila, y al presidente de la República Americana, a la primera ministra de África, al general gobernador de Australia y… dejó de fijarse. Todos estaban ahí, como lo había querido Levana.

Con el corazón retumbando, examinó de nuevo a los criados, los guardias y los soldados, por si acaso también hubieran traído a Wolf ante la reina, pero no estaba ahí. Cinder, Adri y Pearl eran las únicas prisioneras.

La angustia la carcomía. ¿A dónde lo habrían llevado? ¿Estaría muerto ya?

Miró de nuevo a Kai. Si había visto la comida, la ignoró. Cinder veía cómo movía la mandíbula tratando de cuestionar su presencia, tratando de saber qué planeaba la reina. Cinder lo veía intentando razonar, encontrar un argumento diplomático que pudiera emplear para que no ocurriera lo inevitable.

—Siéntate, mi amor —le indicó Levana—. Les tapas la vista a nuestros otros invitados.

Kai se sentó demasiado rápidamente para haberlo hecho por su voluntad. Le dirigió una mirada asesina a la reina.

—¿Por qué la trajeron?

—Suenas enojado, mi niño. ¿Es que acaso no te agrada nuestra hospitalidad?

Sin esperar la respuesta, Levana alzó la barbilla y recorrió con la mirada a Cinder, Adri y Pearl.

—Aimery, puedes proceder.

El taumaturgo avanzó al centro del salón. Al pasar junto a Cinder le mostró una sonrisa de superioridad. Aunque ya no había sangre en su túnica, caminaba con rigidez para ocultar que tenía una pierna lastimada.

Aimery le ofreció el brazo a Adri, que emitió un sonido ahogado y aterrorizado. Tardó mucho en aceptarlo. Mientras Aimery la llevaba al centro del salón del trono, parecía como si estuviera a punto de vomitar.

Alrededor continuaban los sonidos de la gente que masticaba y se relamía los dedos, como si los manjares fueran tan interesantes como las prisioneras. Los criados seguían de rodillas, sosteniendo las bandejas por encima de la cabeza. Cinder hizo una mueca. ¿Cuánto pesarían las bandejas?

—Presento a la corte a Linh Adri, de la Comunidad Oriental, Unión Terrestre —anunció Aimery soltando el brazo de Adri para que se sostuviera sola, con las piernas temblorosas—. Está acusada de conspiración contra la Corona. El castigo por su crimen es la muerte inmediata por mano propia, y, además, que su hija y dependiente, Linh Pearl, sea entregada como criada a una familia de Artemisa.

Cinder alzó las cejas. Hasta ese momento solo se había preocupado por su propio destino. No se le había ocurrido que hubieran llevado a Adri por ningún otro motivo aparte de fastidiarla.

No quería que le importara. No quería sentir nada más que desinterés por el destino de su madrastra. Pero sabía que, con todas sus fallas, Adri no había hecho nada que justificara que la ejecutaran en Luna. No era más que un juego de poder de Levana y era imposible no sentir un dejo de piedad por ella.

Adri cayó de rodillas.

—Les juro que no hice nada. Yo…

Levana elevó una mano y Adri guardó silencio. Transcurrió un momento insoportable en que el rostro de la reina se mostró inexpresivo. Al cabo, chasqueó la lengua, como para reprender a una niña pequeña.

—Aimery, continúa.

El taumaturgo asintió.

—En la investigación se comprobó que precisamente esta mujer entregó las dos invitaciones con las que los que cómplices de Linh Cinder lograron penetrar en el palacio de Nueva Beijing y secuestrar al emperador Kaito. Las invitaciones estaban dirigidas a ella y a su hija adolescente.

—¡No! ¡Ella las robó! ¡Las *robó*! Jamás se las habría dado. Nunca la ayudaría. La odio… ¡*la odio*! —sollozó de nuevo. Tenía los hombros tan encorvados que prácticamente era un ovillo en el suelo–. ¿Por qué me pasa esto a mí? ¿Qué hice? Yo no… no es mía…

A Cinder le estaba resultando más fácil desinteresarse.

–Tiene que calmarse, señora Linh –dijo Levana–. Muy pronto conoceremos sus verdaderas lealtades –Adri gimió y trató de recomponerse–. Así está mejor. Usted fue la tutora legal de Linh Cinder durante casi seis años, ¿es correcto?

Adri temblaba de pies a cabeza.

–Es… es cierto. Pero no sabía quién era, lo juro. Mi esposo fue el único que la quiso, yo no. ¡Es una traidora! Cinder es una delincuente, una muchacha peligrosa y falaz, pero yo creía que no era más que una cyborg. No tenía idea de lo que estaba planeando. De haberlo sabido, la habría delatado yo misma.

Levana recorrió con una uña el brazo del trono.

–¿Estaba con Linh Cinder cuando la sometieron a las cirugías cibernéticas?

Adri torció la boca en una mueca de disgusto.

–¡Por las estrellas, no! La operaron en Europa. Yo la conocí cuando la llevaron a Nueva Beijing.

–¿Su esposo estuvo presente en la operación?

Adri parpadeó, nerviosa.

–Yo… creo que no. Nunca hablamos de eso. Aunque se fue un par de semanas para… recogerla. Yo sabía que iba a ver a una niña que había sufrido un accidente de deslizador, pero nunca pude entender *por qué* quiso ir hasta Europa para su acto de beneficencia, y el único premio de su filantropía fueron aflicciones. En ese viaje se contagió de letumosis; murió semanas después de regresar y me dejó al cuidado de mis dos hijas pequeñas y la custodia de esta *cosa*…

–¿Por qué nunca pensó en capitalizar los inventos de su esposo cuando murió?

—¿Cómo dice, Su Majestad? —preguntó Adri después de mirar boquiabierta a la reina.

—Era inventor, ¿no es así? Seguramente le habrá dejado algo de valor.

Adri lo pensó; quizá se preguntaba por qué la reina de Luna estaba interesada en su difunto marido. Paseó la mirada por los guardias y los lunares.

—N-no, Su Majestad. Si es que había algo de valor, no recibí ni un milésimo de univ —su rostro se ensombreció—. No nos dejó nada, excepto desgracias.

—Miente —dijo Levana con la voz fría como el hielo.

—¡No, no es verdad! Garan no nos dejó nada —respondió Adri con los ojos abiertos de par en par.

—Tengo pruebas de lo contrario, terrícola. ¿Cree que soy tonta?

—¿Qué pruebas? —chilló Adri—. No tuve… le juro… —pero lo que fuera que quería jurar quedó ahogado en una oleada de sollozos.

Cinder apretó la mandíbula. No sabía a qué jugaba Levana, pero entendía que la histeria de Adri no haría ninguna diferencia. Pensó en usar su don lunar para detener el llanto incontrolable de Adri y que pudiera morir con algo de dignidad, pero endureció el corazón y no hizo nada. Quizá necesitaría todas sus fuerzas cuando llegara su propio juicio. Se prometió que, cuando fuera su turno, no se derretiría en una masa temblorosa.

—¡Aimery! —ordenó Levana alzando la voz sobre el llanto de Adri.

—Uno de nuestros regimientos descubrió una caja de documentos en la bodega arrendada a Linh Adri en su edificio.

Levana sonrió con aire de triunfo.

—¿Aún sostiene en su defensa que su marido no dejó nada de valor? ¿No guarda todavía documentos importantes?

Adri dudó. Comenzó a sacudir la cabeza, pero se detuvo.

—Yo no… no sé…

—Los documentos —agregó Aimery— se relacionan con una solicitud para patentar el diseño de un arma que permite neutralizar el don lunar. Sospechamos que pretendían usar esa arma en *su contra*, Majestad, y en contra de nuestro pueblo.

Cinder luchó por entender las acusaciones de Aimery. *Un arma para neutralizar el don lunar.*

Apenas pudo contener el impulso de frotarse la nuca, donde había estado conectado a su cableado el invento de Linh Garan, un aparato de seguridad bioeléctrica. ¿Sería eso de lo que estaban hablando?

—¡Alto! —gritó Kai con voz de trueno—. ¿Tienen esos documentos que supuestamente prueban su culpabilidad?

—Fueron destruidos, por razones de seguridad real —respondió Aimery, con una inclinación de cabeza.

Los nudillos de Kai se pusieron blancos por la fuerza con que sujetó los brazos de su asiento.

—No pueden destruir pruebas y luego usarlas para condenar a nadie. No es posible que esperen que creamos que encontraron esa caja de documentos en un cateo ilegal, por cierto, y que contenían patentes de un arma contra los lunares y que Linh Adri lo sabía. Son *demasiadas* especulaciones. Por si fuera poco, violaron varios artículos del Acuerdo Interplanetario cuando detuvieron a una ciudadana terrestre sin el debido proceso *y además* invadieron propiedad privada.

—¿Por qué no hablamos de eso más tarde, querido? —preguntó Levana, apoyando la barbilla en una mano.

—¡Ah!, ¿quieres que hablemos más *tarde*? ¿Antes o después de que hayas matado a una terrícola inocente?

—Ya lo veremos —respondió Levana encogiéndose de hombros.

Kai hizo una mueca de desprecio.

—No puedes… —calló bruscamente, obligado a contener la lengua.

—Querido, tienes que aprender que no me gusta que me digan lo que no puedo hacer —Levana concentró de nuevo su atención en Adri y continuó—: Linh Adri, ya escuchó las acusaciones en su contra. ¿Cómo se declara?

—S-soy… inocente —tartamudeó Adri—. Juro que nunca… que no sabía… que…

—Quiero creerle —dijo Levana, con un suspiro.

—¡Por favor! —suplicó Adri.

Levana mordió otro langostino. Lo tragó. Se relamió los labios color rojo sangre.

—Estoy lista para ofrecerle clemencia —se oyeron murmullos de curiosidad entre la multitud—. Esta decisión está supeditada a que renuncie a todo interés legal en la huérfana Linh Cinder y que me jure fidelidad como la reina legítima de Luna y futura emperatriz de la Comunidad Oriental.

Antes de que terminar, Adri ya movía la cabeza de arriba abajo.

—Sí, sí. Lo juro. Encantada, Su Excelencia. Su Majestad.

Cinder miraba la nuca de Adri. No era que su respuesta le causara una gran sorpresa, sino que no se habría imaginado que escaparía así de fácil. Levana tenía algo planeado y Adri estaba cayendo en sus manos.

—Muy bien, se la absuelve de todas las acusaciones. Puede presentar sus respetos a su soberana —Levana extendió una mano y Adri, después de un instante de duda, avanzó arrodillada y plantó un beso de agradecimiento en los dedos de la reina. Comenzó de nuevo a sollozar. Levana preguntó—: Esa niña, ¿no da ninguna muestra de gratitud?

Pearl soltó un gritito, pero se acercó hasta Levana arrastrando los pies y le besó las manos.

Una mujer de la primera fila aplaudió por cortesía y con la boca llena.

Levana hizo un gesto con la cabeza y dos guardias arrastraron a Adri y Pearl a un lado de la sala.

Cinder ya había dejado de pensar en su madrastra y se preparaba. La atención de Levana cayó sobre ella y no hizo ningún intento por contener su satisfacción cuando habló.

—Vamos a continuar con el segundo juicio.

Cincuenta y uno

CINDER CAMINÓ DANDO TUMBOS HASTA EL SITIO DONDE ADRI SE HABÍA estado arrastrando momentos atrás. Se plantó sobre sus pies y se preparó con una exhalación con la que pretendía estabilizarse, aunque era imposible ignorar su pulso agitado o la lista de las treinta hormonas distintas que, de acuerdo con la pantalla de su retina, inundaban su sistema; su cerebro estaba muy al tanto de su miedo.

Dos guardias la custodiaban por ambos lados.

—Nuestra segunda prisionera, Linh Cinder —anunció Aimery caminando frente a ella— ha sido acusada de los siguientes crímenes: migración ilegal a la Tierra, rebelión, asistencia a un traidor a la Corona, conspiración contra la Corona, secuestro, intromisión en asuntos intergalácticos, obstrucción de la justicia, robo, evasión de arresto y traición a la Corona. El castigo para estos crímenes es muerte inmediata por su misma...

—No —interrumpió Levana, sonriendo. Era claro que había planeado este momento—. Comprobamos que es muy difícil manipularla, así que debemos hacer una excepción. Su castigo será la muerte inmediata por... ¿qué será bueno? ¿Envenenamiento? ¿Sofocación? *¿Incineración?*

Entrecerró los ojos al pronunciar la última palabra, y Cinder tuvo un horrible recuerdo, una pesadilla que había tenido cientos de veces: una cama de carbones al rojo vivo quemando su piel, su mano y su pierna hasta que se desmoronaban en cenizas.

—¡Desmembramiento! –gritó un hombre–. ¡Empezando por esos horribles apéndices!

Su sugerencia fue recibida con un rugido de aprobación de la multitud. Levana permitió las risas nerviosas por un momento antes de levantar la mano para exigir silencio.

—Una sugerencia vil para una chica vil. La apruebo.

Las aclamaciones estallaron por toda la habitación. Kai se levantó de un salto.

—¿Acaso son *salvajes*?

Levana lo ignoró.

—Otra idea se me viene a la mente… quizás el honor de llevar a cabo este castigo debe tenerlo nada más y nada menos que mi más reciente y leal súbdita. Me parece que tiene muchas ganas de complacerme –Levana hizo un ademán invitador con los dedos–. Linh Adri, ¿podrías dar un paso al frente?

Adri parecía estar a punto de desmayarse. Dio dos pasos inseguros al frente.

—Es tu oportunidad para probar que eres leal a tu futura emperatriz, y que desprecias tu hija adoptiva, tanto como se merece.

Adri tragó saliva. Estaba sudando.

—¿Quiere… quiere que yo…?

—La desmiembres, señora Linh. Supongo que necesitas un arma, ¿qué te gustaría? Haré que la traigan. ¿Un hacha quizá? Un cuchillo podría causar problemas, pero una buena hacha muy afilada…

—Basta –interrumpió Kai–. Esto es repugnante.

Levana se reclinó en su silla.

–Empiezo a creer que no aprecias tu regalo de bodas, querido. Eres libre de irte si estos procedimientos te perturban.

–No te dejaré hacer esto– murmuró entre dientes, con la cara enrojecida.

Levana se encogió de hombros frente a Kai.

–No puedes detenerme. Y no vas a detener la coronación. Hay demasiado en juego como para que te arriesgues por una chica… por una *cyborg*. Sé que estarás de acuerdo.

Los nudillos de Kai se pusieron blancos y Cinder se lo imaginó pegándole a la reina o intentando algo igual de estúpido.

–*Alicates* –dijo Cinder. Su tono de voz y su intempestiva declaración trajeron la atención de todos hacia ella. Kai frunció el ceño, pero solo un instante, entre la confusión y el momento en que la manipulación de Cinder acertó. Sintió su energía, crepitante y acelerada, e hizo su mejor esfuerzo para calmarla–. Está bien –agregó, aliviada al ver que los músculos de Kai se relajaban.

Probablemente más tarde se enojaría por esto.

Levana apartó la bandeja de aperitivos con un gruñido y se levantó, golpeando al criado que estaba a su lado; este se alejó rápidamente.

–Deja de manipular a mi esposo.

Cinder rio, y posó su mirada en la reina.

–No seas hipócrita; tú lo manipulas todo el tiempo.

–Es *mío*. Mi esposo. Mi rey.

–¿Tu prisionero? ¿Tu mascota? ¿Tu trofeo? –Cinder dio un paso al frente y al instante el guardia se colocó junto a ella, deteniéndola con una mano en el hombro, mientras otra media docena de guardias estaban alertas. Respiró hondo. Era agradable ver que podía poner nerviosa a Levana, incluso con las manos atadas–. Debe ser muy gratificante saber que cada relación que tienes está basada en una mentira.

La boca de Levana se torció en una mueca, y por un momento una imagen revuelta e inconsistente comenzó a discurrir en cascada por la pantalla de la retina de Cinder.

Algo estaba mal en el lado izquierdo de la cara de Levana: un párpado medio cerrado, extrañas cicatrices rugosas a lo largo de su mejilla. Cinder parpadeó rápidamente, preguntándose si la ira le estaba haciendo perder a Levana el control de su encanto, o si se trataba de su propia optobiónica tratando de darle sentido a la anomalía que percibía.

Se encogió ante la sobrecarga de información visual, tratando de disimular que no podía hacer foco.

Los guardias empezaron a relajarse a la par de la reina.

—Tú eres la mentira —afirmó Levana, alzando la voz—. Eres un fraude.

La atención de Cinder estaba puesta en la boca de la reina, usualmente tan perfecta y de color rojo carmesí. Pero algo estaba mal ahora. Una extraña curvatura hacia abajo que no encajaba con su sonrisa apática de siempre.

Había un daño ahí, debajo del encanto, una cicatrización de algún tipo, tal vez incluso parálisis.

Cinder se la quedó mirando, con el pulso retumbando en su cabeza. Una idea, una esperanza, empezó a tomar forma en el fondo de sus pensamientos.

—Créeme: me han dicho cosas peores —aseguró, controlándose para volver a poner una expresión indiferente, aunque se dio cuenta de que era demasiado tarde: Levana había visto un cambio en ella, o quizá lo había sentido. Al instante la reina estaba otra vez en guardia, recelosa.

Levana podía protegerse todo lo que quisiera, podía manipular a todos en esta habitación, a todos en su reino, pero no podía engañar a Cinder. O, más bien, no podía engañar a su computadora interna.

Cinder dejó de resistirse a la avalancha de datos que su cerebro interfaz estaba reconstruyendo. El encanto era una creación biológica: usando la bioelectricidad natural de una persona podía crear pequeñas pulsaciones eléctricas en el cerebro para cambiar lo que veía, pensaba, sentía y hacía; pero la parte cyborg del cerebro de Cinder no podía ser influenciada por la bioelectricidad, pues toda ella era máquina, datos y programación, matemáticas y lógica. Cuando se enfrentaba al encanto lunar o cuando un lunar trataba de manipularla, las dos partes de su cerebro entablaban una batalla, tratando de decidir cuál debía ser la dominante.

Esta vez dejó que el lado cyborg ganara.

El revoltijo caótico de información regresó con toda su fuerza. Las piezas luchaban por enderezarse; era como ver en su cabeza un rompecabezas de pixeles y código binario descifrarse a sí mismo, como enfocar con una cámara; cada encanto en la habitación fue sustituido por la verdad: la capa de leopardo de las nieves ronroneante no era más que un cobertor de piel falsa, y los zapatos de cristal con pececillos no eran sino de acrílico transparente. En efecto, Levana llevaba un elaborado vestido rojo, pero había lugares en donde le quedaba demasiado apretado o demasiado suelto, y la piel visible de su brazo izquierdo era...

Tejido cicatrizado. En nada se diferenciaba de la piel de Cinder alrededor de sus prótesis.

Conforme el mundo cobraba sentido y la realidad construida con retazos dejaba de decodificarse, moverse y unirse entre sí, Cinder le ordenó a su cerebro que empezara a grabar.

—Soy culpable de los crímenes que enumeraste: secuestro y conspiración, y lo demás, pero eso no es nada comparado con el crimen que cometiste hace trece años. Si hay alguien culpable de traición a la Corona aquí, es la mujer sentada en el trono —miró a Levana—, *mi* trono.

La multitud se agitó y Levana sonrió con superioridad, fingiendo indiferencia aunque le temblaban las manos, y los detalles de estas parpadeaban y de pronto mostraban dedos pálidos y ágiles, y de pronto un meñique marchito; los cambios constantes hacían que a Cinder le costara concentrarse.

—No eres nada más que una criminal —afirmó Levana con voz retorcida— y serás ejecutada por todos tus crímenes.

Cinder dobló la lengua, a modo de prueba, y alzó la voz.

—Yo soy la princesa Selene.

—¡Tú eres una impostora! —gritó Levana mientras se inclinaba hacia adelante.

—Y estoy lista para reclamar lo que es mío. Pueblo de Artemisa, ha llegado su oportunidad: renuncien a Levana como su reina y júrenme lealtad, o prometo que, cuando lleve la corona, cada persona en esta habitación será castigada por su traición.

—Es suficiente, ¡mátenla!

Al principio los guardias no se movieron, y esa breve vacilación era toda la información que Cinder necesitaba; Levana, en su histeria, había perdido el control mental sobre sus protectores.

Antes de que los taumaturgos pudieran darse cuenta de lo que había sucedido, Cinder entró en sus mentes. Doce guardias reales. Doce hombres que eran, como Jacin le había dicho alguna vez, maniquíes sin cerebro, títeres para que la reina pudiera manipularlos como ella quisiera; doce protectores armados, listos para obedecer cada uno de sus caprichos.

La pantalla de la retina de Cinder se llenó de información: su acelerado ritmo cardíaco, la compensación de su manipulación bioeléctrica, la adrenalina corriendo por sus venas. El tiempo se hizo más lento, las sinapsis de su neuronas salían disparadas más rápido de lo que ella lograba reconocerlas: captaba información, la traducía y la almacenaba antes de poder interpretarla. Siete taumaturgos: dos de negro se hallaban de pie detrás de la reina; los cuatro que habían traído a Cinder de su celda estaban parados junto a las puertas, y Aimery; el guardia más cercano estaba a ochenta centímetros a su izquierda; seis soldados lobos: el más cercano a tres metros de distancia, el más lejano a seis metros. Cuarenta y cinco lunares en la audiencia. Kai y su asesor, y cinco líderes terrestres junto con diecisiete representantes adicionales de la Unión; treinta y cuatro criados hincados como estatuas, tratando de mirar discretamente a la chica que clamaba ser su reina.

Doce guardias con doce armas y doce cuchillos, y cada uno de ellos le pertenecía.

Había sopesado las amenazas, las había puesto en una balanza y las había medido. Los peligros se habían convertido en datos que se ejecutaban a través de una calculadora mental. La daga emergió de la punta del dedo de Cinder.

Todos los terrícolas saltaron de sus asientos para ponerse a cubierto, incluso Kai, quien solo después se dio cuenta de que los había obligado a hacerlo. Luego usó a once de los doce guardias para abrir fuego. Once armas dispararon, todas apuntando a los seis lobos mutantes, mientras que el guardia que estaba más cerca de Cinder sacó su cuchillo y cortó las ataduras de sus muñecas; en su prisa, sintió la hoja del cuchillo sonar contra su palma de metal.

Sus manos se liberaron; su cuerpo y su mente estaban en armonía, justo como Wolf le había enseñado. Mentalmente iba reduciendo su lista de amenazas.

Los soldados lobo se lanzaron hacia los guardias mientras otra ronda de balas volaba hacia ellos.

El criado más cercano se puso de pie y se lanzó contra Cinder, como si fuera a derribarla. Cinder lo sujetó y lo empujó hacia un taumaturgo. Ambos chocaron entre sí con una serie de gruñidos y cayeron al suelo.

–¡Mátenla! –la voz de Levana se quebró.

Más disparos retumbaron en los tímpanos de Cinder. Cuerpos revueltos y sillas chirriantes. Cinder dejó de saber dónde estaban los guardias, si alguno de los soldados lobos había caído, si dos aristócratas corrían hacia ella desde puntos opuestos, e instó a los guardias a que se centraran en los taumaturgos, los taumaturgos, *ahora*.

Hubo otra ráfaga de balas y los aristócratas gritaron, se desplomaron y trataron de escurrirse fuera de la contienda tan pronto como fueron liberados.

Un soldado lobo tomó a Cinder por detrás. El dolor le atravesó el hombro mientras sus dientes le desgarraban la carne. Cinder gritó. Sangre caliente escurría por su brazo. Levantando su mano cyborg, lo apuñaló violentamente y la hoja del cuchillo penetró la carne. El soldado la soltó con un rugido y ella giró y lo pateó lejos.

Temblando de los pies a la cabeza, buscó recuperar la mente de los guardias, pero en ese segundo de distracción el salón se había vaciado de las ondas bioeléctricas de los guardias. Diez de ellos estaban muertos, despedazados por los soldados lobo que los habían atacado con una ferocidad sorprendente, pese a los agujeros de bala que perforaban su pecho y su vientre.

En el caos, Cinder encontró a Kai, quien la miraba boquiabierto.

Apartó los ojos de él y encontró a la reina, que aún gritaba y trataba de imponer sus órdenes, pero los dos guardias restantes ya no le pertenecían, a los lobos no les importaba a quiénes estaban atacando y los taumaturgos estaban… muertos, todos muertos. Cinder los había matado a todos. Excepto quizás a Aimery, a quien no pudo hallar en el caos. Quería ocuparse de él, pero quería ocuparse aún más de otra persona.

Con la mente clara, Cinder se agachó para recoger la pistola de uno de los guardias caídos, levantó el brazo apretando los dientes para sofocar el dolor punzante de su hombro, y apuntó en medio de los ojos de la reina.

Por una fracción de segundo, Levana se mostró aterrorizada.

Luego Kai se interpuso entre ellas, con el rostro inexpresivo por la manipulación. El sudor inundaba los ojos de Cinder, borrando el mundo a su alrededor.

Las pesadas puertas se abrieron de golpe, y se escuchó el sonido de botas avanzando por el pasillo.

Los refuerzos habían llegado.

Alentada, Levana hizo que cada persona restante en la habitación apuntara hacia Cinder. Los terrícolas y los aristócratas podían no tener armas, pero contaban con un montón de manos, uñas y dientes. Los nuevos guardias estaban muy cerca.

¿Cuál había sido su sentencia? *Muerte por desmembramiento.*

Cinder bajó el arma, dio media vuelta y corrió, pasó junto a las marionetas lunares con sus atuendos brillantes, pasó junto a los criados de mentes débiles y a los taumaturgos muertos, a las salpicaduras de sangre y las sillas caídas, a Pearl y a Adri encogidas en un rincón. Corrió a toda velocidad hacia la única vía de escape: el balcón abierto suspendido por encima del agua.

El dolor en su hombro palpitaba y lo usó como recordatorio para correr más rápido, mientras sus pasos retumbaban contra el duro mármol.

Escuchó disparos, pero ya había saltado. El cielo negro se abrió ante ella y cayó.

Cincuenta y dos

KAI ESTABA CLAVADO EN EL PISO; ERA UNA ESTATUA EN MEDIO DE LA agitación. Levana vociferaba; no, más bien, *lanzaba chillidos*. Su voz, normalmente melodiosa, se había vuelto áspera e insoportable. Gritaba órdenes —*¡Encuéntrenla! ¡Tráiganla! ¡Mátenla!*—, pero nadie le hacía caso.

No quedaba nadie que la escuchara.

Casi todos los guardias estaban muertos; los taumaturgos, muertos; los soldados lobos, muertos. Regados por el suelo había también algunos cadáveres de criados y aristócratas, revueltos entre la sangre y los muebles rotos, víctimas de la avidez de los soldados mutantes, que habían quedado sin control ante una multitud desprevenida y desarmada.

Junto a Kai, Levana arrancó el collar enjoyado de alguna lunar y se lo arrojó a una criada que estaba hecha un ovillo en el suelo, salpicada de sangre.

—¡Tú! ¡Tráeme más guardias! Quiero que en este instante se presenten en este salón todos los guardias y los taumaturgos del palacio. Y *ustedes*, ¡limpien el desorden! ¿Qué hacen ahí parados?

Los criados se dispersaron, entre gateando y resbalando hacia las salidas disimuladas en las paredes.

La conciencia de lo que había pasado comenzó a abrirse paso en el ánimo conmocionado de Kai. Miró a su alrededor y descubrió a un grupo de líderes de la Tierra agrupados en un rincón. Uno de ellos era Torin. Se veía impresionado, con la vestimenta desaliñada.

—¿Estás herido? —le preguntó Kai.

—No, Su Majestad —dijo Torin y se acercó, apoyándose en las sillas para no resbalar en el suelo ensangrentado—. ¿Está herido?

Kai sacudió la cabeza.

—¿Todos los terrícolas…?

—Todos enteros. Parece que no hay lesionados.

Kai trató de tragar saliva, pero tenía la garganta tan seca que se atoró hasta que volvió a intentarlo.

Vio a Aimery salir de uno de los camarines de los criados. Fue el único taumaturgo que había sobrevivido a los juicios, pero entre tanto habían llegado más. Los miembros de la corte que no habían huido del salón del trono estaban pegados a las paredes del fondo. Lloraban histéricamente o parloteaban entre ellos tratando de reconstruir los hechos traumáticos, hilando las historias de cada cual. Quién había visto qué y qué guardia había matado a quién. *¿Esa chica de verdad cree que es la princesa desaparecida?*

Cinder, medio muerta de hambre y rodeada de enemigos, había causado mucha destrucción en muy poco tiempo, y justo enfrente de la reina. Era sobrenatural. Imposible. Asombroso.

Un acceso de risa burbujeaba en la garganta de Kai, temblando incontrolable en su pecho. Sus emociones eran jirones de miedo, pánico y horror. El ataque de histeria lo asaltó como un golpe en el abdomen. Se tapó la boca con la mano cuando brotó la risa enloquecida, que de inmediato se convirtió en jadeos horrorizados.

—Majestad —dijo Torin, apoyándole una mano entre los omóplatos.

—T-Torin —tartamudeó Kai mientras luchaba por respirar—, ¿crees que ella esté bien?

—Ha demostrado que es bastante resistente —respondió Torin, aunque su expresión era de duda.

Kai empezó a avanzar por el salón del trono. Sus zapatos de boda dejaban huellas en la sangre pegajosa. Llegó a la cornisa y se asomó al lago. Desde su asiento no había podido calcular la altura de la caída: por lo menos cuatro pisos. El estómago le dio un vuelco. No alcanzaba a ver la otra orilla del lago. De hecho, se extendía tanto que parecía que llegaba hasta la pared del domo.

El aire estaba quieto, pero el agua se sentía agitada, negra como la tinta. Kai buscó y buscó algo que indicara un cuerpo, una chica, el destello de un miembro metálico, pero no había señales de ella.

Se estremeció. ¿Cinder sabría nadar? ¿Su cuerpo estaba diseñado para nadar? Kai sabía que se duchaba en la Rampion, pero ¿sumergirse completamente?

—¿Habrá sobrevivido?

Kai dio un salto. Levana estaba a unos pasos, con los brazos cruzados y las fosas nasales dilatadas. El emperador se alejó, aguijoneado por el miedo irracional de que la reina estuviera a punto de lanzarlo por la cornisa. Pero en cuanto retrocedió se dio cuenta de que de cualquier manera podía obligarlo a saltar.

—No sé —contestó, y para molestarla, agregó—: por cierto, fue un entretenimiento maravilloso. Tenía grandes expectativas y no me decepcionaste.

La reina gruñó y Kai se alegró de haber retrocedido.

—¡Aimery! —gritó—. Ordena que revisen el lago antes de que amanezca. Quiero que me sirvan el corazón de la cyborg en una bandeja de plata.

—Así se hará, Su Majestad —respondió Aimery haciendo una reverencia. Luego se dirigió al grupo de taumaturgos que habían llegado después del incidente y que se esforzaban por aparentar que la destrucción del salón del trono no era tan impactante como en realidad les parecía. Cuatro se retiraron—. Lamento informarle a Su Majestad que ha habido disturb…

—¡Es *obvio* que ha habido disturbios! —bramó Levana, apuntando hacia el lago con una uña pintada de rojo—. ¿Crees que no lo veo?

—Desde luego, reina mía, pero hay algo más —agregó Aimery, con un gesto tenso.

—¿Qué más podría pasar? —preguntó Levana echando fuego por los ojos

—Como sabe, el juicio y la ejecución de esta noche se transmitirían en vivo a todos los sectores. Al parecer, como resultado del escape de la cyborg, la gente está… amotinada. Parece que son varios sectores. SB-1 es el más cercano, según indican nuestras cámaras de seguridad. También parece que una considerable turba de ciudadanos marcha hacia Artemisa desde el lejano AT-6.

—La cyborg no escapó —la voz de Levana sonó delgada y tensa, casi a punto de romperse. Kai se alejó otro paso—. Está muerta. Diles que está muerta. No pudo haber sobrevivido a la caída. ¡Y encuéntrenla! *¡Encuéntrenla!*

—Sí, Su Majestad. Vamos a preparar inmediatamente una emisión para informar al pueblo de la muerte de Linh Cinder. Pero no podemos garantizar que sea suficiente para contener los alzamientos.

—¡Basta! —con una mano, Levana apartó al taumaturgo de su camino y se apresuró a plantarse frente al trono—. Bloqueen los túneles del tren de levitación magnética que entran y salen de Artemisa. Cierren los puertos aéreos. Nadie puede entrar ni salir de este domo hasta que no hayan encontrado a la cyborg y hasta que los civiles de Luna no se hayan arrepentido de sus acciones. Si alguien trata de atravesar las barreras, ¡dispárenle!

—Espere —interrumpió Bromstad, primer ministro de la Federación Europea, avanzando hacia Levana. Casi todos los aristócratas lunares habían abandonado la sala. Quedaban los criados, que luchaban por retirar los cadáveres, y los terrícolas, que trataban de disimular lo alterados que se sentían—. No puede cerrar los puertos aéreos. Nos invitó a una boda, no a una batalla campal. Mi gabinete y yo nos vamos esta misma noche.

Levana arqueó una ceja, y ese gesto simple y elegante le erizó a Kai cada centímetro de piel de la nuca. La reina se acercó a Bromstad y, aunque este se mantuvo firme, Kai se dio cuenta de que estaba arrepentido de sus palabras. A sus espaldas, los otros líderes se acercaron unos a otros.

—¿Quiere irse esta noche? —preguntó Levana. Su voz había recuperado sus inflexiones vibrantes—. Muy bien. Permítame que lo ayude.

Una doncella que estaba cerca y trataba de pasar inadvertida dejó de fregar el piso y levantó un tenedor de servir caído. De rodillas, con la cabeza baja, le entregó el utensilio al primer ministro Bromstad.

En el instante en que su mano se cerró alrededor del mango del tenedor, el miedo se apoderó de su rostro. No un miedo cualquiera, sino el miedo de saber que tenía en las manos un arma y que Levana podía obligarlo a hacer lo que quisiera. *Lo que quisiera.*

—¡Detente! —ordenó Kai tomando a Levana por el codo. Ella lo miró con desagrado—. Como ya dije, no aceptaré que seas mi emperatriz si atacas a un líder de un país aliado. Déjalo. Deja que todos se vayan. Ya se derramó suficiente sangre por hoy.

Los ojos de Levana eran como brasas ardientes, y por un instante Kai pensó que podría matarlos a todos y apoderarse de la Tierra con su ejército, pues la partida de los líderes le allanaría el camino.

Sabía que la idea había cruzado por su mente.

Pero en la Tierra había mucha gente, mucha más que en Luna. No habría podido controlarlos a todos. Una rebelión en la Tierra sería mucho más difícil de controlar si trataba de conquistarla por la fuerza.

El tenedor repiqueteó en el suelo y Bromstad exhaló aliviado.

—Ella no te salvará —siseó Levana—. Sé que crees que está viva y que esta pequeña revuelta suya va a triunfar, pero no será así. Dentro de poco seré la emperatriz y ella estará muerta, si no es que ya murió —recompuso la expresión de su rostro y se pasó las manos por el frente del vestido, como si pudiera alisar el desastre de la hora anterior—. Querido esposo, no sé si volveré a verte antes de que nos reunamos para las coronaciones. Me temo que el solo hecho de verte me enferma.

Gracias a la mirada de advertencia de Torin, Kai logró contener un comentario sobre este desaire inesperado.

Levana chasqueó los dedos, ordenó a una de las criadas que le preparara el baño en sus habitaciones y se fue enseguida, con el borde de su vestido llenándose de sangre mientras cruzaba el salón del trono.

Kai resopló, aturdido por todo lo que había pasado. La ausencia repentina de la reina. El punzante olor a hierro de la sangre mezclado con la fragancia intensa de los productos de limpieza y lo que quedaba del aroma de la carne asada. El eco de los disparos en sus oídos. Nunca olvidaría la imagen de Cinder arrojándose desde la cornisa.

—Su Majestad —murmuró una voz marchita y asustada. Kai giró y vio a Linh Adri y a Pearl agazapadas en un rincón. Tenían el rostro sucio y surcado por las lágrimas—. ¿Sería posible…? —Adri se atragantó. Kai veía subir y bajar su pecho mientras trataba de controlarse—. ¿Sería posible que ordenara que… nos enviaran a mi hija y a mí devuelta a casa? —sollozó y nuevas lágrimas inundaron sus ojos. Se frotó la cara y dejó caer los hombros. Su cuerpo apenas se sostenía en la esquina de la sala—. Tuve suficiente… quisiera irme a casa, por favor.

Kai cerró con fuerza la mandíbula. Sentía casi tanta compasión como desprecio por esta mujer.

—Lo siento —se disculpó—, pero no creo que nadie pueda irse hasta que haya terminado todo.

Cincuenta y tres

EL AGUA LA GOLPEÓ COMO SI HUBIERA SIDO CONCRETO. LA FUERZA DEL impacto sacudió su cuerpo de arriba abajo. Todas sus extremidades vibraron, primero por el choque contra el agua que la succionó hacia abajo, luego por el frío glacial. Todavía estaba conmocionada por el golpe cuando el aire abandonó sus pulmones en una ráfaga de espuma y burbujas. Su cuerpo rodó como una boya; su pesada pierna izquierda la arrastraba hacia abajo.

Una luz roja de alarma llenaba la oscuridad.

INMERSIÓN EN LÍQUIDO DETECTADA. LA FUENTE DE ALIMENTACIÓN SE APAGARÁ EN TRES…

Y hasta ahí llegó el conteo. La oscuridad se apoderó de la parte posterior del cerebro de Cinder, al igual que si le hubieran apagado un interruptor. El mareo la acunaba. La muchacha se obligó a mantener los ojos abiertos y miró hacia la superficie, orientándose solo porque podía sentir cómo el peso de su pierna iba arrastrándola hacia abajo, más abajo.

Chispas blancas aparecieron en las esquinas de su campo de visión. Sus pulmones se esforzaban por resistir. Las resbaladizas algas alcanzaron a prenderse de ella, adhiriéndose a su pantorrilla derecha, donde la pernera del pantalón se había alzado y apelotonado en torno a su rodilla.

Obligándose a permanecer consciente, Cinder dirigió la linterna de su dedo a la oscuridad bajo sus pies e intentó encenderla, pero no pasó nada.

Con apenas la suficiente luz proveniente del palacio filtrándose entre el lodo y el agua, Cinder creyó detectar una serie de huesos pálidos atrapados entre las hierbas. Su pie de metal se hundió en una caja torácica.

Cinder se sacudió; la sorpresa le despejó la mente mientras debajo de ella los huesos se aplastaban.

Apretando los dientes, Cinder usó hasta el último residuo de la energía que le quedaba para impulsarse y salir del fondo de lago, luchando por volver a la superficie. Su pierna y su mano izquierda no le respondían, ya no eran nada más que pesos muertos al final de sus extremidades, y la herida del hombro donde el soldado mutante le había clavado los dientes le dolía terriblemente.

Su diafragma se contrajo. Encima de ella, el brillo de la superficie se hacía cada vez más intenso, y las luces parpadeaban como un espejismo sobre la superficie; sentía cómo la fuerza se le escapaba, y su pierna trataba de arrastrarla otra vez hacia abajo…

Cinder salió a la superficie del lago boqueando para llevar la mayor cantidad de aire posible a sus pulmones. Se las arregló para avanzar por la superficie del agua durante un momento angustioso antes de ser arrastrada otra vez hacia abajo. Le ardían los músculos a medida que pateaba, esforzándose por mantener la cabeza afuera del agua.

Conforme las luces de su visión empezaron a desvanecerse, Cinder se secó los ojos; el palacio se elevaba por encima de ella, ominoso y opresivo pese a su belleza, extendiéndose a ambos lados del lago. Sin luz de día artificial alumbrando el domo, podía ver cómo se extendía la Vía Láctea del otro lado del cristal. Fascinante.

En el balcón, muy por encima de ella, distinguió sombras moviéndose. Luego una ola chocó contra ella y la arrastró otra vez hacia el fondo del lago, mientras la corriente golpeaba contra su cuerpo. Perdió el sentido de dirección, hacia arriba o hacia abajo; el pánico estalló de nuevo en su cabeza y empezó a agitar los brazos intentando recuperar el control contra el embate de las olas. Su hombro latía. Solo cuando sintió que se estaba hundiendo volvió a orientarse y se movió dificultosamente para salir otra vez a la superficie.

Trató de nadar lejos del palacio, hacia el centro del lago, aunque no podía ver dónde terminaba. No había avanzado mucho cuando sus músculos empezaron a arder, y cada articulación del lado izquierdo de su cuerpo sufría por el peso inútil de sus prótesis. Sentía sus pulmones en carne viva, pero tenía que sobrevivir, no podía dejar de luchar, no podía dejar de intentarlo. Kai seguía allá arriba; sus amigos estaban en alguna parte de Luna y la necesitaban, y la gente de los sectores externos contaba con ella. Debía seguir avanzando, avanzando…

Cinder contuvo el aliento y se sumergió bajo la superficie. Se quitó las botas dejando que se hundieran; no era mucho, pero se sintió un poco más ligera, lo suficiente para contrarrestar el peso asimétrico de su cuerpo, impulsándose a través de las olas.

El lago parecía no tener fin, pero cada vez que miraba hacia atrás y veía hasta qué punto el palacio lunar había retrocedido en la distancia, Cinder sentía que su fuerza se renovaba; ahora la orilla estaba alumbrada por mansiones y muelles para pequeños botes. La lejana orilla del otro lado había desaparecido sobre el horizonte.

Cinder se puso boca arriba, jadeando; sentía que la pierna le ardía, que sus brazos parecían hechos de goma, que en la herida de su hombro había un picahielos clavado hasta lo más profundo. No llegaría mucho más lejos.

Cuando una nueva ola golpeó contra su cuerpo y casi no se molestó en salir a la superficie, se le ocurrió que en realidad no sabía si tenía reservada suficiente energía para llegar a la orilla.

¿Y si la estaban esperando allí? No podría luchar, no podría manipular a nadie. Estaba terminada: no era más que una chica apaleada y medio muerta.

La cabeza de Cinder golpeó contra algo sólido.

Se quedó sin aliento; su falta de propulsión la enviaba al fondo.

Se resistió con el pie, forzándose a salir una vez más y escupiendo agua por la boca. Sus manos golpearon contra algo duro, una superficie resbaladiza con la que se había encontrado. El domo.

Había llegado al borde de Artemisa.

La enorme pared curva actuaba como un dique, conteniendo el lago, mientras que del otro lado del vidrio el cráter continuaba por kilómetros en cada dirección: seco, lleno de agujeros e inquietante y terriblemente profundo.

Haciendo equilibrio contra el cristal, Cinder se quedó mirando hacia el fondo del cráter que se extendía cientos de metros debajo de ella. Se sentía como un pez en una pecera. Atrapada.

Giró hacia la orilla pero no pudo moverse. Estaba temblando, tenía el estómago vacío; su pesada pierna la volvió a hundir, y le tomó la fuerza de un millar de soldados lobos volver a abrirse camino hacia la superficie. La boca se le llenó de agua y la escupió tan pronto como su cabeza se asomó entre las olas, pero era inútil: no podía.

El mareo la sacudió. Sus brazos se desplomaron contra el agua. Su pierna derecha claudicó primero, demasiado cansada para dar una patada más. Cinder jadeó y la corriente la arrastró hacia abajo, mientras una mano se deslizaba por el cristal resbaladizo.

Sintió un extraño alivio mientras la oscuridad la envolvía. Un orgullo de saber que cuando registraran el lago iban a encontrar su cuerpo a esa enorme distancia del palacio y se darían cuenta de lo mucho que había luchado.

Su cuerpo quedó inerte. Una ola la volvió a sacar a la superficie y se estrelló contra el muro, pero apenas lo sintió. Luego algo la sujetó, arrastrándola hacia arriba.

Demasiado débil para luchar, Cinder dejó que la cargaran. Su cabeza salió del agua y sus pulmones se expandieron. Tosió. Unos brazos la envolvieron. Un cuerpo la presionó contra la pared. Cinder se dejó caer hacia adelante, colocando su cabeza contra un hombro.

—Cinder —era una voz masculina, tensa y vibrante a través de su pecho—, deja de aflojar el cuerpo, ¿quieres? —terminó de acomodarla en sus brazos, cambiando de lugar su peso para apoyarla sobre su codo.

—¡Cinder!

Dirigió su borrosa mirada hacia arriba, entreviendo su barbilla y su perfil, y el cabello húmedo pegado a su frente. Debía de estar delirando.

—¿Thorne? —el nombre se le atascó en la garganta.

—Capitán… para ti —apretó los dientes, tratando de llevarla hacia la orilla—. ¡Ay!, vaya que eres pesada. Oh, ¡ahí está!, gracias por ayudar…

—Tu boca usa mucha energía —gruñó alguien. *¿Jacin?*—. Ponla tendida de espaldas para que su cuerpo no luche contra…

Sus palabras se convirtieron en un grito agudo mientras el cuerpo de Cinder se deslizaba por entre las manos de Thorne, hundiéndose hacia la reconfortante calma de las olas.

Cincuenta y cuatro

DESDE LA ORILLA, CRESS E IKO MIRABAN EL LAGO ABRAZADAS. THORNE Y Jacin se habían sumergido. Cress temblaba, más de miedo que de frío, y aunque el cuerpo de Iko no despedía el calor natural de un humano, le daba el consuelo de su solidaridad. Esperaron, pero no había signos de Thorne, Jacin o Cinder. Llevaban mucho tiempo bajo el agua.

Demasiado.

Cress no se había dado cuenta de que estaba conteniendo el aliento hasta que lo sintió en sus pulmones. Tomó una bocanada de aire que también le causó dolor, porque sabía que sus compañeros habían retenido el aliento todo ese tiempo.

Iko le oprimió la mano.

—¿Por qué no han…? —dio un paso al frente y se detuvo.

El cuerpo de Iko no estaba hecho para nadar y Cress nunca había estado en una masa de agua que no fuera la tina del baño.

Eran inútiles.

Cress se tapó la boca con una mano temblorosa, ignorando la sensación caliente de las lágrimas en el rostro. Había pasado demasiado tiempo.

—¡Ahí! —gritó Iko y señaló dos… no, tres cabezas que surgieron de las olas negras y agitadas.

Iko dio otro paso.

—Está viva, ¿verdad? N-no parece que se mueva. ¿Ves que se mueva?

—Estoy segura de que vive. Seguro que estará bien —respondió Cress.

Miró a Iko, pero no se atrevió a hacer la pregunta que sabía que todos se habían hecho. Lo habían visto todo en la transmisión del festín de bodas. El juicio. La masacre. El salto de Cinder desde la cornisa y cómo se había hundido en el lago.

¿Cinder sabía nadar?

Todos lo habían pensado, pero nadie había respondido. Juntos, se habían escabullido por la ciudad, agradecidos de que los pocos lunares que los habían visto estuvieran demasiado ocupados con los festejos por el matrimonio de la reina como para prestarles atención. Jacin los había guiado, pues conocía la ciudad y la morfología del lago, sabía dónde afloraban a veces los cuerpos que caían desde el salón del trono. Ninguno de ellos había dudado: todos sabían que tenían que encontrar a Cinder mientras Levana aún no lograra recuperarse del ataque.

Cuando vieron la oscura forma de Cinder entre las ondas, en todo el grupo resonó un suspiro de gozo y alivio, pero aún no sabían en qué estado se encontraría su amiga.

¿Estaba viva? ¿Estaba herida? *¿Sabía nadar?*

Cuando el trío que se encontraba en el agua estuvo más cerca, Cress se desprendió de Iko y chapoteó hasta llegar a ellos. Entre todos llevaron a Cinder hasta la orilla y la depositaron sobre la arena blanca.

—¿Está viva? —preguntó Iko, casi histérica—. ¿Respira?

—Vamos a esa cabaña de pesca —indicó Jacin—. No podemos quedarnos afuera.

Thorne, Jacin e Iko compartieron el trabajo de cargar el cuerpo débil de Cinder, mientras Cress se adelantó para mantener las puertas abiertas. Sobre los muros laterales colgaban de soportes tres botes de remos, y uno más estaba en el centro, tapado con una lona. Cress quitó de encima un montón de remos y equipo de pesca de modo de hacer espacio para que pusieran allí a Cinder, pero Jacin la colocó en el suelo. Iko cerró las puertas y el lugar quedó a oscuras. Cress luchó por encender la pálida luz azulada de su pantalla portátil.

Jacin no perdió tiempo en revisar si Cinder respiraba o tenía pulso, sino que se inclinó sobre ella y colocó las manos juntas sobre su pecho. Se le endureció la mirada al tiempo que comenzó a presionar el esternón con movimientos rápidos y firmes. Cress parpadeó al oír el sonido de los cartílagos.

—¿Sabes lo que estás haciendo? —preguntó Thorne, acuclillado al otro lado de Cinder. Tosió y se limpió la mano con el brazo—. ¿Necesitas ayuda? Aprendimos esto en el campamento… me acuerdo… más o menos…

—Sé lo que hago —respondió Jacin.

En efecto, *parecía* saberlo. Inclinó hacia atrás la cabeza de Cinder y formó un sello alrededor de la boca de la muchacha con su propia boca.

Thorne no se veía reconfortado, pero no dijo nada.

Arrodillada a los pies de Cinder, Cress miró en silencio cómo Jacin reanudaba las compresiones. Se acordó de los melodramas de la red, en los que el héroe reanimaba a la heroína con respiración boca a boca. Le había parecido tan romántico… Incluso había tenido fantasías en las que se ahogaba, sueños en los que la presión de los labios de un hombre le devolvía la vida a su cuerpo inerte.

Los melodramas mentían. El procedimiento implicaba una violencia que no habían representado. Hizo una mueca cuando Jacin puso las manos planas sobre el esternón de Cinder por tercera vez, imaginándose las magulladuras en su propio pecho.

Se sentía suspendida en el tiempo. Thorne se apostó como centinela en la entrada, vigilando por una ventana pequeña y sucia. Iko se había envuelto con sus propios brazos y parecía a punto de disolverse en unas lágrimas imposibles.

Cress estaba por tomar de nuevo la mano de Iko cuando Cinder se sacudió y comenzó a atragantarse.

Jacin inclinó la cabeza de Cinder a un lado. Salió agua a borbotones de su boca, aunque no tanta como Cress esperaba. Jacin sostuvo a la muchacha en esa posición para conservar las vías respiratorias despejadas, hasta que dejó de toser. Volvía a respirar. Débil y titubeante, pero respiraba.

Cinder abrió los ojos. Jacin la enderezó para que se sentara. Dejó caer el brazo derecho. Tomó el brazo del guardia y lo oprimió. Escupió otro poco de agua.

—Qué oportuno —dijo con voz cascada.

Tenía la barbilla y los labios brillantes por el agua. Iko se estiró y la secó con la manga. Cinder la miró y sus ojos se iluminaron, aunque tenía los párpados abatidos por el agotamiento.

—¿Iko? Creí… —con un gemido se desplomó sobre su espalda.

La androide gritó y se preparó para saltar sobre Cinder, pero lo pensó mejor. Entonces, pasó por detrás de Jacin para poder tomar a su amiga por los hombros y acunar su cabeza en el regazo. Con una sonrisa cansada, Cinder levantó una mano para acariciar las trenzas de Iko. A la mano cibernética le faltaba un dedo.

—No podemos quedarnos aquí —advirtió Jacin sacudiéndose el agua del pelo corto—. Empezarán la búsqueda cerca del palacio, pero no tardarán en cerrar todo el lago. Tenemos que encontrar algún sitio para que se recupere.

—¿Tienes alguna buena idea? —preguntó Thorne—. No estamos precisamente en territorio aliado.

—Necesito insumos médicos —dijo Cinder con los ojos cerrados—. Un soldado lobo me mordió. Hay que limpiar la herida antes de que se infecte —dijo con un suspiro, demasiado extenuada para seguir.

—Ya que estamos en la hora de las peticiones, no me molestaría tener una comida caliente y una secadora de ropa —bromeó Thorne. A continuación, se inclinó y se sacó la camisa empapada.

Con los ojos abiertos, Cress miró fijamente cómo exprimía el agua del lago, que se derramó por el concreto.

Jacin dijo algo que no alcanzó a entender.

Thorne se puso de nuevo la camisa, un poco menos mojada, aunque más arrugada. Cress pudo volver a respirar.

—Podría funcionar —coincidió Thorne y señaló con la cabeza hacia Cinder—: ¿Crees que puedas hacerlo?

—No —respondió—. No puedo caminar.

—No está lejos —insistió Jacin—. Pensaba que eras fuerte.

Cinder lo miró enojada.

—No *puedo* caminar. El agua estropeó algo en mi interfaz —se detuvo un momento, jadeando—. No responden la pierna ni la mano. También perdí el acceso a la red.

Cuatro pares de ojos miraron el reluciente pie metálico. Cress no tenía la costumbre de pensar en Cinder como una cyborg, como algo *diferente*, como alguien que de pronto pudiera… dejar de funcionar.

—Está bien —dijo Jacin y giró hacia Thorne—. ¿La cargas primero o la cargo yo?

—¿Qué no sabes lo *pesada* que es? —bromeó Thorne, alzando una ceja.

Cinder le lanzó una patada.

—De acuerdo. Tú primero —agregó Thorne, con un resoplido.

—¿ESTAMOS SEGUROS DE ESTO? —MURMURÓ CRESS. ESTABA AGAZAPADA junto a Cinder, Thorne y Jacin, detrás de un enrejado cubierto por una enredadera. Miraban a Iko, que llamaba por tercera vez con la aldaba de la puerta.

—Les digo que no hay nadie —respondió Jacin, molesto por la cautela de enviar a Iko a sondear la mansión adornada con pilares, antes de entrar—. Esta familia es popular en la corte. Se quedarán en el palacio toda la semana.

Como nadie abrió la puerta al cuarto intento, Iko dio media vuelta hacia ellos y se encogió de hombros.

Cress pasó un brazo por la cintura de Cinder. Tenía la estatura correcta para actuar como bastón. Renquearon a lo largo del jardín. Cinder arrastraba la pierna metálica y dejó un surco en el pasto azul.

—¿Qué hacemos si está cerrado? —preguntó Cress y echó una mirada a la calle, aunque no habían visto ni una sola alma. Quizá todos los vecinos eran miembros populares de la corte. Quizá toda la ciudad estaba en la ruidosa celebración del palacio.

—Entonces, me haré cargo —dijo Thorne.

La puerta no estaba asegurada. Entraron a un lujoso recibidor con una imponente escalinata curva y un mar de mosaicos dorados y blancos.

—Este lugar está listo para que lo saqueen —comentó Thorne, después de dejar escapar un silbido.

—¿Puedo saquear el vestidor de la dueña? —preguntó Iko.

Jacin localizó un enorme jarrón lleno de flores y lo puso en el suelo frente a la puerta, para que quienquiera que abriera, lo tirara y lo rompiera en mil pedazos. Sería una buena advertencia de que había llegado la hora de irse.

No tardaron en encontrar una cocina que era más grande que el satélite de Cress. Iko y Cress acomodaron a Cinder en una silla alta y la ayudaron a que apoyara la pierna. Mientras, Jacin hurgó en la alacena y salió con un surtido de nueces y frutas.

—¿Qué crees que te pasa? —preguntó Iko.

Cinder se dio un golpe con la palma en un costado de la cabeza, como si quisiera que algo se le acomodara.

—No es un problema de energía —respondió—. Por lo menos, me funcionan los ojos. Es algo en la conexión entre la interfaz cerebro-máquina y mis prótesis. Afecta la mano y la pierna al mismo tiempo, así que debe de ser una conexión primaria. Quizá se empapó mi tablero de control. Tal vez haya cables fundidos —lanzó un suspiro antes de continuar—: supongo que debería sentirme afortunada. Si mi fuente de energía se hubiera apagado, me habría muerto.

Lo pensaron un momento mientras picoteaban la comida.

—¿Viste si había arroz? —preguntó Thorne, mirando hacia la alacena—. Quizá podríamos llenarle la cabeza con arroz.

Todos lo miraron fijamente.

—Ya saben, para… para absorber la humedad, digo. ¿No es buena idea?

—No van a meterme arroz en la cabeza.

—Pero estoy seguro de recordar que alguien puso en una bolsa de arroz una pantalla portátil que salió de una lavadora y…

—¡Thorne!

—Solo trato de ayudar.

—¿Qué necesitas para arreglarlo? —preguntó Cress, y como todos voltearon para mirarla, hundió la cabeza entre los hombros.

Cinder frunció el ceño. Cress la vio barajar diferentes posibilidades. Luego se puso a reír y se pasó la mano buena por el pelo enredado y todavía húmedo.

—Un mecánico —respondió—. Un buen mecánico.

Iko resplandeció.

—¡Tenemos una! Además, estamos en una mansión. Aquí hay toneladas de tecnología. Tenemos que encontrar las partes de repuesto y las herramientas, y me explicas detalladamente cómo arreglarte. ¿Te parece?

Cinder hizo una mueca. Tenía ojeras y una palidez poco saludable. Cress nunca la había visto tan agotada.

Iko inclinó la cabeza. También debía de haberlo observado, porque durante un momento examinó a Cinder, y luego a todos los demás.

—Se ven terribles. Tal vez deberían descansar un rato. Puedo quedarme de guardia.

—No es mala idea —admitió Thorne, después de que todos lo pensaron por un minuto.

Iko se encogió de hombros.

—Alguien debe tener la cabeza despejada en las emergencias —se detuvo un instante con el ceño fruncido—. Aunque nunca pensé que me tocaría a mí.

—Pensarás con más claridad después de una siesta —le dijo Thorne a Cinder.

La muchacha lo ignoró con los ojos puestos en la mesada. Tenía los hombros caídos y la mirada vacía.

—No creo que se arregle con una siesta —se lamentó y levantó la mano cibernética, que colgaba inútil de su muñeca. Se veía un orificio donde habían arrancado el dedo—. No puedo creer que esté pasando esto. Así no puedo luchar ni empezar una revolución ni ser la *reina*. Así no puedo hacer nada. Estoy rota; literalmente rota.

Iko le puso una mano sobre el hombro.

—Sí, pero roto no quiere decir que sea irreparable.

Cincuenta y cinco

—ESTA FUE UNA MALA DECISIÓN —DIJO SCARLET MIENTRAS WINTER LA escudriñaba. Scarlet estaba molesta y una línea profunda surcaba su ceño. Winter se acercó un poco más y tiró de uno de sus rizos.

—Todavía no has decidido regresar.

—Ajá, porque ya no tengo idea de dónde estamos —replicó Scarlet manoteando para alejarla, y echó un vistazo por encima de su hombro—. Hemos estado vagando por estas cuevas durante *horas*.

Winter volteó hacia donde Scarlet estaba mirando, pero la iluminación de la cueva era tan tenue que apenas podía ver unos metros antes de que desapareciera en las sombras, alumbrada solo ocasionalmente por una que otra esfera brillante en el techo. Winter no podía saber cuánto se habían adentrado ella y Scarlet en los tubos subterráneos de lava en busca de los soldados lobos —en busca de un ejército—, y seguía sin saber cuánto más tendrían que avanzar. Sin embargo, cada vez que pensaba en regresar se imaginaba que había escuchado un aullido débil en la distancia, lo que la obligaba a continuar. Su sueño de Ryu y Levana se adhería a sus pensamientos como polen pegajoso, incitando su determinación una y otra vez.

Levana creía que podía controlar a todos en Luna: a la gente, a los soldados e incluso a Winter, pero se equivocaba; la princesa estaba harta de ser manipulada, y estaba segura de que no podía ser la única; encontraría soldados que pelearan por ella, y juntos iban a deshacerse de su madrastra y su crueldad.

Giraron una vez más en otra esquina; las oscuras y ásperas paredes nunca cambiaban. El techo era irregular pero el suelo era liso, resultado del desgaste de tantos años de tráfico a pie, y marchando. ¿Los soldados marchaban? Winter no estaba segura, nunca le había puesto mucha atención al ejército de su madrastra; deseaba haberse interesado más en lo que Levana estaba haciendo con esos "niños transformados en soldados", y en lo que había estado planeando todo este tiempo.

Por lo demás, la cueva se veía exactamente igual a cuando había sido tallada, hacía años, en lava fundida. En aquel entonces Luna era un lugar de calor y transformación; era difícil comprenderlo ahora en estas frías y áridas cavernas, abandonadas a una existencia silenciosa y oscura.

Cuando los terrícolas construyeron su colonia por primera vez hicieron hogares temporales en los grandes tubos de lava interconectados, mientras los domos estaban en construcción, y después los convirtieron en un lugar de almacenamiento de rieles de transporte. Solo recientemente se habían utilizado para algo violento y grotesco.

—Cuarteles secretos para un ejército secreto —susurró para sí misma.

—Está bien, descansemos —Scarlet se detuvo y puso los brazos en jarra—, ¿por lo menos sabes a dónde vamos?

Esta vez Winter tiró de un mechón de su propio cabello, enroscado como un resorte sobre su mejilla; todavía tenía un chichón en el cuero cabelludo en donde se había golpeado, aunque su dolor de cabeza ya casi había desaparecido.

—Muchos de los tubos de lava que no se usaron para transportes se convirtieron en instalaciones subterráneas para entrenamiento; ahí es donde estarán los soldados, al menos aquellos que no han sido enviados a la Tierra.

—¿Y cuántos tubos de lava hay en la superficie lunar? —preguntó Scarlet.

En respuesta, Winter parpadeó lentamente.

—No sé, pero ¿sabías que Luna empezó siendo una bola gigante de magma líquido y brasas?

—¿Cuántos regimientos de lobos quedan en Luna? —preguntó Scarlet con una mueca.

Esta vez Winter ni siquiera contestó. Scarlet exhaló y se frotó la frente.

—Lo sabía, sabía que no debía escucharte. Winter: hemos estado deambulando por días y no hemos visto a una sola persona; incluso si encontramos uno de esos regimientos, manadas o como sea que se llamen ellos, lo más probable es que nos coman. ¡Es un suicidio! —apuntó en dirección al lugar desde donde habían venido—; deberíamos estar buscando aliados, no enemigos.

—Vete tú, entonces —Winter continuó avanzando por el túnel infinito. Scarlet dejó escapar un gemido y la siguió.

—Treinta minutos. Vamos a caminar treinta minutos más y si para entonces no hemos visto alguna evidencia de que nos estamos acercando, daremos la vuelta y regresaremos; no voy a aceptar un no por respuesta; estoy dispuesta a golpearte la cabeza y llevarte arrastrando si es necesario.

Winter parpadeó, agitando las pestañas. Parecía que estaba divertida con la idea.

—Los vamos a encontrar, amiga Scarlet, y se nos unirán; tu Wolf es prueba de que son hombres, no monstruos.

—Me gustaría que dejaras de compararlos con Wolf. Él es diferente, el resto son… son unos monstruos. Conocí a la manada de Wolf en París, y son brutales y terribles, y esos eran sus agentes especiales, ¡y siguen *siendo* mayoritariamente humanos! No puedes razonar con esos monstruos más de lo que puedes hacerlo con…

—¿Una manada de lobos?

—Exactamente —dijo Scarlet, mirándola.

—Ryu era mi amigo.

Scarlet levantó las manos, exaltada.

—¿Qué vas a hacer, jugar a la *pelota* con ellos? Estás muy equivocada. Están bajo el control de Levana o quien quiera que sea su taumaturgo. Harán lo que les digan, y les dirán que nos devoren.

—Eran jóvenes a los que forzaron en una situación difícil, ellos no pidieron esta vida, así como tu Wolf no la pidió, pero han hecho lo que han necesitado para sobrevivir; si se les diera la oportunidad de romper las ataduras de su esclavitud, creo que la aprovecharían. Creo que se unirán a nosotros.

Winter escuchó un aullido distante a un volumen muy bajo y se estremeció. Sin embargo, Scarlet pareció no escucharlo, así que no dijo nada.

—No tienes idea de por quién tomarán partido; los han manipulado tanto que se unirán a quien les ofrezca el pedazo de carne más grande —Scarlet vaciló—. ¿Qué pasa? ¿Ahora estás alucinando?

Winter se forzó a sonreír.

—No, a menos que tú seas producto de mi imaginación, pero ¿cómo podría estar segura de que es de un modo o de otro? Así que voy a optar por seguir creyendo que eres real.

Scarlet no se mostró impresionada con su lógica.

—Sabes en qué se convirtieron esos hombres, ¿cierto? Sabes que nunca van a poder ser normales otra vez.

–Habría pensado que tú, más que nadie, creerías en su habilidad para cambiar. Wolf cambió a causa de su amor por ti; ¿por qué ellos no pueden cambiar también? –echó a andar de nuevo.

–Wolf es… no es *lo mismo*, Winter; sé que estás acostumbrada a pestañear seductoramente ante cualquiera con quien te encuentras y esperas que se enamoren de ti, pero esto no va a suceder ahora. Se van a reír y se van a burlar de ti, y luego van a…

–Comerme; sí, entiendo.

–No estás captando el significado detrás de las palabras, esto no es una metáfora: hablo de grandes dientes y sistemas digestivos.

–*Grasa y huesos, tuétano y carne* –cantó Winter–, *solo queríamos un bocado para saciar nuestra hambre.*

–Puedes llegar a ser muy perturbadora –gruñó Scarlet.

–No tengas miedo, nos van a ayudar –aseguró Winter enganchando su brazo en el de Scarlet.

Antes de que Scarlet pudiera plantear otro argumento, un olor peculiar, intenso y acre, asaltó sus sentidos; un olor animal, como de cautiverio pero diferente: sudor y sal mezclándose en el aire viciado de la cueva con algo rancio, como carne vieja.

–Bueno –dijo Scarlet–. Creo que los encontramos.

Un escalofrío recorrió el cuello de Winter. Ninguna de las dos se movió por un largo rato.

–Si nosotros podemos olerlos –comenzó Scarlet–, ellos nos pueden oler a nosotras.

–Entiendo si quieres irte, puedo seguir sin ti –dijo Winter, alzando la barbilla.

Scarlet pareció considerarlo, pero luego se encogió de hombros. Su expresión era temeraria.

–Empiezo a creer que todos vamos a terminar siendo comida para lobos de cualquier manera.

Poniéndose frente a ella, Winter tomó el rostro de Scarlet entre sus manos.

—No es tu estilo hablar así.

Scarlet apretó la mandíbula.

—Se llevaron a Wolf y a Cinder, y por mucho que desee que los propios mutantes de Levana la despedacen en pequeñas partes y se la coman, no creo que tengamos demasiada esperanza sin ellos —Scarlet tragó saliva; su resentimiento aumentaba—, y... no quiero ver este lugar, a él también lo entrenaron aquí, ¿sabes?, tengo miedo de ver de dónde vino, lo que él... lo que era.

—Él es tu Wolf ahora, y tú eres su alfa.

—Según Jacin, necesitas una manada para ser un alfa —dijo Scarlet riéndose.

Jacin. El nombre hizo que sol y sangre, besos y gruñidos recorrieran la piel de Winter. Se dio un momento para que el alma le volviera al cuerpo, antes de inclinarse sobre la cabeza de Scarlet y darle un beso en su cabello flameante y furioso.

—Te conseguiré tu manada.

Cincuenta y seis

NO HABÍAN AVANZADO MUCHO MÁS, CUANDO DETECTARON UN ESTRUENDO que se extendía por las cavernas, grave y trepidante como un tren en la distancia. Llegaron a otra bifurcación del túnel. Una ruta llevaba a más oscuridad y rocas y nada, mientras que la otra desembocaba en unas puertas de hierro de aspecto antiguo, empotradas en las paredes de regolito. Su único adorno era un cartel borroso pintado en la esquina inferior de cada hoja: ALMACÉN 15, SECTOR LL-12.

Junto a las puertas, en el muro, habían insertado una pantalla diminuta. Era vieja y había quedado obsoleta. El texto parpadeaba: REGIMIENTO LUNAR 117, MANADAS 1009-1020.

El suelo y las paredes retumbaban con la actividad detrás de las puertas: risas, gritos y pisadas. Por primera vez desde que se había aventurado a esta expedición, Winter sintió que el nerviosismo le anudaba estómago.

—No es demasiado tarde para regresar —le sugirió Scarlet mirándola.

—No estoy de acuerdo.

Scarlet suspiró y estudió la pantalla.

—Doce manadas, así que son más o menos cien soldados.

Winter canturreó, como si no quisiera comprometerse con la situación. Cien soldados. Todos decían que eran animales, asesinos, depredadores o algo así. ¿De verdad se había vuelto loca al pensar que podía cambiarlos?

Se le llenaron los ojos de lágrimas, lo cual la sorprendió. No se había dado cuenta de que pensar en su desequilibrio la entristecía, pero la sensación de las costillas oprimiendo su corazón era inequívoca.

—¿Por qué me seguiste —le preguntó mirando fijamente las sólidas puertas— si sabes que tengo un problema, si sabes que no sirvo para nada?

—Es una pregunta excelente —se burló Scarlet.

Se oyó un golpe seco y luego gritos. Las paredes vibraron a su alrededor.

No habían advertido su presencia. Scarlet tenía razón: podían dar la media vuelta y marcharse. Winter era capaz de admitir que sufría delirios y que nadie debía hacerle caso. Para lo único que servía era para tomar malas decisiones.

—No podía dejar que te fueras sola —le respondió Scarlet, sin ninguna animosidad.

—¿Por qué?

—No sé. Puedes pensar que estoy loca.

—No lo haré —dijo Winter con los ojos cerrados—. No estás dañada como yo. No eres cien pedazos sueltos, cada vez más y más lejos unos de otros.

—¿Cómo lo sabes?

Winter ladeó la cabeza y se atrevió a levantar la mirada.

Scarlet se apoyó contra la pared de regolito.

—Mi padre era un borracho y embustero. Mi mamá me abandonó cuando era niña y nunca regresó. Vi cómo un hombre mataba a mi abuela y le desgarraba el cuello con los dientes. Me mantuvieron seis semanas en una jaula. Me obligaron a cortarme mi propio dedo. Estoy bastante segura de que me enamoré de un tipo modificado genéticamente y mentalmente condicionado para ser un depredador. Bien mirado, diría que yo también tengo muchos pedazos dispersos.

La determinación de Winter se derrumbó.

—Entonces viniste conmigo porque era la manera más rápida de morir.

Scarlet frunció el ceño.

—No soy suicida —afirmó, de nuevo con voz ríspida—. Vine contigo porque... —cruzó los brazos sobre el pecho—. Porque desde que me recogió mi abuela, toda la gente me dijo que ella estaba loca, que era una anciana chiflada y discutidora de la que todos se burlaban. No tenían idea de lo brillante que era. Esa anciana loca arriesgó todo lo que tenía para proteger a Cinder cuando era una bebé y, al final, sacrificó su vida antes que revelar el secreto de Cinder. Era fuerte y valiente y los demás estaban demasiado ciegos para darse cuenta —puso los ojos en blanco, molesta con su propia frustración—. Creo que lo único que quiero es que, pese a todas las cosas absurdas que dices, seas también un poco brillante. Esta vez podrías tener razón —levantó un dedo—. Sin embargo, si vas a decirme que fue una idea de lo más estúpida y que debemos huir enseguida, te seguiré.

Detrás de las puertas, algo se estrelló y produjo una ronda de risas escandalosas. Luego se oyó un aullido, al que se unió un coro de voces que sonaban a victoria.

Un músculo se tensó en la barbilla de Winter, pero ya no le temblaba el labio. No había llorado. Había estado demasiado concentrada en las palabras de Scarlet como para acordarse de sentirse alterada.

—Creo que fueron muchachos alguna vez y que pueden ser muchachos de nuevo. Creo que puedo ayudarlos y que ellos me ayudarán a cambio.

Scarlet suspiró, un tanto decepcionada y un tanto resignada, pero no sorprendida.

—Y creo que no estás tan loca como quieres que los demás pensemos.

La mirada de Winter aleteó hacia Scarlet, sorprendida, pero su compañera no la miró, sino que avanzó hasta las puertas y apoyó la palma sobre una de las hojas.

—Entonces, ¿tocamos?

—No creo que vayan a oírnos.

Otra ronda de aullidos retumbó por las cavernas. Winter deslizó los dedos por la pantalla. El texto cambió.

SE REQUIERE IDENTIFICACIÓN PARA AUTORIZACIÓN DE SEGURIDAD

Oprimió la pantalla con la yema de los dedos. La pantalla se iluminó y le dio la bienvenida. Las puertas comenzaron a abrirse, los viejos goznes rechinaron. Cuando Winter se dio la vuelta, Scarlet la miraba horrorizada.

—¿Te das cuenta de que acabas de alertar a la reina sobre dónde estás?

Winter se encogió de hombros.

—Para cuando nos encuentren, tendremos un ejército que nos proteja, o seremos carne, tuétano y huesos.

Se deslizó por entre las puertas y enseguida quedó petrificada.

Scarlet tenía razón. Había unos cien hombres en el Regimiento 117 del ejército de Levana, aunque *hombres* era un término general para aquello en lo que se habían convertido. *Soldados* tampoco parecía adecuado. Durante años Winter había escuchado historias sobre el ejército de su madrastra, pero estos seres eran mucho más bestiales de lo que se habría imaginado, con malformaciones, pelaje a los lados de la cara y labios que se curvaban alrededor de sus enormes dientes.

Este almacén, que al principio había servido de alojamiento para los primeros colonos, estaba equipado para albergar a mucho más que cien personas. El techo irregular se elevaba a una altura de tres pisos y estaba cubierto de protuberancias y estalactitas allí donde se habían formado burbujas y la lava había goteado eras atrás. Aunque la caverna era vieja e impenetrable, alguien, hacía mucho tiempo, había tenido la previsión de reforzarla con columnas de piedra intercaladas. Incontables nichos y más corredores se extendían en todas las direcciones, rumbo a otras barracas o campos de entrenamiento.

En el exterior había armarios destartalados y baúles abiertos, muchos abandonados. El resto del espacio estaba repleto de asientos y elementos para hacer ejercicio: sacos de arena para boxeo, barras horizontales, pesas. Habían amontonado a un lado muchos de los aparatos de modo que el espacio central quedara libre para el entretenimiento principal.

Los aullidos se disolvieron en vivas y hurras. Los dientes caninos brillaban. Casi todos presentaban algún grado de desnudez: sin camisa, descalzos, con abundantes matas de pelo en lugares en los que Winter no estaba segura de si era natural o no.

Un estremecimiento recorrió su piel. Recordó las palabras de Scarlet: *Harán lo que les digan, y les dirán que nos devoren.*

Scarlet tenía razón. Había sido un error. No era nada brillante, estaba perdiendo la cabeza.

Las puertas se cerraron de golpe, sobresaltándola. Un hombre giró hacia ellas. Miró fijo a Winter, luego a Scarlet y otra vez a Winter, primero con curiosidad; luego —como era inevitable—, hambriento.

Una sonrisa taimada hizo que su boca se curvara.

—Vaya, vaya —musitó—. ¿Ya es hora de comer?

Cincuenta y siete

EL HOMBRE QUE HABÍA HABLADO AGARRÓ DEL CUELLO AL SOLDADO MÁS cercano y lo arrojó hacia el centro del círculo. Gritos de sorpresa y rabia se propagaron entre los hombres reunidos cuando unos cuantos se tambalearon bajo el peso de su compañero. En cuestión de segundos había un furor de puños disparados y mandíbulas lanzando dentelladas. Un hombre hirió a quien las había descubierto, dejándole profundos arañazos sanguinolentos a lo largo del pecho; un segundo después, a él también lo alzaron y lo arrojaron en medio de la revuelta.

—*Modales* —gritó alguien, con tal fuerza que su voz sacudió las paredes, y Winter tuvo una visión rápida y punzante de la cúpula de piedra volcánica derrumbándose encima de ellos; comenzaría con un temblor en las paredes, luego empezaría a caer un poco de polvo y pequeños guijarros, hasta que se formara una grieta de un extremo de la caverna al otro, abriéndose por completo y…

—Estamos en presencia de *damas* —dijo el mutante que las había visto primero. Arrugó la nariz con la palabra *damas*.

La atención de un centenar de soldados híbridos se concentró en Winter y Scarlet. Conforme las cejas alzadas y las miradas procaces se dirigían hacia ellas, los hombres parecían haber olvidado su pelea. Comenzaron a estirarse; sus cuerpos musculosos y ágiles se deslizaban con una paciencia angustiosa entre el caótico equipamiento, arrugando las narices, chasqueando las lenguas contra los dientes afilados.

A Winter se le erizó la piel de la nuca y se encontró de pie, clavada en el suelo, sorprendida por el repentino y denso silencio.

Una vez que la multitud se dispersó, pudieron ver que el centro de su atención había sido una pelea entre dos soldados que ahora estaban sangrando, hinchados y sonrientes, tan intrigados como el resto. Era imposible saber cuál de los dos estaba ganando la pelea antes de la interrupción; todos los hombres tenían abundantes cicatrices y magullones, lo que sugería que ese tipo de luchas eran bastante comunes, una forma de pasar el rato mientras esperaban que los enviaran a la Tierra a formar parte de la guerra de Levana.

Winter sintió cómo el miedo se apoderaba de ella; ¿y si se había equivocado?

—Hola, bellas damas —saludó uno de los soldados, frotándose la mandíbula peluda—, ¿están perdidas?

Winter se arrimó a Scarlet pero ella se apartó y dio un paso adelante para enfrentarlos. Scarlet era la valiente de las dos, la resiliente, y lo demostró echando la cabeza hacia atrás en forma desafiante y burlona.

—¿Quién de ustedes está a cargo? —preguntó Scarlet, apoyando los puños cerrados sobre sus caderas—. Queremos hablar con su alfa.

Una carcajada apagada se extendió entre ellos.

—¿Con cuál de todos? —preguntó, a su vez, el primer mutante—. Once manadas, once alfas.

—El más fuerte —respondió Scarlet, fulminándolo con una mirada feroz que Winter nunca había visto—. Si no estás seguro de quién es ese, esperaremos a que lo resuelvan peleando.

—¿Estás segura que no quieres elegir tú, bella dama? —preguntó uno mientras merodeaba detrás de ellas, bloqueándoles la salida, aunque no porque Winter tuviera alguna esperanza de salir corriendo; sabía que trataba de intimidarlas, y podía sentir hasta los huesos lo bien que les estaba funcionando—. Estoy seguro de que cualquiera de nosotros estará feliz en satisfacer cualquier necesidad que tengan.

Scarlet lo miró de reojo.

—Yo ya tengo mi compañero alfa para satisfacer mis *necesidades*, y él podría masacrar a cualquiera de ustedes.

El hombre gruñó y una risa áspera contagió al resto.

El primer soldado se acercó a Scarlet, nuevamente intrigado.

—Está diciendo la verdad —afirmó, acallando las risas—. Está impregnada de su olor. Uno de nosotros —entrecerró los ojos—. O… ¿un agente especial?

—Alfa Ze'ev Kesley —respondió Scarlet—, ¿has escuchado de él?

Un latido, una sonrisa de superioridad.

—No.

Scarlet chasqueó la lengua.

—Qué mal. Les aseguro que es dos veces más hombre y dos veces más lobo que cualquiera de ustedes. Podría enseñarles varias cosas.

Los hombres rieron otra vez, divertidos.

—No sabía que estaban dejando a nuestros hermanos de manada tomar hembras en la Tierra. Más razones para esperar con ansias nuestro despliegue.

Winter presionó sus palmas sudorosas contra su cuerpo, agradecida de que Scarlet mantuviera cautiva su atención. Si la hubieran obligado a hablar, su boca habría emitido balbuceos incoherentes y se habrían reído por un rato de ella para después clavarle los dientes: quijadas alrededor de sus extremidades, dientes desgarrando los músculos de los huesos.

—No estamos aquí para discutir mi vida amorosa, o la suya —dijo Scarlet—. Tú pareces ser el más hablador, ¿te consideras el líder?

Él inclinó la cabeza de un modo que hizo que Winter recordara a Ryu, la forma en la que ladeaba las orejas cuando escuchaba a un guardabosques llegando con comida.

—Alfa Strom, a tu servicio —hizo una reverencia burlona y, aunque no era más grande que los otros, se movía con una gracia antinatural, como Wolf; como Ryu—. Y al servicio de esa cosa bonita de allá atrás. Te sugiero que hables rápido, bella dama; puedo escuchar los gruñidos de los estómagos de mi manada.

Uno de los soldados se pasó la lengua por los labios.

Scarlet se volvió y le dirigió una mirada significativa a Winter.

Temblando de los pies a la cabeza, esta avanzó hacia donde estaba Scarlet, apoyándose en su hombro para mantener el equilibrio.

Los soldados se rieron.

—*Winter* —dijo Scarlet entre dientes.

—Tengo miedo, Scarlet.

La expresión de Scarlet se volvió de piedra.

—Quizá quieras salir a recomponerte y podemos volver después —agregó con los dientes apretados.

Winter se estremeció ante la ira de Scarlet, aunque sabía que ella tenía derecho a reaccionar así: venir hasta acá había sido su idea. Si las dos morían en ese lugar, sería su culpa.

Pero no lo iba a permitir. Estos eran hombres, se recordó a sí misma, hombres que merecían la vida y la felicidad tanto como cualquiera; se aferró a esos pensamientos, se forzó a separarse de Scarlet y se sintió agradecida cuando el mareo desapareció.

—Soy Winter Hayle-Blackburn, la princesa de Luna —anunció, y de solo escucharse supo que estaba hablando con voz muy débil, en nada parecida a la de Scarlet.

—Necesito de su ayuda —los ojos de todos brillaron, fascinados—; a cambio, me gustaría ayudarlos a ustedes.

Diversión, hambre, menos curiosidad de la que habría esperado. Tragó saliva.

—La reina Levana, mi madrastra, los ha tratado con crueldad e injusticia, los ha separado de sus familias y ha actuado como si no fueran nada más que experimentos científicos; los ha encerrado en estas cuevas sin otro propósito que mandarlos a la Tierra para que peleen en su guerra, ¿y qué les dará por su servicio?

Todos esperaron, observándola con sus ojos brillantes y duros, como si fuera su merienda todavía cocinándose en el asador; no eran muy distintas de las miradas que había recibido de innumerables hombres en la corte de Levana.

—Nada —dijo, empujando su miedo hacia el fondo de su estómago—; si sobreviven a sus batallas, regresarán aquí y serán esclavizados en estas cavernas hasta que ella los vuelva a necesitar, no se les permitirá regresar con sus familias, no se reunirán con la sociedad ni vivirán las vidas que alguna vez soñaron vivir, antes de que fueran… de que fueran…

—¿*Monstruos*? —sugirió uno de los hombres, sonriendo ante la palabra.

—Yo no creo que sean monstruos; creo que se les han dado muy pocas opciones, y enfrentan las consecuencias como les es posible.

Alfa Strom soltó un resoplido.

—Quién iba a decir que íbamos a recibir un consejo así de la mismísima princesa el día de hoy; dígame, Alteza hermosa, ¿esta sesión de terapia incluye refrigerio?

—¿Tu amiga, quizá? —agregó otro—. Huele delicioso.

Scarlet se cruzó de brazos, con los dedos clavados en sus codos. Winter se enderezó y sacó pecho.

–Vinimos para ofrecerles otra opción: la gente de Luna está organizando una rebelión. En dos días estaremos marchando hacia el domo central de Artemisa; planeamos superar en número a la reina y a su corte, para derrocarla y ponerle fin a su tiranía. Los invito a unirse a nosotros. Peleen en nuestro nombre y ayúdennos a anular el decreto que los alejó de su vida y los convirtió en soldados. Les garantizo que nunca se convertirán en prisioneros o experimentos o... *animales* creados para diversión de Levana. Nunca más.

Un silencio cayó sobre ellos, como si estuvieran esperando para estar seguros de que había terminado de hablar. Winter buscó un indicio que le permitiera saber, en primer lugar, que la estaban escuchando; se sentía como un cordero en su guarida.

–Dice bonitas palabras –Winter se volvió hacia la voz; era uno de los hombres que se habían involucrado en la pelea; la sangre fresca se había secado en la comisura de su boca. Inclinó la cabeza cuando vio que tenía la atención de Winter, entornando los párpados sugestivamente–. No tan bonitas como su cara.

–Excepto por esas cicatrices –Winter saltó y se dio vuelta; no había escuchado a este soldado acercarse tanto y ahora la rondaba. Deslizó una uña afilada por su mejilla–. ¿De dónde salieron estas, bella dama?

No contestó. No podía hacerlo. Un brazo envolvió los hombros de Winter, tirando de ella hacia atrás.

–Deténganse –ordenó Scarlet, ocultando a Winter detrás de ella, aunque fue inútil. Estaban rodeadas–. ¿No la estaban escuchando? Se pueden llamar a sí mismos soldados, manadas de lobos o como quieran, pero en verdad no son nada más que esclavos; Winter les está ofreciendo la libertad, les está dando una elección, que es más de lo que Levana les ha brindado. ¿Nos van a ayudar o no?

–Van a ser asesinadas –susurró alguien en el oído de Winter.

Ella lanzó un grito ahogado y se volteó de nuevo, con la espalda contra la de Scarlet. Los soldados se acercaron más. Los depredadores jugaban con su presa, disfrutando la comida por anticipado.

—¿Un grupo de civiles patéticos se levantará contra la reina? —preguntó otro—. No tendrán ninguna posibilidad.

—¿No saben a quién va a llamar la reina para contenerlos si son demasiados como para manipularlos? —preguntó otro.

—A *nosotros* —respondió un tercero—, su ejército.

—¿Quieres decir a sus perros falderos? —preguntó Scarlet, y aunque su tono era de burla, estaba presionando su espalda contra la de Winter con la misma fuerza—. ¿Sus *mascotas*?

La caras de los soldados se crisparon.

—Si se unen a nosotras —propuso Winter—, podemos ganar, *vamos a ganar.*

—¿Y qué pasará con nosotros si nos unimos a ustedes y ustedes pierden? —preguntó Alfa Strom.

Uno de ellos pasó su dedo por la garganta de Winter, cuyo corazón dio un vuelco.

—Con ustedes de nuestro lado —respondió, con voz vacilante—, no vamos a perder —sus ojos empezaron a llenarse de lágrimas a causa del miedo—. Pueden detenerse ahora, ya nos han asustado lo suficiente. Yo sé que no son las criaturas violentas que están pretendiendo ser, que han sido entrenados, atormentados y construidos para serlo. Son hombres, ciudadanos de Luna; si me ayudan, si pelean para mí… puedo ayudarlos a recuperar su vida. ¡No pueden decirme que no quieren eso!

Winter podía sentir su aliento sobre ella, podía ver las manchas de color en sus ojos, oler el sudor y la sangre en su piel. Uno de los hombres estaba chupándose un nudillo como si no pudiera esperar a probar su carne.

Eran como un nudo corredizo que se apretaba cada vez más.

Con el pulso galopando, Winter levantó una mano hacia su garganta, donde el soldado la había tocado. Sintió una cuerda con espinas ahí, apretándose, *apretándola*. Lanzó un chillido e intentó pasar sus dedos para formar una barrera entre la cuerda y su garganta, pero ya estaba demasiado apretada.

—Princesita mimada —susurró uno de los soldados, agachándose para que pudiera sentir su respiración en la mejilla. Winter tembló; sabía que sus ojos estaban húmedos y suplicantes.

—No peleamos para princesas: *jugamos* con ellas —dijo Alfa Strom sonriendo con sorna—. ¿Listas para jugar?

Cincuenta y ocho

SCARLET EMPUJÓ CON FUERZA A WINTER, QUE LANZÓ UN GRITO Y CAYÓ al suelo despatarrada. A través de un mechón de pelo, vio cómo Scarlet le daba un codazo en la nariz a uno de los mutantes. Quiso tomar el arma que ocultaba bajo la capucha, pero los soldados ya la sostenían con los brazos a los costados. El arma resbaló al suelo.

Una docena de manos enormes levantaron a Winter, que se encontraba demasiado endeble para sostenerse por su cuenta. Temblaba de pies a cabeza y en su campo de visión los hombres aparecían y desaparecían: un momento eran soldados genéticamente modificados y al siguiente eran una manada de lobos silvestres que las acechaban y mostraban unos colmillos enormes.

Scarlet gritó algo. Un grito de batalla. Luchaba como una leona enjaulada. Con el pelo alborotado, lanzaba dentelladas mientras Winter colgaba débil y frágil, tratando de no ver para no sentirse abrumada. La cabeza le pesaba como una piedra lunar y le daba vueltas más aprisa que un asteroide en órbita. La agobiaba comprender de manera brutal que lo que les pasaba era verdad, que iban a morir, iban a ser *devoradas*.

Brotaron las lágrimas y desbordaron sus ojos rápidamente, para luego escurrir por las mejillas.

—¿Por qué son tan crueles? Ryu no se portaría así. Se sentiría avergonzado de ustedes.

—Resiste, Winter —gruñó Scarlet.

El mundo titubeó. Se disolvía en negrura y se reconfiguraba. Winter sabía que si se abandonaba, se desmoronaría, pero no encontraba sustento en sus fuerzas.

—¡Esperen! ¡Tengo una idea! —exclamó con vigor y alzando la cabeza—. Vamos a jugar a otra cosa. Como cuando Jacin y yo jugábamos a la casita. Este puede ser nuestra mascota —se inclinó al frente y trató de poner la palma de la mano en la nariz del soldado más cercano, pero este se sobresaltó y retrocedió. Winter lo miró con los ojos entrecerrados, tratando de recordar quién era. *Qué* era—. ¿No? ¿Prefieres jugar a que lanzamos un palo y corres a recogerlo?

El rostro del hombre pasó del asombro al enojo en medio segundo. Gruñó. Los colmillos abarcaban la mitad de su cara.

—¿Qué le pasa? —preguntó uno.

—O yo seré la mascota, si lo prefieren —continuó Winter, balanceándose contra los que la retenían—. Palos y huesos, palos y piedras. Jugaremos durante horas sin que me canse. Siempre quiero seguir jugando, siempre quiero seguir jugando... —la voz se le quebró— porque Ryu siempre, siempre quería seguir jugando. Palos y huesos. Palos y huesos...

—La enfermedad lunar —murmuró alguien. Winter lo ubicó: era un hombre de piel clara que pudo haber sido guapo antes de que lo transformaran en alguien tan feo. La miró con la misma avidez que los demás, pero también con algo que pudo ser compasión.

Winter no recordaba haber dicho nada que hubiera sonado delirante. ¿De qué estaban hablando? ¿De irse? ¿Acaso no iban a irse?

Ella quería irse, o quizás hacían planes para la cena, organizaban una fiesta.

—Es cierto —admitió Scarlet, jadeando—. Se niega a manipular a nadie ni a usar su encanto, incluso cuando sería *muy* provechoso. Obviamente, no es como la gente a la que ustedes sirven.

—Eso no modificará su sabor —gritó alguien.

Winter empezó a reír nerviosamente. Ahora todos se habían convertido en animales. Hasta Scarlet se había vuelto lobuna, con orejas puntiagudas, cola esponjada y pelaje rojo llameante. Winter alzó su propio hocico al techo cavernoso y cantó.

—*Y hay Tierra llena esta noche, esta noche, y los lobos aúllan, aauuuu…*

Una de las manos (¿o garras?) que la sostenían por los brazos la soltó.

Winter volvió a aullar.

—¿Una princesa de Artemisa que no usa su don? —murmuró Alfa Strom—. ¿Por su propia voluntad?

—Ella piensa que no está bien controlar a las personas —explicó Scarlet— y no quiere terminar como la reina. Pueden ver el precio que está pagando.

La voz de Winter se quebró y dejó de aullar. Se volvió a desplomar y las manos la soltaron, para dejar que cayera de rodillas. Gimió adolorida y miró alrededor. Scarlet era de nuevo Scarlet y los hombres otra vez eran soldados. Parpadeó y se sintió agradecida de que la alucinación no regresara.

—Lo siento —se disculpó—. No quería interrumpir su comida.

—Cuando dice que nunca los manipulará, lo dice en serio —continuó Scarlet—. Además, quiere devolverles la libertad. No creo que nadie vuelva a hacerles esa promesa.

El rechinar de los viejos goznes sobresaltó a Winter. Los soldados se apartaron. Las enormes puertas de hierro se abrieron chirriando y los soldados corrieron a formarse en filas perfectamente alineadas, como una máquina bien aceitada. Scarlet aprovechó la oportunidad para recuperar su pistola y guardársela en un costado.

Detrás de las puertas había ocho taumaturgos, uno de rojo, el de mayor rango, y los demás de negro.

El taumaturgo de la túnica roja, un hombre de cabello plateado, vio a Winter y a Scarlet y les dirigió una sonrisa viperina.

–Hola, Su Alteza. Supimos que estaría por aquí.

Algunos de los hombres se corrieron a un lado, para dejar un claro entre los taumaturgos y Winter.

–Hola, taumaturgo Holt –le respondió Winter, levantándose sobre las piernas inseguras, pese a lo que le dolían. Le parecía que debería sentir miedo de estos hombres y mujeres; normalmente, la visión de sus túnicas y las runas bordadas la llenaban de ansiedad y temor y de mil recuerdos de gente muerta en el suelo del salón del trono. Pero ya había agotado todo su miedo.

–Cuando el sistema captó su identificación, pensé que sería un error. No creí que cometería la locura de venir aquí –dirigió la mirada a los soldados y agregó–: ¿No tienen hambre? ¿O es que las muchachas no son bastante apetitosas para sus gustos?

–Oh, en realidad están hambrientos –respondió Winter luchando por mantenerse en pie–. ¿No es verdad, amigos alfas, amigos lobos? –inclinó la cabeza a un lado–. Pero tenía la esperanza de que me protegieran y lucharan por mí si lograba recordarles que un día fueron hombres, hombres que no querían ser monstruos.

–Pero resultó que a fin de cuentas no son más que los perros entrenados de Levana –agregó Scarlet.

Varios soldados les lanzaron miradas gélidas.

–Ya había oído hablar de tu lengua afilada –se burló el taumaturgo Holt, clavando la vista en el muñón en la mano de Scarlet–.

Puedes decir y pensar lo que quieras, niña terrestre. Estos soldados conocen su deber. Fueron creados para obedecer las órdenes de Su Majestad y lo harán sin quejas.

—¿De verdad?

Winter no estaba segura de quién había hablado, pero las palabras sonaron tan llenas de repulsión que se le erizó la piel.

Holt fulminó con la mirada a los hombres que los rodeaban, altanero y lleno de odio.

—Confío en que eso que oigo no sea desacato, Regimiento 117. Su Majestad se sentiría decepcionada si se enterara de que algunos de sus preciados soldados mostraron una falta de respeto a sus amos.

—Preciados cachorros, querrás decir —balbuceó Scarlet—. ¿También a todos ellos les tocará un collar de diamantes?

—Amiga Scarlet —le susurró Winter—, estás siendo desconsiderada.

—Por si no te has dado cuenta, están a punto de matarnos —dijo Scarlet, poniendo los ojos en blanco.

—Sí, eso es lo que haremos —asintió Holt—. ¡Hombres! ¡Maten a estas traidoras!

Winter tomó una bocanada de aire. Alfa Strom levantó una mano y ninguno de los soldados se movió.

—Qué interesante que haya mencionado a los amos. Parece que han perdido a varios.

Los siete taumaturgos detrás de Holt se mantenían como estatuas, mirando fijamente a las filas. Winter los contó. En este regimiento había once manadas. Tendrían que haber sido once taumaturgos para controlarlos.

—Voy a perdonar tu ignorancia en este asunto —le contestó Holt con los dientes apretados—, porque no podías saber que hay agitaciones en el país. Hoy asesinaron a varios de nuestros taumaturgos de más alto rango, además de guardias y también soldados como ustedes, en un intento de ultimar a nuestra reina. Así que, como *entenderás*, no tenemos tiempo para discusiones. Les ordené que mataran a estas muchachas. Si se niegan, lo haré yo mismo y ustedes serán castigados por desobedecer una orden directa.

Winter sintió que los cuerpos cercanos se movían como al principio, cuando las rodearon a ella y a Scarlet. Se acercaban casi imperceptiblemente. Cerraban el círculo.

—Qué lástima que hicieran todas esas alteraciones en nuestros cerebros —dijo Alfa Strom—. De otra manera, habrían podido manipularnos, ¿verdad? Nos habrían obligado a cumplir sus órdenes; pero en lugar de eso, nos convirtieron en un montón de animales salvajes.

—Una manada de lobos hambrientos —gruñó uno.

—Asesinos —susurró Winter para sí—. Depredadores, todos.

Se deslizaron para rodear a Winter y Scarlet como el agua alrededor de una roca. Winter tomó a Scarlet por la muñeca y la jaló para que estuvieran cerca, hombro con hombro.

—No me hicieron muy bueno para la aritmética —continuó Strom—, pero según cuento, no podrían castigarnos a todos, aunque quisieran.

Habían formado un semicírculo alrededor de los taumaturgos, que empezaban a verse inseguros.

—¡Basta! —tronó Holt—. Les ordeno que…

La tensión estalló antes de que pudiera terminar. Los soldados se dirigieron a sus amos, gruñendo y con las enormes manos listas para triturar, desgarrar y romper.

Como si reaccionaran a un pulso sonoro, docenas de soldados cayeron al suelo, retorciéndose y sujetándose la cabeza con las manos. Se les pusieron blancos los nudillos al oprimir los dedos contra el cráneo y gritaban de dolor. Los pocos que quedaron de pie se lanzaron hacia sus camaradas derrotados con el rostro contraído de rabia.

Winter se estremeció al ver a Alfa Strom, que había caído frente a ella, encogerse en posición fetal y gritar. Pero fue solo un instante, al que sucedieron arcadas y gemidos. Tenía los ojos cerrados con mucha fuerza, como si tratara de bloquear lo que le estaban haciendo.

Los gemidos alcanzaron a Winter como un recuerdo: Ryu detrás de ella. El sonido del cuchillo de Jacin. La sangre tibia y pegajosa.

Se dejó caer al suelo y gateó hacia Strom. Frotó las manos sobre su rostro deforme, haciendo lo posible por calmarlo. Las yemas de sus dedos se quebraron, devastadoramente frías.

La pelea, si es que podía llamársele pelea, terminó en segundos. Winter no podría recordar si los taumaturgos tuvieron siquiera tiempo de gritar. Tronaron huesos, se desgarraron tejidos y se acabó. Con una inspección rápida confirmó que había ocho cadáveres ensangrentados en la entrada de la caverna y dos docenas de soldados sobre ellos, limpiándose la sangre del mentón y escarbándose la carne de debajo de las uñas.

El aliento de Winter formaba una neblina en el aire. El frío estaba también en su estómago y la congelaba.

Tenía aún los dedos entre el pelo de Strom. De repente, el alfa sujetó su mano y la apartó violentamente.

Scarlet llegó en un segundo. Tomó a Winter por los brazos y la alejó. A su alrededor, los que habían caído se recuperaban del tormento que les habían infligido sus amos. Tenían la cara velada por el dolor, pero se llenaron de satisfacción cuando vieron a los taumaturgos muertos.

Strom se puso en cuclillas y sacudió la cabeza. Su mirada penetrante se clavó en Winter. Ella se acurrucó en su amiga valiente, temblando. Cuando Strom habló, sus palabras sonaron pastosas.

—¿Tienes la enfermedad lunar porque no puedes controlar a la gente como ellos?

Winter miró de reojo hacia los taumaturgos, o a lo que había quedado de ellos, y lo lamentó de inmediato. Desvió la vista hacia sus yemas resquebrajadas.

—¡Oh, sí p-podría! —tartamudeó a través de los labios entumecidos—. Pero yo t-también sé lo que es ser c-controlada, igual que ustedes.

Strom se puso de pie. Recuperaba su fuerza más deprisa que la mayoría de los demás. Estudió a Winter y a Scarlet un rato largo.

—Ella enviará más sabuesos a castigarnos por esto —dijo finalmente—. Nos torturarán para que les supliquemos como los perros que somos —aunque su voz era áspera, una sonrisa se dibujó en la boca despiadada—. Pero probar el sabor y el olor de la sangre de los taumaturgos valió la pena.

Un soldado aulló para mostrar que estaba de acuerdo y en un instante se formó un coro de aullidos que le perforaban los oídos a Winter y hacían temblar la cueva. Alfa Strom se volvió hacia el regimiento y hubo un momento de celebración: entrechocaron los puños y los aullidos continuaron sin cesar.

Winter se obligó a mantenerse firme, aunque todavía estaba helada y temblorosa. Scarlet se mantenía a su lado, como una columna.

—¿Se saciaron? —preguntó la princesa con voz firme.

Strom giró en redondo y las estruendosas felicitaciones entre sus hombres comenzaron a disolverse. Se fueron agrupando alrededor de las chicas, todavía con hambre en la mirada.

—¿Se calmaron sus apetencias? —volvió a preguntar Winter—. ¿Se calmó su hambre?

—Winter —siseó Scarlet—. ¿Qué haces?

—Me descongelo —le respondió, también susurrando.

Scarlet frunció el ceño. Winter se apartó de ella.

—¿Y entonces? ¿Están satisfechos?

—Nuestra hambre nunca se satisface —gruñó uno de los soldados.

—Eso pensé —dijo Winter—. Sé que todavía quieren comernos a mi amiga y a mí, y que seríamos un bocado rico y jugoso —sonrió, ya no tan aterrorizada por esa posibilidad—. Pero si en lugar de eso deciden ayudarnos, quizá pronto se den un banquete con la misma reina. ¿No sería más sabrosa su carne que la nuestra? ¿No sería incluso más satisfactoria que la de sus amos muertos ahí en la puerta?

Se produjo un silencio. Detrás de sus rostros, Winter vio que lo pensaban. Escuchó que algunos se relamían los dientes.

—Peleen a mi lado —les sugirió cuando pasó un rato sin que las devoraran a ella ni a Scarlet—. No voy a controlarlos ni a torturarlos. Ayúdenme a derrocar a Levana y todos tendremos nuestra libertad.

Alfa Strom intercambió miradas con algunos de los soldados. Winter supuso que eran los otros alfas. Enseguida, fijó en ella sus ojos penetrantes.

—No puedo hablar por todo el regimiento, pero acepto tu oferta —afirmó por fin—. Si juras que nunca vas a controlarnos como ellos, mi manada peleará por tu revolución.

Algunos de los hombres asintieron con la cabeza. Otros gruñeron, pero Winter pensó que era para decir que sí.

En respuesta, alzó la nariz hacia el techo de la caverna y aulló.

Cincuenta y nueve

SCARLET ESPERÓ A QUE DISMINUYERA LA NUEVA RONDA DE AULLIDOS que hacía eco en las paredes de la cueva, antes de plantarse delante de Winter.

–Entenderán –dijo, dándole un empellón con el dedo a Strom– que al aceptar ayudarnos solo pueden atacar a la reina Levana y a la gente que está a su servicio, pero a ningún civil en absoluto, ni siquiera a esos desagradables aristócratas, a menos que representen una amenaza. Nuestra meta es destronar a Levana, no masacrar a toda la ciudad, y tampoco les daremos un vale para almorzar abiertamente; esperamos que sigan las órdenes y sean útiles. Eso puede significar entrenar a algunas personas de los sectores y enseñarles a pelear o a usar armas, o puede significar llevar a los heridos fuera de la línea de fuego… no lo sé, pero no significa que pueden correr desenfrenadamente por las calles de Artemisa destruyendo todo lo que está a la vista, ¿están de acuerdo con eso?

Strom le sostuvo la mirada y su ferocidad se convirtió una vez más en fascinación.

–Entiendo por qué tu macho te eligió.

—No estoy buscando comentarios personales —espetó. Strom asintió.

—Aceptamos sus exigencias, y cuando Levana se vaya seremos hombres libres, capaces de buscar la vida que elijamos.

—Siempre y cuando esa vida siga las leyes de la sociedad, sí, así es.

Strom inspeccionó a la multitud. De no ser por toda la sangre, habría parecido como si la muerte de los taumaturgos no hubiera ocurrido.

—¿Alfa Perry?, ¿Alfa Xu?

Uno por uno mencionó a los alfas restantes, y uno por uno aceptaron los términos de Scarlet y Winter. Cuando terminaron, Winter se volvió hacia Scarlet con una sonrisa cansada pero entrañable.

—Te dije que se nos unirían.

Scarlet inhaló profundamente.

—Necesitamos averiguar qué está pasando en la superficie. ¿Hay alguna forma de comunicarnos con los sectores? Tenemos que decirles que la revolución ocurrirá, incluso si Cinder…

No se atrevió a terminar la oración; no tenía idea de qué había sido de Cinder o de Wolf.

Wolf. Ze'ev. Su macho alfa.

Pensar en él le abría un agujero en el pecho, así que dejó de hacerlo. Creería que seguía vivo, porque *tenía* que estar vivo.

—Debemos dirigirnos a la superficie de cualquier manera —dijo Strom—. Estos tubos de lava no conectan con las vías de los trenes de levitación magnética, o llevan ahí, pero nos van a alejar demasiado del camino; es mejor dirigirse al sector más cercano e infiltrarnos a los túneles desde ahí.

—¿Qué sector es ese? —preguntó Scarlet.

—PM-12 —dijo alguien—, producción de madera; trabajo peligroso, un montón de heridos. Dudo que sean muy solidarios con Su Majestad.

–Quizá tengamos suerte y también podamos obtener armamentos de ahí –comentó otro.

–¿Qué tan lejos está? –preguntó Scarlet.

–Este solía ser un almacén para el sector PM-12 –Strom apuntó al techo–; está justo sobre nuestras cabezas.

UNA VEZ DE REGRESO EN LAS CUEVAS, PASARON MENOS DE DIEZ MI-nutos antes de que uno de los hombres comenzara a abrir ruido-samente una puerta de metal que llevaba a una escalera angosta. Parecía un sinfín de escalones, y el espacio confinado pronto se vol-vió sofocante y caliente.

–¿Amiga Scarlet?

La frágil voz de Winter puso a Scarlet en alerta. Tras hacer una pausa, miró hacia las escaleras detrás de ella y vio a la princesa usando el antiguo barandal en la pared para impulsarse hacia arriba tanto como sus piernas se lo permitían; su respiración era agitada, y no por haber escalado.

–¿Qué pasa?

–Soy una chica hecha de hielo y nieve –susurró la princesa. Sus mirada estaba desenfocada.

Scarlet soltó una maldición y se abrió entre un grupo de solda-dos para llegar a la princesa. Todos se detuvieron y Scarlet se sintió extrañamente conmovida por la preocupación que vio en los ojos de uno de ellos.

Solo Winter podía hacer que un montón de depredadores sádicos e impulsivos se estuvieran ahora embelesados con ella. Aunque a Scarlet no le gustaba pensar que lo que tenían ella y Wolf se basaba en los instintos animales del muchacho, no podía evitar preguntarse si el mismo tipo de instintos estaban en juego aquí; ahora que habían persuadido a estos hombres de unirse a su causa, ¿estaban pasando de ser depredadores asesinos a depredadores protectores? Tal vez habían vivido en la violencia y la oscuridad durante tanto tiempo que una sola grieta en su armadura era todo lo que necesitaban para hacerlos desear tener algo más significativo.

O tal vez era solo Winter, que podía hacer que una piedra se enamorara de ella si le sonreía de la forma correcta.

—¿Estás alucinando? —preguntó Scarlet, presionando con su mano la frente de Winter, aunque no estaba segura de en busca de qué—. No te siento fría. ¿Puedes caminar? ¿Todavía estás respirando?

—Mis pies están atrapados en cubos de hielo —respondió Winter mirando hacia abajo.

—Tus pies están bien; trata de caminar.

Con un esfuerzo absurdo, Winter se arrastró hasta el siguiente escalón y se detuvo, boqueando para respirar.

—Bien: eres una chica de hielo y nieve —admitió Scarlet con un suspiro—. ¿Alguien puede ayudarla?

El soldado más cercano tomó la muñeca de Winter y puso el brazo de la princesa por encima de sus hombros para que ella pudiera usar su cuerpo como soporte para subir las escaleras. Al poco rato la estaba cargando.

Llegaron hasta arriba y salieron del tanque de retención de acero que se había usado para mantener la atmósfera artificial mientras los domos estaban en construcción. Pronto llegaron afuera, o tan afuera como se podía estar en Luna, lo que a Scarlet le pareció una triste representación.

—¿Se supone que esto es un bosque? —murmuró, adentrándose entre los árboles bajos y delgados dispuestos en hileras perfectas; a través de los troncos, a la distancia, podía ver una gran área que había sido talada recientemente y, al otro lado, hectáreas de árboles jóvenes.

Justo frente a ella, exactamente en el centro del domo, distinguió la forma de una fuente de agua idéntica a la del sector minero, situada en un claro entre los árboles; el pasto de alrededor estaba descuidado.

Alfa Strom tomó la delantera, alejándose de la fuente y dirigiéndose a las residencias del perímetro. Alcanzaban a escuchar ruido de gente, mucha gente. Cuando llegaron a la calle principal, Scarlet vio a docenas de civiles con una variedad de armas –la mayoría solo palos–, de pie en filas ordenadas y practicando al unísono una serie de maniobras de ataque. Un hombre barbado, de pecho fuerte y grueso, caminaba entre las filas gritando cosas como "¡Bloqueo! ¡Golpe! ¡Hay algo detrás de ti!".

Incluso el ojo no entrenado de Scarlet pudo ver que los movimientos de esas personas eran torpes y carentes de coordinación. Conformaban un triste grupo: la mayoría de ellas estaban tan flacas y hambrientas como las del sector minero; sin embargo, era alentador ver que la gente hacía caso a la convocatoria de Cinder.

Scarlet tuvo el pensamiento desgarrador de que podían estar enviando a estas personas a la muerte, pero lo alejó de inmediato.

Un grito de asombro interrumpió el entrenamiento: los habían descubierto. Scarlet y cientos de mutantes emergieron de las sombras del bosque. El grito se multiplicó por una docena y las filas se rompieron y retrocedieron, pero la gente no corrió; en vez de eso, conforme Scarlet y los gigantescos soldados se acercaban, levantaron sus armas, tratando de ocultar su terror detrás de un coraje fingido, o quizás este era el valor más verdadero que existía.

La gente probablemente esperaba algo así. No era una sorpresa que Levana quisiera castigarlos por esta flagrante muestra de rebelión, pero cien soldados debía de estar mucho más allá de sus expectativas.

Fieles a su palabra, los soldados no atacaron; solo avanzaron hasta detenerse a pasos de la primera fila de ciudadanos.

Scarlet siguió avanzando, separándose de la multitud.

—Sé que dan miedo —explicó—, pero no están aquí para lastimarlos; son amigos de la princesa Selene. Y quizás ustedes reconozcan a Su Alteza, la princesa Winter.

La cabeza de Winter se deslizó por el hombro del hombre que la cargaba.

—Es un gran placer conocerlos —murmuró, y dio la impresión de estar medio borracha. Scarlet estaba orgullosa de ella por hacer el esfuerzo.

La gente sostuvo con más fuerza sus varas o lanzas, o lo que sea que se suponía que fueran. El hombre de la barba se abrió paso al frente de la multitud con una expresión dura y ansiosa al mismo tiempo.

—La princesa Winter está muerta.

—No, no es así —dijo Scarlet—; la reina trató de matarla pero falló; todo lo que les ha dicho es una mentira.

El hombre se la quedó mirando a Winter por un largo rato, con el rostro desencajado por la sospecha.

—No se trata del encanto: realmente es ella —dudó y puso los ojos en blanco—. No es que pueda probar eso, pero si quisiéramos matarlos, ¿por qué molestarnos con esta farsa? Miren, estamos aquí para unirnos con ustedes para sitiar Artemisa; estos hombres han accedido a participar de nuestro lado.

—¿Quién eres tú? —preguntó el hombre mientras la estudiaba.

—Mi nombre es Scarlet Benoit. Soy… —luchó pensando en una forma de llamarse a sí misma; ¿la dirigente, la hembra alfa?

—Es una terrícola —dijo alguien. Le molestó que pudieran identificarla con tanta facilidad, como si estuviera marcada de alguna forma.

—Soy amiga de la princesa Selene —explicó—, y soy amiga de la princesa Winter; no hace mucho tiempo era prisionera de la reina Levana, me cortó un dedo —enseñó la mano— y se llevó a mi abuela, y ahora intento ayudar a Selene a quitarle todo –señaló hacia los soldados–. Estos hombres han elegido tomar partido por nosotros y no por Levana, así como ustedes lo han hecho, y son nuestro recurso más grande. Quizá puedan ayudar con su entrenamiento de combate –volteó para mirar a Strom–, ¿cierto?

Sin embargo, la expresión de Strom no era tranquilizadora mientras se colocaba a su lado.

–Dijimos que ayudaríamos y lo haremos, pero no vamos a quedarnos aquí toda la noche escuchando negociaciones con un puñado de leñadores; si no nos quieren aquí, encontraremos un sector que sí nos quiera.

–Buena suerte –resopló Scarlet.

Strom le gruñó y Scarlet le gruñó también.

Con los labios apretados en una fina línea, el hombre barbado miró a los nerviosos civiles armados con palos afilados, y a los soldados musculosos y cubiertos de pieles.

–Hemos estado mandando mensajeros a los sectores más cercanos cuando podemos, pero es difícil tratar de coordinar el ataque; los trenes no están funcionando y no somos guerreros.

–Eso se nota –refunfuñó uno de los soldados.

–Cuéntales acerca de los guardias –dijo alguien de entre la multitud en voz baja.

Scarlet alzó las cejas mientras el miedo de la multitud fue reemplazado por pechos alzados y espaldas rectas.

–¿Guardias? –preguntó la muchacha.

–Tenemos un regimiento de guardias armados apostados aquí desde hace años, y hemos hablado de tratar de invadirlos; incluso planeamos hacerlo antes, pero siempre había parecido inútil, pues Levana solo enviaría más. Sin embargo, desde que nos llegó el mensaje de Selene… –sonrió a sus compañeros– nuestro plan funcionó.

Los desarmamos en cuestión de minutos y ahora están encerrados en uno de los almacenes del molino –se cruzó de brazos–; no hubo muertes, pero sabíamos que podían ocurrir; estábamos dispuestos a hacer lo que se tenía que hacer, justo como la gente del sector MR-9. Creo que Selene nos ha dado la que podría ser nuestra única oportunidad.

–¿Qué fue lo que sucedió con la gente del MR-9? –preguntó Scarlet pestañeando.

–Dicen que Selene estuvo ahí, y que una mujer la había albergado en su casa. Era solo una minera, nadie especial, igual que nosotros, pero probó qué tan valientes podemos ser.

–Maha Kesley –susurró Scarlet.

El hombre se sobresaltó por la sorpresa.

–Así es –apretando la mandíbula, se volvió para mirar a la gente reunida–; fue asesinada por ofrecerle hogar a nuestra verdadera reina, pero su muerte no será en vano, al igual que las muertes de aquellos que se enfrentaron a Levana en el pasado.

Scarlet asintió, aunque todavía estaba conmocionada. Aimery había creído que la muerte de Maha iba a funcionar como una advertencia para cualquiera que se pusiera del lado de Cinder, pero al menos aquí había causado el efecto contrario.

Maha Kesley se había convertido en una mártir.

–Tienes toda la razón; Selene no necesita que sean guerreros. Maha Kesley ciertamente no lo era, pero era valiente y creía en nuestra causa: esa determinación es lo que esta revolución necesita.

–Unos cuantos guerreros más no vendrían mal –murmuró Strom, quitándole un palo al civil más cercano, que de inmediato se encogió y se alejó–. ¡Todos, de regreso a su formación! Veamos si podemos hacerlos ver un poco menos patéticos.

Sesenta

—LOS RESIDENTES DE GM-3 VENCIERON A LOS GUARDIAS ENVIADOS A sofocar el alzamiento que empezó en las fábricas ayer por la tarde —anunció Aimery, recitando la información que leía en su pantalla portátil como si no fuera nada extraordinario. Levana toleraba la farsa y escuchaba el informe con el rostro tranquilo. Solo golpeteaba con un pie contra las baldosas del solar, sacudiéndolo con furia contenida—. Enviamos un nuevo regimiento de guardias, esta vez con un taumaturgo. El alzamiento de WM-2 quedó aplastado. Hay sesenta y cuatro bajas civiles y murieron cinco guardias. Comenzamos un censo exhaustivo del sector, pero calculamos que cerca de doscientos civiles escaparon antes de la insurrección y robaron una cantidad indeterminada de armas y municiones. Los guardias de todos los sectores residenciales están en alerta máxima.

Levana inhaló lentamente y caminó hacia los enormes ventanales que dominaban la ciudad de Artemisa. Su ciudad perfecta, prístina y tranquila. Le parecía imposible de creer que hubiera un caos tan grande en su planeta, sobre todo si ahí todo estaba tan calmado, tan *normal*.

Y todo por esa cyborg y su despreciable video y sus estúpidos discursos.

Aimery siguió hablando.

—Dieciséis sectores agrícolas se han negado a cargar los trenes de abasto que se les enviaron, y nos enteramos de que un tren sin vigilancia, que llevaba productos lácteos destinados a las celebraciones de esta semana, fue asaltado y saqueado por un grupo de civiles afuera del sector AR-5. No hemos podido recuperar nada de esos artículos ni, por ahora, detener a los ladrones —se aclaró la garganta—. En el sector GM-19, los ciudadanos bloquearon dos de tres andenes del tren de levitación magnética, y esta mañana asesinaron a veinticuatro guardias que fueron a despejar los bloqueos. Estamos reuniendo un regimiento también controlado por taumaturgos para enviarlo.

Levana se frotó un calambre en el hombro.

—En el sector SB-2…

La campanilla del elevador sonó en el centro del salón y apartó la atención de Levana de la ciudad. El taumaturgo Lindwurm entró de un salto y se inclinó en una reverencia apresurada. Las mangas negras rozaban el suelo.

—Su Majestad.

—Si viniste a decirme que los sectores externos se encuentran fuera de control y que la gente está sublevada, creo que llegaste terriblemente tarde —chasqueó los dedos para llamar al criado que estaba de pie junto a las puertas del elevador—. Más vino.

El criado salió a toda prisa.

—No, reina mía —continuó Lindwurm—. Traigo noticias de las barracas, del Regimiento 117.

—¿Qué? ¿Ellos *también* se rebelaron? —Levana rio a carcajadas, aunque bajo su histeria acechaba un miedo creciente. ¿Acaso esa cyborg había movido a todos en su contra con tanta facilidad?

–Probablemente, reina mía –respondió Lindwurm.

–¿Qué quieres decir con "probablemente"? –preguntó Levana volviéndose hacia él–. Son mis soldados; no pueden levantarse en mi contra.

Lindwurm bajó la mirada.

–Hace dos horas nuestro equipo de seguridad supo que se había detectado a la princesa Winter en el exterior de esas barracas.

La sonrisa de Levana se esfumó.

–¿Winter? –lanzó una mirada a Aimery, quien se enderezó movido por la curiosidad–. Así que *está* viva. ¿Pero qué hacía ahí?

–El sistema detectó que usó sus huellas digitales para entrar en las barracas. Al enterarnos de la violación del sistema de seguridad, enviamos a los ocho taumaturgos restantes del Regimiento 117 para que determinaran si la princesa representaba una amenaza.

–Me imagino que es mucho desear que hayan encontrado a la querida niña convertida en despojos sanguinolentos.

Es lo que tendrían que haber encontrado. Las bestias habrían debido matar a Winter sin dudarlo: para eso estaban hechas. Pero sospechaba que no había ocurrido así.

–Por lo que pudimos comprobar –agregó Lindwurm–, cuando los taumaturgos llegaron, los soldados se volvieron contra ellos y los atacaron. Los ocho están muertos.

–¿Y Winter? –preguntó, mientras la sangre le hervía y le golpeaba las sienes.

–La princesa y los soldados abandonaron las barracas. En los videos de seguridad se ve que entraron en el sector superficial más cercano, el PM-12. Es uno de los sectores convulsionados, pero no lo habíamos considerado una amenaza prioritaria.

–¿Me estás diciendo que *mis* soldados tomaron partido por la niña?

Lindwurm hundió la cabeza.

El criado volvió con una bandeja de plata en la que llevaba una jarra y una copa de cristal. Levana podía oír cómo temblaba la jarra contra el borde de la copa mientras servía el vino. Cuando tomó la copa, casi no sintió su peso en la mano.

–Vete –ordenó, y el criado no pudo irse más deprisa.

La reina volvió al ventanal. Su ciudad. Su Luna. El planeta que un día gobernaría se alzaba sobre el horizonte, casi lleno.

Cuando le dio a Jacin Clay la oportunidad de recuperar su confianza matando a la princesa, había esperado que intentara alguna tontería, pero también que se daría cuenta de lo inútil que sería. Esperaba que tomara la decisión de apresurar la muerte de Winter con el menor dolor posible para no correr el riesgo de enfrentar una sentencia mucho más brutal. A fin de cuentas, eso fue misericordia. *Misericordia*.

Pero falló. Winter seguía viva y trataba de enajenar a su ejército, así como se había apoderado de la adoración del pueblo, así como Selene lo arruinaba *todo*.

Trató de imaginarse la escena. Winter, dócil y medio loca, les había pestañeado a las bestias brutales y *las había conquistado*. ¡Oh, cuánto la habrían adulado! Se habrían postrado de rodillas para suplicarle que les diera órdenes. Seguirían a su amada princesa a donde fuera.

–Reina mía –dijo Aimery poniendo un puño contra el pecho–. Me siento responsable por no haber encontrado a la princesa cuando irrumpimos en MR-9. Deme la oportunidad de reparar el error. Iré a ese sector y me encargaré de la princesa. No volveré a fallar.

–¿Pretendes matarla, Aimery? –preguntó Levana, encarándolo.

Se produjo una pausa, breve pero perceptible.

–Desde luego, reina mía.

Riendo, Levana tomó un sorbo de vino.

–Hace no mucho me pediste su mano. ¿Te parece hermosa?

Aimery rio entre dientes.

–Reina mía, todos piensan que la princesa es hermosa, pero ni de lejos como Su Majestad. Su Majestad es perfecta.

–He comenzado a preguntarme si la perfección sería un defecto en sí misma –sonrió con suficiencia–. Aunque quizás un defecto contribuya a la perfección –clavó una mirada fulminante en Aimery y ajustó su encanto para mostrar tres rasguños profundos y sangrientos en la mejilla derecha.

Aimery se quedó sin aliento.

–Te conozco desde hace muchos años, Aimery. Sé que te gustan frágiles. Al final habrían hecho una buena pareja: eres tan patético como ella.

Le arrojó la copa. Aimery la esquivó y la detuvo con el antebrazo. Se estrelló contra el suelo y el vino se derramó como una mezcla de agua y sangre, salpicando los zapatos de Levana.

–Te daré la oportunidad de demostrar tu valentía, pero no con Winter. Parece que nadie tiene las agallas de hacer lo que hay que hacer: ni tú ni Jacin Clay, ni siquiera mis queridas mascotas. Estoy harta de decepciones.

Le dio la espalda al taumaturgo. La acosaban pensamientos de traición, disgusto y celos… sí, también celos, por culpa de esa niña insignificante, esa cosa débil y frágil.

Si la hubiera matado años atrás, antes de que se pusiera tan hermosa. Antes de que se convirtiera en una amenaza. Debió haberla matado la primera vez que la vio dormida en su cuna. Debió haberla matado cuando le ordenó a la mano de Winter que tomara esa navaja, cuando creyó que un leve desfiguramiento apagaría las murmuraciones de la corte, las habladurías sobre que su hijastra de trece años ya competía por ser *la chica más hermosa de Luna*.

Si no le hubiera hecho esa tonta promesa a Evret hace tantos años. ¿Y de qué valían las promesas hechas a los moribundos?

Cuando su respiración volvió a normalizarse borró las cicatrices de su tez impecable.

El taumaturgo Lindwurm inhaló ruidosamente para recordarle a Levana su presencia.

—Reina mía, debemos formar un comando que se ocupe de la princesa y de los desertores. ¿Quiere que les dé órdenes de matar a la princesa en cuanto la vean?

—¡Acaso no soy una buena reina? —le preguntó, mirándolo por sobre el hombro.

—No tengo la menor duda de eso —respondió Lindwurm, tenso.

—He mantenido la unión del país. Emprendí una guerra para mi pueblo, para que tengan todo lo que hay en la Tierra. Lo hice por ellos. ¿Por qué me pagan así? ¿Por qué la aman *a ella*, que no ha hecho nada para merecerlo? Si no fuera tan bonita, la valorarían por lo que es. Manipuladora, conspiradora… se burla de todo lo que respetamos.

Ni Aimery ni Lindwurm respondieron.

—Busca otro criado que me traiga más vino —gritó Levana, después de tomar una gran bocanada de aire. Lindwurm se inclinó y se retiró—. La muerte no es suficiente para ella —murmuró Levana para sí misma, caminando más allá de donde se encontraba Aimery—. La muerte fue la decisión misericordiosa, porque le hice una promesa a mi marido; pero perdió su derecho a la piedad. Quiero que todos la vean como lo que es. Tan débil y patética por fuera como por dentro.

Aimery apretó los labios. Se mostraba arrogante incluso cuando se postraba ante la reina.

—Dígame de qué manera puedo servirle.

—Esta rebelión se ha prolongado demasiado. Que no se envíen alimentos ni bienes a los sectores externos mientras no estén listos para suplicar que los perdone. Es hora de que los ciudadanos de Luna reciban un recordatorio de lo afortunados que son de tenerme —el corazón de Levana se inflamó de emoción ante esa expectativa—. Y manda llamar al doctor Evans. Tengo un encargo especial para él.

—¿Y la princesa, reina mía?

—No te preocupes por tu querida princesa desfigurada —con una mueca de burla, Levana se inclinó y arrastró el pulgar por la barbilla de Aimery para recoger una gota de vino que lo había salpicado—. Yo misma me encargaré de ella, como debí haberlo hecho hace mucho tiempo.

Libro
CUATRO

"¿Le temes al veneno? —preguntó la anciana—.

Toma, cortaré la manzana en dos.

Tú te comes la mitad roja y yo comeré

la mitad blanca".

Sesenta y uno

A CINDER LA FRUSTRABA SU IMPOTENCIA. SE HABÍAN TRASLADADO A LA sala recreativa de la mansión. Hasta entonces ella no sabía que las mansiones tenían salas recreativas; estaba poniendo su mejor esfuerzo para decirles a los demás lo que se necesitaba hacer para poder extraer el video del salón del trono que había intentado tomar, y cómo arreglar su pierna y la interfaz de su cerebro-máquina; pero mientras ellos corrían recolectando materiales, ella estaba sentada en un sofá lujoso con el inútil pedazo de metal que era su pierna. Odiaba saber que ya habría sido capaz de lograr que todo volviera a funcionar si hubiera estado en su taller en Nueva Beijing, si hubiera tenido las herramientas adecuadas. Si ella misma no hubiera sido la maquinaria que necesitaba compostura.

Trataba de estar agradecida: había sobrevivido al intento de ejecución de la reina y no se había ahogado en el lago Artemisa, estaba otra vez con sus amigos y no habían destruido a Iko después de todo. De hecho, uno de los propios guardias de Aimery la había ayudado, lo que confirmaba lo que Jacin le había dicho antes: no todos en el palacio eran tan leales como a Levana le gustaba pensar.

Encima de todo eso, era *posible* que tuviera en su poder el video de la reina Levana con el cual mostrarían lo que había debajo de su encanto. Podía ser la mejor arma contra ella y su control mental, si el agua no lo había destruido, claro estaba.

—Thorne, saca el panel posterior de ese receptor, pero con cuidado. Jacin, ¿qué encontraste en el panel de seguridad?

—Un montón de cables —Jacin arrojó un puñado de cables y una tabla de datos al suelo; Cinder empujó los cables con su pie bueno.

—Algunos de estos deben funcionar. Ayúdame a voltear esta mesa, es similar a los tableros holográficos de juego que teníamos en la Tierra, así que creo que…

Tomó una de las patas de la mesa con su mano buena, pero su hombro lesionado se resistió cuando trató de darla vuelta. Jacin se la quitó y lo hizo él mismo, y Cinder sintió cómo empezaba a sentir un tic en el ojo izquierdo. Trataba de no estar resentida; no era su culpa que su hombro todavía estuviera lastimado allí donde el soldado lobo la había mordido, y al menos el ungüento para adormecer el dolor que habían encontrado estaba haciendo milagros.

—No habrá sangre cuando te abramos, ¿o sí? —preguntó Thorne, llevándole a Cinder el receptor para que ella pudiera manipular su mecanismo interno—. Quiero decir, estamos hablando estrictamente de cibernética, ¿cierto?

—Más nos vale —escaneó el mecanismo interno del receptor mientras Thorne y Jacin desmontaban la mesa de juego de realidad virtual. La configuración era muy distinta a cualquier cosa de la Tierra: los cables eran de otro color, los conectores y enchufes tenían otros tamaños, pero todo funcionaba con tecnología similar y los mismos principios básicos.

—No es tanto cirugía como… mantenimiento, nuestra mayor preocupación es si todo el hardware será compatible; la tecnología es similar pero ha cambiado lo suficiente desde que Luna y la Tierra dejaron de comerciar entre sí, así que… supongo que ya veremos —miró la mesa de juego mientras Thorne le extraía el panel lateral, revelando el mecanismo interno.

—¡Ah, perfecto! —inclinándose hacia delante Cinder extrajo el convertidor de modo de fibra—. Podemos usar esto.

Iko y Cress, que traía una caja de madera, entraron a la habitación.

—Tienen un taller allá atrás —dijo Iko. Llevaba puesta una camiseta rosa brillante que había encontrado en la casa, sobre todo para cubrir el hoyo de bala en su torso y la rajadura en la parte trasera de su hombro derecho; Cinder tenía la esperanza de que, una vez que la arreglaran, podría hacer que el brazo de Iko volviera a ser cuando menos funcional.

—Encontré todo lo de tu lista excepto el recuperador de partes desmagnetizado de tres puntas, pero había unas pinzas en el baño —hizo girar las pinzas entre sus dedos sanos.

Cinder torció la boca, tomó las pinzas y quitó con un dedo un pelo de ceja que estaba en la punta.

—Haremos que funcionen.

Cinder examinó la pila de herramientas y piezas de repuesto que habían extraído de todos los equipos de tecnología de la mansión; sin poder ver dentro de su propia cabeza y ofrecer un diagnóstico preciso, era difícil saber qué iban a necesitar para arreglarla, pero si no estaba incluido en esa pila, tenían poca esperanza de poder encontrarlo.

—Vamos a necesitar una lámpara para que puedan ver lo que están haciendo. ¿Y qué les parece un espejo de mano? Podemos sostenerlo para que yo pueda ver mi interior.

—No en esta ciudad —explicó Jacin negando con la cabeza.

—Está bien —dijo Cinder frunciendo el ceño—; primero vamos a extraer los datos del chip de video, luego vamos a centrarnos en la pantalla de mi retina; mis ojos todavía se comunican con mi nervio óptico, así que mi mejor conjetura es que ha habido una interrupción en la transferencia de datos de mi panel de control a mi pantalla. Puede ser tan simple como un cable dañado. Una vez que tengamos eso solucionado debo ser capaz de ejecutar mi diagnóstico interno y averiguar qué está mal con mi mano y mi pierna —señaló a una silla de realidad virtual y agregó—: Tráiganla aquí.

Jacin obedeció y Cinder se sentó en la silla al revés, para poder tomarse del respaldo. Recostó la frente en sus brazos.

—¿Cress?

—Estoy lista cuando tú estés lista.

—Muy bien, veamos qué encontramos.

Iko cepilló el cabello de Cinder hacia un lado y metió una uña en el pestillo detrás del cráneo; la muchacha sintió cómo se abría su panel.

—Ah, claro —dijo Thorne—, cuando yo abro el panel de su cabeza, me grita. Cuando lo hace Iko, es una heroína.

Cinder lo fulminó con la mirada por encima de sus brazos cruzados sobre el respaldo

—¿Te gustaría hacer esto?

—Ni un poquito —respondió Thorne haciendo una mueca.

—Entonces aléjate y dales espacio para trabajar —volvió a bajar la frente—; muy bien, Iko, hay un cable de inserción en el lado izquierdo del panel de control.

Alguien prendió una lámpara y apareció una luz brillante en su campo de visión.

—Lo veo —dijo Iko—. Cress, ¿tienes ese puerto?

—Y el cable conector; aquí los tengo.

Cinder las escuchaba moviéndose detrás de ella y apartando más de su cabello para que no estorbara. Hubo un clic ahogado en el interior de su propia cabeza. Se estremeció. Hacía bastante tiempo que nadie conectaba un dispositivo externo en su procesador; la última vez había sido cuando se agotó su fuente de alimentación al sacar la Rampion al espacio, justo después de que escaparon de la prisión de Nueva Beijing. Thorne había tenido que recargarla con un enchufe del módulo en aquella ocasión.

Antes de que eso sucediera, había estado en un laboratorio de investigación, atada a una mesa mientras un androide médico descargaba las estadísticas de su maquillaje cibernético.

Cinder realmente odiaba que le conectaran cosas a la cabeza. Se forzó a respirar profundo; solo eran Iko y Cress. Sabía qué le estaban conectado y qué información estaban extrayendo; no era una violación, no era una invasión, pero le resultaba imposible no sentirse mal.

–La conexión funcionó –anunció Cress–. No parece haber ningún vacío evidente en los datos, así que esta parte de tu programación no fue afectada por aquello que les cortó la energía a tus extremidades. Solo necesito encontrar dónde se almacena la información visual y… aquí vamos. Grabaciones… cronológicas… sería la más reciente… no importa; esta debe de ser: video, encriptado, un minuto y cincuenta y cinco segundos de duración y… transfiriéndose.

Cinder sintió cómo se le retorcía el estómago. No era quisquillosa en general, pero cuando le abrían el panel era imposible no pensar en cirujanos sin rostro y sin nombre husmeando en su cuerpo inconsciente; conectando cables y sinapsis en su cerebro, regulando sus pulsos eléctricos, sustituyendo parte de su cráneo con una placa metálica desmontable.

Se apretó los brazos hasta que le dolieron, tratando de distraerse del zumbido de sus mecanismos internos y del sonido de las yemas de los dedos de Cress chocando contra su pantalla portátil.

—Ochenta por ciento —dijo Cress.

Unas manchas blancas destellaron en la oscuridad de los párpados de Cinder. Respiró profundamente, reprendiéndose a sí misma. Estaba todo bien, esto sería un procedimiento de rutina si hubiera sido ella trabajando en un androide o en otro cyborg, estaba todo bien. El zumbido se detuvo.

—Hecho —anunció Cress.

—Revísalo antes de desconectarlo —le pidió Cinder, tragando bilis—, asegúrate de que es el correcto.

—Está mostrando a… un montón de personas.

—¡Ahí está Kai! —chilló Iko.

Cinder levantó la cabeza. Sintió el jalón del cable todavía conectado a su pantalla portátil.

—Enséñame —dijo, aun cuando la luz brillante inundaba su visión. Se encogió, volviendo a cerrar los ojos.

—Espera, quédate quieta —pidió Cress—, déjame desconectar…

Eso fue lo último que escuchó Cinder.

```
SE ENCONTRARON NUEVAS CONEXIONES:
FABRICANTE: REALITY. MANO CIBERNÉTICA T200-L
PERSONALIZADA. CINCO UTILIDADES NO RECONOCIDAS.
APLICACIONES ESTÁNDARES APROBADAS.
FABRICANTE: REALITY. PIE CIBERNÉTICO T60.9-L
PERSONALIZADO. APLICACIONES ESTÁNDARES APROBADAS.
REINICIANDO EN 3… 2… 1…
```

Cinder se despertó en un sofá con la manta más suave que jamás había sentido envolviéndole los hombros, echó un vistazo a las sombras desconocidas del techo tratando de sacudirse el desconcierto de despertar en un lugar extraño y no estar segura de cómo había llegado ahí, se incorporó y se frotó los ojos llorosos; la habitación estaba en desorden, con herramientas y piezas dispersas por toda la alfombra y las mesas.

DIAGNÓSTICO DE VERIFICACIÓN COMPLETO. TODOS LOS SISTEMAS ESTABILIZADOS. DOS NUEVAS CONEXIONES ENCONTRADAS:
MANO CIBERNÉTICA T200
PIE CIBERNÉTICO T60.9
¿EJECUTAR PRUEBA DE APLICACIÓN AHORA?

Levantó la mano izquierda frente a su cara. El acabado brillante que tenía cuando el doctor Erland se la había dado por primera vez había desaparecido después de dos meses de hacer reparaciones en la Rampion y vivir en el desierto y sumergirse en el lago Artemisa.

Lo más desconcertante fue descubrir que tenía sus cinco dedos, aunque el índice –el dedo arma que Levana le había quitado– no coincidía del todo con los otros. El acabado era diferente, era demasiado delgado y el ángulo del primer nudillo estaba torcido.

Cinder ejecutó la prueba de aplicación y vio cómo sus dedos se flexionaban, uno a la vez. Los extendió hacia atrás, luego los cerró para formar un puño y efectuó un giro con la muñeca.

Su pie efectuó un rango de movimientos similar, y Cinder retiró la manta para ver.

PRUEBA BÁSICA DE APLICACIÓN COMPLETA.
APLICACIONES ESTÁNDARES APROBADAS PARA SU USO.
CINCO UTILIDADES NO RECONOCIDAS.

Cinco utilidades.

Al inspeccionar su mano, Cinder les envió la orden a sus dedos para abrirse, lo que hicieron sin ningún problema, pero cuando trató de encender la linterna, expulsar el cuchillo o el cable conector universal, o de hacer girar el destornillador, nada pasó; no se molestó en tratar de cargar el proyectil en su dedo de repuesto. Aun así, podía usar su mano nuevamente y no se podía quejar.

–¡Estás despierta!

Iko entró al cuarto cargando con una mano una bandeja que tenía un vaso de agua y un plato de huevos fritos, además de pan y mermelada; el estómago de Cinder empezó a gruñir por debajo de su revestimiento.

–¿Tú cocinaste?

–Son solo algunas habilidades que me quedaron de mis días de Serv9.2 –Iko puso el plato en el regazo de Cinder–, pero no quiero escuchar una palabra sobre cuán delicioso está.

–Oh, estoy segura de que está horrible –bromeó Cinder, metiéndose una cucharada en la boca–. *Mushas grafias, Iko* –su mirada se posó en el brazo discapacitado de la androide. Le faltaba un dedo. Tragó–. También por el accesorio.

Iko encogió su hombro sano.

–Tienes instalados además unos cuantos cables de androide de compañía. Las piezas de la consola de juegos no funcionaron.

–Gracias, eso fue realmente generoso.

Iko hizo a un lado los pies de Cinder y se sentó.

–Ya sabes que nosotros los androides estamos programados para ser útiles y todo eso.

–¿Sigues siendo una androide? –preguntó Cinder entre dos mordidas al pan tostado–. A veces se me olvida.

–A mí también –admitió Iko agachando la cabeza–. Cuando te vimos en el video saltando de ese balcón, tuve tanto miedo que creí que mi cableado se incendiaría y pensé: *Haría cualquier cosa para asegurarme de que ella esté bien* —pateó un montón de tornillos sueltos en la alfombra—; supongo que cierta programación nunca desaparece, sin importar cuán evolucionado sea tu chip de personalidad.

Cinder lamió un poco de mermelada de la punta de sus dedos y luego sonrió.

—Eso no es programación, cabeza hueca: eso es amistad.

—Tal vez tengas razón —admitió Iko con brillo en los ojos.

—Ya era hora de que despertaras, perezosa.

Cinder miró por encima de su hombro y vio a Thorne en el umbral de la puerta. Cress y Jacin estaban detrás de él.

—¿Cómo está esa mano?

—Casi completamente funcional.

—Claro que está casi completamente funcional —coincidió Iko—; Cress y yo somos genias —dijo levantando los pulgares hacia la experta.

—Yo ayudé —dijo Thorne.

—Sostuvo la lámpara —aclaró Iko.

—Jacin no hizo nada —agregó Thorne, señalándolo.

—Jacin revisó tu pulso y respiración, y se aseguró de que no estuvieras muerta —comentó Iko.

—Yo pude haber hecho eso —dijo Thorne resoplando.

—¿Por qué perdí el conocimiento? —interrumpió Cinder.

En cuclillas, al lado del sofá, Jacin buscó el pulso en la muñeca de Cinder; después de un breve silencio, la volvió a soltar.

—Estrés, probablemente, junto con la reacción física resultante de conectar la pantalla portátil a tu… —señaló el área de su cabeza— … cosa computarizada.

—Y dices que yo soy quisquilloso —se burló Thorne.

—¿Perdí el conocimiento por estrés? ¿Fue eso? —preguntó Cinder, entrecerrando los ojos.

—Creo que el término para una princesa es *desmayarse* —ironizó Thorne.

Cinder le dio un golpe.

—Con todo lo que has pasado, es sorprendente que no hayas tenido un colapso —comentó Jacin—; la próxima vez que te sientas mareada o tengas alguna dificultad para respirar, *dímelo* antes de desmayarte.

—Lo bueno —acotó Iko— es que, contigo inconsciente, Cress y yo pudimos ejecutar tus diagnósticos completos. Dos conexiones arregladas, un nuevo cable de datos, algunos softwares reinstalados ¡y quedaste como nueva! Bueno, excepto…

—Mis herramientas de mano, ya sé —completó Cinder con una sonrisa—, pero está bien. Pasé cinco años sin una linterna incorporada; puedo sobrevivir sin ella ahora.

—Sí, eso, pero creo que también puede haber algunos problemas con tu interfaz; los diagnósticos mostraron algunos errores con la conectividad a la red y la transferencia de datos.

La sonrisa de Cinder se desvaneció; había dependido de su cerebro cyborg desde que podía recordar, confiando en su habilidad para descargar información, mandar comunicados y contar con un suministro de noticias en la pantalla de su retina; era un sentimiento desagradable saber que no contaba con eso, como si una parte de su cerebro hubiera sido borrada.

—Voy a tener que acostumbrarme. Estoy viva y tengo dos manos y dos pies que funcionan; he estado en peores condiciones antes —miró a Iko y a Cress—: gracias.

Cress agachó la cabeza e Iko arrojó sus trenzas sobre un hombro.

—Oh, ya sabes, fui aprendiz de una mecánica brillante en Nueva Beijing; puede que me haya enseñado una o dos cosas —Cinder soltó una carcajada—. Y hablando de mecánicas brillantes, ¿crees que tengas tiempo de revisar mi brazo ahora?

Sesenta y dos

WINTER SE SENTÓ EN UNA BANCA ÁSPERA A MIRAR CÓMO SE DERRETÍAN alrededor de sus pies las últimas esquirlas de hielo. Metió los dedos en el charco poco profundo que se había formado, asombrada de lo real que parecía –el hielo al romperse, el frío–, aunque sabía que no lo era.

Con un suspiro alzó la cabeza, pese a que estaba agotada, para mirar las desordenadas sesiones de entrenamiento que se sucedían a lo largo de la calle polvorienta. Maniobras y tácticas, un centenar de soldados adiestrados haciendo su mayor esfuerzo para formar un ejército. Escudriñó la multitud en busca de la melena flamígera de Scarlet, pues no estaba segura de adónde se habría marchado.

En lugar de Scarlet, vio algo completamente diferente. Una cabeza de cabello rubio al final del gentío.

El corazón le dio un vuelco.

Inhaló entrecortadamente y se levantó de la banca, pero el hombre había desaparecido.

Recorrió todos los rostros buscándolo, esperanzada. Pegó los brazos a los costados, con los puños apretados, para contener el repentino acceso de euforia. Era su desesperación la que la hacía ver fantasmas; ¡lo extrañaba tanto! Seguía sin saber siquiera si estaba vivo. Se daba cuenta de que era de esperarse que viera su rostro en medio de cualquier multitud, al doblar cualquier esquina.

Ahí... ahí estaba de nuevo. El pelo brillante como un amanecer, detrás de las orejas. Los hombros anchos bajo la vestimenta de los trabajadores del sector. Ojos azules que la clavaban en el piso, aunque todo su cuerpo se estremeciera. Sintió que el aire inundaba sus pulmones. Estaba vivo. Estaba *vivo*.

Pero Jacin se llevó un dedo a los labios para detenerla antes de que corriera hacia él. Bajó la cabeza para tratar de minimizar su estatura, pasó junto a un grupo de trabajadores y se escabulló hacia la arboleda. Miró atrás una vez y, con una leve sacudida de la cabeza, desapareció en las sombras.

Winter buscó a Scarlet, pero no la veía por ninguna parte. Tenía las palmas húmedas. Nadie la observaba. Se deslizó con la energía renovada y se paseó entre los troncos delgados de los árboles.

Daría un rodeo por la arboleda y alcanzaría a Jacin a medio camino. Se arrojaría en sus brazos sin que le importara si era apropiado o no.

Más adelante oyó el borboteo de la fuente central.

—Princesa.

Se sobresaltó. En su premura, había pasado sin ver a la anciana. Aunque era una criatura añosa con la espalda encorvada, tenía una expresión vivaz. Llevaba una canasta llena de ramitas y trozos de corteza que había recogido del suelo de la arboleda.

—Sí, hola —la saludó Winter a las corridas, y se inclinó en una rápida reverencia. Su mirada ya se había adelantado, en busca del pelo rubio y la sonrisa seductora. No veía nada; los árboles se lo ocultaban.

—Creo que buscas a un joven apuesto.

Las arrugas de la mujer se estiraron en una especie de sonrisa. Winter comenzó a decir que sí con la cabeza, pero se contuvo.

—¿Acaba de pasar alguien por aquí?

—Nada más tu príncipe, querida. No tienes que ser tímida. Es muy guapo, ¿no es verdad? —la anciana apenas le llegaba a Winter a la altura de la clavícula, aunque en parte se debía a la columna torcida. Se preguntó cuántos años de trabajo duro cargaría sobre los hombros—. Me pidió que te diera un mensaje.

—¿Él se lo pidió? ¿Jacin? —preguntó Winter al tiempo que miraba de nuevo a su alrededor—. Pero ¿a dónde se fue?

—Dijo que no lo siguieras. Es demasiado peligroso. Te buscará cuando sea seguro de nuevo —inclinó la cabeza y miró hacia la hilera de árboles dispuestos ordenadamente, donde los alfas gritaban sus órdenes.

Winter trató de reprimir su decepción. ¿No pudo haber esperado para ofrecerle una sonrisa, decirle una palabra amable, darle un abrazo rápido?

—¿Por qué no estás con los demás?

La mujer se encogió de hombros con un poco de dificultad.

—Alguien dijo que los trozos de madera podían servir. No puedo hacer mucho, pero con eso puedo ayudar.

—Desde luego —admitió Winter—. Todos debemos hacer lo que podamos. Déjame ayudarte.

Winter tomó su canasta. Sin la carga, la mujer alzó un dedo.

—Casi lo olvido. Tu príncipe te dejó un regalo —rebuscó en la canasta y sacó una caja simple enterrada bajo las ramitas—. Dijo que eran tus favoritos.

A Winter le dio un vuelco el corazón al tomar la caja en las manos. Sin tener que abrirla, sabía qué era y su pecho se expandió.

No podía siquiera imaginar por todo lo que habría pasado Jacin para conseguirla. ¿Únicamente para decirle que pensaba en ella? A menos que se tratara de algo más.

A menos que hubiera un mensaje.

Se mordió el borde del labio y levantó la tapa. Ahí dentro había dos perfectos caramelos de manzana agridulce, recién salidos de las vitrinas del confitero.

—¡Vaya! ¡Qué sabrosos se ven! —exclamó la anciana estirando la cabeza para mirar el interior—. No he comido uno de esos dulces desde que era niña. De manzana, ¿verdad?

—Sí —le contestó Winter y le extendió la caja—. Toma uno, por favor, en agradecimiento por la entrega.

La mujer pensó en el ofrecimiento.

—Si insistes… me imagino que un bocado no va a matarme. Me comeré este, si de verdad no te importa. Mira, tiene la cubierta quebrada, no es digno de una princesa —tomó el dulce con la punta de los dedos; tenía un gesto audaz en la mirada—. Pero solo si te comes el otro. Sería el honor más grande compartir este regalo con Su Alteza, la *hermosa* princesa Winter en persona.

—Eres muy gentil.

Winter tomó el segundo dulce de la caja. Examinó el forro interior de la caja, con la esperanza de encontrar algún mensaje que pudiera haberle dejado Jacin, pero no vio nada.

De todos modos, era un regalo. No solo los dulces, sino haberlo visto de lejos. Saber que estaba bien.

Se puso el dulce entre los dientes. La mujer la observaba y repetía sus movimientos. Comieron juntas. Winter sintió cómo se rompía la cubierta crujiente antes de derretirse en su lengua.

La anciana sonrió. Tenía trozos del relleno carmesí en los dientes.

—Ha sido mucho más satisfactorio de lo que me habría imaginado.

—Me alegro. Ha sido un… un placer… —dijo Winter después de tragar.

Parpadeó al percibir algo familiar en la forma en que la mujer la miraba, en la curva peculiar de su sonrisa… algo altiva y llena de desprecio.

—¿Te pasa algo, mi niña querida?

—No, no. Por un momento me recordaste a alguien, pero mis ojos a veces me engañan. No son muy confiables.

—¡Ah, muchacha dulce y tonta! —la joroba de la mujer comenzó a enderezarse—. Somos lunares: nuestros ojos nunca son muy confiables.

Winter retrocedió con un estremecimiento. Se le escapó la canasta, que se estrelló contra el suelo.

Ante ella, Levana abandonó el disfraz de vieja como una serpiente que cambiara de piel.

—Los científicos me aseguraron que la enfermedad actuaría deprisa —explicó la reina. Su mirada fría recorría la piel de Winter, curiosa y encantada.

Los pensamientos de Winter giraban, tratando de distinguir la verdad de la ilusión. Había pasado toda la vida entresacando verdades de ilusiones.

¿Dónde se encontraba Jacin? ¿Por qué se hallaba Levana ahí? ¿Era otra pesadilla, una alucinación, un truco?

Le dolía el estómago. Se sentía enferma.

—En este momento, tu torrente sanguíneo absorbe los microbios infecciosos.

Winter se puso una mano en el estómago y sintió cómo el caramelo creaba una turbulencia en su interior. Se imaginó el corazón, las arterias, la fábrica de las plaquetas. Soldaditos rojos marchando por bandas transportadoras.

–¿Microbios?

–¡Oh, no te preocupes! Como eres joven y estás en buenas condiciones físicas, tardarás una o dos horas en mostrar los primeros síntomas. Una erupción de ampollas llenas de sangre brotará en tu piel perfecta. Las yemas de tus delicados dedos se marchitarán y se pondrán azules... –le dijo Levana con una sonrisa–. Me encantaría quedarme para verlo.

Winter miró hacia el bosque, en busca de aliados. Si tratara de huir, Levana la detendría. Se preguntó si alcanzaría a dar un grito antes de que Levana le sellara los labios.

–¿Estás pensando en advertir a tus amigos? No te aflijas: ya me voy, princesita. Dejaré que regreses con ellos y los contagies tú misma. Cometieron un error al preferirte a ti antes que a mí, y esa será su perdición.

–¿Por qué me odias? –preguntó Winter dirigiendo la mirada hacia su madrastra.

–¿Odiarte? ¡Ay, niña! ¿Eso es lo que crees? –Levana puso sus fríos dedos en la mejilla de Winter, sobre las cicatrices que le había causado hace años–. No te odio; solo me fastidia tu existencia –acarició con el pulgar la mejilla de Winter–. Desde que naciste has tenido todo lo que yo quería. Tu belleza. El amor de tu padre. Y ahora, la adoración del pueblo, de *mi* pueblo –apartó la mano–. Pero no por mucho tiempo. Tu padre murió, tu belleza se arruinará pronto y, ahora que eres portadora de la fiebre azul, todo ciudadano que se acerque a ti lo lamentará.

Winter sintió que el estómago se le encogía. Imaginó que sentía cómo el revestimiento de este órgano absorbía la enfermedad, cómo esta se filtraba en sus venas. Cada latido del corazón la impulsaba más adentro de su organismo. Era una constatación objetiva. De todas las torturas que había visto a su madrastra maquinar para otros, en esta muerte había algo de misericordia. Una lenta y tranquila aceptación.

—Pero tú también podrías tener su adoración, ¿sabes? —le dijo y vio cómo la sonrisa condescendiente de Levana se petrificaba en su rostro—. Si fueras buena y justa con ellos. Si no los engañaras para convertirlos en tus esclavos. Si no los amenazaras a ellos y a sus seres queridos por cualquier falta minúscula. Si compartieras las riquezas y comodidades que tienes en Artemisa...

Su lengua quedó inmóvil.

—Yo soy la reina —murmuró Levana—. *Yo* soy la reina de Luna y yo decidiré cuál es la mejor manera de gobernar a mi pueblo. Nadie, ni tú ni esa horrible cyborg, me lo quitará —alzó la barbilla. Tenía las fosas nasales dilatadas—. Debo irme a cuidar mi reino. Adiós, Winter.

Trastabillando, Winter se volvió hacia donde estaba la gente. Si pudiera encontrar a una sola persona, advertirle a alguien...

Pero la arboleda se cerró sobre ella y se desplomó, inconsciente, en el suelo.

Sesenta y tres

–¿HAS VISTO A WINTER?

Alfa Strom terminó de mostrar el movimiento de apuñalar hacia arriba con una vara y después se la entregó a una joven antes de voltear hacia Scarlet.

—No la he visto.

Scarlet paseó la mirada por milésima vez sobre la multitud agitada.

—Yo tampoco, desde hace un buen rato; tiene una tendencia a vagar por ahí…

Inclinando la cabeza hacia atrás, Strom olfateó un par de veces el aire, luego negó con la cabeza.

—Parece que no ha estado aquí desde hace un rato. Quizás ha encontrado un lugar donde descansar.

—O quizá se está arrancando un ojo con una vara; te digo: no es bueno que la dejen sola.

Refunfuñando, Strom hizo un gesto a uno de los miembros beta de su manada y se deslizó hacia una banca, hizo una pausa para volver a olfatear, centrando sus ojos penetrantes en la multitud, antes de voltear a mirar el bosque.

—Estás actuando raro —dijo Scarlet.

—Me pediste ayuda.

—No *técnicamente*.

Cuando Strom se dirigió a las sombras del bosque que no era en realidad un bosque, Scarlet lo siguió, aunque no se podía imaginar por qué Winter se había alejado de todos y se había ido a caminar sola. No importaba: después de todo, sí podía imaginarlo.

—Vino por aquí —dijo Strom, pasando sus dedos por la corteza de un árbol. Luego giró a la derecha y aceleró el paso—. Ya reconocí su olor.

—Ahí —indicó Scarlet, mientras pasaba trotando junto al líder.

La vio en ese mismo instante y corrió hacia ella antes que Strom.

—¡*Winter*! —gritó, dejándose caer de rodillas. El cuerpo de Winter estaba tumbado en la hierba despareja. Scarlet colocó a la princesa boca arriba y le buscó el pulso. Aliviada, encontró un pulso débil en su cuello.

Una mano sujetó la capucha de Scarlet y la arrastró hacia atrás. Ella gritó, mientras se sacudía para zafarse, pero Strom ignoró los golpes de sus puños.

—¡Déjame ir! ¿Qué estás haciendo?

—Winter está enferma.

—¿Qué? —desabrochándose el abrigo, Scarlet se liberó de las mangas y se colocó junto a Winter otra vez—. ¿De qué hablas?

—Lo huelo —gruñó Strom. No se acercó más—. Carne enferma, vil.

Scarlet le dirigió una mueca antes de volver a mirar a la princesa.

—Winter, despierta —dijo, palmeando su mejilla unas cuantas veces, pero Winter ni siquiera se inmutó. Le puso la mano en la frente: estaba húmeda y caliente. Tocó la parte posterior de su cabeza, preguntándose si se habría pegado otra vez en ese lugar, pero no había sangre y el único chichón era el de la pelea en casa de Maha.

–¡Winter!

Strom pateó algo que saltó por la hierba hasta golpear la rodilla de Scarlet. Parpadeando, se inclinó y lo recogió: un caramelo de manzana ácida, uno de los dulces que Winter llevaba a menudo a la casa de fieras, por lo general relleno de analgésicos. Tenía una mordida. Al levantar la mano de Winter, Scarlet encontró rastros de dulce derretido en la punta de sus dedos.

–¿Veneno?

–No sé –dijo Strom–; no está muerta, solo se está muriendo.

–¿De algún tipo de enfermedad?

Strom afirmó levemente con la cabeza.

–No debes estar tan cerca de ella, huele… –parecía que iba a vomitar.

–Ay, contrólate; ¿todos esos músculos y dientes, y le tienes miedo a un pequeño resfriado?

Su expresión se oscureció, pero no se acercó. De hecho, después de un segundo, dio un paso atrás.

–Hay algo mal en ella.

–Claro, ¿pero qué? ¿Y *cómo*? –negó con la cabeza–. Vi una peque-ña clínica en la calle principal, ¿podrías llevarla allí? Haremos que la revise un doctor; quizá necesite un lavado de estómago o…

La mirada de Scarlet se posó en el brazo de Winter y de pron-to lanzó un grito ahogado y se apartó de la princesa inconsciente; cada uno de sus instintos le decía que contuviera la respiración, que limpiara la parte de su piel que había entrado en contacto con la princesa, que corriera.

–Ya te diste cuenta…

Scarlet ignoró a Strom y maldijo en voz alta.

–Cuando dijiste que tenía una enfermedad, ¡no sabía que te referías a que tenía *la peste*!

—No sé lo que es —dijo Strom—; nunca antes la había olido.

Scarlet dudó un momento más, luego emitió un bufido de frustración y dolor, y se forzó a arrastrarse de nuevo hacia Winter.

Hizo una mueca y levantó el brazo de Winter para inspeccionar los puntos oscuros dispersos a lo largo del interior de su codo. Los anillos teñidos de rojo alrededor de sus magullones sobresalían de la piel y estaban brillantes como ampollas.

Desde que Scarlet tenía memoria, la peste se había desarrollado en etapas predecibles, aunque el tiempo que tardaba en manifestarse variaba en cada víctima. Una vez que la erupción de los anillos morados aparecía en la piel de la persona, le quedaban entre tres días y tres semanas de vida; pero dado que Winter no se había ido por más de una hora, la enfermedad parecía estar trabajando especialmente rápido.

Inspeccionó los dedos de Winter y sintió alivio al ver que estaban rosas y saludables, no azules. La pérdida de sangre en las extremidades era el síntoma final de la enfermedad antes de la muerte.

Frunció el ceño. ¿No le había contado Cinder en alguna ocasión que los lunares eran inmunes a la letumosis? La peste no debía siquiera estar aquí.

—Se llama letumosis —explicó Scarlet—; es una enfermedad pandémica en la Tierra, actúa rápido y nadie sobrevive pero… Levana tiene un antídoto. Es en parte la razón por la que el emperador Kai se casó con ella. Solo necesitamos… necesitamos mantener a Winter con vida el tiempo suficiente mientras lo conseguimos; necesitamos mantenerla con vida hasta que la revolución termine, ¿está bien?

Pasó una mano por su cabello, pero se atoró en una maraña de rizos y se rindió antes de llegar a las puntas.

—Eso puede tardar días, incluso semanas —dijo Strom—. Por su olor, no parece tener tanto tiempo.

—¡Deja de hablar de cómo huele! —gritó—. Sí, la enfermedad es grave, es… *horrible*, pero no podemos simplemente dejarla aquí, tenemos que *hacer algo*.

Strom se balanceó sobre sus talones, mirando a la princesa con asco, lo que seguía siendo mejor que el brillo voraz que habían tenido sus ojos antes.

—Necesita un tanque de suspensión.

—¿Un qué?

—Los usamos para curación después de cirugías o lesiones graves —explicó, encogiéndose de hombros—. Puede ser que frene la progresión de la enfermedad.

—¿Dónde conseguimos uno?

—Esperaría que tuvieran uno aquí; en este sector se efectúan trabajos peligrosos.

—Estupendo, vamos.

Scarlet se puso de pie y se sacudió las manos. Strom se la quedó mirando y luego volteó para mirar a Winter. No se acercó.

—Bien —Scarlet volvió a agacharse, tomó los brazos de Winter y estaba a punto de cargarla sobre su hombro cuando Strom se aproximó y levantó a la princesa en sus brazos.

—Mira, qué perfecto caballero —murmuró Scarlet, tomando su abrigo.

—Solo apúrate —dijo, con la cara tensa y haciendo un esfuerzo por respirar superficialmente.

Casi corrieron hacia las residencias.

Scarlet salió rápidamente de la línea de árboles, con las mejillas enrojecidas y jadeando. Aquellos que estaban reunidos voltearon para mirar mientras Strom aparecía con Winter en brazos.

—Han envenenado a la princesa —anunció Scarlet—. Padece una enfermedad letal llamada letumosis; la reina tiene un antídoto, pero

Winter probablemente muera si no logramos hacer que la enfermedad avance más despacio –distinguió al hombre barbudo que había actuado como líder antes–. ¿Hay un tanque de suspensión en este sector?

–Sí, en la clínica. No sé… –respondió, y giró para mirar a un hombre de pelo canoso que salió de entre la multitud.

El hombre se acercó a Winter, le buscó el pulso y le levantó los párpados, primero uno y luego el otro. Un doctor, supuso Scarlet.

–El tanque no está en uso –explicó, tras su rápida inspección–. Va a llevar entre quince y veinte minutos acondicionarlo y preparar a la chica para la inmersión.

–Manos a la obra, entonces –ordenó Scarlet.

El doctor hizo que lo siguieran entre la multitud. La gente se apartó, observando a la princesa con expresión angustiada.

–¿Quién haría semejante cosa? –susurró alguien mientras pasaba junto a Scarlet.

–*¡A la princesa!* –agregó otra voz.

–¿Eso significa que tenemos un traidor entre nuestra gente? –preguntó el doctor, en voz baja.

–No lo creo –negó Scarlet–. Quienquiera que hizo esto debe tener acceso a la enfermedad, de alguna forma, y a caramelos caros. Debe haberlo dejado subrepticiamente para Winter, y luego se fue.

–O sigue entre nosotros, usando un encanto.

Scarlet resopló. Los estúpidos lunares y sus estúpidos encantos. Cualquiera podría ser el enemigo, cualquiera con quien se encontrara podía ser un taumaturgo o uno de esos aristócratas insoportables o la misma reina, y Scarlet no sería capaz de descubrir la diferencia.

Aun así, ¿por qué alguien vendría hasta acá solo para atacar a Winter pero sin atacar al resto, cuando sabían que estaban planeando unirse a la revolución de Selene? ¿Sería una advertencia? ¿Una amenaza? ¿Una distracción?

Tuvo una idea preocupante. Tal vez no habían dejado al resto en paz. La letumosis era altamente contagiosa y actuaba rápido. En recintos cerrados, con aire recirculando…

—Aquí —indicó el doctor, llevándolos a un edificio que era solo ligeramente más grande que las casas vecinas y en igual estado de decadencia.

Debajo de un montón de sábanas gastadas había un tanque en forma de ataúd de pie contra una pared, cubierto de polvo. El doctor tiró la ropa de cama al piso.

—Hay camas en ese cuarto, si quieren acostarla hasta que esté listo.

Strom parecía feliz de hacer solo eso; su rostro seguía contorsionado cuando regresó.

—Voy a traer a algunos de mis hombres para que lleven el tanque afuera.

—¿Afuera? —preguntó el doctor, alzando la vista.

—La gente la admira. Deben poder verla… como recordatorio de por qué estamos luchando.

El doctor parpadeó, pero asintió ligeramente con la cabeza.

—Está bien; no afectará el tratamiento.

Strom salió de la clínica y sus pasos resonaron en el pequeño porche de madera.

—Me temo… —dijo el doctor, sonando de verdad atemorizado— que solo tenemos un tanque.

—¿Y? —preguntó Scarlet, sosteniéndole la mirada.

Con los labios apretados, la señaló. Scarlet siguió la mirada del doctor hacia sus propias manos. Nada. Nada. Luego vio la lesión con un anillo rojo en la parte superior de su brazo y soltó una maldición.

Sesenta y cuatro

SOÑÓ CON RAN, SU HERMANO MENOR, DESPUÉS DE QUE SE CONVIRTIERA en un monstruo. En el sueño veía a Ran merodear alrededor de su víctima, con los músculos tensos debajo de la piel y saliva en las comisuras de la boca. Ran cerró la mano en un puño y la abrió de golpe, para revelar unas uñas puntiagudas y afiladas. Sus ojos brillaron al comprobar que su presa no tenía a dónde huir.

Con un gruñido, Ran clavó las garras en los costados de la víctima y la aventó. El sueño se hizo más claro. La sombra borrosa se convirtió en una chica. Ran la había lanzado contra la estatua que estaba en el centro de la fuente seca. Sangraba, tenía el pelo rojo ennegrecido de mugre y los ojos inyectados de miedo.

Wolf miraba, pero no podía hacer nada. Estaba petrificado y solo sus pensamientos volaban, alertas y salvajes, diciéndole una y otra vez que le había fallado.

La escena cambió. Era un niño y había llegado por primera vez a su manada. Todavía trataba de acostumbrarse al hecho de que le habían quitado el don lunar y lo habían convertido en algo antinatural, algo que lo volvería un mejor soldado para su reina. El resto de los chicos lo miraban con repugnancia y desconfianza, aunque él no entendía por qué. Era como ellos, un peón, un mutante.

Lo mismo que ellos.

El estruendo de un disparo retumbó dentro de su cabeza. Se encontraba de pie en una plaza atestada y polvorienta. Su madre se derrumbó junto a él. La sangre se acumuló debajo de sus pies, pero no eran sus pies, sino unas patas enormes que se movían inquietas. Tenía en la nariz el olor de la sangre de su madre.

El sueño terminó como había empezado, con la chica golpeada y cubierta de sangre. Ella estaba en cuatro patas y luchaba por escapar. Luego giró hasta quedar boca arriba. Él percibía el olor de la sangre que la cubría y sentía el horror que manaba de ella a torrentes.

Esta vez, el depredador era *él*. Esta vez la chica lo miraba a él.

Se despertó con un sobresalto. *Detener a Ran. Matar al alfa. Escapar. Salvarla. Encontrar a la anciana. Matar a Jael y arrancarle el corazón palpitante del pecho. Encontrar a sus padres. Unirse a la manada. Arrancarles las extremidades de sus articulaciones. Esconderse. Ser valiente. Protegerla. Encontrarla. Salvarla. Matarla...*

—¡Ayúdenme aquí!

Tenía los ojos abiertos, pero no podía ver por las luces intensas. Alguien lo sujetaba por los brazos. No era uno, sino varios. Gruñó y lanzó una dentellada a sus captores, pero solo atrapó aire.

—¡Por todos los cielos! —resopló alguien—. Nunca había visto que uno de ellos se despertara así. Pásenme el tranquilizante.

—No, no lo tranquilicen —ordenó una voz femenina suave y tranquila que, sin embargo, hablaba con autoridad—. Su Majestad ha solicitado su presencia.

Wolf logró liberar uno de sus brazos. Las cuerdas se reventaron. Algo le molestaba bajo la piel del antebrazo, pero estaba demasiado extenuado para prestarle demasiada atención. Atrapó por el cuello a una de las sombras borrosas y la lanzó por lo alto. Se oyó un grito y luego un choque metálico.

—¿Qué...?

Wolf descubrió a la segunda persona y le apretó la garganta con ambas manos. *Solo un chasquido...*

Una sacudida dolorosa le recorrió los brazos. Soltó al tipo, que cayó hacia atrás, luchando por respirar.

Wolf se desplomó de espaldas sobre la mesa. Aunque el dolor había sido breve, la mano izquierda seguía contraída.

Entonces se dio cuenta de que no era una mesa. Lo rodeaban unas paredes delgadas y docenas de tubos, muchos todavía conectados a su cuerpo. La sensación de que lo jalaban que había experimentado antes era por las agujas que todavía llevaba medio enterradas bajo la piel. Con un gesto, apartó la cara, pues la vista le revolvía el estómago.

No más agujas. No otro tanque. No más cirugías.

Oyó unas pisadas que se acercaban y miró hacia sus pies. Se dibujó una silueta contra las luces brillantes. Una taumaturga de rojo con el pelo negrísimo recogido en un moño.

—Bienvenido a casa, Alfa Kesley.

Wolf tragó saliva, aunque el movimiento le lastimó la garganta. Se sentía raro. Sentía muchas cosas raras. Tenía algo en la cara. Una máscara o...

Trató de tocarse la boca, pero las cuerdas lo retuvieron y esta vez no luchó.

—Terminen los procedimientos de reconstitución —indicó la taumaturga—. Ya está bastante dócil.

Otra mujer entró en su campo de visión, frotándose el cuello. Miró a Wolf con cautela antes de empezar a retirar las agujas de sus brazos. Luego desconectó los electrodos que tenía pegados al cráneo. Wolf se encogió de dolor con cada uno.

—¿Puedes sentarte? —le preguntó la técnica de laboratorio.

Wolf preparó los músculos y se impulsó para erguirse. El movimiento resultó más fácil de lo que esperaba. El cerebro le decía que se encontraba débil, confundido, delirante, pero sentía el cuerpo listo para pelear. Sus nervios zumbaban con la energía acumulada.

La mujer le extendió un vaso de papel con un líquido anaranjado. Primero lo olfateó y frunció la nariz en señal de repugnancia. Se llevó el vaso a los labios.

Hizo una pausa y lo apartó.

Levantó la mano libre y la presionó contra la boca, la nariz, la mandíbula.

Su cuerpo se estremeció de horror.

Había ocurrido. Después de años de luchar para no convertirse en uno de los monstruos de la reina, al final había sucedido.

—¿Le pasa algo, Alfa Kesley?

Miró a los ojos a la taumaturga. Ella lo observaba como si fuera una bomba de tiempo. Wolf sabía que no tenía palabras para expresar toda la confusión y la perplejidad y las necesidades violentas que le pulsaban en el cerebro, necesidades que no tenían nombre. De todas formas, no se creía capaz de hablar. Bebió el líquido anaranjado.

El sueño regresó en fragmentos brillantes y dispersos. El cabello de la pelirroja. La furia animal de su hermano. La caída de su madre, muerta y lejos de su alcance.

Siempre volvía a la chica hermosa y mordaz. El recuerdo de ella era el más vivo, porque recordaba claramente cuánto ella lo *detestaba*.

Recuerdos y miedos se entreveraron, empujándose unos a otros, y ya no supo distinguir la realidad de la fantasía. Le dolía la cabeza.

—¿En qué dijiste que era diferente de los demás? —preguntó la taumaturga y caminó hasta ponerse a un lado de Wolf.

La técnica de laboratorio analizó una pantalla empotrada a un costado del tanque.

—Sus ondas cerebrales fueron más activas de lo normal en las etapas finales de la reingeniería. Además, lo común es que cuando despierten solo tengan… hambre. No son violentos. Eso viene después, cuando recuperan su fuerza.

—Él parece tener mucha fuerza.

—Me di cuenta —respondió la técnica de laboratorio sacudiendo la cabeza—. Quizá se deba a que apresuramos el procedimiento. En general, los tenemos aquí por lo menos una semana. Su mente y su cuerpo han pasado por mucho en muy poco tiempo, y esa podría ser la causa de la agresividad.

—¿Es apto para servir a la reina?

La técnica de laboratorio miró a Wolf. Él arrugó el vaso cerrando el puño. La mujer se quedó sin aliento y dio un paso atrás.

—Es tan capaz como cualquier otro soldado. Sugiero que coma antes de entrar en servicio. Desde luego, por lo regular pasan meses entrenando con un taumaturgo después de las cirugías, para que su amo aprenda sus patrones bioeléctricos y pueda controlarlo.

—No están hechos para que los controlen.

La técnica de laboratorio frunció el ceño.

—Lo sé, pero se les puede enseñar a obedecer. Es un arma cargada. No recomendaría que lo llevaran a un lugar con mucha gente sin que haya nadie que sea capaz de manejarlo.

—¿No le parece que yo pueda hacerme cargo?

La atención de la técnica de laboratorio pasó de la taumaturga a Wolf y al vaso arrugado en su puño. Levantó las manos antes de contestar.

—Únicamente estoy aquí para verificar que su organismo no rechace las modificaciones.

Wolf se pasó la lengua por la punta afilada de los dientes caninos. Había tardado meses en acostumbrarse a los implantes y ahora los sentía raros otra vez. Demasiado grandes, demasiado filosos. Tenía un leve dolor en la quijada.

La taumaturga caminó alrededor del tanque.

–Alfa Ze'ev Kesley, de nuevo eres un soldado del ejército de la reina. Lamentablemente, tu manada de agentes especiales se desbandó después del primer ataque en París y no tenemos tiempo para que te familiarices con otra. Por ahora, servirás como lobo solitario –le sonrió, pero Wolf no contestó–. Yo soy la taumaturga Bement, pero cuando te dirijas a mí me dirás "ama". Se te ha concedido un gran honor. La reina quiere que seas parte de su escolta personal en la ceremonia en que será coronada como emperatriz de la Comunidad Oriental de la Tierra. Como tienes antecedentes de rebeldía, la reina opina que tu presencia, en calidad de soldado leal, enviará un mensaje a quienes osen amenazar a la Corona. ¿Adivinas cuál es el mensaje?

Wolf no dijo nada.

La voz de la taumaturga Bement se convirtió en un susurro amenazante.

–Cuando la reina te pide para su servicio, eres suyo para siempre –golpeó con los dedos la orilla del tanque–. Veamos si esta vez lo recuerdas –esperó una respuesta. Como no la obtuvo, entrecerró los ojos–. ¿Se te olvidó tu entrenamiento? ¿Cuál es la respuesta correcta cuando te habla tu taumaturga?

–Sí… ama.

Sentía como si le extrajeran las palabras a la fuerza, esas palabras que lo habían taladrado durante años y años con el taumaturgo Jael. *Arrancarle el corazón palpitante del pecho.* Wolf se encogió y empezó a salivar. Estaba hambriento.

—¿A quién sirves, Alfa Kesley?

¿A quién servía?

Surgió en su memoria el hermoso rostro de la reina sentada en el trono, desde donde veía a las manadas luchar para ganar su favor. *Él sentía el deseo de impresionarla. Habría matado por ella. Se había sentido orgulloso.*

—Sirvo a mi reina —afirmó con voz más fuerte.

—Correcto —Bement se inclinó sobre el tanque. Wolf no apartó la mirada. Seguía salivando. Olía la sangre que corría bajo la piel de la mujer, pero cuando pensó en probarla, el recuerdo de un dolor le recorrió la columna—. Me dijeron que te conseguiste una pareja cuando estuviste en la Tierra —Wolf se tensó. En sus pensamientos destelló la cabellera pelirroja—. ¿Qué harías si la vieras hoy?

Vio cómo la arrojaba contra la estatua, cómo ella se arrastraba sin dejar de mirarlo con los ojos llenos de terror y odio. Un gruñido retumbó en el fondo de su garganta.

—Los terrícolas tienen una carne más tierna.

Los labios de la taumaturga formaron una sonrisa.

—Hará un buen trabajo —se separó del tanque, dejó atrás a la técnica de laboratorio y a su compañero caído—. Límpienlo. Ya saben que a la reina le gusta conservar las apariencias.

Sesenta y cinco

JACIN, CRESS Y THORNE SE HABÍAN IDO, PARA DEJAR A CINDER IMPROVISAR un modo de reparar a Iko. Cinder supo inmediatamente que no podría regresar a Iko a la normalidad, no solo porque la androide le había cedido su dedo y algunos de los cables que necesitaba para recuperar la destreza de su mano, sino porque no tenía las partes de repuesto o las fibras de la piel para arreglar su hombro o el agujero de bala en su pecho. Pero Cinder se las ingenió para unir un parche esquelético temporal y reconfigurar las articulaciones para que cuando menos pudiera mover el codo y la muñeca. Cuando Iko quedó extasiada por la noticia, Cinder supo exactamente el alivio que estaba sintiendo: acostumbrarse a la pérdida total de una extremidad era muy difícil.

Mientras Cinder trabajaba, Iko le explicó cómo se las habían ingeniado para colarse a bordo del tren de abastecimiento de Artemisa, cómo la mayor parte del sistema de transporte estaba apagado y se efectuaban revisiones de los trenes, y que Levana estaba nerviosa, o más bien francamente aterrorizada.

Cuando terminó, Cinder le contó cómo la habían transportado de vuelta a Artemisa y cómo la habían separado de Wolf; que no había habido un juicio y que no tenía idea de adónde se lo habían llevado. Le dijo a Iko que había visto a Kai en el salón del trono y que hasta ese momento parecía ileso; también le preguntó si la transmisión había mostrado el juicio de Adri.

—¿Adri? —las pestañas de Iko se agitaron una, dos, tres veces antes de responder—: Eso no tiene lógica.

—Adri y Pearl están aquí, en Luna. Adri fue llevada a juicio antes que yo; algo sobre que se había guardado patentes de diseño de un arma que podía neutralizar el don lunar. Creo que Levana se enteró del invento de Garan, aquel que estaba instalado en mi columna vertebral.

Iko presionó la yema de sus dedos entre sí imitando un gesto de concentración.

—Supongo que tiene sentido que Levana no quiera que tal cosa exista.

—Ya sé. No se me había ocurrido antes, pero un dispositivo de ese tipo cambiaría el equilibrio de poder entre Luna y la Tierra si pudieran fabricarlo; si alguna vez vamos a hacer una alianza con Luna, un dispositivo como ese sería la única forma en que los terrestres estarían seguros de que no van a ser manipulados.

—Eso es una genialidad —dijo Iko—. Siempre me agradó Garan, era muy amable conmigo incluso cuando descubrió que mi chip de personalidad estaba defectuoso. Al menos mantuvo todo mi software actualizado. Bueno, hasta que Adri decidió que me desmantelaran… —hizo una pausa— la primera vez.

Cinder sonrió para sí misma. La primera vez que había visto a Iko no era más que un revoltijo de piezas de androide tiradas en una caja, esperando a que alguien las volviera a armar. Iko había sido su primer proyecto, un intento de probar su mérito a su nueva familia adoptiva. En ese tiempo no tenía idea que Iko se iba a convertir también en una de sus amigas más queridas.

Su sonrisa se desvaneció, dejando paso a la sospecha.

–Iko, dejaron de hacer actualizaciones de software para Serv9.2 hace más de una década.

Iko jugó con una de sus trenzas.

–Nunca pensé en eso. ¿Crees que estaba tratando de corregir el error que me hizo ser… yo?

–No sé, no creo. Al fin y al cabo, él diseñó sistemas de androides. Estoy segura de que si hubiera querido reprogramarte para que fueras un androide regular, lo habría hecho.

Ella dudó. Si Linh Garan no estaba actualizando el software de Iko o tratando de arreglarla, *¿qué* había estado haciendo?

–Supongo que no importa. Garan inventó este dispositivo, pero me da la impresión de que Levana destruyó todas sus notas. Si mi propio software no estaba ya suficientemente dañado por el doctor Erland, dudo que un chapuzón en el lago le hiciera algún bien…

Se interrumpió, mirando a Iko con los ojos entrecerrados.

–¿Qué?

–Nada –Cinder negó con la cabeza. Había demasiados problemas que arreglar, demasiados acertijos por resolver. El misterio del dispositivo de Garan iba a tener que esperar–. Simplemente no me puedo imaginar en primer lugar cómo Levana podría saber sobre el dispositivo, eso es todo.

–Yo le dije.

Cinder giró bruscamente la cabeza hacia la puerta, donde Jacin estaba de pie tan quieto y silencioso como el propio marco de la puerta, mostrando un magullón de buen tamaño en la mandíbula, cortesía de Thorne.

–¿Tú le dijiste?

–La información tiene valor. Intercambié esa pieza de información por mi vida.

Siempre era difícil leer las emociones de Jacin, pero si Cinder tenía que adivinar, habría pensado que estaba indignado por haber hecho tal intercambio. Se acordó de haberle dicho a Jacin sobre el dispositivo, hacía tiempo, en el pequeño pueblo oasis de Farafrah. La cara de guardia había mostrado una curiosidad que rayaba en la codicia cuando supo que había un invento que podía impedir a un lunar hacer uso de su don y evitar que ese don lo volviera loco.

Cinder lanzó un grito ahogado.

Winter.

Por supuesto.

Jacin señaló con la barbilla hacia el pasillo.

—Lamento apurarte, pero la Corona acaba de lanzar un nuevo video que te puede interesar. Evidentemente estás muerta.

Iko y él la llevaron al *home theatre* de la mansión, con sillones enormes, cada uno con un dispensador de bebidas incorporado. Thorne y Cress estaban de pie junto a un holograma que representaba a Levana más grande que en la vida real; llevaba puesto su velo, pero el sonido estaba apagado. La magnitud de la proyección hizo que Cinder diera un paso atrás.

—¿Jacin dice que encontraron mi cuerpo?

Thorne la miró de reojo.

—Esa es la palabra, niña cadáver. Fuiste extraída del lago anoche. Incluso tienen este maniquí con una mano pintada de metal y siguen mostrando una foto granulada de ella. Quédate aquí un rato, ya verás. Se repite una y otra vez con un discurso de Levana; en este pedazo de roca tienen el entretenimiento más aburrido.

—¿Qué está diciendo?

Thorne agudizó la voz para imitar a la reina.

—*Hemos vencido a la impostora de mi querida sobrina… dejemos este desorden atrás mientras continuamos con las coronaciones… soy una* psicótica, una loca hambrienta de poder y mi aliento huele realmente mal bajo este velo.

Cinder se rio. Intentó chequear la hora en su reloj interno antes de recordar que ya no funcionaba.

—¿Cuánto tiempo falta para la coronación?

—Nueve horas —respondió Iko.

Nueve horas. Habían estado en esa mansión por un día entero y una noche, y Cinder había pasado durmiendo la mayor parte del tiempo.

—También está el teletipo…

Cress señaló el holograma. Una lista de sectores recorría la parte inferior de la imagen, creando un constante anillo flotante alrededor de Levana.

—Esa es la parte interesante —dijo Thorne—: ella aprobó un decreto que dice que cualquier sector que viole el toque de queda o que se sospeche esté ayudando a "la impostora", va a ser sitiado, y después de la coronación se tratará caso por caso. Luego continúa con una perorata sobre el arrepentimiento y suplicar misericordia a la reina.

—Parece que a muchas personas las motivó tu estratagema en el banquete de bodas —comentó Jacin—; el número de sectores sublevados sigue creciendo.

—¿Cuántos?

—Ochenta y siete, según el último recuento —respondió Cress.

—Incluyendo MR-9 y los sectores contiguos —agregó Thorne—; lejos de desalentar la rebelión, el ataque parece haber hecho enojar aún más a la gente.

Ochenta y siete en el último recuento.

—¿Y crees que todos… que todos esos sectores… ? —Cinder tragó saliva. Su mente seguía nublada—. ¿Qué crees que significa eso?

—Significa que la reina está teniendo un mal día —respondió Jacin.

Thorne asintió.

—Parte de eso puede ser su propia paranoia, pero incluso cuando Iko y yo estábamos intentando llegar a Artemisa, había rumores de que algunos sectores estaban bloqueando sus propios túneles para que la ciudad quedara desabastecida, o saqueando sus fábricas de armas, ese tipo de cosas. Y eso fue antes del juicio. Claro que no sabemos si la gente cree que estás realmente muerta, pero no estoy seguro de que importe en este punto. Si estás viva, entonces, eres una tremenda revolucionaria. Si estás muerta, entonces, eres una tremenda mártir.

—Para mí sí importa de algún modo —afirmó Cinder, viendo cómo el teletipo seguía corriendo.

Ochenta y siete sectores se habían alistado para pelear por ella... para pelear por sí mismos. Por lo que había visto, en cada sector había unos mil civiles, cuando menos, y en ocasiones muchas veces esa cantidad; eso debía ser más que suficiente para superar a la capital y destronar a Levana... excepto porque todas esas personas estaban atrapadas.

—No te desmayes —pidió Thorne.

—¿Qué? —preguntó Cinder, mirándolo.

—Pareces estresada.

Cinder le echó una mirada amenazadora y empezó a caminar por la habitación.

—¿Podemos hacer algo con esas barreras? La gente no puede venir en nuestra ayuda si está confinada en sus propios sectores.

—Oh, cariño —dijo Thorne—, estamos muy por delante de ti. ¿Cress?

Ella detuvo el holograma de Luna que habían estado estudiando a bordo de la Rampion: todos los domos y los túneles subterráneos expuestos en la roca lunar, con la superficie llena de cráteres. Cress había marcado los sectores sitiados tal como estaban enlistados en la emisión de Levana. Era solo una fracción de los sectores de Luna pero, aun así, era posible que hubiera muchos más sublevándose, de los que la reina no supiera todavía.

Levana se estaba concentrando en los sectores más cercanos a Artemisa, lo cual tenía sentido. Era comprensible que estuviera nerviosa: la revolución ya había llegado hasta su puerta.

Cress ajustó el holograma; amplió la zona de Artemisa y luego la del palacio.

—Los controles de las barreras son parte de la red principal de seguridad que opera fuera del centro de seguridad del palacio —explicó Cress—; puedo hackearlos a distancia, pero no sin que suenen las alarmas. Al menos, no con la cantidad de tiempo que tengo para hacerlo, así que…

—Pensamos en entrar —continuó Thorne. Se había adueñado de uno de los sillones de la habitación para apoyar sus pies.

—Claro que lo pensaron —dijo Cinder.

—Si entramos en el palacio de Nueva Beijing, podemos entrar en este. Desde ahí, Cress desactiva las barreras en los sectores exteriores y programa las barreras de seguridad alrededor del domo central para que se desactiven al final de la coronación —Thorne tomó del dispensador del sillón una copa que parecía cara, llena con una bebida azul, y bebió un gran trago—. Es la mejor forma de coordinar un ataque sorpresa y asegurarnos de que todos estén entrando a Artemisa al mismo tiempo, incluso si no tenemos forma de comunicarnos entre nosotros.

Cress cambió el enfoque del holograma, destacando los ocho túneles de los trenes de levitación magnética, que eran los únicos pasajes hacia dentro y fuera de la ciudad, exceptuando los puertos de las naves espaciales.

Cinder se masajeó la muñeca.

—Es muy riesgoso enviarlos ahí. Preferiría que Cress desactivara las barreras a distancia, incluso si hace sonar las alarmas.

—Opino lo mismo —coincidió Thorne—, pero esa no es la única razón por la que debemos entrar al palacio; también necesitamos acceso a la sala de emisión de la reina si queremos hacer algo con ese video tuyo. Levana deshabilitó todos los accesos exteriores al sistema después de tu último truco, así que si queremos que se proyecte en todo el sistema, lo tenemos que hacer desde dentro.

—El video… ¿vale la pena? —preguntó Cinder después de respirar hondo.

—¡Oh! —Iko se llevó las manos a la cabeza—, ¡es *terrorífico*!

—Es como sacarse la lotería —dijo Thorne, sonriendo.

—Voy a cargarlo en el proyector —anunció Cress, volteándose hacia el nodo del holograma.

—Por favor, no —pidió Iko—. No necesitamos verlo otra vez así de grande.

Cinder golpeteó el piso con un pie.

—¿Cómo propones que entremos al palacio? Yo puedo usar un encanto en los cuatro para que parezcamos invitados a la coronación si quisiéramos colarnos…

—No tan rápido —interrumpió Thorne—. Tú ya tienes un trabajo. Mientras Cress y yo estemos despejando los pasajes hacia la ciudad, tú, Iko, y Jacin van a posicionarse en estos tres sectores —señaló en el holograma tres de los domos adyacentes a Artemisa Central—, o al menos en los túneles debajo de ellos, dándoles la bienvenida a todos los rebeldes que has alborotado y que organizaron tantos planes de batalla de último minuto. En aproximadamente nueve horas, con algo de suerte, la ciudad va a ser sitiada por un montón de lunares enfadados, y van a necesitar alguien que los dirija.

—Y esa eres tú —aclaró Iko.

—Pero tenía entendido que restringieron el acceso a este domo, ¿cómo se supone que vamos a salir de esos sectores si estamos atrapados aquí?

—Hay unidades de almacenamiento no muy lejos de aquí —explicó Jacin—, donde algunas de las familias tienen vehículos recreacionales, incluyendo *deslizadores* todoterreno.

—¿*Deslizadores* todoterreno?

—Vehículos especiales para salir a toda velocidad de los domos. Pueden ajustarse a las condiciones inalteradas de la gravedad y la atmósfera, y son ideales para desplazarse por terrenos difíciles: dunas y cráteres. La gente rica los utiliza para divertirse. No son tan rápidos como las naves, pero podemos evitar los trenes y trazar una ruta directa a los sectores más cercanos, donde sea que tengan acceso externo a la dársena. A Levana no le importará que un par de nobles salgan en un viaje de placer.

—Nos vamos a dividir —explicó Cinder.

—Solo temporalmente —dijo Iko, abrazándola por la cintura.

—Es nuestra mejor opción para coordinar un ataque y hacer que el mayor número posible de personas se una a nuestra causa frente a ese palacio. Esa es la intención, ¿cierto? La unión hace la fuerza —dijo Thorne.

El corazón de Cinder galopaba de nuevo, pero consiguió asentir con la cabeza. Estaba estudiando el holograma una vez más cuando una anomalía atrajo su atención.

—¿Qué tiene este sector? —preguntó, señalando uno que estaba marcado en rojo en el mapa.

Cress giró el holograma y amplió la imagen de ese sector.

—PM-12, producción de madera. ¿En cuarentena?

—¿Como una cuarentena por enfermedad? —preguntó Cinder.

—Eso es todo lo que necesitábamos —susurró Thorne. Pero Jacin negó con la cabeza.

—Ha pasado un largo tiempo desde la última vez que tuvimos un brote de cualquier enfermedad en Luna. No hay muchas influencias ambientales que no podamos controlar —se cruzó de brazos—, aunque sí podemos tomar medidas en caso de que algo pase. Con los domos confinados como están, no sería muy difícil acabar con una comunidad entera si la enfermedad fuera suficientemente grave.

—¿Podría ser letumosis? —preguntó Iko, con un tinte de miedo vibrando en su voz.

—Esa es una enfermedad terrestre —explicó Jacin—. Nunca hemos tenido casos aquí.

—No es solo una enfermedad terrestre —negó Cinder—, ya no. El doctor Erland descubrió una cepa mutada en África, ¿recuerdas? Quizá los lunares ya no sean inmunes y... —tragó saliva— y un montón de terrícolas acaban de llegar a Luna. Cualquiera de ellos podría ser un portador. Uno de los diplomáticos o incluso uno de nosotros. Quizá ni siquiera lo sabríamos.

—¿Alguno de ustedes ha ido al sector de producción de madera recientemente? —preguntó Jacin, señalando el holograma.

Cinder apretó los labios.

—Eso fue lo que pensé. Dudo que alguno de tus amigos políticos haya ido tampoco; probablemente es solo una coincidencia.

—De hecho —comenzó Cress, apartando la mirada de la pantalla portátil—, uno de nosotros ha estado ahí —ingresó un nuevo comando, transfiriendo la información que estaba viendo en el holograma.

Era una colección de videos de vigilancia de la reina, todos etiquetados como PM-12. Estaban oscuros y borrosos, pero a medida que los ojos de Cinder se ajustaron pudo ver hileras de árboles en las tomas exteriores y paredes revestidas de madera en el interior. Se concentró en una de las escenas más pobladas; parecían personas dentro de un edificio sanitario, aunque no se parecía en nada a los laboratorios elegantes y resplandecientes de Nueva Beijing.

Había demasiada gente en el lugar. Algunos ocupaban las pocas camas, mientras que todos los demás se retorcían contra las paredes o se desplomaban en los rincones.

Al acercarse a la imagen, Jacin amplió una de las escenas y enfocó primero una erupción de anillos rojos y azules alrededor de la garganta de un paciente; luego, la almohada manchada de sangre debajo de la cabeza de otro paciente.

—Sí, parece letumosis —dijo Cinder, sintiendo cómo se le contraía el estómago a causa del miedo instintivo.

—¿Son lo que creo que son? —preguntó Iko, señalando.

—Soldados lunares —confirmó Cress, ampliando una de las imágenes exteriores que mostraba a decenas de hombres mutantes entre los ciudadanos. Muchos parecían enfrascados en una conversación apasionada.

Cinder nunca los había visto cuando no estaban en modo de ataque, y si no fuera por sus rostros deformados, se habrían visto igual que... bueno, hombres realmente grandes y atemorizantes.

Luego vio a alguien que le resultó aún más impactante que los mutantes. Una chica de cabello rojo y abrigo con capucha que se plantaba con los brazos en jarra y una expresión de terquedad.

—¡Scarlet! —exclamó Cinder.

Estaba más viva que nunca y no mostraba ni un ápice de miedo ante los depredadores que la rodeaban. De hecho, mientras Cinder la observaba, parecía que Scarlet estaba dándoles órdenes, señalando con el dedo hacia las puertas principales de la clínica. Media docena de soldados asintieron y se fueron.

—Esto no tiene lógica —dijo Iko.

Thorne se rio, tan jovial como se sentía Cinder.

–¿Qué hace falta entender? Dijeron que iban a lograr construir un ejército.

–Sí, pero Scarlet no estaba con nosotros en el desierto. ¿Cómo podría ser ella una portadora de la nueva cepa de la enfermedad? –preguntó Iko.

–Tienes razón –comenzó Cinder–; ella pudo haberse… ¿contagiado de uno de nosotros?

–Ninguno de ustedes está enfermo.

No encontraba una respuesta. Deseó que el doctor Erland estuviera ahí, pero había muerto de la misma enfermedad que había tratado de erradicar.

–¿Qué es eso que están cargando hacia la clínica? –preguntó Thorne. Jacin cruzó los brazos.

–Un tanque de suspensión.

Cuatro soldados estaban cargando el tanque, mientras que otros abrían las puertas principales de la clínica para que los primeros pudieran pasar. Afuera, cientos de civiles estaban reunidos: aquellos que no estaban todavía enfermos. Los soldados los obligaron a retroceder para hacerle espacio al tanque. Jacin inhaló profundamente y dio un paso hacia el holograma, enfocando la imagen. Hizo una pausa, se desplazó hacia atrás y amplió aún más la imagen.

–Oh, no –susurró Cinder. Otro rostro familiar estaba encapsulado bajo la tapa de vidrio del tanque: el de la princesa Winter.

Sesenta y seis

EN EL LABORATORIO NO HABÍA ESPEJOS, Y TAMPOCO EN LA HABITACIÓN revestida en mosaicos donde estaba la ducha esterilizante que Wolf había tomado para limpiarse el gel pegajoso del pelo. Como fuera, no necesitaba un espejo para saber lo que habían hecho. Era consciente de cómo se había modificado su estructura ósea con solo verse las manos y los pies. Sentía la diferencia en la boca protuberante, los dientes alargados y la mandíbula deforme. Habían alterado los huesos de su cara para hacer espacio a la hilera de caninos implantados. Sus hombros tenían una nueva curvatura y sus pies se doblaban de una manera extraña que los hacían parecer más como patas, hechas para correr y saltar a gran velocidad. Las manos eran enormes y ahora estaban dotadas de uñas en forma de garra.

Podía incluso olerse por dentro. Nuevos compuestos químicos y hormonas circulaban por sus venas. Testosterona, adrenalina, feromonas. Se preguntó cuándo empezaría a crecer el nuevo pelaje para completar su transformación.

Se sentía desdichado. Era lo que nunca habría querido ser.

Además, estaba hambriento.

Le habían dejado un uniforme parecido al que usaba como agente especial. Era una formalidad para su rol en la coronación. Por lo regular, los soldados que habían sido sometidos a bioingeniería usaban una vestimenta mucho menos distinguida, pues eran más animales que hombres.

Ahora era uno de ellos. Trató de contener su desagrado. ¿Quién era él para juzgar a sus hermanos?

No obstante, sus emociones seguían fluctuando. En un momento se sentía furioso y violento, y luego, devastado y despreciable.

Era su destino. Siempre había sido su destino. No sabía cómo se le había ocurrido pensar en otra cosa. ¿De verdad había creído que podía ser mejor? ¿Creyó qué se merecía más? Estaba destinado a matar, comer y destruir. Solo a eso tenía derecho.

De repente, arrugó la nariz.

Comida.

La saliva escurrió por su lengua y la absorbió contra los dientes filosos. Algo se agitó en su estómago, a causa del apetito voraz que sentía.

Se estremeció al recordar la sensación de hambre de cuando había iniciado su entrenamiento como agente. Se moría de hambre, y al mismo tiempo, detestaba las porciones de carne apenas cocinada que les daban. Tenían que luchar por su ración y, además, confirmar su posición en el orden jerárquico de la manada. Pero ni siquiera entonces era un hambre tan atroz.

Tragó con fuerza y terminó de vestirse.

Su cuerpo comenzó a agitarse cuando abrió la puerta y el olor de la comida irrumpió en sus fosas nasales. Casi jadeaba.

La taumaturga Bement y la técnica de laboratorio seguían ahí, pero se habían llevado al hombre inconsciente. La técnica de laboratorio retrocedió cuando vio la expresión de Wolf. Se acomodó detrás de otro tanque de suspensión, ocupado por alguna otra víctima.

—Esa mirada debe significar que hay comida cerca—dijo.

—Así es —la taumaturga estaba apoyada contra la pared, consultando su pantalla portátil—. En estos momentos están en el elevador.

—No sabía que lo haría comer *aquí*. ¿Los ha visto cuando comen por primera vez?

—Yo me encargo de él. Siga con sus ocupaciones.

La mujer lanzó otra mirada dubitativa a Wolf y siguió revisando las pantallas de diagnóstico del tanque.

Se oyó un timbre en el pasillo y el olor de la comida flotó mil veces más intenso. Wolf se aferró al marco de la puerta. Sentía las piernas débiles por la voracidad y las rodillas a punto de doblarse bajo su peso.

Llegó un criado empujando un carrito de madera cubierto con una servilleta blanca.

—Señora —dijo, haciendo una reverencia a la taumaturga, que lo despidió sin más.

Los sentidos de Wolf estaban abrumados. Sentía punzadas en los oídos por el silbido del vapor. El estómago se le contraía por el deseo. *Cordero.*

—¿Tienes hambre? —preguntó la taumaturga, y Wolf masculló algo entre gruñidos. Podía arremeter contra ella en ese instante y despedazarla sin que ella siquiera alcanzara a darse cuenta de lo que pasaba, pero algo lo contuvo, un miedo muy arraigado. El recuerdo de otro taumaturgo que había quebrantado su voluntad—. Te hice una pregunta. Sé que ya no eres nada más que un animal, pero creo que eres lo bastante listo para responder sí o no.

—Sí —gruñó Wolf.

—¿Sí, qué?

La rabia estuvo a punto de cegarlo, pero se contuvo. Hizo una mueca a causa del odio que se acrecentaba.

—Sí, ama.

—Muy bien. No tenemos tiempo para conocernos y construir la relación de entendimiento que establece un taumaturgo con su manada, pero quiero enseñarte dos principios básicos de una manera que tu pequeño cerebro de bestia comprenda.

Retiró con un movimiento la servilleta blanca y apareció una bandeja rebosante de carne chamuscada, huesos, cartílagos y tuétano.

Wolf tembló de hambre, pero también de desagrado, tanto por la comida como por sus ansias de comerla. Un viejo recuerdo eclipsó este nuevo deseo. Algo rojo y brillante, lleno de jugo: *tomates*.

Son lo mejor y los cultivo en mi propia huerta.

—Lo primero que tienes que saber como miembro del ejército de Su Majestad es que un buen perro siempre recibe su recompensa —la taumaturga paseó la mano sobre la comida—. Anda, toma un bocado.

Wolf sacudió la cabeza para que desapareciera la voz desconocida. Era de nuevo esa chica, la pelirroja que sentía tanta repulsión por él. Sus piernas se movieron por su propio impulso y lo llevaron hacia la bandeja. Su estómago pedía a gritos la comida y se relamía, pero en cuanto estiró la mano con garras hacia la bandeja, un dolor atravesó sus entrañas. Se dobló por el sufrimiento. Sus piernas cedieron y se desplomó al suelo. Golpeó con el hombro el borde del carrito y lo lanzó contra la pared cercana. El dolor no terminaba, sino que envolvía cada uno de sus miembros, como si le clavaran mil dagas en la carne.

La taumaturga sonrió.

El dolor cedió. Wolf temblaba en el suelo, con las mejillas húmedas de sudor o de lágrimas.

No era una tortura desconocida. La recordaba de su antiguo entrenamiento con Jael, pero no la había vuelto a sentir desde que se había convertido en alfa. Era un soldado apreciado, un cachorro bueno y fiel.

—Y eso —dijo la taumaturga— es lo que te pasará si me decepcionas. ¿Tenemos un trato? —Wolf asintió sacudiéndose, con los músculos todavía crispados—. *¿Tenemos un trato?*

—Sí, ama —respondió Wolf mientras tosía.

—Muy bien —levantó la bandeja del carrito y la dejó caer al suelo junto a él—. Ahora, toma tu comida como un buen perro. Nuestra reina nos está esperando.

Sesenta y siete

KAI ESTABA EMPEZANDO A ENTENDER POR QUÉ LEVANA HABÍA ELEGIDO esa hora para la coronación. La ceremonia iba a ocurrir al final de la noche larga de Artemisa: dos semanas de oscuridad, interrumpida únicamente por la luz artificial. Ese iba a ser el primer verdadero amanecer que Kai vería desde que había estado en Luna, un nuevo amanecer, un nuevo día, un nuevo imperio.

Era todo muy simbólico.

Anhelaba que el día terminara ya y a la vez que nunca llegara.

De pie junto las olas del lago Artemisa, mirando al agua color azul oscuro que se extendía hasta donde llegaban sus ojos, Kai deseaba que el nuevo amanecer de Levana fuera muy diferente de lo que ella esperaba, aunque su deseo se había vuelto muy débil. No sabía si Cinder había sobrevivido la caída al lago, o si la gente de Luna prestaría atención a su llamado, o si podrían triunfar aun si lo intentaran.

Al menos sabía con certeza que las imágenes del video del cuerpo de Cinder eran falsas. Incluso viéndola a la distancia, con la imagen borrosa, Kai sabía que no podía ser ella sino un maniquí o un actor o alguna otra pobre víctima sacada del lago que habían hecho pasar por Cinder.

Si estaban fingiendo su muerte, significaba que no había sido encontrada, estaba viva, *tenía* que estar viva.

Al menos, con la coronación acercándose, la reina había empezado a suavizar ciertas restricciones para Kai y otros invitados de la Tierra. Finalmente era libre de vagar por el palacio e incluso aventurarse hasta la orilla del lago, aunque cada paso era seguido por un par de guardias lunares.

Había pasado toda su vida rodeado de guardias, de todos modos. Eso hacía que fuera más fácil ignorarlos.

Levana incluso le había permitido tener de vuelta su pantalla portátil para que pudiera ver las noticias de la Tierra y les pudiera confirmar que todo estaba bien aquí en Luna.

Ja.

La arena se deslizó por debajo de sus pies a medida que el oleaje retrocedía hacia el lago. El mundo se desintegraba debajo de él. Le daba curiosidad saber si la arena era piedra de luna pulverizada o si había sido importada tiempo atrás de alguna playa blanca en la Tierra. Muchas veces desde la primera vez que había venido aquí había deseado pasar más tiempo investigando la historia entre la Tierra y Luna. Quería saber cómo había sido la relación cuando Luna era una colonia pacífica, y, después, una república aliada. Por años la Tierra había suministrado a Luna materiales de construcción y recursos naturales, y a cambio Luna les ofrecía sus valiosas investigaciones en los campos de exploración espacial y astronomía. Saber que alguna vez había sido una relación beneficiosa sugería que podía volver a serlo.

Pero no con Levana.

Kai vio a los guardias reales revisando todas las orillas del lago, todavía buscando, a la espera de que una cyborg desaliñada apareciera en la superficie. Kai también los había visto antes desde su ventana patrullando las calles de la ciudad, y si ellos creían que era posible que Cinder hubiera sobrevivido y se hubiera escondido, entonces, Kai también iba a creer que era posible.

Mientras tanto, el palacio estaba lleno de gente ocupándose de los últimos preparativos para la coronación. Los aristócratas –o las *familias*– eran muy buenos fingiendo júbilo genuino. Incluso los estragos de la ejecución fallida de Cinder habían sido desechados como un percance menor, como algo destinado a suceder de tanto en tanto. Todos parecían felices de dejar la persecución en manos de los guardias mientras ellos comenzaban a disfrutar de sus bebidas, sus comidas y sus juergas.

Si estaban preocupados por el llamado de Cinder a la revolución, no lo demostraban en absoluto. Kai se preguntó si un solo miembro de la corte se levantaría en armas contra la gente si llegaban a ese punto, o si retrocederían y se refugiarían en sus elegantes mansiones a esperar a que acabara, felices de proclamarle lealtad a quien fuera que se sentara en el trono, una vez que el caos terminara.

Pensando en ello, Kai cerró los ojos y se mordió la lengua conteniendo una sonrisa, sabiendo que la fantasía era insignificante. Pero ¡ah, cómo le encantaría ver esas caras si –cuando– Cinder se convirtiera en reina y les informara a las *familias* que su indulgente forma de vida estaba llegando a su fin!

Kai escuchó que alguien se aclaraba la garganta detrás de él, lo que hizo que girara la cabeza y mirara por sobre su hombro. Torin estaba de pie, enfundado en un esmoquin formal, ya listo para la coronación, aunque todavía faltaban varias horas.

–Su Majestad Imperial, el emperador Rikan –dijo Torin. Era un código que habían ideado con el resto de los huéspedes de la Tierra: empezar cada reunión mencionando a alguna otra persona que había estado presente cuando se habían conocido formalmente. Había sido idea de Kai, para poder asegurarse de que estaban hablando con la persona con la que creían estar hablando y no con un lugareño usando un tramposo encanto.

Kai sonrió ante la mención de su padre. No recordaba cuándo había conocido a Torin, que había sido una presencia permanente en el palacio desde antes de que naciera Kai.

—Mi madre —dijo en respuesta.

La mirada de Torin se posó en los pies descalzos de Kai y sus pantalones enrollados, pero no la dejó ahí mucho tiempo.

—¿Alguna noticia? —preguntó.

—Nada; ¿tú? —quiso saber Kai.

—Más temprano hablé brevemente con el presidente Vargas. Él y otros representantes americanos se sienten amenazados; creen que nos tienen como rehenes.

—Un tipo listo.

Una ola chocó contra los pies de Kai, y él se balanceó con ella, enterrando sus pies en la arena húmeda.

—Levana cree que nos tiene justo donde quiere.

—¿Y no es así? —preguntó Torin.

Kai frunció el ceño y no respondió. Su silencio fue seguido de un suspiro.

Giró para mirar a Torin y lo encontró desabrochándose los zapatos y quitándose los calcetines; se arremangó los pantalones antes de ponerse de pie junto a Kai en la orilla.

—Le dije a Vargas que cuando Levana tuviera el título de emperatriz, iba a sentirse menos a la defensiva y podríamos ponerle límites racionales a la alianza terrestre-lunar —dudó, y agregó—: no dije nada sobre la princesa Selene; sentí que vería cualquier indicio de esperanza depositada en ella como un mero cuento de hadas.

Kai se mordió el interior de la mejilla y esperó que no fuera el caso. Había estado poniendo su fe en la princesa Selene incluso antes de haberla encontrado, incluso antes de haber sabido que ella era la persona más capaz, ingeniosa y determinada que había conocido, incluso antes de que empezara a tener fantasías de un matrimonio real entre la Tierra y Luna que no incluyera a Levana en absoluto.

—Su Majestad —dijo Torin, con un tono que indicaba que estaba a punto de abordar un tema que a Kai no le gustaría. El emperador respiró hondo—, ¿ha pensado cuál será su siguiente paso si el resultado que deseamos no llega a ocurrir?

—Quieres decir, ¿si Cinder está muerta, si la gente no se rebela y mañana en la mañana me encuentro pegado a una emperatriz que quiere matarme y tomar el control de mi ejército y los salarios, y de mis aliados hasta que sucumban a su voluntad?

—Supongo que ha estado pensando en ello —dijo Torin, después de emitir un sonido burlón.

—Me ha pasado por la cabeza un par de veces.

Observó a Torin desde el rabillo del ojo; se sorprendió al sentir que estaba viendo en su consejero una versión más sabia y más vieja de él mismo, y no es que se parecieran mucho. Torin tenía un cabello canoso y bien peinado, una nariz más grande, labios delgados y una expresión severa. Pero mientras estaban los dos descalzos en el agua, cada uno con sus manos en los bolsillos y mirando hacia el lago, Kai pensó que no estaría mal crecer para ser tan estable y capaz como Konn Torin, o tan reflexivo e inteligente como su propio padre había sido.

Kai se aseguró de que los guardias lunares estuvieran fuera del radio en que pudieran escuchar, para hacerle una pregunta.

—¿Cuál es el estado de las bombas que podrían debilitar estos biodomos?

—Me han dicho que tenemos una docena ensambladas y listas para utilizarlas, pero pasarán semanas antes de que un segundo lote esté terminado. Lo mejor que podemos esperar en este punto es debilitarlos, pero no creo que sea suficiente para disuadir a Levana por completo.

—A menos que ataquemos el domo en el que ella se encuentra —sugirió Kai.

—Ese es también el domo en el que *nosotros* nos encontramos —dijo Torin haciendo una mueca.

—Lo sé —con un suspiro, Kai movió los dedos en la arena húmeda—. Prepara la flota; quiero un regimiento de naves armadas posicionadas en espacio neutral, que se acerquen a Luna tanto como puedan sin despertar sospechas. Después de la coronación, si Levana no deja que los otros líderes se marchen, podemos amenazarla para lograr su consentimiento. Quiero a todos los demás fuera de Luna tan pronto como sea posible.

—¿A *todos* los demás? ¿Qué hay de usted?

Kai negó con la cabeza.

—Tengo que asegurarme de que Levana nos dé el antídoto de la letumosis. No sé dónde lo guarda, pero si es aquí, en Artemisa, no podemos arriesgarnos a destruirlo; necesito asegurarme de recuperarlo y llevarlo a la Tierra tan pronto como sea posible. Tengo que tener éxito en eso, más que en cualquier otra cosa.

—Y una vez que el antídoto esté asegurado —comenzó Torin—, nuestra prioridad debe ser su propia seguridad. Si planea matarlo para poder asumir el control de la Comunidad Oriental, necesitamos tomar medidas para garantizar que eso no suceda; aumentaremos la seguridad a su alrededor en todo momento. Será obligatorio que se separe físicamente de la reina; no voy a permitir que le lave el cerebro para que se haga daño usted mismo.

Kai sonrió, de cierta forma alentado por el tono protector en la voz de Torin.

—Todas son buenas sugerencias, Torin, pero no será necesario.

Torin se volteó hacia él, pero Kai estaba mirando el horizonte, donde el agua negra se juntaba con el cielo negro. La luz del sol se reflejaba en algunos de los domos a la distancia, pero el cambio de la noche al día había sido tan gradual que Kai apenas lo había notado: los amaneceres lunares eran un asunto extremadamente lento.

—Casi la mato en la boda, estuve muy cerca, pude haberlo hecho, pero fallé.

Torin resopló con frustración.

—Usted no es un asesino. Me resulta difícil pensar en eso como un defecto de carácter —Kai abrió la boca, pero Torin continuó—: y si hubiera logrado matarla, habría despertado la ira de cada taumaturgo y cada guardia en la habitación, habría hecho que lo asesinaran, y no dudo de que también a cada invitado de la Tierra. Entiendo de dónde vino su impulso, pero me alegro de que haya fallado.

—Tienes razón. Aun así, no me pasará la próxima vez —Kai escondió sus manos en los bolsillos y encontró una insignia, aquella que Ikó y Cress le habían dado a bordo de la Rampion, acreditándolo para siempre como miembro de su tripulación, sin importar qué ocurriera.

Apretó la insignia en un puño.

—No me voy a ir de Luna con este asunto sin resolver, no podemos dejar que gobierne la Tierra. Si Cinder… si la princesa Selene falla, yo no.

—¿Qué está diciendo?

Kai miró de frente a Torin, aunque le costó trabajo sacar los pies de la arena que los succionaba.

—Puedo serle útil a Levana el tiempo suficiente para obtener el antídoto. No me matará de inmediato, no si la convenzo de tener la información que quiere: conocimiento de nuestros procedimientos militares, recursos... luego, cuando hayamos mudado el antídoto de lugar, ordenaré a nuestra milicia que bombardee Artemisa.

—¿Con usted dentro? —preguntó Torin, dando un paso hacia atrás. Kai asintió.

—Es la única forma de asegurarnos de que Levana esté aquí cuando suceda el ataque. No sospechará nada: mientras yo esté aquí pensará que tiene control sobre nosotros. Con un simple ataque podemos deshacernos de ella, de los taumaturgos y de la mayoría de los miembros poderosos de su corte. No van a poder evitarlo sin lavados de cerebro, sin manipulación. Va a haber una gran cantidad de bajas, pero podemos intentar concentrar la destrucción en los sectores centrales, y una vez que Luna esté en medio del caos, la Tierra puede ofrecer asistencia para la reconstrucción.

Torin había empezado a negar con la cabeza. Tenía los ojos entrecerrados, como si no soportara seguir escuchando el plan de Kai.

—No. No puede sacrificarse.

—Ya me estoy sacrificando. No dejaré que Levana tenga a mi país. Ha habido paz entre la Unión Terrestre por más de un siglo; no dejaré que mis decisiones sean el fin de eso —se encogió de hombros—, razón por la cual es tan importante que la Comunidad sea gobernada por alguien inteligente y justo. El Tratado de Unificación declara que en caso de que el último en la línea de sucesión de la corte imperial tenga razones para suponer que va a morir antes de poder dejar un heredero al trono, puede designar a una persona para que se convierta en el nuevo emperador o emperatriz, y la gente debe nombrar a sus elegidos y someterlos a votación —se topó con la mirada de Torin—. Yo te nombré a ti antes de salir. Nainsi tiene mi declaración oficial. Así que... —tragó saliva— buena suerte con la elección.

—Yo no puedo... no lo haré...

—Ya está hecho. Si tienes un plan mejor, me encantaría escucharlo, pero no dejaré que esa mujer gobierne la Comunidad. Será un honor para mí morir en servicio de mi país —Kai alzó la mirada hacia el palacio y hacia el balcón del salón del trono que sobresalía por encima de sus cabezas—, siempre y cuando pueda arrastrarla conmigo.

Sesenta y ocho

—¿POR QUÉ A CRESS SIEMPRE LE TOCA LA MEJOR ROPA? —SE QUEJÓ IKO con los brazos cruzados, mientras la muchacha practicaba caminando de un lado a otro con unos zapatos de plataforma ridículamente altos—. A Cress le toca ir a la boda real. A Cress le toca ir a la coronación. A Cress le toca *toda* la diversión.

—No voy a la coronación —le explicó Cress mientras trataba de mirar sus pasos sin irse de bruces—. Solo vamos a fingir que somos invitados para poder meternos en el sistema de difusión del palacio.

—A Cress le toca meterse en el sistema de difusión del palacio.

—*Cress* va a arriesgar su vida para eso —Cinder lanzó un montón de accesorios brillantes sobre la cama—. ¿Algo de esto combina?

Iko se dejó caer sobre la cama y comenzó a tocar los accesorios con mirada codiciosa.

—Creo que estos guantes se unen a esas cosas que parecen alas —sugirió y soltó un suspiro lastimero—. Me gustaría que mi atuendo viniera con guantes largos hasta el codo, anaranjados y sin dedos.

—Estos zapatos son como zancos —se quejó Cress, tambaleándose—. ¿No hay algo más práctico?

—No creo que la palabra *práctico* esté en el vocabulario lunar —le contestó Cinder y volvió a sumergirse en el vestidor—; pero déjame ver.

Por lo menos habían conseguido unas botas para Cinder, pues las suyas se habían perdido en el lago. Encontraron las nuevas arrumbadas en un armario de herramientas, junto con equipos deportivos variados, o lo que Cress pensó que eran equipos deportivos. Lamentablemente, no había ningún calzado lo bastante pequeño para que le quedara *a ella*; de todas formas, Iko había insistido en que no combinaban con su atuendo aristocrático.

Thorne apareció, luchando con los puños de su camisa.

—Díganme que no me veo tan ridículo como me siento.

Sobresaltada, Cress se tropezó y chocó con Iko. Cayeron al suelo.

Cinder asomó la cabeza del vestidor, escudriñó la escena y frunció los labios.

—Será mejor que encuentre otros zapatos —murmuró, antes de desaparecer de nuevo.

Thorne ayudó a Cress e Iko a ponerse de pie.

—Quizás el ridículo es el tema del día —dijo al tiempo que inclinaba la cabeza para estudiar el atuendo de Cress, que era mitad vestido de noche y mitad disfraz de mariposa. Un tutú anaranjado le llegaba apenas a medio muslo, y se veía de lo más chillón combinado con un canesú ajustado y recubierto de brillos. Le habían cosido dos tiras de tela transparente por detrás, que realmente estaban unidas a los largos guantes anaranjados a los que había renunciado Iko, así que cuando Cress abría los brazos, se producía el efecto de que se desplegaban en su espalda unas alas negras y amarillas, como de mariposa. Para rematar, Iko había encontrado un sombrerito azul en el baúl de los accesorios, que tenía dos resortes que terminaban en la punta con pequeñas pelotas emplumadas. Cress había deducido que representaban las antenas.

—Me siento mucho mejor ahora que veo lo que te pusiste —se burló Thorne y se ajustó el moño. Llevaba un traje recto de color morado que le quedaba sorprendentemente bien pese a que provenía del vestuario de un desconocido. El moño tenía lucecitas hilvanadas en la tela que hacían que el cuello de su camisa blanca brillara con diferentes tonalidades de neón. Se había dejado las botas militares.

Se veía tan ridículo como sexy. Cress tuvo que obligarse a apartar la mirada.

—Por lo que vi en la fiesta, vas a estar muy bien —Cinder apareció con unos zapatos más cómodos—. Todos llevaban prendas excéntricas, como esas. No dudo que buena parte de la ropa fuera encanto, pero cuantos menos elementos del atuendo tengas que encantar, más fácil es sostener la ilusión.

—¡Ey, capitán! ¡Deja de mirarle las piernas! —exclamó Iko.

Cress giró justo a tiempo para detectar la sonrisa elogiosa Thorne, que se encogió de hombros y se ajustó los puños de la chaqueta.

—Soy un conocedor, Iko. Mira qué alta se ve Cress con esos zapatos —titubeó—. Bueno, "altita".

Ella se sonrojó y empezó a mirarse las piernas descubiertas.

—Toma, Cress. Pruébate estos —sugirió Cinder, poniendo los ojos en blanco.

—¿A ver? De acuerdo —se quitó los instrumentos de tortura y se los lanzó a Iko, que se los calzó muy emocionada.

En segundos, Iko bailaba un vals por el perímetro de la habitación, como si la hubieran diseñado pensando exactamente en esos zapatos.

—¡Claro que sí! —exclamó—. Me los quedo.

Cuando Cress se puso los otros zapatos, Thorne le dio un golpecito a una de las pelotas de las antenas y le pasó el brazo sobre los hombros.

—¿Cómo nos vemos?

Cinder se rascó la nuca. Iko inclinó la cabeza a un lado y otro, como si al variar de ángulo mejorara su aspecto.

—Supongo que se ven lunares —se atrevió a contestar Cinder.

—¡Excelente! —dijo Thorne, y levantó la palma para que Cress la chocara torpemente con la suya.

Cinder se ajustó la cola de caballo.

—Desde luego, cualquier lunar que les preste atención se dará cuenta de que tú, Thorne, eres terrícola y de que tú eres una vacía, Cress, así que sean cuidadosos.

—*Cuidadoso* es mi segundo nombre —se burló Thorne—. Va justo después de *Cortés* y *Temerario*.

—¿Acaso tienes idea de la mitad de lo que dices? —le preguntó Cinder.

Thorne sacó el chip al que habían transferido el video de Cinder y se lo entregó a Cress.

—Guárdalo en un lugar seguro.

Cress se quedó con la mirada perdida, sin saber cuál podría ser un lugar seguro. No tenía bolsillos ni bolsa, y llevaba muy poca ropa como para esconder algo. Finalmente, se lo metió en el canesú.

Thorne tomó la pantalla portátil de Cress del tocador y se la guardó en un bolsillo interior de la chaqueta, donde ella alcanzó a ver también el contorno de su pistola. Un pequeño cuchillo que habían tomado de la cocina desapareció en sus manos tan rápidamente que Cress no alcanzó a ver dónde lo escondió.

—Creo que es todo —opinó Cinder, mientras volvía a revisar a Thorne y Cress—. ¿Estamos listos?

—Si alguien responde que no a esa pregunta —intervino Jacin al aparecer por el pasillo con el ceño fruncido y los dedos inquietos—, me voy sin esperar.

Cress paseó la mirada por sus amigos. Se daba cuenta de que volvían a separarse. Un sentimiento de inquietud le daba vueltas en la boca del estómago.

Ella y Thorne se irían al palacio, mientras que Cinder, Iko y Jacin tratarían de rescatar a Winter y Scarlet y de organizar a la gente para infiltrarla en Artemisa.

No quería dejarlos. No quería despedirse.

Pero tenía sobre los hombros el brazo de Thorne, sólido y reconfortante. Cuando él se alisó la solapa con la mano libre y les dijo a los otros que estaban listos, ella no discutió.

—AHÍ ESTÁ LA ENTRADA TRASERA —INDICÓ JACIN SEÑALANDO UNA PUERTA casi invisible en la parte posterior de la clínica de medicina e investigación, escondida a medias tras unos matorrales descuidados. Iko estiró la cabeza junto a él para tratar de ver, pero Jacin la obligó con una mano a agacharse porque pasaban dos hombres en batas de laboratorio, con la atención puesta en sus pantallas portátiles.

Jacin examinó el área una vez más antes de saltar de su escondite para agazaparse en la sombra del edificio. Por la pared del domo se veía el paisaje desolado de Luna, que se extendía a la distancia.

Agitó la mano. Cinder e Iko corrieron hasta donde estaba y se apiñaron en la sombra.

La puerta se abrió fácilmente. No era necesario cerrar las puertas de un lugar que estaba abierto al público, pero Jacin no quiso confiarse. No se sentiría tranquilo mientras Winter no estuviera a salvo.

Avanzaron por un corredor sombrío, con paredes a las que les hacía falta una mano de pintura. Jacin se detuvo a escuchar, pero solo se oía el ruido de un carrito de ruedas chirriantes en algún pasillo distante.

—Por aquí hay una sala de mantenimiento —indicó haciendo una seña— y un armario para el personal de conserjería en cada piso. Esa puerta lleva a la parte central del edificio.

—¿Cómo sabes? —susurró Cinder.

—Estuve como interno por meses hasta que Levana decidió que sería un buen guardia —respondió, rehuyendo la mirada de Cinder.

—Ya veo —susurró ella—. Querías ser doctor.

—Qué importa.

Jacin avanzó a la pantalla que estaba junto a la sala de mantenimiento y abrió un plano de la clínica. En algunas partes, signos de admiración en rojo marcaban notas insertadas.

PACIENTE MR 8: DERRAME NO TÓXICO EN EL PISO. LABORATORIO 13: INTERRUPTOR DE LUZ DESCOMPUESTO.

—Aquí —dijo Cinder señalando el cuarto piso en el diagrama.

INVESTIGACIÓN Y DESARROLLO DE ENFERMEDADES.

Del otro lado del edificio había una puerta de servicio que, por lo menos, los llevaría al piso. Jacin tenía la esperanza de que el equipo de investigación se hubiera tomado el día libre para disfrutar los festejos de la coronación. No quería más complicaciones y, si fuera posible, preferiría no tener que matar a nadie. De todos modos, eso no le impidió soltar el broche de la funda de su pistola.

En el ascenso al cuarto piso no hubo sorpresas. Jacin entreabrió la puerta y estudió el corredor, que estaba iluminado. Oía el borboteo de los tanques de agua, el zumbido de las computadoras y el ruido constante de la maquinaria, pero no gente.

Les indicó a las chicas que se mantuvieran cerca y salió de las escaleras. Los zapatos rechinaron y retumbaron contra el piso. Junto a cada puerta, se encendían pantallas a su paso, indicando la tarea que se realizaba en esa habitación.

AGRICULTURA: MODIFICACIÓN Y PRUEBAS GENÉTICAS
MANIPULACIÓN BIOELÉCTRICA: ESTUDIO 17 [CONTROL
Y GRUPOS 1-3]
INGENIERÍA GENÉTICA: SUJETOS CANIS LUPUS 16-20
INGENIERÍA GENÉTICA: SUJETOS CANIS LUPUS 21-23
INGENIERÍA GENÉTICA: ALTERACIÓN QUIRÚRGICA

—... si aumenta la manufactura... —Jacin se detuvo petrificado. La voz femenina venía del pasillo. Se oyó que cerraban una puerta o una vitrina— ... sería posible sostener... recursos...

Se abrió otra puerta y se escucharon pisadas.

Jacin se lanzó a la puerta más cercana, pero estaba cerrada. Detrás de él, Cinder probó otra manija. Hizo una mueca cuando tampoco abrió.

—Aquí —susurró Iko al abrir una puerta algo más adelante. Jacin y Cinder corrieron agazapados detrás de ella y cerraron la puerta con cuidado de no hacer ruido.

El laboratorio estaba vacío, o por lo menos, vacío de gente, de gente *consciente*. En las paredes se alineaban tanques de animación suspendida que ocupaban el espacio del piso al techo. Los tanques zumbaban y gorgoteaban, con la parte interna iluminada por luces verdes tenues que daban a los cuerpos el aspecto de cadáveres congelados. En la pared opuesta había aún más tanques, superpuestos como si fueran cajones cerrados, que formaban un damero de pantallas y gráficas, luces resplandecientes y plantas de pies.

Cinder e Iko se escondieron detrás de dos tanques. Jacin se pegó contra la pared de modo que si se abría la puerta, quedara oculto y listo para tomar por sorpresa a quien fuera.

A la primera voz contestó otra, esta vez de un hombre.

—… mucho en stock, pero sería bueno que nos dieran alguna información sobre lo que pasa…

Jacin respiró profundamente a medida que la voz se hacía más fuerte, hasta que las pisadas se detuvieron justo afuera de la puerta; pero enseguida, pisadas y voces se perdieron en la dirección contraria.

Iko echó un vistazo a la base del tanque, pero Jacin se llevó un dedo a los labios. Cinder apareció un instante después, perpleja.

Jacin echó un rápido vistazo al resto del laboratorio. En cada tanque de suspensión había un pequeño tubo conectado a una hilera de recipientes suspendidos. La mayoría de los tubos se veían claros, pero en algunos había un tinte marrón y sangre que fluía lentamente.

—¿Qué es este lugar? —musitó Cinder con una mueca de horror mientras observaba la forma inconsciente de un niño, al parecer de pocos años.

—Son vacíos —explicó Jacin—. Levana los tiene aquí como suministro interminable de sangre, que usan para producir el antídoto.

Cuando nacía un vacío, al llevárselo les decían a las familias que los sacrificaban como parte de las leyes de infanticidio. Años atrás los habían tenido cautivos en habitaciones aisladas donde los consideraban poco más que prisioneros útiles. Pero, un día, esos vacíos encarcelados se amotinaron, y como no era posible manipularlos, lograron matar a cinco taumaturgos y ocho guardias reales antes de que los sometieran.

Desde entonces los consideran útiles *y también* peligrosos, lo cual los llevó a tomar la decisión de mantenerlos en permanente estado de coma. Habían dejado de ser una amenaza y era más fácil recolectar la sangre para las plaquetas que se usaban en el antídoto de la letumosis.

Pocas personas sabían que las leyes de infanticidio eran falsas y que sus hijos perdidos seguían vivos, aunque apenas.

Jacin nunca había estado en esta sala, si bien sabía de su existencia. La realidad era mucho peor de lo que imaginaba. Se le ocurrió que si hubiera podido ser doctor y escapar a su destino como guardia palaciego, quizás habría terminado en este mismo laboratorio. En lugar de curar a la gente, la usaría.

—Ya no se oye nadie en el pasillo —avisó Iko, acercándose a la puerta.

—De acuerdo. Tenemos que irnos.

Cinder pasó las yemas de los dedos sobre el tanque del pequeño. La muchacha tenía una expresión de tristeza en los ojos, pero también —si es que Jacin la conocía un poco— un gesto de determinación. Él supuso que había empezado a planear el momento en que ella volvería y ordenaría que los liberaran a todos.

Sesenta y nueve

LAS DOS PERSONAS QUE HABÍAN ESCUCHADO EN EL PASILLO NO SE VEÍAN por ninguna parte. Pronto encontraron la puerta que tenía escrito INVESTIGACIÓN Y DESARROLLO DE ENFERMEDADES, justo donde el diagrama les había dicho que estaría.

El laboratorio estaba lleno de estaciones designadas, cada una con un banquillo, una mesa de metal, una serie de frascos, tubos de ensayo y placas de Petri muy organizados, un microscopio y un mueble con cajones, todo impecablemente limpio. El aire olía a esterilizado y desinfectado; los nodos holográficos colgaban de las paredes, todos apagados.

Dos estaciones de laboratorio mostraban evidencia de trabajo reciente: proyectores alumbrando placas de Petri en los escritorios.

–Dividámonos –dijo Cinder. Iko se encargó de los gabinetes en el lado opuesto de la habitación, Cinder comenzó a revolver las estanterías abiertas, Jacin empezó en una de las estaciones de trabajo más cercanas, revisando los cajones etiquetados; en la gaveta de más arriba encontró una pantalla portátil obsoleta, una impresora de etiquetas, un escáner y un conjunto de frascos vacíos. El resto estaba lleno de jeringas, placas de Petri y lentes de microscopio, todavía con su envoltura protectora.

Jacin pasó a la segunda estación.

—¿Eso es todo? —preguntó la androide.

La atención de Jacin saltó a Iko, que estaba de pie frente a una serie de gabinetes que iban de piso a techo con todas las puertas abiertas, revelando una hilera tras otra de frasquitos, cada uno con un líquido claro, que se apilaban una sobre otra.

Jacin comenzó a trabajar con Iko frente a los gabinetes y levantó un frasco de la bandeja. La etiqueta decía EU1 BACTERIA PATOGÉNICA, LETUMOSIS CEPA B, VACUNA POLIVALENTE. Era idéntica a la tapa del siguiente frasco, y del siguiente.

La mirada de Jacin se posó sobre cientos de bandejas.

—Busquemos un carrito de mantenimiento y llenémoslo con tantas bandejas como podamos; probablemente no necesitemos todo esto para un sector, pero prefiero que esté en nuestro poder y no en el de Levana.

—Yo iré por el carrito —anunció Iko, apresurándose hacia la puerta.

Cinder pasó un dedo por una fila de frascos, escuchando como tintineaban en las bandejas.

—Lo que está aquí es la mitad de la razón por la que Kai sigue adelante con esto —susurró y luego apretó la mandíbula—. Esto pudo haber salvado a Peony.

—Esto *va a salvar* a Winter.

Cuando Jacin escuchó el carrito en el pasillo empezó a sacar las bandejas de los estantes, y juntos cargaron el carrito tanto como pudieron, apilando una bandeja con antídotos sobre otra. Su pulso iba cada vez más rápido; cada vez que cerraba los ojos podía verla en ese tanque, aferrándose a la vida. ¿Cuánto más podía protegerla la inmersión? ¿Cuánto tiempo le quedaba?

Iko también había encontrado una lona pesada en el armario de mantenimiento, y con ella habían cubierto el carrito, doblándola debajo de las bandejas para estabilizarlas durante el viaje.

Estaban empujando el carrito hacia la puerta del laboratorio cuando escucharon la campanilla del elevador. Se quedaron congelados. Jacin apoyó sus manos sobre los frascos cubiertos para evitar que tintinearan.

—No estoy segura de que entiendas el aprieto en el que estamos —dijo una aguda voz femenina del otro lado de la puerta—. Necesitamos que esos guardias regresen al servicio de inmediato. No me importa si están totalmente curados o no.

—Una taumaturga —susurró Cinder. Tenía los ojos cerrados, con la cara tensa por la concentración— y dos… voy a adivinar, ¿criados, tal vez?, ¿o técnicos de laboratorio? Y uno más, con la energía realmente débil, posiblemente un guardia.

—No lo tomo como una ofensa —susurró Jacin.

—Estas órdenes vienen de la propia reina, y no tenemos tiempo que perder —continuó la taumaturga—. Dejen de poner excusas y hagan su trabajo.

Al no poder confiar en su propio cuerpo en caso de que hubiera un taumaturgo cerca, Jacin sacó su pistola y la puso en la mano de Cinder.

Ella pareció confundida al principio, pero pronto comprendió. Cerró la mano sobre el arma.

Se escucharon unos pasos acercándose y Jacin se preguntó si la taumaturga ya los había percibido, congelados y esperando dentro de aquel laboratorio; tal vez ella pensó que eran solo investigadores.

Esa treta dejaría de funcionar tan pronto como los viera. Si pasaba por delante de la puerta de este laboratorio, si *entraba* a este laboratorio.

Pero no, una puerta en el pasillo se abrió. Jacin no escuchó que se volviera a cerrar, y no había otras salidas; para llegar a las escaleras o al elevador tenían que regresar por donde habían llegado.

—Tal vez podemos esperar a que se vayan —sugirió Iko—. Tienen que irse en algún momento.

Jacin frunció el ceño. *En algún momento* no era lo suficientemente pronto.

—Yo tomaré control del guardia y de los otros dos —explicó Cinder, con los nudillos blancos—; mataré a la taumaturga y esperaré hasta que todo esté despejado antes de seguirlos.

—Vas a hacer sonar muchas alarmas —advirtió Jacin.

—Ya he hecho sonar muchas alarmas —aseguró ella con una mirada helada.

—Yo iré —anunció Iko. Su barbilla estaba levantada, su rostro mostraba resolución—. No pueden controlarme. Voy a hacer que me sigan y me esconderé hasta que ustedes vuelvan. Tienen que llevar el antídoto a Su Alteza.

—Iko, no: deberíamos mantenernos juntos…

La androide tomó la cara de Cinder entre sus manos. Sus dedos todavía no estaban funcionando, así que el contacto se sentía incómodo, como ser acariciado por una muñeca de gran tamaño.

—Como dije, haré lo que sea para mantenerte a salvo. Además, si me pasa algo, sé que tú puedes arreglarlo —Iko le guiñó el ojo y luego se marchó valientemente hacia el pasillo. Jacin cerró la puerta detrás de ella.

Escucharon los pasos medidos de Iko avanzando por el pasillo y luego hubo una pausa.

—Ah, hola —saludó con voz alegre, y a continuación se escuchó el sonido de una silla rechinando contra el piso—. Perdón, no quise sobresaltarlos.

–¿Qué eres? –la taumaturga hizo una pausa y luego su voz sonó despectiva–. ¿Una vacía?

–Cerca –respondió Iko–. En caso de que no me reconozcas, resulta que soy una buena amiga de la princesa Selene, supongo que has escuchado de…

–¡Deténgala!

–… supongo que sí.

Se escuchó una ráfaga de pasos, un barullo de muebles, dos disparos que hicieron que Cinder se estremeciera.

–¡Deténgala! –gritó la taumaturga, ahora desde más lejos.

Se escuchó un portazo.

–Eso sonó como una escalera –dijo Jacin.

Cinder apretaba la mandíbula con los músculos tensos, pero dejó salir el aire y enderezó los hombros.

–Más vale que salgamos de aquí antes de que regresen.

Setenta

CRESS SE SINTIÓ ALIVIADA AL VER QUE ELLA Y THORNE NO ERAN LOS únicos invitados con vestimentas extravagantes que deambulaban frente a las puertas del palacio horas antes de la coronación real. Toda la ciudad se había congregado para formar parte de las festividades, pues los habitantes de Artemisa no tenían nada que temer de una posible insurgencia ni de las locas demandas de una cyborg.

La entrada principal del palacio estaba rodeada por una imponente pared rematada con puntas agudas. El sendero estaba flanqueado por estatuas que representaban bestias míticas y dioses y diosas lunares semidesnudos.

Nadie les echó a Cress y Thorne una segunda mirada cuando cruzaron lentamente las puertas abiertas y se unieron a la multitud de aristócratas que bebían de botellas enjoyadas y se paseaban entre las estatuas. Con la adornada falda naranja de Cress y el moño luminoso de Thorne, encajaban bien en el lugar.

Cress trataba de evitar el contacto visual con los invitados, así que dejaba vagar la mirada por los arcos dorados de las puertas del palacio. Al igual que las puertas de la entrada, estaban abiertas de par en par, invitando a pasar a los convidados de la reina, aunque había guardias reales a ambos lados.

Cress sintió que se le aceleraba el corazón. Era como si ella y Jacin acabaran de escapar.

Cuando era más joven, había visitado algunas veces el palacio, con la misión de cumplir encargos de programación para Sybil. Por ese entonces estaba muy ansiosa por complacerla. *¿Puedes rastrear las llegadas y salidas entre los sectores TS-5 y GM-2? ¿Puedes escribir un programa que alerte sobre frases específicas tomadas de las grabadoras de los módulos holográficos? ¿Puedes seguir a las naves que entran y salen de los puertos y verificar que su destino corresponde al itinerario anotado en nuestros expedientes?*

Con cada éxito, Cress se sentía más confiada. *Creo que sí. Lo intentaré. Sí, señora, puedo hacerlo.*

Eso había sido tiempo atrás, cuando Cress todavía abrigaba la esperanza de que un día fuera bien recibida aquí, antes de su reclusión en el satélite. Debió haberlo imaginado, ya que Sybil ni siquiera la hacía pasar por esta imponente entrada principal, sino que la hacía entrar a hurtadillas por los túneles subterráneos, como si hubiera algo vergonzoso y secreto.

Por lo menos, esta vez entraba en el palacio junto a un aliado y amigo. Si había en la galaxia alguien en quien confiaba, ese era Thorne.

Como si hubiera escuchado sus pensamientos, Thorne le pasó la mano por la parte baja de la espalda.

—Finge que eres de aquí —le murmuró al oído— y los demás lo creerán.

Finge que eres de aquí.

Dejó escapar un lento suspiro y trató de imitar el pavoneo de Thorne. Fingir. Era buena para fingir.

Por ese día, formaba parte de la aristocracia lunar. Era una de las invitadas de Su Majestad Real. Iba del brazo del hombre más guapo que hubiera conocido, un hombre que ni siquiera tenía que usar su encanto. Pero lo más importante…

—Soy una mente criminal —murmuró— y voy a derrocar a este régimen.

—Ese es mi lema —le dijo Thorne con una sonrisa.

—Ya sé —le contestó ella—. Me lo robé.

Thorne se rio por lo bajo. Se colocaron estratégicamente detrás de un grupo de lunares, lo bastante cerca para que pareciera que estaban con ellos, y subieron por las escaleras de piedra blanca. Las puertas se veían cada vez más grandes a medida que avanzaban por la sombra del palacio. Las pláticas del jardín dieron lugar al eco de los pisos de piedra y a las risas estridentes de personas que no tenían nada que temer.

Cress y Thorne entraron en el palacio. Hasta donde se habían dado cuenta, los guardias no los habían mirado.

Cress volvió a respirar, pero se sofocó de nuevo al percibir las extravagancias.

Más aristócratas deambulaban en corrillos por la gran entrada, tomando bocados de bandejas con comida que flotaban en el agua de estanques de color azul cristalino. Por todos lados había columnas doradas, estatuas de mármol y arreglos de flores tan altos como dos veces su estatura. Lo más imponente era una estatua en el centro del vestíbulo que representaba a Artemisa, la antigua diosa de Luna. Tenía tres pisos de altura. La diosa llevaba en la cabeza una corona con espinas y sostenía en las manos un arco con una flecha que apuntaba al cielo.

—Buenos días —saludó un hombre avanzando para recibirlos. Thorne clavó los dedos en la espalda de Cress.

El hombre llevaba el uniforme de un criado de alto rango, pero tenía el pelo peinado en rastras y teñido de verde jaspeado: pálido en las raíces y esmeralda intenso en las puntas. Cress se había puesto en guardia, a la espera de un gesto de sospecha o disgusto, pero el rostro del hombre solo expresaba jovialidad. Quizá los criados, como los guardias, eran escogidos por su escaso talento para el don y este hombre no era capaz de percibir que Cress no era más que una vacía.

Tenía esa esperanza.

—Nos alegra que hayan venido a disfrutar los festejos de este día tan célebre —continuó diciendo el hombre—. Disfruten las comodidades que nuestra generosa reina ha dispuesto para sus invitados —hizo un gesto hacia la izquierda—. En esta ala pueden divertirse en la casa de los animales, que está llena de exóticas especies albinas, o pueden escuchar la variedad de música que se interpretará en el gran teatro a lo largo del día —alzó entonces el brazo derecho—. Por este lado hay varios salones de juego, por si quisieran probar su suerte, así como nuestras famosas salas de compañía, y no es que quiera decir que el caballero necesite más compañía. Desde luego, hay refrigerios variados en todo el palacio. La ceremonia de coronación comenzará al amanecer y les pedimos a todos los invitados que pasen al gran salón media hora antes. Por seguridad de todos nuestros invitados, no habrá acceso continuo a los corredores cuando empiece la coronación. Si necesitan algo para hacer más agradable su día, avísenme a mí o a cualquiera de los demás empleados de palacio.

Con una inclinación de cabeza, el hombre se alejó para recibir a otro invitado.

—¿Qué crees que sean esas salas de compañía? —preguntó Thorne. Cuando Cress le lanzó una mirada fulminante, se enderezó y se pasó un dedo entre el moño y el cuello—. No es que sienta la tentación… ni… era por aquí, ¿verdad?

—Me da la impresión de que están perdidos —dijo alguien con un ronroneo.

Thorne giró y en el mismo movimiento colocó a Cress a sus espaldas. No muy lejos, un hombre y una mujer miraban a Thorne como si estuviera exhibido en el aparador de una dulcería. Llevaban atuendos con diamantes falsos incrustados.

El hombre deslizó unas gruesas gafas hasta la punta de la nariz y examinó a Thorne de arriba abajo y de nuevo hacia arriba.

—¿Podemos ayudarlos a encontrar su camino?

Thorne se apresuró a mostrar su sonrisa encantadora

—¡Qué gentiles, señoras! —contestó también ronroneando.

Cress frunció el ceño, pero enseguida se percató de que el hombre debía haber encantado a Thorne para que lo tomara por mujer, y recompuso el rostro para mostrar indiferencia. No podía dejar que nadie descubriera que no la afectaba el control mental.

—Nos encontramos en una misión encubierta —les dijo Thorne— pero las buscaremos en la coronación.

—¡Ah, una misión encubierta! —exclamó embelesada la mujer mientras se mordía una uña rosa—. Más tarde me gustaría escuchar esa historia.

—A mí me gustaría contarla —repuso Thorne, guiñándole un ojo.

Pasó el brazo por los hombros de Cress y se alejó de la pareja. Cuando se habían alejado lo suficiente para estar seguros de que no alcanzarían a oírlos, Thorne lanzó un silbido discreto.

—¡Por las estrellas! ¡Qué mujeres hay por aquí!

—Querrás decir, qué *encantos* hay por aquí —se enfureció Cress—. Uno era hombre.

—No me digas —Thorne tropezó y miró a su compañera—. ¿Cuál de los dos?

—Pues… el que llevaba las gafas.

Miró sobre su hombro y buscó a la pareja entre la multitud.

—Buen truco, lunares —murmuró verdaderamente impresionado. Volteó de nuevo hacia el frente y continuó—: Jacin dijo que fuéramos por el tercer pasillo, ¿no es verdad?

Remolcó a Cress hacia un vestíbulo curvo, donde los ventanales de piso a techo ofrecían una panorámica espectacular de los jardines delanteros.

—Trata de recordar que pueden hacerse ver con la figura que quieran —le advirtió Cress—. Nadie en este palacio es tan hermoso como te parece. Es puro control mental.

—Estoy bastante seguro de que hay por lo menos una excepción a esa regla —dijo Thorne, sonriendo, y abrazando a Cress para tenerla más cerca.

—Sí, los taumaturgos —afirmó Cress, poniendo los ojos en blanco.

Thorne se rio y dejó caer el brazo, sin que Cress estuviera segura de qué era tan chistoso.

Pasaron junto a un grupo de jóvenes. Cress los miró desconcertada, mientras los muchachos trastabillaban por el vestíbulo. Uno de ellos abrió una puerta de vidrio y se encaminó en dirección al lago y los amplios jardines. Casi se cayó en las escaleras que llevaban al césped.

Cress sacudió la cabeza, miró de nuevo al frente… y descubrió que estaba sola.

Todos sus músculos se tensaron. Giró sobre su eje y se sintió aliviada al ver a Thorne a unos pasos, aunque perdió enseguida la tranquilidad al darse cuenta de que lo acosaba una chica muy bonita, incluso para los ojos imposibles de engañar de Cress. Le sonreía a Thorne detrás de sus largas pestañas de una manera que era al mismo tiempo sensual y despiadada.

Por su parte, Thorne parecía asombrado y nada más.

—Me pareció que había percibido a un chico terrestre –dijo la muchacha. Se estiró, pasó el dedo por las luces resplandecientes del moño de Thorne y luego lo hizo resbalar por su pecho—. Y además bien vestido. Qué descubrimiento tan afortunado.

Con el pulso acelerado, Cress examinó el corredor. La multitud comenzaba a pasar lentamente al gran salón, pero quedaban muchos invitados revoloteando sin prisa unos alrededor de otros.

Nadie les prestaba atención. Esta mujer parecía tener ojos solo para Thorne. Cress se devanó los sesos pensando en alguna manera de apartarlo de ella sin levantar sospechas ni llamar la atención.

Entonces, la mujer pasó los brazos por el cuello de Thorne y Cress dejó de pensar. Embobado, no ofreció resistencia a la mujer cuando lo atrajo hacia ella para besarlo.

Setenta y uno

LA ESPALDA DE CRESS SE TENSÓ DE INDIGNACIÓN, AL TIEMPO QUE UN grupo de mujeres lunares reía no lejos de ahí.

–Qué buen ojo, Luisa –dijo una.

–¡Si ves más terrícolas guapos como ese, mándamelos! –replicó la otra.

Ni Thorne ni Luisa parecieron escucharlos. De hecho, mientras Cress miraba, horrorizada, Thorne rodeó con sus brazos el cuerpo de Luisa y la atrajo hacia él.

Cress apretó los puños, los hombros, el cuerpo entero. Estaba atónita. Luego se irritó. Entonces la lógica comenzó a infiltrarse y se dio cuenta de que, aunque las muchachas solo estaban jugando con Thorne, no serían tan afables con ella si se hubieran dado cuenta de que era inmune a sus encantos y manipulaciones.

Temblando de desprecio, Cress retrocedió a un hueco detrás de una columna. Allí aguardó, con los brazos cruzados y lanzando chispas por los ojos, mientras Thorne besaba a la chica.

Y la *besaba*.

Y la volvía a besar.

Las uñas de Cress ya habían dejado dolorosas lunas crecientes marcadas en su piel cuando ellos finalmente se separaron.

Luisa agitó las pestañas, sin aliento.

—¿Lo deseabas desde hace mucho, verdad? —preguntó.

Cress puso los ojos en blanco.

Y Thorne dijo…

Thorne dijo…

—Creo que estoy enamorado de ti.

Un clavo atravesó el corazón de Cress, y ella jadeó; el dolor le quitó el aliento. Se le cayó la mandíbula, pero la levantó enseguida. La perforación en su pecho pronto se llenó de resentimiento.

Si lo veía embelesarse con alguien más iba a gritar. ¿Cómo era posible que ella fuera la única chica en la galaxia a la que no había intentado besar, cortejar y seducir?

Bueno, la había besado aquella vez en la azotea, pero fue como un favor y prácticamente no contaba.

Se hundió aún más en el hueco, con la sangre hirviente, pero también dolida.

Entonces así era. Él nunca la desearía, no como a esas chicas que cautivaban su mirada. Cress tenía que aceptar el hecho de que aquel beso —el momento más apasionado y romántico de su vida— no había sido más que un gesto de lástima.

—Oh, eres un encanto —dijo la mujer—. Y no besas mal. Quizá podríamos seguir disfrutando de nuestra mutua compañía más tarde —sin esperar respuesta, le dio palmaditas en el pecho a Thorne y le guiñó un ojo antes de marcharse por el corredor, contoneándose.

El séquito de aduladoras también se dispersó, dejando a Thorne en medio del corredor, pasmado. Sus mejillas estaban enrojecidas, su mirada oscurecida por lo que Cress suponía era lascivia, y el cabello desordenado por las manos de Luisa.

Luisa. A quien él *amaba*.

Cress cruzó los brazos sobre su pecho.

Después de un largo y desconcertante minuto, Thorne se sacudió los persistentes efectos de la manipulación y miró alrededor al tiempo que giraba. Se alisó con una mano el cabello despeinado.

—¿Cress? —preguntó, no muy fuerte al principio, pero luego exclamó con creciente preocupación—: ¡Cress!

—Aquí estoy.

Dio vuelta hacia ella y su cuerpo se relajó, aliviado.

—Espadas. Lo siento. No sé qué pasó. Eso fue…

—No quiero saber —se apartó de la pared y empezó a caminar por el pasillo.

Thorne la siguió.

—Oye, espera. ¿Estás enojada?

—¿Por qué iba a estar enojada? —agitó las manos sin control—. Tienes derecho a coquetear, besar y declarar tu amor a quien quieras. Está bien. Lo haces todo el tiempo.

Thorne mantuvo sin dificultad el paso al lado de ella, lo cual la irritó aún más, pues caminar tan rápido le estaba quitando el aliento.

—Entonces… —dijo Thorne en tono burlón—. ¿Estás celosa?

—¿Te das cuenta de que ella solo quería reírse a costa tuya, cierto? —preguntó Cress, exasperada.

Él rio de buena gana al ver furiosa a Cress.

—Sí, ya me *di* cuenta. Espera, Cress —Thorne la tomó del codo para detenerla—. Sé que no pueden hacerlo contigo, pero los demás no *podemos* resistirnos a que nos controlen. Ella me manipuló. No fue mi culpa.

—Y supongo que dirás que no lo disfrutaste.

—Eh. Bueno… —comenzó a decir, pero dudó.

Cress liberó su brazo con una sacudida.

—Ya sé que no fue tu culpa. Pero eso no disculpa *a las demás*. ¡Por ejemplo, a Iko!

—¿Qué pasa con Iko?

—"Vaya que sé cómo elegirlas, ¿verdad?" —dijo ella, poniendo la voz gruesa para imitar a Thorne.

Él rio entre dientes, con los ojos chispeantes por la imitación.

—Es cierto, ¿no? Su nuevo cuerpo es magnífico —agregó Cress y lo miró con una intensa rabia por un momento.

—Está bien, no fue correcto decir eso. Lo siento. Es que acababa de recuperar la vista.

—Ajá, y solo querías verla a ella.

Thorne parpadeó, y sus ojos mostraron que de pronto había comprendido, pero Cress se alejó furiosa antes de que él pudiera responder.

—Olvídalo. Solo…

—Perdóname.

Un guardia del palacio les cerró el paso con un brazo extendido, y Cress se detuvo de golpe. Sin aliento, retrocedió hacia Thorne, quien la sujetó del brazo. Su boca se secó. Estaba tan encolerizada que no había notado a los dos guardias apostados en el corredor.

—Pedimos a todos los invitados que se dirijan al gran salón para que la ceremonia de coronación pueda iniciarse sin retrasos.

El guardia hizo un gesto hacia la dirección por la que habían llegado.

—Adelante, por favor.

El corazón de Cress martillaba, pero Thorne, calmado como siempre, la atrajo con una sonrisa despreocupada.

—Desde luego, gracias. Debimos habernos desviado.

Tan pronto como dieron la vuelta en una esquina, Cress liberó su brazo de la mano de Thorne. Él dejó caer la mano sin discutir.

Estaban en un pasillo más silencioso que el corredor principal, si bien todavía había algunos invitados dispersos.

—Alto —ordenó Thorne. Ella se detuvo y dejó que la apoyara de espaldas contra la pared. Se colocó muy cerca de ella, y para cualquiera habría parecido que estaban teniendo una conversación íntima, lo que solo sirvió para encender de nuevo la ira de Cress. Apretó los puños y miró fijamente al hombro de él.

Thorne suspiró.

—Cress, sé que estás enojada, ¿pero podrías fingir por un segundo que no lo estás?

Ella cerró los ojos y respiró hondo. No estaba furiosa. No estaba herida. No tenía el corazón destrozado.

Cuando volvió a abrir los ojos, había transformado su expresión en lo que esperaba que pareciera un alegre coqueteo.

—Eso es extraño —comentó Thorne alzando una ceja.

—Tú sabes, yo también soy una chica —explicó con la voz todavía dolida—. Tal vez no sea tan bonita como Iko, o tan valiente como Cinder, o tan audaz como Scarlet…

—Espera, Cress…

—Y ni siquiera quiero saber qué tontería dijiste cuando conociste a la princesa Winter.

Thorne se contuvo de hablar y ella confirmó su sospecha de que él efectivamente había dicho una estupidez.

—¡Pero yo no soy invisible! Y aun así tú coqueteas con *cada una* de ellas. Tú coqueteas con cualquiera que te *mire*.

—Ya dijiste lo que piensas —la mirada burlona había desaparecido, al igual que la sonrisa fingida de Cress. Aunque la mano de él estaba cerca de su cadera, ya no la tocaba.

—Esto es lo que tratabas de decirme, ¿cierto? —su voz vaciló—. En el desierto, cuando me decías una y otra vez que soy muy *dulce* y que no querías hacerme daño, y… Estabas tratando de advertirme, pero yo era demasiado… ingenua o romántica para escucharte.

—No quería herirte —dijo él con una mirada llena de ternura.

Ella cruzó los brazos sobre el pecho, a la defensiva. La lágrimas le nublaban la vista.

—Lo sé. Es mi culpa haber sido tan estúpida.

Thorne retrocedió, pero el movimiento vino acompañado de un vistazo alrededor, lo que llevó a Cress a hacer lo mismo, pasándose la mano por los ojos antes de que pudieran agolparse las lágrimas. El corredor casi se había vaciado, y los pocos invitados que quedaban no estaban mirando hacia donde ellos estaban.

Thorne extendió el brazo y abrió una puerta que Cress ni siquiera había notado y en un parpadeo la llevó dentro. Ella trastabilló por la rapidez de sus movimientos y se sujetó de una planta que estaba al lado de la puerta. Estaban rodeados de flores y vegetación de colores inimaginables; sus perfumes densos les hacían arder la garganta. El techo se elevaba a varios pisos de altura y estaba hecho del mismo vidrio emplomado que las ventanas del corredor principal. Sofás y sillones de lectura formaban pequeños grupos a lo largo del salón y más adelante encontraron una serie de escritorios con vista hacia el lago.

—Bien —dijo Thorne—. Creo recordar haber visto algo acerca de un atrio. Esperaremos hasta que los corredores estén vacíos. Espero que podamos cruzar por alguno de los salones de servicio para evitar más encuentros con los guardias por un tiempo.

Cress llenó los pulmones al máximo y dejó salir todo el aire, pero esa respiración no sirvió para refrescarla. Entró al salón. Necesitaba poner espacio entre ella y Thorne.

Era una tonta. Él jamás le había dado señal alguna de que en un futuro pudiera haber una relación real. Él le había dado todas las oportunidades de aceptar ese hecho. Pero a pesar de todos sus intentos por disuadirla de enamorarse de él, su corazón seguía hecho añicos.

Lo peor de todo es que el beso de una lunar la había destrozado… y Thorne realmente no tenía la culpa por eso.

—Cress… escucha.

Sus dedos le rozaron la muñeca y ella la apartó con una sacudida.

—No. Lo siento. No fui justa. No debí haber dicho nada.

Se limpió la nariz con el frágil material de las alas de su ridículo disfraz.

Thorne suspiró y por el rabillo del ojo ella lo vio pasarse una mano por el cabello. Podía sentir cómo su vista le quemaba la nuca, así que se dio vuelta y fingió observar una enorme flor púrpura.

Él lo sabía ahora, desde luego. Ella había revelado todos sus sentimientos: probablemente los había demostrado hacía mucho, pero le preocupaba demasiado *lastimarla* como para mostrar que lo sabía.

Ella notó que él deseaba decir más. Podía sentir las palabras no dichas flotando en el aire entre los dos, sofocándola. Él se disculparía. Le diría lo mucho que ella le importaba… como amiga. Como integrante de su tripulación.

No quería escucharlo. No ahora. Nunca, pero especialmente no en ese momento, cuando había asuntos más urgentes.

—¿Cuánto tiempo esperaremos aquí? –preguntó ella, y aunque su voz estaba teñida de emoción, había dejado de vacilar.

Escuchó un murmullo y el clic apagado de una pantalla portátil.

—Unos minutos más, solo para asegurarnos de que se hayan llevado a los últimos invitados.

Ella asintió.

Un segundo después ella escuchó otro suspiro.

—¿Cress?

Ella sacudió la cabeza. Por el rabillo del ojo vio cómo rebotaban las pequeñas antenas esféricas : había olvidado que las llevaba puestas. Se atrevió a encararlo, esperando que su rostro no revelara su aflicción.

—Estoy bien. Es solo que no quiero hablar de esto.

Thorne se había apoyado contra la puerta cerrada, con las manos metidas en los bolsillos. Su expresión era turbulenta. Vergüenza, quizá, mezclada con dudas y nerviosismo, y algo más oscuro y embriagador, que a ella le causaba cosquilleo en los dedos de los pies.

—Está bien —dijo finalmente después de pensarlo un largo rato—. Yo tampoco quiero hablar del asunto.

Ella empezó a asentir, pero se sorprendió cuando Thorne se apartó de la puerta. Cress parpadeó y trastabilló, sobresaltada por el repentino movimiento. Tres, cuatro pasos. La parte posterior de sus muslos chocó contra uno de los escritorios.

—¿Qué...?

Con un solo movimiento, Thorne la sentó encima del escritorio, presionó su espalda contra la maceta de un helecho enorme y... oh.

Cress había creado mil fantasías acerca del beso en la azotea, pero este beso era algo nuevo.

Mientras que el primer beso había sido gentil y protector, ahora había algo apasionado. Decidido. El cuerpo de Cress se disolvió en la más pura sensación. Las manos de él le quemaban la cintura a través de la delgada tela de la falda. Las rodillas de ella se apretaron contra la cadera de él, quien la acercó más y más, como si no pudiera aproximarse lo suficiente. Un gemido escapó de su boca, y la de él lo absorbió. Ella escuchó un jadeo, pero podía haber venido de cualquiera de los dos.

Y mientras que en la azotea el beso había sido interrumpido demasiado pronto por la batalla feroz alrededor de ellos, este beso siguió, y siguió y siguió...

Finalmente, cuando Cress empezaba a sentir que desfallecía, una inhalación desesperada interrumpió el beso. Cress estaba temblorosa y tenía la esperanza de que él no fuera a ponerla de nuevo en pie para informarle que era momento de continuar con el trabajo, pues dudaba de poder dar dos pasos, mucho menos llegar hasta el otro lado del palacio.

Thorne no se apartó. En cambio, le rodeó la espalda con los brazos, y ella volvió a sentir la tierna protección que recordaba. Su respiración era tan irregular como la de ella.

—*Cress* —dijo su nombre como si fuera un juramento.

Cress se estremeció. Se pasó la lengua por sus labios suaves, obligó a sus manos a salir del cabello de él y las llevó a su pecho.

Luego se forzó a apartarlo.

No lo suficiente para romper el abrazo, pero sí para poder respirar, pensar y asumir la vida de arrepentimiento que estaba a punto de desatar para ella misma.

—Esto… —su voz vaciló. Intentó de nuevo—. Esto no es lo que quería.

A Thorne le tomó un momento reaccionar; luego su mirada confundida se endureció y retrocedió.

—Quiero decir… *sí* lo es —corrigió—. Obviamente, lo es.

El alivio del muchacho fue obvio y el calor se extendió por cada centímetro del cuerpo de Cress. Su rápida y amplia sonrisa hablaba por sí sola. Por supuesto que esto era lo que ella quería. *Por supuesto* que lo era.

—Pero… no quiero ser solo otra chica —continuó ella—. Nunca quise ser solo otra de tus chicas.

La sonrisa se desvaneció de nuevo.

—Cress… —se veía desgarrado, pero también esperanzado e indefenso. Respiró hondo—. Ella se veía como tú.

La muchacha no se había dado cuenta de que Thorne estaba mirando su boca hasta que reaccionó y sus ojos se encontraron con los de él.

—¿Qué?

—La chica en el corredor, la que me besó. Se veía como tú.

El beso con la chica lunar parecía haber ocurrido hacía millones de años. El recuerdo provocó una oleada de envidia, pero Cress hizo su mejor esfuerzo por reprimirla.

—Eso es ridículo. Ella era morena, alta, y…

—Para mí, no —Thorne acomodó un mechón de cabello detrás de la oreja de Cress—. Ella debió de habernos visto caminar juntos. Tal vez ella vio cómo te miraba o algo, no lo sé, pero ella sabía… ella usó su encanto para verse como tú.

Entreabriendo los labios, Cress se imaginó oculta en aquel rincón, mirando la expresión de perplejidad de Thorne. De deseo.

La forma en que la había besado y estrechado…

—Pensé que te estaba besando —confirmó él, apretando sus labios contra los de ella una vez más. Y otra. Los dedos de Cress encontraron la solapa del traje y lo atrajo hacia ella.

Sin embargo, no duró mucho, pues otro recuerdo volvió a la superficie.

Cress se apartó de golpe.

—Pero… tú le dijiste que la amabas.

La expresión de él se congeló; el deseo abrió paso a la alarma. Ambos se quedaron suspendidos en ese momento por una eternidad.

Finalmente, Thorne tragó saliva.

—Cierto. Eso —se encogió de hombros—. Es decir, yo estaba… nosotros estábamos…

Antes de que pudiera terminar, la puerta se abrió detrás de él.

Setenta y dos

LOS DOS SE QUEDARON PETRIFICADOS.

—¿Continuará en el próximo episodio? —murmuró Thorne, con la mandíbula apretada.

Ella asintió con la cabeza. Tenía dificultades para recordar dónde estaban.

Thorne giró hacia la puerta, escudando a Cress con el cuerpo para protegerla de quienquiera que hubiera entrado. Cress se asomó por detrás de Thorne y percibió a un guardia recortado contra la luz del pasillo.

El guardia frunció el ceño y se llevó un aparato a la altura de la boca.

—Son una pareja de invitados —indicó con brusquedad y enderezó la barbilla hacia Thorne y Cress—. Tengo que pedirles que se retiren. Debemos despejar todos los corredores y espacios públicos antes de que comience la ceremonia.

Mientras se aclaraba la garganta, Thorne se estiró la chaqueta y se ajustó el moño.

—Lo siento. Creo que… nos dejamos llevar.

Cress quitó una hojita de helecho de la manga de Thorne. El calor le quemaba las mejillas, pero solo en parte por vergüenza y se debía mayormente a que permanecían en ella la sensación de sus brazos, sus besos, la nebulosa realidad de los últimos minutos.

–Entonces, nos vamos –Thorne levantó el sombrero con antenas que había terminado en el suelo y se lo devolvió a Cress. A continuación, la ayudó a saltar al piso. Con las manos temblorosas, Cress luchó por ponerse de nuevo el sombrero–. Gracias por prestarnos este lugar –le dijo Thorne al guardia con un guiño y se apresuraron a salir al pasillo.

Cuando habían dejado atrás al guardia, solo entonces, Thorne mostró una mínima grieta en su compostura que se expresó como un largo suspiro.

–Trata de actuar natural.

Las palabras hicieron eco un largo rato en la cabeza de Cress antes de que lograra entenderlas. ¿Actuar natural? ¿Actuar *natural*? ¿Cuando sus piernas eran espaguetis y el corazón estaba por saltársele del pecho y él dijo que la *amaba*, por lo menos en algún sentido? ¿Qué podía significar actuar natural?

Entonces, se puso a reír. Primero, un resoplido sofocado. Luego, un acceso de risa nerviosa que le subía a la garganta, hasta que casi se tropezaba por el esfuerzo de caminar erguida. La risa estaba a punto de ahogarla. Thorne no dejó de sujetarla por la cintura.

–No era precisamente eso en lo que pensaba –murmuró–, pero de todas formas es encantador.

–Perdón –dijo jadeando. Tosió un poco y trató de poner una expresión *natural*, pero otra carcajada le daba vueltas en el estómago y le producía espasmos en el pecho. Volvió a doblarse de risa.

–Cress, eres adorable, pero necesito que te concentres. Tenemos suerte de que el guardia no nos reconociera, pero si…

–¡Oigan! ¡Deténganse!

Thorne soltó una maldición.

El pánico apagó la risa de Cress.

–¡Corre!

Cress corrió, tomada de la mano de Thorne. Doblaron una esquina y luego otra. Thorne la condujo a un hueco disimulado en el que había una pequeña puerta. La hizo pasar y entraron en los pasillos de los servidores.

–¡A la izquierda! –ordenó cerrando de golpe la puerta y tomando una bandeja de servicio que había quedado en el corredor. La metió como cuña para bloquear la puerta mientras Cress corría entre tarimas de provisiones y equipos de mantenimiento, armarios de almacenamiento y esculturas rotas. Thorne la alcanzó con facilidad. Había sacado la pistola de la chaqueta.

–¿Tienes el chip?

Cress se tocó el canesú con la mano y detectó el pequeño chip con el video de Cinder pegado contra su piel. Asintió con la cabeza. Había corrido demasiado aprisa y no podía hablar.

–¡Muy bien!

Sin aviso previo, Thorne se estrelló contra Cress y se lanzaron detrás de un enorme carrete de cables eléctricos. La muchacha golpeó contra la pared dura con un quejido.

–Dos corredores atrás había un elevador –le dijo–. Escóndete y luego ve al centro de seguridad. Yo voy a distraerlos y daré un rodeo para reunirme contigo.

Cress empezó a sacudir la cabeza.

–No. No me dejes otra vez. No puedo hacerlo sin ti.

–Por supuesto que puedes. No va a ser tan divertido, pero te las arreglarás sola.

Unas pisadas atronaron a la distancia. Cress lanzó un quejido.

—Te encontraré —susurró Thorne. Le estampó un beso presuroso en la boca y puso en sus manos algo pesado y tibio—. Compórtate como una heroína.

Salió disparado de nuevo, en el mismo instante en que las pisadas los alcanzaban.

—¡Ahí! —gritó alguien.

Thorne desapareció tras una esquina.

Cress miró la pistola que le había dado. Ese pequeño artilugio, tan sólido en su puño, la aterrorizaba más que los guardias. Sentía un enorme deseo de ponerla en el piso y alejarse, pero en lugar de eso, se pegó a los cables eléctricos y apartó el dedo del gatillo, donde lo había puesto por instinto. *Es como una computadora*, se dijo. *Las computadoras solo hacen lo que uno les dice. La pistola solo se dispara si se aprieta el gatillo.*

No era un gran consuelo.

Dos guardias pasaron corriendo a toda prisa sin voltear siquiera en su dirección.

Pensó en quedarse donde estaba, aunque fuera al descubierto. Se agitaba de la cabeza a los pies y cada fibra de su cuerpo le indicaba que moverse equivalía a que la atraparan.

Pero la lógica le decía que su cuerpo estaba mintiendo. Regresarían. Enviarían refuerzos. La descubrirían.

Unos balazos distantes la hicieron saltar y ponerse en acción. A los balazos siguieron gruñidos y ruidos de lucha. Cress salió del rincón y retrocedió en la dirección desde la que había llegado con Thorne. Dos corredores atrás, le había dicho. Un elevador.

La segunda vez avanzó lentamente, presionando con la mano libre sobre la punzada que sentía en el costado. Pasó un corredor y oyó más pisadas, pero no supo distinguir de qué lado venían. Se detuvo a estudiar el sitio y abrió uno de los armarios de almacenamiento.

Había un número incontable de rollos de tela decorada, algunos más altos que ella, y todos exuberantes y lustrosos, de colores metálicos y brillantes como joyas.

Cress se lanzó adentro, apretando su cuerpo en el espacio que dejaban varios rollos que habían caído de lado. Cerró la puerta y puso el arma en el piso del armario. Tuvo mucho cuidado de no apuntar hacia ella.

Las pisadas se hicieron más fuertes. Cress estaba segura de que la habían visto, pero nadie gritó, hasta que de pronto escuchó una orden.

—¡Alto!

Otro disparo, seguido instantáneamente por un quejido y el golpe de un cuerpo al dar contra el suelo. Sonó cerca. Cress cerró los ojos con fuerza y apoyó el mentón en las rodillas. *Que no sea Thorne. Por favor, que no sea Thorne.*

Se oyó un suspiro profundo y luego una voz reconfortante de hombre.

—¿Tanto por un molesto terrícola? Son unos guardias patéticos.

Cress se puso las manos contra la boca para no dejar escapar ningún sonido. Miró fijamente en la oscuridad, tratando de aligerar su respiración, aunque la inquietaba que pudiera desmayarse si no tomaba pronto más aire.

Alguien gimió. No lejos de donde estaba escondida.

—Con toda seguridad es uno de los aliados de la cyborg. La pregunta es qué haces en el palacio.

Un golpe. Luego, la voz de Thorne.

—Solo besaba a mi novia —dijo con un ligero jadeo. Cress hizo un puchero y enterró la cara en las rodillas, para ahogar un sollozo—. No sabía que aquí fuera un delito capital.

El hombre no sonó divertido.

—¿Dónde está la chica que venía contigo?

—Creo que la asustaron.

Otro suspiro.

—No tenemos tiempo para esto. Métanlo en el calabozo; ya nos ocuparemos de él después de la coronación. Estoy seguro de que hará las delicias como mascota terrestre de una de las familias. Sigan buscando a la chica y avísenme en cuanto la encuentren. Aumenten la seguridad alrededor del gran salón. Están tramando algo, y Su Majestad nos matará si la ceremonia se interrumpe.

Se produjo un golpe seco y otro gruñido. Cress se encogió de dolor. No podía dejar de pensar en todo lo que podrían haberle hecho a Thorne para que dejara escapar ese gruñido, y de todo lo que podían hacerle aún. Se mordió el labio hasta que sintió el gusto a sangre. El dolor evitó que llorara mientras se lo llevaban a rastras.

Setenta y tres

−JACIN −EL TONO DE CINDER ERA UNA ADVERTENCIA CLARA−, IKO NO SE sacrificó para que nos estrellaras en un cráter y nos mataras.

−Calma. Sé lo que hago −respondió, fingiendo estar tranquilo mientras su corazón era un martillo que golpeaba contra su pecho.

−Creí que habías dicho que jamás habías tripulado una de estas.

−No lo he hecho −se inclinó con fuerza y el deslizador todoterreno se ladeó a la izquierda con rapidez y suavidad.

Cinder resopló y se sujetó de una barra sobre su cabeza. Siguió una punzada de dolor: probablemente la herida en su hombro le dolía de nuevo, pero ella no dijo nada y Jacin no disminuyó la velocidad.

El vehículo era, por mucho, el más ágil que Jacin había pilotado. Poco más que un juguete peligroso para algunos artemisanos ricos, se deslizó a poca altura de la superficie rocosa y despareja de Luna, a tal velocidad que la tierra blanca se volvía borrosa. El techo de la cabina era transparente, lo cual los hacía sentir como si estuviesen afuera, sin oxígeno, más que en un vehículo protector.

Protector era una palabra subjetiva. Jacin sentía que si rozaba una roca, esa cosa se aplastaría contra ellos como una lata de aluminio.

Demonios, quizás *era* de aluminio.

Se lanzaron hacia el acantilado y el deslizador activó el modo antigravedad, manteniéndolos en una trayectoria estable mientras surcaban por arriba del cráter, antes de descender al otro lado y seguir como si nada hubiera ocurrido. El estómago de Jacin dio un vuelco, resultado de la alta velocidad y de no haberse adaptado a la ingravidez fuera de los domos de gravedad controlada.

—Solo una observación —dijo Cinder entre dientes—: en la parte trasera de esta cosa llevamos *muchos* frascos frágiles e importantes. Tal vez no queramos estrellarnos.

—Estamos bien —dirigió la atención al mapa holográfico sobre los controles. Cualquier otro día esto habría sido un juego temerario, pero ahora tenían una misión. Cada rincón disponible del deslizador todoterreno estaba lleno de frascos con el antídoto y cada momento que transcurría significaba la muerte de más personas.

Y una de ellas era Winter.

Un domo apareció en el horizonte. Desde allí él pudo ver las líneas de troncos de árboles a un lado y al otro los tocones cortados.

Jacin maniobró el deslizador alrededor de una serie de formaciones de rocas puntiagudas. Cinder ajustó el holograma y reposicionó la orientación del mapa a fin de que Jacin pudiera encontrar la mejor ruta hacia su destino. La mayoría de los domos estaban aglomerados en grupos, porque había sido más sencillo construirlos de esa forma cuando Luna estaba siendo colonizada, y también para que pudiese compartir puertos que los conectaran con los terrenos exteriores de Luna y disponer de un sistema de entrega de provisiones independiente de las plataformas de trenes subterráneas.

La aridez del paisaje volvía engañosas las distancias. Parecían haber transcurrido horas desde que el sector de producción de madera había aparecido, y cada momento que pasaba hundía a Jacin en la angustia. Seguía viendo a aquellos soldados que llevaban el tanque de animación suspendida como si cargaran un ataúd. Intentó convencerse de que no era demasiado tarde. Seguramente ellos habían puesto a Winter dentro del tanque porque pensaban que era una oportunidad para salvarla. Seguramente el tanque detendría el avance de la enfermedad lo suficiente para mantenerla a salvo hasta que él llegara. Tenía que ser así.

—¡Alto, alto, *alto… pared!* —gritó Cinder y se preparó para sufrir el impacto.

Jacin viró en el último instante, ladeando el deslizador para pasar sobre la curva externa del domo. El holograma amplió su destino: la entrada de la dársena parpadeaba en una esquina de la vista de Jacin. Calculó su tiempo.

Endereza la nave, reduce la propulsión, activa los alerones. Salió disparado hacia delante y el arnés lo detuvo, mientras el deslizador frenaba.

Frenaba.

Frenaba.

Y cayó. Una roca desplomándose desde un acantilado.

Cinder lanzó un grito.

El domo y el paisaje rocoso desaparecieron al tiempo que los rodeaban las oscuras paredes de la cueva. Jacin reactivó el sistema automático de energía y su descenso, que desafiaba la muerte, se volvió gradual hasta convertirse en un desplazamiento estable. Una pista de aterrizaje iluminada y una cámara de acoplamiento se abrieron ante ellos y Jacin llevó el deslizador dentro.

—Jamás vuelvo a subir en un vehículo contigo —afirmó Cinder, jadeando.

Jacin la ignoró; sus nervios seguían electrizados, y no por la caída. Detrás de ellos, la escotilla se cerró de golpe y otra se abrió, una enorme bestia de hierro. Jacin avanzó con el deslizador, aliviado cuando no había más indicios de obstáculos que los detuvieran.

El holograma cambió del mapa de Luna a un plano del puerto y de los sectores circundantes. Jacin se aferró a los controles de vuelo, trazando mentalmente la ruta hasta la clínica donde aguardaba Winter.

Se suponía que saldrían por ahí y que caminarían el resto del trayecto, llevando a los sectores tantos frascos como pudieran.

Apartó su atención de las coordenadas y dio un vistazo al pozo de la escalera de evacuación de emergencias que conducía a la superficie. Un letrero indicaba cuáles eran los domos más cercanos. El PM-12 era el tercero de la lista, junto a una útil flecha que indicaba qué escalera los llevaría hacia allá.

Jacin calculó. Su pulgar acarició el interruptor.

—Jacin —dijo Cinder, siguiendo su mirada—. Me parece que no podremos...

Su advertencia se transformó en un alarido.

Estaba equivocada. El deslizador todo terreno *pasó* por el pozo de la escalera, y solo raspó los muros unas cuantas veces mientras subía a toda velocidad hasta emerger bajo el biodomo del PM-12. Cuando Jacin niveló la nave, Cinder seguía hundida en el asiento del copiloto con una mano sobre los ojos y la otra aferrada a la barra.

—Aquí estamos —dijo él, ajustando el holograma de nuevo. Los guio por debajo de una cubierta formada por las copas de los árboles hacia el borde exterior del domo, donde una sola calle de viviendas y tiendas de víveres rodeaba el bosque.

Primero notó cada vez menos árboles; luego las siluetas de personas estupefactas.

Muchísimas personas.

Toda una multitud se había reunido en los límites del bosque.

Miraban boquiabiertos el deslizador todoterreno color amarillo neón que había surgido de sus apacibles bosques. La muchedumbre retrocedió para abrirle espacio, o quizá por temor a ser golpeada. Jacin aterrizó el deslizador y apagó el motor.

Su dedo buscó el botón de apertura.

—Espera —Cinder se inclinó y sacó dos frascos de un soporte sujeto al piso—. No somos inmunes ahora —dijo y le extendió uno.

Bebieron el antídoto sin ceremonias. Jacin abrió el vehículo antes de tragar. El toldo tipo burbuja del deslizador todoterreno se dividió por la mitad con un silbido, como una nuez partida.

Jacin se desabrochó el arnés, salió por la parte superior del deslizador y aterrizó encima de un suave colchón de musgo. Cinder trepó con menos gracia por el otro lado.

Jacin no había pensado mucho en este momento. Sin duda había gente en este sector que necesitaba el antídoto, pero decirles que tenían un cargamento completo podría provocar una trifulca.

Tomó un solo frasco de una bandeja apoyada en la parte posterior del deslizador, lo apretó en su mano y caminó hacia la gente.

Había avanzado cuatro pasos cuando quedó, no frente a un grupo de leñadores andrajosos, sino ante un muro de lanzas, hondas y numerosos garrotes.

Se quedó helado.

O había estado demasiado distraído para darse cuenta de que todos estaban armados, o ellos habían estado practicando para un momento como este. Un hombre salió de entre la muchedumbre, sujetando un garrote de madera.

—¿Quiénes son…?

El reconocimiento empezaba a expresarse en sus ojos cuando Cinder, tambaleante, se paró al lado de Jacin. Levantó ambas manos, mostrando el recubrimiento metálico.

—No tengo forma de probarles que no estoy utilizando un encanto —empezó—, pero yo soy la princesa Selene y no estamos aquí para hacerles daño. Jacin es amigo de la princesa Winter. Él es quien la ayudó a escapar del palacio cuando Levana trató de hacer que la asesinaran —hizo una pausa—. La primera vez.

—Ninguno de nuestros amigos tiene juguetes artemisanos como ese —dijo el hombre apuntando con su garrote hacia el deslizador.

Jacin gruñó.

—Ella no dijo que yo fuera amigo de *ustedes*. ¿Dónde se encuentra la princesa?

—Jacin, no trates de ayudar —Cinder lo miró disgustada—. Sabemos que la princesa Winter está enferma, así como muchos amigos y familiares de ustedes…

—¿Qué pasa allá fuera?

Un rostro familiar emergió entre la muchedumbre, con las mejillas sucias y los rizos pelirrojos llenos de grasa. Había semicírculos oscuros debajo de sus ojos y una palidez enfermiza en su piel.

Scarlet se quedó congelada.

—¡Cinder! —pero tan pronto como empezó a sonreír, la sospecha se filtró y le apuntó con un dedo—. ¿Dónde nos conocimos?

Cinder dudó, pero solo por un instante.

—En París, afuera del teatro de la ópera. Tranquilicé a Wolf porque pensé que te estaba atacando.

La sonrisa de Scarlet estaba de vuelta antes de que Cinder terminara de hablar.

La atrajo para abrazarla, luego maldijo y retrocedió. Media docena de soldados lobo la habían seguido y la rodeaban como guardias extremadamente celosos. Parecían domesticados, por el momento, pero también como si pudieran destrozar completamente a cualquier persona de la multitud en solo diez segundos si así lo decidían.

–Lo siento… No deberías estar aquí. Levana… –Scarlet empezó a toser cubriéndose con el brazo, y casi se doblaba por la inesperada fuerza de la tos. Cuando recuperó el aliento, había oscuras manchas de sangre en su manga–. Aquí no es seguro –concluyó, como si no fuera obvio.

–¿Winter está viva? –preguntó Jacin.

Scarlet se cruzó de brazos, pero no con gesto desafiante. Más bien como si quisiera ocultar la evidencia de la enfermedad.

–Está viva –dijo–, pero enferma. Muchos de nosotros estamos enfermos. Levana le inoculó letumosis y se propagó rápido. Tenemos a Winter en animación susp…

–Lo sabemos –dijo Cinder–. Trajimos el antídoto.

Jacin mostró el frasco que había tomado de deslizador.

Scarlet agrandó los ojos, y los que estaba alrededor de ellos se agitaron. Muchas armas habían bajado desde el abrazo de Scarlet y Cinder, pero no todas.

Jacin apuntó con el pulgar por encima de su hombro.

–Dile a tus guardaespaldas que ayuden a vaciar el deslizador.

–Y toma uno para ti –agregó Cinder–. Debe de haber suficiente para todas las personas que muestren síntomas, y nos aseguraremos de racionar las dosis que sobren para cualquiera que pueda seguir enfermo.

Apretando el frasco, Jacin se acercó a Scarlet y bajó la voz.

–¿Dónde está?

Scarlet volteó hacia los soldados que la rodeaban.

–Dejen que vea a la princesa. No le hará daño. Strom, organiza un equipo para distribuir el antídoto.

Jacin había dejado de escuchar. Mientras la multitud se dispersaba pudo ver la luz del día reflejada en el cristal del tanque de animación suspendida y ya se estaba abriendo paso en esa dirección.

Allí, en el camino de tierra que separaba la clínica improvisada de las sombras del bosque, habían levantado un santuario a su alrededor. Ramas y varas entrelazadas formaban una estructura alrededor de la base metálica del tanque, ocultando el compartimiento que contenía todos los fluidos vitales y químicos que estaban siendo reciclados dentro y fuera de su organismo. Margaritas y ranúnculos estaban esparcidos sobre la cubierta de vidrio, aunque muchos habían resbalado y tapizaban el suelo alrededor de ella.

Jacin se detuvo para observar la escena, mientras pensaba que quizá Levana no era paranoica, después de todo. Tal vez la gente realmente amaba a Winter lo suficiente como para convertirla en una amenaza a la corona de su madrastra, a pesar de no tener sangre real.

El frasco se estaba entibiando en su palma. Todas las voces sonaban apagadas en sus oídos, reemplazadas por el sonido metálico de los mecanismos del tanque, el constante zumbido de los instrumentos de vida artificial, el pitido de la pantalla que mostraba sus signos vitales.

Jacin pasó los brazos sobre la cubierta para quitar las flores.

Bajo el cristal, Winter se veía como si estuviera durmiendo, excepto porque el líquido de preservación le daba un tono azulado que la hacía parecer enferma y resaltaba las cicatrices en su rostro.

Luego estaban las erupciones. Ampollas circulares de piel oscurecida dispersas en sus manos y desde los brazos hasta el cuello. Algunas habían aparecido en su mentón y alrededor de sus orejas. Jacin volvió a concentrarse en sus manos, y aunque era difícil distinguir entre su piel morena y el líquido coloreado, pudo advertir una sombra alrededor de sus uñas.

La última señal fatal de la fiebre azul.

A pesar de todo, ella seguía viéndose perfecta, al menos para él. Su cabello rizado flotaba en el gel del tanque y sus labios carnosos apuntaban hacia arriba. Parecía que fuera a abrir los ojos y sonreírle en cualquier momento. Esa sonrisa que él tanto conocía: juguetona, tentadora, irresistible.

—El tanque ha hecho más lentos sus procesos biológicos, incluido el avance de la enfermedad.

Jacin se sobresaltó. Un anciano estaba de pie al otro lado del tanque con una máscara sobre su boca y nariz. Al principio Jacin supuso que la máscara era para evitar que contrajera la enfermedad, pero luego vio los magullones que asomaban bajo las mangas del hombre y se dio cuenta de que era para impedir que la propagara.

—Pero no ha detenido la enfermedad por completo —agregó el hombre.

—¿Usted es doctor? —preguntó Jacin.

Él asintió y continuó hablando.

—Si abrimos el tanque y su antídoto no funciona, ella morirá, probablemente en menos de una hora.

—¿Cuánto vivirá si la dejamos allí?

El doctor bajó la mirada al rostro de la princesa y luego dio un vistazo a la pantalla instalada al pie del tanque.

—Una semana, en el mejor de los casos.

—¿Y en el peor?

—Un día o dos.

Apretando los dientes, Jacin mostró el frasco.

—Este antídoto viene de los laboratorios de Su Majestad. Sé que funcionará.

El hombre entrecerró los ojos y miró por encima de Jacin. Al darse vuelta, el guardia vio que Cinder y Scarlet lo habían seguido, aunque permanecían a una respetuosa distancia.

—Winter le confiaría su vida —afirmó Scarlet—. Yo digo que lo abramos.

El doctor dudó un momento antes de acercarse al pie del tanque y teclear algunos comandos en la pantalla.

Jacin se tensó.

Pasó un momento antes de que pudiera observar algún cambio, pero entonces vio que se formaba una burbuja de aire al tiempo que el líquido drenaba por la parte inferior, con un leve sonido al ser succionado por alguna tubería invisible. El rostro emergió sobre el líquido teñido de azul. La diferencia era impactante, ver el rojo persistente de sus labios, el temblor ocasional debajo de sus párpados.

No era un cadáver.

No estaba muerta.

Él la salvaría.

Una vez que el líquido escurrió por completo, el doctor volvió a teclear en la pantalla y la cubierta se abrió, deslizándose hacia la base sobre delgados rieles, dejando al descubierto una cama de poca altura donde Winter yacía.

Su cabello, húmedo por el gel, caía en mechones flojos alrededor de su cara, y su piel resplandecía al reflejar la luz. Jacin buscó sus manos, desenlazó sus dedos para deslizar su palma debajo de las de ella. Su piel estaba resbaladiza y el tono azul alrededor de sus uñas resultaba más evidente ahora.

El doctor empezó a quitar las agujas y sondas de su cuerpo: las fuerza vitales que habían conservado su sangre oxigenada sin respirar, que habían mantenido su corazón y su cerebro funcionando mientras dormía en una apacible suspensión. La mirada de Jacin siguió sus diestras y arrugadas manos, listo para derribar al viejo de un golpe si pensaba que estaba haciendo algo mal. Pero sus manos eran firmes y expertas.

Lentamente, el cuerpo de Winter empezó a darse cuenta de que ya no estaba recibiendo ayuda. Su pecho comenzó a subir y bajar.

Sus dedos fríos se crisparon. Jacin colocó el frasco a un lado de su cuerpo y se arrodilló entre las ramas y flores esparcidas.

Puso dos dedos en la muñeca de Winter. El pulso estaba ahí, cada vez más fuerte.

Dirigió la vista al rostro de ella, esperando el momento en que abriría los ojos. Cuando volvería a estar despierta, viva y, una vez más, completamente inalcanzable.

Se sobresaltó. Todo era tan irreal, y casi lo había olvidado.

Winter, coronada de flores y descansando sobre una enramada. Ella seguía siendo una princesa, y él seguía siendo nada.

Ese recordatorio lo agobió mientras esperaba. Memorizaba su rostro dormido, la sensación de su mano entre las de ella, la fantasía de cómo sería presenciar cada día su quietud al dormir.

Escuchó una pisada suave detrás de él y recordó que tenía público. La muchedumbre se acercaba, no tanto como para ser sofocante, pero más de lo que él habría preferido, considerando que había olvidado que estaban allí.

Y él había estado pensando en alcobas y amaneceres.

Jacin se levantó precipitadamente y agitó la mano ante la multitud que lo rodeaba.

—¿No tienen que planear un levantamiento o algo?

—Solo queremos saber si está bien —dijo Scarlet. Sostenía un frasco vacío en una mano.

—Está despertando —avisó el doctor.

Jacin giró a tiempo para ver que sus pestañas temblaban.

El doctor había apoyado una mano sobre el hombro de Winter; en la otra sostenía un monitor para revisar su organismo.

—Sus órganos están reaccionando con normalidad al proceso de reanimación. Su garganta y sus pulmones estarán adoloridos por un tiempo, pero sugiero que le demos el antídoto ahora.

Los ojos de Winter se abrieron y sus pupilas se dilataron. Jacin se aferró al borde del tanque.

—¿Princesa?

Ella parpadeó varias veces, como si tratara de sacudirse de las pestañas restos de aceite. Se concentró en Jacin.

Aunque trató de reprimirlo, Jacin sonrió, sobrecogido de alivio. Habían sido tantos los momentos en que estuvo seguro de que no volvería a verla jamás.

—Hola, Problema —susurró él.

Ella esbozó una sonrisa cansada. Su mano chocó contra la pared del tanque cuando intentó acercarse a él, y Jacin la tomó y la estrechó. Con la otra mano levantó el frasco con el antídoto. Con el pulgar desenroscó la tapa.

—Necesito que bebas esto.

Setenta y cuatro

WINTER RECORDABA VAGAMENTE QUE JACIN LA HABÍA AYUDADO A SENTARSE, que había vaciado el frasco en su boca y que se había derramado un líquido que no sabía a nada. Era difícil de tragar, pero oprimió la mano de Jacin y obligó a sus músculos a cooperar. Le parecía que todo olía a productos químicos. Sentía la piel grasosa, sentada en una cama de algún tipo de gel baboso.

¿Dónde estaba? Se acordaba de las cuevas de regolito y de los soldados lobos, los taumaturgos y Scarlet. Se acordaba de la gente y de los árboles. Se acordaba de una anciana encorvada y de una caja de dulces.

–Princesa, ¿cómo te sientes?

–Hambrienta –respondió, recostándose en el brazo de Jacin.

–De acuerdo. Te traeremos algo de comer –era extraño ver que mostrara tanta preocupación. Por lo común, sus emociones estaban escritas en una clave que no sabía descifrar. Entonces, Jacin miró hacia atrás de ella y preguntó–: ¿Qué dicen los instrumentos?

Winter siguió su mirada y vio a un hombre mayor, con una máscara y sosteniendo una pantalla portátil.

—Sus signos vitales se normalizan, pero es muy pronto para decir si es porque la despertamos de la estasis o si es por el antídoto.

A Winter se le ocurrió, como si armara un rompecabezas desordenado, que estaban a la intemperie y rodeados de gente. Inclinó la cabeza y un mechón de pelo húmedo resbaló por su hombro. La vivaz Scarlet y los soldados lobos que no se las habían comido estaban allí, y había muchísimos desconocidos, todos curiosos, inquietos y esperanzados.

Y estaba su prima, con la mano metálica brillante.

—Hola, amigos —murmuró sin dirigirse a nadie en particular.

Fue Scarlet la que sonrió primero.

—Bienvenida, loca.

—¿Cuánto tiempo tiene que pasar para que estemos seguros de que funcionó? —preguntó Jacin.

El doctor pasó la pantalla portátil una y otra vez sobre el brazo de Winter. La princesa siguió el movimiento del aparato y se dio cuenta de que revisaba la erupción de ampollas y protuberancias de la piel.

—Ya no debe tardar mucho.

Winter se pasó la lengua por los labios resecos y levantó una mano hacia la falsa luz diurna, que pronto no lo sería, pues se veía que los rayos del sol iluminaban el horizonte. El amanecer estaba por llegar.

La erupción de la piel era abundante. Las ampollas se amontonaban unas sobre otras y algunas estaban a punto de reventar. Era horrible y grotesco.

Si sus pulmones se lo hubieran permitido, se habría reído.

Por primera vez en su vida, nadie habría podido decir que era hermosa.

Le llamó la atención una mancha particularmente grande, tan larga como su pulgar, que se extendía de la muñeca al borde de la palma y se movía. Mientras la miraba, le salieron patitas y empezó a caminarle por el brazo, esquivando a las demás ampollas como si fuera una carrera de obstáculos, hasta escabullirse por debajo de la piel suave de la parte interior del codo. Una araña gorda que se escapaba corriendo por su piel.

—¡Winter!

Dio un salto. Scarlet se había acercado y se encontraba a los pies del tanque, con los brazos en jarra. Ella también tenía manchas oscuras, y aunque no eran tantas como las de Winter, se destacaban más sobre su piel blanca.

—El doctor te hizo una pregunta.

—No le grites —dijo Jacin.

—No la mimes —le gritó Scarlet.

Winter echó un vistazo para verificar que la mancha roja había regresado a su lugar antes de alzar la mirada hacia el doctor con la máscara.

—Discúlpeme, Su Alteza, ¿me permite que tome una muestra de su sangre?

Winter asintió con la cabeza y miró con interés cómo le insertaba la aguja en el brazo para tomar la muestra. Su fábrica de plaquetas había seguido trabajando mientras dormía.

El doctor puso la muestra en un enchufe especial en el costado de la pantalla portátil.

—¡Ah!, y beba esto —agregó, casi como si lo hubiera olvidado, señalando un vaso de papel con un líquido anaranjado—. Le servirá para la garganta.

Jacin trató de sostener el vaso, pero ella se lo quitó.

—Estoy más fuerte —le susurró.

No parecía que eso lo reconfortara.

—Sí, excelente —dijo el doctor y sonrió—. Se están neutralizando los patógenos. Su sistema inmunitario se recupera a un ritmo impresionante. Creo que podemos decir que el antídoto funcionó. Se sentirá mucho mejor en… una o dos horas. Me parece que habrá una diferencia notable, aunque es posible que pasen unos días antes de que vuelva a sentirse usted misma.

—¡Oh, no se preocupe! —le dijo Winter, con una voz que sonaba distante incluso dentro de su cabeza—. Nunca me siento yo misma por completo —levantó el brazo y preguntó—: ¿Voy a ser un leopardo para siempre?

—Las manchas se desvanecerán con el tiempo.

—¿Quedarán cicatrices?

—No lo sé —titubeó el doctor.

—No te aflijas, Winter —la consoló Scarlet—. Lo importante es que estás viva.

—No me entristece eso —dijo, mientras se pasaba un dedo por la piel abultada.

Qué extraña se sentía, qué imperfecta. Podría acostumbrarse a la imperfección.

—Es la prueba de que el antídoto funciona —explicó Cinder, apareciendo al lado de Jacin—. Necesito dos voluntarios que me ayuden con el resto de la distribución. Todos los que tengan síntomas, fórmense aquí en una fila. Si alguien tiene los dedos azules, que avance al frente. No corran y ayuden a los que estén demasiado débiles para moverse solos. ¡Vamos! —ordenó con una palmada y la gente se apresuró a obedecer.

Jacin retiró algunos de los grumos del pelo de Winter. Tenía la mirada perdida, como si no fuera consciente de lo que hacía. En respuesta, Winter se estiró y tomó un mechón del pelo rubio del guardia.

—¿Eres real? —preguntó.

—¿Parezco real? —preguntó él apenas sonriendo.

–Nunca –respondió ella, mientras sacudía la cabeza. De pronto dirigió su atención a la multitud–. ¿Ya logró Selene llevar adelante su revolución?

–Todavía no. La coronación es esta tarde. Pero estamos... –se interrumpió un momento–. Están pasando cosas.

Winter se mordió el labio para combatir su decepción. No se había terminado. Aún no habían ganado.

–¿Hay algún lugar al que podamos ir para quitarle todo esto de encima? –preguntó Jacin.

–Hay dos baños en la clínica, uno al final de cada pasillo –contestó el doctor.

Jacin cargó a Winter y la llevó a la clínica. Ella metió la cabeza debajo de su barbilla, pese a que lo dejó untado de gel pegajoso por todas partes. Era bueno que estuvieran juntos, aunque fuera por un momento.

Encontraron el baño, que tenía un retrete, un gran lavabo funcional y una tina poco honda. Jacin se detuvo en la puerta y estudió sus opciones con aspecto contrariado.

–Tienes un magullón en la cara –Winter frotó un nudillo contra el golpe–. ¿Te metiste en una riña?

–Thorne me pegó –explicó con una mueca–, pero creo que me lo merecía.

–Te hace parecer muy rudo. Nadie sospecharía que en el fondo eres un tierno corderito.

Él resopló y le sostuvo la mirada. De repente, Winter oía su corazón, pero no sabía si palpitaba con más fuerza o si se había percatado de los latidos en ese momento. Empezó a sentirse tímida.

La última vez que había visto a Jacin, él la había besado y ella le había confesado que lo amaba.

Se sonrojó, perdió el valor y apartó primero la mirada.

—Puedes ponerme en la tina. Me siento lo bastante fuerte para bañarme sola.

La depositó a regañadientes en el borde de la tina metálica y comenzó a mover nerviosamente los grifos. El agua olía a azufre. Cuando le pareció que la temperatura era la adecuada, buscó en un gabinete y encontró un frasco de jabón líquido, que le puso al alcance.

Winter se pasó los dedos por el pelo y recogió en la palma de su mano un puñado de mugre con olor a productos químicos.

—Tú no ves la enfermedad cuando me miras.

Jacin metió una mano en la tina y volvió a ajustar la temperatura. Con la otra mano ayudó a Winter a sostenerse para que girara sobre el borde de la tina y sumergiera los pies en el agua.

—¿Alguna vez he visto la enfermedad cuando te miro?

Winter se dio cuenta de que Jacin hablaba de la enfermedad lunar, no de una peste fabricada en un laboratorio. La enfermedad de su cabeza le había dejado sus propias cicatrices.

Cicatrices, cicatrices. Empezaba a tener muchas. Se preguntaba si estaba mal sentirse orgullosa de ellas.

—¿Cómo está? —le preguntó Jacin.

Winter tardó un momento en entender que le preguntaba por el agua. Observó la base picada y oscurecida de la tina y el agua turbia.

—¿Tengo que bañarme vestida?

—Sí, porque no voy a dejarte sola.

—¿Porque no soportas alejarte de mí? —le preguntó agitando las pestañas hacia él, pero cuando se dio cuenta abandonó el sutil coqueteo—: Ah, porque crees que tendré una alucinación y me ahogaré.

—¿No pueden ser las dos? Vamos, entra.

Ella se sostuvo de su cuello mientras la ayudaba a deslizarse dentro del agua, apenas poco más que tibia y que le ardía en la piel lastimada. Una capa grasosa ascendió a la superficie.

–Voy a conseguir una toa… –Jacin se interrumpió y se quedó inmóvil cuando ella no se separó de su cuello. Estaba arrodillado del otro lado de la tina, con los brazos metidos en el agua hasta el codo.

–Jacin, me apena que ya no sea bonita –Jacin levantó una ceja. Parecía que se iba a reír–. Lo digo en serio –continuó Winter, con el estómago tenso por la tristeza–. Y me apena que tengas que preocuparte por mí todo el tiempo.

Su media sonrisa desapareció.

–Me gusta preocuparme por ti. Me da algo en qué pensar durante los turnos largos y aburridos en el palacio.

Jacin bajó la barbilla y le dio un beso en la cabeza. Winter soltó los brazos de su cuello.

Él se levantó para que ella tuviera una sensación de privacidad mientras buscaba más toallas.

–¿Vas a quedarte como guardia real cuando Selene sea la reina?

–No sé –le contestó lanzándole una toalla de manos–, pero estoy seguro de que mientras seas una princesa que necesita protección, vas a quedarte conmigo.

Setenta y cinco

EL CALOR HABÍA AUMENTADO DENTRO DEL ARMARIO Y LA PIERNA IZQUIERDA le empezaba a hormiguear por la falta de flujo sanguíneo hasta que finalmente Cress se obligó a moverla. No quería hacerlo. Más allá de lo incómodo que fuera el armario, parecía seguro, y ella estaba convencida de que en cuanto se moviera alguien le dispararía.

Pero no podía quedarse allí para siempre, y el tiempo no iba a transcurrir más lento para adaptarse a su vacilante coraje. Se pasó por la nariz la imitación de ala de mariposa, y se forzó a empujar suavemente la puerta.

La luz del corredor la cegó y Cress retrocedió, cubriéndose con el brazo. Agotada por tantas emociones, salió a gatas del armario, mirando a cada lado del pabellón de la servidumbre.

Sus ojos captaron una mancha de sangre embadurnada cerca del armario.

Thorne. Retrocedió con miedo y trató de borrar la imagen de su mente antes de que la paralizara.

Cress se golpeó la pierna para reanimarla y se incorporó lentamente. Escuchó con atención, pero no oyó más que el sonido distante de máquinas y el zumbido de sistemas de calefacción y de suministro de agua en funcionamiento dentro de las paredes.

Armándose de valor, chequeó que el chip siguiera escondido en su vestido antes de recoger la pistola. Las antenas habían vuelto a caerse y las dejó en el fondo del armario.

Su estómago estaba hecho un nudo y tenía el corazón desgarrado, pero logró dirigirse hacia el corredor que Thorne había mencionado. Se detuvo en una esquina, dio un vistazo alrededor, y retrocedió, con el corazón golpeando con fuerza contra sus costillas.

Un guardia estaba allí.

Debía haberlo esperado. ¿Todos los elevadores estarían vigilados? ¿Las escaleras también?

La desesperación se filtró en sus pensamientos de por sí delirantes. La estaban buscando, ella era vulnerable sin Thorne, y no tenía un plan.

Esto no iba a resultar. No podría hacerlo sola. Iban a capturarla, encarcelarla y ejecutarla, y matarían a Thorne, y ella fracasaría, y todos ellos…

Apretó los puños contra sus ojos, hasta que sintió que el pánico había disminuido.

Compórtate como una heroína, había dicho Thorne.

Tenía que comportarse como una heroína.

Apenas atreviéndose a respirar por miedo a llamar la atención, se forzó a pensar en otra forma de llegar al cuarto piso.

Cress oyó pasos que se acercaban. Se ocultó precipitadamente y se hizo un ovillo detrás de una estatua a la cual le faltaba un brazo.

Compórtate como una heroína.

Tenía que concentrarse. Tenía que pensar.

La coronación empezaría pronto. Debía estar en el centro de control antes de que terminara.

Cuando el guardia se fue y ella estaba relativamente segura de que no iba a hiperventilar, levantó la cabeza y dio un vistazo alrededor. El salón no era amplio, pero estaba atestado de objetos, desde armarios y pinturas enmarcadas hasta alfombras enrolladas y cubetas de limpieza.

Tuvo una idea. Se apoyó en la pared para incorporarse y se alejó unos pasos de la estatua. Se preparó, corrió hacia la estatua y la empujó con el hombro tan fuerte como pudo.

Su pie resbaló por la fuerza del golpe y cayó sobre una rodilla. Apretó los dientes con un gruñido. La estatua se tambaleó sobre su base hacia delante. Hacia atrás. Hacia delante...

Cress se cubrió la cabeza cuando la estatua se desplomó hacia ella, golpeándola en la cadera antes de hacerse pedazos contra el suelo. Apretó un puño contra su boca para ahogar un grito y se obligó a renquear de vuelta hacia los elevadores, avanzando lentamente detrás de un montón de alfombras enrolladas.

No transcurrió mucho tiempo antes de que el guardia llegara corriendo, pasando rápidamente frente al escondite de Cress.

Aguantó el dolor en su rodilla y cadera y se escabulló desde detrás de las alfombras. Corrió tan rápido como pudo hacia los elevadores abandonados. Un grito de sorpresa hizo eco detrás de ella. Chocó contra la pared y clavó el dedo en el botón. Las puertas se abrieron.

Ella entró tropezando.

—¡Cerrar puertas!

Las puertas se cerraron.

Una pistola disparó. Cress gritó cuando una bala se hundió en la pared detrás de ella. Otra rebotó en las puertas antes de que cerraran.

Se dejó caer contra la pared y gimió al tiempo que se apretaba con la mano la cadera lastimada. Ya podía imaginar que iba a quedarle un magullón enorme.

El elevador comenzó a subir y después de un instante ella se dio cuenta de que no había seleccionado un piso. De cualquier forma, el guardia de abajo sin duda estaría observando a qué piso llegaría.

Tenía que ser una estratega. Tenía que pensar como una mente criminal.

Cress intentó prepararse para cualquier cosa que pudiera enfrentar cuando las puertas se abrieran de nuevo. Más guardias. Más pistolas. Más corredores interminables y escondites urgentes.

Apretando los ojos, se esforzó por visualizar el mapa del palacio que había estudiado en la mansión. Pudo imaginar con facilidad el salón del trono, situado en el centro del palacio, el balcón suspendido sobre el lago. Lo demás empezó a completarse a medida que ella se concentraba. Los aposentos privados de los taumaturgos y la corte. Un salón de banquetes. Salas de estar y oficinas. Un salón de música.

Una biblioteca.

Y el centro de sistemas de control de la reina, incluida la sala de transmisiones donde la corona grababa sus mensajes de propaganda con comodidad y seguridad.

El elevador se detuvo en el tercer piso. Temblorosa, Cress ocultó la pistola entre los pliegues adornados de su falda. Las puertas se abrieron.

Una multitud de extraños estaba frente a ella. Cress soltó un chillido. Sus pies deseaban correr, su cerebro le gritaba que se escondiera… pero no había espacio donde desaparecer y hombres y mujeres la miraban con desprecio y sospecha. Los que estaban más cerca del elevador dudaron, como si consideraran esperar a que llegara otro. Pero entonces una persona refunfuñó y entró, y los demás lo siguieron.

Cress apretó la espalda contra la pared del fondo, pero el aplastamiento de los cuerpos no llegó. A pesar de lo atestado que estaba el elevador, todo el mundo tenía cuidado de no acercarse demasiado a ella.

Su ansiedad comenzó a disminuir. Estas personas no eran lunares. Eran invitados terrestres y, a juzgar por su vestimenta formal, se dirigían a la coronación.

Lo último que ella quería era ser atrapada en medio de un grupo que iba a la coronación.

Cuando las puertas comenzaron a cerrarse, Cress se aclaró la garganta.

—Perdón, quisiera salir.

La muchacha se abrió paso. Su vestido arrugado se atoraba en trajes y vestidos. A pesar de que había muchos ceños fruncidos, le abrieron paso con gusto.

Porque pensaban que ella *era* lunar. Una auténtica lunar con la capacidad de manipularlos, no simplemente una vacía.

—Gracias —murmuró Cress a la persona que había detenido el cierre de las puertas. Se deslizó hacia fuera, con el pulso batiente.

Otro bello salón. Más vistas espectaculares. Una docena de pedestales exhibiendo estatuas y jarrones pintados.

Cress se dio cuenta de que anhelaba estar en el tosco interior de la Rampion.

Se apoyó contra una pared y esperó hasta estar segura de que el elevador se había ido antes de llamar otro. Necesitaba subir un piso más. Tenía que encontrar unas escaleras, o huir de regreso a los salones de los criados. Sintió que estaba en un espacio totalmente abierto. Demasiado expuesta.

Un sonido anunció la llegada del elevador. Cress se asustó y se apartó para no ser vista. Cuando las puertas se abrieron, se escucharon carcajadas y risitas. Cress contuvo el aliento hasta que las puertas se cerraron de nuevo.

Al escuchar voces que venían del lado izquierdo, Cress giró y se dirigió a la derecha. Pasó frente a una serie de puertas negras, que contrastaban contra las paredes blancas. Cada una estaba marcada con un nombre y un cargo en letras de oro.

REPRESENTANTE MOLINA, ARGENTINA, REPÚBLICA AMERICANA. PRESIDENTE VARGAS, REPÚBLICA AMERICANA. PRIMER MINISTRO BROMSTAD, FEDERACIÓN EUROPEA. REPRESENTANTE ÖZBEK, PROVINCIA DE RUSIA DEL SUR, FEDERACIÓN EUROPEA.

Una puerta se abrió y salió una mujer de cabello platinado y vestido largo color azul marino: Robyn Gliebe, presidenta de la Legislatura de Australia. Cuando Cress trabajó para Levana, había pasado horas escuchando los discursos de Gliebe sobre tratados comerciales y conflictos laborales. No habían sido horas emocionantes.

Gliebe se detuvo, sorprendida al ver a Cress parada ahí. La muchacha ocultó la pistola detrás de su espalda.

–¿Puedo ayudarte? –preguntó ella, increpándola con la mirada.

Claro, era obvio que Cress iba a toparse con la única diplomática terrestre que no se sentía intimidada por una lunar sospechosa que merodeaba por sus aposentos.

–No –respondió Cress, inclinando la cabeza en señal de disculpa–. Usted me asustó, es todo –pasó junto a la mujer, con la vista baja.

–¿Tienes permitido estar aquí?

Titubeante, Cress le devolvió la mirada.

–¿Disculpe?

–Su Majestad nos aseguró que nadie nos importunaría durante nuestra estadía. Creo que deberías marcharte.

–Oh. Yo… yo tengo que darle un mensaje. Solo llevará un minuto. Lamento haberla molestado.

Cress retrocedió, pero la mujer siguió frunciendo sus cejas delineadas en un gesto de desagrado. Dio un paso adelante y extendió la mano.

—¿Para quién es tu mensaje? Me encargaré de que lo reciba.

Cress miró fijamente la palma abierta, suave y llena de arrugas.

—Es… confidencial.

La mujer frunció los labios.

—Bien, me temo que si no te marchas de inmediato, tendré que llamar a un guardia para confirmar tu historia. Nos prometieron privacidad y yo no…

—¿Cress?

Su corazón dio un salto.

Kai.

Estaba parado allí, parpadeando como si pensara que se trataba de un encanto.

Una oleada de alivio se precipitó sobre Cress y casi la derriba. Se apoyó con una mano contra el muro.

—¡Kai! —exclamó, y temblando se corrigió—: Emperador, quiero decir… Su Majestad —se inclinó con una reverencia nerviosa.

Con el ceño fruncido, Kai miró a la representante.

—Gliebe-dàren, ¿no ha bajado todavía?

—Ya iba hacia allá —respondió la mujer, y aunque Cress no vio su mirada, pudo sentir su desconfianza—. Pero vi a esta chica y… como usted sabe, nos garantizaron privacidad en este piso, y no creo que ella debería…

—Está bien —dijo Kai—. Conozco a esta joven. Yo me haré cargo.

Cress examinaba el suelo, escuchando cómo se arrugaba su falda de tafetán.

—Con el debido respeto, Su Majestad, ¿cómo puedo estar segura de que ella no lo está manipulando para que la ayude?

—Con el debido respeto —repitió Kai, con tono de cansancio—, si ella quisiera manipular a alguien, ¿por qué no la habría manipulado a *usted* para que la dejara en paz?

Cress se mordió el interior de su mejilla mientras se alargaba el silencio entre ellos. Finalmente, la mujer hizo una reverencia.

—Por supuesto, usted se habría dado cuenta. Felicitaciones por su próxima coronación.

La mujer dirigió sus pasos hacia los elevadores.

Cuando se marchó, Cress esperó tres segundos enteros antes de lanzarse a los brazos de Kai con un sollozo que no sabía que había estado conteniendo.

Kai trastabilló sorprendido, pero devolvió el abrazo, dejándola llorar sobre su camisa de fina seda.

El consejero dejó escapar un ruido ahogado y Cress sintió que le quitaban la pistola de la mano. Ella se alegró de soltarla.

—Calma —la tranquilizó Kai, acariciándole el cabello—. Ahora estás bien.

Ella sacudió la cabeza.

—Se llevaron a Thorne. Le dispararon, se lo llevaron y no sé si está muerto y no sé… No sé qué le harán.

Cress habló hasta que los sollozos comenzaron a disiparse. Inclinando la cabeza, se frotó con las manos las mejillas enrojecidas.

—Lo siento —sorbió por la nariz—. Es solo que… realmente me da gusto verte.

—Está bien —Kai la apartó con delicadeza para poder ver su rostro—. Comienza por el principio. ¿Por qué estás aquí?

Ella intentaba tomar las riendas de la estampida de emociones cuando vio la mancha de humedad que había dejado en su camisa.

—Oh… Estrellas. Lo siento mucho —la frotó con los dedos.

—Está bien, Cress. Mírame —dijo él sacudiéndola ligeramente.

Ella lo miró mientras volvía a frotarse los ojos con las muñecas.

A pesar de la mancha que le había dejado, Kai se veía muy elegante con una túnica de seda color crema ceñida con unas ranas de oro y un fajín a franjas con los colores de la bandera de la Comunidad Oriental: verde mar, azul verdoso, naranja intenso. Si el fajín hubiese sido rojo, habría sido una réplica exacta del atuendo que llevaba puesto cuando Cinder y los demás lo secuestraron.

Pero no. Ya estaba casado. Ahora era el esposo de la reina Levana, el hombre que se dirigía a convertirse en rey consorte de Luna.

Dirigió su atención a un lado. El consejero real Konn Torin vestía un traje de etiqueta sencillo y Cress fue capaz de percibir su preocupación a pesar de su compostura. Sujetaba con dos dedos la empuñadura de la pistola, y se veía tan cómodo con ella como Cress había estado.

—¿Cress? —comenzó Kai llamando de nuevo su atención.

La muchacha se pasó la lengua por los labios.

—Se suponía que Thorne y yo debíamos llegar al centro de sistemas de control, pero lo capturaron. Dijeron algo acerca de llevarlo a una celda de detención. Escapé, pero ahora yo…

—¿Para qué trataban de llegar al centro de control?

—Para transmitir otro video que grabó Cinder. Muestra a la reina… ¡Oh! ¡Quizá no sabes que Cinder está viva!

La expresión de Kai se congeló por un momento, antes de inclinar la cabeza hacia atrás y exhalar lentamente. Sus ojos tenían una nueva luz cuando miró a Konn Torin, pero el consejero estaba observando a Cress, aún reticente a sentirse aliviado.

—Cinder está viva —repitió Kai para sí mismo—. ¿Dónde está?

—Está con Iko, Jacin y… es una historia larga —apretándose la cara, Cress sintió el peso del tiempo que la apremiaba. Empezó a hablar más rápido.

—Jacin iba a averiguar si podía encontrar el antídoto contra la letumosis para distribuirlo en los sectores exteriores porque hay mucha gente enferma, incluida la princesa Winter, y Scarlet también. Oh, y

Levana se llevó a Wolf y no sabemos dónde está él, ¡y ahora tienen a Thorne…! –Cress se cubrió la cara con las manos en un esfuerzo por no manchar aún más la camisa de Kai. Él le frotó los brazos, pero aun con ese gesto de compasión ella pudo notar que estaba distraído.

Konn Torin carraspeó. Moqueando, Cress bajó las manos y descubrió que un brazo extendido le ofrecía un pañuelo, como si Torin temiera contagiarse de la histeria si se acercaba más.

–Gracias –dijo Cress después de tomar el pañuelo y sonarse la nariz.

–¿Qué necesitas?

Ella volvió su atención a Kai.

–Rescatar a Thorne –respondió ella sin pensarlo. Pero luego recordó sus últimas palabras para ella. *Compórtate como una heroína.* Tragó saliva–. No, yo… yo necesito llegar al centro de control. Tengo que reproducir este video por el sistema de transmisión de Levana. Cinder cuenta con ello.

Kai se pasó una mano por el cabello. Cress sintió un escalofrío cuando lo vio transformarse de emperador impecable en adolescente preocupado con ese simple gesto. Pudo ver su indecisión. Lo mucho que deseaba ayudar, y, al mismo tiempo, el peligro en que pondría a su país al involucrarse.

Cress sentía cómo corría el tiempo.

–Su Majestad.

Kai miró a su consejero y asintió.

–Ya sé. Probablemente enviarán un equipo de búsqueda si no me presento pronto. Solo necesito un minuto para… para pensar.

–¿Qué hay que pensar? –dijo Torin–. Usted preguntó a esta joven qué necesitaba y ella le dio una respuesta muy concisa. Todos sabemos que usted va a ayudarla, así que parece una pérdida de tiempo discutir los pros y contras de esa decisión.

Cress jugueteaba nerviosamente con sus guantes, sintiendo cómo las alas de mariposa rozaban sus brazos. El consejero se mostró serio y amable al devolverle la pistola, con la empuñadura hacia delante.

—Puede quedársela si quiere –dijo Cress, con un estremecimiento.

—No la quiero –respondió Torin–. Y tampoco pretendo ponerme en cualquier situación en la cual *pueda* quererla.

Con un suspiro de resignación, Cress la tomó. Pasó un momento pensando dónde podría guardarla, pero su atuendo no le ofrecía ninguna buena alternativa.

—Tome –Torin se quitó la chaqueta y se la entregó.

Cress dudó al escuchar la voz de Iko en su cabeza (*¡Eso no combina para nada!*), antes de ignorarla y dejar que la ayudaran con las mangas. Le quedaba enorme, pero se sintió más sosegada, menos vulnerable.

—Gracias –dijo ella al tiempo que encontraba el bolsillo interior y deslizaba dentro la pistola con una enorme sensación de alivio.

—Se espera que Su Majestad se haga presente en el salón principal a más tardar en dos minutos –avisó Torin y luego dirigió su atención al desconcertado Kai–. Confío en que podré retrasarlo al menos quince más.

Setenta y seis

KAI NO ESTABA SEGURO DE QUIÉN LLEVABA LA DELANTERA, SI ÉL O CRESS, mientras se apresuraban por corredores abandonados en los que resonaban con rapidez y energía sus pisadas. Pero cuando Cress empezó a perder el ritmo y a luchar por alcanzarlo, se obligó a aminorar la marcha.

—Vamos a tratar de lograrlo sin el arma –dijo, como si lo hubieran discutido, aunque casi no habían dicho nada desde que se separaron de Torin–. Nos haremos cargo de esto con diplomacia o, por lo menos, furtivamente, mientras podamos.

—No tengo ningún inconveniente –coincidió Cress–. Pero creo que no porque seas el emperador y estés a punto de convertirte en su rey van a dejarte entrar tan campante en la sala de transmisión y ponerte a manipular el equipo.

Cada puerta que pasaban tenía un diseño diferente, labrado en la madera. Una mujer hermosa que sostenía un conejo de largas orejas. Un hombre con cabeza de halcón que tenía encima una luna creciente haciendo equilibrio. Una muchacha vestida con un manto de zorra que llevaba una lanza de cacería. Kai sabía que eran símbolos de

Luna y de su importancia en las culturas terrestres, aunque muchos se habían perdido y estaban olvidados; ni siquiera Kai estaba al tanto de su significado.

Dieron la vuelta en otro pasillo y cruzaron por un puente aéreo de cristal. Bajo sus pies corría un arroyo plateado.

–Tienes razón –dijo Kai–; pero creo que por lo menos puedo hacer que entres –dudó y enseguida añadió–: Cress, no voy a poder quedarme. Si me ausento demasiado tiempo, Levana sospechará, y eso es lo último que necesitamos ahora. Lo entiendes, ¿verdad?

–Entiendo –bajó la voz, aunque los corredores estaban vacíos. Todos los huéspedes, todos los guardias, todos los criados estaban a la espera de que comenzara la coronación–. Me imagino que las puertas estarán cerradas con una clave secreta. El plan era hackear las claves, pero Thorne se llevó la pantalla portátil.

Kai desabrochó la pantalla portátil de su cinturón.

–¿Te sirve la mía?

–¿No vas… a necesitarla? –preguntó Cress, mirando el aparato.

–No tanto como tú. De todas formas, no habría podido llevarla a la ceremonia. Están prohibidos todos los dispositivos. Puso los ojos en blanco y le entregó la pantalla portátil. En otra época, habría sentido que le quitaban un miembro, pero se había acostumbrado a no tenerla cuando Levana se la confiscó.

Además, una parte de él sentía la emoción de saber que estaba contribuyendo a socavar el régimen de la reina.

–¿Cómo sabes adónde vamos? –le preguntó Cress metiendo la pantalla portátil en uno de los bolsillos de la chaqueta de Torin.

–Hace poco tuve la grata experiencia de compartir uno de los videos de propaganda de Levana –refunfuñó Kai.

Cuando se acercaron al sector del palacio opuesto al gran vestíbulo con vista al lago, donde la coronación estaba programada para empezar, oh, hacía seis minutos, Kai levantó la mano y se detuvieron.

—Espera aquí —murmuró llevándose un dedo a los labios.

Cress se pegó a la pared. Se veía diminuta, aterrorizada y ridícula con esa falda anaranjada abombada, y su instinto caballeroso le decía a Kai que no la abandonara precisamente en ese lugar; pero ahogó ese impulso recordando que también era la genia que con una sola mano había anulado por completo el sistema de seguridad del palacio de Nueva Beijing.

Se alisó la banda patriótica y dio la vuelta a la esquina. Esta ala estaba sellada y, hasta donde sabía Kai, la puerta era la única manera de entrar o de salir. Como lo esperaba, la defendía un guardia impávido en posición de firme, el mismo guardia —pensó Kai— que estaba de servicio la vez que Levana lo había arrastrado hasta aquí.

El guardia entrecerró los ojos cuando vio a Kai con su túnica blanca.

—Esta zona no está abierta al público —le indicó con voz aburrida.

—No soy precisamente "el público" —le contestó Kai y se metió las manos en los bolsillos, tratando de mostrarse condescendiente e insolente al mismo tiempo—. Tengo entendido que las galas para la coronación se resguardan en esta ala, ¿no es verdad? —El guardia lo miró con suspicacia—. Vine a recoger el Broche… de la Eterna Luz Estelar. Te darás cuenta de que no tengo tiempo suficiente.

—No dudo que esté acostumbrado a hacer su voluntad en la Tierra, *emperador*, pero no se le permite pasar por estas puertas ni tampoco ver las joyas de la Corona sin documentación oficial de la reina.

—Lo entiendo y me encantaría solicitar esa documentación si Su Majestad no se encontrara en este mismo momento del otro lado del palacio, vestida con el atuendo de la coronación y ungida con la mixtura de aceites sagrados de la Comunidad Oriental para purificarse antes de la ceremonia en la que se convertirá en la emperatriz de mi país. Así que está un tanto ocupada en este momento y tengo que encontrar ese broche para que la ceremonia no se demore más de lo que ya se ha atrasado.

—¿Cree que soy idiota?

—De hecho, empiezo a creerlo. Solo un idiota estorbaría la coronación de Su Majestad. ¿Quieres que la busque y que le explique que no podemos seguir adelante por tu obstinación?

—Nunca he oído de ese *Broche de la Eterna Luz Estelar*.

—Claro que no. Fue diseñado en particular para representar la alianza entre Luna y la Tierra y se le obsequió a uno de los antepasados de la reina hace un siglo. Por desgracia, como sabrás, en todo ese tiempo no ha habido alianzas entre nosotros, así que no había hecho falta el broche, hasta ahora. Y el imbécil encargado de preparar las joyas lo olvidó.

—¿Y lo enviaron *a usted* a recogerlo? ¿No deberían estar untándolo también de aceites?

Kai dejó escapar un largo suspiro y se atrevió a ponerse al alcance del guardia.

—Lamentablemente, parece que soy el único de esta lunita que tiene alguna idea de cuál es el broche. Escucha: cuando termine esta velada, seré tu rey, y si quieres amanecer con tu trabajo mañana, sugiero que me dejes pasar.

El guardia apretó la mandíbula, pero no se movió.

Kai levantó los brazos.

—¡Por todas las estrellas! No te estoy pidiendo que abras la puerta, cierres los ojos y cuentes hasta diez. Desde luego que vas a entrar conmigo y verás que no me robo nada. Pero el tiempo apremia. Ya tengo diez minutos de retraso. ¿Prefieres presentarte ante Su Majestad y explicarle la demora?

Con un resoplido, el guardia retrocedió y abrió la puerta.

—De acuerdo, pero si toca algo más que ese dichoso broche, tendré que cortarle la mano.

—Está bien —admitió Kai, poniendo los ojos en blanco con un gesto que pretendía comunicara su total falta de preocupación, y siguió al guardia. El hombre ni siquiera tuvo que alejarse mucho de su puesto: la bóveda que resguardaba las hoyas cuando no se usaban para una coronación estaba inmediatamente a la izquierda, detrás de una enorme puerta de seguridad.

Kai apartó la mirada para que el guardia anotara la clave en la pantalla y presionara el escáner con las huellas de los dedos. Luego, hizo girar el mecanismo de cierre.

Se abrió la puerta, que era tan gruesa como el cráneo del guardia.

La bóveda estaba revestida con terciopelo y había lámparas que alumbraban pedestales vacíos. Casi todas las coronas, orbes y cetros que normalmente se encontraban ahí estaban ya en el gran salón; pero tampoco estaba vacío.

Kai respiró profundamente y comenzó a pasearse por la bóveda. Estudió cada anillo, cada vaina, cada diadema, cada brazalete; todas las piezas que la Corona lunar había reunido a lo largo de los años para usar en diversas ceremonias. Kai sabía que la mayor parte eran regalos entregados por la Tierra muchos años atrás, como muestra de buena voluntad antes de que se suspendieran las relaciones entre Luna y la Tierra.

Escuchó unos pasos amortiguados fuera de la bóveda, pero no se atrevió a mirar.

—¡Aquí está! —gritó y dio la espalda al guardia, con el corazón en la garganta al imaginarse a Cress escurrirse por la puerta. Se sacó el medallón del bolsillo, el que Iko le había dado a bordo de la Rampion en una ocasión que le parecía muy lejana. Kai frotó

con el pulgar la insignia deslustrada y las palabras borrosas: "86°
Regimiento Espacial de la República Americana"–. Lo encontré –dijo
y lo alzó para que el guardia pudiera ver que sostenía algo sin dejarlo que lo examinara bien–. Vaya. Excelente. No habríamos podido
seguir con la ceremonia sin el broche. Su Majestad se sentirá emocionada. Veré si podemos concederte un ascenso, ¿está bien? –le dio
una palmada en el brazo–. Creo que es todo. Gracias por tu ayuda.
Tengo que apresurarme.

El guardia gruñó y Kai se dio cuenta de que no estaba nada convencido, pero no tenía importancia.

Cuando volvieron al corredor, Cress ya había desaparecido.

CRESS DOBLÓ CORRIENDO LA PRIMERA ESQUINA Y PEGÓ LA ESPALDA
contra la pared, con el corazón agitado. Aguardó hasta que oyó al
guardia cerrar la puerta de la bóveda y empezó a correr, esperando
que el ruido del mecanismo de cierre tapara el de sus pisadas.

Se acordaba de este pasillo, de cuando Sybil la traía, y no le
costó trabajo encontrar la puerta del centro de control en cuanto
se orientó. Se detuvo y probó con vacilación la manija de la puerta.
Sintió alivio al notar que estaba cerrada, pues era un buen indicio
de que no había nadie adentro. Confiaba en que los empleados de
seguridad se habrían instalado en una sala satélite de control cerca
del gran vestíbulo, como había sido el procedimiento en los acontecimientos importantes cuando trabajaba con Sybil. Pero confiar no
era lo mismo que tener la certeza. La pistola le pesaba en el bolsillo
de la chaqueta de Torin y no le daría ningún consuelo si se topaba
con más obstáculos.

Cress se acuclilló ante el panel de seguridad y sacó la pantalla
portátil de Kai. Desenrolló el conector universal.

Tardó veintiocho segundos en descifrar la clave y entrar en la sala, lo cual era una eternidad, pero se distraía y sobresaltaba con cualquier ruido lejano. Cuando oyó el sonido de la puerta al abrirse, el sudor le corría por la espalda.

Respiraba agitadamente, pero se había tranquilizado. No había nadie adentro. Entró y cerró la puerta.

Mientras estudiaba la sala, la adrenalina bombeaba por sus venas como combustible de avión. Estaba rodeada de pantallas invisibles, hologramas y sistemas de programación. Todos le parecieron familiares, así que el nudo que tenía en el estómago se aflojó. Instinto y costumbre. Preparó mentalmente una lista.

La sala era grande y estaba atestada de escritorios, sillas y equipos, junto con tableros en los que se alternaban las tomas de video de los sectores externos con el plano de los trenes subterráneos y con las tomas de diversos sectores del palacio. Había una cabina de grabación separada a la que se entraba por una puerta insonorizada. Luces y equipos de grabación rodeaban una réplica del trono de la reina. Un velo transparente cubría la cabeza de un maniquí. La imagen le produjo escalofríos. Le parecía estar viendo a Levana.

Se alejó del maniquí y se instaló en una de las sillas de control. Se sacó el arma del bolsillo de la chaqueta y la puso junto con la pantalla portátil sobre un escritorio, todo al alcance de la mano. Sentía la presión del tiempo tanto como Kai. Ya había perdido mucho: cuando besó a Thorne en el atrio, cuando estuvo escondida en el armario, cuando deambuló por los corredores como un conejo extraviado.

Pero ahí estaba. Lo había logrado. Se había comportado como una heroína… casi.

Se repitió mentalmente sus objetivos.

Pasó la yema de los dedos por la pantalla invisible más cercana y comenzó el recuento, uno por uno.

En primer lugar, reconfiguró las claves de seguridad del transmisor de la reina. Bloqueó el acceso al arsenal del palacio. Programó la desactivación de las barreras de los túneles que rodeaban la ciudad de Artemisa.

Hackear las claves, dominar los protocolos. Era como una coreografía, y aunque le dolían los músculos, todavía recordaba los pasos.

Por último, se sacó el chip del canesú. Visualizó el transmisor en la parte alta del palacio enviando la grabación oficial de la Corona a todos los receptores del domo. Un circuito cerrado, protegido por un complejo laberinto de controles de acceso y claves de seguridad.

Habrían pasado cinco minutos. Ocho. Nueve cuando mucho.

Comprobado. Comprobado. Comprobado…

Cuando insertó en el puerto el chip con el video de Cinder escuchó pisadas en el pasillo. Percibió el agradable clic.

Descargar, transferir los datos, traducir el encriptado.

Sus dedos bailaban por las pantallas, sosteniendo con audacia el ritmo de la codificación.

Afuera, el ruido de las pisadas se aceleró.

Cress sintió que el pelo se le pegaba a la nuca.

Comprobado, comprobado.

Listo.

Borró los datos de las pantallas y ocultó sus acciones con varias líneas apresuradas de comandos.

La puerta se abrió de golpe y entraron los guardias.

Un silencio confuso.

Apretada en el espacio que quedaba entre el tablero de las pantallas y la computadora central del transmisor, Cress contenía el aliento.

—¡Dispérsense y traigan gente de tecnología para que averigüe qué hizo!

–Dejó una pantalla portátil –dijo alguien. Cress oyó el roce contra el escritorio cuando la levantaron. Temblando, bajó la vista hacia la pistola que tenía en la mano. De nuevo sentía un nudo en el estómago. No podía evitar pensar que había tomado el objeto equivocado. Se enterarían de que él la había ayudado.

–Quizá planeaba regresar.

–Tú quédate aquí a esperar a los técnicos. Quiero un guardia apostado en todas las puertas de esta ala hasta que la encontremos. ¡Vamos!

La puerta se cerró y Cress respiró entrecortadamente, debilitada por la oleada de adrenalina.

Estaba atrapada. Habían capturado a Thorne.

Pero se habían comportado como héroes.

Setenta y siete

JACIN YA HABÍA SALIDO DE NUEVO CUANDO WINTER TERMINÓ DE LIMPIAR su cabello de la resbalosa sustancia gelatinosa. Se vistió con la ropa seca que alguien había llevado para ella.

No podía dejar de sonreír. Jacin estaba vivo y había vuelto.

Pero, a la vez, el corazón le dolía. Había gente que moriría hoy.

Revisó sus brazos. La erupción ya estaba desvaneciéndose. Al menos algunos de los hematomas no se veían tan oscuros, y la coloración azul debajo de sus uñas había desaparecido.

Cuando abandonó la seguridad del baño, encontró la clínica atestada de gente: el único doctor y una docena de civiles auscultaban a los pacientes que estaban demasiado enfermos para hacer fila y recibir el antídoto. Siete muertes, le habían dicho. En el corto lapso desde que Levana había infectado a Winter, siete personas de este sector habían muerto de letumosis.

Habrían sido muchos más si Jacin y Cinder no hubieran llegado, pero eso apenas reconfortaba a Winter. Siete muertes. Siete personas que podrían haber permanecido en el tanque de suspensión animada si no se lo hubieran dado a ella.

Winter pasó despacio frente a los pacientes, tomándose el tiempo para sonreír y ofrecer un reconfortante apretón de hombros mientras se dirigía a la salida. Subió el pequeño peldaño de madera.

Una aclamación retumbó en el domo: cientos de voces al unísono.

Winter se quedó helada y luego retrocedió hacia el alero del edificio.

La multitud seguía vitoreando, agitando sus armas improvisadas sobre sus cabezas. Los soldados lobo empezaron a aullar. Winter se preguntó si ella también debía aplaudir. O aullar. O si ellos esperaban que hablara… aunque todavía sentía la garganta reseca y su cerebro seguía aturdido.

Scarlet apareció a su lado, agitando los brazos en un intento por calmar al gentío. Parecía contenta y a la vez enfadada cuando vio a Winter. Las señales de la peste persistían en la pálida piel de Scarlet: pecas mezcladas con moretones y piel irritada. Aunque todavía tenía algunas ampollas oscuras, la enfermedad no había avanzado tan rápido en Scarlet como lo había hecho en Winter y en esos pobres siete pobladores. Todos sabían que ella había tenido suerte.

—¿Qué está pasando? —preguntó Winter.

—Cinder y los alfas están analizando la estrategia —respondió Scarlet—. La coronación comenzará muy pronto. La gente se está impacientando. Además, todos te aman, ¡sorpresa, sorpresa!, y han estado esperando para ver que estás bien.

Winter se arriesgó a sonreír y la gente la ovacionó de nuevo. Alguien silbó y otro soldado aulló.

Por el rabillo del ojo, la princesa pudo captar una figura: Jacin estaba apoyado contra el muro de la clínica, mirándola con una sonrisa cómplice.

—Todavía no han compuesto ninguna balada en tu honor —dijo—, pero estoy seguro de que solo es cuestión de tiempo.

–¡Cress lo logró! –gritó Cinder. Se abrió paso entre la multitud, seguida de un grupo de soldados. La gente se apartó–. Las barreras de los túneles de los trenes de levitación magnética están desactivadas. No hay nada más que nos impida llegar a Artemisa. ¡No hay nada que nos detenga para exigir que Levana sea llevada ante la justicia!

Otra aclamación, dos veces más ruidosa que la anterior, vibró a través del suelo e hizo eco en el domo.

Winter miró a la multitud con el corazón expandido como un globo. La gente miró a Cinder con sobrecogimiento, claridad y un leve brillo de esperanza. Winter jamás había visto eso en los ojos de los habitantes de Luna. Sus caras siempre estaban ensombrecidas por el miedo y la incertidumbre. O, peor aún, contemplaban a su madrastra con estupefacta adoración. Forzados a amar a su gobernante: un recordatorio de que no tenían libertad, ni siquiera en sus mentes o sus corazones.

Esto era diferente. La gente no estaba cegada por el encanto de Cinder ni era manipulada para verla como su reina legítima. La estaban viendo como era en verdad.

–Alfa Strom, el mapa –indicó Cinder, emocionada.

Strom le entregó un nodo holográfico y Cinder desplegó una imagen que todos pudieron ver, la que trazaba el camino que tomarían hacia la capital.

–Nos separaremos en dos grupos para atravesar los túneles más rápido –sugirió, indicando las rutas en el mapa–. Cuando lleguemos a AR-4 y AR-6, nos dividiremos en grupos más pequeños para cubrir las ocho entradas hacia Artemisa. En cada sector por el que pasemos, necesitaremos voluntarios que reúnan tanta gente como sea posible para nuestra causa. Haremos acopio de armas y provisiones y luego seguiremos avanzando. Recuerden: nuestra seguridad radica en que seamos muchos. Ella mantiene los sectores divididos por una razón.

Sabe que no tiene poder si todos estamos juntos, ¡y eso es exactamente lo que vamos a hacer!

Otro bramido de la muchedumbre, pero Cinder, agitada y emocionada, ya había volteado hacia las escaleras.

Winter se enderezó, orgullosa por primera vez de estar ante su reina.

—Tenemos pruebas de que al menos otros ochenta y siete sectores ya se han unido a nuestra causa, y tengo suficientes razones para creer que ese número ha seguido creciendo. Con el sistema de transporte desactivado, ese deslizador todoterreno es el mejor medio que tenemos para difundir nuestras noticias rápidamente y asegurar que todos los civiles se sumen a una gran fuerza que avance hacia Artemisa. Jacin, hice una lista de sectores a los que quiero que vayas, aquellos donde ya hay señales claras de rebelión y deben tener armas disponibles. También de los que están más cerca de Artemisa y ofrecen una clara posibilidad de incrementar nuestras filas rápidamente. Llega a tantos como puedas en las próximas dos horas, luego reúnete con nosotros en los túneles debajo de la AR-4 a las...

—No.

Cinder parpadeó. Sus labios envolvieron a medias una palabra no pronunciada. Parpadeó de nuevo.

—¿Disculpa?

—No dejaré a Winter.

Un escalofrío recorrió la piel de Winter, pero Jacin no la miró.

Aún boquiabierta, Cinder miró a la princesa, luego a Scarlet, y de nuevo a Jacin. Cerró la boca con un gesto de enfado y volteó hacia Scarlet.

—¿*Tú* puedes tripularla?

—Ni siquiera había visto jamás una cosa de esas. ¿Vuela como una nave espacial?

La mirada airada de Cinder regresó a Jacin.

–Necesito que lo hagas. Confío en ti, y…

–Dije que no.

Ella sacudió la cabeza, incrédula. Luego furiosa.

–¿Qué piensas que pasará con Winter, o con *cualquiera* de nosotros, si perdemos?

Jacin se cruzó de brazos, listo para discutir de nuevo, cuando Winter le puso una mano sobre el hombro.

–Yo iré con él –dijo con delicadeza, para que sus palabras relajaran un poco la tensión.

No funcionó. La mirada encendida de Jacin se dirigió a ella.

–No, te quedarás aquí y te recuperarás. Casi *mueres*. Además, Levana ya ha tenido suficientes oportunidades para matarte. No vas a acercarte a Artemisa.

Fijó la mirada en él, sintiendo cómo se despertaba la determinación que había experimentado cuando decidió buscar al ejército de su madrastra y ponerlo de su lado.

–Tal vez no sea capaz de pelear, pero *puedo* ser útil. Iré contigo y hablaré con la gente. Me escucharán.

–Princesa, no tenemos que…

–Ya tomé una decisión. Tengo tanto que perder como cualquiera de ellos.

–Esos son buenos argumentos –dijo Cinder.

–Sorprendente –agregó Scarlet.

Jacin sacó a Winter de ese pequeño círculo, para hablar con ella en privado.

–Escucha –susurró, sujetándola por los codos. Ella pudo sentir los callos en sus manos, más ásperos que nunca. La inesperada intimidad hizo galopar su pulso–: si quieres que ayude a Cinder con esto, lo haré. Por *ti*. Pero no voy… no *puedo* perderte de nuevo.

Winter sonrió y tomó sus mejillas entre las manos.

—No hay otro lugar donde esté más segura que a tu lado.

Jacin tensó la quijada. Podía ver cómo se debatía, pero estaba resuelta.

—He vivido temiéndole toda mi vida —continuó Winter—. Si esta es la única oportunidad que voy a tener de hacerle frente, debo aprovecharla. No quiero esconderme. No quiero tener miedo. Y no quiero separarme de ti nunca más.

Él empezó a dejar caer los hombros, primera señal de que ella había ganado. Pero levantó el índice entre ambos.

—Bien. Iremos juntos. Pero no vas a tocar ningún arma, ¿entendido?

—¿Qué haría yo con un arma?

—Exactamente.

—Jacin, Winter —Cinder golpeteaba el suelo, nerviosa, con la punta del pie, cada vez más impaciente—. No tenemos mucho…

Como si el cielo estuviera escuchando, la cúpula del domo se oscureció y tres enormes pantallas se iluminaron sobre el fondo negro.

—Gente de Luna —dijo una voz femenina—, por favor, les pido que presten atención a la siguiente transmisión obligatoria, en vivo desde el palacio de Artemisa. La ceremonia real de coronación está a punto de empezar.

Winter esbozó una sonrisa pícara. Se apartó de Jacin, se dirigió a la multitud y alzó los brazos.

—Gente de Luna —dijo haciéndose eco de la transmisión. La muchedumbre dejó de mirar el domo—, por favor, presten atención ahora a la heredera legítima del trono lunar, la princesa Selene, en vivo desde su propio sector —sus ojos centellearon cuando extendió el brazo hacia Cinder—. Nuestra revolución está a punto de comenzar.

Libro
CINCO

El espejo contestó: "Tú, reina mía,

eres hermosa, es verdad; pero

la joven reina es mucho más

hermosa que tú".

Setenta y ocho

KAI BAJÓ A TODA PRISA AL VESTÍBULO, CONTENTO DE QUE NO HUBIERA nadie viéndolo correr a la coronación con su atuendo de gala, aunque tenía demasiados pensamientos dándole vueltas en la cabeza como para que le importaran las apariencias. Cinder vivía. Habían capturado a Thorne. Cinder estaba a punto de invadir Artemisa.

Ese mismo día. *Ya*.

Se sintió culpable por haber dejado sola a Cress. Debió haberla ayudado más. No tendría que haberse preocupado por llegar tarde a la coronación, una ceremonia en la que, de todos modos, no quería participar. Tendría que haberse dado más el gusto de hacer esperar a Levana. Debió haber fingido otro secuestro.

Maldijo para sí mismo. Habría querido haber pensado antes en todo eso.

Pero no… su retraso habría disparado las alarmas y lo último que Cress y los otros necesitaban era que sonaran alarmas. Lo mejor que podía hacer para apaciguar las sospechas de Levana era continuar como si nada hubiera cambiado.

Lo mejor que podía hacer era coronarla emperatriz de su pueblo.

La idea lo enfermaba, pero tenía que atenerse a lo planeado.

Dio vuelta en una esquina y casi derriba una estatua de algún musculoso dios lunar. Kai sujetó la estatua y la enderezó con el corazón en la garganta. Cuando él y la estatua se calmaron, empujó las puertas dobles que llevaban a una serie de salas privadas de espera.

Dos guardias flanqueaban el paso al gran salón. Konn Torin estaba sentado en una banca acojinada junto a una mujer de pelo dorado y batido, que suspiró con tanto fervor que Kai pensó que iba a desmayarse.

—¡Oh, gracias, Artemisa! —exclamó ella, presionando un pañuelo contra sus cejas—. ¿Dónde estaba?

—Le dije que venía en camino —intervino Torin.

La mujer lo ignoró, porque ya hablaba a través de un aparato que tenía en la muñeca.

—El emperador llegó. La ceremonia comienza en treinta segundos —se guardó la pantalla portátil en el cinto y estudió a Kai con una mezcla de ansiedad y disgusto—. *¡Terrícolas!* —murmuró mientras estiraba la banda de Kai y le sacudía el pelo de la cara—. Nunca se toman en serio su apariencia.

Kai se tragó una réplica veloz a propósito del pelo dorado y aceptó un vaso de agua que le ofreció un criado.

Torin se levantó de la banca y se metió las manos en los bolsillos. Se veía escandalosamente informal sin chaqueta y Kai se preguntó si a él también lo habría criticado esta mujer, quienquiera que fuese.

—¿Está todo bien, Su Majestad?

Torin pronunció estas palabras con una calma indiferente, pero Kai percibió la tensa curiosidad debajo de su expresión. Y aunque no sabía si era vedad, asintió con la cabeza.

—Todo está bien.

Más allá de las puertas dobles se oía la conversación de cientos de voces. Kai se preguntó qué rumores circularían ya sobre el retraso de la ceremonia

—Estoy listo.

—También Su Majestad la reina está lista —anunció la mujer. Movió a Torin hacia otra entrada.

—¡Usted, pase a su asiento! Su Majestad, sígame.

Kai la siguió entre los guardias, a través de las puertas dobles, y entraron en un pequeño recibidor bordeado por columnas ornamentadas.

Levana los esperaba, ataviada con un vestido que hacía juego con la banda de Kai: los colores de la Comunidad Oriental. Se veía como una enorme bandera ambulante, con una fila de estrellas que bordeaba el dobladillo de la falda y un loto blanco florecido a un costado. También llevaba una banda, pero de color naranja quemado, que en la Tierra es el color del sol naciente.

Al verla ostentar un patriotismo tan falso por la Comunidad, Kai sintió deseos de arrancarle la banda y estrangularla con ella.

La reina extendió las manos hacia él a medida que se acercaba. Aunque se sentía irritado, no tenía otra opción que estrecharlas. Tenía los dedos helados.

—Mi querido esposo —lo saludó con voz melosa—. Siento que hemos estado separados demasiado tiempo.

—¿Exactamente cuánto tiempo piensas seguir con esta farsa? —preguntó Kai, con el ceño fruncido.

—¿Farsa? —replicó Levana con una risita—. Me parece que una esposa tiene permitido extrañar a su esposo sin que sus emociones se tomen con suspicacia.

—Sugiero que cambiemos de tema, a menos que me quieras ver enfermo durante la coronación.

—Nuestro enlace matrimonial es definitivo y obligatorio —dijo la reina con una expresión firme—. Pero es *tu* decisión cómo reaccionas a la situación.

—¿Me concedes la posibilidad de decidir sobre algo? —preguntó Kai con su sonrisa más diplomática—. Qué generosa eres.

—¿Ya ves? —Levana imitó el gesto—. No era tan difícil, ¿verdad?

Se dio media vuelta y quedaron frente al gran salón, tomados del brazo. Kai alcanzó a ver un instante el rasguño que le había hecho en el brazo con las tijeras durante la boda. La imagen lo hizo sentirse fuerte mientras resonaban las trompetas.

Las puertas se abrieron y dejaron ver a la multitud de los espectadores. Kai tuvo que entrecerrar los ojos ante la vista de los vivos colores, las luces centellantes y los materiales rebuscados que se desparramaban desde los presentes hacia el pasillo.

—De pie para recibir a Su Majestad Real, la reina Levana Blackburn de Luna, descendiente directa del primer rey Cyprus Blackburn, y a Su Majestad Imperial, el emperador Kaito de la Comunidad Oriental de la Tierra.

Empezó a sonar el himno de Luna. Kai y Levana avanzaron lentamente por el pasillo. Si no fuera por las ropas chillonas del público, el estado de ánimo habría parecido sombrío.

—Antes de que llegaras, recibimos una noticia interesante —anunció la reina Levana conservando una expresión agradable para la multitud—. Es acerca de un traidor que fue detenido y llevado a los calabozos subterráneos.

—Continúa —dijo Kai, con un nudo en el estómago.

—Parece que encontraron a uno de los cómplices de Linh Cinder merodeando por nuestro palacio. Ese delincuente terrestre; creo que se llama Carswell Thorne.

—Qué interesante.

—Supongo que no sabes qué quería hacer aquí, ¿verdad?

—Quizá se sentía desairado por no haber sido invitado.

Levana inclinó la cabeza para saludar a la multitud.

—No importa. Lo detuvimos antes de que pudiera causar muchos problemas.

—Me alegro de saberlo.

—Pensé que como pronto serás el rey consorte de Luna y él era tu prisionero antes que mío, podría permitir que decidas la mejor manera de ejecutarlo.

—¡Qué honor me concede mi esposa! —exclamó Kai tensando la mandíbula.

Levana trataba de aguijonear su ira, pero en realidad le había hecho un regalo. Era un alivio saber que Thorne no había muerto.

Al aproximarse al final del pasillo, detectó casi al frente a sus acompañantes terrestres. Ahí estaba Torin (debían de haberlo metido subrepticiamente por otra entrada), junto a docenas de representantes de la Comunidad y las otras naciones. Hasta vio, con alguna sorpresa, a Linh Adri y Linh Pearl de pie junto al representante americano. Tenían unas sonrisas tensas, y aunque Kai sentía una aversión particular por estas mujeres, también tuvo un dejo de compasión. Levana había jugado con ellas como un gato con un ratón antes de devorarlo. Les ofrecía favores, las castigaba y luego las favorecía otra vez. No era para extrañarse que parecieran afectadas por el miedo, temerosas de hacer un movimiento precipitado.

Sobre el estrado se encontraba una docena de personas, un grupo de taumaturgos, guardias reales y un soldado lobo vestido con un bonito uniforme que contrastaba con las malformaciones del rostro y el cuerpo.

Kai hizo una mueca, mientras se preguntaba qué estaría pensando Levana al traer una de esas criaturas a la coronación. En el banquete de bodas, la presencia de esos soldados lobos no le había caído bien a ninguno de los grupos.

Entonces, al iluminarse los ojos de la criatura, de un verde abrasador, Kai frunció el ceño. Si no conociera a Levana…

Se tropezó al llegar al primer escalón. Recobró el equilibrio y recorrió el resto de los escalones sin contratiempos. El corazón le martillaba dentro del pecho. Se acordaba de que Cress le había dicho que se habían llevado a Wolf y que no sabía nada de él.

Pero ahora lo sabía.

Esta criatura era Wolf, pero no era él. Su mirada era turbulenta y oscura y taladraba a Kai como anuncio de la ferocidad que se cocinaba lentamente debajo de la superficie.

Con un gruñido, Wolf apartó primero la vista.

—¿Reconoces a mi apreciado soldado? —preguntó Levana cuando llegaron al altar que desplegaba sus mejores galas—. Creo que ha cambiado mucho desde la última vez que lo viste.

Kai sentía retorcerse la furia en su interior. Levana solo quería una reacción. Solo quería que él supiera que tenía el control de su destino, del destino de su país, del destino de sus amigos.

Kai se recompuso y giró con Levana para quedar de frente a los invitados. Había llegado el momento en que le entregaría a la reina la mitad de su poder. El momento en que iba a decirle a su país que, si acaso moría, esta mujer sería su única gobernante.

Todo su cuerpo se sacudía por el deseo de negarse, pero sabía que no tenía alternativa.

Que venga Cinder, repetía una voz en el fondo de su cabeza. *Que venga, por favor.*

—Pueblos de Luna y la Tierra —comenzó Levana, tendiendo las manos hacia la multitud—: Están aquí para ser testigos de un acontecimiento trascendental en nuestra historia. Hoy vamos a coronar a un terrícola como nuestro rey, a mi esposo, el emperador Kaito de la Comunidad Oriental. Y hoy, seré coronada emperatriz, la primera de nuestra estirpe real que sella una alianza con nuestros hermanos terrícolas.

La gente vitoreó.

Bueno, los lunares vitorearon. Los terrícolas aplaudieron por cortesía.

—Les pido que se sienten —concluyó la reina.

Mientras los invitados se iban acomodando en sus asientos, Kai y Levana avanzaron hacia dos estuches enjoyados dispuestos sobre el altar. Kai suspiró y abrió uno de ellos.

Dentro, colocada sobre una base de seda, estaba la corona de emperatriz, moldeada con la forma de un fénix y adornada con joyas brillantes.

Su corazón quedó abrumado por emociones para las que no se había preparado. La última vez que había visto esta corona la llevaba su madre. La usaba en el baile con el que cada año se celebraba la paz mundial. Siempre había sido muy hermosa.

Se estremeció con el recuerdo y con la blasfemia que estaba a punto de cometer.

Del otro lado del altar, Levana se presentó con su propia corona. En comparación con las joyas terrestres, la corona del rey de Luna era sencilla: siete delgadas púas labradas de roca lunar, la piedra blanca que resplandecía a la luz de las velas. Era antigua. La monarquía de Luna se había establecido mucho antes de que la Cuarta Guerra Mundial llevara a la formación de la Comunidad Oriental y al surgimiento de su propia familia real.

Kai se armó de valor y sacó la corona de su madre de su caja protectora. Juntos, él y Levana giraron de nuevo hacia la multitud, sosteniendo en lo alto sus coronas simbólicas. Kai buscó a Torin con la mirada y su rostro le devolvió un gesto de tristeza. Quizás él también pensaba en la madre de Kai.

Antes de que Levana pudiera pronunciar su discurso sobre la importancia emblemática de esta corona y cómo simbolizaba el poder soberano, etcétera, las puertas del fondo del salón se abrieron de golpe.

La mujer del pelo dorado avanzó por el pasillo. Aunque su expresión era de horror, sus movimientos eran mecánicos a medida que se dirigía hacia la reina.

Kai bajó la corona. Sus palmas se entibiaron. La esperanza creció en su pecho. Los invitados volteaban para mirar a la mujer que avanzaba hacia el altar. Risas nerviosas se escuchaban entre ellos. Algo había pasado. Kai no percibió miedo entre la gente, sino emoción, como si no fuera más que un drama teatral representado para ellos.

La mujer se detuvo en las escaleras e hizo una reverencia.

—Perdóneme, reina mía —dijo tartamudeando—. Nos han informado que hay disturbios en varios sectores cercanos, incluyendo los domos fuera del radio de Artemisa.

Kai se atrevió a echar una mirada a Wolf, pero él seguía crispado y gruñía. Parecía listo para clavar sus enormes mandíbulas en la primera garganta que pasara cerca.

—¿Qué clase de disturbios? —gritó Levana.

—No sabemos cómo, pero se desactivaron las barreras que rodeaban los sectores rebeldes y la gente… vienen para acá. Es una multitud en los trenes de levitación magnética. Dicen que… la princesa Winter está con ellos.

—Eso no es posible —negó Levana, con el rostro enrojecido.

—N-no sé, reina mía. Es lo que me han dicho. Además… parece que la cyborg está con ellos.

Kai sonrió. No pudo evitarlo y no hizo nada por ocultarlo cuando Levana volteó para mirarlo, furiosa.

—Ella te lo *advirtió* —dijo Kai, encogiéndose de hombros.

Levana apretó la mandíbula y giró de nuevo hacia la mujer.

—La cyborg está muerta y no voy a tolerar rumores de lo contrario.

La mujer la miró boquiabierta.

—¿Siguen activadas las barreras alrededor de Artemisa?

—Sí, reina mía. Hasta donde sé, no han podido bajarlas.

—No hay ninguna amenaza inmediata, ¿no es así?

—Eso… eso creo, reina mía.

—Entonces, ¿*por qué* interrumpes esta ceremonia? —Levana agitó la mano—. ¡Guardias!, lleven a esta mujer al calabozo. No aceptaré más interrupciones.

La reina vio con la mirada ardiente y despiadada cómo la mujer se ponía de pie y trastabillaba. Dos guardias la sujetaron.

La multitud trataba de reprimir su entusiasmo, pero sin éxito. Kai detectó muecas de burla hacia la mujer mientras la llevaban a rastras, aunque seguramente no había sido idea suya traerle a Levana las noticias de la insurrección.

Los pensamientos de Kai le daban vueltas. Se mordió con fuerza el interior de una de sus mejillas cuando Levana recobró la compostura y transformó su actitud en una expresión de apacible serenidad.

—Y ahora —dijo levantando la corona lunar sobre su cabeza—, vamos a continuar.

Setenta y nueve

CINDER PERMANECIÓ AL FRENTE DE SU PEQUEÑO EJÉRCITO, JUNTO CON Alfa Strom. Los túneles subterráneos eran suficientemente amplios para avanzar en filas de cinco, y Strom se había asegurado de que todos supieran que esa iba a ser su formación: dispersarse en un lugar tan cerrado podía causar pánico y confusión. Trataron de permanecer en silencio, pero era imposible. Avanzaron como un trueno.

Miles de pies golpeando el terreno rocoso dentro de los tubos de lava.

Los soldados mutantes permanecían cerca de la vanguardia, en la primera línea de defensa, mientras la gente de los sectores externos los seguía.

Se había convertido en un juego de números, y su número estaba aumentando. En cada sector por el que habían pasado más civiles se habían unido a la causa; muchos de ellos se habían estado preparando desde el momento en que se transmitió el primer mensaje de Cinder.

Cinder seguía procesando los cálculos en su cabeza una y otra vez, pero aún eran demasiadas variables por considerar. Necesitaban suficientes civiles para derrocar a la reina y a sus taumaturgos, y disponer de bastantes combatientes no manipulados para encargarse de los guardias y de los soldados lobo que Levana tuviera para defenderse.

Confiaba en que Jacin y Winter difundirían el mensaje pronto. Si ellos fracasaban, habría una masacre, y no en su favor. Si ellos triunfaban...

Los túneles estaban totalmente oscuros, salvo por los faroles llevados por la gente de los sectores externos y unas cuantas linternas.

Cinder deseó tener en su cabeza un mapa que le dijera cuánto habían avanzado y cuánto les faltaba para llegar. Se había acostumbrado a disponer de una cantidad infinita de datos a su alcance, y ahora era desconcertante carecer de ellos. Después de cinco años de desear ser alguien más, ahora extrañaba todas esas comodidades que ofrecía ser cyborg.

Cuatro veces se encontraron con trenes y transbordadores espaciales parados que llenaban el reducido espacio del túnel. Al principio parecían obstáculos infranqueables, pero los soldados avanzaban con ahínco, doblaban placas, desgarraban asientos, y aplastaban todo hasta llegar al otro lado. Eran una eficiente máquina destructora que abría paso al improvisado ejército.

A pesar de que el sistema de trenes de levitación magnética estaba desactivado, la red seguía recibiendo electricidad y las plataformas por las que pasaban estaban bien iluminadas con un holograma del video obligatorio de la coronación. Incapaz de grabar la ceremonia, pues la reina no llevaría velo, un presentador estaba transmitiendo la coronación momento a momento.

Cuando entraron al AR-4, uno de los sectores adyacentes a la terminal de Artemisa, Cinder escuchó la voz de Kai y se detuvo. Estaba pronunciando los votos para convertirse en rey consorte de Luna.

El ejército se dividió en cuatro regimientos. Cada uno entraría a la capital por un túnel diferente. Cuando los alfas condujeron a sus manadas y civiles en direcciones opuestas, Cinder se dio cuenta de que Strom la miraba.

–Debemos seguir avanzando –sugirió él–. Mis hombres están hambrientos e impacientes, y tú nos has puesto en un espacio cerrado con un montón de carne que huele bien.

–Si necesitan un bocadillo, diles que se muerdan entre ellos un rato –dijo Cinder, alzando una ceja–. Solo quiero asegurarme de que Jacin tenga suficiente tiempo para llegar a tantos sectores como sea posible.

Strom sonrió sarcástico, como si le impresionara la capacidad de Cinder para no sentirse intimidada.

–Es hora de avanzar –repitió él–. Nuestra gente casi está en posición. La reina y su séquito se encuentran en un mismo sitio. Podríamos estar sentados aquí durante semanas esperando a civiles que nunca van a llegar.

Cinder creía que llegarían. *Tenían* que llegar. Pero también sabía que él estaba en lo cierto.

La coronación casi había finalizado.

Volvieron a avanzar por los túneles, con las manos sujetando sus armas con fuerza. Aminoraron el paso con creciente ansiedad.

No habían avanzado mucho cuando la linterna de Cinder iluminó unos barrotes de hierro a lo lejos. Strom alzó una mano para indicar a todos que se detuvieran.

–La barrera.

Cinder dirigió la luz de su linterna al muro que rodeaba la reja de hierro. Cavar alrededor de ella llevaría semanas.

–No podemos pasar –gruñó Strom y miró a Cinder como si fuera su culpa–. Si esto es una trampa, es una muy buena. Podrían matarnos en un instante mientras estamos apretados como sardinas en estos túneles.

—Se suponía que Cress las abriría —dijo ella—. Ya deberían estar abiertas. A menos... —a menos que Cress y Thorne hubieran fracasado. A menos que hubiesen sido capturados—. ¿Qué hora es?

Miró a Strom, pero él no tenía idea. Tampoco tenía un reloj en su cabeza.

Se suponía que Cress desactivaría al mismo tiempo todas las barreras que rodeaban Artemisa, para evitar que los entusiastas revolucionarios se escabulleran por la ciudad demasiado pronto y terminaran muertos o arruinaran la sorpresa. ¿Cress había fallado o ellos habían llegado antes? Kai seguía pronunciando sus votos. Cinder contuvo su pánico creciente.

—Huelo algo —gruñó Strom.

Los soldados alrededor alzaron las narices, olfateando el aire.

—Algo sintético —agregó Strom—. Algo terrestre. Una máquina.

Cinder se aferró a los barrotes con una mano, pero los soldados la apartaron y formaron un muro protector entre ella y la barrera. Como si debiera ser protegida.

Cinder trató de no enfadarse.

Se escucharon fuertes pisadas en el túnel al otro lado de la barrera, cada vez más fuertes. Alguien pateó un guijarro, que saltó por el suelo. Apareció la luz de una linterna, aunque el portador seguía envuelto en sombras.

El haz iluminó al grupo de soldados y la figura se quedó petrificada.

Los soldados gruñeron mostrando los dientes.

—Vaya —dijo ella—. Qué grupo tan amenazador son ustedes.

El corazón de Cinder chisporroteó.

—¡Iko! —gritó, tratando de abrirse paso, pero los cuerpos delante de ella permanecían inmóviles.

Iko se acercó y Cinder pudo verla con la luz de su lámpara. Ella ~~se quedó sin aliento y dejó de forcejear.~~ El brazo derecho de Iko colgaba inmóvil otra vez y había perforaciones de bala, tejido sintético desgarrado y cables arrancados por todo su cuerpo.

Había perdido la oreja izquierda.

—Oh, Iko… ¿qué sucedió?

—Más estúpidos guardias lunares, eso pasó. Me acorralaron en el sótano de la clínica y me hicieron esto. Tuve que hacerme la muerta hasta que me dejaron en paz. Lo bueno es que aquí no tienen idea de cómo matar a una androide.

—Iko. Lo siento mucho.

La androide hizo un gesto con el brazo útil.

—No tengo ganas de hablar de eso. ¿Te tienen prisionera en este momento o esos matones están de nuestro lado?

—Están de nuestro lado.

—¿Estás segura? —preguntó Iko, mirando otra vez hacia los soldados lobos.

—No del todo —dudó Cinder—. Pero ellos son el ejército que Scarlet y Winter reclutaron y son los mejores que tenemos. Aún no se han comido a nadie.

Strom le sonrió detrás de sus prominentes fauces.

—Iko, ¿qué hora es? ¿No deberían estar desactivadas las barreras?

—Estamos justo a tiempo. Faltan diecisiete segundos, según mi…

El rechinar y crujido de la reja de hierro se escuchó dentro de las paredes de piedra. La barrera empezó a bajar hacia el suelo rocoso.

—El reloj de Cress está mal, no el mío —dijo Iko, haciendo una mueca.

Cinder exhaló con alivio.

Mientras la reja desaparecía, los soldados lobos volvieron a colocarse en formación, con las manos entrelazadas detrás de la espalda y el mentón alzado. Fue lo más profesional que Cinder había visto y los hacía parecer más hombres que monstruos. Y mucho, mucho más soldados.

Cuando la reja bajó lo suficiente, Iko pasó por encima de ella y se lanzó a los brazos de Cinder y la estrechó con la mano sana.

—Vas a arreglarme de nuevo, ¿verdad?

—Claro que sí —respondió Cinder, abrazándola—. Roto no es lo mismo que irreparable.

Apartándose, Iko sonrió, y su sonrisa fue acentuada por una chispa que salió de la cavidad de su oreja.

—Te quiero, Cinder.

—Yo también te quiero —dijo ella, sonriendo.

—¿Por qué no avanzamos? —preguntó Strom. Su voz retumbó en el túnel—. Estamos ansiosos por destrozar a Levana y cortarla en pedazos del tamaño de un bocado. Chuparemos la médula de sus huesos y beberemos su sangre como si fuera un buen vino.

—Lo bueno es que están de nuestro lado —dijo Iko, mirando incómoda a Cinder.

Ochenta

WOLF SE HABÍA SENTIDO TENSO EN LA CEREMONIA DE CORONACIÓN. Le dolía la cabeza a causa del esfuerzo, de la lucha constante por controlar su hambre, que lo corroía de adentro hacia afuera. Aunque había devorado la comida que le dieron, todavía no se calmaba. Mil olores le llenaban la nariz. Cada terrícola, cada lunar, cada guardia y cada taumaturgo. Todos olían tan delicioso que no podía dejar de imaginar que hundía los dientes en su carne, que les arrancaba los músculos de los huesos, que se atiborraba de su grasa…

El único instinto más fuerte que el hambre voraz era el miedo de lo que pudiera hacerle la taumaturga si no se portaba bien. No soportaba que lo sometieran de nuevo a esa tortura, al dolor agudo que atravesaba todos sus músculos y desgarraba todos sus tendones.

Se le hacía agua la boca, pero tragó la saliva. No se movió.

Fijó la atención en la reina. El emperador Kaito ya se había arrodillado ante ella y había aceptado la corona lunar y el título de rey consorte, lo cual fue recibido con un aplauso entusiasta, aunque por la cara del emperador, parecía que había aceptado un frasco de veneno.

Era el turno de la reina.

El emperador levantó la corona de la Comunidad Oriental. Repitió el discurso de la reina y reflexionó sobre el poder político que venía con el puesto, las obligaciones y los deberes, los honores y las expectativas, el simbolismo y la historia de ese objeto de metal y las cien joyas brillantes.

Levana se arrodilló. Resplandecía anticipadamente. Una sonrisa contenida temblaba en sus labios. Se comía con los ojos la corona que Kai extendió hacia ella.

Wolf tragó otro buche de saliva. La carne de la reina era la más apetecible de todas, endulzada por el conocimiento de que era su ama y su enemiga. Había ordenado que lo arrancaran de su familia. Había ordenado que lo convirtieran en monstruo. Por sus instrucciones, los taumaturgos lo habían torturado.

Devoraría su corazón si llegara a tener la oportunidad.

—¿Juras —comenzó Kai— gobernar a los pueblos de la Comunidad Oriental según las leyes y los usos instituidos por generaciones de gobernantes, usar el poder que se te ha concedido para impartir la justicia, para ser clemente, para honrar los derechos inherentes de todos los pueblos, para respetar la paz entre todas las naciones, para gobernar con bondad y paciencia y para solicitar la sabiduría y el consejo de nuestros iguales y hermanos?

—Lo juro —respondió la reina Levana, mirando la corona y no al emperador.

La expresión de Kai era oscura. Titubeó. Sostenía la corona en lo alto. Le temblaban los brazos.

Wolf observó cómo se obligaba a coronar la cabeza de Levana. La reina cerró los ojos. Su cara mostraba euforia.

—Por el poder que me conceden los ciudadanos de la Comunidad Oriental y nuestros aliados de la Unión Terrestre, como emperador de la Comunidad Oriental, te proclamo… –hizo una pausa. Esperó. Wolf se daba cuenta de cómo se marchitaba la esperanza dentro de Kai y pensó que era entendible la tentación de aguardar otro segundo, *un segundo más*… Transcurrió ese segundo y Kai endureció el rostro como si fuera de piedra–. Te proclamo emperadora Levana de la Comunidad Oriental. Desde este día hasta el día en que uno de los dos o los dos estemos muertos, eres mi esposa y compartiré contigo mi trono.

Se le quebró la voz con la última palabra. Apartó las manos de la corona, como si lo quemara.

La multitud estalló. De nichos escondidos brotaron serpentinas y pétalos de flores. La ceremonia sagrada y sombría se volvió una cacofonía de ruidos. Levana se puso de pie. Extendió los brazos, avanzó a la orilla del estrado para recibir el torrente de alabanzas de los aristócratas lunares.

Antes de que pudiera hablar, los vítores triunfantes fueron interrumpidos por un agudo chillido que acribilló los oídos de Wolf como si le clavaran agujas en el cerebro. Se puso en cuclillas, gruñendo. El público se encogió de miedo. El ruido salía de todas partes al mismo tiempo.

Wolf alzó la cabeza. Era su oportunidad. Aunque el sonido le había dejado la vista en blanco, aunque sus oídos supersensibles lo hacían querer caer al suelo en medio de convulsiones, su odio por la reina era más fuerte que el dolor.

Se lanzó hacia adelante. No veía a nadie más que a ella y sus puntos más vulnerables. El cuello, el estómago.

Oyó un grito de guerra. Un guardia saltó delante de él y le bloqueó el paso. Wolf lo cortó con sus uñas recién afiladas y le quitó el puñal que llevaba enfundado en un costado. Lo elevó sobre el hombro.

El grito del guardia había atraído la atención, incluso por sobre el chillido. La reina giró al tiempo que Wolf lanzaba la mano como un látigo hacia ella.

Un dolor insoportable se abatió sobre él al instante, como si le ajustaran tornillos de metal ardiente alrededor de los dedos, la muñeca, el brazo. Soltó el puñal medio segundo antes y se dio cuenta de la equivocación en el momento en que sus dedos helados quedaron vacíos. La hoja rozó el cuello de la reina, cuando debía haberse enterrado en su corazón, y se clavó en las pesadas cortinas que estaban detrás del altar.

Wolf se desplomó al suelo, cegado por el torrente de dolor que le atravesaba el cuerpo y le desgarraba la mente.

El ruido se terminó y, al mismo tiempo, el tormento.

Esa ausencia repentina era como un vacío que absorbía cada uno de los otros sonidos del gran salón. Cientos de cuerpos quedaron petrificados a causa de la conmoción, sumidos en un silencio cristalizado.

Wolf jadeaba en el suelo. Quería morir.

Sabía que no volvería a tener una oportunidad. Sabía que su castigo apenas había comenzado.

Levana jadeaba también, con los ojos llenos de furia. Sus labios se veían más rojos que de costumbre, del color de la sangre que goteaba de un lado del cuello.

—¡Contrólenlo!

—Sí, reina mía —asintió la señora Bement—. No pasará de nuevo, reina mía.

Entonces, una voz atravesó el silencio intoxicante. El palacio se detuvo a escuchar. Wolf se concentró en el techo. Se preguntaba si el dolor lo había hecho delirar.

Era la voz de Cinder.

–Hola, querida tía Levana –saludó con tono trivial y socarrón–. Lamento interrumpir, pero quería asegurarme de tener toda tu atención. En primer lugar, permíteme felicitarte. Parece que finalmente has logrado lo que siempre quisiste. Ahora me toca a mí –se produjo una larga pausa. Los altavoces tronaron. Cuando regresó, la voz de Cinder ya no era jovial–: Tienes diez minutos para salir a la puerta principal de tu palacio y rendirte.

Eso fue todo.

La gente esperaba más. Más provocaciones. Más amenazas. Más explicaciones. Pero el mensaje había terminado.

Levana estaba visiblemente alterada, mientras que el emperador parecía listo para estallar en carcajadas. Entonces, puso la mirada en Wolf y se desvaneció su sonrisa. Frunció el ceño preocupada por él.

Wolf echaba chispas. Se movió para levantarse sobre sus débiles piernas, contento de que la taumaturga no se lo impidiera.

–¡Es un truco! –exclamó Levana con la voz deshecha–. ¡No puede hacerme *nada*!

Un golpeteo de pisadas se escuchó en medio de la indignación de la reina. Venía de una de las entradas laterales. Era el taumaturgo mayor Aimery Park escoltado por dos guardias.

Un gruñido quería estallar en la garganta de Wolf y apenas logró contenerlo. Ese hombre había matado a su madre.

–¿Qué? –gritó la reina.

–Nos han informado que desde que se produjo la falla de seguridad, nuestro sistema dejó de transmitir información de los túneles…

–¡*Rápido*, Aimery!

–Están en la ciudad, reina mía –anunció el taumaturgo sin mirarla–. Las ocho barreras cayeron.

–¿Quién está en la ciudad?

—La cyborg, civiles de los sectores externos y también algunos de nuestros propios soldados que se les unieron.

Levana estaba hiperventilando, ardiendo de rabia.

—La próxima persona que use la palabra *cyborg* en mi presencia perderá un miembro —tomó una gran bocanada de aire—. ¿Por qué no los han detenido?

—Tenemos pocos recursos, Su Majestad. Enviamos a muchos de nuestros hombres a los sectores externos a sofocar los alzamientos. No podemos mandarles refuerzos para que enfrenten a los rebeldes, porque debilitaríamos nuestra posición aquí, en el palacio.

Levana tomó la falda del vestido con las manos para levantarla y acercó tanto los hombros al cuello que dejó en el doblez una mancha de sangre.

—Muy bien —siseó—. Esta pequeña rebelión se terminará aquí.

—Además, reina mía, encontramos esto en el centro de control cuando descubrimos que habían alterado nuestro sistema de seguridad —Aimery sostenía una pantalla portátil—. Parece que pertenece nada más y nada menos que a nuestro honrado rey consorte.

Levana giró hacia el emperador Kaito y le lanzó una mirada asesina.

—No sabía dónde había ido a parar —dijo, con una expresión desafiante—. Y pensar que pasé toda la mañana buscándola.

Levana tenía las fosas nasales dilatadas. Su rostro era despiadado y calculador. Le arrebató la pantalla portátil a Aimery y la arrojó contra el altar. La cubierta de plástico se hizo añicos.

—Se terminó la celebración —anunció mirando a los invitados, con la voz amplificada por los altavoces del gran salón—. Al parecer, algunos de mis subordinados escogieron esta noche para incitar lo que ellos consideran una rebelión. Pero no se alarmen. Estoy segura de que no es más que un alarde tonto —poco a poco recuperaba el control de sus emociones–. Por su seguridad, debo pedirles a todos, mis distinguidos huéspedes, que permanezcan en sus asientos mientras me ocupo de los disturbios.

Un susurro se extendió entre la multitud.

–Espere –se oyó la voz de un hombre desde los asientos de los terrícolas–. No puede dejarnos en este salón mientras el palacio es atacado. Esta guerra es de ustedes, no nuestra. Exijo que se me permita regresar a mi nave enseguida.

El terrícola tenía acento europeo y la imagen de la chica pelirroja cruzó por los pensamientos de Wolf. Entrecerró los ojos, buscando al hombre entre el grupo mientras una corriente de asentimiento surgía de los otros terrícolas.

–Se quedarán aquí –les dijo Levana, apretando los labios. Cada una de sus palabras era dura y fría como un cubo de hielo–. Se quedarán hasta que les dé permiso para partir.

De pronto, las quejas de los terrícolas se acallaron. Levana dirigió su atención hacia los guardias.

–Bloqueen todas las puertas. Nadie va a salir del salón hasta que lo autorice –miró a Wolf y chasqueó los dedos–. Este se queda a mi lado. Será un escudo perfecto si llegara a necesitarlo.

–Mi reina –comenzó uno de los guardias–, debemos insistir en que nos permita escoltarla a un lugar seguro. Los tubos de lava debajo de la ciudad…

–De ninguna manera –lo interrumpió, furiosa–. Son mi pueblo y es mi reino. No los abandonaré ahora.

Comenzó a marchar hacia la salida principal. Kai la siguió.

–Estos terrícolas no son tuyos para que los encierres. No somos *rehenes*.

–¿Estás seguro de eso, esposo? –Levana chasqueó los dedos mirando a los dos guardias más cercanos–. Llévenlo junto a los demás.

Se apresuraron a obedecer y arrastraron a Kai hacia el grupo de terrícolas con el cerebro lavado.

—¡Suéltenme! —gritaba Kai—. Tengo tanto derecho como tú de dar órdenes a cualquier guardia o soldado lunar.

Levana se rio y habría sonado divertida de no haber estado al borde de un ataque de histeria.

—Espero que no te lo creas.

Wolf estaba junto a Kai cuando lo apartaron de la reina, pero como sabía que la taumaturga vigilaba sus movimientos, se contuvo de salir en su defensa. De solo pensar en que podría ganarse otra vez su reprobación, lo recorrió un estremecimiento.

Cuando la reina le hizo un gesto para que lo siguiera, obedeció.

Ochenta y uno

ENVIARON A UNOS EXPLORADORES PRIMERO PARA CONFIRMAR QUE NO los acechara una emboscada en la plataforma del tren de levitación magnética. Fue idea de Strom, y aunque a Cinder le molestaba un poco ver que alguien más se hacía cargo, también era agradable tener otro líder analizando la estrategia y asegurándose de que no fuera a cometer algún error táctico estúpido. Era lo que Wolf habría hecho si hubiera estado allí.

No, no quería pensar en Wolf. Debía contarle a Scarlet que habían sido separados tan pronto como los llevaron de vuelta a Artemisa y que ella no tenía idea de qué había ocurrido con él. El recuerdo reabrió una herida que era aún demasiado reciente, una que no había tenido tiempo para que sanara.

Trató de controlar su pulso acelerado y concentrarse en los aliados que todavía tenía. Iko estaba a su lado de nuevo. Scarlet se encontraba en otro de los túneles con otro grupo de soldados y civiles.

Thorne y Cress se hallaban en el palacio y, si la apertura de las rejas era una señal, aún estaban a salvo. Winter y Jacin llegaban a través de los sectores cercanos, reclutando tantos refuerzos como podían.

Sentía que estaba jugando uno de los juegos de estrategia de Cress. Todos sus peones se encontraban en sus puestos y su ataque final estaba por comenzar.

Una mano se deslizó en la de Cinder. Era Iko, que le ofrecía un último instante de consuelo.

Un aullido grave hizo eco en el sofocante túnel.

La señal.

Cinder apretó la mano de Iko y luego sacudió el brazo. Hora de avanzar.

Subieron a la plataforma vacía, donde las pantallas de red anunciaban que la coronación había finalizado.

Levana era emperatriz.

Llegaron a las escaleras y avanzaron hacia la luz del día.

Aunque los domos pronto proyectarían el atardecer artificial, la verdadera luz podía observarse en el horizonte, una débil franja del sol ardiente.

Amanecer.

Era hermoso.

Sus pisadas golpeaban contra las calles de piedra de Artemisa.

Ella esperaba que las calles estuvieran tan vacías como antes, pero cuando el sonido de su marcha hizo eco en los muros de las mansiones y a través de los jardines cuidadosamente podados, aparecieron siluetas en las ventanas.

Cinder se puso tensa y se alistó para un ataque sorpresivo. Pero uno de los lobos murmuró algo entre dientes.

–Criados.

Observando con cuidado, vio que él tenía razón. Vestidos con ropas sencillas, los ojos desbordantes de miedo, estas eran las clases bajas que vivían a la sombra de la ciudad blanca y atendían las necesidades y caprichos de sus amos.

Cinder albergó la esperanza de que algunos de los criados fueran suficientemente valientes para luchar.

Después de todo, este era el momento de demostrarlo. Pero para su decepción, la mayoría de los criados desaparecieron, regresando a su encierro. Ella intentó no sentir rencor. Sin duda habían sufrido años de castigos y lavado cerebral.

Pensó que esto podía ser lo primero que sabían de la insurgencia.

El palacio estaba a la vista, resplandeciente y majestuoso.

—¡Alfas! —gritó Strom. Su voz resonó sobre las fuertes pisadas—. Dispérsense y rodeen el palacio. Llegaremos por todas las calles abiertas.

Eran una máquina bien aceitada, y observar la seguridad con que se dividieron las manadas, cada una encabezando un regimiento de civiles por varias calles laterales, le dio escalofríos a Cinder. Aunque los ciudadanos se veían temerosos, también se armaron de confianza al ver que esos hombres bestiales los dirigían. Era la clase de confianza que ella no estaba segura de haber podido inspirar por su cuenta.

Al llegar a las puertas del palacio, las pisadas se detuvieron.

No había nadie a la vista. Hasta la torre de guardia estaba vacía. Las pesadas puertas de hierro estaban abiertas de par en par, invitándolos a avanzar. Era como si Levana no tuviera idea de que estaba bajo asedio, o como si tuviera demasiado confianza como para tomar en serio las amenazas de Cinder.

O quizás era una trampa.

Las puertas doradas del palacio estaban bien cerradas.

Cinder avanzó desde la primera línea de su ejército y se paró frente a las puertas abiertas. Una energía la recorría, una impaciencia que vibraba por toda su piel. Strom e Iko permanecieron a su lado, listos para protegerla si un ataque llegaba de alguna de las ventanas del palacio.

Cinder examinó las brillantes ventanas, pero no detectó señales de vida.

Un presentimiento rodeó su cuerpo como una soga que la apretaba más a cada momento. Sentía como si se tambaleara a la orilla de un precipicio, en espera de que alguien la empujara.

Dio un vistazo a la primera línea. Los grupos que se habían dividido aparecieron para llenar las intersecciones de cada calle de la ciudad. Los soldados esperaron en perfecta formación militar. El entrenamiento y la fuerza de voluntad los habían convertido en feroces estatuas, pero ella notó la contracción de un músculo, un puño que se cerraba, el ímpetu al rojo vivo bajo la piel.

Detrás de ellos, miles de civiles esperaban. Menos intimidantes, menos preparados, pero no menos decididos. Vio el cabello rojizo de Scarlet en la multitud.

No todos los que se habían unido a ellos venían del sector PM-12. Algunos habían sido llevados por la fe, por un par de videos y el anuncio de que su verdadera reina había regresado. Otros habían sido alentados por los mensajeros enviados por Cinder. Ella tenía la esperanza de que llegarían más.

Respirando hondo, Cinder ordenó sus pensamientos, hizo acopio de todos los impulsos eléctricos a su alcance, y transmitió su voluntad a sus aliados. Era lo que debió haber hecho en el MR-9, antes de que Aimery tomara el control. Se dijo que era una protección contra Levana y sus taumaturgos. Mientras un civil estuviera bajo su control, la reina no podría manejarlo.

Pero también se dio cuenta de que los usaría si tenía que hacerlo. Incluso los sacrificaría. Si tenía que hacerlo.

Había ordenado a sus aliados más fuertes hacer lo mismo: tomar control de sus camaradas ahora, antes de que Levana y su corte tuvieran la oportunidad. No podían controlar a todos, pero quería creer que Levana tampoco podría hacerlo. Cinder necesitaba suficiente gente para vencer sus defensas. Eso tenía que ser suficiente.

Ellos tenían que ser suficientes.

—Si Levana no se rinde —gritó Cinder en medio de un silencio escalofriante—, tomaremos el palacio por la fuerza. Hay múltiples entradas en la planta baja. Úsenlas todas. Rompan las ventanas. Pero no olviden que la reina y su séquito están adentro —volvió a examinar las ventanas, con los nervios crispados porque aún no había señales de oposición. Una sensación de pánico se agitó en su estómago.

Se sentía confiada en su plan, pero no *tanto*. Habían llegado al umbral de la puerta de la reina sin un atisbo de resistencia, salvo por las barreras en los túneles. Para este momento ya debería haber ocurrido algo.

—Los taumaturgos tratarán de manipularlos —continuó—. Mátenlos si tienen la oportunidad, pues ellos no dudarán en matarlos a ustedes o en usarlos para matar a sus propios amigos y vecinos. Los guardias de la reina son soldados entrenados, pero sus mentes son débiles. Usen eso a su favor. Y, sobre todo, recuerden por qué están aquí este día. ¡Esta noche yo seré su reina y ustedes dejarán de ser esclavos!

Una ovación hizo vibrar el patio, junto con un aullido que helaba los huesos y recorrió el cuerpo de Cinder. Ella alzó un brazo, para indicar a sus aliados que aguardaran. Se alistó para dejarlo caer: la señal de ir a la carga. Vio a Iko por el rabillo del ojo, esperando a que le dijera que ya habían pasado los diez minutos.

Su mirada detectó un movimiento.

Las puertas del palacio se estaba abriendo.

Los soldados se colocaron en posición de ataque. Un gruñido profundo retumbó en el suelo, sacudiendo las suelas de las botas robadas de Cinder. Cuando las puertas se abrieron revelaron una figura resplandeciente.

No era un taumaturgo de túnica larga o la esbelta figura de la reina Levana.

Un mutante. Uno de los soldados de la reina.

Una mano sujetó a Cinder por el codo y la jaló hacia atrás de la primera línea.

El soldado bajó los escalones del palacio. Sus movimientos eran gráciles y precisos. Había en él algo familiar que Cinder se esforzaba en identificar, algo diferente de los soldados que la rodeaban ahora. La misma cara deforme. La misma dentadura prominente. Ojos que centelleaban con furia hacia la multitud. No vestía el uniforme pardo del regimiento, sino algo más propio de la guardia real, lleno de decoraciones.

Contuvo el aliento.

Era Wolf. Wolf, repugnante y bestial, se detuvo cuando llegó al pie de la escalera.

Pensó de inmediato en Scarlet, pero no se atrevió a voltear para ver su reacción.

Otra figura salió del castillo. La mismísima reina Levana, seguida del taumaturgo Aimery y, detrás de ellos, taumaturgos vestidos de rojo y negro, formando una línea de rostros arrogantes y despectivos, con las manos dentro de sus mangas acampanadas. Las runas bordadas centelleaban bajo la primera luz natural que habían visto en semanas.

Por primera vez Cinder no tenía un detector de mentiras que le indicara que el encanto de la reina era una ilusión. No tenía evidencias de que aquel fuera realmente Wolf y no alguien encantado para verse como él.

Pero tampoco tenía razones para dudarlo.

Sintió los canales de energía que la conectaban con los hombres y las mujeres de los que había tomado control. Jamás había controlado a tantos al mismo tiempo, y sintió que su dominio era delicado y débil.

—"¡Esta noche yo seré su reina —citó Levana con su sonrisa perversa— y ustedes dejarán de ser esclavos!". Qué palabras tan alentadoras en boca de la chica que causa muerte y caos dondequiera que va —Levana extendió las manos, en una señal de paz que no significaba nada—. Aquí estoy, niña que dice ser la princesa Selene. No hace falta que me busques. Adelante. Intenta tomar mi corona.

Cinder sintió un tic en el ojo. Bajo la superficie su pulso se aceleraba, pero en el centro de su mente estaba en calma. Quizá porque, por primera vez, su cerebro cyborg no estaba analizando los datos del mundo a su alrededor. Podía imaginar que sus niveles de adrenalina estaban subiendo y que su presión sanguínea era preocupante, pero a falta del despliegue de mensajes de advertencia en letras rojas, no le importó.

Con el brazo aún levantado, abrió los dedos, indicando a su gente que contuviera el ataque.

Levana apostaba a la lealtad de Cinder hacia Wolf. Debía de creer que la muchacha no atacaría mientras él pudiera quedar en medio del fuego cruzado. Que no se atrevería a poner a su amigo en peligro.

Pero ella ni siquiera podía estar segura de que seguía siendo su amigo.

¿Seguiría siendo Wolf, o ahora era alguien distinto, un monstruo, un depredador?

Apretó la mandíbula al darse cuenta de la hipocresía en sus pensamientos. Él era igual que los soldados que estaban a su lado, listos para pelear y morir por su libertad. Sin importar en qué se hubiera convertido Wolf, ella tenía que creer que seguía siendo su aliado.

La verdadera pregunta era si Wolf, su amigo, su aliado, su maestro, debía ser sacrificado para ganar esta guerra.

–*Princesa* –gruñó Strom–. Ella trajo refuerzos.

Cinder no se atrevía a apartar la vista de Levana, aunque la curiosidad la carcomía.

–Los huelo acercarse. Una docena de manadas, quizá más, junto con sus amos. Pronto estaremos rodeados.

Cinder mantuvo la expresión serena.

–Esta es tu última oportunidad –dijo, sosteniendo la mirada de su tía al otro lado del patio–. Proclama ante todos estos testigos que yo soy Selene Blackburn, la heredera legítima al trono lunar. Entrégame tu corona y dejaré que tú y tus seguidores vivan. No tienen que perderse más vidas.

Levana arqueó los labios, rojos como la sangre en contraste con su piel pálida.

–Selene está muerta. Yo soy la reina de Luna, y tú no eres más que una impostora.

Cinder respiró antes de devolverle la sonrisa.

–Sabía que dirías eso.

Entonces dejó caer el brazo.

Ochenta y dos

EL EJÉRCITO DE CINDER AVANZÓ. LOS CIVILES SE CONGREGABAN EN LAS puertas abiertas mientras que los soldados corrían a la reja, escalaban hasta lo alto y se lanzaban a los jardines del otro lado. La reina no retrocedió. Los taumaturgos no se inmutaron.

Habían llegado al tope de las escaleras de mármol cuando Levana alzó la mano. Los taumaturgos cerraron los ojos.

Era un momento de contrastes.

Los soldados mutantes, la primera línea de ataque, cayeron en masa. Sus enormes cuerpos quedaron caídos como juguetes olvidados. Cientos de hombres aullaron con un dolor que Cinder solo podía imaginar. Una vez había escuchado esos sonidos inhumanos, cuando ella misma había torturado a la taumaturga Sybil Mira y la había vuelto loca.

Los civiles con la mente protegida por Cinder y los que tenían un don más fuerte fueron a la carga, cruzando entre los soldados lobos lo mejor que podían; pero los otros comenzaron a tropezar y a detenerse a medida que la reina los controlaba. Muchos soltaron las armas y cayeron al suelo. Los que estaban bajo el control de Cinder los pasaron por arriba y por los lados. Tropezaban con los cuerpos caídos y embestían con las armas preparadas.

Los taumaturgos, pensó Cinder para incitarlos mentalmente contra los que llevaban las túnicas distintivas rojas y negras. Cada taumaturgo muerto equivalía a una docena de soldados o ciudadanos devueltos a su bando.

Pero la avalancha de los ciudadanos enfrentó la resistencia de los guardias del palacio, que formaron una barrera para proteger a la reina y su séquito de los atacantes que corrían hacia ellos.

Chocaron unos con otros como un río contra una presa. Retumbaron los aceros. Las lanzas de madera golpearon y se astillaron. Gritos de guerra y de dolor reverberaban por las calles.

Cinder se estremeció y avanzó para unirse a la refriega y abrirse paso hacia la reina, pero su cuerpo no se movió. Parecía como si tuviera las piernas atascadas en lodo.

El corazón le dio un salto.

No.

No lo esperaba, no se lo habría imaginado…

Apretó los dientes y trató de sacudirse la manipulación que oprimía sus pensamientos. Visualizaba chispas de electricidad que saltaban dentro de su cerebro, el caos de su energía a medida que Levana dirigía su mente en contra de ella misma. Cinder siempre había logrado sacudirse, siempre había logrado escapar, ser fuerte. Su cerebro cyborg era capaz de contrarrestar los efectos de…

Un estremecimiento cruzó por su cabeza.

Su cerebro cibernético estaba descompuesto.

No. *No.* ¿Cómo iba a defender la mente de los demás si no podía defender sus propios pensamientos de la reina?

Rechinó los dientes. Si pudiera liberar una pierna, demostrarle a su cuerpo que podía hacerlo.

Gruñó y cayó sobre una rodilla. Su cuerpo vibró con la energía acumulada y percibió un chasquido repentino. Su tenue control sobre los ciudadanos se disipó. Los aullidos de dolor inundaron sus oídos.

En cuestión de segundos, también le habían arrebatado a esos aliados.

La batalla terminó antes de que siquiera hubiera comenzado.

Cinder, en el suelo, jadeaba de agotamiento y trataba de deshacerse del control mental de Levana. Todavía sentía pesadas y descoordinadas las piernas. Los gritos de sus soldados perdieron fuerza y se convirtieron en los quejidos y gemidos de los moribundos. Incluso tras esa breve contienda, el olor ferroso de la sangre se esparcía por el aire.

Levana comenzó a reír, encantada y estridente. Era tan doloroso oírla como los gritos de un centenar de soldados.

—¿Qué es esto? —preguntó la reina dando una palmada—. Vaya, imaginaba una batalla de destrezas, *princesita*, pero creo que no vas a dar la pelea que esperaba —se rio de nuevo. Levantó una mano y pasó las uñas por el pelo de Wolf, un gesto a la vez amable y posesivo—. Mi consentido, hay un bocado fácil para ti. Ya está presa en la trampa.

Wolf gruñó. Sus dientes alargados destellaron al bajar los peldaños, acechante. Los guardias lo dejaron pasar y él pisoteó a los ciudadanos derribados, como si ni siquiera los viera.

Cinder se estremeció. Había perdido la cuenta de cuántas veces había enfrentado esos ojos verdes y vibrantes, lo mismo como enemigo que como amigo. Pero nunca había estado desamparada.

Trató de sacudir la cabeza, de suplicarle a Wolf o a lo que fuera que quedara de Wolf dentro de esa criatura.

—¡Ey, Su *Reinidad*! ¡Por aquí!

Cinder abrió mucho los ojos. *Iko.*

Un disparo retumbó entre la multitud. Levana se tambaleó.

Cinder vio el chorro de sangre en las enormes puertas doradas y por un momento, el más breve de los momentos, se sintió alborozada. Iko le había disparado. ¡La reina estaba herida!

Pero fue Wolf el que gritó. Levana se había agazapado detrás de él. La bala le dio cerca de la cadera y su fino uniforme comenzaba a teñirse de sangre.

Iko chilló, horrorizada.

Levana rugió y su ira se cerró alrededor de Cinder y la multitud como un nudo corredizo. Su control los estrangulaba, los sofocaba.

Wolf embistió, pero no a Cinder, sino a Iko. Vio en sus ojos el instinto animal de atacar a su atacante.

A Cinder se le revolvió el estómago. No podía moverse. No podía hacer nada. Apenas podía respirar. Le quemaban los pulmones y estaba atrapada.

Wolf alcanzó a Iko, que aún tenía levantada el arma pero no sabía qué hacer. La golpeó con las garras y arrancó más fibras de piel de su abdomen ya muy desgarrado. Iko gritó y retrocedió gateando, incapaz de volver a dispararle. Él la derribó. Sus fauces se hundieron en el brazo sintético y el arma cayó a un lado de ella. Un cable produjo chispas en su boca y él lo escupió.

Cinder le imploró a su tablero de control que despertara, que regresara, que fuera más fuerte que ella, que *ganara*…

Yo soy la princesa Selene.

La voz incorpórea cayó sobre la multitud. Decidida. Familiar y al mismo tiempo todavía no.

El domo se oscureció. Como si se aproximara una tormenta, los vidrios se tiñeron casi completamente de negro. En la superficie, brillaron cuadros. Al principio, la luz era azul, pero el video comenzó a formarse.

La voz de Levana chilló por todas partes.

¡Tú eres una impostora!

La reina alzó la vista. Los guardias y los taumaturgos se tensaron.

Y estoy lista para reclamar lo que es mío. Pueblo de Artemisa, ha llegado su oportunidad: renuncien a Levana como su reina y júrenme lealtad, o prometo que, cuando lleve la corona, cada persona en esta habitación será castigada por su traición.

Apareció el salón del trono, visto desde la perspectiva de Cinder. Los criados y los taumaturgos no habían cambiado de posición, y tampoco Kai, en la hilera del frente, aterrorizado y desesperado.

Es suficiente, ¡mátenla!

Y ahí estaba Levana, pero no era Levana. Solo era posible reconocerla por el vestido rojo de bodas.

Debajo de su encanto, tenía el rostro desfigurado por ampollas y cicatrices que le cerraban el ojo izquierdo. La piel dañada se extendía hacia la mandíbula y el cuello hasta desaparecer tras el collar y el vestido. El cabello era delgado, con un ligero tono café, y le faltaban grandes mechones donde las cicatrices llegaban a la nuca. En el brazo izquierdo se veían más cicatrices ahí donde la manga de seda no lo cubría.

Quemaduras.

Eran cicatrices producidas por quemaduras.

Cinder lo sabía con total seguridad.

Un grito desdichado llegó a Cinder como una ola de agua fría.

—¡Apágalo! ¡Apágalo! —chillaba Levana. Apartó la vista del video en el cielo y aferró los brazos y la cara de los taumaturgos que tenía cerca para obligarlos a girar—. ¡No miren! ¡Dejen de mirar! ¡Haré que les arranquen los ojos a todos ustedes!

Cinder se dio cuenta de que ya no estaba paralizada por el control mental de la reina. Era su propia conmoción la que la mantenía pegada al suelo.

Funcionaba. Levana estaba perdiendo el control. La había obligado a contemplar la verdad detrás de su encanto y no podía hacer nada para detenerlo.

El video se disolvió en un caos de balas y gritos, sangre y cuerpos.

Levana miró a la gente que ya no estaba bajo su control. Su encanto había desaparecido. Se veía miserable, desfigurada y, en ese momento, asustada.

Se oyó un tiro, pero fallido. La bala se incrustó en las puertas del palacio. Alguien soltó una maldición a espaldas de Cinder. Con los ojos muy abiertos, giró la cabeza y vio a Scarlet, que se destacaba como un faro entre la multitud con su melena pelirroja. Recargó el arma y apuntó de nuevo.

Levana retrocedió dos, tres pasos; entonces, dio media vuelta y corrió a su palacio, abandonando a su conmocionado séquito de taumaturgos. Dejó también a Wolf, que todavía estaba sobre Iko, aunque ella no se movía. Él miraba fijamente a Scarlet. Su rostro deforme se retorció horrorizado al reconocerla.

Por un momento, Cinder quedó inmóvil por sus propios pensamientos dispersos. No sabía qué hacer. Iko no se movía. No sabía si podía confiar en Wolf. La reina había huido, pero el camino al palacio seguía bloqueado y quedaban suficientes taumaturgos como para controlar a la mayor parte de los soldados y los civiles, aunque todos estaban aturdidos, inertes, impresionados por el video.

Un aullido silenció sus pensamientos apresurados.

Cinder se asustó, sin saber de dónde había venido. No sabía si era de uno de los soldados que se pasaron a su bando o si era de las otras manadas que dijo Strom que pronto los rodearían.

A ese aullido le siguió otro y otro más. Luego, todo se disolvió en el caos.

Ochenta y tres

DE PIE EN EL ESTRADO DONDE HABÍA SIDO CORONADO REY DE LUNA, KAI
se cruzó de brazos y fulminó con la mirada a los asistentes.

Los líderes y diplomáticos de la Unión Terrestre tenían el rostro petrificado, en un intento por ocultar la rabia que acechaba debajo de la superficie. Levana los había encerrado en el gran salón con guardias apostados fuera de cada puerta junto con cientos de aristócratas lunares, quienes sonreían socarronamente y se burlaban con disimulo de los terrícolas como si fueran animales exóticos: adorables, fascinantes e inofensivos.

Podía escuchar los sonidos distantes de la batalla y de pies que corrían en estampida, atenuados por los gruesos muros de piedra.

La amenaza de sublevación y la masacre de miles de sus compatriotas no eran suficientes para alterar el festejo de los lunares. Actuaban como si estuvieran en un circo. Ovacionaban cuando los sonidos del enfrentamiento afuera se hacían más fuertes. Hacían apuestas sobre cuál de los taumaturgos acumularía el mayor número de muertes cuando todo acabara. Hacían chistes burdos acerca de quién de ellos se quedaría sin prendas de casimir y vino de moras azules la próxima temporada si los peones de los sectores exteriores, mequetrefes holgazanes, seguían jugando a la guerra en lugar de regresar a trabajar.

Escucharlos había encendido la mirada de Kai. No se había dado cuenta de que sus manos estaban apretadas en puños temblorosos hasta que Torin le puso una mano sobre el hombro. Kai se sobresaltó y luego obligó a sus puños a abrirse y respiró para calmarse.

—No tienen idea —dijo él—. Ni siquiera se imaginan cómo son los sectores exteriores, no sienten absolutamente ninguna gratitud por los trabajadores que les permiten tener los lujos de los que gozan. Creen que tienen derecho a todo lo que han recibido.

—Estoy de acuerdo. Es repugnante y quizás imperdonable —admitió Torin—, pero debemos considerar que han sido mantenidos en la ignorancia tanto como quienes viven en los sectores exteriores.

Kai masculló. No estaba de humor para sentir compasión por esa gente.

—Al parecer la luna de miel se acabó.

—Debo admitir que la reina Levana tiene una tendencia al dramatismo —Torin dirigió una sonrisa maliciosa a Kai—. Y, al parecer, su sobrina también.

Él contuvo un gesto de orgullo. Cinder tenía un talento natural para llamar la atención.

—¿Qué hemos averiguado?

—Todas las salidas han sido cerradas desde fuera, y si damos crédito a los lunares, hay dos guardias apostados en cada salida.

—Los guardias son fáciles de manipular, ¿cierto? —Kai hizo un gesto hacia la concurrencia—. Estos lunares… ¿crees que podrían controlar a los guardias a través de las puertas? Cinder siempre decía que podía detectar personas al otro lado de las puertas, aunque no sé si también podía manipularlas. Pero si logramos que algunos de estos lunares manipulen a los guardias para que quiten las cerraduras de las puertas y luego abran paso hacia los puertos... tal vez podríamos llevarlos a todos a un lugar seguro.

–Los puertos ofrecerían refugio y la posibilidad de escapar en caso de que Linh-dàren fallara –admitió Torin–, pero no puedo imaginar que estos lunares deseen ayudarnos en este momento.

Kai parpadeó. Era la primera vez que había escuchado a alguien referirse a Cinder como Linh-dàren, un título muy honorable.

–Tienes razón –dijo–. No nos ayudarán, y son unos idiotas por no hacerlo. ¿Se han detenido a pensar por qué Levana también los encerró aquí? Piensan que son invencibles porque están bajo su protección, pero a Levana no le importan. Ella los usará con la misma facilidad que a cualquiera si cree que eso servirá a sus intereses.

Un estruendo lejano sacudió el palacio, seguido de gritos, guturales y furiosos, de lo que al parecer habían sido miles de voces. Luego hubo una ráfaga de disparos.

Kai se estremeció. Aun sabiendo que Levana había ido a encontrarse con Cinder y con cualesquiera que fuesen los aliados a quienes hubiera convencido, no parecía real. Una revolución, una batalla... era incomprensible. Pero ahora había armas, la gente estaba muriendo y ellos se encontraban atrapados.

–¡Fue una bomba! –gritó un representante de Europa Oriental–. ¡Están bombardeando el palacio! ¡Van a matarnos a todos!

Un grupo de lunares empezó a reír con disimulo y a gritar con miedo fingido.

–*¡Una bomba! ¡Oh, estrellas, una bomba no!*

Kai entrecerró los ojos. No sabía si el sonido había sido causado por un explosivo, pero el temor de sus acompañantes le había dado una idea.

La pantalla portátil que Levana había arrojado seguía en el suelo, a un lado del altar. Se dirigió hacia ella y unió las piezas. Un par de cubiertas de plástico se habían desprendido y una esquina estaba abollada, pero se encendió con un zumbido cuando la activó.

Sin embargo, cuando la pantalla se iluminó estaba totalmente desordenada, llena de puntos negros e íconos incompletos. Soltó una maldición, pasó los dedos sobre la pantalla, apretó los controles con los dedos. Nada cambió.

—¿Su Majestad? —Torin se acuclilló a su lado.

—¿Qué haría Cinder? ¿Cómo la repararía? —preguntó Kai, mostrando la pantalla rota.

Un pliegue se formó en el entrecejo de Torin.

—¿Quiere enviar un mensaje para pedir ayuda?

—Algo así —hundió una mano en su cabello, pensando. Imaginó a Cinder en su local del mercado. Rodeada de herramientas y piezas de repuesto. Ella sabría qué hacer. Ella habría…

Se levantó de un salto, con el pulso acelerado, y golpeó la esquina de la pantalla contra la cubierta del altar. Torin retrocedió.

Kai miró de nuevo y dejó escapar un grito de emoción. La mitad de la pantalla se había aclarado.

Abrió un mensaje.

—¿Cómo hizo eso? —preguntó Torin.

—No sé —respondió al tiempo que escribía un mensaje a toda prisa—, pero te sorprendería saber cuántas veces ha funcionado.

Unas carcajadas hicieron que su atención se dirigiera a la concurencia. Un grupo de lunares habían formado un círculo alrededor de una de las criadas que había quedado encerrada con ellos. La chica estaba bailando, pero con movimientos espasmódicos, violentos. Había lágrimas en su rostro, aunque sus ojos estaban cerrados y su gesto estaba contorsionado, en un intento de imaginarse en otro lugar. La imagen hizo que el corazón de Kai se encogiera en su pecho.

De alguna forma supo que aquello no era algo inusual para la joven. Se preguntó si alguna vez había pasado un día entero sin que alguien más impusiera su voluntad sobre sus extremidades.

—¡Eso no es un vals en lo más mínimo! —gritó un lunar golpeando el hombro de un compañero.

—Déjame intentarlo. Puedo hacerlo con más elegancia que eso.

—Necesita una pareja, ¿no? —sugirió alguien más—. Vamos por uno de esos terrícolas y organicemos un teatro de marionetas mientras esperamos.

—Oye… ¿qué tal esa chica linda de la Comunidad, la pariente de la cyborg? ¿La recuerdan del juicio? ¿Dónde está?

Kai escuchó un lloriqueo. Tanto madrastra como la hermanastra de Cinder estaban de rodillas en el suelo, en medio de dos hileras de sillas, abrazándose en un intento de pasar inadvertidas.

Apartó la mirada y colocó de nuevo la pantalla en su cinturón.

—Basta —ordenó él, caminando con paso majestuoso hacia el grupo—. ¡Liberen a la criada ahora mismo!

—Ah, parece que el lindo emperador también quiere bailar.

Los vítores que recibió Kai sonaron crueles pero, para su alivio, nadie tomó el control de su cuerpo, ni siquiera cuando rodeó con su brazo a la joven criada y la estrechó contra su costado. Ella dejó de bailar al instante y se dejó caer contra su cuerpo, exhausta.

—Se están dirigiendo a su rey —dijo, subrayando cada palabra. Se alegró de que todavía llevara la delgada y alargada corona lunar, aun cuando el título de *rey consorte* no implicara mucho poder. Sin embargo, tenía la esperanza de que no todos supieran eso.

—No parecen entender la situación. Todos somos prisioneros en esta habitación, todos y cada uno de nosotros. Eso también nos convierte en aliados, nos guste o no –señaló con un dedo en dirección a la pared del fondo–. Cuando Levana se dé cuenta de que está siendo derrotada, y *así es*, se replegará. ¿Y a dónde creen ustedes que irá?

Clavó la mirada en los que tenía más cerca. Sonreían burlones, divertidos con la indignación de Kai.

–Ella no nos encerró aquí para *protegernos*, o porque quisiera que siguiéramos disfrutando de una gran fiesta. Nos mantiene aquí como su reserva. Cuando sus guardias caigan, ustedes serán la siguiente línea de defensa. Usará sus cuerpos como escudos. Los convertirá en armas. Sacrificará a cada persona aquí sin ningún remordimiento, con tal de sobrevivir. ¿No lo entienden? No le importan. Solo le interesa tener más cuerpos disponibles cuando los necesite.

Los ojos alrededor de él aún reflejaban esperanza. Era imposible saber si sus palabras estaban teniendo algún impacto, pero continuó.

–No tenemos que quedarnos sentados a esperar que ella vuelva. Con la ayuda de ustedes podemos salir de este salón. Todos podemos llegar al puerto real, donde estaremos seguros y Levana no podrá usarnos para pelear sus batallas.

Un hombre que estaba cerca chasqueó la lengua.

–Oh, pobre patético rey terrestre. Nos habla como si fuéramos niños indefensos que se inclinarán ante él solo porque lleva puesta una corona. No somos aliados, excelencia, y jamás nos rebajaríamos a considerarnos *iguales* a los de su especie. Es posible que nuestra reina haya considerado beneficioso hacerlo su esposo y coronarlo como nuestro rey, pero, a decir verdad, usted y sus compañeros difícilmente serían dignos de lavarnos los dedos de los pies.

El salón estalló en carcajadas. El hombre que había hablado le sonrió a Kai con desprecio mientras sus palabras eran recompensadas con ruidosas sugerencias de todo tipo de cosas deshonrosas que los terrícolas no se merecían.

—Bien —gruñó Kai con un tono gélido—. Permítanme persuadirlos.

Tomó su pantalla portátil, abrió un mapa holográfico de Luna y lo desplegó sobre sus cabezas. La imagen ocupó el espacio del gran salón; la superficie llena de cráteres tocaba los techos artesonados. Kai ajustó el mapa a fin de que todos pudieran observar la estación central de Artemisa y de los ocho sectores de la ciudad que la rodeaban. Luego iluminó la flota espacial a la que horas antes había ordenado tomar posición en espacio neutral: sesenta naves que habían reaccionado con presteza a su mensaje. Sesenta naves que se dirigían a la capital de Luna.

—Cada una de esas naves espaciales terrestres transporta armas capaces de destruir sus biodomos. Tenemos suficiente arsenal para reducir su país a escombros.

Era mentira: no todas las naves estaban armadas, pero había suficientes, esperaba, para causar un daño importante. Para hacerlos temer.

La energía en el salón se modificó. Las sonrisas comenzaron a titubear. Las risas sonaban inseguras.

—Mientras ustedes estaban ocupados ridiculizando a esta pobre doncella, envié un mensaje a mi ejército con la orden de abrir fuego tan pronto como estén suficientemente cerca. Pero revocaré esa orden una vez que mi gente haya sido trasladada a los puertos en forma segura.

Una mujer rio, pero con un tono agudo y ansioso.

—¡No se arriesgaría a ordenar un ataque si usted mismo está en el palacio! Usted y todos sus amigos terrestres morirían.

—Tiene razón —admitió Kai, sonriendo—. No atacaría el centro de Artemisa. Pero, si no me equivoco, la mayoría de los hogares de ustedes no se encuentran en el domo central, ¿o sí? La mayoría está en alguno de esos sectores de la periferia, ¿correcto?

Las naves brillantes del holograma titilaban cada vez más cerca. Más cerca.

Los aristócratas intercambiaron miradas, mostrando los primeros indicios de nerviosismo. Era como si se desafiaran mutuamente en silencio a decir que era una fanfarronada, pero ninguno quería hacerlo.

—Si no me equivoco —dijo Kai—, tenemos menos de veinte minutos antes de que lleguen las naves. Si quieren volver a ver sus hogares, les sugiero que actuemos rápido.

—ESTO NO ESTÁ BIEN —DIJO LA VOZ NASAL DEL ESTÚPIDO TÉCNICO EN sistemas de la reina, al cual Cress había logrado identificar como Sinus, alguien sin una pizca de originalidad.

Francamente, si Sybil le hubiera permitido quedarse en Luna, Cress podría haberse encargado del trabajo de ese tipo a los diez años de edad.

—Esto está muy, muy mal —continuó, con la voz temblándole por la inminente fatalidad.

—Solo haz que se detenga —gritó una voz masculina más grave. Cress estaba bastante segura de que era el mismo guardia que había estado apostado en el pasillo.

—¡No puedo! El video ya se transmitió. ¿Acaso quieres que lo *destransmita*? —gimió Sinus—. Ella… ella me matará. La reina me va a ejecutar por esto.

Conteniendo un suspiro, Cress hizo su mejor esfuerzo por rotar su tobillo. Un calambre comenzó a formarse en su pantorrilla izquierda, y sintió que avanzaría rápido si no lograba estirar el músculo pronto. Se las arregló para mover un poquito el tobillo, pero el movimiento, aunque ligero, solo le recordó a sus músculos cuán confinados estaban en ese hueco diminuto.

El técnico sabía que era demasiado tarde. Sabía que no podía impedir la transmisión del video. ¿Por qué no se había ido ya?

—¿Y bien? —preguntó el guardia—. ¿Programó alguna otra sorpresa para nosotros?

—¿Qué más quieres? Ese video... La reina se va a... —no terminó la frase, pero Cress percibió el escalofrío en su voz.

Como había visto el video en la mansión, Cress sabía que no podrían olvidarse de la imagen pronto. El rostro lleno de cicatrices de Levana, la cuenca del ojo vacía, lo que quedaba de su oreja. No era un rostro del cual uno apartara la vista, sin importar cuánto lo deseara. No era un rostro que se pudiera olvidar.

Y ahora todo el mundo lo había visto. Cress esperaba que la propia Levana lo hubiera visto. Sospechaba que no le resultaría fácil recuperar el encanto luego de un shock como ese.

Aunque quizá no fuera así; Levana había estado poniendo en práctica su engaño desde hacía mucho, mucho tiempo.

—¿Ya atraparon a la chica que hizo esto? Ella... En verdad sabía lo que estaba haciendo... —dijo Sinus.

El comentario podría haber halagado a Cress si no hubiera estado tan incómoda. En su situación, lo único que deseaba era que se fueran a charlar a otra parte. Aún aferraba la empuñadura de la pistola que Thorne le había dado, y esta ya le había dejado impresas en la palma dolorosas marcas rojas.

—Ese no es tu problema —gruñó el guardia—. Sólo vuelve a dejarlo como siempre. Y deshazte de ese video antes...

No concluyó. No había antes; ya estaban en el después.

—Lo intento —dijo Sinus—, pero todos los sistemas de alimentación cruzada han sido reestructurados y podría llevar días...

Cress dejó de escuchar; su atención se desvió hacia el calambre en su pantorrilla derecha. Respiró entrecortadamente, envolviendo el músculo con las manos, y comenzó a masajearlo en un intento por aliviar la contractura.

—¿Qué fue eso? —preguntó Sinus.

Cress se sobresaltó y se arrastró fuera del hueco. En el instante en que se puso de pie, apuntó el arma hacia el técnico y luego al guardia y nuevamente al técnico. Por lo insignificante que sonaba su voz, se lo había imaginado no mucho mayor que ella, pero más bien parecía tener cincuenta y tantos.

El técnico echó su silla hacia atrás. El guardia amagó con sacar su arma.

—No se mue… ¡ay! —Cress hizo una mueca cuando el músculo de su pierna se contracturó de nuevo y se fue de bruces sobre el escritorio. La esquina se le incrustó en la cadera que aún estaba lastimada a causa de la estatua que le había caído encima en las dependencias de los criados. Gimiendo, se agachó para masajear los músculos.

Acordándose del arma, comenzó a alzarla de nuevo en el mismo momento en que el guardia se la arrebataba de la mano. Cress soltó un grito y manoteó para agarrarla, pero ya estaba fuera de su alcance. Gimiendo, volvió a masajear el músculo mientras levantaba la mano, ahora vacía, en un gesto de cansada rendición.

El guardia mantuvo su propia arma apuntada hacia ella.

—No estoy armada —dijo mansamente.

A él no pareció importarle.

—¿Tú eres… ? —Sinus paseó la mirada entre ella y las pantallas—. ¿Tú hiciste esto?

—Sí, señor —soltó un suspiro de alivio a medida que el dolor comenzó a ceder—. ¿Puedo hacer una sugerencia? Porque los he estado escuchando hablar y me pregunto: si está seguro de que Levana lo ejecutará por no haber podido detener el video, ¿no ha considerado unirse al otro bando?

Ambos se la quedaron mirando.

Con los puños, Cress se dio unos golpecitos en los costados de la pierna. Después de esto tendría que comenzar a trabajar en sus rutinas de ejercicio. O al menos dejar de ocultarse en espacios tan reducidos.

—Es decir: resulta que conozco a la princesa Selene y es muy buena persona. Ella no lo mandaría a ejecutar, especialmente por algo que no es su culpa.

—Queda detenida —dijo el guardia, tomándola por el codo.

—¡Espere! —gritó, incapaz de zafarse de su mano—. ¿Ni siquiera lo va a considerar? ¿Escogerá ser ejecutado a manos de Levana en vez de… no ser ejecutado?

El guardia esbozó una sonrisa burlona mientras la alejaba del panel de las pantallas invisibles.

—Esta rebelión no va a tener éxito.

—Sí, lo tendrá. Levana va a ser destronada y Selene será nuestra nueva gobernante y…

La interrumpió una alarma que comenzó a sonar en una pantalla al otro lado del centro de control. El guardia se volvió hacia el lugar de donde provenía el sonido, sujetando a Cress contra su pecho, como si representara una amenaza con su pierna acalambrada y su abultada falda anaranjada.

—¿Y ahora qué pasa? —gritó el guardia.

Sinus ya se encontraba junto a la pantalla activada. Se quedó mirándola un momento con la boca abierta, antes de murmurar:

—Creo… creo que nos están atacando.

—¡Obviamente nos están atacando!

Sinus sacudió la cabeza y expandió un holograma. Por encima de los brillantes domos de Artemisa, una flotilla de naves espaciales había cruzado el espacio neutral y se movía rápidamente hacia la ciudad.

–No se trata de civiles –dijo; una gota de sudor se escurrió por su sien–. Estas son naves militares terrestres.

Todos contemplaron las naves, cuyas lucecitas parpadeantes se acercaban poco a poco. Fue Cress la que logró articular primero sus pensamientos. Trató de pararse más erguida, pero el guardia la tenía firmemente sujeta.

–Es verdad –dijo, aliviada porque su voz no temblaba–. La princesa Selene se ha aliado con la Tierra. Si Levana no se rinde, estamos listos para destruirlos a todos –se pasó la lengua por los labios agrietados y estiró el cuello para ver al guardia. Esperaba convencerlo cuando agregó–: Pero no es demasiado tarde para que se unan al bando ganador.

Ochenta y cuatro

IKO COMENZABA A ENTENDER POR QUÉ LOS HUMANOS SE OVILLABAN EN posición fetal cuando tenían miedo. En el suelo, de costado, tenía metida la nariz entre las rodillas y con el brazo bueno se cubría la cabeza. No quería volver a moverse. Wolf le había mordido el brazo que ya tenía dañado y veía que le había causado un gran daño en el abdomen y los muslos, aunque desde luego no podía decirse que hubieran estado en gran forma.

¿Qué tenía ella que atraía garras afiladas y dientes? Y, para el caso, balas también. Era una injusticia androide que había que resolver en cuanto todo este asunto de la revolución hubiera quedado atrás.

Una bota se plantó a centímetros de su cabeza y ella se encogió y se hizo un ovillo compacto. No quería levantarse, no quería moverse. Quería que se le acabara la pila para poder despertar completamente entera, cuando Cinder la reparara y… ¡Cinder!

Cinder no tenía la opción de quedar en estado de coma en la mitad de su revolución. En ese momento, ella andaba por ahí, en peligro.

Entre gemidos, Iko se atrevió a bajar el brazo para escudriñar los alrededores. Todo era llantos y gritos que bombardeaban su sensor de audio, y el estruendo de las pisadas de los combatientes retumbaba en sus miembros. Miró entre el torrente de piernas y armas. Primero, los soldados lobos; luego, los hombres y mujeres de los sectores externos, que sostenían con fuerza lanzas y navajas. Chocaban contra el castillo mientras los taumaturgos luchaban por tomar de nuevo el control. Pero los otros eran demasiados y los lobos resultaban muy difíciles de someter. Es lo que Wolf les había dicho desde el principio, ¿no es verdad? El objetivo había sido lanzar a los soldados contra la Tierra, como un flagelo de muerte y terror. No eran soldados remilgados, formales y bien organizados.

Además, eran muchos. Más de los que Cinder había traído por los túneles. Iko hizo una mueca cuando un nuevo regimiento de soldados entró en la refriega rechinando los dientes. Atrapaban todo lo que se movía. Alrededor de Iko, los mutantes peleaban unos con otros. Las hojas rebanaban los cuellos, las lanzas penetraban en las carnes.

—Muy bien, Cinder —susurró al tiempo que se obligaba a incorporarse—. Ahí voy.

Sus sistemas internos estaban deshilachados, su procesador lanzaba una mezcolanza de mensajes revueltos y por lo menos dos alambres desconectados echaban chispas en su estómago. Levantó la pistola del suelo.

Estuvo siglos buscando a Cinder, con el brazo malo colgando mientras serpenteaba entre el caos. Tenía la pistola lista y disparaba cuando creía que podía salvar a alguien. No hacía caso a los incontables rasguños que aparecieron como por magia en la ropa y la piel sintética. A esas alturas, ¿qué más daban otros cuantos arañazos? Por una vez, se alegraba de no tener terminaciones nerviosas. Solo esperaba que su cuerpo no se desconectara con tantas lesiones sufridas.

Cuando encontró a Cinder, se le habían terminado las balas. Gracias a los cielos, Cinder había abandonado la lucha por un momento.

Algunas de las estatuas que bordeaban el jardín habían caído y la muchacha estaba acuclillada detrás de una, estudiando la batalla como si esperara el momento correcto para reincorporarse. Iko se deslizó a su lado y apoyó la espalda en la estatua.

—Qué buen discurso el de hace un rato.

Sobresaltada, Cinder giró la cabeza y casi le arranca a Iko la punta de la nariz con un puñetazo instintivo. Se detuvo apenas a tiempo. La sensación de alivio le llenó los ojos de lágrimas.

—¡Estás bien! —le dijo jadeando—. ¿Y Wolf?

—Creo que tiene problemas con su control de la ira. ¿Scarlet?

—La perdí de vista —respondió, sacudiendo la cabeza.

Un soldado enemigo apareció de la nada. Cinder hizo a un lado a Iko y con la mano metálica azotó la cabeza del hombre contra la estatua. La estatua se agrietó, un trozo de piedra cayó al suelo y el soldado se derrumbó inconsciente.

—Cinder, estás sangrando —dijo Iko.

Cinder se miró el hombro. La herida que habían vendado en la mansión volvía a sangrar. La miró sin preocuparse, tomó a Iko por el codo y la arrastró hacia la protección que podía ofrecer la estatua.

—Levana regresó al palacio. Tengo que entrar.

—¿Crees que Kai esté ahí?

—Es probable.

—Voy contigo —dijo Iko, asintiendo.

Una exclamación temblorosa desvió la atención de Iko hacia la escaramuza. Volteó a tiempo para ver que una mujer del sector maderero dirigía contra ella su propia navaja y se la clavaba en el pecho. Iko abrió mucho los ojos. No podía dejar de mirar a la mujer que había caído de rodillas y miraba boquiabierta sus manos traidoras.

Junto a ella, Cinder lanzó un grito de batalla y corrió hacia un taumaturgo. Arrancó un puñal de la mano de un guardia antes de que la atacara y, en el mismo movimiento… Iko retrocedió. Ya había visto demasiadas muertes en el día, aun si esta fuera de un enemigo.

—¡Iko, vamos!

Alzó la cabeza y vio a Cinder saltar sobre el taumaturgo caído y echar a correr hacia las puertas del palacio. Todavía aferraba el puñal del guardia. Iko no estaba segura de cuánta de la sangre que lo manchaba era nueva.

—Está bien. Solo mataremos a los tipos malvados —Iko se miró la mano dañada, la sacudió un poco y vio cómo se bamboleaban sus dedos inservibles—. Qué buen plan.

Se recompuso y corrió hacia la aglomeración, zigzagueando entre los caídos y los combatientes. Alcanzó a Cinder cuando entraba por las puertas del palacio. La siguió y se frenó con un patinazo. Levantó la mirada hacia arriba, y arriba y arriba hasta el remate de la enorme escultura de la diosa en el vestíbulo principal.

—¡Guau!

—*¡Iko!*

Vio a Cinder jadeando del otro lado de la estatua. Miraba atentamente un camino y luego otro. Apretaba con tanta fuerza el puñal ensangrentado que sus nudillos estaban blancos.

—¿Hacia dónde crees que se haya ido? —preguntó Cinder.

—¿Al aeropuerto para escapar y no dejarse ver de nuevo? —Cinder la fulminó con una mirada de enojo—. O quizá fue a pedir refuerzos.

—Quizá. Tenemos que encontrar a Kai. Levana lo usará contra mí si puede.

Iko se estiró una trenza, contenta de que, por muy mal aspecto que tuviera su cuerpo, el pelo todavía lucía bien.

—Se supone que la coronación tuvo lugar en el gran salón. Podríamos empezar por ahí —sugirió la androide.

Cinder asintió con la cabeza.

—Ya no tengo acceso a los planos del palacio. ¿Puedes tú señalar la dirección? —le preguntó a Iko.

Las sinapsis internas de Iko se accionaron unos momentos antes de poder entender lo que le había dicho Cinder. Descargó todos sus planos y gráficas, todos los diagramas, mapas y estrategias que habían trazado. Levantó la mano buena y señaló.

—El gran salón queda por allá.

SCARLET ESCUCHABA LA VOZ DE SU ABUELA, TAN DULCE COMO FIRME, mientras la batalla atronaba a su alrededor. Ya había vaciado dos cargadores y había visto más abdómenes desagarrados y cuellos mordidos que en sus pesadillas. Pero los soldados no dejaban de llegar. Sabía que un regimiento estaba de su lado, pero no lograba descifrar cuántos soldados luchaban con ella y cuántos contra ella. Por muchos que cayeran, siempre había más, listos para reemplazarlos.

Por miedo de pegarle a un aliado cuando un civil ensangrentado le parecía un enemigo, Scarlet se enfocaba en los blancos obvios. Los taumaturgos en sus trajes rojos y negros se distinguían fácilmente en la refriega. Cada vez que la asaltaban los remordimientos —era una vida, *una vida humana* la que estaba a punto de cobrarse—, veía que un civil se llevaba una pistola a la cabeza o mataba a cuchilladas a un miembro de su familia, así que apuntaba a un taumaturgo que tuviera el rostro concentrado y desaparecían todos sus escrúpulos.

Sostén el arma con las dos manos —le habría dicho su abuela—. Ya sé que en las películas es diferente, pero son unos idiotas. Apunta al objetivo con la mira delantera y la trasera. No jales el gatillo; apriétalo. Dispara cuando estés lista.

El taumaturgo en su línea de visión cayó de espaldas. Una mancha roja apareció en su túnica roja.

Clic. Clic.

Scarlet se llevó la mano al bolsillo de atrás.

Vacío.

Soltó una maldición. Se metió el arma en el cinturón y volteó para buscar otra arma. Había estado tan concentrada en enfocar a sus enemigos que se asombró al ver el mar de cuerpos y sangre.

¿A cuántos habían perdido? Tenía la impresión de que el combate apenas había empezado. ¿Cómo es que ya había tantos muertos? El desaliento se apoderó de ella.

Era un campo de batalla. Una masacre, y ella estaba atrapada en el medio.

Expulsó el aire de sus pulmones sacudiéndose. Le habría gustado poder exhalar también su terror. La voz de su abuela desapareció en cuanto bajó el arma. Ahora solo escuchaba el sonido de las muertes. Alaridos y gritos de guerra. La pestilencia de la sangre.

Vio un hacha y se inclinó para recogerla. No se había dado cuenta, sino hasta que encontró resistencia, de que la cuchilla estaba enterrada en un cuerpo. Con una mueca, cerró los ojos, apretó los dientes y la jaló para liberarla. No volteó para mirar de quién era el cuerpo.

Estaba agotada en todos los sentidos, agotada y casi en el extremo del delirio. Su mirada recayó en una mujer de mediana edad que a primera vista le recordó a Maha, pero mayor. La mujer temblaba por la conmoción. Tenía el brazo cortado y desgarrado (Scarlet supuso que por dientes) y con la mano buena arrastraba a un hombre herido para ponerlo a salvo.

Scarlet avanzó tambaleándose sin soltar el mango del hacha. Tenía que ayudarla.

Quiso soltar el hacha, pero se le torcieron los dedos. Fue la primera advertencia. Asombrada, se miró la mano. Tenía los nudillos blancos por la fuerza con que asía el mango. Un estremecimiento la recorrió.

Alguien había tomado el control de sus manos.

Pero, por lo menos, no había pensado en el control de su lengua.

—¡Aléjense de mí! —gritó sin dirigirse a nadie en particular, sino a quien estuviera cerca y la escuchara—. *¡Corran!*

La mujer se detuvo y miró. No había tiempo suficiente. Las piernas desarticuladas de Scarlet trastabillaron hacia ella. Tomó el hacha con las dos manos y la elevó sobre su cabeza. Los músculos se habían doblado por el peso.

—*¡Corran!* —volvió a gritar, con el pánico aferrado a su garganta y la mente abrumada por la terrible realidad de estar bajo el control de un taumaturgo.

La mujer comprendió lo que pasaba y retrocedió. Dio la vuelta para correr, pero tropezó.

Scarlet gritó, angustiada. La mujer levantó las manos para protegerse. Scarlet cerró los ojos y derramó lágrimas que no sabía que estuvieran ahí. Sus brazos descargaron el hacha hacia el estómago de la mujer.

Pero el arma se detuvo en seco, a medio camino.

Con la respiración entrecortada y el pulso agitado, Scarlet se atrevió a alzar la mirada.

Una figura, enorme, oscura y cubierta de sangre se erguía sobre ella. Scarlet gimió de alivio, de gratitud, de mil sentimientos que no tenían nombre.

—*¡Wolf!*

Sus ojos tenían el verde vibrante de siempre, aunque se veían más hundidos que antes debido a la nariz y la mandíbula protuberantes. El brazo de Scarlet trató de alejar el hacha, pero Wolf se la arrancó de las manos.

Los dedos inconscientes de Scarlet cambiaron de táctica y lucharon en busca de una debilidad, aunque no había muchas. Sus pulgares se dirigieron a los ojos de Wolf, pero él la esquivó con facilidad. Sin soltar el hacha, envolvió a Scarlet para contener sus brazos a los costados. Ella lanzó una exclamación de frustración, sin saber si la frustración era suya o si un taumaturgo gritaba a través de ella. Sus piernas se sacudían, pataleaban y pisaban. Se retorcía para liberarse de la contención de hierro de Wolf. Él se mantuvo inmóvil y despiadado, doblando su cuerpo sobre el de ella como un capullo.

El taumaturgo se rindió y decidió controlar a una víctima más fácil. Scarlet sintió su libertad como si una banda elástica se partiera dentro de sus piernas. Se estremeció y se fundió en el abrazo de Wolf con un sollozo.

–¡Oh, cielos, cielos! –lloró con el rostro enterrado en su pecho–. Casi… la habría…

–No lo hiciste.

–Su voz era más áspera, pero era su voz.

Scarlet puso las manos en su pecho y se apartó para mirarlo. Todavía tenía la respiración agitada, todavía sonaba el eco de la batalla en sus oídos, pero no se había sentido menos asustada en días. Se estiró, dudosa al principio, y frotó con los dedos los nuevos pómulos prominentes y el borde desconocido de las cejas. Wolf hizo una mueca, la misma que había hecho cuando ella vio por primera vez sus colmillos.

Encontró la cicatriz de la ceja derecha y la que tenía debajo de la boca. Estaban donde las recordaba de la noche en que lo había besado en el tren que iba a París.

–Eres tú, ¿no es verdad? Ellos… no te cambiaron.

Vio cómo movía la mandíbula para responder.

–Sí –dijo y luego agregó–: no sé, creo que sí –arrugó el rostro como si fuera a echarse a llorar, pero no lo hizo–. *Scarlet*, estoy harto del sabor de la sangre.

Ella pasó la yema del pulgar por el labio inferior hasta que chocó con uno de los caninos filosos.

–Qué bueno –le dijo–, porque no servimos mucha sangre en la granja, y de todos modos íbamos a tener que trabajar en relación con tu dieta.

Observó una mancha de sangre seca en su mejilla y trató de frotarla, pero se arrepintió enseguida y siguió hablando.

–¿Has visto a Cinder? Tenemos que encontrar…

–Scarlet –su voz temblaba por la desesperación y el miedo–. Me cambiaron. Ahora soy peligroso. Soy…

–¡Por favor! No tenemos tiempo para esto –le pasó las manos por el pelo, el mismo pelo suave, rebelde y desordenado. Lo atrajo hacia ella. No estaba segura de cómo sería besarlo, y fue diferente y torpe en ese momento apresurado, pero sintió la confianza de que lo perfeccionarían después–. *Siempre* has sido peligroso. Pero tú eres mi alfa y yo soy tuya y eso no va a cambiar porque tienes una nueva barbilla. Vamos, tenemos que…

Detrás de Wolf, un soldado profirió un grito de dolor y se derrumbó sangrando por una docena de heridas. Wolf hizo retroceder a Scarlet para protegerla. El muchacho tenía una costra de sangre en un costado y ella se acordó de que Iko le había disparado, pero Wolf no parecía darse cuenta de la herida.

Scarlet volvió a mirar. Escrutó las armas, los miembros, los cuerpos.

Había menos caos que antes. La batalla comenzaba a menguar. No quedaban muchos combatientes y aún se veía a taumaturgos reunidos a la distancia. Era cierto que algunos habían caído, pero seguían siendo suficientes. Para ellos era muy fácil controlar a los civiles, mientras los soldados lobos se mantenían ocupados unos con otros.

¿Era posible que estuvieran perdiendo?

Un civil manipulado corrió hacia ella, blandiendo una lanza. Wolf lo barrió a un lado y partió la lanza en dos antes de que la muchacha pudiera reaccionar. Wolf giró, gruñó y empujó a Scarlet a un lado un instante antes de que un cuchillo pasara volando por el aire. Con un simple movimiento del puño, Wolf dejó inconsciente al hombre que los atacaba. Todavía llevaba el hacha, pero no la usó. A fin de cuentas, eran sus aliados, aun si se habían vuelto armas del enemigo.

Cuantos más cayeran, más fácil sería para los taumaturgos tomar el control…

–¡*Agáchate!* –gritó Wolf. Puso a Scarlet en el suelo y se tendió sobre su cuerpo. Era un escudo humano. Por lo menos conservaba el instinto, el deseo de protegerla por encima de todo.

Era la única confirmación que ella necesitaba.

Se sintió más segura de lo que era lógico. Encogida, escudriñó el caos en busca de señales de Cinder, Iko, Alfa Strom o… Detectó a un soldado lobo, uno que no reconocía, alistándose para lanzarse sobre ellos.

–¡Wolf!

Wolf gruñó y mostró los dientes.

El soldado dudó, olfateó el aire, miró a Wolf y luego a Scarlet y de nuevo a Wolf. A continuación, giró y corrió en busca de otra víctima.

Scarlet se humedeció los labios resecos y puso una mano en el codo de Wolf.

–¿Estamos perdiendo? –preguntó tratando de contar, pero era imposible saber cuántos de los soldados lobos eran suyos y cuántos de Levana. Sí sabía que los civiles caían cada vez más deprisa, a medida que la balanza se inclinaba a favor de los taumaturgos.

–No por mucho tiempo –le contestó Wolf.

Scarlet estiró el cuello para mirarlo. Los ojos de Wolf aún tenían un brillo peligroso, atentos a cualquier amenaza cercana.

–¿Qué quieres decir?

Frunció la nariz.

–La princesa Winter está cerca y… trae refuerzos.

Ochenta y cinco

—CASI LLEGAMOS —DIJO IKO MIENTRAS AVANZABA LENTAMENTE JUNTO con Cinder por el corredor principal del palacio. Todavía podían escuchar los sonidos de la encarnizada batalla que se libraba a lo lejos, pero, en comparación, el palacio estaba en silencio. No habían encontrado señales de Levana desde que habían entrado e Iko de algún modo esperaba que la reina enloquecida saltara sobre ellas desde atrás de alguna esquina e intentara apuñalarlas con sus zapatos de tacón puntiagudo.

Fue en las escaleras del palacio donde Iko había visto por primera vez a la reina lunar, y su rostro lleno de cicatrices hizo que deseara no ser inmune a los encantos. Después de años de escuchar acerca de la famosa belleza de la reina, la verdad había resultado un tanto decepcionante.

Pero la verdad se había revelado. Gracias al video de Cinder, ahora todos sabían lo que acechaba debajo de la ilusión. Con algo de suerte, podrían encontrar a la reina mientras seguía conmocionada.

Cinder apretó la empuñadura de su cuchillo ensangrentado.

—Dos guardias se aproximan.

Dieron vuelta en una esquina. Ella había estado en lo cierto: dos guardias se hallaban apostados frente a una serie de puertas ricamente decoradas, con sus enormes armas preparadas.

Iko se detuvo y alzó su mano sana con gesto inocente.

Intentó sonreír con dulzura, pero con una oreja faltante y un músculo que hacía que su mejilla se contrajera, su actuación no estaba a la altura de sus posibilidades.

Al reconocerlo, su procesador chisporroteó.

—¡*Tú!* —gritó ella—. Él es... el muchacho que salvó a Winter.

Aunque el guardia permanecía inmóvil, probablemente gracias al control que Cinder estaba ejerciendo sobre él, su rostro pudo retorcerse de repulsión libremente mientras sus ojos recorrían el cuerpo maltrecho de Iko, los cables arrancados, las partes sueltas, y todo lo demás que veía.

—Y tú eres esa robot fastidiosa.

—El término correcto es *androide de compañía*, ignorante, desconsiderado... —replicó Iko, furiosa.

—Iko.

Se cubrió la boca con la mano, aunque sus sinapsis seguían produciendo chispas.

—¿Así que tú eres quien mató al capitán de la guardia de Levana? —preguntó Cinder, ladeando la cabeza.

—Así es —respondió él.

El segundo guardia mostró los dientes y fulminó con la mirada primero a su acompañante y luego a Cinder.

—*Traidor*.

Una risa grave y sin humor hizo eco en la garganta del primer guardia: Kinney, recordó Iko.

—Estás desperdiciando tu energía controlándome. No tengo intenciones de dispararte.

—Bien —dijo Cinder con voz cansada. Iko se dio cuenta de que no confiaba por completo en él—. Mientras no intentes hacernos daño, no tendré razón para manipularte. —No era una concesión real. Iko sabía que si él intentaba algo Cinder podría detenerlo.

Los músculos de los brazos de Kinney se relajaron.

—Así que tú eres la cyborg que ha estado causando tantos problemas en los últimos tiempos.

—¡Caray! —reflexionó Iko—. Es guapo y listo.

Él arrugó la nariz y ella se preguntó si estaba empezando a sobrepasarse con el sarcasmo, pero su ego la mortificaba y la hacía enfurecer. Se había acostumbrado a que la gente la viera como si fuera humana. No solo humana, sino *hermosa*. Pero ahora estaba allí, parada con un brazo colgante, la piel desgarrada y sin una oreja, y todo lo que veía ese guardia era una máquina destartalada.

No es que su opinión importara. Claramente, era un imbécil.

Excepto por aquello de que había salvado la vida de Winter, lo que probablemente había sido por casualidad.

—¿Levana está allí dentro? —preguntó Cinder haciendo un gesto hacia las puertas bloqueadas.

—No, solo los invitados a la coronación. Nuestras órdenes fueron retenerlos hasta que la reina o los taumaturgos vinieran por ellos: sospecho que planea masacrar a todos los terrícolas si ustedes no se rinden.

—Lo que dices suena como algo que Levana haría —admitió Cinder—, pero dudo de que en este momento tenga la fuerza para manipular a tanta gente al mismo tiempo. De otro modo, creo que ella habría venido directamente.

Kinney frunció el ceño, especulativo. Quizá no había visto el video. Desconocía que la verdad debajo del encanto de Levana había sido revelada.

—¿A dónde podría ir? —preguntó Cinder—. Si estuviera tratando de atraerme, escogería un lugar donde ella se sintiera segura y poderosa.

—El salón del trono, supongo —respondió él, encogiéndose de hombros.

Cinder tensó la mandíbula.

—¿Donde se hizo la celebración de aquella noche? ¿El del balcón sobre el lago?

Kinney había comenzado a asentir cuando el segundo guardia sacudió la cabeza y escupió. Literalmente, *escupió* sobre el magnífico piso de cerámicos.

—¡Oh! —gritó Iko—. ¡Pagano!

—Cuando te atrape —amenazó el guardia entre dientes—, mi reina se comerá tu corazón con sal y pimienta.

—Bueno —dijo Cinder, despreocupada—, la mitad del corazón es sintética, así que probablemente le causará indigestión.

Kinney parecía casi divertido.

—A los guardias suelen tratarnos bien aquí —dijo—. Descubrirás que muchos de nosotros seguimos siendo leales a Su Ma... a Levana —el nombre de pila de la reina sonaba extraño e Iko se preguntó si alguna vez lo había pronunciado.

—¿Y por qué tú no? —preguntó Cinder.

—Algo me dice que tu oferta me gustará más —deslizó la mirada hacia Iko— aunque tengas compañías extrañas.

Iko resopló. Cinder dio un paso al frente y tomó el arma del segundo guardia.

—Quizá cuando esto termine pueda convencerlos de que yo también pretendo tratarlos muy bien.

Cinder se dio vuelta e Iko pudo distinguir el conflicto interno en sus músculos faciales.

—Quédate con Kai. En caso de que ella envíe un taumaturgo a buscarlos, quiero alguien que no pueda ser controlado. Y trata de mantenerlos a él y a cualquier terrícola lejos de aquí —respiró hondo—. Iré tras Levana.

—No, espera —dijo Iko—. Yo debería ir contigo.

Ignorándola, Cinder apuntó a Kinney con un dedo.

—Si eres leal a mí, entonces, serás leal al emperador de la Tierra. Protégelo con tu vida.

El guardia dudó, pero luego se llevó el puño al corazón.

Con su nueva pistola en una mano y un cuchillo en la otra, Cinder dio media vuelta y echó a correr de regreso por donde había llegado.

—¡Cinder, espera! —gritó Iko.

—¡Quédate con Kai!

—Pero… ¡*ten cuidado!*

Cuando Cinder dio vuelta en una esquina, Iko se volvió hacia los dos guardias, justo en el instante en que el segundo se dio cuenta de que había recobrado el control de su cuerpo. Con una mirada cada vez más sombría, levantó su pistola y le apuntó a Iko.

Kinney lo golpeó en la cabeza con la culata de su propio rifle.

Iko saltó hacia atrás cuando el guardia se desplomó de cara al piso.

—Siento que debería ir con ella —dijo Kinney.

Con un gruñido, Iko pasó por encima del guardia caído y le clavó un dedo en el pecho.

—La conozco desde mucho antes que usted, señor, y si hay alguien que debería ir con ella soy *yo*. Ahora abra esas puertas.

Una ceja oscura y espesa se alzó de golpe. Ella podía ver que se esforzaba por decir algo, o no decirlo. Se rindió y giró, empujando los paneles de madera por las manijas. Las puertas quedaron abiertas de par en par. Iko dio dos pasos hacia dentro del gran salón y se quedó helada.

El lugar no estaba lleno de cientos de aristócratas lunares, líderes terrestres ni su apuesto emperador. De hecho, apenas una docena de lunares vestidos de colores vibrantes estaban parados al fondo del salón. El resto del piso estaba lleno de sillas, muchas tiradas, lo que dejaba poco espacio para caminar y dificultaba atravesarlo.

—¡Él nos obligó! —gritó una mujer lunar, que atrajo la atención de Iko—. No queríamos ayudar a los terrícolas, pero él amenazó con bombardear la ciudad. Oh, por favor, no se lo digan a la reina.

Iko miró hacia atrás, pero a juzgar por el hecho de que Kinney había quedado boquiabierto, estaba tan sorprendido como ella. Iko comenzó a abrirse paso entre las sillas caídas, y pensó que quienes las habían desparramado probablemente lo habían hecho a propósito, para demorar a cualquiera que intentara perseguirlos.

A medida que se acercaban, Iko vio una puerta abierta detrás de un altar enorme; una cortina que ahora estaba descorrida la había mantenido oculta.

—Esa puerta es la que conduce a los salones de los criados —dijo Kinney—, pero también deben de estar vigilados.

—¡Oh, te ves *horrible*! —chilló la primera mujer, cubriéndose la boca al mirar las heridas de Iko—. ¿Por qué alguien usaría un encanto para verse *así*?

Antes de que Iko pudiera procesar alguna respuesta indignada, Kinney preguntó:

—¿El emperador Kaito está llevando a los demás terrícolas a los puertos?

Las lunares asintieron; algunas señalaron hacia la puerta abierta.

—Por ahí —dijo la mujer que había insultado a Iko—. Pueden atraparlos si se apresuran. ¡Y no olviden decir a Su Majestad que *nosotras* seguimos aquí!

Ellos las ignoraron y se precipitaron hacia la puerta.

Iko empezó a buscar la ruta más directa hacia los puertos, pero era obvio que Kinney sabía qué camino seguir, así que le permitió tomar la delantera. No habían corrido mucho antes de que su sensor de audio detectara voces que hacían eco en el corredor.

Dieron vuelta en una esquina e Iko vio a unos metros el origen del ruido: había cientos de aristócratas lunares, tambaleándose en una fila desordenada, esperando a pasar por una salida hacia unas escaleras que los llevarían abajo, a los niveles subterráneos del palacio.

Entre el parloteo, su entrada de audio reconoció una voz.

Kai.

Ella aceleró el paso. Los lunares, quienes no la habían notado hasta que estaba detrás de ellos, gritaron sorprendidos; muchos se apretaron contra las paredes para dejarla pasar.

–¡Kai!

La multitud se movió. Kai y su consejero, Konn Torin, estaban de pie a ambos lados de la puerta que conducía a las escaleras, instando a la multitud a moverse más rápido y mantener el paso.

Su mirada se topó con la de ella. Alivio. Felicidad.

–¿Iko?

Ella se lanzó a los brazos de Kai, por primera vez sin importarle los recubrimientos quemados en un lado de su cara o los agujeros en su torso. Él también la abrazó.

–Iko. Gracias a las estrellas.

Tan rápido como la había estrechado, la apartó a cierta distancia y miró por encima de su hombro, pero su alegría se esfumó cuando vio que solo Kinney estaba a su lado.

–¿Dónde está Cinder?

Iko también miró hacia atrás. Kinney observaba con burla y desprecio la mano de Kai sobre el brazo roto de Iko. Ella apretó los labios para contener su propio desdén.

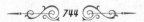

—Está buscando a Levana. Pensamos que fue al salón del trono.

—¿Sola?

Ella asintió.

—Quería que me asegurara de que estabas bien.

Con un suspiro de frustración, Kai empujó suavemente a Iko y Kinney contra la pared, abriendo paso a los lunares que aún esperaban bajar.

—Estamos llevándolos a todos a los puertos de naves espaciales. Será el lugar más seguro mientras el combate continúa y mantendrá a muchas marionetas fuera del alcance de Levana —apretó la mano de Iko y los cables de ella zumbaron de placer—. ¿Crees que podrías bajar y abrir los puertos para dejar que despeguen las naves?

Kinney contestó antes de que ella pudiera hacerlo.

—Yo conozco el código de acceso.

Iko volteó hacia él.

—Me entrené como piloto —explicó él, encogiéndose de hombros, imperturbable.

Kai hizo un gesto de agradecimiento, y si estaba sorprendido de que un guardia real los estuviera ayudando, no lo demostró.

—Entonces, terminemos con esto y vayamos a buscar a Cinder.

Ochenta y seis

JACIN SOSTENÍA LA MANO DE WINTER CON DEDOS FIRMES Y TENSOS, como si tuviera miedo de que se esfumara si la soltaba. Habían salido junto con una enorme cantidad de gente por los túneles del tren de levitación magnética en el centro de Artemisa. El hogar de la niñez de Winter, y también de Jacin. Ella se sentía como un fantasma, y él, como un conquistador.

Tardaron horas en cruzar los campos de Luna. Visitaron varios sectores cercanos para difundir que Selene había sobrevivido y para llamar a las armas a los vecinos y pedirles que los apoyaran. Necesitaron menos coerción de la que pensaban. Como ya los había acicateado el primer video que habían transmitido de Cinder y como estaban enojados por el intento de Levana de asesinar (otra vez) a la princesa, cuando Jacin y Winter llegaban a darles las noticias, estaban furiosos. Muchos se habían puesto en marcha hacia la capital.

Winter y Jacin tardaron más en salir a la superficie que la gente en correr hacia el palacio, gritando y blandiendo sus armas. Winter trató de ir al mismo ritmo que ellos, pero Jacin la tomó con más fuerza y la mantuvo junto a él, para resguardarla de la multitud.

El patio delante del palacio ya era un cementerio, aunque aún había gente que se esforzaba por seguir luchando. Un batallón de taumaturgos e incontables soldados lobos se lanzó sin perder el tiempo contra los recién llegados. Los valientes gritos de guerra de las líneas del frente se convirtieron rápidamente en lamentos. Los atacantes seguían llegando; salían de los túneles a las calles. Winter reconoció a muchos de sus propios soldados que trataban de alejar a los mutantes de sus aliados. La confusión reinaba. Civiles controlados por taumaturgos se convertían en enemigos y a veces era imposible saber cuáles de los soldados lobos estaban en su bando.

Unas garras le abrieron el pecho a una persona.

Una bala perforó la mejilla de una mujer.

Una lanza atravesó el abdomen de un hombre.

Aullidos de dolor y de victoria, indistinguibles. El fuerte olor de la sangre. Llegaba más y más gente, la que Winter había traído.

La cabeza de Winter resonaba con todo eso. Tenía los pies clavados en el suelo y estaba contenta de que Jacin la hubiera detenido.

—El palacio quedará inundado de sangre —murmuró—. Las aguas del lago Artemisa se volverán rojas y se verán hasta en la Tierra.

Un destello de alarma apareció en la mirada de Jacin.

—¡Winter!

Apenas alcanzó a oírlo sobre el estruendo que había dentro de su cabeza. Se soltó de sus brazos, tropezó y cayó sobre el cuerpo de uno de los soldados lobos. Había algo conocido en el dibujo de su mandíbula, en los ojos muertos que miraban al cielo.

Winter apartó un mechón de pelo ensangrentado del ceño del hombre y comenzó a llorar.

Se trataba de Alfa Strom.

Y era culpa suya, *suya*, que él estuviera aquí. Le había pedido que luchara por ella y había muerto y...

–Winter, ¿qué haces? –preguntó Jacin, tomándola por el codo.

La princesa se derrumbó y lloró sobre el cuerpo de Strom.

–Me estoy muriendo –susurró y metió los dedos en la tela mugrosa de la camisa de Strom.

–Sabía que era una mala idea –dijo Jacin después de lanzar una maldición.

Quiso levantarla, pero ella apartó el brazo y miró la batalla fragorosa que los rodeaba.

–Estoy destruida –dijo. Tenía las mejillas llenas de lágrimas mezcladas con sangre–. Creo que ni siquiera una persona sana podría recuperarse de esto. ¿Cómo lo haré yo?

–Por eso tenemos que irnos. Vamos.

Esta vez no le dio opciones, sino que metió las manos bajo los brazos de ella y la puso de pie. Winter se deslizó contra él y dejó que el cuerpo de Jacin se amoldara al suyo. Gritos de victoria la sorprendieron y desvió su atención hacia el palacio. Vio que los taumaturgos huían al interior. Muchos habían caído y yacían muertos o agonizantes en las escaleras. Los habían abrumado. Ya eran demasiados para que los secuaces de la reina resistieran, tal como Cinder esperaba.

Los ejércitos flaqueaban… en ambos lados.

Había tantas muertes…

Incitados por su victoria, los civiles corrieron al palacio y cruzaron las enormes puertas a la caza de los taumaturgos.

Winter percibió el destello de un brillante cabello rojo y su corazón dio un salto.

–¡Scarlet! –gritó, luchando contra Jacin, aunque él la sostenía con fuerza–. ¡No, Scarlet! ¡No entres! ¡Las paredes sangran!

Sus palabras se convirtieron en escalofríos, pero tuvieron efecto. Scarlet se detuvo y giró, tratando de descubrir entre la multitud el lugar desde el que habían pronunciado su nombre.

Jacin arrastró a Winter debajo de la saliente de una sastrería y la contuvo en el hueco de la puerta.

—¡No es seguro! —gritó Winter tratando de liberarse de Jacin en busca de su amiga, pero ya no la veía en la muchedumbre. Miró los ojos llenos de pánico de Jacin—. No es seguro ahí, las paredes… la sangre. La van a herir y morirá. Todos van a morir.

—Muy bien, Winter, tranquilízate —le dijo acariciando su pelo—. Scarlet es fuerte. No le pasará nada.

—No es solo Scarlet —gimió Winter—. Todos van a morir y nadie lo sabe, solo yo —se le quebró la voz y comenzó a sollozar, histérica. Empezó a derrumbarse, pero Jacin la sostuvo y dejó que llorara sobre su pecho—. Los voy a perder a todos. Se ahogarán en su propia sangre.

Detrás de las paredes del palacio, el ruido de los combates sonaba distante y apagado. En las calles y el patio lo habían reemplazado los estertores de la muerte y las toses sanguinolentas. Sobre el hombro de Jacin, Winter miraba con la vista borrosa. Más que nada había cuerpos y sangre, pero también algunos rezagados, algunas docenas de personas que se abrían paso entre la destrucción, que trataban de atender a los que seguían con vida, que separaban unos cuerpos de otros. Una chica con un delantal asombrosamente limpio arrancaba los botones de la capa negra de un taumaturgo.

—Debí haberte dejado con los leñadores —murmuró Jacin.

La chica del delantal los descubrió, sobresaltada, y escapó al otro lado del patio para registrar los bolsillos de otras víctimas. Winter supuso que se trataría de una criada de la ciudad, aunque no la reconoció.

—Yo podría haber sido tú —le dijo Winter en susurros a la muchacha. Jacin movió los dedos por la espalda de Winter—. La humilde hija de un guardia y una costurera. Yo tendría que haber sido ella y rebuscar en los despojos. No la realeza. No esto.

Jacin tomó el rostro de Winter entre las manos y la obligó a mirarlo.

—¡Oye! —le dijo serio y dulce al mismo tiempo—. Tú eres mi princesa, ¿de acuerdo? Siempre vas a ser mi princesa, no importa cuál haya sido tu origen ni con quién se haya casado tu papá.

Los ojos de Winter se llenaron de lágrimas. Estiró los brazos y dobló los dedos sobre los antebrazos de Jacin.

—Y tú siempre serás mi guardián.

—Así es —la más tenue caricia, el dedo calloso en la sien de la muchacha. Winter se estremeció de arriba abajo—. Vamos, tenemos que irnos de aquí.

Jacin comenzó a alejarse, pero ella le clavó los dedos en los brazos.

—Tienes que ayudar a Selene, a Scarlet y a los demás.

—No. Ella está ganando o perdiendo. Mi presencia no cambiará nada en este momento. Pero tú… puedo cuidarte a ti. Por esta vez.

—Siempre me cuidas.

Jacin apretó los labios. Su mirada vagó por las cicatrices en el rostro de Winter antes de apartarse por completo de ella. Estaba a punto de volver a hablar cuando Winter percibió un movimiento.

La muchacha del delantal se había acercado a hurtadillas. Ahora tenía la mirada vacía. Levantó por arriba de su cabeza un puñal ensangrentado.

Winter ahogó un grito y empujó a Jacin a un costado. La punta del arma resbaló por la parte posterior del brazo del guardia desgarrando su camisa. Con un gruñido, giró para enfrentar a la muchacha. La tomó por la muñeca antes de que pudiera atacarlo de nuevo.

—¡No la lastimes! —gritó Winter—. ¡Está siendo manipulada!

—Me di cuenta —gruñó Jacin torciendo los dedos de la mujer para que soltara el puñal, que aterrizó con un ruido metálico en el piso de piedra. La empujó a un lado y ella se derrumbó sobre su costado.

Con el mismo movimiento, Jacin pasó por encima de su cabeza las correas que sostenían su pistola y su puñal y las lanzó con todas sus fuerzas al camino de obstáculos que formaban los cuerpos caídos, para que no pudieran usarlas en su contra, para que sus propias manos no se convirtieran en armas en contra de él.

—Espero que no vayas a pensar que con *eso* será diferente.

Con un gemido, Winter se pegó a la puerta.

Era Aimery. Estaba en la calle y no sonreía. Por una vez, ni siquiera fingía una sonrisa petulante, ni cruel ni burlona.

Se veía trastornado.

La criada, libre de su control, escapó gateando a toda prisa por un callejón. Winter oyó cómo su andar se convertía en el golpeteo presuroso de una huida. Aimery la dejó irse sin siquiera mirarla.

Jacin se colocó entre Winter y Aimery, aunque ella no entendía para qué. Aimery podría obligarlo a apartarse con el mínimo pensamiento, pero también podía jugar con ellos con tanta facilidad como si fueran los peones en el tablero de la reina.

—Como no tienes el uso de tu propio don —dijo Aimery con voz lenta y mirada ardiente—, es posible que no entiendas que no necesitamos pistolas ni dagas para causar daño. Cuando se tiene el poder que yo tengo, todo el mundo es un arsenal y cada objeto es un arma —Aimery se metió las manos en las mangas, aunque no mostraba su compostura habitual. Se veía extenuado y furioso—. Podría hacer que te estrangules con tu propio cinturón —siguió diciendo con voz lenta—. Podría hacer que te ensartes con un trinche de servicio. Podría hacer que te claves los pulgares en las cuencas de los ojos.

—¿Crees que no sé la clase de cosas que puedes hacer?

El cuerpo de Jacin estaba tenso, pero Winter no pensaba que Aimery hubiera tomado el control de él.

Todavía no.

Aunque lo haría.

Ahí estaba la sonrisa de pesadilla de Aimery, pero mezclada con un gruñido.

—Eres tan inferior a mí como una rata —el taumaturgo mayor dirigió su atención a Winter con una mueca de disgusto en la boca—. De todas formas, ella escogió, ¿no es verdad?

El corazón de Winter martillaba dentro de su pecho. Las palabras de Aimery resonaban en su agotada cabeza. *Estrangular, ensartar, clavar.*

Lo haría. Aún no, pero lo haría.

Un estremecimiento recorrió su piel cuando vio el odio puro en el rostro de Aimery.

—Debiste haberme aceptado cuando tuviste la oportunidad —le dijo a la princesa.

Winter trató de tragar saliva, pero la sentía como una pasta.

—Pude —le contestó—, pero no habría sido más verdadero que las visiones que me acosan.

—Así que escogiste un patético guardia.

—No entiendes. Él es lo único real —afirmó Winter con un temblor en los labios.

El semblante de Aimery se oscureció.

—Y pronto estará muerto, princesita —escupió el título como un insulto—. Real o no, serás mía. Si no como esposa o como amante dispuesta, entonces, como posesión para exhibir en un hermoso aparador enjoyado —sus ojos adquirieron un matiz de locura—. He esperado demasiados años como para dejar que te vayas.

Jacin daba la espalda a Winter. Tenía los hombros hechos un nudo. Una línea de sangre bajaba por su codo y se escurría por su muñeca antes de salpicar el suelo. Se sentía impotente. No podía hacer nada salvo mantenerse firme y decir cosas frías y duras, esperando que nadie detectara lo asustado y frustrado que se sentía realmente.

Pero Winter lo sabía. Había pasado toda su vida con ese miedo.

Aimery se dirigió de nuevo a Jacin, con aspecto complacido.

—He esperado esto desde que te presentaron ante la corte. Debí haberte visto desangrarte ese día en el piso del salón del trono.

Winter tembló.

—Qué decepción debe haber sido para ti —dijo Jacin.

—Tienes razón —concedió Aimery—, pero creo que así disfrutaré este momento aún más —hizo una mueca—. ¿Cómo será? ¿Por mi mano? ¿Por la tuya? —sus ojos relucieron—. ¿Por la *de ella*? ¡Ah, qué inconsolable estará por haber sido el instrumento de la muerte de su amado! Quizás haré que te ahorque con sus lindos dedos.

Winter sintió náuseas.

Jacin…

Jacin.

—Me gusta esa idea —dijo Aimery cavilando.

Las manos de Winter se agitaron. No sabía si lo estrangularía, lo sofocaría, lo golpearía o lo acuchillaría. Pero sabía que Aimery la controlaba, que Jacin estaba en peligro y que era el final. No había medias tintas. No había ganadores. Qué tonta era, tonta, tonta.

Winter se obligó a tener los ojos abiertos pese a las lágrimas.

Jacin giró hacia ella, que rodeó su cuello con las manos. Winter presionó con los pulgares en la carne de su cuello. Se oyó un resoplido. Si Jacin quisiera apartarla, Aimery no lo permitiría.

Winter no podía ver. No podía mirar. Lloraba sin control y la horrible sensación del cuello de Jacin bajo sus dedos era terrible, demasiado frágil, demasiado…

Un destello rojo brilló entre sus lágrimas.

Scarlet se acercaba por detrás de Aimery. Avanzaba sobre los cuerpos caídos. Tenía una navaja en la mano. Al darse cuenta de que Winter la había detectado, se llevó un dedo a los labios.

Aimery giró la cabeza, pero no hacia Scarlet, sino hacia una figura enorme y rugiente.

El hombre se rio y agitó una mano en el aire. Wolf estaba a unos pasos de distancia cuando se derrumbó aullando de dolor.

—Soy el taumaturgo de la reina —exclamó mirando con ojos implacables el cuerpo retorcido de Wolf—. ¿Creíste que no podía percibir que me acechabas? ¿Creíste que no podía manejar a un patético mutante, a un guardia de mente débil y a una *terrícola*?

Giró en redondo para encarar a Scarlet. Ella todavía estaba a una docena de pasos y quedó petrificada, con los dedos contraídos sobre el mango del puñal.

La sonrisa de Aimery se desvaneció. Frunció el ceño al darse cuenta de que alguien ya tenía el control de la bioelectricidad que rodeaba el cuerpo de Scarlet.

Entrecerró los ojos y escudriñó el cementerio en el que estaban, pero no se veía a nadie que controlara a Scarlet, nadie que pudiera socavar sus propios poderes, excepto…

Scarlet se acercó pesadamente a él. Su andar era rígido y torpe. Con mano temblorosa alzó el puñal.

Aimery retrocedió y puso su atención en Winter. En el momento en que lo distrajo Wolf —el pobre y torturado Wolf—, había liberado las manos y la mente de Winter. Jacin se frotaba el cuello y luchaba por respirar, mientras que Winter… Winter miraba fijo a Scarlet, horrorizada y temblorosa, pero decidida.

La mano de Jacin se movió y con el dorso golpeó a Winter en la cara. La princesa chocó contra la pared del edificio, pero no sintió el impacto. Estaba concentrada en Scarlet, solo en Scarlet, en Scarlet y su puñal.

Winter lloraba y se odiaba. Era mezquina y cruel, pero no dejaba de obligar a Scarlet a luchar. Aimery dio otro paso hacia atrás y alzó las manos para defenderse. Scarlet se lanzó sobre él. Aimery tropezó con la pierna de un civil muerto y cayó de espaldas. Scarlet se arrodilló junto a él y avanzó. Tenía la mirada confundida y estaba boquiabierta por la incredulidad, pero su cuerpo se mostraba violento, decidido y seguro cuando hundió la hoja a través de la piel del taumaturgo.

Ochenta y siete

LA REALIDAD SE DESINTEGRÓ. EL MUNDO ERA UN MILLAR DE PIXELES irregulares que se desgarraban, dejando espacios negros entre sí, y luego volvían a unirse con chispas cegadoras.

Winter estaba hecha un ovillo, acurrucada en la entrada de la tienda principal de Artemisa. Sus propios brazos temblorosos la protegían como un escudo y tenía los pies paralizados y tensos. Había perdido un zapato. No supo cómo ni cuándo.

Aimery estaba muerto.

Scarlet-amiga lo había apuñalado nueve veces.

Winter lo había apuñalado nueve veces.

La querida Scarlet. La salvaje, terca y manipulable Scarlet.

Una vez que comenzó, Winter no pudo detenerse. *Nueve veces.* Habían pasado años desde la última vez que había manipulado a alguien, y nunca había sido con intenciones violentas. En su determinación de someterlos a todos con su don, Aimery no había intentado escapar hasta después de la segunda puñalada. Para ese momento Winter ya estaba perdida. No pudo detenerse. Solo pensaba en borrar para siempre esa sonrisa horrible y cautivadora. O en destruir la mente de él para que ella no se viera forzada a rodear de nuevo el cuello de Jacin con sus manos y terminar lo que había comenzado.

Ahora Aimery estaba muerto.

Las calles estaban cubiertas con su sangre. Apestaban con su hedor.

—¿Qué le pasa a ella? —gritó una voz a lo lejos—. ¿Por qué actúa así?

—Denle espacio —a esta orden siguió un gruñido. ¿Jacin? ¿Acaso era su guardia, tan cerca, siempre tan cerca?

Jacin había derribado a Scarlet y le había arrancado el cuchillo de la mano, quebrando el control que Winter tenía sobre ella. Sabía que de lo contrario habría seguido apuñalando, apuñalando, apuñalando, apuñalando y apuñalando hasta que Aimery quedara convertido en pequeños pedazos de carne y sonrisas.

La mente de Winter estaba perturbada. Era demasiado para poder comprenderlo.

En lo alto, el letrero de la tienda se balanceó sobre sus goznes. Había una cortina desgarrada detrás del cristal roto. Perforaciones de bala en las paredes. Techos colapsados. Vidrio estrellado debajo de sus pies.

—Tenemos que encontrar a Cinder —la voz sonaba insistente, pero aterrorizada—. Debemos asegurarnos de que está bien, pero no puedo… no quiero dejar a Winter…

Winter arqueó la espalda y hundió los dedos en su cabello, sin aliento ante la arremetida de sensaciones. En cada centímetro de su piel había un enjambre de abejas que la aguijoneaban.

Unos brazos la rodearon. O quizás habían estado allí desde hacía mucho. Apenas podía sentirlos fuera del capullo que había formado, aun cuando estaba cubierto de grietas del grosor de un cabello.

—Está bien. Yo me encargo de Winter. Vayan.

Un capullo.

Una coraza de hielo.

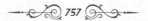

El arnés de la nave espacial la estrangulaba; la correa cortaba su piel.

—¡Váyanse!

Winter arañaba la correa, luchando por liberarse. Esos mismos brazos fuertes trataron de mantenerla quieta. Intentaron contener sus sacudidas. Ella castañeó los dientes, y el cuerpo se desplazó y quedó fuera de su alcance. Al ser apartada de la puerta, los cuerpos se reacomodaron, de modo que los brazos pudieron controlarla sin ponerse en peligro. Ella luchó con más fuerza. Pataleó y se retorció.

Y gritó.

Apuñalar, apuñalar, apuñalar, apuñalar, apuñalar…

Se quedó sin voz.

Tal vez había estado gritando desde hacía mucho.

Quizás el sonido se había quedado encerrado dentro del capullo, atrapado como ella. Probablemente nadie la había escuchado. Tal vez gritaría hasta que su garganta sangrara y nadie se daría cuenta jamás.

Su corazón se partió en dos. Ella era un animal. Una asesina y una depredadora.

Los gritos se convirtieron en aullidos.

Aullidos tristes y desgarrados.

Aullidos acechantes y furiosos.

—¿Winter? ¡Winter!

Los brazos alrededor de ella eran implacables. Ella pensó que tal vez había una voz, familiar y cariñosa, en algún lugar a los lejos.

Pensó que podría haber buenas intenciones en esa voz.

Pensó que si podía seguir el sonido la llevaría a algún lugar seguro y tranquilo, donde ya no fuera una asesina.

Pero se estaba sofocando bajo el peso de sus crímenes.

Animal. Asesina. Depredadora. *Y todos los lobos aullaron: auuuuuuuuuuuu.*

Ochenta y ocho

CINDER REVISÓ LAS MUNICIONES DE SU PISTOLA, CONTANDO LAS BALAS mientras corría. Respiraba agitadamente, pero no se sentía cansada, ni siquiera adolorida. La adrenalina bombeaba con fuerza por sus venas, aunque lo notaba solo porque se sentía temblar por su efecto, y no porque se lo indicara su interfaz.

Los ruidos de la batalla resonaban en el palacio, apagados y lejanos. Muchos pisos abajo. Se dio cuenta de que habían entrado y sabía que habría muchas bajas.

Pensaba que probablemente iban ganando. *Podía ganar.*

Pero se derrumbaría si no terminaba lo que había venido a hacer. Si no encontraba la manera de acabar para siempre con la tiranía de Levana, el pueblo volvería a estar bajo su control por la mañana.

Subía los peldaños de dos en dos. Cuando llegó al corredor del cuarto piso, el pelo le picaba en el cuello. Estudió el vestíbulo vacío, con sus obras de arte, tapices y brillantes mosaicos blancos, atenta a cualquier sonido que indicara una emboscada.

Aunque las emboscadas no se hacían anunciar con sonidos.

Después del caos del patio, todo era fantasmal e inquietante.

No fue ningún consuelo para Cinder que hubiera podido llegar al salón del trono sin incidentes. Era como si Levana le facilitara las cosas, lo que podía significar que estaba tan turbada por el video que había dejado de pensar con claridad o, lo más probable, que Cinder se estuviera metiendo en una trampa.

Llevaba en una mano la pistola y en otra el puñal. Trató de calmar la estampida de su corazón. Hizo cuanto pudo por idear algún plan para cuando llegara al salón del trono, suponiendo que Levana estuviera ahí, probablemente con un destacamento completo de guardias y taumaturgos.

Si los guardias no estaban bajo el control de nadie, ella los tomaría y formaría una barrera de protección a su alrededor. En el instante en que surgiera la oportunidad, le dispararía a Levana. No había lugar para titubeos.

Porque Levana no dudaría en matarla *a ella*.

Llegó a la parte exterior de las puertas del salón del trono, que tenían labradas en la superficie la insignia lunar. Respiró profundamente. Habría querido poder percibir cuántas personas había dentro, pero el salón estaba muy bien sellado. Lo que hubiese detrás de esas puertas era un misterio.

Una emboscada, le decía el sentido común. *Una trampa*.

Se pasó la lengua por los labios, se recompuso y pateó una de las puertas para abrirla. Se coló antes de que se cerrara contra ella. Estaba tensa. Se preparó para un impacto, un golpe, una bala, cualquier cosa aparte de la quietud que la recibió.

Solamente había dos personas en el salón del trono, por lo que se veía infinitamente más grande que durante el banquete de bodas. Ahí seguían los asientos de los invitados, pero muchos estaban arrumbados contra las paredes o aplastados por la destrucción que ella había causado.

En cambio, no habían movido el trono y Levana estaba sentada como antes. En lugar del aspecto petulante y cruel de siempre, se había desplomado en el trono enorme, rodeada por un aire de derrota. Llevaba en el vestido los colores de la bandera de la Comunidad Oriental, una burla de todo lo que representaban para Kai y su país. Había recuperado el encanto. Miraba hacia otro lado, escondida detrás del muro de su cabello radiante. Cinder solo alcanzaba a ver la punta de la nariz y algo de los labios rojos.

La otra persona del salón era Thorne. Cinder sintió que se le hundía el corazón, pero se aferró a una ligera esperanza. Quizás era un simple lunar que usaba su encanto para *verse* como Thorne. Entrecerró los ojos con desconfianza, sin atreverse a adentrarse más en el salón.

—Vaya, ya era hora —dijo Thorne con voz burlona y reconfortante—. No tienes idea de qué incómodos han sido estos minutos.

Cinder quedó descorazonada; se había diluido su esperanza. Sin duda era Thorne, y estaba demasiado cerca de la cornisa del salón del trono, desde donde ella había saltado. Tenía las manos en la espalda, posiblemente esposadas. No llevaba el moño con luces y su traje morado se había reducido solo a la camisa, ahora desabotonada. Tenía un agujero en los pantalones y sangre seca arriba de la rodilla. Un abultamiento debajo de la tela sugería un vendaje improvisado.

Cinder se extendió hacia él con sus pensamientos, pero Levana ya lo había controlado y tenía dominados sus pies como si estuvieran sujetos por grilletes de acero.

Thorne miró de arriba abajo la ropa ensangrentada de Cinder y el arma en cada mano. Elevó una ceja.

—¿Un día difícil?

Cinder no respondió. Seguía esperando un ataque sorpresa. Un disparo al corazón. Un guardia salido de las sombras para derribarla al piso.

Nada pasó.

Nada se oía, salvo su respiración pesada.

–¿Tú pierna?

Thorne alzó los hombros.

–Me duele horrores, pero no va a matarme, salvo que la cárcel haya estado llena de bacterias mugrosas y la herida se infecte. De hecho, hay que encararlo, es completamente posible.

Cinder miró a sus espaldas para cerciorarse de que nadie se acercaba desde el corredor. Dio un paso vacilante al frente.

Thorne dio un paso atrás, un paso más cerca de la cornisa.

Cinder se detuvo.

–No te acerques más –le dijo Levana con voz mansa y cansada, muy distinta del regocijo altanero con el que había ordenado la ejecución de Cinder. No levantó la cabeza–. Te sugiero que tampoco prepares las armas, a menos que creas que él tiene tanta suerte como tú.

–Estoy bastante segura de que él tiene más suerte.

Thorne asintió con la cabeza, pero no dijo nada y Cinder no se movió. Lo miró y movió la boca para decir en silencio una sola palabra: "¿Cress?".

La indiferencia de Thorne desapareció y sacudió muy ligeramente la cabeza. Cinder no entendió si eso significaba que no sabía dónde estaba o si había ocurrido algo malo y no quería hablar de eso por ahora.

Cinder abandonó su curiosidad al sentir que le temblaba la mano. Estaba llevando la pistola hacia su propia cabeza. Iba a medio camino cuando apretó los dientes y obligó al brazo a detenerse. Para su alivio, así ocurrió.

Con un resoplido, bajó el arma a un costado.

Levana se rio, pero su risa sonó más frágil que encantadora.

—Pensé que podría funcionar —dijo mientras se frotaba la frente—. Por ahora… no soy yo misma, aunque parece que tú tampoco.

Cinder frunció el ceño, preguntándose por qué Levana había podido controlarla en el patio, pero no aquí. ¿Era porque su fuerza mental no era demasiada mientras trataba de mantener el control de tanta gente o era que la reina se debilitaba? Quizás el video en el que se mostraba su verdadero rostro había reducido sus habilidades.

No parecía afectada su capacidad de manipular a Thorne, aunque, para decir la verdad, Cinder estaba segura de que hasta un niño lunar podría manipularlo.

—¿Por qué, Selene? ¿Por qué me quieres quitar todo? —preguntó Levana luego de suspirar.

Cinder entrecerró los ojos.

—Fuiste tú quien trató de matarme, ¿recuerdas? Eres tú la que se sienta en *mi* trono. ¡Eres tú la que se casó con *mi* novio!

La última palabra se le escapó sin querer. Cinder pensó que era la primera vez que lo decía en voz alta. Ni siquiera sabía si era verdad, pero sentía que era así, salvo porque estaba casado con su tía.

Parecía que Levana no le prestaba atención.

—No entiendes cuánto luché por esto. Cuántos años de planear, de poner los cimientos. La enfermedad, los vacíos, el antídoto, los soldados, los agentes especiales, los ataques organizados con tanto cuidado —apoyó la sien en una mano pálida. Se veía desdichada—. Estaba listo y era *perfecto*. Él anunciaría nuestro compromiso en el baile, pero no; tenías que estar ahí. De regreso de entre los muertos para perseguirme. Y entonces viniste aquí, le pediste a mi pueblo que me odiara, les mostraste ese… ese horrible video y les llenaste la cabeza con tus mentiras.

—¡*Mis* mentiras! Eres tú la que les lavas el cerebro. Yo solo les mostré la verdad.

Levana se encogió por el dolor y movió la cabeza todavía más, como si no soportara el recuerdo de lo que había escondido debajo de la ilusión de belleza.

Cinder exhaló bruscamente y dio un paso al frente.

Thorne dio un paso atrás.

Cinder hizo una mueca. Era demasiado esperar que Levana estuviera tan concentrada en sus engaños que dejara de prestar atención.

—Lo que no entiendo —le dijo Cinder, suavizando el tono— es por qué me hiciste eso. Era una niña y tú.. —su corazón dio un vuelco—. Sé que esas cicatrices que tienes son de quemaduras. Tengo las mismas cicatrices donde perdí la pierna. Si sabías cómo era vivir con eso, ¿cómo pudiste hacérselo a alguien?

—Se suponía que no ibas a *sobrevivir* —gritó Levana, como si así mejorara la situación—. Al menos, habría tenido la piedad de matarte, de ponerle el punto final.

—Pero no morí.

—Me doy cuenta, sí. No es mi culpa que alguien pensara que valía la pena salvarte. No es mi culpa que te hayan convertido en… eso —dijo Levana haciendo un gesto poco entusiasta hacia Cinder.

La muchacha apretó los dientes con ganas de responder, pero se mordió la lengua. Levana había estado viviendo con sus pretextos durante mucho tiempo.

Le echó una mirada a Thorne. Se pasaba la lengua por los dientes y miraba al techo. Parecía aburrido.

Cinder retrocedió un paso, tratando de ofrecer una señal de paz, pero Thorne se quedó donde estaba.

—¿Quién te causó esas quemaduras? —preguntó, optando por la moderación—. ¿Quién te lastimó así?

Levana resopló y, por fin, se atrevió a mirar a Cinder. Ahí estaba toda la belleza, reluciendo en la superficie; pero como Cinder sabía lo que había debajo, no podía dejar de ver la realidad. Ya fuera por su programación cibernética o por la debilidad de Levana, la veía tal cual era: con sus cicatrices y deforme.

Sintió una punzada de compasión en el estómago, pero solo una punzada.

—¿No lo sabes? —le preguntó Levana.

—¿Por qué tendría que saberlo?

—Niña tonta —un mechón cayó sobre el rostro de Levana—. Porque fue tu madre.

Ochenta y nueve

LA PALABRA *MADRE* ERA AJENA A LOS OÍDOS DE CINDER. *MADRE.*

Una mujer que la había dado a luz, pero eso era todo. No tenía recuerdos de ella, solo rumores: historias espeluznantes que decían que la reina Channary era aún más cruel que Levana, aunque su reinado había sido mucho más corto.

—Mi propia dulce hermana —ronroneó Levana—. ¿Quieres escuchar cómo sucedió?

No.

Pero Cinder no pudo articular la palabra.

—Ella tenía trece años y yo, seis. Ella estaba aprendiendo a usar su don, y le producía un enorme placer manipular a todos a su alrededor, aunque yo era siempre su blanco favorito. Ella era bastante buena en eso. Como yo. Como tú. Está en nuestra sangre.

Cinder se estremeció. *Está en nuestra sangre.* Detestaba pensar que compartía la sangre de cualquiera de esa familia.

—A esa edad, su truco favorito era convencerme de que ella me amaba entrañablemente. Como nunca sentí el amor de nuestros padres, no era difícil que yo lo creyera. Entonces, cuando estaba segura de que haría cualquier cosa por ella, me torturaba. En ese día en particular, me dijo que metiera la mano en una chimenea. Como me negué, me obligó a hacerlo de cualquier forma –Levana sonrió al contar la historia, con mirada trastornada–. Como has visto, cuando finalmente me dejó marcharme, no solo mi mano había sufrido.

La bilis llenaba la boca de Cinder. Una niña tan pequeña, tan influenciable.

Debió de ser tan *fácil*.

Y de una crueldad imposible de comprender.

¿Su madre?

–Después de aquello, empezaron a llamarme la princesa fea de Artemisa, la triste criatura deforme, mientras que Channary era la hermosa. Siempre la bella. Pero yo practiqué mi encanto y me dije que algún día todos olvidarían el fuego y las cicatrices. Algún día sería reina y me aseguraría de que la gente me amara. Sería la reina más hermosa que Luna había conocido jamás.

Cinder aferró sus armas con fuerza.

–¿Por eso la mataste? ¿Para poder ser reina? O fue porque ella... te hizo eso.

–¿Quién dice que la maté? –preguntó Levana, alzando una de sus perfectas cejas.

–Todos lo dicen. Incluso en la Tierra hemos escuchado los rumores. Que mataste a tu hermana, a tu propio esposo, y a *mí*, todo por tu ambición.

Con rostro imperturbable, Levana volvió a reclinarse lentamente en su trono.

–Lo que hice, lo hice por Luna. Mis luchas, mis sacrificios. Todo ha sido por Luna. Toda mi vida he sido la única a quien le importaba, la única que pudo ver el potencial de nuestra gente. Estamos destinados a algo mucho más grande que esta *roca*, pero lo único que le importaba a Channary eran sus vestidos y sus conquistas amorosas. Fue una reina terrible. Era un monstruo… —se detuvo; sus fosas nasales se ensancharon—. Pero no. No la maté, aunque mil veces quise haberlo hecho. Debí haberla matado antes de que arruinara todo. Antes de que te tuviera a *ti*, ¡una bebé sana que crecería para ser exactamente como ella!

—No sé en quién me habría convertido si hubiera crecido aquí —dijo Cinder entre dientes—, pero *no* soy como ella.

—Oh, sí —reflexionó Levana, saltando de palabra en palabra como un riachuelo sobre las piedras—. En ese punto creo que tienes razón. Cuando vi por primera vez tu encanto en el baile de la Comunidad, me sorprendió lo mucho que te parecías a ella, salvo por la mugre, las manchas y esas espantosas extremidades metálicas. Pero parece que esas son las únicas similitudes —sus labios se extendieron, rojos como la sangre, cubriendo sus dientes perfectos color perla—. No, pequeña sobrina. Tú te pareces mucho más a mí. Dispuesta a hacer cualquier cosa por ser admirada. Por ser querida. Por ser *reina*.

El cuerpo de Cinder se puso rígido.

—Tampoco soy como tú. Estoy haciendo esto porque no me diste alternativa. *Tuviste* tu oportunidad. No pudiste ser justa. Una buena gobernante que tratara a su gente con respeto. ¡Y la Tierra! Tú querías una alianza, la Tierra deseaba paz… ¿por qué no simplemente… aceptaste un acuerdo? ¿Por qué la enfermedad? ¿Por qué los ataques? ¿Honestamente pensabas que de esa forma harías que te amaran?

Levana la miró, furiosa y llena de odio. Entonces sus labios se estiraron en algo parecido a una amplia sonrisa. Una sonrisa furiosa y llena de odio.

—El amor —musitó—. El amor es una conquista. El amor es una guerra. Solo es eso.

—No. Estás equivocada.

–Bien –Levana pasó los dedos sobre el apoyabrazos del trono–. Veamos cuánto vale tu amor. Si renuncias a todos los derechos a reclamar mi trono, yo no mataré a tu amigo.

Cinder apretó los labios.

–¿Y si lo sometemos a votación? Dejemos que el pueblo decida quién quiere que lo gobierne.

Thorne retrocedió un paso. Su tobillo izquierdo ahora estaba en el borde de la cornisa, y pareció desfallecer cuando miró hacia abajo, hacia el lago.

Cinder se encogió.

–Espera. Yo podría prometer que renunciaré al trono en tu favor, pero aun así habría decenas de miles de personas que demandarían tu abdicación. El secreto ha sido revelado. Ellos saben que yo soy Selene. No puedo retractarme.

–Diles que mentiste.

–Además, en cuanto lo mates, yo te mataré –agregó Cinder después de exhalar bruscamente.

Levana ladeó la cabeza, y aunque pensó que usaba su encanto, Cinder estaba viendo a la mujer del video. Se dio cuenta de que ese era su ojo sano.

–Entonces cambiaré las condiciones de mi oferta –dijo Levana–. Si te sacrificas, no lo mataré.

Cinder echó un vistazo a Thorne, quien parecía indiferente al hecho de que estaban negociando con su vida. Él la miró y chasqueó la lengua.

–Hasta yo puedo ver que es un mal acuerdo.

–Thorne…

–¿Me harías un favor? –preguntó él.

Cinder frunció el ceño.

–Dile a Cress que hablaba en serio.

—Thorne… —repitió Cinder, con un nudo en el estómago.

—Muy bien, Su Majestad: si ella no lo hace, yo acepto el reto —dijo Thorne, mirando a Levana.

—No estoy negociando *contigo* —estalló la reina.

—Si usted me mata, perderá su último elemento de negociación y Cinder ganará. Entonces, discutamos nuestras alternativas. Usted puede aceptar que su período como reina terminó y dejarnos ir, y tal vez Cinder tenga piedad de usted y no la ejecute por traición. O puede tirarme por este balcón y…

—Bien.

Los ojos de Thorne parecieron agrandarse. Se acercó aún más a la cornisa. Con un grito, alzó los brazos: una de sus muñecas seguía atada; con la mano opuesta sujetaba el mango del cuchillo de cocina que se había llevado de la mansión. Jadeaba, su brazos se agitaban y su equilibrio era precario.

Cinder dejó caer sus armas y se abalanzó hacia él.

Thorne cayó. En el último instante inclinó el cuerpo hacia adelante. Una de sus manos se aferró a la cornisa. Soltó un gruñido. Cinder saltó.

Levana se inclinó hacia adelante.

Los dedos de Thorne se soltaron justo cuando Cinder se estiró sobre la cornisa y se aferró a su brazo. El hombro lesionado gritó, pero sostuvo a Thorne con fuerza.

Thorne la miró. Jamás lo había visto mostrar tanto miedo.

—Gracias —jadeó él. Entonces su mano libre subió repentinamente y golpeó a Cinder en la mandíbula. Ella se encogió y se apartó sin soltarlo.

—¡Perdón! No soy yo.

—Lo sé —gruñó ella. Plantando la otra mano en el piso, se inclinó hacia atrás, arrastrando a Thorne consigo hasta que este llegó al borde y sus pies lucharon en busca de apoyo. No se atrevió a soltarlo cuando dejó caer su cuerpo al piso.

Cinder sabía que en cuanto lo soltara, Levana haría que se lanzara de nuevo hacia su propia muerte.

Demasiado tarde se dio cuenta de que él ya se las había arreglado para librarse de sus ataduras. Mientras ella discutía con Levana él debió de haber usado el tiempo para tratar de liberarse. La caída no lo habría matado, sus brazos estarían libres y habría podido nadar. Pero ahora estaba…

Thorne le clavó el cuchillo en un muslo.

Cinder gritó.

—Tampoco fui yo —dijo él sin aliento, al tiempo que su mano arrancaba el cuchillo. Levantó el brazo sobre la cabeza, preparándose para apuñalarla de nuevo.

Cinder lo derribó y le quitó el cuchillo de un golpe.

Thorne la golpeó con el codo en la garganta. Ella se quedó sin aire; puntos blancos destellaban en su campo visual. Thorne se apartó rápidamente, pero no corrió de vuelta hacia la orilla.

Cinder se llevó las manos a la garganta y masajeó los músculos para forzarlos a tomar aire. Aún aturdida, se incorporó sobre sus piernas tambaleantes, lista para lanzarse contra Thorne de nuevo.

Escuchó cómo se liberaba el seguro de una pistola.

Se quedó petrificada. Thorne había ido mucho más lejos de lo que ella esperaba y ahora estaba de pie cerca de la entrada del salón, sujetando el cuchillo y la pistola que ella había dejado caer cuando trató de salvarlo. El cañón de la pistola apuntaba a su cabeza.

Cinder se tambaleó. Tropezó una vez. Volvió a ponerse en pie.

Un disparo hizo eco en las paredes del salón. Cinder retrocedió, esperando una sacudida de dolor, pero en lugar de eso escuchó que alguien maldecía a los gritos.

La pistola que Thorne había tomado se deslizó a través del suelo. Cinder se sacudió el mareo y miró boquiabierta a su amigo, que aún observaba su mano fijamente, horrorizado. Su brazo seguía levantado, pero su mano ahora estaba vacía y cubierta de sangre.

—¡Lo siento! —gritó Cress. Estaba en el piso, apoyada contra el marco de la entrada, luchando por volver a levantarse. El retroceso del arma le había hecho perder el equilibrio.

—¡Lo siento, capitán!

Thorne maldijo de nuevo. Las gotas de sudor se agolpaban en su frente. Pero cuando vio a Cress boquiabierta, se tragó el dolor y gritó:

—¡Buen tiro!

—Cress —resopló Cinder—. La reina, Cress. ¡Dispárale a la reina!

Aunque lloriqueando, Cress apuntó el arma hacia Levana.

Cinder corrió para tomar la pistola que había caído de la mano de Thorne.

Thorne también corrió y atrajo la atención de Cress. Con un solo movimiento, desvió de un codazo el brazo de Cress y al mismo tiempo, con la mano sana, le clavó el cuchillo en el estómago, hasta la empuñadura.

Cinder tomó su pistola del suelo. Cress dejó caer la suya.

La sangre brotó a través del vestido. Miró a Thorne boquiabierta; era imposible decir cuál de los dos estaba más aterrorizado.

La mano de Thorne seguía aferrada a la empuñadura del cuchillo.

Girando hacia el trono, Cinder disparó, pero Levana se tiró al piso y la bala rebotó en el respaldo labrado del trono. Mientras Cinder cargaba otra bala en la recámara, Levana se arrojó al suelo y se arrastró sobre los pliegues de su falda para esconderse detrás del trono. Cinder abrió fuego de nuevo, y estuvo a punto de acertarle en la pierna antes de que desapareciera.

—No —dijo Cress, sin aliento.

Un dolor abrasador invadió el costado de Cinder. Se desplomó sobre manos y rodillas. Luego se volvió y retrocedió, con una mano sobre la herida. Thorne estaba de pie sobre ella, sujetando el cuchillo. Cress colgaba de su brazo, en un intento por apartarlo, pero él era demasiado fuerte y ella intentaba mantener una mano sobre la herida del abdomen. Toda su frente estaba cubierta de sangre.

–Lo siento –sollozó Thorne. Todas las señales de su confianza habitual habían desaparecido–. Lo siento, lo siento mucho…

Cress lo mordió, hundiendo los dientes en la carne de su mano en un intento por hacer que soltara el cuchillo. Él ahogó un grito de dolor, pero no cedió.

Tomando la pistola de nuevo, Cinder se lanzó para tratar de arrebatarle el cuchillo a Thorne. Con un gruñido, le asestó una patada en el pecho y le arrancó el cuchillo. Él cayó de espaldas, y sus hombros golpearon contra una de las sillas del público. Su rostro apenas mostraba dolor. Sus acciones eran cada vez menos naturales, más forzadas.

Quizá se debía a sus lesiones, pero lo más probable era que la reina se estaba cansando de controlarlo.

Cress se derrumbó sobre sus rodillas, apretándose el estómago. Sus mejillas estaban cubiertas de lágrimas.

–Cinder…

Cinder estaba parada a su lado, la pistola en su mano izquierda y el cuchillo que escurría sangre en la derecha, cada músculo tembloroso.

–Estrellas…

Volteó de golpe hacia la entrada. Scarlet y Wolf habían llegado.

–¡No! ¡Corran! ¡Váyanse de aquí!

Scarlet la miró a los ojos y empezó a sacudir la cabeza.

–¿Qué…?

Más armas. Más enemigos potenciales. Más gente a la que ella amaba y que Levana podía arrebatarle. Apretando los dientes, Cinder extendió la mano, tratando de adueñarse de su bioelectricidad.

Demasiado tarde. Wolf ya no podía ser controlado y Scarlet ya había sido captada.

Noventa

CINDER MIRÓ HACIA LEVANA, QUE OBSERVABA A LOS RECIÉN LLEGADOS por encima de uno de los apoyabrazos del trono. Entonces, la reina vio la segunda pistola, olvidada cerca de la entrada. Scarlet ahogó un grito mientras su cuerpo avanzaba tropezando, sin poder controlarlo.

Cinder también se lanzó tras el arma, derrapando en el piso resbaloso. Había demasiadas armas, demasiadas amenazas y no tenía suficientes manos.

En lugar de tomar el arma, la empujó y vio cómo pasaba junto a Scarlet hasta el estrado elevado para el público. Un segundo después, el peso de Scarlet cayó sobre ella. La tomó por el pelo y jaló de su cabeza casi hasta romperle el cuello. Cinder gritó de dolor y rodó para quitarse de encima a Scarlet. Sin soltar el arma, giró con el brazo metálico para golpear a la pelirroja en la sien.

Hizo una mueca al dar el golpe, pero funcionó. Scarlet la soltó, resbaló hasta la mitad de la sala y quedó despatarrada en el suelo.

No tuvo tiempo de asimilar sus remordimientos, pues oyó un rugido y el miedo la hizo dirigir la atención hacia Wolf. Gruñendo, furioso, ya cargaba contra ella.

La pistola, el puñal. Era Wolf pero no era Wolf, y ella no tenía fuerzas para combatirlo, no en ese instante, no de nuevo…

Cinder arrugó la cara por una gota de sudor que entró en sus ojos y levantó el arma.

Pero Wolf estaba concentrado en el cuerpo caído de Scarlet, y cuando saltó, liberó completamente a Cinder. Ella giró, estupefacta, mientras Wolf tomaba a Scarlet en los brazos y la acurrucaba contra su cuerpo.

Wolf, que era un monstruo, que era una de las bestias incontrolables de la reina… a fin de cuentas, todavía era Wolf.

Cinder respiró hondo, se sofocó y volvió a inhalar para incorporarse. Perdió el equilibrio y cayó sobre una rodilla.

—Wolf —tartamudeó—, por favor. Ayuda a Cress y Thorne…

Él levantó la cabeza. Al principio, sus ojos verdes reflejaban violencia, pero luego miró a Cress, que tenía las manos sobre el estómago, mortalmente pálida, y a Thorne, derrumbado contra una silla tirada, que quería ir hacia Cress pero estaba aterrorizado de no poder confiar en su propio cuerpo si se acercaba demasiado.

Wolf movió la cabeza en señal de que entendía.

Aliviada por eso, y no por nada más, Cinder podía confiar en que Wolf sacaría a sus amigos de allí y empezaría a ocuparse de sus heridas. Trató de levantarse de nuevo y esa vez lo consiguió. Avanzó trastabillando hacia el trono, aferrando la pistola con una mano y el puñal con la otra. Cuando rodeó el estrado, vio a Levana de rodillas, con una mano enterrada en los pliegues de su vestido y colgada del trono con la otra. El vestido de coronación se inflaba sobre ella, elegante y distinguido, y contrastaba nítidamente con lo grotesco de su rostro. Había renunciado a tratar de usar su encanto.

Cinder se odió por pensar que la reina era grotesca. Una vez había sido una víctima, al igual que ella lo había sido, y ¿cuántos no habían calificado los miembros metálicos de Cinder como grotescos, antinaturales, desagradables?

No. Levana era un monstruo, pero no por el rostro que había escondido tantos años. Sus monstruosidades estaban enterradas mucho más profundamente.

Otra gota de sudor cayó en las pestañas de Cinder y la enjugó con el dorso de la muñeca. Entonces, levantó la pistola y apuntó al corazón de Levana.

Al mismo tiempo, la reina alzó la mano que tenía metida en la lujosa tela. Tenía la pistola que Cinder había lanzado hacia el estrado. Le temblaba la mano, como si el arma fuera insoportablemente pesada, y por la forma en que la sostenía, estaba claro que nunca había disparado una. Desde luego, era una reina. Tenía secuaces que se encargaban de los asesinatos.

Levana apretó los dientes y se concentró. Cinder sintió que los músculos de su mano derecha se contraían sobre sus huesos. Los tendones comenzaron a acalambrarse, los ligamentos se tensaron.

Con un gesto, miró el arma en su mano, el dedo que tenía sobre el gatillo.

Trató de jalarlo.

Le ordenó a su dedo que lo jalara. Le suplicó.

Jalar el gatillo.

Jálalo.

La mano empezó a sacudirse. La pistola se bamboleaba al final de su brazo. Respiraba entrecortadamente. Sentía el gatillo clavado en la yema del dedo.

Pero no podía jalarlo. No podía.

El terror de Levana se disipaba. Sus labios se torcieron en algo como una mueca de alivio, si no fuera por el ceño tan concentrado. Dominaba el brazo de Cinder, el dedo, la pistola.

Levana sacó la lengua de la boca para humedecerse los labios resecos.

—¡Ah! —murmuró con un destello de orgullo en la mirada—, veo que tú también estás cansada.

Cinder resopló. Un terremoto retumbó en su interior. Se enfocó en la mano temblorosa de la reina y proyectó sus pensamientos.

Levana la miró con asombro. El pelo se le pegaba a las cicatrices del rostro. Contempló su propia mano, que la traicionaba tanto como a Cinder la suya.

Cinder obligó al brazo de Levana a doblarse. Guio el arma hacia arriba. Cada centímetro era una batalla; cada instante, un combate.

Levana enrojeció. Apretó los dientes para volver a concentrarse y Cinder percibió que su brazo se movía. Su mano traidora levantó el arma y se puso el cañón contra la sien. Era el reflejo de la imagen de su tía, las dos preparadas para disparar.

—Así es como debió haber terminado la noche del baile —susurró Levana—. Así tenía que ser.

Mostraba una sonrisa enloquecida y miraba al punto en que la pistola presionaba la piel húmeda de Cinder.

Cinder recordaba claramente esa noche como una pesadilla que nunca olvidaría. Levana había controlado su brazo y la había obligado a tomar la pistola de Jacin y apuntarse en la sien. Cinder pensó que seguramente iba a morir, pero su programación cibernética la salvó. Esta vez no la salvaría.

—Adiós, sobrina.

Cinder no podía mover la pistola, pero su cuerpo ardía por la determinación. Iba a impedir que el dedo oprimiera el gatillo. No dejaría que Levana lo jalara. *No* debía hacerlo.

El dedo se retorció palpitando entre dos dueñas. Una extremidad tan pequeña, un dedo diminuto.

Cinder concentraba el resto de su fuerza de voluntad en la mano de Levana. Percibía la bioelectricidad crepitar en el aire entre ellas. Escuchaba el chisporroteo de la energía. Sus fuerzas y sus flaquezas mostraban altibajos. Cuando Cinder pensaba que avanzaba, que contraía el dedo de Levana sobre el gatillo, sentía que su propio dedo se retorcía fuera de su control. Una gota de sudor escurrió por la parte interna del codo. Un mechón de pelo colgaba sobre sus labios. El olor a hierro le hacía picar la nariz. Todos los sentidos la distraían. Se sentía más débil a cada momento. Pero Levana también estaba más débil. También sudaba y tenía el rostro contraído por la tensión. Luchaban por respirar, y de pronto…

Un *chasquido* retumbó dentro de la cabeza de Cinder. Lanzó un grito ahogado y dejó caer la mano. Le dolían los músculos por el trabajo, pero volvían a ser sus músculos. Inhaló con fuerza, mareada por el esfuerzo.

Levana sollozó frustrada. Su cuerpo se venció.

—Bueno, bueno. Me rindo —habló tan bajo que Cinder no sabía si había entendido. Aún controlaba la mano de Levana y mantenía la pistola levantada sobre su cabeza, pero la reina parecía haber olvidado que estaba ahí. Contrajo el rostro. Su cuerpo languidecía dentro del enorme vestido—. Te cedo la corona, y mi país y mi trono. Tómalos, pero… déjame en paz. Déjame volver a tener mi belleza, *por favor.*

Cinder observó a su tía. Sus cicatrices, el cabello apelmazado y el párpado cerrado. Sus labios temblorosos y los hombros caídos. Estaba demasiado cansada siquiera para usar su encanto. Demasiado débil para seguir luchando.

Una oleada de piedad recorrió a Cinder.

Esta mujer terrible y desdichada no tenía la menor idea de lo que significaba ser verdaderamente hermosa o verdaderamente amada.

Cinder pensó que nunca lo sabría.

Tragó con dificultad porque tenía la lengua reseca.

–Acepto –le dijo Cinder aturdida–. Seguía controlando el dedo de Levana en el gatillo, pero dejó que bajara el arma. Cinder le extendió la palma de la mano. La reina la miró un momento antes de estirarse para entregarle su pistola.

Con el mismo movimiento, tomó el puñal olvidado y embistió contra Cinder, enterrando la hoja en el corazón de su sobrina.

Cinder se quedó sin aliento, como si sus pulmones hubieran colapsado, como si un relámpago la hubiera recorrido de la cabeza a los pies. La sacudida explotó en su pecho y cayó de espaldas. Levana cayó sobre ella, con el rostro tenso por la rabia. Tomó el puñal con las dos manos y cuando lo hizo girar, todos los nervios de Cinder estallaron con un dolor insoportable. El mundo se nubló, vago y borroso en su campo de visión.

El puro instinto la llevó a levantar el arma y disparar. El fogonazo apartó a Levana. Cinder no vio adónde había pegado la bala, pero detectó un arco de sangre en el respaldo del trono.

Se le velaba la vista. Todo era blanco y estrellas danzantes. Su cuerpo estaba invadido por el dolor, la oscuridad y el calor, y lo sentía pegajoso por la sangre. *Estrellas*. Se dio cuenta de que no estaban en su cabeza, sino que habían pintado estrellas en el techo del salón del trono. Una galaxia se extendía frente a ella.

En el silencio del espacio, oía un millón de ruidos al mismo tiempo, distantes e incongruentes. Un grito. Un rugido, como de un animal furioso. Pisadas. Una puerta que se abría y chocaba contra la pared.

Su nombre.

Confusión, ecos. Sus pulmones se sacudían, o quizás era que todo su cuerpo convulsionaba. La lengua le sabía a sangre.

Una sombra pasó frente a ella. Ojos cafés aterrorizados. El pelo negro revuelto. Labios que todas las chicas de la Comunidad habían admirado mil veces.

Kai la miraba. Miraba la herida, el mango del puñal, la hoja todavía enterrada. Cinder vio que su boca formaba el nombre de ella. Kai giró y gritó algo por encima de su hombro, pero se le perdió el sonido de su voz, tan fuerte pero lejos, lejos, *muy lejos*.

Noventa y uno

—YA TE LO DIJE, ESTOY BIEN —INSISTIÓ SCARLET, AUNQUE SU TONO ERA de cansancio—. Es solo que han sido meses muy largos.

—¿*Bien?* —gritó Émilie. Por la forma en que sus ojos se desenfocaban y sus rizos dorados aparecían en la pantalla, Scarlet pudo ver que la camarera, la única amiga que tenía en Rieux, sostenía su pantalla portátil demasiado cerca de la cara—. ¡Desapareciste por semanas! Estuviste fuera durante los ataques, y cuando estalló la guerra, y luego encontré a esos convictos en tu casa, y después… ¡*nada!* ¡Estaba segura de que habías muerto! Y ahora piensas que puedes enviarme un mensaje y pedirme que eche algo de abono al jardín como si todo estuviera… estuviera bien?

—Todo *está* bien. Mira: no estoy muerta.

—¡Ya veo que no estás muerta! Pero, Scar, ¡aquí apareces en todas las noticias! Todos hablan de eso. De esa… esa revolución, y nuestra pequeña Scarling en medio de todo eso. Ya sabes, en la ciudad dicen que eres una heroína. Gilles está hablando de colocar en la taberna una placa que recuerde cómo la heroína de Rieux, Scarlet Benoit, se puso de pie en *esta misma barra* y nos gritó a todos, ¡y estamos muy orgullosos de ella! –Émilie estiró el cuello, como si eso le permitiera ver detrás de Scarlet.

–¿Dónde estás?

–Yo… –Scarlet recorrió con la vista la fastuosa habitación del palacio de Artemisa. El cuarto era mil veces más extravagante que su pequeña casa en la granja, y lo odiaba con vehemencia.

–De hecho, sigo en Luna.

–*¡Luna!* ¿Puedo ver? ¿Es seguro allí?

–Ém, deja de gritar, por favor –Scarlet se masajeó la sien.

–¡No me digas que deje de gritar, "señorita estoy demasiado ocupada para enviar un mensaje y avisar que no estoy muerta"!

–¡Era una prisionera! –gritó Scarlet.

Émilie se quedó boquiabierta.

–¡Prisionera! ¿Te lastimaron? ¿Eso es un ojo morado o es mi pantalla portátil? Porque ha estado fallando últimamente… –Émilie frotó la pantalla con la manga.

–Escucha: prometo contarte toda la historia cuando llegue a casa. Por favor, solo dime que sigues cuidando la granja. Dime que aún tengo un hogar al cual volver.

Émilie echaba chispas por los ojos. A pesar de su histeria, era bueno verla de nuevo. Linda y vivaz y tan alejada de todo lo que Scarlet había pasado. Escuchar su voz hizo que recordara su hogar.

–Por supuesto que sigo cuidando la granja –respondió Émilie, en un tono que sugería que se había sentido herida por el hecho de que Scarlet dudara–. Después de todo, tú me lo pediste y yo no quería pensar que estabas muerta, aunque… aunque todos lo creían, y yo también, por un tiempo. Me alegra tanto que no estés muerta, Scar.

–A mí también.

–Los animales están bien, y las facturas por el alquiler de androides siguen acumulándose… debiste haber adelantado pagos.

Scarlet esbozó una sonrisa tensa cuando recordó que Cress se había ocupado de cubrir algunos de los pagos durante el tiempo que había estado ausente de la granja.

—¿Scar?

Ella alzó las cejas.

—¿Lograste encontrar a tu abuela?

Había construido un muro suficientemente sólido alrededor de su corazón y la pregunta no la dejó sin aliento, pero aun así Scarlet sintió un dolor agudo al recordar. Era imposible mantener apartados los recuerdos de la prisión debajo del teatro de la ópera. El cuerpo destrozado de su abuela. Su asesinato, que Scarlet presenció sin poder hacer algo.

Eso, solamente eso era lo que temía de volver: la casa no sería la misma sin el pan de su abuela horneándose en la cocina o sus botas lodosas en la entrada.

—Está muerta —respondió Scarlet—. Murió en los primeros ataques en París.

El rostro de Émilie se contrajo.

—Lo siento mucho.

Se hizo un silencio, uno de esos momentos en que no hay nada apropiado que decir.

Scarlet enderezó la espalda; necesitaba cambiar de tema.

—¿Recuerdas a ese peleador callejero que estuvo yendo por un tiempo a la taberna?

La expresión de Émilie se iluminó.

—¿El que tenía esos *ojos*? —preguntó—. ¿Cómo olvidarlo?

—Sí. Bueno, resulta que es lunar —dijo Scarlet, riendo.

Émilie se quedó boquiabierta.

—*No*.

—Además, estoy saliendo con él o algo así.

La imagen en la pantalla se sacudió cuando Émilie se llevó la mano a la boca.

—¡Scarlet Benoit! —tartamudeó por un momento—. Vas a necesitar semanas para explicarme todo esto, ¿verdad?

—Probablemente —Scarlet se quitó el cabello del hombro—. Pero lo haré. Te lo prometo. Oye, debo irme. Solo quería que te enteraras de que estoy bien, y saber de la granja…

—Le diré a todos que estás a salvo. ¿Cuándo volverás a casa?

—No sé. Pronto, espero. Y, Ém, por favor, no dejes que Gilles ponga una placa con mi nombre.

La camarera se encogió de hombros.

—No te lo prometo, Scarling. Eres nuestra pequeña heroína.

Scarlet apagó la pantalla y la arrojó sobre la cama.

Suspirando, miró por la ventana. Abajo podía ver el patio destruido y a cientos de personas tratando de repararlo.

Artemisa era hermosa a su manera, pero Scarlet estaba lista para el aire fresco y la comida casera. Estaba lista para volver a casa.

Sonó un golpe en la puerta y luego esta se abrió, al principio solo un poco. Al otro lado estaba Wolf, indeciso. Scarlet sonrió y él se atrevió a entrar, cerrando la puerta tras de sí. Llevaba un ramo de margaritas azules y se veía inmensamente culpable.

—Estaba escuchando —confesó, hundiendo la cabeza entre los hombros.

Ella sonrió, divertida.

—¿De qué sirve tener audición sobrehumana si no puedes espiar de vez en cuando? Pasa. No esperaba que volvieras tan pronto.

Wolf dio otro paso y se detuvo. Cojeaba un poco debido al disparo que había recibido en el costado, pero se estaba recuperando rápido. Había que reconocer algo de las alteraciones: ciertamente, Wolf estaba hecho para ser fuerte.

Por fuera, al menos.

Frunció el ceño al mirar las flores; sus feroces dientes se hundían en su labio inferior.

Aquella mañana había salido para volver a su casa, al hogar de su niñez. Aunque el cuerpo de su madre ya había sido llevado a uno de los grandes cementerios en los terrenos baldíos de Luna, para él era importante ver la casa por última vez. Ver si había algo que valiera la pena rescatar, algo que le recordara a sus padres, o incluso a su hermano.

Scarlet se había ofrecido a acompañarlo, pero él quiso ir solo.

Ella lo entendió. Algunas cosas deben hacerse a solas.

–¿Encontraste… algo?

–No –respondió él–. No había nada que me interesara. Todo lo de mi infancia se perdió y… ella no tenía muchas cosas, ya sabes. Excepto estas.

Se acercó, incapaz de sostener el contacto visual, y le entregó el ramo de flores. Más de una docena de frágiles tallos habían quedado aplastados o rotos en las manos poco delicadas de Wolf.

–Cuando era niña, solía recoger flores silvestres para mi abuela. Ella las ponía en un jarrón hasta que comenzaban a marchitarse y luego las envolvía en pergamino de modo que duraran para siempre. Apuesto a que en alguna parte mi abuela tenía una caja llena de flores secas –pasó un dedo alrededor de algunos de los suaves pétalos–. Eso es lo que haremos con estas. En honor a Maha –colocó las flores en una copa con agua que le habían llevado con el desayuno.

Cuando se dio vuelta, Wolf ya había hecho a un lado la pantalla portátil y estaba sentado en el borde de la enorme cama. Scarlet estaba segura de que las sábanas habían sido confeccionadas por trabajadores esclavizados y ese pensamiento la hacía sentir incómoda cada vez que se deslizaba entre ellas.

Cuando se sentó, la pierna de Wolf empezó a rebotar con ansiosa energía. Scarlet entrecerró los ojos. Eso no era señal de su duelo.

Estaba nervioso.

—¿Qué pasa? —preguntó ella, sentándose a su lado. Le puso la mano sobre la rodilla y el movimiento se detuvo.

Sus ojos brillantes encontraron los de ella.

—Le dijiste a tu amiga que estábamos saliendo.

Scarlet parpadeó, y una risa repentina cosquilleó en su garganta, pero la contuvo al ver el rostro consternado de Wolf.

—Me pareció más sencillo que tratar de explicarle todo el sistema de selección de pareja de los machos alfa.

—Y… le dijiste que ibas a volver a la granja —agregó él, mirando sus dedos inquietos.

—Por supuesto que voy a regresar a la granja —levantó la cabeza. Ella misma comenzaba a ponerse ansiosa—. Quiero decir, no mañana, sino cuando las cosas se hayan calmado.

La otra rodilla de Wolf comenzó a saltar.

—¿Wolf?

—Todavía… —se rascó detrás de la oreja—. ¿Aún quieres que regrese contigo? Ahora que yo soy… que yo… —respiró hondo—. ¿Todavía me quieres?

Wolf parecía estar sintiendo dolor. Auténtico dolor. El corazón de Scarlet se enterneció.

—Wol… —se detuvo y tragó saliva—. *Ze'ev*.

Alzó la mirada, sorprendido. La pantalla emitió un sonido, pero Scarlet ignoró el mensaje. Giró sobre la cama para mirarlo de frente y deslizó un pie debajo de su muslo.

—Todavía te quiero —respondió con firmeza.

Su pierna inquieta se aplacó lentamente.

—Es solo que… sé que no soy lo que tenías en mente —dijo él.

–¿Te parece? Estaba pensando en un compañero grande y fuerte que pueda cortar leña y sepa cavar hoyos para colocar postes, y ciertamente tú encajas en esa descripción. Es decir: mi abuela y yo nos llevábamos bien, pero a decir verdad… estoy buscando quien me ayude.

–Scarlet…

–Ze'ev.

Ella le tomó la cara entre las manos para que la mirara. No se sobresaltó al observarlo. Ni sus enormes dientes ni sus manos monstruosas. Ni la curvatura inhumana de sus hombros ni la forma en que su maxilar sobresalía desde sus pómulos. Todo eso era superficial. No lo habían cambiado a *él*.

–Tú eres el único, Ze'ev Kesley. Siempre serás el único.

Sus cejas se alzaron al reconocer las palabras que alguna vez le había dicho a ella.

–No voy a negarlo: tendré que acostumbrarme. Y puede que pase algún tiempo antes de que los niños del vecindario no se aterroricen al verte –le alisó un mechón de cabello. Volvió a tensarse de inmediato–. Pero nos las arreglaremos.

–Te amo –susurró él, ya más relajado.

Scarlet pasó sus manos por el cabello rebelde de Wolf.

–¿De verdad? No me había dado cuenta.

La pantalla portátil volvió a repicar. Con un gesto de enfado, la tomó y desactivó la alarma; luego se apoyó en Wolf y frotó su nariz contra la de él. El muchacho dudó solo un momento antes de besarla. Scarlet se hundió en él. Fue el beso más tierno que cualquier mutante mitad hombre mitad lobo había dado alguna vez.

Sin embargo, cuando él se apartó tenía el ceño fruncido.

–¿Realmente piensas que los niños del vecindario tendrán miedo de mí?

–Definitivamente –respondió ella–. Pero tengo la sensación de que terminarás por ganarte su confianza.

–Haré mi mejor esfuerzo –dijo, entrecerrando los ojos, y luego sonrió con picardía. Sujetó con una mano la tela que cubría la parte baja de la espalda de Scarlet y se dejó caer sobre la cama, llevándola a su lado.

–*¡Scarlet!* Scar… oh.

Ambos se quedaron paralizados. Refunfuñando, Scarlet se apoyó sobre los codos. Iko estaba en la entrada y sujetaba la manija de la puerta. Su cuerpo de androide estaba cubierto de vendajes, que eran puramente estéticos, pero no había muchas tiendas de productos para androides en Luna y le había dicho a Scarlet que estaba harta de que todo el mundo la mirara.

–¡Lo siento! Debí haber llamado a la puerta. Pero ustedes no contestaban sus mensajes y… –Iko estaba radiante, exhibiendo más felicidad que la que debía sentir una persona que funcionaba con cables y celdas de energía.

–¡Cinder despertó!

Noventa y dos

REVISIÓN DIAGNÓSTICA COMPLETA. TODOS LOS SISTEMAS
ESTABILIZADOS. REINICIO EN 3... 2... 1...

Cinder abrió los ojos de golpe y se encontró con el techo blanco y las luces cegadoras. Se irguió de un salto y gruñó por la sacudida de dolor en su pecho.

La mujer que estaba reclinada sobre la mano de Cinder gritó, resbaló de su silla giratoria y cayó pesadamente al suelo. El extractor metálico de fusibles repiqueteó junto a ella.

Kai saltó de su silla, ubicada en un rincón de la habitación, y corrió al lado de Cinder, mientras se quitaba el pelo revuelto que le tapaba los ojos.

—Todo está bien —le dijo, sosteniéndola. Cinder se presionaba el pecho con las dos manos. Sentía el bulto del vendaje ahí, encima de donde le dolía.

La muchacha dejó de prestar atención a la mujer —una desconocida— y giró hacia Kai. Parpadeó. Lo primero que notó fue lo guapo que estaba; lo segundo, lo exhausto que se veía.

Una sucesión de datos comenzó a bajar por su campo de visión con letras verde óptico.

```
EMPERADOR KAITO DE LA COMUNIDAD ORIENTAL
IDENTIFICACIÓN #0082719057
NACIDO EL 7 ABR 108 T.E.
SIGS. 107.448 MENCIONES EN LOS MEDIOS, ORDENADAS
DESDE LA MÁS RECIENTE
PUBLICADO EL 13 NOV T.E.: EN UNA DECLARACIÓN HECHA
PÚBLICA ESTA MAÑANA, EL EMPERADOR KAITO INFORMÓ A
LA PRENSA QUE POSTERGÓ SU REGRESO A LA TIERRA POR
UN TIEMPO INDETERMINADO. AFIRMÓ QUE SU PRESENCIA
ES NECESARIA EN ESTE MOMENTO PARA SUPERVISAR LA
RECONSTRUCCIÓN DE LA CAPITAL DE LUNA...
```

Cinder cerró los ojos con fuerza y ordenó que el texto saliera de su vista. Esperó a que se calmara su pulso para volver a abrir los ojos.

La muchacha tenía el regazo cubierto con una manta de lino blanco tan delgada que podía ver en la tela un surco donde la piel del muslo izquierdo se conectaba con la pierna protésica. Tenía la mano izquierda extendida, con la palma hacia arriba, sobre la manta. El compartimiento de la palma estaba abierto y se veían dentro numerosos cables desconectados.

—¿Qué le están haciendo a mi mano? —gruñó.

La mujer se puso de pie y se alisó la bata blanca de técnica de laboratorio.

—La componemos.

—Toma, bebe —Kai le extendió un vaso de agua. Cinder lo miró más de lo que era necesario, mientras la mente se le aclaraba—. Es la doctora Nandez —le explicó Kai mientras la veía tomar el agua—.

Es una cirujana cibernética, de lo mejor de la Tierra. Hice que la trajeran ayer… para que te atendiera.

Kai apretó los labios, como si no se sintiera seguro de si había sobrepasado algún límite entre ellos.

Cinder le devolvió el vaso y observó a la doctora, que tenía los brazos cruzados y se golpeteaba uno con el extractor de fusibles. Cinder se llevó la mano a la nuca. El panel estaba bien cerrado.

—¿No estoy muerta?

—Casi mueres —le contestó Kai—. El puñal penetró en una de las cavidades del corazón artificial. Tu cuerpo entró en modo de supervivencia. Esa cavidad se desconectó mientras el resto del corazón seguía funcionando… más o menos —Kai echó una mirada a la doctora—. ¿Lo entendí bien?

—Bastante aproximado —respondió la doctora Nandez con una sonrisa leve.

El corazón de Cinder saltaba con cada respiración.

—Mi pantalla de retina funciona otra vez.

La doctora asintió con la cabeza.

—Le hacía falta una nueva unidad de procesamiento. La que tenía no estaba diseñada para sumergirse completamente en agua. Tuvo suerte de que entrara en modo de conservación. De no haber sido así, no habría podido usar la mano ni la pierna.

—Durante un tiempo no funcionaron —Cinder trató de mover los dedos cibernéticos, pero estos quedaron inertes sobre el cubrecama—. Perdóneme por haberla asustado.

—Es entendible su reacción —la doctora Nandez hizo un gesto hacia la mano de Cinder—. ¿Me permite?

Una sensación de vergüenza comenzó a subir por la espalda de Cinder: tenía la palma abierta y vulnerable frente a Kai. Pero enseguida se sintió tonta y vanidosa, así que asintió con la cabeza.

La doctora Nandez volvió a sentarse en su silla giratoria, la acercó de nuevo a Cinder y puso una pantalla portátil encima de la cama. Un holograma parpadeó en el aire sobre la pantalla, una réplica exacta de la mano de Cinder y el cableado interno.

La doctora ajustó la imagen y se inclinó sobre la mano de la muchacha.

—Deberías recostarte —le sugirió Kai—. Recuerda que te dieron una puñalada.

—Lo recuerdo —contestó con una mueca y presionó con más fuerza la mano sobre la herida. La presión alivió un tanto el dolor punzante.

—Fueron cuarenta y dos puntadas, y algo me dice que te acabas de abrir algunas. Vamos, recuéstate.

Cinder dejó que Kai la sostuviera y la apoyara en las almohadas. Se hundió en las sábanas suaves y nuevas con un suspiro, aunque la luz quirúrgica de la doctora la cegaba otra vez y hacía que viera a Kai con un destello sobrenatural.

—¿Levana está muerta? —preguntó en un susurro.

—Está muerta.

Con esa confirmación y el recuerdo cruel de un disparo y una salpicadura de sangre quemándole en la mente, comenzó a pensar en sus otras preguntas. Estas cayeron como una cascada en su mente. *Cress, Thorne, Scarlet, Wolf, Winter, Jacin, Iko…*

—Todos están a salvo —le dijo Kai como si sus pensamientos estuvieran escritos con letras verde óptico en sus pupilas—. Aunque Cress está… sus signos vitales se encuentran estabilizados y confiamos en que se recupere, solo que todavía no sale de la suspensión. Scarlet tiene una contusión leve y está bien. Thorne perdió dos dedos, pero es un buen candidato para recibir unas prótesis, si las quiere. Wolf… bueno, no es posible deshacer las manipulaciones de bioingeniería porque se corre el riesgo de causar daños graves, pero sobrevivió y es… ya sabes: el mismo Wolf. Jacin sufrió algunas lesiones, pero ninguna que ponga en peligro su vida, y la princesa Winter… –Kai bajó la mirada. Cinder sintió una sacudida en la muñeca. Su pulgar se torció sin control un momento hasta que se produjo otra chispa y se detuvo–. Ha estado inconsolable desde la revuelta. Ha sido necesario restringir sus movimientos. Murieron muchos de los dos lados, pero… resultó. Los sectores externos respondieron en masa, demasiados como para que los taumaturgos pudieran controlarlos a todos. Horas después de que terminaran los combates, seguía llegando gente de esas regiones.

Otro chasquido eléctrico y, enseguida, el ruido de una tapa metálica al cerrarse.

–Inténtelo –dijo la doctora Nandez mientras apagaba el holograma.

Cinder levantó la mano. Estaba pulida, con un acabado brillante, y en la superficie veía reflejos de su pelo oscuro. Cerró los dedos uno tras otro y movió la muñeca hacia adelante y atrás. Extendió los dedos, probó el funcionamiento de las herramientas internas, excepto la pistola, que esperaba nunca tener que volver a disparar.

–Muchas gracias –le dijo a la doctora después de cerrar los extremos de los dedos.

–De nada –respondió la doctora Nandez poniéndose de pie–. Volveré a revisarla en algunas horas.

En cuanto se fue, Cinder sintió un cambio en el ambiente. Una tensión súbita, una quietud repentina.

Se pasó la lengua por los labios resecos.

–¿Ahora eres el rey de Luna?

Kai se sorprendió con la pregunta.

–No. Como Levana nunca fue la reina legítima, no tenía poderes legales para nombrar a nadie como rey consorte. Técnicamente, soy viudo, pero creo que se puede anular ese pequeño percance.

¿Pequeño percance? Para algo que tantas veces había intentado evitar a riesgo de su vida, Cinder no estaba segura de que el matrimonio de Kai se pudiera considerar un "pequeño percance".

–Una error temporario –agregó Kai y apartó la luz de quirófano para que no cegara a Cinder–. Con todo lo que estaba pasando, nunca tuvimos tiempo para consumarlo.

–Esa información no era necesaria –dijo Cinder después de toser.

–¿De verdad? ¿No tenías curiosidad?

–Estaba tratando de no pensar en eso.

–Bueno, no hace falta pensarlo. Todavía le doy gracias a las estrellas, una por una.

Cinder se habría reído, pero le dolía demasiado.

Kai rodeó la cama y se apoderó de la silla de la doctora. Las pequeñas ruedas traquetearon en el piso. Se acercó tanto que sus rodillas quedaron oprimidas contra el armazón de la cama.

–¿Qué más quieres saber antes de que te deje descansar?

Se pasó la lengua por el paladar. Quería tomar más agua.

–¿Yo soy…? ¿Ellos piensan que soy…?

–¿La reina? –Kai completó la pregunta, y ella asintió con la cabeza–. Sí, Cinder, eres la reina de Luna –hablaba sin detenerse, sin concesiones–. Te hicieron una prueba de ADN mientras estabas inconsciente y no hay duda de que eres Selene. Según la legislación lunar, eso significa que fuiste princesa regente hasta cumplir trece años y entonces te convertiste en la reina de Luna. Levana era una impostora. Te llaman "la reina perdida". Desde la noche de la batalla festejan tu retorno. Desde luego, en algún momento habrá una ceremonia, más por tradición que por otra cosa.

Cinder se mordió el labio. Pensaba en todos los años que había pasado bajo la custodia de Adri como mecánica, criada, como un objeto. Y todo ese tiempo había pertenecido a la realeza sin saberlo.

–Incluso los taumaturgos, los que aún viven, dicen que su lealtad es con el trono de Luna, sin importar quién lo ocupe. Por lo menos, eso dicen ahora. Ya veremos qué opinan cuando las cosas cambien por estos rumbos –Kai se rascó detrás de la oreja–. El ejército ha dado problemas. Hemos retirado a los que enviaron a la Tierra, pero algunos soldados… bueno, no están convencidos de que se haya terminado la guerra. Varios desertaron allá y las milicias terrestres se esfuerzan por localizarlos, pero tenemos la esperanza…

Cinder le tomó las manos para callarlo.

Todavía tenía que asimilar el hecho de que era la reina.

Era la reina de Luna.

Se obligó a recordar que esto era lo que había querido. Desde el principio, había luchado por esta responsabilidad, este deber, este *derecho*. Por la oportunidad de librar al mundo de Levana y cambiar el país en que había nacido. Cambiarlo para bien.

Kai cubrió la mano de Cinder con la suya. Solo entonces ella se dio cuenta de que lo había tomado con la mano cibernética.

–Perdóname –le dijo Kai–. De momento no tienes que preocuparte por nada de eso. Torin y yo nos hacemos cargo de todo. Nos ocupamos de que atiendan a los heridos, de que limpien la ciudad… ah, y del antídoto. Estamos preparando grandes embarques para la Tierra. Los técnicos están trabajando para elaborar más lotes. Ya enviamos más de mil dosis con los diplomáticos y dicen que mañana por la tarde tendremos listas tres veces más… –titubeó con el rostro ensombrecido–. El antídoto se produce con sangre de vacíos y hay un complejo desorden legal en relación con ellos y con el antídoto. Además, no me siento cómodo haciendo cosas sin ti. Tendremos que resolver eso cuando estés lista.

Se calló. Cinder vio cómo se debatía. Entre el alivio de tener el antídoto y los medios horribles que Levana había usado para obtenerlo.

Trató de sonreír, pero sabía cuán agotada debería de verse.

—Gracias, Kai.

Él sacudió la cabeza. Mechones de pelo se agitaron en su frente.

—Lo siento, tengo que dejarte dormir. Es que… me alegra tanto verte despierta. Hablar contigo de todo esto.

—¿Cuánto tiempo estuve desconectada?

—Casi tres días.

—Tres días, qué lujo —dijo, poniendo los ojos en blanco.

—Muy merecidos —le tomó la mano y apoyó los labios en sus nudillos—. Tómate tu tiempo para recuperarte. Lo más difícil ya terminó.

—¿De verdad se terminó?

—Bueno, se terminó la parte *peligrosa* —respondió Kai, dubitativo.

—¿Me harías un favor?

Kai frunció el ceño, pues no quería alentar ideas alocadas, pero fue solo un segundo.

—Lo que quieras.

—¿Volvieron a la Tierra todos los líderes terrestres?

—No. Pudimos sacarlos a todos de Artemisa durante los combates, en cuanto abrimos los puertos aéreos, pero la mayoría volvió cuando se supo que habías triunfado. Creo que esperan tener la oportunidad de conocerte.

—¿Puedes convocar a una junta? Tú, yo y los líderes terrestres… y… ¿Luna? ¿Tengo un gabinete o un primer ministro o algo así?

Kai torció la boca como si quisiera hacer una broma, pero contuvo el impulso.

—Por lo general, el taumaturgo mayor actuaba como segundo al mando, pero Aimery murió. Lo siento, pero tu corte es un triste desbarajuste en estos momentos.

—Bueno, reúne a quienes creas que haya que convocar a una junta oficial. Una junta importante.

–Cinder…

–¿Y mi madrastra sigue aquí?

–De hecho, sí –respondió Kai con el ceño fruncido–. Ella y su hija tienen un lugar a bordo de una de las naves de nuestros representantes, pero no salen hasta mañana.

–Que venga también. Y quizá la doctora que estaba aquí.

–Cinder, tienes que descansar.

–Estoy bien. Debo hacer esto a la brevedad, antes de que alguien trate de matarme.

Kai hizo una mueca, pero la miró con ternura.

–¿Qué tienes que hacer, exactamente?

–Firmar el Tratado de Bremen –respondió y las palabras le dibujaron una genuina sonrisa en los labios–. Quiero que nuestra alianza sea oficial.

Noventa y tres

JACIN SE DEJÓ CAER EN EL SILLÓN DE VISITAS Y OBSERVÓ CON NO POCA envidia al doctor mientras revisaba los signos vitales de Winter. Él deseaba encargarse de sus necesidades, saber, a partir de la lectura de indicadores, cómo estaba reaccionando y qué hacer para que mejorara. En cambio, debía sentarse allí, fingir ser paciente y esperar a que el doctor le informara, una vez más, que no había nada que hacer. Solo tenía que esperar para saber si ella se recuperaría.

Recuperarse.

Jacin odiaba esa palabra. Cada vez que se pronunciaba podía escuchar la voz de Winter, agobiada y temerosa: *Creo que ni siquiera una persona sana podría recuperarse de esto. ¿Cómo lo haré yo?*

—Sus latidos siguen acelerados —dijo el doctor apartando su pantalla portátil—, pero al menos está durmiendo. Volveremos a revisarla cuando despierte.

Jacin asintió, conteniendo cualquiera de sus múltiples réplicas. Cuando despierte pataleando y gritando. Cuando despierte llorando. Cuando despierte *aullando* otra vez, como un lobo solitario y triste. Cuando despierte y nada haya cambiado.

—Hay algo que no entiendo —masculló Jacin, mientras posaba la vista en la frente de Winter: al menos estaba tranquila en sus sueños—. Usar su don tendría que haberla mejorado, no empeorado. Ella no tendría que estar así, después de todos estos años de luchar contra él.

—Todos esos años fueron precisamente la causa —el doctor suspiró, y también miró con tristeza a la princesa. Con *demasiada* tristeza. Jacin se alarmó—. El cerebro y nuestro don son como un músculo. Si no usas un músculo durante muchos años y un día decides forzarlo a toda su capacidad, lo más probable es que se desgarre, no que se fortalezca. Ella hizo demasiado y muy rápido, y... eso causó un daño muy extenso a su mente.

Estoy destruida, había dicho ella. No dañada. *Destruida*.

Y eso había sido antes de que Aimery apareciera.

En cuanto el doctor se marchó, Jacin deslizó su silla más cerca de la cama de Winter. Revisó las correas acolchadas en sus extremidades... estaban firmes, pero no muy apretadas. A menudo se había despertado sacudiéndose violentamente y arañando, y una enfermera casi había perdido un ojo antes de que decidieran que lo mejor era sujetarla.

Jacin detestó ver que lo hicieran, pero incluso él reconoció que era lo mejor. Se había convertido en un peligro para los demás y para ella misma.

Sus dientes ya le habían dejado una impresionante y profunda herida en el hombro, y aun así no podía concebir que fuera Winter quien lo había atacado. La dulce y tierna Winter.

La devastada y destruida Winter.

Jacin dejó que sus dedos descansaran sobre sus muñecas más tiempo del necesario, pero ahora no había nadie que lo reprendiera, más que él mismo.

La erupción de la enfermedad se desvanecía día a día. Dudaba que fuera a dejarle muchas cicatrices, y las que quedaran serían prácticamente imperceptibles en su piel oscura. No como las cicatrices en su mejilla, que habían palidecido con el tiempo.

Él detestaba y al mismo tiempo admiraba esas cicatrices. Por un lado, le recordaban el tiempo en que ella había sufrido. El tiempo en que él no había sido capaz de protegerla. Por otro lado, también le recordaban la valentía y el coraje que tan pocas personas habían visto en ella. De una manera sutilmente osada, se había atrevido a oponerse una y otra vez a los deseos de Levana y a las expectativas de su sociedad. Se había visto obligada a elegir sus batallas, pero las había elegido, y tanto sus derrotas como sus victorias le habían costado demasiado.

Los doctores no sabían qué hacer con ella. Tenían poca experiencia con las enfermedades lunares. Pocas personas dejaban que su equilibrio mental se deteriorara tanto como el de ella, así que solo podían especular acerca de los efectos a largo plazo.

Y todo porque ella se había rehusado a ser como Levana, Aimery y el resto de los lunares, que abusaban de los demás, los manipulaban y los utilizaban para satisfacer sus deseos egoístas.

Jacin sabía que hasta su último acto de desesperación, cuando había usado la mano de Scarlet para matar a Aimery, había sido para salvarlo a él, no para protegerse a ella misma. A ella misma jamás.

Así como él haría cualquier cosa por salvarla.

Se pasó la mano lentamente por la cara, vencido por la fatiga.

Había estado a su lado cada noche desde la batalla y estaba sobreviviendo con poco alimento y aún menos sueño.

Había quedado impactado al descubrir que sus padres no estaban muertos; estaba seguro de que haber desafiado la orden de Levana y ayudar a Winter a escapar los había llevado a ser ejecutados en público, como Levana había amenazado, pero un giro inesperado les había salvado la vida. Su padre había sido transferido a un sector maderero hacía años. Cuando se difundió la arenga de Cinder invitando a iniciar la revolución, los civiles se amotinaron y encarcelaron a todos los guardias y a las familias de estos. Cuando Levana ordenó que los mataran, los padres de Jacin ya no estaban en su poder. Y ese sector maderero era el mismo donde había envenenado a Winter.

Él aún no los había visto, pues todos los guardias esperaban a ser juzgados por el nuevo régimen. A la mayoría le ofrecerían la oportunidad de jurar lealtad a la reina Selene y unirse a la nueva guardia real que estaba formando. Sabía que su padre, un buen hombre que había sufrido durante mucho tiempo la opresión de Levana, estaría feliz con el cambio.

Al propio Jacin lo ponía nervioso reunirse con su familia.

Después de años de apartar a todos los que amaba, era difícil imaginar una vida en la cual fuera libre de cuidar de las personas sin temor a que las convirtieran en peones y las usaran en su contra.

Sabía que a ellos les encantaría volver a ver a Winter, quien había sido parte de su familia cuando estaba creciendo. Pero… no así.

Verla así les rompería el corazón.

Verla así…

Winter gimió; era un sonido lastimero, parecido al de un animal moribundo.

Jacin se levantó de un salto y le puso una mano en el hombro; esperaba que el gesto fuera reconfortante. Winter sacudió la cabeza varias veces; sus ojos se agitaban bajo los párpados cerrados, pero no despertó. Cuando volvió a tranquilizarse, Jacin suspiró con un sentimiento de pesadumbre.

Quería que mejorara. Quería que esto acabara. Quería que ella abriera los ojos y que no se golpeara, mordiera o aullara.

Quería que lo reconociera, que lo mirara con alegría y con ese dejo travieso que había cautivado su corazón mucho antes de que fuera la chica más hermosa de Luna.

Le retiró un rizo ensortijado de los labios y lo apartó de su rostro.

—Te amo, princesa —musitó, inclinado sobre ella largo rato, siguiendo las líneas de su cara y la curvatura de sus labios, recordando cómo lo había besado en la casa de los animales. Ella le había dicho que lo amaba, y él no había tenido el valor de responder lo mismo.

Pero ahora...

Apoyó una mano al otro lado del cuerpo de Winter, para equilibrarse, y se inclinó. Su corazón estaba acelerado y se sintió como un idiota.

Si alguien lo hubiera visto, habría pensado que era otro de los repulsivos admiradores de la princesa.

Eso no iba a cambiar nada. Cada atisbo de lógica se lo decía. Un beso estúpido, idealista, no arreglaría su mente.

Pero no tenía nada que perder.

Winter seguía durmiendo, su pecho subía. Bajaba.

Subía y bajaba y subía.

Jacin se dio cuenta de que estaba paralizado: albergaba esperanzas, pero al mismo tiempo erigía a su alrededor un muro en caso de que nada sucediera. Porque nada iba a suceder.

Se inclinó sobre ella, dejando apenas espacio entre ambos, y hundió los dedos entre las sábanas de hospital.

—Te amo, Winter. Siempre te he amado.

La besó. Fue un beso unilateral, con muy poco de la pasión que había habido en la casa de los animales, pero con mucha más esperanza. Y muchísima estupidez.

Apartándose, tragó saliva con dificultad y se atrevió a abrir los ojos.

Winter lo estaba mirando.

Jacin saltó hacia atrás.

–¡Maldición, Winter! Tú... ¿cuánto tiempo...? ¿Fingías estar dormida? –preguntó, frotándose la nuca.

Winter lo miró, con una media sonrisa adormilada en los labios.

El pulso de Jacin saltó al ver esa imagen y dirigió la atención de vuelta a sus labios. *¿Acaso era posible...?*

–Win... ¿princesa?

–Hola –dijo ella, la voz reseca, pero no menos dulce que lo usual–. ¿Ves la nieve?

–¿Nieve? –preguntó él, con el ceño fruncido.

Winter miró hacia el cielo raso. Aunque sus muñecas estaban firmemente atadas, abrió la palma, como si intentara atrapar algo.

–Es más hermoso de lo que jamás había imaginado –musitó–. Soy la chica de hielo y nieve, y estoy muy feliz de conocerte.

La desilusión intentaba abrirse paso en el pecho de Jacin, pero los muros que él había construido cumplieron su función y la rechazó tan pronto como apareció.

Al menos no estaba tratando de morderlo.

–Hola, chica de nieve –dijo él, cerrando los dedos sobre un copo de nieve imaginario–. Yo también estoy feliz de conocerte.

Noventa y cuatro

TODAVÍA CON LAS PIERNAS DÉBILES, CINDER SE SOSTUVO DEL BRAZO DE Kai, que la conducía por el palacio de Artemisa por primera vez desde la insurrección. A su alrededor, los enormes ventanales y los muros con cerámicos brillaban con la luz del sol. Era muy hermoso. Le costaba creer que era suyo.

Su palacio, su reino, *su hogar*.

Se preguntó cuánto tiempo pasaría para sentirlo como real.

Iko escogió su atuendo, un vestido sencillo tomado del guardarropa de Winter, y confeccionó un peinado con el cabello recogido. Cinder tenía miedo de mover la cabeza y que se derrumbara. Sabía que debía sentirse majestuosa y poderosa, pero más bien se sentía como una chica débil jugando a disfrazarse.

Intentaba juntar coraje con la presencia de Kai a un lado e Iko del otro, aunque ella no dejaba de payasear con el peinado. Cinder volvió a alejarla de un empujón.

Por lo menos, el brazo de Iko funcionaba de nuevo. La doctora Nandez había conseguido devolverle la funcionalidad de casi todo el cuerpo, pero quedaban muchos daños que reparar.

Al doblar una esquina, la muchacha vio a su nuevo guardaespaldas personal, Liam Kinney, junto con el consejero de Kai, Konn Torin. A su lado estaban Adri y Pearl.

Cinder dudó, con el pulso acelerado.

—Cinder —ella miró a Kai a los ojos, su sonrisa de aliento, y su corazón dio un salto por una razón muy distinta—. Ya sé que es raro, pero aquí estaré si me necesitas. Aunque no vas a necesitarme: lo harás maravillosamente.

—Gracias —murmuró resistiendo el impulso de abrazarlo, de acurrucarse en sus brazos y esconderse del resto de la galaxia, tal vez para siempre.

—Además —agregó bajando la voz—, te ves hermosa.

Fue Iko la que respondió.

—Gracias por notarlo.

Kai se rio, mientras que Cinder, con los pensamientos dispersos, bajó la cabeza.

Avanzó renqueando. Se obligó a no mirar a su familia adoptiva. Cuando llegó lo suficientemente cerca, Konn Torin se inclinó ante ella. *Respeto diplomático*, pensó al recordar todas las miradas que le había lanzado aquel hombre desde que la había visto por primera vez en el baile anual. Pero cuando se enderezó, sonreía. De hecho, sonreía muy cordialmente.

—Su Majestad: en nombre del pueblo de la Comunidad Oriental, quiero agradecerle todo lo que ha hecho y lo que hará.

—Ah, oh. Sí, no hay de qué.

Tragó saliva con dificultad y se atrevió a mirar a Adri.

El rostro de su madrastra tenía algo de sombrío. La cantidad de canas en su cabello se había triplicado en estas semanas.

Hubo un instante en el que Cinder pensó en las mil cosas que podría decirle a esta mujer, pero ya ninguna le pareció importante.

Adri bajó la mirada. Ella y Pearl se inclinaron en una reverencia incómoda.

–Su Majestad –dijo Adri y sonó como si masticara un limón agrio.

Junto a ella, Pearl musitó algo casi ininteligible.

–Su Majestad.

Iko resopló. Era un sonido burlón que Cinder ni se imaginaba que pudieran producir las androides de compañía.

Miró las coronillas de Pearl y Adri, tratando de encontrar una respuesta graciosa, cualquier cosa que Kai habría podido decir. Lo que una buena reina habría hecho para aligerar la tensión. Para perdonar.

En cambio, se apartó.

Kinney cerró el puño contra su pecho y Cinder le hizo un gesto que intentó ser un asentimiento real. Enseguida, Kai la hizo pasar por las puertas dobles. Le había pedido que encontrara un sitio neutral para celebrar la junta. No el salón del trono en el que había visto tanta sangre, ni la torre de la reina ni ningún otro lugar donde Levana hubiera convocado una reunión. Entró en una sala de juntas que tenía una enorme mesa de mármol y dos nodos holográficos apagados.

La sala ya estaba llena. Sintió que se sofocaba. El inesperado silencio casi la hizo retroceder de vuelta al pasillo. Reconoció a la mayoría, pero su interfaz cerebral no perdió tiempo en descargar sus perfiles de la base de datos.

El presidente Vargas, de la República Americana.

La primera ministra Kamin, de la Unión Africana.

La reina Camilla, del Reino Unido.

El gobernador general Williams, de Australia.

La doctora Nandez, la reconocida cirujana especialista en cibernética, y Nainsi, la androide de Kai que Cinder había reparado hacía mucho tiempo. La habían traído a Luna para que registrara el encuentro y lo asentara en los documentos oficiales de la Tierra.

Adri y Pearl fueron conducidas al otro lado de la mesa.

A ellos se sumaban Iko, Kai, Konn Torin y la propia Cinder, o sea, Su Majestad Real, la reina Selene Channary Jannali Blackburn de Luna. Se preguntó si sería correcto que les pidiera a todos que la llamaran Cinder a secas.

Antes de que pudiera hablar, los líderes del mundo se pusieron de pie y comenzaron a aplaudir. Cinder retrocedió.

Uno por uno, dieron la vuelta a la sala e hicieron por turnos una reverencia.

Presa repentinamente del pánico, Cinder miró a Kai. Él levantó un solo hombro, para decirle que sí, que era raro, pero que acabaría por acostumbrarse.

Cuando la fila terminó de pasar junto a él, también se llevó una mano al pecho e inclinó la cabeza en la mejor reverencia que pudo hacer sin dejar de sostenerla con un brazo.

–Gra… gracias –dijo Cinder tartamudeando. No sabía si debía inclinarse también, pero si no era capaz de hacer una reverencia graciosa en sus mejores momentos, resultaría un desastre intentarla con todas sus lesiones. En cambio, extendió la mano cibernética hacia ellos.

–Ehh… tomen asiento, por favor.

Los aplausos terminaron, pero nadie se sentó.

Kai llevó a Cinder a la cabecera de la mesa y la ayudó a sentarse. Solo entonces se sentaron los demás. Kai se acomodó a la derecha de Cinder. Adri y Pearl quedaron entre Konn Torin y el presidente Vargas. Se veían absolutamente incómodas.

–Ehh, gracias a todos por venir con tan poco tiempo de antelación –comenzó a decir Cinder. Trató de entrelazar las manos sobre la mesa, pero las sentía raras, así que las apoyó sobre su regazo–. Estoy segura de que se sienten ansiosos por volver a casa.

—Me apena interrumpir —dijo la reina Camilla, que no se veía nada apenada—, pero quisiera aprovechar el momento para felicitarla por la recuperación de su trono.

Estalló otra ronda de aplausos con las palabras de la reina, y Cinder tuvo la impresión de que no era tanto para felicitarla como para felicitarse ellos mismos por ya no tener que lidiar con Levana.

—Gracias, muchas gracias. Espero que comprendan que yo… eh. Espero que me tengan paciencia. Esto es nuevo para mí y no soy…

En realidad, no soy una reina.

Pasó la mirada por la mesa, por los rostros ansiosos y esperanzados que la miraban como si fuera una especie de heroína. Como si hubiera hecho algo grande. Miró a todos alrededor de la mesa. Se sentía más nerviosa e incompetente con cada persona que veía: mayores, más sabios, con más experiencia. Hasta que llegó a Kai.

En cuanto captó la atención del emperador, él le hizo un guiño.

Cinder sintió mariposas en el estómago.

Apartó la mirada y enderezó los hombros.

—Les pedí que nos reuniéramos hoy porque las relaciones entre la Tierra y Luna han sido tensas durante mucho tiempo, y quiero que mi primer acto como… —titubeó y agitó las manos de nuevo sobre la mesa. Entrelazó los dedos y algunas miradas cayeron sobre su prótesis cibernética, pero todos fingieron que no la notaban—. Quiero que mi primer acto como reina de Luna sea forjar una alianza de paz con la Unión Terrestre. Aunque al principio solo sea simbólica, espero que será el comienzo de una provechosa y mutuamente benéfica… eh…

Volteó para mirar a Kai y este sugirió:

—Relación.

—Relación política —enderezó la espalda. Esperaba no sonar tan tonta como se sentía. Pero los diplomáticos que la rodeaban movían la cabeza, con absoluto respeto y aprobación—. Soy consciente de que una alianza pacífica comenzará cuando todas las unidades militares de Luna salgan de suelo terrestre y me aseguraré de que la transición se complete cuanto antes –una sensación de alivio invadió a todos los allí reunidos–. De hecho, tengo entendido que por instrucciones de Kai... del emperador Kai... Kaito... –alzó las cejas hacia él, al darse cuenta de que era la primera vez que tenía que mostrarse formal en su presencia. Kai parecía querer reírse. Cinder lo miró furiosa–. Por instrucciones del emperador Kaito, algunas de esas unidades militares ya están en camino de vuelta a Luna.

Todos asintieron. Ya estaban enterados.

Tragó con fuerza. Las heridas empezaban a molestarle, además del dolor constante atenuado por los medicamentos. Pensó que ojalá que en su primer acto como reina no fuera a desmayarse.

–Luna seguirá produciendo y distribuyendo el antídoto de la letumosis según sea necesario y lo permitan nuestros recursos. Como saben, el antídoto se obtiene de lunares que no poseen el don y que fueron puestos contra su voluntad en estado de coma permanente, a fin de extraer su sangre, lo cual es violatorio de sus derechos. Me han dicho que sería posible sintetizar plaquetas de laboratorio similares a las de los vacíos... eh... de los lunares sin don, y espero orientar las actividades de investigación de Luna en ese sentido y encontrar un esquema que sea justo para todos. Desde luego, todas las muestras del antídoto que tenemos en existencias se distribuirán en la Tierra inmediatamente.

Gestos de aprobación, sonrisas, alivio y gratitud.

Cinder respiró hondo y continuó.

–Dicho lo anterior, tengo también algunas... peticiones.

Cinder se acomodó un mechón caído detrás de la oreja mientras el aire de victoria que flotaba sobre la mesa cedía el paso a una actitud de paciencia disimulada y un indicio de tensión.

—Quiero dejar claro que mis peticiones son solo eso: peticiones. Su respuesta no cambiará mi postura sobre ninguna de las promesas hechas. No es una negociación —se acercó a la mesa. Trataba de mirar a los ojos a los demás, pero le resultó imposible y clavó la vista en sus manos mientras hablaba—. En primer lugar, durante años los cyborgs han sido tratados como ciudadanos de segunda clase —se aclaró la garganta sintiendo la vibrante presencia de Kai a su lado—. Lo sufrí en carne propia durante mi infancia en la Comunidad. Los cyborgs menores de edad son vistos más como un objeto que como personas, y apenas tienen más derechos que los androides. Nos rodea el prejuicio de que, como se nos confieren habilidades anti-naturales, habilidades *artificiales*, somos un peligro para la sociedad. Pero eso no es verdad. Solo queremos aceptación, como cualquiera. Así, mi petición es que se sometan a examen las leyes relativas a los cyborgs y que se les concedan los mismos derechos básicos y equitativos que a todos.

Se atrevió a alzar la mirada y vio más de un rostro ruborizado. Nadie se atrevió a mirarla a los ojos, a ella, la cyborg que era la nueva reina de Luna.

La excepción era Kai, avergonzado de quedar incluido entre los demás. Pero pese a su decisión de suspender el reclutamiento de cyborgs para las pruebas de la letumosis, en la Comunidad se producían las mismas injusticias que en el resto del planeta.

Kai fue el primero en asentir.

—La Comunidad acepta su solicitud. Esas leyes son injustas y anticuadas.

Después de que se produjera otro largo silencio, la reina Camilla se aclaró la garganta.

—El Reino Unido acepta también. En cuanto regrese, comenzaremos a estudiar las leyes a fondo.

El primer ministro Bromstad dijo con timidez que debía someter al voto del parlamento todos los cambios para que cobraran fuerza de ley, lo mismo que las otras repúblicas, pero había un asentimiento general en la mesa. De ninguna manera lo hacían de buena gana. Cinder se daba cuenta y trató de disimular todo lo que la irritaba. Entendía que solo porque una cyborg había salvado el mundo, no significaba que estuvieran listos para renunciar a generaciones de prejuicios, pero tenía la esperanza de que fuera el comienzo.

—En segundo lugar, pido que se levanten todas las restricciones a la emigración lunar. Los lunares deben tener la libertad de ir y venir entre Luna y la Tierra a su gusto. No quiero que Luna sea una especie de cárcel para sus ciudadanos. Igualmente, en cuanto estemos preparados abriré los aeropuertos lunares para los viajes y la inmigración de terrestres. Así era cuando Luna se pobló y se alentaban el comercio y los viajes. Creo que es la única manera en que nuestras dos sociedades empiecen a confiar una en la otra.

A medida que hablaba, veía las miradas que se cruzaban los otros líderes. Fue el gobernador general de Australia el que se atrevió a decir algo.

—Aunque entiendo sus motivos, ¿cómo podemos confiar en que los lunares que vayan a nuestros países no…

—¿Van a manipularlos? —preguntó Cinder—. ¿A lavarle el cerebro a su gente? ¿A cometer crímenes indecibles en contra de la humanidad, a sabiendas de lo fácil que sería salirse con la suya?

Durante un segundo, brilló una sonrisa burlona en el rostro del gobernador.

—Exactamente.

—Estoy segura de que los lunares y los terrestres pueden convivir en paz —afirmó Cinder—. Lo hemos visto en Farafrah y otras poblaciones del norte de África a lo largo de una década. Allí, alrededor del quince por ciento de la población está compuesta por inmigrantes lunares. Colaboran. Confían unos en otros.

—¿Quince por ciento? —intervino la primera ministra de África, Kamin—. Nunca he visto esos datos.

—No los hacen públicos, pero tampoco parece ser un secreto, ni siquiera para los vecinos terrestres. Tienen relaciones de provecho recíproco.

—Es una idea encantadora —admitió Kamin—, pero con todo respeto, Su Majestad es muy joven. Es posible que no tenga conocimiento de que en la época en que se fomentaban los viajes entre la Tierra y Luna, tuvimos casos de lavados de cerebro en masa, suicidios forzados, violaciones... Es difícil demostrar que un lunar manipuló a un terrestre, y la mitad de las veces ni siquiera podemos decir que se cometió un delito —se detuvo cuando había comenzado a alzar la voz—. Desde luego, no lo digo con la intención de faltarle al respeto, Su Majestad.

—No tiene de qué disculparse —dijo Cinder—. De hecho, estoy enterada de la matanza de New Haven, en el 41 T.E., de las Marchas Insensatas del 18 T.E., del famoso caso legal de Roget contra Caprice en la Segunda Era y, en fin, de mil ejemplos notables de lunares que imponen su don a los habitantes de la Tierra.

Kamin se veía atónita. De hecho, todos en la mesa parecían algo más que sorprendidos.

Cinder se inclinó hacia adelante y habló con toda claridad.

—Tengo una computadora en el cerebro, así que aunque no voy a presumir de ser la más lista o, ni por mucho, la de más experiencia aquí, propongo que nadie esgrima mi juventud para suponer que, además, soy *ignorante*.

—Desde luego —admitió Kamin, que se había puesto tensa—. Perdóneme, no quería ofender a Su Majestad.

—Sus inquietudes son legítimas —continuó Cinder—. Si pudiera ofrecerles una solución, una promesa de que ningún terrestre volverá a ser manipulado, o si por lo menos les diera una oportunidad de protegerse contra la manipulación, ¿aceptarían mi propuesta?

—Valdría la pena ponderarla —dijo el presidente Vargas—, y yo, desde este momento, estoy ansioso por saber cuál sería la solución.

—De acuerdo —Cinder gesticuló con la mano hacia su madrastra—. Ella es Linh Adri, ciudadana de la Comunidad Oriental. —Adri se sobresaltó y pasó la vista por los importantes personajes de la mesa—. El esposo de Adri, que se llamaba Linh Garan, fue un inventor especializado en sistemas cibernéticos y de androides. Ya falleció, pero en vida creó un… dispositivo. Se conecta al sistema nervioso de una persona y evita que sea manipulada por el don lunar. Levana se había enterado hace poco de la existencia de este dispositivo e hizo cuanto pudo por destruir todas sus patentes y planos, y llegó incluso a encarcelar aquí en Luna a Adri, la legítima propietaria de la tecnología.

Adri palideció.

—Lo siento mucho, pero no sé nada de ese dispositivo. Si realmente existió, se perdió hace mucho…

—Bueno, más o menos ha estado perdido —la interrumpió su hijastra—. Hasta donde sé, había solo dos prototipos funcionales. Uno fue implantado en una terrestre llamada Michelle Benoit, que fue asesinada durante los ataques de París. El otro está dentro de mí.

Giró hacia la doctora Nandez, cuyo interés se avivó por primera vez desde que había empezado la junta. La doctora se inclinó hacia adelante y apoyó la barbilla en una mano.

—¿En la segunda vértebra cervical? —preguntó—. La vi en el holograma, pero no sabía qué era.

Cinder asintió con la cabeza.

—Espero que pueda quitar con seguridad el dispositivo y copiar el hardware. Si podemos copiarlo, llegará un día en que todo el que quiera evitar la manipulación bioeléctrica tendrá el poder de hacerlo.

Se oyeron murmullos de incredulidad.

—¿Es posible lograrlo? —preguntó el presidente Vargas.

—Totalmente —le contestó Cinder—. Funcionó conmigo, y también con Michelle Benoit.

—No quiero sonar pesimista —intervino la doctora Nandez—, pero el dispositivo que lleva instalado parece tener grandes daños. Aunque tal vez pudiéramos aprovecharlo para dibujar los planos del hardware, tengo que asumir que la programación quedó dañada sin remedio. Si la reina Levana hizo destruir los datos, no sé si será fácil recuperarlos.

—Tiene razón. Mi dispositivo quedó destruido —admitió Cinder, lanzando una mirada a Adri y Pearl, que tenían la cara fruncida y trataban de seguir la conversación—. Por suerte, Linh Garan dejó un respaldo del software interno del dispositivo. Fue tan listo que lo escondió en un sitio oscuro en el que nadie pensaría en buscar. ¿Lo sabía, Linh-jiě?

Sorprendida por el tratamiento formal, Adri sacudió la cabeza.

—Lo escondió dentro del chip de personalidad de un humilde Serv9.2 —exclamó Iko con voz chillona.

Las mejillas de Adri se enrojecieron. Empezó a entender mientras se horrorizaba.

—¡Oh! Pero yo… pero la androide… No sabía que fuera…

—¿Valiosa? —sugirió Cinder con una sonrisa irónica—. Ya sé. Adri desmanteló a la androide y la vendió como piezas de repuesto sueltas.

Se oyó más de un resoplido en la mesa y muchos rostros airados se posaron en Adri y Pearl.

—Todo —agregó Cinder—, excepto por el chip de personalidad defectuoso que nadie quiso. Nadie, excepto Linh Garan… y yo —señaló en dirección de Iko—. El chip está dentro de mi amiga androide de compañía, y no tengo dudas de que podremos extraer la información almacenada.

—Ajá —dijo Iko presionando un dedo contra su sien—. Recuerdo cuando cargó esos archivos. Yo pensé que eran una defensa contra el malware.

—Desde luego —agregó Cinder—, Linh Adri es la propietaria de la patente y la tecnología, así que es justo que reciba una compensación. Espero que puedan arreglar alguna forma de pagarle regalías por la fabricación del dispositivo.

Un murmullo de asentimiento recorrió la mesa, pero se interrumpió al llegar a Adri.

—¿Regalías? —la mirada de Adri saltó hacia Pearl y luego de vuelta a Cinder—. ¿Cuánto…? ¿De cuánto son las regalías?

Iko bajó la mano y refunfuñó.

—De mucho.

Cinder contuvo una sonrisa.

—Eso lo arreglarán ustedes y las dependencias gubernamentales con las que concreten la venta —se estiró sobre la mesa y miró fijamente a su madrastra—. Les sugiero que *no sean codiciosas*.

Haciéndose cargo de la reprimenda, Adri se hundió en su asiento, aunque algo brilló en sus ojos cuando uno de los participantes se refirió al posible mercado para el dispositivo. En la siguiente década podrían fabricarse millones o incluso miles de millones.

Adri tomó la mano de su hija. Pearl miró a su madre y, ella también, por fin entendió.

El dispositivo creado por Linh Garan tenía el potencial de hacer que fueran muy ricas.

Con cierta sorpresa, Cinder se percató de que no se sentía tan amargada como creyó que se sentiría. Dejaba a Adri con sus riquezas y sus regalías, con su hija y su vida. Se propuso que, a partir de ese día, nunca volvería a pensar en ellas.

Lo único que lamentaba era que Peony no pudiera estar ahí para verlo. No jugaría a emperifollarse con Iko vistiendo las prendas reales. Sus ojos no brillarían cuando Cinder llevara la corona por primera vez. Tampoco había conocido a Kai, que para Cinder se había convertido en mucho más que su príncipe o su emperador o un sueño inalcanzable.

—Con esto llego a mi última petición —anunció Cinder, decidida a terminar la junta antes de que sus emociones, buenas o malas, la abrumaran—. Tiene que ver únicamente con dos de ustedes, presidente Vargas y gobernador general Williams —Cinder se acomodó en su silla—. Se refiere a un hombre llamado Carswell Thorne.

Noventa y cinco

LA ENFERMERA NO DEJABA DE OFRECER DISCULPAS MIENTRAS LLEVABA a Cress de la clínica al palacio. Lejos de estar completamente curada, la muchacha tuvo que ser transportada en una silla de levitación magnética, el aparato flotante más extraño que ella había visto. No era una camilla, pero tampoco una silla de ruedas. Durante el momento en que Cress dejó volar su imaginación, era una princesa exótica de la Primera Era transportada en un lujoso trono sobre los hombros de hombres muy fuertes.

Entonces la enfermera empezó con otra ronda de disculpas, destruyendo el ensueño. La clínica, explicó, estaba tan atestada que los doctores no daban abasto, y como Cress ya había superado el estado crítico…

A Cress no le importó el cambio. Estaba feliz de haber salido del ambiente aséptico de la clínica.

Aunque solo hacía cuatro horas que Cress había salido de la suspensión animada, ya había visto a Iko, Scarlet, Wolf e incluso al agotado Jacin, quien le dijo que habían triunfado, que Cinder había firmado el Tratado de Bremen, que los vacíos habían sido despertados y que los investigadores buscaban la mejor manera de adaptarlos a la vida en Luna, al mismo tiempo que atendían la demanda de antídoto de la Tierra. La cabeza le daba vueltas a Cress.

Sin embargo, lo primero en todos sus pensamientos –siempre, siempre– era Thorne.

Él no había estado allí.

Nadie había mencionado su nombre, y Cress sintió que todos habían contenido la respiración. Que deseaban decir algo, pero se detenían, dubitativos.

Ella le había arrancado dos dedos de un disparo. Tal vez era una herida menor comparada con las que ella y Cinder habían sufrido, pero aun así *ella* lo había hecho. Conscientemente y por propia voluntad.

La enfermera la guio por el ala oeste, que le resultó familiar. Fue allí donde se encontró con Kai.

–Llegamos –anunció la enfermera al tiempo que abría la puerta–. Si necesita algo…

–Estoy bien –Cress utilizó los controles en el apoyabrazos de la silla para desplazarse por la habitación. Sedas relucientes cubrían una cama con dosel; los pisos de piedra pulida brillaban con un tono satinado. La ventana daba hacia alguno de los floridos jardines del palacio, llenos de gazebos y estatuas.

–Gracias.

–Nos hemos asegurado de que esté cerca de sus amigos –dijo la mujer–. El señor Kesley y la señorita Benoit están dos puertas a la izquierda, y el emperador Kaito se encuentra a la vuelta. El señor Thorne está al otro lado del corredor.

Cress hizo girar su silla. La puerta seguía abierta y pudo ver la puerta de Thorne cerrada desde donde estaba sentada.

–¿Está él allí?

–¿Desea que vea si se encuentra disponible?

—Oh, no. Está bien así. Gracias —respondió, ruborizada.

—Entonces vuelvo a la clínica. ¿Desea que la ayude a recostarse antes de irme?

—No, creo que voy a sentarme aquí y disfrutar la vista un rato. Gracias.

La enfermera se marchó y cerró la puerta al salir.

Cress respiró hondo. Las lujosas habitaciones para visitantes olían a limpiador con fragancia de limón y en el escritorio había un arreglo de lilas. Sin embargo, ya se estaba marchitando y Cress se preguntó cuánto tiempo habían estado allí. Quizás esta habitación había sido preparada para alguien más, tal vez para alguno de los diplomáticos de la Tierra que ya había vuelto a casa.

El señor Thorne está al otro lado del corredor.

Miró a la puerta, deseosa de que él apareciera.

Sintió un dolor pulsátil en el estómago, donde Thorne la había apuñalado cuando estaba bajo el control de Levana. Apretó con los dedos el vendaje colocado sobre las puntadas, tratando de mitigar el dolor. Se preguntó si debió haber pedido a la enfermera que le dejara algunos analgésicos.

Respiró hondo, sintiendo punzadas en las costillas a medida que sus pulmones se expandían. Sería valiente. Se comportaría como una heroína. Forjaría su propio destino.

Dirigió su silla flotante hacia la puerta y la abrió con fuerza.

Thorne estaba de pie en el corredor.

Él dio un salto y juntó sus manos detrás de la espalda, en una posición rígida y formal. Estaba recién afeitado y peinado con pulcritud, y vestía ropa nueva: camisa azul con las mangas enrolladas hasta los codos y pantalones color caqui metidos en botas cafés.

Cress se encogió contra el respaldo de la silla. Se sentía incómoda. Aunque ya se había duchado para quitarse el gel pegajoso del tanque de suspensión, aún llevaba la bata desechable de la clínica y ni siquiera había tenido oportunidad de cepillarse el cabello.

—Capitán —dijo con un suspiro.

—Disculpa —dijo él, chocando los talones—. ¿Te estás yendo?

—No. Yo… pensé en venir a verte.

Thorne pareció sorprenderse, pero una señal de alivio apareció en su rostro. Se inclinó y apoyó las manos en los apoyabrazos de la silla. Su mano derecha estaba enyesada.

—Se supone que deberías estar descansando —dijo, al tiempo que la empujaba hacia atrás y cerraba la puerta con el pie. La llevó de vuelta hacia la ventana y luego miró alrededor.

—¿Puedo traerte algo? ¿Una pantalla portátil? ¿Una masajista? ¿Whisky en las rocas?

Ella no podía quitarle los ojos de encima. Aunque sabía que estaba vivo, no había estado completamente segura hasta ahora.

—Te ves…

No pudo terminar. Sus ojos se llenaron de lágrimas.

La amplia sonrisa ante la expectativa de un cumplido de pronto se convirtió en pánico.

—Oh, oye, ¿por qué haces eso? —se acuclilló frente a ella—. No creo que llorar te haga bien en tu estado.

Ella se mordió el labio con fuerza. Él tenía razón. Su respiración irregular le estaba provocando punzadas dolorosas en el abdomen. Se obligó a contener las lágrimas.

Thorne la tomó de las manos, deslizando el yeso debajo de los dedos de Cress. Su piel se veía bronceada y rugosa junto a la de ella.

—Lo siento —dijo él—. Quería estar aquí cuando te sacaran del tanque, pero estaba en una reunión cuando Scarlet envió un mensaje para avisarme y no pude salir, y pensé… No sabía… —exhaló, con un gesto de frustración.

—¿Una reunión? –preguntó Cress, sin saber si esa explicación la hacía sentir mejor o peor.

—No lo vas a creer –dijo él, con una expresión de alegría–. El presidente Vargas *en persona* quería conocerme. El presidente de la República Americana. Adivina qué dijo.

—¿Te dará una medalla de honor por tu valentía? –preguntó ella después de pensarlo.

—Casi –los ojos azules de Thorne relucieron–. Me dará la Rampion. Ella abrió los ojos de par en par.

Él se levantó de un salto y comenzó a andar de un lado para otro.

—Bueno, va a *rentarme* la Rampion, pero puedo empezar a hacer pagos para comprársela al ejército. Cinder le pidió que me perdonara si prometía no volver a robar, bla, bla, bla, y nos recomendó a mí y a mi tripulación para dirigir la distribución del antídoto contra la letumosis. Pero necesito una nave para hacerlo, y por eso el presidente Vargas aceptó el trato. Debiste haber visto lo disgustado que estaba. No creo que sea mi mayor admirador, pero… aun así lo hizo.

—Estoy muy feliz por ti –dijo Cress, aplaudiendo.

—¿Puedes imaginarme en un empleo lícito?

—Y en un empleo que ayudará a la gente –irradiaba alegría–. Puedo imaginarlo muy fácilmente.

—Estoy seguro de que eres la única –dejó de merodear un momento para dirigirle una gran sonrisa.

El calor inundó su rostro. Miró hacia abajo y volvió a ver el yeso. Con esas lesiones, tendría que aprender de nuevo a volar.

—Yo… lamento lo de tu mano –tartamudeó.

—No –respondió con rapidez, como si hubiera estado esperando esa disculpa–. Scarlet y yo vamos a formar un club de personas con dedos faltantes. Podríamos dejar que Cinder sea miembro honorario –se hundió en el borde de la cama, miró el yeso y lo hizo girar bajo la luz–. Además, estoy pensando en conseguir algunos componentes cibernéticos. ¿Has visto cómo la mano de Cinder hace toda clase de trucos? Pensé que sería útil tener siempre disponible un mondadientes. O tal vez un peine –sonaba distraído como si sus palabras y sus pensamientos no estuvieran coordinados. Cuando se atrevió a mirarla de nuevo había angustia en sus ojos–. Yo también lo siento Cress. Yo… estuve a punto de matarte, y…

–Levana estuvo a punto de matarme.

Él tensó la mandíbula.

–Era yo quien sostenía el cuchillo. Lo sentí. Sentí que estaba ocurriendo y no podía hacer nada…

–No había nada que pudieras hacer –aseguró ella.

Thorne apoyó los codos sobre sus rodillas y se inclinó, con la cabeza colgando entre los hombros.

–No. Lo sé –se pasó la mano sana por el cabello–. Sé, lógicamente, que era ella, no yo. Pero… Cress –suspiró–, tendré pesadillas sobre ese momento el resto de mi vida.

–No fue tu culpa.

–Cress, eso no es… –se masajeó la nuca y volteó para mirarla, con una expresión intensa que ella difícilmente pudo sostener y se ruborizó aún más–. Yo… –se llevó las manos a las rodillas para apoyarse–. ¿Te quedarás en mi tripulación?

Sus pensamientos se dispersaron.

–¿Tu… tripulación?

–Lo sé –se aclaró la garganta–. Has pasado toda la vida en el espacio, apartada de la civilización. Entiendo si no aceptas, si quieres quedarte en Luna, o incluso… si quieres que te lleve a la Tierra. Estoy seguro de que podrías quedarte un tiempo con Kai, quien, ya sabes, vive en un palacio –la expresión de Thorne se ensombreció–. Eso es tentador, comparado con la nave de carga que te ofrezco.

Volvió a caminar de un lado a otro.

—Pero Wolf y Scarlet van a quedarse… solo un tiempo, hasta que la enfermedad esté bajo control. Y tengo una idea. Esta misión nos llevará por toda la república. No es que vayamos a visitar muchos lugares turísticos, pero habrá… Humm… Bosques. Y montañas. Y todo tipo de cosas. Y cuando terminemos, si hay algún lugar al que quieras volver, podremos hacerlo. Y quedarnos una temporada. O podría llevarte… a cualquier lugar. A cualquier lugar que quieras conocer.

Verlo caminar de un lado a otro la estaba mareando.

—Me estás ofreciendo un… empleo.

—Sí… no —dudó—. Quiero decir, algo así. ¿Sabes? Esto me salió mejor anoche, cuando lo ensayé.

Ella entrecerró un ojo y lo miró de costado.

—Capitán, sigo tomando muchos medicamentos y no estoy segura de entender.

Miró la bata de hospital y la silla flotante como si se hubiera olvidado de ellas.

—Rayos, soy pésimo para esto, ¿cierto? ¿Quieres recostarte? Deberías recostarte.

Sin esperar respuesta, pasó un brazo debajo de sus rodillas y la levantó de la silla, delicadamente, como si sostuviera una muñeca de valor incalculable. Ella ahogó en la garganta un gemido de dolor mientras él la llevaba a la cama.

—¿Mejor? —preguntó él al acomodarla sobre los cobertores.

—Mejor —admitió ella.

Pero él no la soltó, y estaba extremadamente cerca cuando ella lo miró a los ojos.

—Mira, Cress, obviamente no soy bueno para esto. Al menos no cuando… cuando se trata de *ti* —parecía frustrado. Dobló los dedos, haciendo pliegues en la delgada tela de la bata de hospital. Pero soy bueno para *esto*.

Se acercó más y sus labios encontraron los suyos, al tiempo que la estrechaba contra las suaves almohadas. Ella se quedó sin aliento y hundió los dedos en su camisa, temerosa de que se apartara antes de que pudiera guardar ese momento en su memoria.

Pero él no se apartó, y Cress se atrevió poco a poco a besarlo. El colchón se movió; Thorne apoyó una rodilla para no aplastarla. El yeso rozó su labio, al principio con torpeza, pero menos cuando lo llevó al lado de su rostro para recorrer su mentón con el pulgar. Y luego con los labios. Su mentón. Su cuello. El hueco de su clavícula.

El cuerpo de ella se derritió y pensó que si pudieran embotellarlo a él, sería el mejor medicamento para el dolor.

Thorne dejó de besarla, pero ella seguía sintiendo el roce de su cabello en el mentón, la tibieza de su aliento en el hombro.

—Veintitrés —dijo él.

—¿Hmm? —abrió los ojos, confundida. Thorne se apartó y se veía culpable y preocupado, lo que desvaneció parte de su euforia.

—Una vez me preguntaste cuántas veces le había dicho a una chica que la amaba. He estado tratando de recordarlas a todas, y estoy casi seguro de que la respuesta es veintitrés.

Ella parpadeó; un aleteo suave. Frunció los labios y tardó un momento en formular la pregunta.

—¿Incluida la chica lunar que te besó?

—¿La estamos contando a ella? —preguntó él con el ceño fruncido.

—Tú lo dijiste, ¿no?

—Veinticuatro —respondió, desviando la mirada.

Cress quedó boquiabierta. *Veinticuatro chicas*. Ella ni siquiera conocía a veinticuatro *personas*.

—¿Por qué me dices esto?

—Porque necesito que sepas que nunca lo dije de *verdad*. Lo decía porque pensé que era lo que uno debe decir, pero no significaba nada. Y contigo es diferente. Por primera vez he sentido miedo. Miedo a que cambies de idea. Miedo a arruinarlo. Estrellas, Cress, me *aterrorizas*.

Sentía mariposas en el estómago; él no parecía aterrorizado.

—Este es el asunto —Thorne gateó por encima de sus piernas y se recostó a su lado, con las botas puestas—: tú mereces algo mejor que un ladrón que terminará en la cárcel de nuevo. Todos lo saben. Hasta yo lo sé. Pero tú pareces estar decidida a creer que realmente soy un tipo decente que es medianamente digno de ti. Lo que me asusta más —hizo girar un mechón de cabello entre sus dedos— es que algún día tú misma te des cuenta de que mereces algo mejor.

—Thorne…

—No te preocupes —besó el mechón de su cabello—. Soy una mente criminal y tengo un plan —se aclaró la garganta y empezó a marcar una lista en el aire—. Primero, conseguir un trabajo honesto… listo. Comprar legalmente mi nave… *en proceso*. Demostrar que tengo madera de héroe ayudando a Cinder a salvar el mundo… oh, espera: eso ya lo hice —guiñó un ojo—. Ah, y tengo que dejar de robar cosas, pero tal vez eso sea algo obvio. Entonces, supongo que cuando finalmente descubras cuánto no te merezco… tal vez ya te merezca —su sonrisa se volvió engreída—. *Así* es como debía ser el discurso.

—Fue un buen discurso —dijo ella.

—Lo sé —se acercó y le besó el hombro. A ella se le erizó la piel del brazo.

—¿Capitán?

—Cress.

No podía *evitar* decirlo, aunque sabía que él tenía razón. Era un tanto aterrador. Mucho más que la primera vez que se lo había dicho, en el desierto. Ahora era distinto. Era real.

—Estoy enamorada de ti.

Él rio entre dientes.

—Eso esperaba, después de todo —se inclinó hacia adelante y le besó la sien—. Yo también te amo.

Noventa y seis

WINTER TOMÓ UNA RAMITA DEL SUELO Y LA LANZÓ HACIA LA REJA protectora del cercado, pero el fantasma de Ryu solo ladeó la cabeza.

La princesa suspiró y dejó caer las manos en su regazo.

Sus ataques iban y venían, pero los médicos habían considerado que estaba suficientemente lúcida como para tomar una decisión: ¿quería quedarse en la clínica, donde podían controlarla si le sobrevenía un brote, o prefería usar brazaletes de descargas eléctricas que la dejarían inhabilitada cuando hiciera falta? Escogió esta libertad imaginaria, pensando en Ryu y en cómo el chip le había impedido al lobo salir del encierro que al principio debió parecerle bastante fácil de evadir.

A Jacin no le gustó la idea. Había argumentado que la mente de Winter era ya muy frágil como para imponerle el miedo de las descargas eléctricas al azar. Pero Winter necesitaba salir de la clínica. Necesitaba alejarse de las pesadillas que la acosaban.

Desde que la dieron de alta iba con frecuencia a la casa de los animales. Era uno de los pocos lugares serenos en una ciudad agitada por los rumores de la reconstrucción y los cambios políticos. Claro que eso era muy importante. Siempre había querido que su nación fuera un lugar en el que la gente pudiera expresar su opinión y recibir un trato justo, en el que tuviera opciones para decidir sobre la vida que quería llevar. Pero el parloteo hacía que le doliera la cabeza. Cuando el mundo comenzaba a girar sin control, le parecía que lo mejor era retirarse a un lugar apacible y solitario donde no pudiera lastimar a nadie más que a sí misma.

Las alucinaciones ya no eran continuas, como en los días que siguieron a la batalla, aunque su mente todavía le jugaba malas pasadas y la hacía ver la sombra de su madrastra en el palacio, esperándola con un cuchillo afilado y palabras crueles, o el destello de los ojos de Aimery siguiéndola por los corredores. Con mucha frecuencia olía sangre que escurría por las paredes.

La primera vez que fue a la casa de los animales, el fantasma de Ryu la estaba esperando.

En la incertidumbre de la revolución, los encargados habían huido y todavía no los habían encontrado. Los animales tenían hambre y estaban inquietos, y Winter había pasado todo el día limpiando las jaulas y tratando de que la casa de los animales volviera a ser el refugio que siempre había sido. Cuando Jacin fue a buscarla, había reclutado criados para que la ayudaran.

Le resultaba útil mantenerse ocupada. No era una cura, pero le servía. Para los demás, ella era la encargada, aunque todos la llamaban "princesa" y fingían que no olía a estiércol. Ryu puso la cabeza en el regazo de Winter y ella lo acarició entre las orejas. Este triste fantasma ya no jugaría nunca a buscar y traer ramitas.

—Princesa.

Ryu se evaporó. Jacin estaba apoyado contra el muro del cercado, no muy lejos de donde había fingido su asesinato. Donde ella lo había besado y él también a ella.

Con ese recuerdo, Winter se hundió en agua y hielo, en frío y calor. Se estremeció.

Jacin frunció el ceño, preocupado, pero ella disipó el recuerdo. No había sido una alucinación, sino una fantasía normal, como la que tendría una chica normal si estuviera enamorada de forma normal de su mejor amigo.

—Ya sabes que no tienes que llamarme así —le dijo, echándose el pelo atrás de los hombros—. Antes me decías "Winter".

Jacin apoyó los codos en el cercado.

—Antes también podía venir a visitarte sin sentirme obligado a lanzarte migas de pan para ganarme tu aprecio.

—¿Migas de pan? ¿Acaso parezco un ganso?

Jacin ladeó la cabeza.

—Tampoco pareces un lobo blanco, pero eso es lo que dice la placa que veo aquí.

Winter se reclinó hacia atrás y se apoyó en las palmas de sus manos.

—No voy a jugar a buscar y traer —le dijo—, pero si me lo pides por favor, podría aullar para ti.

—Ya conozco tus aullidos y tampoco parecen los de un lobo —respondió él, haciendo una mueca.

—He estado practicando.

—Si entro no vas a morderme, ¿verdad?

—No te garantizo nada.

Jacin saltó la valla y se sentó junto a Winter. Ella alzó una ceja.

—Tú tampoco pareces un lobo blanco.

—Y tampoco aúllo —añadió pensativo—, aunque podría jugar a buscar y traer, dependiendo del premio.

—El premio es otra ronda de buscar y traer.

—Tú sí sabes negociar.

Winter esbozó una sonrisa, y cuando parecía que Jacin también iba a sonreír, apartó la mirada.

—Tenemos una solicitud de Cin… de Selene. Ahora que se firmó el tratado, quiere que se comiencen a discutir los acuerdos comerciales entre Luna y la Tierra. También se hablará de comunicaciones abiertas, viajes, acceso a los medios terrestres y cosas así.

Ryu golpeó con el hocico entre los omóplatos de Winter. Ella estiró el brazo hacia atrás y trató de rascarle detrás de las orejas, pero en cuanto lo tocó, se esfumó.

—¿Otra vez el lobo? —quiso saber Jacin, observándola.

—No te preocupes, ya te perdonó.

Jacin frunció el ceño.

—¿Qué podemos hacer para ayudar a la política de Selene? —preguntó Winter.

—Bueno, dado que lamentablemente eres tan encantadora y que tuviste tanto éxito en lograr que los soldados lobos se nos unieran y que todos te quieren tanto…

—¿Tantos cumplidos seguidos? Siento que estoy a punto de caer en una trampa.

—Exactamente. Cinder cree que serías una buena *embajadora*. Su *primera* embajadora.

—¿Qué tendría que hacer? —preguntó Winter, ladeando la cabeza.

—No lo sé bien. Irías a la Tierra. Tendrías que cenar con gente elegante. Demostrar que no todos los lunares somos monstruos.

Winter sonrió, sintiéndose lobuna.

—Le dije que te preguntaría —agregó Jacin—, pero no estás obligada a aceptar. Primero tienes que cuidarte.

—¿Vendrías conmigo?

—Por supuesto —extendió las piernas y las cruzó—. Pero puedes decir que no y también estaré contigo. Estoy harto de servir a los demás —se recostó sobre los codos—. Quién sabe, tal vez un día retome los estudios de medicina. Pero, entre tanto, soy tu guardaespaldas y hago lo que tú quieras.

—Así que será como jugar a la princesa y el guardia —le dijo, en alusión a un juego que tenían de niños. Winter representaba una versión mucho más mandona de ella misma, mientras que Jacin adoptaba el modelo de los padres de ambos, todo estoicismo y seriedad, y corría para acatar sus mandatos. Cuando Winter no tenía ya más órdenes que darle, fingían que unos asesinos y secuestradores venían a raptar a la princesa y él la defendía.

—Con suerte, será con menos secuestros —dijo él, sonriendo.

Winter apoyó la mejilla sobre el hombro de Jacin.

—Si Cinder lo desea, será un honor encantar a la gente de la Tierra.

—Tenía la sospecha de que dirías eso.

Jacin se recostó y se pasó una mano por la frente.

Ryu aulló con angustia hacia el techo de vidrio de la casa de los animales, que estaba cubierto de enredaderas. No solía mostrarse tan inquieto. Quizás era la presencia de Jacin. Quizá quería decirle algo. Quizás era su propia locura y no significaba nada.

Winter abrió la boca para hablar, pero titubeó. Miró a Jacin recostado tapándose los ojos con la mano. Se preguntó si habría dormido últimamente.

—La doctora Nandez dice que tal vez tenga listo un prototipo del dispositivo de Cinder la próxima semana.

—¿Tan pronto? —preguntó Jacin, levantando la mano de sus ojos.

—Todavía no sabe si funcionará. Primero necesita un voluntario para las pruebas.

—Princesa…

—Ya me ofrecí de voluntaria. Si quieres, puedes tratar de convencerme, pero estoy completamente preparada para ignorarte.

Jacin se incorporó, con la mandíbula tensa.

—¿Sujeto de pruebas? No sabemos qué efectos secundarios podría tener. Ni siquiera sabemos si va a funcionar. Que otro lo pruebe primero.

—Quiero hacerlo. Hasta hoy, mi caso de enfermedad lunar es de los más graves —metió los dedos entre el pelaje del lobo y sonrió con tristeza—. Pero se me ocurrió que si funciona, ya no veré nunca más a Ryu. ¿Y qué pasa si…? ¿Qué pasa si la gente deja de quererme?

—No te quieren porque estés loca —dijo Jacin, sacudiendo la cabeza—. Te quieren porque… —Winter esperó—. Te quieren porque fuiste buena con ellos cuando nadie más lo era. Porque les importas. Este dispositivo no va a cambiar quien eres.

—Tú quieres que me arreglen, ¿verdad?

Jacin se echó hacia atrás, como si ella le hubiera lanzado algo.

—No estás *rota*.

—Sí, Jacin —dijo ella, con la visión algo borrosa—. Estoy rota.

—No, estás…—soltó un gruñido, un sonido gutural y frustrado que le produjo vértigo—. Mira, me encantaría no tener que preocuparme por ti nunca más. No preocuparme de que te lastimes o de que alguien se aproveche de ti. Pero tú no… tú eres…

—Alucino. Estoy loca y dañada. Lo sé desde hace mucho. Los dos lo sabemos. Scarlet me lo dice todo el tiempo.

—Eres perfecta —agregó para terminar la idea, como si ella no lo hubiera interrumpido—. No me importa si ves lobos muertos o si te conviertes en una estatua viviente de hielo cuando tienes un mal día. No me importa si me dejas en el hombro las huellas de tus dientes. No me importa si… te *arreglan* —escupió la palabra como si tuviera un sabor desagradable—. Quiero que estés segura y feliz, eso es todo.

Winter le hizo ojitos, y Jacin apartó la mirada.

—No me mires así.

—Quiero ser sujeto de pruebas —se estiró para tomar su mano—. Estaré segura y contenta cuando ya no le tenga miedo a mi propia mente.

Jacin apretó los labios hasta convertirlos en una línea delgada y asintió lentamente con la cabeza.

—Es solo que no me gusta que seas la primera —refunfuñó.

—Jacin —él volvió a mirarla a los ojos—. ¿Crees que soy perfecta?

No apartó la vista. No se sintió avergonzado ni se puso nervioso. Solo la miró fijamente, como si le hubiera preguntado si Luna gira alrededor de la Tierra. Luego, se inclinó sobre ella y le dio un beso en la frente.

—Más o menos; es decir, en un día bueno.

Noventa y siete

–¿TODOS?

Cinder sonrió ante la exaltación de Iko. Le había dado más alegría ver la manera en que Iko resplandecía ante las hileras y más hileras y *más* hileras de vestidos que la que podrían darle los vestidos mismos.

–Hasta el último –dijo Cinder–. No quiero volver a verlos jamás.

Ya había pasado más tiempo rodeada por Levana que el que había tenido en mente. Su perfume, sus vestidos, sus joyas; no tenía interés en el guardarropa de su tía. Pero Iko sí, de modo que podía quedarse con todo.

Nunca la había visto tan contenta. Ni siquiera cuando Thorne le había traído el cuerpo de aquella androide de compañía que había encontrado en el desierto. Ni siquiera cuando el envío procedente de la Tierra finalmente había llegado, con los repuestos para reparar su cuerpo casi destrozado. Cinder le había dicho que con un daño tan extenso resultaría mucho más efectivo instalar su chip de personalidad en un cuerpo completamente nuevo. Podía haber elegido el modelo que deseara. Pero Iko se había negado. Se había encariñado con ese, dijo, y además, ninguno de sus amigos tenía un cuerpo desechable, así que ¿por qué habría de tenerlo ella?

Cinder no podía rebatir ese argumento.

La única mejora que Iko había solicitado había sido un par de ojos nuevos que cambiaran de color de acuerdo con su estado de ánimo. Hoy sus ojos eran amarillos como la luz del sol. Feliz, feliz, feliz.

—No te molesta que me los ponga, ¿o sí? —preguntó Iko, descolgando de su percha un vestido naranja y ajustado, y sosteniéndolo contra su pecho.

—No si te hacen feliz.

—¿En dónde los usaré? —antes de que Cinder pudiera responder, hizo un gesto con la mano—. No importa. ¿En dónde no los usaría? —volvió a colgar el vestido ajustado y examinó el guardarropa de nuevo. Sus ojos se oscurecieron, en un tono más parecido al de la mantequilla, con un toque de limón en los bordes—. Creo que me siento culpable.

—¿Culpable?

Soltando un bufido, Iko puso los brazos en jarra. La preocupación le duró solo unos momentos, y después volvió a sonreír.

—Ya sé: escogeré mis diez favoritos y venderé el resto en bazares de ropa para androides de compañía. Podemos usar las ganancias para construir escuelas en los sectores externos o para alguna otra obra caritativa por el estilo —miró de reojo a Cinder mientras palpaba una manga de fino encaje—. ¿Qué te parece?

Si los ojos de Cinder hubieran reflejado *su* estado de ánimo, se le habrían puesto azul zafiro de orgullo.

—Creo que es una idea genial.

Con una sonrisa de oreja a oreja, Iko siguió avanzando entre las perchas, seleccionando sus favoritos, mientras Cinder se volvía hacia su reflejo en el espejo prestado que le habían traído de una de las naves terrestres. Aún tenía que acostumbrarse a verse tan… *como una reina.*

Su propio vestido era nuevo. Aunque otra vez había intentado ponerse uno de los de Winter, algunas modistas de Artemisa le habían suplicado que les permitiera diseñar su vestido de coronación, manifestando que sería un gran honor. Cinder ni siquiera se había enterado de que tenía expectativas hasta que el vestido las sobrepasó.

Confeccionado con los colores oficiales de Luna, blanco, rojo y negro, el vestido estaba hecho con más tela que la que había visto en su vida.

La pesada falda blanca la envolvía como una campana, con una enorme cola que se extendía por el largo, largo, corredor. Gemas rojas y negras adornaban el dobladillo y el canesú del vestido. El discreto escote y las mangas japonesas le quedaban perfectos.

Cinder había esperado que la costurera también confeccionara guantes para cubrir su mano robótica, pero no lo hizo. "Nada de guantes –había dicho una de las costureras cuando preguntó al respecto–. Y nada de velo".

El golpe en la puerta llamó su atención, y entró el guardia Kinney.

–Su Majestad –saludó. Su tono respetuoso se volvió amargo al dirigirse a Iko–. Señora consejera.

Los ojos de Iko adquirieron un tono cobrizo; estaba orgullosa de su nuevo título, aunque recibió al guardia con una mirada mordaz.

–¿Sí, Kinney? –preguntó Cinder.

–El capitán y su tripulación solicitan audiencia.

–¡Ja! –se escuchó la voz de Thorne desde el corredor–. Les dije que haría que me llamara "capitán".

–Déjalos pasar –dijo Cinder, poniendo los ojos en blanco.

Ellos se abalanzaron antes de que Kinney pudiera permitirles la entrada, todos sonrientes y vestidos formalmente para la ocasión.

Hasta Wolf llevaba traje, a pesar de que Cinder no podía imaginar que hubiera sido fácil encontrar, con tan poca anticipación, uno que se ajustara a su cuerpo modificado. Su camisa roja combinaba con el despampanante vestido rojo de Scarlet, y la tela contrastaba de manera espectacular con su cabello. Thorne llevaba un traje de etiqueta y corbatín. Entró empujando el dispositivo flotante de Cress. Cinder había escuchado que sus heridas estaban sanando y que se esperaba que para el fin de semana empezara a dar pequeños pasos. Llevaba uno de los vestidos de gasa amarillos de Winter, con el dobladillo hecho para su altura. Jacin vestía su uniforme de guardia, pero había reemplazado las hombreras normales por brillantes charreteras, lo cual casi lo hacía parecer un príncipe al lado de Winter, quien se veía aún más impresionante que lo usual con un vestido blanco que no habría llamado la atención en otra persona. Kai siguió al grupo con una camisa de vestir negra de cuello mao.

En una bandeja de plata llevaba un pastel redondo de un solo piso cubierto con un glaseado de color amarillo pálido formando espirales. Cinder supo de inmediato que no era obra de los reposteros reales, cuyas creaciones eran casi demasiado inmaculadas como para tocarlas. Este pastel, con su glaseado desaliñado y falta de decoración, era claramente modesto.

Con una reverencia, el guardia se escabulló por la puerta. Cuando les dio la espalda, Iko sacó la lengua.

—¿Qué pasa? —preguntó Cinder—. La coronación comienza en veinte minutos. Ustedes ya deberían estar en sus lugares.

—Fue idea mía —explicó Iko, dando saltitos—. Sabía que ibas a estar nerviosa, así que pensé en celebrar primero.

—¿Y preparaste un pastel?

—Scarlet lo hizo —dijo Thorne.

La pelirroja se sacudió el cabello de un hombro.

–Es pastel de limón. La receta especial de mi abuela. Pero... –su mirada recorrió el vestido de Cinder– tal vez quieras esperar hasta después de la coronación para no mancharte con el glaseado.

Winter resopló y le arrebató la bandeja a Kai.

–No seamos crueles. Uno no debe guardar para después el pastel que puede comer ahora –deslizó la bandeja sobre un invaluable diván de seda.

–Nunca he comido pastel –comentó Cress y atrajo muchas miradas de sorpresa. Sostenía la mano de Thorne, pero esta vez no se encogió contra él, aun cuando era el centro de atención.

Iko se cruzó de brazos.

–Por favor, ¿podríamos no empezar a hacer una lista de la comida estupenda y maravillosa que jamás hemos comido?

–Asunto resuelto –dijo Thorne–. ¿Quién trajo los cubiertos?

Nadie lo había hecho, así que Jacin ofreció su daga. Se turnaron para cortar pedazos de pastel glaseado del tamaño de bocados y los comieron con la mano hasta que el pastel se pareció a la superficie de Luna, cubierta de cráteres.

Naturalmente, Cinder terminó ensuciándose el vestido: una mancha de glaseado amarillo en la enorme falda. Estaba mortificada, hasta que Iko ajustó la falda de modo que los pliegues ocultaran la mancha.

–Era inevitable –dijo Iko con un guiño–. Es parte de tu encanto.

Cinder echó a reír, pero un repentino sobresalto en su pecho la hizo callar.

Miró a su alrededor, las sonrisas y los brazos sobre los hombros, y a Winter que lamía delicadamente la crema de mantequilla de sus dedos. El pastel casero. La reunión de amigos. Una celebración para *ella*. Era tonto sentirse abrumada por esas cosas, pero no pudo evitarlo. Nunca había tenido esas cosas.

La gratitud se extendió por todo su pecho, y aunque aún seguía nerviosa —seguía *aterrorizada*— se dio cuenta de que se sentía más aliviada que en días anteriores.

—¿Su Majestad?

Se volvió. Kinney había vuelto.

—Es hora.

Cinder tragó saliva y se puso de pie, con el corazón martilleándole. El tono festivo se volvió serio.

Wolf, que había sido el último en usar el cuchillo, engulló unos bocados extras antes de devolvérselo a Jacin, quien miró la hoja cubierta de glaseado y migajas y la clavó de nuevo en el pastel, por seguridad.

—Estoy lista —anunció Cinder. Le parecía más difícil a medida que el vestido se estrechaba contra su estómago—. Estoy lista, ¿no?

—Espera —Iko volteó para mirar a Cinder—. Sonríe.

Cinder le dirigió una sonrisa nerviosa, e Iko asintió, orgullosa.

—No tienes nada en los dientes. Yo diría que estás lista.

Sus amigos se reunieron en torno a ella y la abrazaron uno tras otro.

Hasta que llegó a Kai, quien le rodeó la cintura con los brazos y la besó. Sabía a glaseado de limón.

Thorne silbó. Iko quedó extasiada. El beso terminó demasiado pronto.

—¿Qué fue eso? —susurró Cinder junto a él.

Kai le pasó el brazo por encima de los hombros y la condujo fuera de los aposentos de la reina.

—Estaba pensando en el brillante futuro —respondió él—. Ese en el cual estás tú.

EN CIERTOS ASPECTOS, LA CORONACIÓN OFICIAL DE LA REINA SELENE Channary Jannali Blackburn fue una reunión íntima, y en otros, un acontecimiento intergaláctico. Cinder había organizado un sorteo de boletos para que todos los sectores de Luna estuvieran representados, y todos los invitados sumaban unos pocos cientos de personas, que apenas llenaron la mitad de los asientos preparados para la ceremonia de Levana y Kai, semanas antes.

La filmación se transmitió no solo a cada sector de Luna, sino a todos los servicios de noticias de la Tierra que decidieron emitirla. Se convirtió en la transmisión de la red más vista de la Tercera Era.

Mientras Cinder caminaba por el interminable pasillo con alfombra negra, intentó no pensar en toda la gente del universo que la estaba mirando. Trató de no preguntarse si la juzgaban o la admiraban, le temían o estaban impresionados. Se esforzó por no tratar de adivinar cuántos la veían como una princesa perdida, una patética cyborg, una justiciera o una criminal, una revolucionaria o una humilde mecánica que había tenido suerte.

Trató de no pensar en la mancha de glaseado amarillo en su vestido de valor incalculable.

Kai y Winter estaban en el altar, envueltos por la luz de las esferas resplandecientes; Winter sostenía la corona de la reina y Kai, un cetro ceremonial. Juntos representaban la forma en que tanto la Tierra como Luna aceptaban el derecho de Cinder a gobernar. El resto de sus amigos se encontraban en asientos reservados en primera fila. Thorne, junto al pasillo, extendió la mano cuando Cinder pasó. Ella soltó un resoplido y aceptó el choque de palmas antes de ascender por las escaleras.

Winter le guiñó un ojo.

–Muy bien hecho, amiga Cinder. No te tropezaste. Ya pasó la parte más difícil.

Kai esbozó una sonrisa dirigida solo a Cinder, aunque todo el universo estaba observando.

–Tiene razón. Esa es realmente la parte más difícil.

–Gracias a las estrellas –respondió Cinder en un susurro–. Ahora terminemos con esto.

Tomando una profunda y entrecortada bocanada de aire, se volvió para encarar a su reino.

HABÍAN LAVADO LA SANGRE DEL PISO DEL SALÓN DEL TRONO, PERO seguía siendo un desastre de sillones volteados, barandales rotos, mosaicos resquebrajados y paneles de madera perforados por las balas. Hasta el trono tenía una fractura en la base de piedra, de cuando Cinder le había disparado a Levana. Olía a los productos químicos y la lejía que habían empleado para limpiar.

Los horrores de la rebelión comenzaban a quedar atrás. Tal vez no para aquellos que habían perdido amigos y familiares, y Cinder sabía que aún faltaba mucho por hacer para que Luna pudiera recuperarse del reinado de Levana. Pero estaban ansiosos por empezar a lidiar con esas consecuencias de inmediato.

Cinder había empezado por formar consejos integrados tanto por miembros de la corte de Artemisa como por ciudadanos propuestos por los sectores exteriores, para empezar a cerrar la brecha entre clases y encontrar la mejor manera de reasignar fondos y trabajo. Las "familias" y los taumaturgos ya le estaban haciendo frente, pero eso no era un problema. Llevaría tiempo, pero se adaptarían.

Había permanecido sentada en su trono, rodeada por el más absoluto silencio y por el olor de los productos químicos, durante lo que le parecieron horas, mirando cómo la ciudad de Artemisa resplandecía ante ella, mientras la Tierra asomaba en el horizonte.

Las puertas se abrieron. Kai asomó la cabeza y Cinder se puso tensa, sintiéndose culpable de haber sido sorprendida en el trono –aun cuando era su trono–, completamente sola y en la oscuridad.

–Ahí estás –dijo él.

–Lo siento –respondió ella–. Me estoy escondiendo. ¿Puedes creer que cuando eres de la realeza es *realmente* difícil encontrar un momento de privacidad?

Con una sonrisa burlona, Kai cerró la puerta tras él. Mantuvo una mano detrás de la espalda mientras se aproximaba.

–¿Puedo sugerirte que consigas un abrigo con capucha? Es un disfraz sorprendentemente adecuado –hizo una pausa al ver la Tierra por el balcón, hermosa y enorme en el cielo oscuro–. Es una gran vista.

Cinder asintió.

–No es que justifique lo que hizo Levana, pero en cierta forma puedo entender por qué la deseaba tanto.

Como Kai no dijo nada, ella posó su mirada en él y supo qué había venido a decir. Su corazón dio un vuelco.

–Te vas, ¿cierto?

Él apartó la mirada del paisaje.

–En dos días. Dos días *terrestres* –frunció el ceño con aire de disculpa–. Ya he estado fuera demasiado tiempo.

Ella trató de sofocar la desesperación que se le clavó como un puñal. Kai se iría. Thorne, Cress, Wolf y Scarlet ya se habían marchado, y Winter y Jacin partirían en el primer vuelo diplomático en los siguientes días, y entonces se quedaría sola.

Bueno, ella e Iko estarían solas.

Lo había estado esperando. Sabía que no se quedaría para siempre.

Tenía una nación que gobernar.

–Bien –dijo ella, fingiendo seguridad–. Comprendo. Tú y Konndàren han sido de gran ayuda. ¿Él también se va?

—Sí. Lo siento —respondió, haciendo una mueca.

—No. Tú… tú debes ir a casa, desde luego.

—Deberías venir de visita —dijo él, hablando rápido—. Pronto. Creo que sería algo que simbolizaría la nueva alianza… —su ánimo decayó y se rascó la nuca. Mantenía oculta la otra mano—. O puedo crear un problema político que debamos resolver juntos, si eso ayuda.

Cinder forzó una sonrisa.

—Me gustaría ir de visita. Yo… Iko y yo vamos a extrañarte.

—Creo que descubrirás que ser una reina no deja mucho tiempo para estar sola.

—Ya veremos —de pronto, se sintió incómoda de permanecer sentada en el trono mientras Kai estaba de pie frente a ella. Se levantó, se cruzó de brazos y se dirigió lentamente hacia la saliente del balcón.

La ansiedad crecía en su interior. *Dos días. Dos días más y se irá.*

Había tantas cosas que deseaba decirle, y dos días no eran suficiente tiempo para expresarlo todo, especialmente porque las palabras permanecían encerradas en su garganta.

—Es extraño —comenzó Kai, reuniéndose con ella en la saliente de cristal, con la mirada fija de nuevo en la Tierra—. Pasé todo este tiempo tratando de evitar una alianza matrimonial con Luna, y ahora que el tratado está firmado y la guerra terminó… por alguna razón una alianza matrimonial no suena tan mal.

El corazón le dio un vuelco. La mirada de Kai volvió a posarse en ella y le sonrió con una mezcla de timidez y confianza. Era la misma sonrisa que le había dirigido el día en que se conocieron en el mercado.

Después de una pausa larga e incómoda, Kai rio.

—De verdad no puedes sonrojarte, ¿eh?

Una mezcla de alivio y decepción recorrió su cuerpo y escondió las manos debajo de los brazos cruzados para ocultar el temblor.

—Eso no fue amable.

—Solo si crees que lo dije en serio.

Ella frunció el ceño.

—Tengo algo para ti; toma.

—Más vale que no sea un anillo de compromiso.

Él se detuvo, apretando los labios como si lamentara que no se le hubiera ocurrido la idea.

—O guantes —agregó Cinder—. Eso no funcionó muy bien la vez anterior.

Con una gran sonrisa, Kai dio un paso hacia ella y puso una rodilla en el suelo.

Ella abrió aún más los ojos.

—Cinder…

—Espera —le dijo ella, mientras su corazón galopaba.

—He estado esperando mucho tiempo para darte esto.

—Kai…

Con expresión tan seria como la de los políticos, retiró la mano de su espalda. Sostenía un pequeño pie de metal; cables cortados salían de la cavidad y las articulaciones estaban llenas de grasa.

Cinder soltó el aire que había estado conteniendo y se echó a reír.

—Tú… *puaj*.

—¿Estás terriblemente decepcionada? Estoy seguro de que Luna tiene algunas joyerías excelentes; si quieres, yo…

—Cállate —dijo ella, tomando el pie. Lo hizo girar en sus manos, sacudiendo la cabeza—. He estado tratando de deshacerme de esta cosa, pero de algún modo sigue encontrando la manera de volver. ¿Qué te hizo conservarlo?

—Pensé que si podía encontrar a la cyborg a la cual le quedara este pie, sería una señal de que debíamos estar juntos —torció la boca—. Luego me di cuenta de que quizá le quedaría a una niña de ocho años.

—Once, en realidad.

—Estuve cerca —vaciló—; para ser honesto, creo que era la única cosa que me conectaba contigo cuando pensaba que nunca volvería a verte.

Ella apartó la mirada del pie.

—¿Por qué sigues arrodillado?

Kai tomó su mano protésica y rozó con sus labios los nudillos recién pulidos.

—Tendrás que acostumbrarte a que la gente se arrodille ante ti. Digamos que es algo que viene junto con el reino.

—Redactaré una ley que diga que la manera correcta de dirigirse a la soberana es con un choque de palmas.

La sonrisa de Kai se iluminó.

—Eso es genial. Yo también lo haré.

Cinder retiró su mano y se sentó, dejando que sus piernas colgaran de la saliente. Sus pensamientos se iban volviendo más serios al mirar fijamente el pie metálico.

—De hecho, hay algo sobre lo que deseo pedir tu opinión.

Kai se sentó a su lado. Su expresión se tornó curiosa y ella apartó la mirada, preparándose.

—Pienso… —se detuvo. Tragó saliva. Comenzó de nuevo—. He decidido disolver la monarquía lunar.

Apretó los labios y esperó. El silencio se volvió sólido en el espacio entre ambos. Pero Kai no preguntó "¡¿por qué?!", o "¡¿cómo?!" o "¡¿estás loca?!". En cambio, dijo:

—¿Cuándo?

—No lo sé. Cuando las cosas se hayan tranquilizado. Cuando crea que pueden manejarlo —respiró hondo—. Volverá a ocurrir; algún rey o alguna reina le lavará el cerebro a la gente, usará su poder para esclavizarla… Tiene que haber división de poderes, pesos y contrapesos… así que decidí convertir a Luna en una república, con funcionarios electos y todo —se mordió el labio. Seguía sintiéndose tonta hablando de política como si tuviera idea, y no fue hasta que Kai asintió, pensativo, que se dio cuenta de cuán importante era su aprobación. Tragó saliva a través del nudo en su garganta.

—¿Crees que sea buena idea?

—Me parece que será complicado. A la gente no le gusta el cambio, e incluso los ciudadanos que vivían oprimidos por Levana te aceptaron de inmediato como su nueva reina. Además, creen en todas esas supersticiones acerca del linaje real. Pero… me parece que tienes razón. Pienso que es lo que Luna necesita —ella sintió como si le hubieran quitado de los hombros una luna entera—. Entonces, ¿qué harás después de abdicar?

—No lo sé. Escuché que Thorne está buscando un mecánico de tiempo completo —se encogió de hombros, pero Kai seguía cavilando—. ¿Qué?

—Creo que deberías volver a la Comunidad. Podrías quedarte en el palacio, como embajadora lunar. Sería una muestra de buena voluntad. Prueba de que la Tierra y Luna pueden trabajar juntas, coincidir.

Cinder se mordió el interior de la mejilla.

—Pensé que la gente de la Comunidad me odiaba. Por lo del secuestro. Y por todas las demás cosas que pasaron.

—Por favor: tú eres la princesa perdida que los salvó del reinado de la *emperatriz* Levana. Escuché que hay una empresa de juguetes que quiere fabricar muñecas coleccionables con tu imagen. Y desean colocar una estatua donde estaba tu local en el mercado.

Cinder hizo una mueca de desagrado.

Riendo entre dientes, Kai le tomó la mano.

—Cuando decidas volver, serás recibida con los brazos abiertos. Y después de todo lo que ha pasado, probablemente habrá unos doscientos mil chicos que desearán llevarte al Baile Anual de la Paz el próximo año. Supongo que en cualquier momento empezarán a llegar las ofertas.

—Lo dudo mucho.

—Solo espera, ya verás —ladeó la cabeza y mechones de cabello cayeron sobre sus ojos—. Supongo que no me vendría mal poner mi nombre en el primer lugar de la lista, antes de que algún otro se escape contigo. Si empezamos ahora y planeamos visitas frecuentes entre la Tierra y Luna, incluso podría tener tiempo de enseñarte a bailar.

Cinder se mordió el labio para disimular una sonrisa incipiente.

—Por favor, di que sí —suplicó Kai.

—¿Tengo que usar vestido? —preguntó Cinder, jugueteando con los cables cortados de su viejo pie.

—No me importa si usas botas militares y pantalones cargo.

—Podría hacerlo.

—Bueno.

—Iko me mataría —aparentó considerarlo mientras dirigía la mirada al cielo—. ¿Puedo llevar a mis amigos?

—Extenderé invitaciones personalmente a toda la tripulación de la Rampion. Aprovecharemos para hacer una reunión.

—¿También a Iko?

—Le encontraré pareja.

—Hay una norma que prohíbe que los androides vayan a los bailes.

—Creo que conozco a alguien que puede cambiar esa norma.

Con una amplia sonrisa, se aproximó un poco más. La idea de volver al baile y encarar a toda esa gente que la había mirado fijamente con tanto horror y desprecio la inundó de múltiples sentimientos: desde ansiedad hasta temor y una dicha inexpresable.

—Sería un honor —dijo ella.

—¿Y las lecciones de baile? —preguntó Kai, con una mirada cálida.

—No tientes a la suerte.

Kai acercó el mentón hacia ella y la besó. No se enteró de qué número era: finalmente había descubierto la forma de desconectar la función de conteo automático de su cerebro, y no le importó cuántas veces la había besado. Le importaba que cada beso ya no se sintiera como si fuera el último.

Solo que cuando Kai se apartó, un dejo de tristeza se había deslizado en su expresión.

—Cinder, creo que serías una gran gobernante. Creo que esta decisión es prueba de ello —titubeó—. Pero también sé que nunca quisiste ser reina. No en realidad —Cinder jamás le había dicho eso, y se preguntó si todo ese tiempo había resultado obvio—. Sin embargo, tengo que preguntar si… —Kai vaciló— si crees que *algún día* podrías considerar ser una emperatriz.

Cinder se obligó a sostenerle la mirada y a tragarse la broma desenfadada que tenía en la punta de la lengua. Él no estaba bromeando acerca de anillos de compromiso y lecciones de baile: esta era una pregunta real, de un emperador real que tenía que considerar el futuro real de su país.

Si Cinder deseaba ser parte de su futuro, tendría que ser parte de todo.

—Podría considerarlo —respondió ella, y luego tomó la primera bocanada de aire en varios días—. Algún día.

La sonrisa de Kai retornó con toda su fuerza y llena de alivio; rodeó con un brazo a Cinder y ella no pudo disimular su propia sonrisa al apoyarse en él mientras contemplaba el lago Artemisa, la ciudad blanca y el planeta Tierra rodeado de estrellas. Hizo girar el molesto y odioso pie entre sus dedos. Desde que recordaba, había sido una carga. Un recordatorio constante de que ella no valía nada, de que carecía de importancia, de que no era más que una cyborg.

Sostuvo el pie sobre el agua y lo soltó.

" Y todos vivieron felices

hasta el final de sus días".

Agradecimientos

MI CORAZÓN DESBORDA DE GRATITUD...

Hacia todos en Macmillan Children, incluyendo, pero no solo, a Jean Feiwel, Liz Szabla, Jon Yaged, Nicole Banholzer, Molly Brouillette, Lauren Burniac, Mariel Dawson, Lucy Del Priore, Liz Fithian, Courtney Griffin, Angus Killick, Johanna Kirby, Anna Roberto, Caitlin Sweeny, Mary Van Akin, Allison Verost, Ksenia Winnicki e innumerables personas más que defendieron estos libros tras bambalinas. Todos son tan brillantes y creativos, y yo tengo tanta suerte de trabajar con ustedes... También quiero agradecer especialmente al diseñador de la portada, Rich Deas, y al ilustrador, Michael O, quienes en conjunto crearon algunas de las portadas de libros más atractivas que un autor podría desear. Gracias a mi correctora, Anne Heausler, por su cuidadosa atención y su excelente y sorprendente conocimiento de la geología lunar.

A Rebecca Soler, la increíblemente talentosa narradora del audiolibro, junto con Samantha Edelson y todo el equipo de Macmillan Audio, por darles vida a estas historias de manera tan vivaz y tangible.

A mi intrépida agente y su equipo: Jill Grinberg, Cheryl Pientka, Katelyn Detweiler y Denise St. Pierre. Gracias por su fe constante, su orientación y su entusiasmo al celebrar cada logro. (Se terminó *Winter*, ¡salud!)

A mis lectoras beta, Tamara Felsinger, Jennifer Johnson y Meghan Stone-Burgess, quienes estuvieron conmigo desde el comienzo de esta loca aventura. Una y otra vez me obligaron a ir más allá, y su invalorables devoluciones han marcado una enorme diferencia en esta serie y en mí como escritora. Además, las adoro a todas.

Para el *fandom* Sailor Moon, desde aquellos que me apoyaron cuando era una escritora de *fanfiction* novata hasta algunos de mis amigos más queridos, que siguen haciéndome reír con sus payasadas. (Ya está: puse a Jacin en toalla. *¿Están contentos?*)

A menudo decimos que escribir es una profesión solitaria, pero resulta difícil de creer cuando estás rodeado de colegas maravillosas, como yo lo he estado. Estoy agradecida con mis cómplices locales, Gennifer Albin (¡te extrañamos!), Martha Brockenbrough, Corry Lee, Lish McBride, Ayesha Patel y Rori Shay, por mantenerme inspirada y concentrada durante nuestras múltiples sesiones y retiros para escribir. Estoy muy contenta de haberlas conocido a todas y cada una.

Gracias también a Mary Christine Weber y Jay Asher, quienes me acompañaron en la súper divertida entrevista para la edición rústica de *Cress*, y a tantos escritores con los que me he reído; que me han inspirado, compadecido y motivado; con los que he aprendido y viajado, y que me han apoyado a lo largo de esta misión épica que es escribir libros: Anna Banks, Leigh Bardugo, Stephanie Bodeen, Jennifer Bosworth, Jessica Brody, Alexandra Coutts, Jennifer Ellision, Elizabeth Eulberg, Elizabeth Fama, Nikki Kelly, Robin LaFevers, Emmy Laybourne, Beth Revis, Leila Sales y Jessica Spotswood, con mis sinceras disculpas a cualquiera que haya olvidado.

Mi agradecimiento a los bibliotecarios, maestros, libreros y blogueros que han apoyado esta serie organizando desde charlas sobre libros y tareas artísticas hasta las selecciones del equipo para elaborar reseñas para GoodReads; su entusiasmo ha acercado a incontables lectores a las Crónicas Lunares y yo agradezco enormemente todo lo que han hecho.

Gracias a mis amigos y mi familia, que han organizado fiestas, tomado fotos, preparado cenas, funcionado como niñeras, recomendado mis libros a gente desconocida en el supermercado; que me han peinado, me han hecho coronas, han compartido recomendaciones de libros, me han ayudado a comprar atuendos para las presentaciones y constantemente me recuerdan las cosas que importan en la vida. Gracias; los amo.

Gracias también a Jesse, que hace muchas cosas para que yo pueda permanecer concentrada en escribir y soñar, soñar y escribir. Te amo con todo mi corazón. Y a Sarah y Emily, cuyas sonrisas han convertido este año en el más luminoso de mi vida.

Por último, siento una gratitud infinita hacia los lectores (¡sí, hacia ti!). A lo largo de los últimos años los fanáticos han creado arte y escrito cartas, han desarrollado debates profundos sobre los méritos de sus parejas favoritas, han compartido conmigo sus pesares y alegrías, han organizado maratones de lectura, se han puesto disfraces y tacones rojos, han conducido horas para acudir a las firmas de libros, han soñado repartos para filmes basados en los libros, han horneado *cupcakes* de las Crónicas Lunares, han creado contenido en Tumblr y compilado imágenes en tableros de Pinterest, y mucho, mucho, mucho más. Esto les pertenece a ustedes tanto como a mí, y no puedo más que sentir que lo estoy dejando en las mejores manos.

Si me necesitan, estaré agradeciendo a las estrellas por cada uno de ustedes, uno por uno.

Marissa Meyer

vive en Tacoma, Washington, con su esposo,
sus hijas mellizas y tres gatos.
Es fanática de casi todas las *maravillas frikis*
(como *Sailor Moon*, *Firefly* u organizar su biblioteca por colores).
Ha estado enamorada de los cuentos de hadas desde niña,
cosa que no tiene intenciones de superar nunca.
Podría ser una *cyborg*. O no…
Cinder, su primera novela, debutó en la lista
de *best sellers* de *The New York Times* con gran éxito.

Visita a la autora en marissameyer.com

¡QUEREMOS SABER QUÉ TE PARECIÓ LA NOVELA!

Nos puedes escribir a **vrya@vreditoras.com**
con el título de esta novela en el asunto.

Encuéntranos en

 facebook.com/VRYA México

 twitter.com/vreditorasya

 instagram.com/vreditorasya

COMPARTE
tu experiencia con
este libro con el hashtag
#crónicaslunares